倪培耕 编选

生活的回忆
泰戈尔散文选

〔印度〕泰戈尔 著 冰心等 译

江西教育出版社

"世界名著名译文库"编委会

主　　编　柳鸣九

编　　委　（按姓氏笔画排序）

　　　　　　王守仁　丹　飞　史忠义　宁　瑛　冯季庆　朱　虹
　　　　　　刘文飞　李辉凡　陈众议　陈绍敏　罗新璋　贺鹏飞
　　　　　　倪培耕　高中甫　黄　梅　谭立德

主编助理　赵延召　乌尔沁　张晓强　闫富斌

目 录

译本序……………………………………… 倪培耕　1

文学的道路

儿歌……………………………………………… 3
谈《沙恭达罗》………………………………… 15
舞台……………………………………………… 31
诗人的传记……………………………………… 36
《罗摩故事》序言……………………………… 40
文学的本质……………………………………… 47
文学的材料……………………………………… 52
文学思想家……………………………………… 58
美感……………………………………………… 65
世界文学………………………………………… 82
美和文学………………………………………… 96
文学创作………………………………………… 107
历史小说………………………………………… 123
情味的本质……………………………………… 129

《文学的道路》序言 … 130
现实 … 134
诗人的辩白 … 142
文学 … 149
事实和真实 … 157
创作 … 168
文学的革新 … 178
文学思想 … 184
现代诗歌 … 191
文学的实质 … 207
文学的意义 … 226
诗与韵律 … 240
散文诗和自由体诗 … 243
文学的职责 … 248

生活的回忆（自我的图画）

生活的回忆 … 259
教育的开始 … 261
家里和家外 … 264
仆役统治 … 273
师范学校 … 277
诗歌创作的开始 … 280
各种知识学习的安排 … 282
外出旅行 … 286
习诗 … 289
斯利干特先生 … 292
孟加拉语课结束 … 295
孟加拉学院 … 297

同窗	299
我的父亲	302
喜马拉雅山的旅行	308
喜马拉雅山上	316
回家	320
家庭学习	326
家庭环境	330
阿克塞耶·金德拉·焦杜里	335
歌曲创作	337
文学的同伴	339
作品发表	342
帕努辛赫的诗	344
爱国	346
婆罗多	351
阿哈姆达巴德	354
英吉利	356
洛肯·巴利特	366
破碎的心	368
英国文学	370
欧洲音乐	375
蚁垤的天才	377
暮歌	381
音乐论文	384
恒河岸畔	388
再谈《暮歌集》	390
帕利因那塔·赛纳	392
晨歌	393
拉琼德拉尔·米特利	400
卡尔瓦尔	403

大自然的报复	405
画与歌	407
儿童	409
般吉姆·钱德拉	412
船壳	415
死亡的悲痛	417
雨季和秋季	421
阿输多什·乔杜里	424
刚与柔	426

孟加拉风光

序	431
班都拉，海边	432
西来达	434
沙乍浦	435
卡利格雷	437
沙乍浦附近	439
沙乍浦	441
途中	444
居哈里	445
沙乍浦	446
到喀达克去的船上	451
提朗	453
西来达	454
波浦	459
西来达	464
赴阁隆达途中	467
西来达	468

沙乍浦	469
西来达	471
波利亚	472
那图里	473
西来达	474
巴利亚	475
喀达克	476
西来达	479
沙乍浦	484
帕提沙	486
西来达	492
沙乍浦	497
赴代革帕提阿途中	498
赴波利亚途中	499
加尔各答	500
波浦	501
西来达	503
赴帕卜那途中	507
西来达	508
库施提亚	509
西来达	511

译本序：青色天幕下的知性光辉

倪培耕

泰戈尔的散文创作涉及的内容广泛，有文学传记、文学游记、文学书简、文学论说，而大量篇幅是论述教育、宗教、美学、政治与社会等有关问题。

作者绝不是不食人间烟火、关在象牙塔里的人。他一生关注人性及精神理想巢窝的构建；在精神家园漫游的同时，更关切着现实中的农村改造、教育改革、政治前景。在这些现实的紧迫的问题上，他不是纸上谈兵，而是身体力行：他创办了农村合作社，推进农村经济和福利事业；他建立了国际大学，实现自己的教育理想；他不时针对国内外政治形势发出正义呼声，并创作了大量政治抒情诗，宣扬了爱国的民族主义精神，支持正义的国际主义。在临终前夕发表的著名政治散文《文明的危机》里，作者鞭笞了西方列强在文明的幌子下对印度等国的掠夺和侵略。在答日本诗人野口的信中，他痛斥了日本军国主义侵略中国的强盗逻辑：为了亚洲共荣，"要对中国妇女和儿童狂轰滥炸，夷平一座座古老的庙宇和大学"。他在一首诗歌中抒发：

他们要以凯旋的号角来标点
每一千个被杀害的人数
……他们祈求他们能以"不真"
来蒙蔽人们的心灵
来毒害神明的甜柔呼吸的气息
因此他们整队到佛陀，那大慈大悲者的庙宇里

祈求他的祝福
战鼓正在隆隆地敲
大地颤抖着

泰戈尔在给野口的信的结尾中写道:"我不能祝愿我所爱的贵国取得胜利。"

泰戈尔在阐述政治、社会、教育、美学乃至宗教思想时,往往采用民间故事、寓言,运用比兴等修辞手法,而不常用逻辑推理的生硬方法。这样,他是在艺术叙述中,进行政治、社会、宗教、美学等问题的思考。于是,生动活泼,诗意盎然。人们在增长知性的同时,沐浴着美的阳光,祈盼到艺术女神的眷顾。

由于受篇幅的限制,更出于艺术视角的考虑,我们只摘取了泰戈尔带有文学传记性的生活回忆、文学游记和论文学的美文,而这些篇幅也只是这方面内容的一鳞半爪。

还是这句话,希望读者通过这些美文,在知性中获取美的享受。

文学的道路

倪培耕等 译

儿歌①

在孟加拉流行着妇女吟唱的摇篮曲。有一段时期,我埋头于收集那些儿歌的工作中。那些儿歌对于认识我们的语言和社会历史具有特殊的价值,但我喜爱的是,它们含有一种简朴而自然的诗歌情味②。

我害怕评述自己喜欢与否的东西,因为富有才干的评论家把那样的作品看作是自我意识的罪过。

我向他们提出恳切请求,假如他们仔细地观察,那么他们将会看到,这种自我意识不是高傲,而是高傲的反面。富有才干的评论家身边有一个天平,他们对文学有一个固定不变的衡量,随之他们采用固定不变的说法:任何作品呈现在他们面前,他们就毫不犹豫地在它们的背上贴上适宜的标签和号码。

但是,那些缺乏才干或知识贫乏的人却得不到那种衡量的标准,在评论时他们只得依赖自己的好恶,作出判断。因此,要这些人施用《吠陀》③有关文学评论的词句的企图是残忍的,不近人情的。不评论作品的优劣,只承认自己的好恶感,这对他们来说是最合适的。

假如有人问,谁关心这件事?我将回答,大家都想关心文学中的这件事。不错,文学的评论才被称作评论,但大部分文学就是对自然

---

① 这里也可译作摇篮曲,直译是使儿童欢欣的民歌。
② 印度诗学概念。味是人类感情的艺术符号,是作品所反映的艺术化了的客观情感基调和欣赏界对这个艺术化了的情感基调的主观体验的统一。一般来说,味有八种:艳情味、滑稽味、悲悯味、暴戾味、英勇味、恐惧味、厌恶味、奇异味。
③ 《吠陀》:婆罗门教、印度教最古的经典。

和人类生活的评论。当诗人表达自己对有关自然、人类和事情的欢乐、悲痛和惊奇的情感，并通过自己的激情和技巧，把自己的那些情感传染给其他人时，任何人也不认为这是罪过。

特别要指出的是，在今日我所叙述的事情里有着一些自传的影子。我在使儿童欢乐的儿歌里获得了情味，把那种情味与我童年的回忆分割开来观察，对我来说是断乎不可能的。至于说，这些儿歌美的魅力依赖于我童年的回忆，还是依赖于文学的永恒理想——我想，现代作家也不会具有对这个问题的分析能力，我想首先应该承认这个事实。

童年时期，"雨水滴答滴答掉在河里"形成的波纹，对我来说像迷人的咒语一样神秘莫测，对那种图景的迷恋至今难以忘怀。我不回忆自己心灵的那种迷恋情景，就无法清楚地理解那些儿歌美的魅力和功用是什么，也无法理解为什么如此多的史诗和抒情诗，如此多的神仙故事和风俗宣传，人类如此多的舍弃生命的努力，如此多的汗流浃背的劳作，都付之东流，被人遗忘；而那一切仿佛不连贯的、无意义的、任意创作的诗句却天长地久地镂刻在人们的记忆里。

这些儿歌具有一种永恒的普遍性。任何人不会局限于对某个时代的某个作者的认识，任何人心里都不会提出这类儿歌创作于哪个朝代的具体时间的问题。由于这种自然的普遍性，即使它们今天被创作出来，它们也是千古的；即使是千百年前创作的，它们也是崭新的。

正确说来，它们像孩子那样亘古不变。伴随国家、时代、教育和风俗的变化，成年人多少有些新的变化，但今天的孩子像几千年前的孩子一样，那种无变化的永恒性，以孩子的形式诞生在连绵不断的人类家庭里。今天，它仍像亘古时代那样新鲜、温柔、淳朴和甜蜜。这种生活长青的原因是，孩儿是自然的创造，而成年人的大部分则是由自己双手塑造成的。那些儿歌就是儿童文学，它们自然诞生于人类的心田里。

"自然诞生"的说法具有一种特殊意义。大千世界的反射和反响自然地、支离破碎地萦绕在我们心际,它们采用了五光十色的形式,偶然发生某种联系和接触。正如空气中的尘埃、花粉、芳香、声音、嫩叶、水滴、雾气等,在循环不休地运动的五彩缤纷的世界上毫无目的地飘游,大千世界的种种反射和反响也如此这般飘游在我们的心田里。在那里,多少色彩、芳香、声响、想象气泡、思想反射、片言只语,我们实践世界的多少舍弃、遗忘、残物,毫无目的地飘游在我们永远流动的意识流里。

当我觉醒时,对某个特殊方面进行思索,这一切嗡嗡响声,戛然而止,这一切尘埃水汽,远走高飞;刹那间,这一切海市蜃楼,无影无踪。我们的想象,我们的理智依靠一个特殊"一"①,专注地流动着。以我们心灵命名的物质具有如此大的威力:当它有意识地来到外界,它的影响笼罩着我们大部分的内心世界和外部世界——它的统治,它的制度,它的语言,它的家族充塞着整个世界。请仔细听听,空中鸟儿的鸣啭声,枝叶的飒飒声,流水的嬉戏声,城镇的嘈杂声,成千上万的声音一直嗡嗡响着——多少颤抖,多少运动,多少来往,又不知多少变化无定的游戏潮流一直在我们四周盘旋——然而,我们只看见它们的很少一部分。它的主要原因是,我们的心像渔夫一样,撒放"一"的网,一次能捕多少就捕多少,其余就统统漏网了。当他观看就听不真切;当他听着就看不真切;当他思索时就看不真切,听不真切。他能够使一切多余物质远离自己的目的,他依靠这个能力就能在这个无限多样性的世界里为自己维护自己的优势。我们在《往世书》②里读到,古代某些圣人获得了使意愿泯灭的非凡力量。而我们内心只有眼瞎和耳聋的意愿的力量。它运用这种力量,所以从生到死,世界的大部分都在他的知觉之外。他获得了自己努力追求和根据自己需要与本性所塑造的东西,也就无法正确地发现在四周

---

① "一"与"多"的关系是印度哲学和宗教理论的一个特殊命题。"一"是万物之源,是最高之神,是最高无形实体。"多"是有形实体,是大千世界。"一"是"多"的本源,"多"是"一"的表象。

② 《往世书》:古代印度神话传说的汇集,印度教主要经典之一,现存十八部。

和心灵里沉浮的所有东西。

所有影子和声响像心灵天空里的梦幻一样,在一股神秘的气流吹动下时而聚合,时而分离,像千姿百态和五彩缤纷的云朵一样到处飘游。如果它们能在无意识的崖畔上空烙上自己反射的印记,那么我们就能发现,自己所研究的这些儿歌与它们有许多相似之处。这些民歌只不过是我们不断变化的心灵天空的影子而已,像在熠熠发光的清爽而新鲜的湖上的云朵嬉戏的影子一样。所以我说,它是"自然诞生"。

在援引一两首儿歌作为例证之前,我请求读者谅解:第一件事,这些儿歌一直伴有充满慈爱、淳朴、甜蜜的声音,像我那样胆小怕事、循规蹈矩的成年人怎能把握住它呢?那些甜润柔和的声音将从自己家里、自己童年的回忆里暗自吸引读者,而我用什么使人迷恋的魔力,把充满抚爱、音乐和美丽的那些儿歌,呈现在读者面前!我相信,那种使人迷恋的魔力存在于那些儿歌中。

第二件事,把像那些淳朴而无文化的家庭主妇一样的儿歌夹杂在那些墨守成规的文明语言的文章中间,这对于那种典雅文章来说是一种难以忍受的虐待——好像把家中媳妇捉到法院作证席上去一样。但是没有任何办法。法庭的事务应按法庭规章办,写文章就得按作文规矩办——那种铁面无情的做法似乎是不可更改的。

> 叶摩纳沃蒂女神[①]明日举行婚礼,
> 叶摩纳明儿起程赴伽吉特拉婆家,
> 快快采撷卡吉花,编扎花环。
> 悉多罗摩摇响手镯和脚环,
> 扭动腰肢,翩翩起舞。
> 敬神钵里盛满炒米,
> 干巴巴的炒米难以吞咽。

---

① 叶摩纳沃蒂女神:阎摩的妻子,又可作难近母(湿婆妻子)或作智慧女神。

特利布尔利河里只有浅浅流水，
两条鱼儿在河面上浮游，
老爷逮走一条，不知谁把另一条逮走。
为自己妹妹的婚礼，采撷野花，编织花环，
时间不知不觉地流逝。

这里面没有感情的相互联系，极端宗派观念的评论家也不得不承认这个事实。几幅不相关联的图画，凭借特别普通的事件，呈现在人们面前。这里面没有任何善恶观念，正如看门人在秋季万籁俱寂的晌午的甜蜜的温煦里，安逸地伸开双脚，酣睡在宫殿的门口。话语、情感没有为提供某个方面的认识而停留，也没有寻找任何借口，它们漫不经心地搬开看门人的脚，甚至用自己的小手揪他的耳朵，随心所欲地漫游在巍峨的想象的幻觉宫殿里。假如看门人睡着睡着突然醒来，它们顷刻间逃之夭夭，不考虑任何落脚地方。

诗歌清楚地表明，明日是叶摩纳沃蒂女神的婚礼日。无疑结婚之后她应该去婆家，不提此事也无关宏旨。尽管如此，那件事也不是特别不切题的。但是，对婚礼应该显示某种努力或表示某种热情，诗却没有提供这方面的认识。这些儿歌的王国不是那种王国，所有一切都能够在那里轻而易举地发生或者不发生，任何人也不必为此忧心忡忡。因此，尽管确定明日是叶摩纳沃蒂的婚礼日，诗歌一点也没有赋予那件事以重要意义。那么开始为什么要提出此事呢，任何人不必担忧作答。卡吉花是什么花，我这个城里人无法确切地说清，但我斗胆猜度，收集上述花朵与叶摩纳沃蒂姑娘临近的婚礼没有任何关系；而其中悉多罗摩为什么摇响手镯和脚环，翩翩起舞，我也无法指出它的任何原因。对敬神的炒米的贪婪，可能是一个主要的原因，但那个原因会使我们忘记悉多罗摩突然起舞，并执着地把我们送到特利布尔利河岸。把两条鱼捉上岸并不是什么奇怪的事，但奇怪的是，人们捉了其中的一条鱼，我们看不到捉鱼的任何目的，我们誓约坚定的创作者不知出于何种原因，突然决心谈他妹妹的婚礼，然后又鄙夷流行的婚姻制度，只用一束野花装饰吉日良辰，他所确定的吉日良辰也不会受到新的或旧的作家们的称赞。

诗歌创作是存在着约束的。假如创作的职责落到我们手里，我们肯定用如此规定的技巧，编写情节，这样，叶摩纳沃蒂在诗作的最后篇章里，将以特利布尔利河岸的未确定的、不知晓的姐妹身份出现；就在晌午时分，相互间赠套野花花环，自由恋爱的婚礼就圆满地结束，所有怀有同情心的读者由此感到心满意足。

但是，儿童自然里的心灵力量是十分脆弱的，大千世界和他自己的想象接踵而来地冲击着他。心灵的束缚对于儿童来说是痛苦的，自始至终把握住和谐的因果关系认识事物，对儿童来说是难以实现的。儿童坐在外部世界的大海岸边，堆搭沙屋；他也欢乐地坐在心灵世界的海岸边，堆积着沙屋。沙与沙是无法黏结的，沙屋是不坚固的——但正因为沙滩具有无法黏结的特点，它就成为儿童建筑的最上乘的材料。顷刻间，他聚集了一团团沙子，搭起高高的模型；假如他心里不满意，修正模子也是件容易的事；感到疲劳，用脚一踢，模型马上倒地，游戏的创造者可以带着轻松愉快的心情回家了。但在必须用优等砖瓦进行工作的地方，建筑者必须遵循工作的规律行事。孩子是不会遵循规律行事的——他经常从毫无规律的自由欢乐的天堂里来，他不像我们习惯地成为沿袭规律的奴仆，所以他依靠自己微弱的力量在海滨随心所欲地筑造沙屋和在内心描绘着那些儿歌的图画，在人的世界里模仿着神明世界的游戏。我们的经典一直把儿童的游戏与上帝的活动相比较，两种都有着相似的自由欢乐。

上述援引的诗里没有感情的关系，但有着图画。伽吉特拉、特利布尔利河岸和卡吉野花等像梦幻一样奇特，但也像梦幻一样真实。

读者可不要因为我那真实像梦幻一样的说法，怀疑我的神志是否清醒，许多哲学家把直观世界说成梦幻，使之飞腾。但就是那样的学者不能使梦幻飞腾，他们说，直观世界不是真实，那时将会发生什么？什么也没有发生，而梦幻是真实。因此可以看到，由于强有力的论证，可以很容易不承认真实，但不能不承认梦幻。这既可适用于醒着时的梦幻，也适用于睡着时的梦幻。睿智的学者也没有力量，可以不相信梦境中的梦幻，醒着时他们也没有放弃怀疑可能的真实，然而睡着时他们会毫不犹豫地接受完全不可能的事。因而信赖的特点应是真实的最主要特点，像梦幻中的事在任何事物中是不存在的。

由此，读者将会明白，直观世界对我们来说是那么真实，而催眠曲对富有梦想的儿童来说比直观世界更真实。所以，我们往往把真实说成不可能，加以摒弃；儿童则把不可能的事说成真实，加以接受。

> 雨水滴答滴答掉在河里，
> 希布老爷的三个闺女已经成婚，
> 一个端饭上菜，一个坐享其成，
> 还有一个不吃不喝，气急败坏回婆家。

在我这把年纪一听到这首儿歌，首先感到，希布老爷的三位姑娘已成婚，其中推老二最聪明。在那个年龄里，我缺乏分析的能力，那时，这四行诗句像我童年时期的《云使》，在我心灵的背景上，描绘出乌云密布的天空和巨浪滚滚的河水的生动图景。然后，我还会看到，在河岸的沙滩上搁浅着一两条小划子，希布老爷的新婚闺女上上下下，烧饭做菜。希布老爷的生活看起来很幸福，心情稍许有点不安。甚至第三个女儿十分生气，拔腿就回婆家，这件事也不会在我幸福的图画里投下阴影。天真烂漫的儿童不会明白，上述的那些诗句暗示了可怜的希布老爷生活中的痛苦心灵的悲戚情景。但我早已说过，那时我的心境与人物分析相比，更趋于形象图画的创作。现在我理解，自己的小女儿突然回婆家一事使失去理智的希布老爷十分伤心。

这位希布老爷可能在什么时候又变成另外一个人，我心里不时浮现这个问题；他也可能还存在着，也可能在这首儿歌里只不过留下古老的被忘却的历史的一个小小片段；也可能在另一首儿歌里出现他的另一个片段。

    在恒河中间有一沙洲，
    希布商人划船去沙洲。
    希布要去丈人家相亲，
    带着早餐干炒米，
    不是干炒米，而是香喷喷的饭团，
    还有又大又黄的香蕉，奶香四溢的酸奶。

  我怀疑，希布老爷与希布商人可能是同一个人，两人都对夫妻生活颇有兴趣；我还认为，他们内心都没有忽视吃喝，他选择了恒河中间的地方，它最适宜新婚夫妇欢度蜜月。
  这里读者将看到，首先提到粗心大意的希布商人的早餐是干炒米，但顷刻间，修正说"不是干炒米，而是香喷喷的饭团"，仿佛有关事件的真实方面不允许存有丝毫差错的余地。但是，通过修正之后，被描绘的水果显得十分突出。由于女婿的尊敬，丈人更加荣光，我不能断定这点，但在这方面，如果说诗人把真实与丈人荣誉相比，更突出地显示对真实的捍卫，我也无法相信这点。这一切仿佛也像梦幻一样。我认为，干炒米眼看着变成香饭团，也许希布老爷也是这样变成希布商人的，但谁能断定呢。
  听说，在火星与木星之间有许多小行星。有人说，一颗大行星爆炸成为一颗颗小行星。我认为，这些使儿童高兴的儿歌也是那样一个个小小世界，许多古代历史、古代典籍的残简就散见在这些儿歌里。现在，任何考古学家无法统一它们，但我们的想象力，可以在这些残页断章里，获得对那些已被忘却的古代世界的深刻而亲近的认识。
  无须赘述，儿童的想象不渴求历史统一的著作，对儿童来说，一切都现存着,全部骄傲都是属于现代的,他仅仅看到直观的图画,他不想用眼泪的雾气模糊那幅图画。

下面援引的儿歌里所展示的图画好像鸟儿的翅膀一样飞翔着,孩子的心给其中的每一次疾速飞翔冲击得激动不安。

> 鸽子在天空飞翔,
> 大老爷的妻子在河里洗澡,
> 两条鲢鱼在河中来回游动,
> 哥哥用钢笔朝河心扎去,
> 两个少女在对岸洗澡,
> 梳理发辫,手镯发出银铃般响声。
> 今天哥哥举行婚前仪式,
> 明儿哥哥要正式结亲拜堂,
> 野花采撷,花环编扎,
> 伴随欢乐吹奏声,悉多戏上演,
> 悉多请兄弟伽尔格拉依赴宴,
> 伽尔格拉依吃得喉咙哽咽。
> 什么地方能得到水源,
> 晌午骄阳似火,
> 在发烫的沙地上停留,
> 脸庞烧得发红。

其中任何一幅画都吸引不了我们,我们也不可能把握任何一幅画。飞翔的鸽子,大老爷的妻子,来回游动的两条鲢鱼,对岸洗澡的少女,哥哥的婚礼,伴随欢乐吹奏声的悉多的戏,晌午骄阳下发烫的沙地上的发红脸庞——这一切都像梦幻似的。对岸洗澡的两位少女,梳理发辫,手镯发出的悦耳声,它们作为图画来说是直观真实,但从当时关系看来,它们完全是一幅奇特的图画。

读者也应记住,创作梦幻是十分不简单的事。有人突然感到,随便涂涂，就能写出儿歌来，但倘若他想具备那种漫不经心的抒写能力，可不是那么简单。在世上的事务里，我们有如此体会，与淳朴自然的感情相比，培养复杂意向的感情对我们来说更显得容易些。不经召唤，匆促的意向自己会出现在各种事务里，就在意向干涉的地方，感情抛弃自己小小的云彩，牢牢地站住，它们再也不具备在空中飞翔的能力。所以，有人感到诗歌十分简单自然，有人感到难以理解的复杂。儿歌既简单又复杂，这就是简朴自然的主要标志。

我认为，读者将发现，这首儿歌为什么与我们上述的儿歌相吻合。正如乌云与乌云、梦幻与梦幻重合，儿歌也与之相似。为此不能控告某诗人剽窃，任何评论家也不能指责感情转换的过错。事实上，这些儿歌是心灵王国的游戏，那儿无法确定界限或形状或权限；那儿与警察的法律没有任何联系。请仔细地看下面从其他地方获得的儿歌：

> 噢，果实累累，可望而不可即，
> 心怀鬼胎的嫂子给小姑吃毒果。
> 口渴得要命，寻找水源，
> 何时抵达赫尔戈利尔原野，
> 从那儿取来清凉水喝。
> 大声呼唤哥哥，哥哥不在家，
> 大声呼唤苏伯尔，苏伯尔在家，
> 他今日把婚姻确定，
> 他明日迎亲归家。
> 他带苏伯尔朝迪格纳卡尔赶去，
> 迪格纳卡尔的姑娘在河中洗澡，
> 又长又粗的发辫在河里漂动。
> 两条鱼在水里浮游，
> 老爷逮走一条，另一条不知去向。

湿婆①女儿是新娘，
　　蛇神儿子是新郎，
　　奏起喜庆乐器，迎亲到婆家。

　　如果人们从这些儿歌里探索真实，那是十分困难的。在第一首儿歌里，我们看到，吃了干炒米，一个名叫悉多罗摩的酷爱歌舞的贪婪孩子不得不为了寻水喝，去特利布尔利河岸；在另一首儿歌里，可以看到，悉多的兄弟吃了硬的饭，为了寻水喝，来到发烫的沙地上；但在最后一首儿歌里，我们看到的是某个不幸的姑娘误吃了嫂子给的毒果，口渴得要命，到赫尔戈利尔原野去汲水，然后为了把嫂子的卑劣行径告诉哥哥，扰醒了左邻右舍。

　　这就是三首儿歌中的不和谐地方，另外，在每首儿歌内也看不到情节的连贯性。绞尽脑汁地思索，才能确定其中的大部分事实。但我们还看到，在确定事实时，人们通过丰富证据，使它比真实更可信，然而在这个领域里根本无法考虑到这点。这些事既不是真的，又不是虚假的；一首儿歌中提到苏伯尔的婚姻，不是不可能发生的事，但它似乎不真实。

　　大声呼唤哥哥，哥哥不在家，
　　大声呼唤苏伯尔，苏伯尔在家。

　　一旦唤出苏伯尔的名字，就引出"他今日把婚姻确定，他明日迎亲归家"的话。这件事也不确定，顷刻间，出现迪格纳卡尔的长发姑娘的事，只有在梦里有这种情况。不管词句是否相似，依靠不和谐的关系，刹那间一件事转换到另一件事，一会儿它无缘无故地存在，一会儿它存在的可能性就轻易地消失。虽然，苏伯尔的婚姻，可以理解为当时当地的某个真实事件的反映，然而有的事情在当时的历史上不

---

① 湿婆：与梵天、毗湿奴为印度教三大神，既是创造之神又是毁灭之神，既是苦行之神又是享乐之神。

可能取得地位。但是，当通过韵律节奏，用甜润声调唱着这些不相关联的、不可能发生的事时，人们既不相信又不怀疑，而用心灵的眼睛欣赏着这些梦幻般的形象的图画。

1894 年

（倪培耕　译）

谈《沙恭达罗》①

莎士比亚的《暴风雨》和迦梨陀娑②的《沙恭达罗》之间有着一定的相同之处。本文将论述它们在形式上的类似和内容上的差异。孤独中长大的米兰达③和王子腓迪南的爱情同年轻女修士沙恭达罗和国王豆扇陀的爱情之间有着许多共同之处。甚至于故事发生的地点也相似:无人烟的孤岛和幽寂的净修林。

不难找出这两部作品在情节上的类似之点。但是,细心的读者很快就会注意到两者在意境上的巨大差异。

欧洲诗人的精神之父歌德④在一首四行诗中言简意赅地揭示了《沙恭达罗》的全部思想。他的这首诗仅是小小的火舌而已,却用白炽的光照亮了整个《沙恭达罗》。他写道:"谁欲知什么是人间和天堂,烦请一读《沙恭达罗》。"

不少人认为歌德这句话是艺术夸张,从而没有用心推敲其含义。在他们看来,歌德不过是想说明,《沙恭达罗》这部作品值得一读而已。这种见解分明是错的。歌德的这首诗不是夸张,而是真知灼见。诗人留意到《沙恭达罗》中发生的一切变化:花结成果实,人间变成天堂,

---

① 《沙恭达罗》:印度古典梵语作家迦梨陀娑的一出著名剧作。情节大致如下:国王豆扇陀到林中狩猎,在净修林瞥见修材仙人义女沙恭达罗,一见钟情,私自成婚,留下信物戒指。后来沙恭达罗携子进城寻夫,但不慎把信物遗失,国王不认。后来一渔夫捕到大鱼,从鱼肚发现那只戒指,呈送国王。国王才如梦初醒,去净修林找到了别离的妻儿。

② 迦梨陀娑:印度古代诗人、戏剧家,著有剧作《沙恭达罗》等。

③ 本文中提到的一些人物都是《暴风雨》和《沙恭达罗》中出现的人物,不一一再注。

④ 歌德(1749—1832):德国诗人、作家。

天生的本能变成了精神的原则。迦梨陀娑在《云使》中曾描写了两种云：东方的和北方的。随着东方的云，读者漫游美丽多姿的大地；随着北方的云，读者逗留在常青之城——阿罗迦。《沙恭达罗》中则有第一次人间相遇和第二次天堂相遇的情景。整个剧本就是描绘了在人间奇妙和激动人心的相遇变成在天上净修林中永久和愉快的结合的全过程。其目的是表达一定的思想和揭示人物性格。不仅如此，该剧还显示了产生于美丽的自然界的爱如何升华到永恒天堂的美和善。这一点，我已在另一篇文章中作了详尽的叙述，这里不再重复。

迦梨陀娑笔下生花，巧妙地写出了人间和天堂的结合。他如此不露痕迹地将花变为果实，沟通了人间和天堂，以致无人觉察它们之间存在的差异。在第一幕中，诗人准确地写出了沙恭达罗在人世间的感受。他明白无误地告诉我们，女修士和国王的相互爱慕是多么强烈。诗人写出了青春的炽热、激情的起伏以及愿望和羞涩的交织。沙恭达罗是一个淳朴无邪的少女。她在突然迸发的感情面前手足无措。她不善于克制自己和压抑自己的愿望。像看见箭飞来而大吃一惊的小鹿不知猎人为何物一般，她也不知晓爱神甘达尔帕的五支箭的厉害，因而她的心灵不曾防备，不能不信任甘达尔帕和豆扇陀。在狩猎林中，猎人需多方小心，以免被猎物发现。同样，在男女经常相遇的社会里，爱神乔装打扮，悄然行事。在净修林中，无论是小鹿还是少女，都是毫无戒备的。

沙恭达罗是个纯洁无瑕的少女。她对国王一见钟情一事并不有损于她的形象，相反，却又一次说明她的天真无邪。置于室内的假花蒙上了尘土，需要每天拂去。但有谁会每日去拂掉头上戴的野花上的尘土呢？落在野花上的尘土无损它们的纯洁和优雅。沙恭达罗甚至对威胁她的东西都不加以猜疑。她犹如一头轻信的小鹿，犹如湍急的溪水，置身于一切污秽卑劣之外。

处于青春巅峰的沙恭达罗不谙人情世故，但迦梨陀娑并没让她心猿意马，她终究还能自我克制。沙恭达罗是质朴的，绝不把自己的不幸转嫁他人。她是女性所特有的善良的化身。像树木、藤蔓、鲜花及果实一样,她并不意识到自己的美,她受大自然赋予自己的情感的支配。她专心致志进行苦修。她活着只有一个欲望,即达到善的欲望。迦梨陀娑以非凡的艺术手法把她置于性的快感和自我克制、天生爱好和循规蹈矩以及小河和大海的冲突之中。她的父亲是一位大仙人,母亲是天上的仙女。因双亲违背誓愿,沙恭达罗降生在人间。她在净修林中长大。在那里,人的天生弱点不会妨碍苦修,美与克制共存;在那里,没有社会的陈规陋习所造成的矫揉造作;在那里,严格的宗教戒规支配一切。这是一个盛行干闼婆的结婚方式①的世界,把天生的冲动和社会的制约结合在一起。在婚姻不受一切制约、完全自由这一点上,《沙恭达罗》显出独特的、无可比拟的美。在剧本中,快乐和忧愁、相会和别离这两种因素一直处于冲突之中。只要我们不抱偏见,就不难明白歌德为何称颂《沙恭达罗》的独到之处是矛盾的统一。

在莎士比亚的《暴风雨》中就没有,也不可能有这一点。沙恭达罗是个美貌的少女,米兰达当然也是个窈窕淑女。这一点算是她们的共性吧。然而,她们的处境,她们的经历,她们的性格是迥然不同的。米兰达自幼在孤独的环境中长大,但沙恭达罗并不孤单。米兰达在父亲身边成长,这就破坏了她的自然发展。而沙恭达罗与同龄女友一起成长,她们互相仿效,交流思想和感情,欢声笑语不断,从不吵架斗嘴。这样,她们得到自然发展。假若沙恭达罗整天与大师干婆待在一起的话,那么,她的发展就会很困难,而她的天真淳朴也只仅仅是卑恭自惭的同义语而已,她就只能变成一个女仙人。沙恭达罗的美是大自然赋予的,而米兰达的美则受制于外部条件。在两个少女处境全然不同的条件下,这种情况是再自然不过的了。沙恭达罗和米兰达之所以美,并不是因为她们无知。从第一幕中我们得知,沙恭达罗处处显露出自己是个女性,而且多嘴的女友们也不容她忘掉这一点。她知道腼腆羞涩。但这一切都是外在的东西。她的美是内在的美,她的纯洁潜藏在她的心灵中。诗人清楚地告诉我们,这种内在的纯洁不是外界

---

① 印度《摩奴法典》所认可的八种结婚方式之一,即青年男女自由恋爱结婚,而不用征求双方家长的同意。

积累的经验所能酝酿而成的。我们不能说沙恭达罗对周围世界一无所知,因为净修林并非脱离社会而单独存在。在那里,人类社会生活的规律同样在起作用。虽然她懂得的不很多,但我们不能就此责备她无知。她心灵的弱点是轻易相信他人。轻信给她带来了不幸,同时却也挽救了她:使她忍受住了沉重的打击,使她变得更为容忍、仁慈和善良。米兰达的淳朴没有经受烈火的考验,没有经受过与人生阅历的冲突。显现在我们面前的米兰达只是处于发展的最初阶段,而沙恭达罗则经历了发展的全过程。

对比的批评分析不是毫无用处的。若把这两部作品加以对照,那么首先引人注目的不是两者的相似之处,而是它们的不同之点。这种差异有助于我们理解这两个剧本的思想。正为此目的,我才提笔撰写此文。

我们所见的米兰达是居住在汹涌海浪拍击着的无人石岛上,然而她与自然毫无联系,对于她而言,这个孤岛从童年时代起就是她的亲人。米兰达游离于人类社会之外,这一点影响到她的性格形成。她一点也不眷恋围绕她的山丘和大海。因而我们只是在作者的描写中,而不是在米兰达的亲身感受中,见到这个海岛。海岛仅仅对情节发展有用,对女主人公的性格发展则无所补益。

沙恭达罗的情景则大不一样:她与净修林紧密相连。没有这个林子,也就没有情节,更没有沙恭达罗这个饱满的人物形象。沙恭达罗与米兰达的处境不同之处在于她并非孤独一人,她与周围有着密切的关系。她娇嫩的心灵像是沁透了林荫的凉爽,与满是尘土的藤蔓一起旺盛生长,被小鸟的天真友善之情所深深吸引。迦梨陀娑在自己的剧本中所描绘的大自然不是存在于外界,而是存在于沙恭达罗的心灵深处。因此,我认为,很难把沙恭达罗和她四周富于诗意的环境分割开来。

米兰达的形象是通过对腓迪南的爱情展现出来的。她对海船在暴风雨中遇难不胜悲哀,由此揭示了她的善良。沙恭达罗的形象显然要深刻得多。即使全然没有豆扇陀这个人物,她的美照样可以得到多方面的开掘。她心灵的藤蔓缠绕向上,使周围一切有生命的和无生命的东西显得生机勃勃。她所亲手浇灌的树木，对于她而言，犹如手足之亲。入夜，当明月照亮了林中怒放的鲜嫩花丛时，她善良的眼睛贪婪地摄取清明的月光。她的心灵完完全全是娇嫩的。

当她遇上男子离开净修林时，她每跨一步都觉得有什么东西在拽她，引起她心中不胜忧伤。文学是伟大的，但只有在《沙恭达罗》的第四幕中，我们方能见到离别森林的情景，有时竟会令人悲痛欲绝。在这个剧本里，人与自然的关系就犹如感情和理智的关系。这种不同凡响的矛盾统一，在印度之外的任何一个国家里是不可能，也不会见到的。

在《暴风雨》中，大自然是通过阿莱里来体现的，但她还远远没有和人接近。她与人的关系是一个不乐意执行命令的女仆与女主人之间的关系。阿莱里要自由，但她却恭顺驯良，听命于人。因而，她像奴隶一般俯首帖耳。在她的心中没有爱情，她从不落泪。米兰达对她也十分冷淡。当她们随着普洛斯彼罗离开荒岛时，阿莱里竟没有说出一句告别的话。《暴风雨》中充满了暴力、威胁和压迫，而在《沙恭达罗》中则是爱情、宁静和善良。在《暴风雨》中，自然虽被拟人化了，但与人不心心相通。在《沙恭达罗》中，甚至于树木花草、飞禽走兽都与人息息相关、互为依存。

《沙恭达罗》一开始，就响起劝阻国王勿用弓箭的惊慌不安的请求声："喂，喂，国王呀！净修林里的鹿是杀不得的，杀不得的。"[①]这句话即是整个剧本的宗旨。这劝阻之声不仅对鹿，而且对沙恭达罗也是同样适用的。

苦行者们说道：

> 喂，喂，国王！那是一只净修林里的鹿。
> 你的箭不应该射向鹿的柔软的身躯，
> 这简直是无端放火把花丛来烧。

---

① 本文所引的《沙恭达罗》剧中人的对白均引自季羡林的译本，人民文学出版社1980年版。

> 唉！鹿的生命是异常脆弱的，
> 你那如飞的利箭，它如何能受得了？
> 赶快把你准备好要射出去的箭放下！
> 你的武器要用来拯救苦难，不能把无辜的乱杀。

沙恭达罗也同样遇到了危险：国王弓上待发的爱情之箭威胁着她。国王饱经阅历，精于爱情的艺术。这从该剧的另一个情节中便可得知。而这个天真淳朴、无阅历的少女太温情、太多愁善感。唉，较之于小鹿，她更应受到保护。她们俩都是森林的居民嘛！

警告的话音未落，在国王面前出现了身着树皮做成的衣服的一个妙龄女修士。她和自己的女友一道，边浇树边向这边走来。就这样，她为自己的树木兄弟和藤蔓姐妹效劳。不仅是衣服，而且还有轻盈匀称的体态，使沙恭达罗看起来就像一棵小树或藤蔓。难怪豆扇陀说她：

> 下唇像蓓蕾一样鲜艳，两臂像嫩枝一般柔软，
> 魅人的青春洋溢在四肢上，像花朵一般。

戏剧一开始，展现在我们面前的是寂静无人的花木繁盛的王国，那里充满了美和宁静的生活。这是一种笃信宗教、好客、友善、热爱世界的生活。这生活是如此纯正和快活，不由得使人担心一个突然打击会扰乱它。我们真想举手向天，阻止豆扇陀："收起你的箭吧！千万不要破坏这尽善尽美的境界！"

豆扇陀和沙恭达罗之间的爱情变得越来越强烈：在第一幕快结束时，从后台传来了警戒的歌声：

> 喂！喂！净修的人们呀！
> 请您准备着看守净修林里的牲畜吧！
> 正在打猎的国王豆扇陀来到这附近了。

这是整个净修林的大声疾呼。沙恭达罗是居住在此的生命之中的一个，但她并没有及时得到保护。

当沙恭达罗离开净修林时，干婆说：

> 喂，喂！净修林里的住着树林女神的树啊！
> 在没有给你们浇水以前，她自己绝不先喝。
> 虽然喜爱打扮，她因为怜惜你们绝不折取花朵。
> 你们初次着花的时候，就是她的快乐的节日。
> 沙恭达罗要到丈夫家去了，愿你们好好跟她告别！

这就是沙恭达罗和一切有生命及无生命的世界之间的内在联系，这就是爱与善的纽带。

"毕哩阇婆陀，"沙恭达罗喊道，"虽然我很希望看到我的夫君，但是要离开这个净修林，我的双脚想往前走，抬起来，却很难放下。"

"你同净修林分别，伤心的并不只是你一个人。"毕哩阇婆陀答道，"你也注意一下在你离别时净修林的情况吧！小鹿吐出了满嘴的达梨薄草，孔雀不再舞蹈，藤蔓甩掉了褪了色的叶子，仿佛把自己的肢体甩掉。"

沙恭达罗对干婆说：

"父亲啊！什么时候那一只在茅棚周围徘徊的由于怀了孕而走路迟缓的母鹿生了小鹿，请你一定向我报喜。"

"孩子！我不会忘记的。"干婆道。

沙恭达罗觉得背后好像有人在拽自己，不禁叹道：

"啊哈！这是什么东西总是跟在我脚后面牵住我的衣边？"

干婆答道：

"每当小鹿的嘴给拘舍草的尖刺扎破，你就用治伤的香油来给它涂。用成把的稷子来喂它，使它成长，它离不开你的足迹，你的义子，那只小鹿。"

沙恭达罗对鹿道：

"孩子呀！你为什么还依恋我这个离开我们共同居住的地方的人呢？你出生不久，你母亲死后，我把你抚养大了，现在我们分别后，我的父亲会关心你的。你就回去吧，孩子，你回去吧！"

沙恭达罗告别了树木、藤蔓、小鹿和飞鸟，满脸泪水地离开了净修林。

她与净修林的关系就如同藤与花的关系一般密切。

在《沙恭达罗》一剧中，大自然像阿奴苏耶、毕哩阎婆陀、干婆和豆扇陀一样被人格化了。大概除梵文文学之外，无论哪一种文学都没有让沉默的大自然起过如此这般重要的，甚至可以说是无法替代的作用。在寓言剧中，大自然偶尔也以人的形象出现，有台词，但我从未见过，大自然就其原形是如此生动，如此实在，如此亲近和包罗万象；我从未见过，大自然扮演了如此重要的角色。在把外部世界看成是遥远的和奇迹般的东西的地方，在把外部世界用墙隔开的地方，没有也不可能创作出类似的作品。

在《罗摩后传》中，同样可以看到人与自然之间的亲密关系和友情。甚至悉多身在皇宫还怀念着绚丽多彩的春天森林。在达玛萨河流经的地方，生活着她的挚友，生活着她的义子义女——孔雀和幼象和她的亲人——树木和藤蔓。

在《暴风雨》中，人不是在善和爱中寻找伟大，只想凌辱和压倒周围的一切从而成为出人头地的大人物。争权夺利、互相敌视和竞争角逐构成了《暴风雨》的基本内容。普洛斯彼罗在失去领地之后，凭借魔法的力量牢牢控制了自然王国。奇迹般地逃脱灭顶之灾的一小撮人，为了占领一个几乎荒无人烟的岛屿，什么都干得出来：施展阴谋诡计、背信弃义和谋杀暗算。最后，他们的阴谋破产了，谁也没能得到永恒的东西。大自然在这个剧中好像是恶魔，把它当作半兽人一样加以驯服、控制和奴役，但它仍每时每刻试图使用自己的毒牙和魔爪。每个人都得了他应得的一份。也许，这对庸人来说是心满意足了，但对诗人来说绝不能这样。

《暴风雨》这个标题本身就完全说明了剧本内容。人与自然之间存在敌意，人与人之间存在敌意，而这敌意便导致争权夺利。整个剧本自始至终充满了争斗和惶恐不安的情绪。

诚然，桀骜不驯的人类世界时常掀起暴风雨。对其野蛮的本能，犹如对付猛兽一般，只得凭借权力、暴力和压迫来加以抑制。但是，这种以暴制暴的办法不是根本的办法。我们的心灵拒绝承认这是包治一切的万应灵丹。我们的心灵相信，在真、善、美的光芒照耀下，万恶会渐渐消融，直至灭迹。这种信念是无论什么东西都摧毁不了的。文学就可以保证做到这一点。由于文学，善充实了人类之心，使其变得更加美好。不能像卫道士那样，用恫吓来指导人走上正路，因为恫吓不能触及灵魂。古典文学首先就是濡染灵魂。古典文学用真诚的泪水洗去耻辱，用鄙视的烈焰烧掉罪恶，用快乐褒奖美德。

迦梨陀娑在自己的剧本里用忏悔的泪水熄灭了残忍目的之火。但他并非嗜好描写病态，只是一笔带过而已。在生活中常常而又自然发生的一些事，他用达罗婆娑的咒语来加以阐明。这是可以理解的。否则，一些往事就会显得过于触目惊心和令人悲痛欲绝，就会破坏整个充满宁静和谐的剧本的结构。若是这样，迦梨陀娑就达不到自己的目的。诗人保留了对悲伤的心境的描述，但用沉默的大幕遮住了一切悲观失望和令人憎恶的东西。

尽管如此，迦梨陀娑还是掀起了帷幕的一角，使我们得以窥见丑恶的模样。对此，需要详细阐述一下。

第五幕中，豆扇陀拒绝了沙恭达罗。在这一幕开头，诗人仿佛是顺便似的，说明国王有了新欢。她名叫恒娑婆抵，在后台深沉地唱道：

  蜜蜂呀！你贪吃新蜜曾吻过杧果的花苞，
  你愉快地待在荷花心里，为什么把它忘掉？

从皇宫的音乐厅里传出的这凄凉悲切的歌声深深打动着人心。正当我们为沙恭达罗和豆扇陀的爱情激动不已时，这种打击就更令人难以忍受了。方才在第四幕中，沙恭达罗领受了仙人干婆的祝福和所有林中苦修者们的良好祝愿。她惆怅、柔情、纯洁和美丽,动身前去丈夫家。至此,我们满以为等待着她的将是爱情和家庭的幸福。可是接下来的一幕一开始就说明,我们想象中描绘的图画是多么虚假。

"你从她的歌声里听出了什么意义呢?"对于丑角提的这个问题,国王笑着答道:

"这个人以前被我爱过。我受到皇后恒娑婆抵的谴责。朋友摩陀弊耶!请你把我的话告诉皇后恒娑婆抵:'我应该被你谴责。'"

这一场说明国王喜新厌旧的戏有着深刻的含义。诗人十分艺术地暗示我们,过去的一切不能用达罗婆婆的诅咒来说明,而要用国王的品质来说明。在剧中看来是偶然的东西,其实完全是必然的。

在第四幕和第五幕中,我们感受到一股清新的风。我们发现自己所处的世界还有别的一些精神规律在起作用。净修林的韵律如何才能和这个世界的韵律合拍呢?净修林中的如此美好和自然的东西,与精神上产生的惊惶不安显得何等的不合拍!这就是为什么第五幕一开始,当我们于不知不觉中走到皇宫时,就突然发现,这里的人心肠竟硬如铁石,爱情何等不忠实以及破镜重圆的道路多么艰难。于是,我们美好的幻想一下子接近破灭。干婆的徒弟舍愣伽罗婆把皇宫比作火焰弥漫的房屋。

舍罗堕陀赞同他的这一说法:

> 我进了城,在这个地方跟你一样心神不安。我也——
> 认为这些人污尘遍体,而我独净;
> 他们皆浊,而我独清;他们皆睡,而我独醒;
> 他们枷锁在身,而我自由畅行;
> 他们为邪欲所缚,而我独得适性怡情。

年轻的净修人立即就觉察到在这一个完全不同的世界里所发生的一切。从第五幕一开始,诗人就渐渐地让我们对沙恭达罗将要遇到的不幸做好准备,以免对我们打击过大。恒娑婆抵的朴实而又忧伤的歌声起到了国王的残忍行为的前奏的作用。犹如一声晴天霹雳，灾难降临到毫无怀疑之心的沙恭达罗头上。她像一头林中小鹿，万分惊讶地、惶恐和忧伤地呆望着自己的情人，正是这个人曾用无情的箭射倒了她。她的眼中流露出悲痛欲绝的神情。百花盛开的林中被放了一把火！转瞬之间，净修林永远地消失了，这个林子曾以自己的美和林荫使沙恭达罗心醉过，它曾悄然地占据她的心灵。沙恭达罗孑身一人，孤单无援。父亲干婆在何方？母亲乔答弥在何方？阿奴苏耶和毕哩阁婆陀在何方？与树林、藤蔓、飞禽走兽的爱抚和温情相连的纽带在何方？昔日的宁静和无忧无虑的生活又在何方？看到突然的打击使沙恭达罗茫然不知所措，我们惊呆了。剧本头四幕中回响着的旋律骤然中断了。

心地善良的沙恭达罗曾以为周围的世界一切都是亲切的，现在一下子陷入了极其孤独之中。在她四周笼罩着无言的空虚。这个空虚，她只能用自己的极度悲痛来弥补。迦梨陀娑没有让她回转到干婆的净修林一事说明，他诗的直感是无懈可击的。与净修林的关系永远断绝了。到现在为止，沙恭达罗与净修林的离别还仅仅是暂时的，但到她从豆扇陀的皇宫出走之后，这种离别就是无可挽回的了。先前的沙恭达罗再也不复存在。她对世界的态度变了。她再也不能像以前那般生活了。巨大的痛苦使她变得孤独。迦梨陀娑没有把沙恭达罗送到另一个净修林中，以免她因远离女友而感到悲伤。诗人沉默了，但他的沉默比言辞更为有力：我们明显地感受到沙恭达罗的孤独。假若她回到干婆的净修林，那么诗人就不能保持沉默，就要中止树林和藤蔓的痛苦及沙恭达罗的女友们的悲痛。但在仙人干婆的净修林中却是一片宁静和安谧。我们心灵的眼睛仅仅看到了苦思冥想的沙恭达罗的无尽，然而却有克制的痛苦。诗人虔诚地对待这一痛苦，他不声不响地暗示了一切问题，装出一副与世无争的样子。

现在，豆扇陀受到了良心的谴责。这种谴责包含了他的自我赎罪。倘若他不经受这些痛苦而得到沙恭达罗，那么对他来说，这不一定是好事。此外，得到这并不意味着赢得人心。只要沙恭达罗不被令人陶醉的青春的旋风刮得迷向，国王就赢不到她的心。要赢得就得苦修。不劳而获的东西容易失掉。在瞬间的冲动中诞生的东西也会迅速死亡。在豆扇陀和沙恭达罗相互赢得对方的心之前，诗人使他们经历了长期的、熬煎人的苦行。要是国王在沙恭达罗走进宫殿的时候就认出了她，那么她会成为满足于从国王爱情之桌上吃残羹剩饭的又一个恒娑婆抵。那些轻易委身于多情的国王的女人必定是忘了，她们的存在仅仅使人想起她们短暂的幸福。"这个人以前被我爱过。"

对沙恭达罗来说，幸运的是，国王以尽可能大的冷酷拒绝了她。但受到这种冷酷打击的是国王本人，正是这种冷酷使他的良心因后悔备受不堪忍受的、痛苦的煎熬，不准他忘怀沙恭达罗。正是由于这种冷酷，沙恭达罗得以渐渐地与国王心心相通，尽管她未以自己充实他的存在。在生活中，任何事情豆扇陀都从未经历过第二次，政务和享乐占据了他全部时间，未为真正的爱情留下位置。他不幸福，因为他是国王。他的一切愿望可以不费吹灰之力就能达到，而要经过严格苦修才能获得的财富对于他是望尘莫及。只有当造物主教他经受精神上的磨难之后，他才懂得什么是真正的爱情，从那时起，他再也不能过那种过眼烟云的生活了。

这样，迦梨陀娑把罪孽彻底地予以暴露，像用火从里向外烧了个透，而不是只在其上撒了一层灰烬。剧本以恶终于被战胜而结束。焦急的读者看到，一切冲突都得到了完全彻底地解决。一棵毒树会由一粒偶然落地的种子发芽生长而成，而要消灭这棵毒树则需铲除其深深扎入土中的根。在迦梨陀娑看来，豆扇陀和沙恭达罗只有历尽长期的折磨之后方能真正结合在一起。让我们回忆一下歌德的话吧：

> 春华瑰丽，
> 亦扬其芬；
> 秋实盈衍，
> 亦蕴其珍。
> 悠悠天隅，

> 恢恢地轮,
> 彼美一人:
> 沙恭达纶。①

《暴风雨》中,普洛斯彼罗使腓迪南的爱情经受的严重考验就是教他搬木头。然而,这仅是体力上的考验,而不是精神上的考验。迦梨陀娑懂得,在灼热的痛苦的压力下,碳会结晶成金刚石。他使乌黑的东西发光,把脆弱变成了刚强。我们在《沙恭达罗》中看到,恶习也有自己的意义。这部剧本无可争辩地证明,在这个世界上,按照造物主的意志,纵然恶也定能变成善。只有在恶的不断打击下,善才能寻获真正的力量,从而光照千秋。

在剧本一开头,沙恭达罗生活在一个纯洁的美的世界里,和自己的女友、树木、藤蔓及小鹿和睦、快活地相处。恶不为人知地渗进了这个乐园,而美犹如一朵被虫蛀空了的花,枯萎了,失色了,进而死去。主人公经历了羞惭、怀疑、苦痛、别离和良心的责备。只有在另外一个世界,即更为纯洁的天上世界里,他们才得到宽恕、爱情和宁静。《沙恭达罗》既是失去的乐园又是复得的乐园。前者是脆弱的,不安全的。它虽然美,但可能会像莲花上的露珠一般,转瞬即逝。这种孤芳自赏的美应该抛弃,因为它是不长久的,不能给人以充分的满足。恶像一头狂暴的象闯进了这个乐园,莲花弱小的花瓣阻挡不住它,惊慌不安使人心浮动,导致这个乐园走向毁灭。至于第二个乐园,它是一个永恒的乐园。它是以精神上的苦痛以及苦修的代价才复得的,没有丝毫危险。

人生也是如此。孩童们居住的纯洁世界是美的,富有意义,但是它太小了。如果脱离童年的乐园般的世界以后,而不遇到成年期的矛盾和动荡,那么休想在暮年得到安宁。晚间的安适只有在白天的炎热吞噬了清晨的凉爽之后才能来临。一切脆弱的东西会被恶的力量击得

---

① 系苏曼殊的译文。本文末这段话译文则为直译。

粉碎，在精神的痛苦中诞生永恒的东西。在《沙恭达罗》中，诗人破坏了一个乐园，建立了一个新的乐园。

大地从表面看上去是美的、平静的，但其里面潜藏着巨大的力量。《沙恭达罗》中有着与此类似的景象。任何一个别的剧本都没有这种从容不迫的气氛。欧洲诗人乐于相信情感的力量，驰骋于其想象之中。在莎士比亚的《罗密欧与朱丽叶》及其他剧本中，可以找到许多这方面的例子。在莎士比亚的剧本中，没有一个具有《沙恭达罗》那种深深的平静和从容不迫。豆扇陀和沙恭达罗谈情说爱的对白出乎寻常的短，且其大部分用的是隐喻和含蓄的话语。要是换一个诗人，他定会信笔写开去，但迦梨陀娑却掌握分寸。从净修林回到京城后，豆扇陀没有立即着手寻找沙恭达罗。别离是让女主人公搔胸顿足、号啕大哭的一个绝妙机缘，但沙恭达罗并未因悲哀而失声。只有从她没有看见仙人达罗婆娑的恍惚神情之中，我们方能设想她的心境。干婆在分别时用寥寥数语和有节制的恋恋不舍之情表达了对沙恭达罗的无限爱抚。沙恭达罗的女友阿奴苏耶和毕哩阁婆陀的悲哀之情眼看就要冲口而出，然而每次都欲言又止。在没有道白的舞台上，同样有着恐惧、羞涩、遗憾、哀告、责备和眼泪，这一切表达得是何等的简洁！沙恭达罗未假思索地托付了自己的爱情。但有谁能料到，她竟会没有半句怨言，以如此有节制的自尊心面对不堪忍受的凌辱。在沙恭达罗的一番倾诉之后，随之而来的是多么深邃的和打不破的沉默！沉默的干婆，沉默的阿奴苏耶和毕哩阁婆陀，摩哩尼河边沉默的净修林以及比谁都默默无言的沙恭达罗！在其他任何一个剧本里有这等打动读者和观众的心的类似场面吗？豆扇陀的负情在某种程度上因达罗婆娑的诅咒而被谅解的这一情节，同样地反映了迦梨陀娑是有节制的。诗人坚决摒弃了显示赤裸裸的恶的做法。文艺女神阻止他这样做：

你的箭不应该射向鹿的柔软的身躯，
这简直是无端放火把花丛来烧。

伴随着播下惊恐不安的种子的豆扇陀出场,诗人写下了如此诗句:"御车惊起了一只大象闯进法林。"

剧本中所描绘的世界不可能不被破坏。灾难不仅威胁到净修林,而且也威胁到诗的花园:这就是为什么迦梨陀娑没有让灾难再扩大,而是用咒语的桎梏紧紧地锁住了它,尽量不使长满莲花的池塘的清水被搅得纷扰不安。

与此不同的是,欧洲诗人盲目地复制生活真实,如实反映生活,他们没有用咒语或超自然力量的干预来解释过去。他们用诗的支配取代生活的支配。迦梨陀娑没有把生活真实置于诗之上。他不想如实描绘日常生活,因为他自己不能不受诗的支配。他要使每个情节符合整个剧情。他完整地保留了真理的内在本质,将其表象巧妙地同自己作品的美结合在一起。他明确地抒发了因作恶引起的精神苦痛和后悔,但将恶行本身遮掩起来。他的这种做法被证明是正确的,否则,充满《沙恭达罗》一剧的安谧和克制就会消失,使该剧蒙受不可弥补的损失。复制品确是忠实于生活真实,但文艺女神却由此受到残酷无情的打击。迦梨陀娑的神妙之笔不会,也没有这样写。

诗人善于在不破坏宁静和美的情况下保持自己作品的内在力量。他的净修林的自然景色并未远离人们心中所经历的一切。它用鲜艳的色彩使沙恭达罗的青春爱情绚丽多彩,把树叶的簌簌声和干婆的祝福融合在一起,把告别时无言的忧伤和别离的茫然结合在一起,就这样,魔术般地用纯洁和美妙的奇光异彩照亮了沙恭达罗的形象。在剧中经常出现静场,但更无声的是净修林。尽管寂静无声,但净修林仍不失为剧中的一个角色。净修林是完全和角色这一词相配的。在它的动作中,没有戴着奴役桎梏的阿莱里的那种忙乱。这是美和爱的动作,兄弟情谊的动作,内心世界的神秘动作。

在《暴风雨》中,暴力主宰一切,而在《沙恭达罗》中,则是宁静支配一切。在《暴风雨》中胜利靠武力取得,而在《沙恭达罗》中胜利靠善来赢得。《暴风雨》在半途就突然中止。而《沙恭达罗》达到了完美的境界。米兰达以自己的淳朴使人感到可爱,但这种淳朴出于无知和无经验；沙恭达罗的淳朴则是经历了背信弃义、痛苦、忍受和仁慈的淳朴，她的淳朴是因阅历而变得聪慧的淳朴，是深沉的淳朴，是永久不变的淳朴。让我们重复一下歌德的话吧："在《沙恭达罗》中，青春的美达到了一个更高的高度，把人间天上结合到了一起。"

1902年
（陈宗荣　译）

舞台

在婆罗多的《舞论》①里就有对戏剧舞台的描述,但没有有关舞台布景的叙述,然而这没有特别的坏处。

艺术保持自己的贞操,就能获得充分的尊重。假如保持与妾的关系,艺术就得不到尊重,尤其在妾特别得势时。如果朗读《罗摩衍那》,从开篇至末篇只用一个音调的声音朗读,那么这个可怜儿不可能在曲调创作方面有所作为。高水平的诗歌使自己的音乐与自己的规律相结合,不理睬来自外界音调的干涉。那些优秀音乐用自己的规律描述自己的事,它们不会看着迦梨陀娑和弥尔顿②的脸色行事,它采用被人轻视的"ta s na s na s"③产生惊奇。绘画和歌曲结合故事,会产生艺术的一个多姿多态形式,但它是娱乐的货色,市场的货物,它无法在民族节日里获得崇高的地位。

但是,朗诵诗与不能朗诵的诗相比,自然得有一些依赖。它凭借外界的帮助,才使自己有意义,才能以特殊形式被创作出来。人们不得不承认,它始终窥探着被表达的机会。正如贞洁的妻子除了丈夫不想任何人一样,优秀诗篇除了多愁善感的人之外不考虑其他人。我们读文学作品时,内心始终在表演,那种表演没有发现那个诗歌美的魅力,那么,那种诗歌是对谁都不会带来声誉的。

---

① 印度古代戏剧理论著作。成书时代约公元前后。书中主要论述戏剧的理论和实践,但兼及舞蹈、音乐甚至语法、修辞。所谓"舞"实指戏剧,包括音乐、舞蹈动作。其中接触到的文艺理论问题成了后来各派理论的依据。
② 弥尔顿(1608—1674):英国诗人,长诗《失乐园》是他的主要诗作。
③ 印度古曲音乐的节奏。作者的意思是纯粹的节奏也能产生美感或惊奇。

因此，人们会说，表演艺术具有极大的依赖性。那位孤立无援的表演者盼等着戏剧，依靠戏剧的骄傲，显示自己的骄傲。

但是，正如具有女人气质的丈夫成为人们开玩笑的对象，如果戏剧目不转睛地盯着表演，把自己束缚于表演的条条框框里，那么它只适合做那样的笑料角色。戏剧的精神应该是"不管是否有我的表演，即使表演毁于一旦，也对我毫无损害"。

当然，表演不得不依赖于诗歌，但这绝不意味着，它被迫成为所有艺术的奴仆。如果它想维护自己的荣誉，没有那么多依赖无法完成自我表现，那它就吸引那么多依赖；假如它采取了比这更多的依赖，由此它就获得了自己的荣誉。

毋庸赘述，戏剧里所叙述的事对表演者来说是极端必要的。诗人规定角色的欢笑细节，表演者就根据它欢笑；诗人给角色以痛哭流涕的机会，表演者就号啕大哭，让观众从眼里挤出泪水来。但图画怎么办呢？它悬挂在表演者身后，表演者无法创造它，它仅仅被描绘着。我认为，由此显示表演者的无能和怯懦。表演者妄想通过各种各样的办法，迷惑观众的心，从而使自己的工作变得轻而易举，因而他们向画家伸手乞求。

不仅如此，难道那些来观看表演的观众穷困潦倒，连一个铜板也没有？难道他们都是不懂事理的娃娃？难道他们完全不可依赖？假如确是那回事，就不该以双倍价格出售戏票给他们。

这是在法庭面前提供证词，而不是起誓证实每一事物，有什么必要为使那些来取乐的人相信而做出如此多的花招呢？他们不是把自己的想象力锁在家里，来这里观看戏剧。你们稍许暗示一下，他们就会明白的。你们应该与他们携起手，共同创作。

豆扇陀国王躲在大树背后，偷听沙恭达罗的女友们[①]的谈话，这个细节安排得很好。你可以尽情地偷听她们的交谈，尽管在我面前没有真正的大树，我却可以把握住这个生活细节。我具备这个创造力，

[①] 这是迦梨陀娑的《沙恭达罗》剧中的一个情节。

虽然直接判断适合豆扇陀、沙恭达罗、阿奴苏耶、毕哩阁婆陀等人性格的鲜明感情色彩和声音所包含感情的每一反射，是异常困难的；但我在自己面前，目睹这一切生活情景，心灵就充盈了情味，此时此刻，想象两道篱笆，一间房子，一条河流，并不是特别难的事。因为我们没有直接目睹，想通过图画来提供其细节，这种添枝加叶的做法是对我们的想象力的极端不信任。

所以，我觉得，我们邦里的"亚特拉"①戏剧表演艺术是十分高超的。在这类戏剧表演里，观众和表演者之间不存在任何屏障，依靠相互间的信任和亲善，工作十分圆满地完成。诗歌的情味的真实东西，它借助于表演，像喷泉一样洒落在四周观众的激动的心灵上。女园丁在自己花园里采撷花朵，直至黄昏降临。为了证明这个场景，有什么必要在舞台中央安上一棵货真价实的树呢？整个花园在单独的女园丁心里显示自己。假如是另外一种情况，女园丁身上还有什么优点可言，观众难道呆若木鸡地坐着？

假如《沙恭达罗》的诗人不得不考虑舞台布景事宜，他开始就应废除驱车追赶鹿群的场景。无疑，他是位伟大的诗人，不因没有车追赶，他的笔就不运转。但我说，大的事物为什么要适合小的事物而缩小自己呢？舞台矗立在多愁善感的人的心田里，在那个舞台上不乏地方；在那里通过魔法师的手，布景自己被确立着。在那儿，舞台、布景正是剧作者施展自己才干的地方，任何虚假心灵和虚假布景都是无法适合诗人的想象的。

因此，当豆扇陀和马车夫稳稳地站在同一地方，通过描绘和表演谈论着车子行进情况时，观众自然地把握着这个普通的生活细节。舞台虽小，但诗篇容量不小，所以表演者为了诗歌，愉快地纠正着舞台必然出现的缺陷，使自己心灵区域伸展在那小小的界域里，从而使舞台变大；但如果为了舞台，缩小诗歌，那么谁能原谅几根可怜的当作布景用的木头呢？

---

① "亚特拉"，流动在孟加拉乡间的民间歌舞剧团，演出时不需要舞台，且歌且舞。

《沙恭达罗》一剧不需求外界的布景，它自己创造着布景，它没有为了大仙庇护所、天堂道上的乌云世界、森林里的净修林等一切，把重负强加在任何人头上。它自己充实着自己，不管是性格的塑造，还是感情的抒发，都依靠自己诗歌的财富。

我早在另一篇文章里讲过，欧洲人的真实不是现实的，那也不是那么回事，想象不仅仅给他们提供娱乐，想象的东西使自己成为完整真实的东西，像迷惑孩子一样迷住他们的心灵。仅仅有诗歌情味的灵丹妙药是不行的，也应该有现实的芳香。今天是迦梨时期①，即使制造芳香，也应该动用机器力量，它的职责是不同寻常的。为了英国舞台上的马戏，不知耗费了多少无谓花费，天晓得，那笔无谓花费能消除印度多大的饥荒。

东方国家的活动事务、娱乐游戏等一切都是简单淳朴的。我们吃饭在香蕉叶上就能完成，所以，吃饭是最自然的欢乐，我们也就有可能自由地邀请世界来自己小家庭做客。如果安排的过程复杂和过量，那么真实的东西就会慢慢死去。

我们依照英国的模子创作歌剧，这种"舶来品"的歌剧是一种沉重的东西，人们难以移动它，更难以把它送到家家户户的门槛上。其中财富女神的罗网经常罩住艺术女神的荷花，其中需要富人的财富远胜于诗人的才华。如果观众不去为那些英国儿戏东西助兴，如果表演者真诚地相信自己和诗，那么用扫帚清除他们在表演四周的昂贵链子，给表演者以自由和骄傲，就是印度斯坦人的一项崇高事业。应该用永恒变化的花圃形式描写花圃，应该以真实的女人形式表演妇女性格，抛弃极端愚蠢的英国人的残忍性的时刻已来临。

总的说来，复杂化就是无能的表现。刻板写实主义就像蝗虫一样钻入艺术内部，像蟑螂一样汲干艺术的所有情味。由于不易消化，缺乏真实情味的饥饿，代之而起的是，外部贵重的丰富性以可怕形式不

---

① 按印度教传说，世界历史分为四个时期，或叫作四个大劫，迦梨时期是最后一个时期，或称为末劫，它的期限是四十三万二千年。

断增长着。有朝一日，它要完全掩藏住食粮，使艺术只剩下一座空而无物的稻草塔。

1903年

（倪培耕 译）

诗人的传记

诗人丁尼生[①]的儿子出版了两大卷他已故父亲的书信和传记。

人们通过广泛的挖掘，仍没有获得古代诗人们的生活记载，那个时代的人们对传记不感兴趣。除此以外，大大小小人物与当今时代相比，都处于不开化状态，书信、报刊、社团、文学争论，都没有对他们发生特别大的作用。所以，那个时代有影响的人的生活，没有能获得任何反映的契机。

当今，一些旅行家为考察许多巨大河流的源头，在偏僻地区跋山涉水。同样，人们也有考察许多巨大的诗歌河流的源头的兴趣。人们心里怀有这个希望，即通过现代诗人的生活传记，使这种兴趣能得到满足。我们认为，在当代社会里没有任何一个地方能隐藏住诗人，产生诗歌源头的山顶上也通行了火车。

我抱着极大的希望，读完了这本书的两大篇章。但是，我们通过挖掘也无法得知，诗人的诗歌源头流自哪个山洞。这可能是丁尼生的生活传记，而不是诗人的生活传记。我们不能通过这本书明白，诗人什么时候把网撒在人心的大海里，聚集起这么多的知识和感情；诗人坐在什么地方，学习世界音乐的声调，吹起自己的芦笛。

诗人不是用创作诗歌那样的方式，创造自己的生活，他的生活不是诗。那些实践活动家创造着自己的生活。诗人运用精练的语言，创造韵律，把普通的感情升华为非凡的感情，赋予弱小的事物以伟大的意义；同样，实践活动家在世上艰难困苦的环境里，创造着自己生活的韵律，通过自己的非凡力量，把周围的渺小的东西变成伟大的事物；

[①] 丁尼生（1809—1892）：英国维多利亚王朝时期的诗人。

他们通过自己双手所得的普通东西使自己的生活变得伟大,从而使那些东西也变得伟大。他们的生活就是诗——因此,不能轻视他们的生活。

然而,诗人的生活对人类有什么用处呢?其中哪些是属于永恒的东西?借着诗人的名义抬高它,这等于把卑贱硬放到伟大宝座上去一样会使人害臊。生活传记应属于伟大人物,诗歌应属于伟大诗人。

任何超凡出众的有影响的人物,都能在诗歌和生活的实践中施展自己的天才——诗歌和实践是他同一天才的果实。如果把他的生活与诗结合起来看,他的意义是十分广泛的,感情是异常丰富的。但丁①的诗凝结着但丁的生活,如果我们把两者结合起来读,那么我们将会更清楚地看到他的生活和诗歌的界域。

丁尼生的生活不是那个模样的,尽管是一个仁人君子的生活,但是它的每一部分都不是那么超凡出众、宏伟博大、五光十色和富有成果的。丁尼生的负重与他的诗的负重不一样。在他的诗歌里,那个狭窄部分缺乏世界性意义,只有相当数量的英国文明商店和工厂的新鲜气味——那个狭窄部分反映在他的生活里。但是,有一部分是伟大的,在这部分里,他在音乐的王国里,完整地显示了人与人之间的关系,创作者与创作之间的关系,这部分的伟大在他的生活里是不存在的。

我们没有得到任何古代印度诗人的传记,诚然,我们一直对此很感兴趣,但我们也不因此而感到痛苦。我们不能把流行的关于瓦尔米基②的故事当作某诗人的历史,但在我们的舆论里,那就是诗人的真正历史。瓦尔米基的读者从瓦尔米基的诗里创造着诗人的生活传记,那个生活传记与瓦尔米基的实际生活相比更为真实。什么样的打击使瓦尔米基的心痛苦不安,由此诗歌的泉流喷涌而出?这就是悲悯的冲击,《罗摩衍那》是悲悯眼泪的泉眼。一只麻鹬陷入与情人分离的痛苦之中,它的悲痛哭声在《罗摩衍那》故事的核心地方响起。罗波那

---

① 但丁(1265—1321):意大利伟大诗人。
② 瓦尔米基:又译跋弥或意译蚁垤,印度古代诗人,传为印度史诗《罗摩衍那》的作者。

像猎人一样拆散了一对情人。楞伽一章的战争是由发疯的情人分离痛苦的翅膀而煽动起来的。罗波那制造的分离比死亡的分离还可怕，相会以后也不能治愈那种分离的创伤。

幸福的安排是多么美妙！父亲的慈爱，庶民的爱戴，兄弟的相爱和新婚的罗摩与悉多的结合，年轻国王的登基，都是为了使这幸福的享受达到完善、崇高的境界而举行的。正在这时，猎人射出了箭，那就是夺取悉多的时刻。从这开始一直到最后，分离总没有结束。

一对麻鹬的故事仿佛是《罗摩衍那》基本精神的一个概括形式，情况也大致是如此。无忧无虑的人们创造着这种真实，受到同情热量的融化，伟大诗人的纯洁的韵律冰流正在颤动，相爱夫妻的无止境分离，激起了大仙的充满同情的诗兴。

另一则故事是勒特那卡尔①创造的，它是另一类故事，是对《罗摩衍那》诗歌的自然本质的一种评注。我们从这则故事知道，罗摩和悉多分离的无比忧伤，不是《罗摩衍那》的主要支柱，《罗摩衍那》的基础是对罗摩品行的虔诚。罗摩品行具有如此力量，它能把强盗变成诗人，虔诚就有这种力量。《罗摩衍那》里的罗摩在印度人民眼里究竟有多么伟大——仿佛这则故事就是测量它的深浅的尺度。

从这两则故事中获知，日常谈吐、书信、交往、活动和教育不是诗的基础，它的基础是一个伟大感情冲动的传播，好像它是偶然的，非人为而产生的——它是超越诗人的知识的。诗人格维坎坎②就是从梦中得到神的暗示写出诗来的。

流行的有关迦梨陀娑的故事也是这种情况，他原是愚蠢的，缺乏情味，只能充当令妇女取笑的丑角。他突然得到了神的启示，充满了诗兴。瓦尔米基是残暴的强盗，迦梨陀娑是缺乏情味的笨蛋，两者都有同一个本质。瓦尔米基的作品努力显示同情的纯洁性，迦梨陀娑的作品努力显示充满情味才能的非凡性。

---

① 勒特那卡尔：瓦尔米基创作《罗摩衍那》以前的名字。
② 格维坎坎：印度孟加拉地区十六世纪左右的诗人，他的真名为穆肯德拉姆·恰格拉沃尔迪。格维坎坎（意译为诗镯）是他的称号；《难近母颂诗》又可译为《钱迪颂诗》。

人们不是从诗人的生活，而是从诗歌中收集了这些故事。从诗人的生活里所能取得的事实，不会永恒地同诗人的诗歌相吻合。瓦尔米基的日常起居、谈吐、活动，与《罗摩衍那》不能相提并论，他的一切活动都是暂时的，不能持久的。《罗摩衍那》是他内心的永恒的自然的创造，是完整自然的创造；它是一个必然的、无穷力量的发展，它不能像无数事业活动一样从短暂的冲动中产生。

诗人丁尼生的传记也多少能编写一些，但它不是依赖于实际生活，而是依赖于诗人生活。不依赖想象的帮助，它不可能被创作出来。里面有着夏洛特女士和亚瑟王时代与维多利亚时代的奇特的混合[①]，有着玛尔琳的魔术与科学发明的统一。就在现时代的童年里，他被放逐在想象的森林时，在那里他踯躅在倒塌的古代城堡里，获得阿拉丁神灯[②]。他如何与公主相会，他如何携带古代的财富跨入现代的皇宫——这一连串故事都没有写。如果写了，那么这个人与另一个人就写得不一致，丁尼生的诗人生活传记在许多不同人的嘴里就有许多不同的新形式。

1903 年
（倪培耕 译）

[①] 夏洛特、亚瑟王、维多利亚时代等都是丁尼生作品中的有关人物和时代背景。
[②] 见《一千零一夜》中的《阿拉丁和神灯》故事。

《罗摩故事》序言[①]

诗歌大致可分为两大类,一类诗里只有诗人个人的故事,另一类诗写有关大众的故事。

诗人个人的故事绝不意味着他对其他任何人都没有价值。果真那样,只能把诗人看作疯子。它意味着,由于诗人的表达才干,世界人类的永恒心灵情感和生活奥秘的故事反映在诗人个人的喜怒哀乐、个人的幻想和个人生活经验之中。

另一类诗人也像第一类诗人一样。通过他们的作品,一个完整国家,一个完整时代,表达了自己的心灵,自己的经验,并使它们成为人类的永恒精神财富。

第二类诗人可以被冠以伟大诗人的称号。整个国家、整个民族的艺术女神把他们视为自己的庇护所,这些人所创作的作品,不能理解为某个个别诗人的特殊作品。他们的作品像辽阔的森林一样,产生于国家的大地,反过来又给那个国家以庇护和浓荫。在迦梨陀娑的《沙恭达罗》和《鸠摩罗出世》里我们认识了特殊诗人的一双巧夺天工的手,但读了《罗摩衍那》和《摩诃婆罗多》,我们感到它们像恒河和喜马拉雅山南侧一样属于整个印度,毗耶娑和瓦尔米基只不过是标志而已。

实际上,毗耶娑和瓦尔米基并不是某个人的名字,它们只不过是出于某个目的而起的名字而已。囊括我们整个印度形象的两部诗作吞没了自己创作者的名字——诗人们就如此隐没在自己的诗里。

像我国的《罗摩衍那》和《摩诃婆罗多》一样,古希腊的《伊利亚特》

[①] 泰戈尔为迪纳什琼德拉·赛纳先生的《罗摩故事》作的序。

和《奥德赛》也是那种情况。它们产生于整个希腊的心脏中，并蛰居于其中。诗人荷马给自己国家和时代的喉咙以语言，那些诗句像河流的源泉从各自国家的深渊底部奔突出来，滋润着自己的国家。

在现代的任何诗里见不到那样的广泛性，弥尔顿的《失乐园》，尽管语言不同凡响，韵律奔腾澎湃，情味深邃恢宏，但它不是整个国家的财富，仅仅是受到图书馆尊敬的材料而已。

因此，假如把屈指可数的几部古诗归入一种诗类，安上一个名字，那么除了冠以"史诗"名称以外，还可能起其他的名称！诗中描写的人物像古代神仙一样崇高伟大，但现在他们的种族早已销声匿迹了。

古代雅利安文明的一股潮流流向欧洲，另一股潮流流向印度。在欧洲的潮流里有两部史诗，在印度潮流里也有两部史诗，它们保持着各自的故事和音乐。

我们对希腊来说是外国人，我们无法确切地说，希腊在自己的史诗里是否表现了自己的整个自然。但确定无疑的是，印度在《罗摩衍那》和《摩诃婆罗多》里是毫无保留地投入了自己的一切。

所以，光阴流逝，世纪复世纪，但《罗摩衍那》和《摩诃婆罗多》的源泉在全印度始终没有枯竭过。在乡野荒村，家家户户，人们每日诵读着它们；从杂货商店到巍峨的宫殿，在所有地方，它们都受到一致的尊敬。值得庆幸的是，两位作者的名字虽然已消失在时代的伟大旅途之中，但他们的声音至今仍然使力量与和平的潮流，抵达各个阶层的男男女女的门口；它们携带的亘古时代的肥沃而湿润的泥土，今天仍然不断地培育着全印度心灵的花蕾。

在这种情况下，《罗摩衍那》和《摩诃婆罗多》不仅配称为史诗，它们也是历史。它们不是王朝交替的历史，因为那样的历史依赖于特定时间。《罗摩衍那》和《摩诃婆罗多》则是全印度的永恒的历史。其历史的价值在各个时代里都发生了变化，然而这部历史的价值没有任何变化，全印度的实践和意向在这两座诗宫里获得了永恒王位。

正因为如此，对《罗摩衍那》和《摩诃婆罗多》的评论区别于其他诗歌的评论标准。评述罗摩这个人物是崇高还是低下，对罗什曼那的塑造是好还是坏,这种评论是远远不够的。应该静心地、虔诚地思索:几千年来,全印度是如何接受它们的。

印度在《罗摩衍那》里说着什么,印度在《罗摩衍那》里把什么理想说成是伟大的,从而加以接受。这就是我们现在应该探索或思考的内容。

以英雄情味为主的诗,一般被称为"史诗",这是群众的普遍看法。原因是,在那些主要以英雄情味而自豪的国家和时代里,史诗自然而然以英雄情味为自己首要的情味。但在《罗摩衍那》里有着频繁战事的描述,罗摩的臂力也不同寻常,而英雄情味没有在《罗摩衍那》里获得最首要的地位,它没有渲染臂力过人的骄傲,它不把描写战事作为自己的主要的内容。

这部史诗也不是作为神明化身的游戏而被创作出来的,诗人瓦尔米基的罗摩不是神的化身,而是人,学者们将会证实这点。我肯定地说,如果诗人在《罗摩衍那》里不是描写人的形象,而是描写神的形象,那么《罗摩衍那》的骄傲将会黯然无光,它的诗章也在那种比例关系里折磨人的理智。然而,罗摩的形象就是作为人的形象,光彩照耀千秋的。

在开篇的卷首里,当诗人瓦尔米基寻找适合自己诗的角色时,提到了许多优秀品质,并向那罗陀大仙①求教:

完美的女神依赖哪个男人的庇护。

那时,那罗陀回答说:

我在神明中没有见到如此完美无瑕的男子,
请你倾听具备那一切品质的男人们的故事吧。

---

① 那罗陀大仙:天国的音乐家,他与创造神大梵天一起下凡,化成托钵僧,把大盗瓦尔米基改造成为富有怜悯心的吟唱诗人,瓦尔米基后来写出《罗摩衍那》。

《罗摩衍那》就是人的故事，而不是神的故事。在《罗摩衍那》里神不能缩小自己成为人，而人却能以优秀品质变成神。

印度诗人为了建立人的最高理想，创作了史诗。从那时到今天，印度读者十分执着地欣赏对人类那个理想人物的描述。

《罗摩衍那》的主要特点是，它把家庭事务放大之后加以显示。《罗摩衍那》把存在于父子、兄弟、夫妻之间的职责关系，爱和虔诚的关系变得如此伟大，以致它们的内容只适宜于形式简单的史诗创作。国家的胜利、敌人的毁灭、两个强大敌对集团之间的杀戮等，一般说来在史诗里传布着狂热和冲动的激情，但《罗摩衍那》不是罗摩同罗波那的战争，那个战争只不过是为烘托罗摩与悉多夫妻之间爱的光辉而已。儿子对父亲训令的执行，兄弟之间的自我牺牲，国王所履行的夫妻之间相互信赖和忠诚的职责等人类品格，能够千古流传，而《罗摩衍那》就是表达这些永恒的东西。所以，不能把特殊的以个别人为主的家庭关系理解为任何国家史诗所描写的内容。

因此，在这里人们不仅获得了对个别诗人的认识，而且获得了对全印度的认识。由此可见，在印度，给家庭和家庭职责以多么重大的意义。在我国，家庭庇护所具有如此崇高的地位，在这部史诗里得到了充分证实。家庭庇护所不仅有利于我们自己的幸福生活，也为全社会而存在，它把人变成真正意义上的人。因此，家庭庇护所是印度雅利安社会的基石，《罗摩衍那》就是一部描绘这种家庭庇护所的诗。《罗摩衍那》把家庭庇护所的职责投放在对抗的环境中，在林中生活的折磨中赋予这种职责以特殊的骄傲。由于吉迦伊[①]和婆罗多的阴谋的残酷打击，阿瑜陀的王室被拆散了，然而，《罗摩衍那》宣告这个家庭庇护所职责的不可摧毁的坚定性。《罗摩衍那》通过同情的泪水冲刷掉障碍，把沉浸着宁静情味的家庭职责建立在伟大的英雄主义之上，而不是建立在臂力过人之上，或建立在胜利的意愿及固执的骄傲之上。

缺乏虔诚的读者可能说，在那样的情况下，对人物性格的刻画采

[①] 吉迦伊：《罗摩衍那》里十车王的小后。她想让自己亲生儿子婆罗多即王位，胁迫十车王放逐长子罗摩。

取了夸大的形式。

适当的界限在哪儿？诗歌艺术超越想象的哪个界限，才算夸大呢？简单一句话是无法说清这个问题的。一些外国评论家也说："在《罗摩衍那》里人物的描写是超自然的。"我斩钉截铁地回答,依据自然（本性）的差异，一种东西对一种人来说是超自然的，对另一种人来说则是自然的，印度在《罗摩衍那》里没有见到超自然的夸大。

人们是无法接受把曾经流行在自己土地上的理想抛弃的说法。我们的听觉器官可以忍受言语震波的打击，但这是有限度的；如果音调在七音阶的界限之上，我们的耳朵就无法欣然接受。这个道理也适用于有关诗歌里的性格刻画和感情的表达。

如果上述情况是正确的话，那么几千年历史已经证明，印度没有发现《罗摩衍那》里有一丝一毫的言过其实的描写。印度的男女老少、高贵贫贱等所有人都从《罗摩衍那》中获得了教育，何止是教育，而且还获得了艺术享受。他们不仅接受它的教诲，而且在心灵里给它以地位，它不是人们的空洞无物的宗教经典，而是他们的诗。

曾经在某个时候，罗摩既是我们的神，又是我们的人；曾经在某个时候，《罗摩衍那》既获得了人们的虔诚，又获得了人们的爱。但如果这部伟大著作的诗意，对印度来说仅仅是虚无缥缈的幻想世界的无病呻吟，如果我们在自己世界的界限内也无法把握住它的话，上述情况就不可能发生。

假如外国评论家依据自己诗歌创作的理想，说这样的作品不自然，那么由此印度与他们国家相比，还显示了另一个特点，印度在《罗摩衍那》里获得了符合自己心愿的东西。

我也主要以这样的观点看待《罗摩衍那》和《摩诃婆罗多》的。印度的心灵几千年来一直在它们简朴的阿努什杜帕韵律里颤动着。

当我的朋友迪纳什琼德拉·赛纳先生约请我写带有自己对《罗摩衍那》评介意见的序时，我尽管身体不佳，又没有空闲，仍然无法把他的约请拒之门外。他用虔诚的语言复述诗人的故事，证明自己的虔诚。我认为，洋溢着那样虔诚感情的叙述，就是一种评论。

通过这种途径,把一颗心灵的虔诚传播到另一颗心灵中去。我们今天流行的评论是价格观念的代名词,因为现代文学已成为市场的商品。当今文学时代,我们大家都怕受骗,所以大家都渴求机智的估价人。这样的估价肯定是有好处的,但我不得不强调,真正的评论是膜拜。评论家是念祈祷词的祭司,他的工作就是用语言表达自己或大众的虔诚和惊奇。

虔诚的迪纳什琼德拉正站在膜拜的殿堂里,诵读颂歌,他突然把摇铃的任务交给我,我站在一旁做着无法胜任的工作。我不想画蛇添足,掠人之美,我只想说,读者不仅应该以诗人的诗歌观点看待瓦尔米基的《罗摩衍那》,而且应该把它理解为印度的《罗摩衍那》。那时,他们将在真正意义上通过《罗摩衍那》理解印度,通过印度理解《罗摩衍那》。请记住,印度不是想叙述任何历史骄傲的故事,而是想叙述完善的理想品格,迄今印度仍以永不枯竭的欢乐之情讲述着它。印度从未讲过,《罗摩衍那》夸大地叙述事情,也没有讲过,它仅仅是诗人的故事。对印度来说,自己家里人还不如罗摩、罗什曼那、悉多那么真实。

印度一直热忱地渴望着完善。由此,印度不能脱离实际真实来理解它,不尊重它,不相信它;印度应该以实际的真实的形式来接近它,并在其中获取欢乐。《罗摩衍那》的诗人唤醒和满足对这种完善的渴望之后,一直购买着印度的虔诚心灵。

那些给片段真实以首要地位的民族,那些孜孜以求实际的人,那些仅仅把诗歌说成自然镜子的人,在世上干了不少惊天动地的事业,他们的特殊形式在特殊领域内获得了难以忘怀的成功,人类对他们是欠了债的;另一方面人们欠那些为了在完善的成熟里取得所有的优美光辉、取得所有对抗中的平和而不懈地实践的人的债务,则永远也无法还清。一旦丧失对他们的认识,遗忘他们的教诲,人类文明就将在充满尘埃和烟雾的工厂的人群之间,在每时每刻被污染和令人窒息的空气中受到痛苦折磨而奄奄一息。《罗摩衍那》坚持对那完整的不朽渴望的永恒认识,这里面有兄弟之间的爱抚,有妻子对丈夫的忠贞,有对上帝的虔诚，有维护真理的职责。如果我们能够保持对这一切的真正虔诚和发自内心的崇拜，那么大海的纯洁空气将能够流经我们工厂的窗户，进入我们的心灵。

1904 年

（倪培耕　译）

文学的本质①

外界世界一旦进入我们的内心，就构成了另一个世界。在这世界里，不仅有外界世界的色彩、形态和声音等，而且还包含着个人的情趣爱好、人们的喜怒哀乐等。外界世界与我们心灵上的感情结合，就有了许多表现形式。②

当我们用自己的心灵情感去摄取外界世界时，那个世界才成为我们自己所特有的世界。

正如人们的肠胃里没有足够的消化津液，就不能很好地变食物为人体物质一样，在心灵情感里没有足够的摄取力量，他们也不能使外界世界成为自己的内部世界，也就是人的世界。

在世上，有些人像一种无生命的自然物一样，毫无感情，他们对地球上的极大部分的生活内容一直抱着漠然置之的态度，他们生活在这个世界上，但不能感受这个大千世界的存在，他们的心房只有几扇寥若晨星的窗户，即使如此，它们也是半开半掩的。因此，尽管这样的人也生活在世上，但他们不能把世界当作自己的。

有些人是如此幸运，他们那颗富有感情的心灵，总把他们自己的惊奇、慈爱和想象投射到世界的每一事物上去。他们感受到自己与自然的每一事物保持着息息相关的联系。世界的运动，在他们的心灵弦琴上奏出难以数计的曲调。

通过这类幸运的人的丰富感情，外界世界才有不同色彩和形态的

---

① 本篇和以下几篇《文学的材料》《文学思想家》《美感》《世界文学》《美和文学》《文学创作》《历史小说》以及《诗人的传记》均选自一九〇七年出版的《文学》一书。

② 外界世界只有一个，但当它与人的各种各样感情结合时，它就具有许多表现形式。——原注

表露。

通过人类感情所组成的世界,与外界世界相比,更吸引人。人类的良知在这个世界里清晰地听到了自己心灵的搏动声,感受到一种亲密的情感。

所以,我们发现,人的世界与外界世界有着天壤之别。人的世界不仅传递哪些东西是白的、黑的,或是大的、小的信息,而且它正以不同的声音,揭示哪些事物是可爱的或可憎的、崇高的或卑劣的。

这个人的世界是从我们心灵深处奔流出来的,这个奔流的过程既是古老的,又是崭新的。由无数新的感觉器官和新的心脏组成的这个取之不尽、用之不竭的源泉,总是川流不息地永葆常新。

我们能用什么方式表现这个世界呢?我们能为他们提供什么样的形式呢?倘若这个令人叹为观止的人的世界不能借助外在形式重新表现出来,那正如它被创造一样,一定会被消灭掉。

但是,这个世界不想被消灭。心灵世界一直为表现自己而做着坚持不懈的努力,为此,人类自古以来就进行着文学的创作。

进行文学评论时,我们应该考虑两个问题:首先要考虑的是,作家的心灵与外界的联系究竟有多深?其次,这种关系得到了多少永恒性的反映?

在每一种文学中,这两者之间的关系不可能达到完全合适的程度,它们总是不相协调的。

诗人富有幻想的心灵越是包罗万象,我们从他的作品所包含的深刻性中所取得的欢愉就越多,人的世界的疆域就会伸展得越宽广,我们所取得的感受也就越无穷尽。

此外,文学的创作技巧也具有十分重要的意义。反映的事哪怕完全是不足挂齿的,但通过艺术技巧,语言和文学获得了发展,而通过语言和文学的发展,人类的表达能力又不断获得发展。为取得这个表达能力,人类付出了巨大的劳动。借助于这些艺术品,人类的这个力量得到了发展,人类要永远感激这些艺术品。

由心灵情感所创造的人的世界,怎么反映到外面来呢?对人的世界的这种表达应该做到使心灵情感十分清晰地呈现出来，而清晰地表达心灵情感是需要具备许多因素的。

男人上办公室穿的衣服，应该是浅色的，朴素大方，并尽量轻便得适合活动；而女人对衣饰打扮的讲究，羞涩和情态的流露，是一切文明社会的流行习俗。

女人的活动是心灵活动。她们要取悦于别人的心，也要索取别人的悦服之心。为此，完全单纯、直率和明朗的态度，就无济于事。男人应该精明，女人则应该漂亮。一般来说，男人的举止越是干净利落越好，但女人的举止应该含蓄和带有暗示性。

文学也应该通过优美的形式来表现自己，它应借助于比喻、韵律和暗示方式来表现，不能像哲学和科学毫无修饰地表现。

给优美性赋予形象，就要在语言中维护难以表达的特性。[①]文学中的难以表达的特性正如女人的美丽和羞涩那样无限，它是不可仿效的，又是比喻所不能限制住的或掩盖住的。

文学为了弥补语言表现力的不足，借助另外两个主要手段：一是图画，二是音乐。

那些用语言无法表达的东西，可通过图画的创作，这种图画创作在文学中是数不胜数的。它通过明喻、暗喻和隐喻，竭力赋予感情以鲜明的栩栩如生的形式。

眼睛犹如飞鸟来回地张望。

在这行诗里，诗人帕尔拉姆达斯[②]把目光比作飞鸟，用这样无比优美的图景烘托出焦虑不安的目光。

此外，文学应在作诗押韵、遣词造句里讲究音乐的运用。某些事

---

① 这是印度古典文艺理论的术语。它的主要意思是，在美中有一种难以表达性，这种难以表达性就是真正的美。换句话说，美是不能被表达无遗的，然而人们又要不断地追求美的充分表达。在语言文学创作中维护这种特性就是美。

② 帕尔拉姆达斯：印度中世纪孟加拉语虔诚派诗人，生卒年月不详。

物不能叙述明白，可用音乐来表达；某些辞藻在表达某个意义上已显得十分陈旧，但它们可以通过音乐，变得不同凡响。

所以，图画和音乐是文学的两个主要助手。图画赋予感情以形式，音乐赐予感情以活力，图画恰如身体，音乐犹如生命。

然而，不仅人的心灵是文学表达的唯一对象，而且人的性格也是文学的绝妙的创作。它与无生命的物质创作是迥然不同的，它不隶属于我们的意志，不任人摆布，我们不能随心所欲地把它创造出来。尽管人类十分渴求它，但我们不能把它当作一种牲畜或飞鸟一样，关在牲口圈或笼子里赏心悦目地久久观赏。

人的性格是十分细腻和丰富多彩的。文学竭力想把它从内心世界里挖掘出来，加以刻画，这是项十分艰难的工作。人的性格不是固定不变的，也不是有条不紊的，它有不同的表现形态和重重叠叠的层次，而它令人叹为观止的表演又是那么细致入微，那么不可思议，以至于超出人的意料。因此，使它隽永地铭刻在人类心灵上的工作，只能由一些超乎寻常的天才人物来完成。跋娑^①、瓦尔米基、迦梨陀娑等前人做的正是这项工作。

如果把我所说的所有内容做个简要概括，那就是说，文学的主要内容是人的心灵描绘和人的性格刻画。

然而，人物性格的刻画也许更为重要。实际上，外界自然和人类性格每时每刻都在人的内心里取得形式和发出乐声，然后，作家通过语言的创作，把它们化为形象的画面和动听的歌儿，这就是文学。

神明的欢悦在自然和人类性格中塑造着自己，人类之心也为了在文学中刻画和反映自己而做着不懈的努力。这种努力从未中断过，这是多么令人惊叹的事。诗人只不过是人心的这种不懈努力的副产品而已。

神明欢悦的创造是在自己内部进行，人心欢悦的创造则是它的反映。神明所创造的欢悦曲的叮当声，拨动着我们心灵的弦琴。作为神

---

① 跋娑：印度古代戏剧家，大约生于公元初期，著名剧作有《惊梦记》等。

明创造的和反映的人类音乐的发展——我们内心创造冲动的发展就是文学。世界的呼吸正在我们心灵的芦笛上吹奏什么样的调子,文学也就努力反映那个曲调。文学不是某个人的独占的东西,也不是创作者的,而是神明的声音。正如外界创造自古以来就一直带着自己的善恶和不完善,努力表达着自己一样,这个声音也坚持不懈地努力从人类内心深处发出,传遍每一国度和每一语言。

(倪培耕 译)

文学的材料

纯粹为自己写的作品,不能被称作文学。有些诗人说,正如鸟儿陶醉在自己的欢乐中放声歌唱一样,我们也沉湎于自己的快乐之中,为自己而写作。这样一来,仿佛读者或听众与它没有任何直接关系似的。

鸟儿歌唱时,毫无把鸟类社会当作自己目标的意思——这种说法是值得商榷的。倘若鸟儿没有目标,那就算了——争论这一点还有什么用处呢?但人们不得不承认,作家创作的首要目标是读者社会。

难道由于这个原因,作家的创作就变得虚假了?母亲的奶就是为了喂养子女的,难道奶因此就不自然流出来了?

沉默的诗才和自我感情的激荡,也就是仅仅为自己而抒发感情——这是许多诗人赞同的两个毫无意义的观念。柴火不燃,不能被称作火。同样,不能把只凝望着天空,又像天空一样沉默的人称作诗人。表达才是文学。心灵深处有着什么,谁能探知?评论这一点究竟有什么用处?印度一行古诗说:猜测库里存放何物是毫无意义的,朋友们应快快分享那些甜食。

仅仅为自己而表达感情——这也如同那类无聊的事一样无意义。创作不是为了创作者自己——这一点是必须承认的,也是不得不承认的。

我们的感情有一个自然倾向:我们总想把自己亲身的体验感染他人。请看自然界,有生命的东西为争取永恒存在和发展而奋斗不息。一个生物越能使自己无限地扩展,它的生命界域就越宽广,就越能使世界感受到它的存在。

我们在人类的感情世界里也见到了这方面的努力。区别仅仅是,生命控制空间和时间，而感情则控制心灵和时间。我们的感情总想永远影响无数的心灵。

从远古时代起，人类就一直为实现这种愿望而做出巨大的努力。人类在无数的符号、语言、文字、石刻、金属铸物、皮制品、树皮、树叶和纸上，用画笔、凿子、毛笔，勾勒了不可胜数的图画，表达了无数复杂而丰富的感情。从右到左，从左到右，从上到下，一行接着一行，没有什么事物和感情没有表达过。总有一天，我们的家，我们的物品，我们的身心等，一切都会被毁灭。唯有我们的思想和感受的东西将依赖于人类的智慧和感情，永远存在于生气勃勃的世界里。

前不久，从中亚的戈壁滩①的沙丘里发掘出一本属于已湮灭了的人类社会和被遗忘了的时代的残缺不全的书。在它无人知晓的语言和失传的字母里难道就没有反映着某种痛苦吗？看来，真不知什么时代的某个生灵的感情和思想一直为闯进我们心里而焦急着。无法考证这本书的作者是谁，也无从知晓这本书在何处写成。人的内心感情和思想竟不为人所知，无法代代相传，无法在人类的喜怒哀乐里找到共鸣。它们似乎摊开双手，目不转睛地凝望着古往今来的人类。

世界上最杰出的君主阿育王②想要流芳百世，就命令人在山坡上镌刻下他自己的业绩。他可能认为：大山会永存的，永不消失，它将始终向站在阅尽人间沧桑的道旁的接踵而来的新时代的过客，复述着他的事迹。阿育王把讲述自己心里话的重任托付给了大山。

大山一点也不顾及时间的变迁，不厌其烦地转述着他的话。阿育王现在在何处？曲女城③现在在何方？宗教鼎盛时代的印度的往昔光荣又在哪里？但大山至今仍在用被人遗忘掉的字母、死去的语言讲述着那些往昔的光荣业绩，它多少岁月以来一直在发出无人理睬的哀鸣。阿育王的这个巨大的舌头，多少世纪以来一直像哑巴似的默默地召唤

---

① 戈壁滩在蒙古，蒙古的文明十分古老。——原注
② 阿育王（？—前232）：一译阿输迦，意译无忧王。印度摩羯陀国孔雀王朝的国王。
③ 曲女城：印度古代摩羯陀国的一个名城，即现在的巴特拿城。

着人类的心灵。拉贾普特人①从这条路上走过去了,帕坦人②离开了这条路,莫卧儿人③从这条路上消失了;马拉提轻骑兵④的宝剑以迅雷不及掩耳之势,在各地进行了毁灭性的战斗,最后也没有留下任何痕迹。他们之中谁也没有理睬这座大山的示意。在大海的彼岸有一座岛屿,其名字可能阿育王连听都没听说过。当阿育王的工匠在石碑上刻上他的训诫时,在那个岛上的原始民族克尔特人的巫师⑤,正把自己对神的虔诚之情,用记号铭刻在石柱上。数千年后,从该岛上来的一位外国人,从历尽沧桑的无声字句中,破译出了阿育王的语言。于是,阿育王的意愿在相隔数千年之后,靠了一个外国人的帮助,终于得到了实现。尽管阿育王是个伟大的君主,他的意愿只不过是想告诉每个匆匆而行的历史过客,他想要什么,喜爱什么,不喜爱什么而已。他的内心感情长期以来一直希望博得整个人类心灵的理解而站在路旁,有些过客注意到了这位伟大君王的专注愿望,有些却不屑一顾,径自走掉了。

不能把以上这番话的意思理解为,我把阿育王的训诫看成是"文学"。我仅仅说明,人的强烈愿望是什么。我们雕刻塑像,绘制图画,抒写诗篇,建造石庙,以及为此而长期以来在世界上做着不间断的努力,不是为了别的,就是为了向人类乞求不朽。

那些万世永存、企望在人类心中永生的事物,同转瞬即逝的东西和我们眼前的需要相比是有着天壤之别的。我们为自己一年的生活所需种植稻谷、小麦、大麦等五谷杂粮,但如果我们想造林,便得收集

---

① 拉贾普特人:曾经在公元八世纪至十二世纪统治过印度北方大部分地区,这个时期在印度历史上称为拉贾普特时期。

② 帕坦人:指阿富汗人,曾在公元十二世纪至十五世纪在印度建立德里苏丹王国。

③ 莫卧儿人:指蒙古族人,曾在公元十六世纪至十八世纪在印度建立强大的莫卧儿帝国。

④ 在孟加拉阿利沃尔迪·汗王国时期,马拉提轻骑兵袭击孟加拉。——原注

⑤ 古代高卢国(中欧地区)和不列颠的布道者或祭司的一个阶层。克尔特人口述自己宗教祈愿和教义等一切,他们进行巫术,迷信再生、星卜和神明,他们在栎树下举行宗教仪式,他们崇拜树,他们的祭司首领是法官,是纷争的调解者。——原注

大量的树种才行。

人总想在文学里永生。不少忧国忧民的评论家说:"作家只用戏剧、小说和诗歌充实文学。国家需要的应时文学却没人去写。"尽管如此,作家仍不为所动。应时文学只能满足眼前的需要,但那些具有永恒的艺术魅力的文学才能使自己永葆青春。

"知识"要进行宣传,只有这样,它的目的才能实现。知识每天都在变化,新的发明创造证实了旧的发明创造的谬误和欠缺。有些东西在昨天对饱学之士来说也是异乎寻常的、深奥莫测的,然而在今天连小孩看来也显得十分普通和简单明了。新的发明、新的探索和新的真理,往往在社会上引起轩然大波,而一旦陈旧之后,却又十分平淡无奇。当我们知悉,这些再简单不过的事实曾为一些大科学家和学者所拒绝承认时,我们现在感到多么茫然不解啊!

但是,这种说法对"感情"不合适。不管如何宣传,"感情"永远不会陈旧过时。我们不想重复认识已掌握的知识,"火是烫的""太阳是圆的""水是液体",知道一次就够了,没有必要第二次再去了解。如果有人把它们当作新鲜事又唠叨给我们听,我们就会厌烦。感情的东西不管多少次诉诸我们的理智,我们总感到兴奋不已。"太阳从东方升起"——这句话对我们没有特别的吸引力,但太阳冉冉升起的优美景象和所引起的快感,至今仍是那么令人心驰神往,为人所津津乐道。不管多么古老的民间传统所沿袭下来的感受,至今仍那么容易地使我们入迷着魔。

所以,倘若人想使自己的任何思想永远生辉和新颖,他只有依赖感情的帮助才能做到。文学主要是依赖感情,而不是知识。

尚需说明的是,知识能从一种语言转到另一种语言里进行改造,在另一种语言里,经过改造的东西可能比原来的还要好,知识在人类社会的各种语言里能容易地得到传播。正因为如此,它的目的才不折不扣地得到实现。

但就感情来说,出现这种情形是断乎不可能的。感情不可能与自己赖以存在的形式相脱离。

知识需要加以证实，感情需要注入生活的信息，它为此需要比兴和艺术技巧。对感情仅仅作一番解释是不能解决问题的，需要进行创造。

这种富有艺术性的创造犹如感情的躯干：在这躯干里，作家注入感情的方式，决定他个性的显示。这个躯干的构造和本质，决定作家眷恋的感情能否获得人们的尊重，这躯干的力量决定感情能否深入人心和代代相传。

生命只有依赖于躯干才能存在，它不能像水那样从一个容器倒入另一个容器。躯干和生命总是自豪地融为一体。

普通人都具有感情、感觉和性情，它们存在于这个人的心灵里。如果一个人不能表达它们，那么随着时光的流逝，总会有人来表达。但是，一部作品则完全是作者本人的，就是这一个人的，而不是那一个人的。所以，作者是在自己的作品里，而不是在感情和感觉之中实实在在地存在着。

一提起作品，马上就会同时联想起感情和表达感情的风格。在这两者之中，唯有作家的风格才为作家所独有。

当我们提及池塘时，就会同时想到水和挖开的地面，但这两者中哪一件是人创造的？水不是人创造的，显然是大自然赋予的，古来有之；而为使大众使用方便所采取的永久保存水的方法，则是人做出的卓越贡献。同样，感情也只是属于人的，使它通过特殊的形象为所有人制成特殊享受的材料的那种风格，是个人独有的，与它联结在一起的是人的个性，或者说是特性。

培植自己的感情，然后使之变作大众的感情，这就是文学，这就是艺术。火普遍存在于流水、土地、空气和其他许多东西中；藤蔓和树木等用一种神秘的力量，以一个特殊形式把火储存在自己身上。然而火得以长期以来变成了大众使用的东西，人们不仅仅利用它来煮食和取暖，而且通过火也获得了美、光亮、影子和健康等。

所以，把大众的东西以特殊方式变为自己的，然后又以那种方式把它变为大众的东西，这就是文学事业。

在这个过程中,知识自然而然从文学中产生出来。理性与任何人的个性没有丝毫联系,真理(英语为"Truth")完全是独立于个人的和纯洁无瑕的。万有引力定律对我们和别人来说都是同样起作用的,它不因人而异。

那些不被创造出来,就不能在无数心灵中占有一席之地的东西,那些一直为了在其他心灵中引起共鸣而通过天才心灵用音符、色彩和比兴被反映出来的东西,就叫作文学的材料。它们表达在形式、感情、语言、声音、韵律之中,从而得以存在。它们只是属于人所拥有的,不是凭空想象出来的,也不是仿效的结果,而是创造出来的。所以,它们一旦得到表达,就不可能在另一种形式或另一种情况下重演。它们的完整性完全取决于自己的每个部分,没有这种属性,就不能称之为文学。

(倪培耕 译)

文学思想家

当我们单独地待在家里，高兴地欢笑或痛苦地啜泣时，我们不会去考虑，我们的欢笑或痛哭是否会超过限度。但当我们认为必须表达自己的欢乐和痛苦时，我们所表达的喜怒哀乐必然会超过它们的自然程度。

当一位母亲号啕痛哭，扰乱了全村人的睡眠时，她不仅是为夭折的儿子表达自己的悲哀，也是想表达儿子死亡的重要性。一般说来，对自己没有必要如此显示自己的痛苦和欢乐，而对别人不得不这样做。正因为如此，为了表达悲伤，不得不超过悲伤的自然程度，倘若说它虚假是不公允的。显示悲痛是阐述悲痛的一个自然组成部分。对我来说，我儿子的价值是多么巨大，他的离去是多么令人伤心，除我之外谁能领会呢？如今，他已离开尘世，然而，世上的人们仍像往日一样自由自在地起居饮食，安安稳稳地埋头于自己的工作，好像什么事也没有发生似的。尘世对她儿子的如此忽视，沉重地打击了处于极度悲伤之中的母亲的心。所以，她要用哭声夸张地显示自己的哀悼，通过自己悲哀的力量向尘世宣告自己这个损失的重要意义，似乎想给自己儿子增光添彩。

当悲哀囿于自己的限度时，它就具有一种自然的约束；当它被显示时，向别人宣告时，它就超越了自己的限度。她为了在别人无痛苦感受的心灵里唤起她自己痛苦的自然感受，就用不自然的方式表现出来。

何止是痛苦和悲哀，我们心灵里的大部分感情的表达都有两种情形：一种为了自己，另一种为了别人。如果我们能够把自己心灵的感受变成众人的感受，那么我们就会感到一种骄傲、宁静和欢愉。倘若你对我所感动的东西，漠然处之，我则认为这种态度是不好的。

事实上，真实得不到大多数人的承认，是无法确立的。如果唯有我看见天空是黄色的，其他人没有见到，那只能表明，我患了某种病，它仅仅是我虚弱的表现而已。

地球上有多少人对我心灵的痛苦表示同情，它真实性的证实就有多大。我所强烈地感受到的事物，不是我软弱、病态或发疯的幻觉，而是真实。我把这种感受确立在众人的心里，就会感到特别的慰藉和欢愉。

要在多数人中间证明蓝色的东西是蓝的，不是件费力的事。但要别人体验我们的喜怒哀乐的情感，则不是件容易的事。仅仅表达自己的感情是无济于事的，他们应该如此地表达感情，即通过这种表达，别人能现实地感受到他们的感情。

所以，这里完全有可能超过限度。当人们从很远的地方显示一件事物，他们不得不夸大地显示，不得不根据真实的要求进行一定的夸张。否则，远处的东西显得那么小，就不那么真实，只有被夸张之后才能达到真实。

感受我的哀与乐对自己来说不存在障碍，对你来说就存在障碍。你离我远远的，我不得不估量距离之后，对你夸张地显示自己的哀与乐。

在维护真实的前提下，具备这种夸张的才干，人们才能获得对文学家的真正的认识。如果那种说法是正确的话，书写就不等于文学。

我在自然中所看到的东西是直观的，我的感觉直接证明了它。文学中所看到的东西固然也是自然的，但不是直观的，文学弥补了这种直观性的缺陷。

就从这里，自然真实和文学真实开始有了分歧。自然中的母亲不会像文学中的母亲那般哭泣，然而正因为如此，文学中的母亲的哭泣不是虚假的。固然自然的啜泣是异常直观的，她的痛苦在外形、暗示、音调和四周的环境里是那么显而易见，我们的心顿时充满了悲痛和同情的感情。然而自然中的母亲无法完整地表达自己的悲痛，她既没有那种力量，又没有那种能力，能全面地表现它。

正因为如此，文学不完全是自然的镜子。何止是文学，任何艺术都不会亦步亦趋地追随自然，我们能在自然中直观现象，但在文学和戏剧里是无法直观的。所以，在这里，如果文学成为自然的镜子，就不成其为文学。

文学为了弥补这种直观性的缺陷，就依借韵律、修辞、艺术和音乐诸手段的帮助。这样，作品的内容似乎比外界虚假，但从本质来说，它比自然更真实。

在这里"更真实"这个词的运用有着特殊的含义。如果我们从现实的形态分析人们心灵的感情，我们就不能体验完整感情中的任何一种感情。人心的感情往往同许多其他感情融合在一起，我们能看到它们短暂的闪光。世上无数感情的波浪始终沉浮不定。霎时间，一种感情消融在另一种感情之中，谁都不去理会哪种感情是主要的，哪种是次要的。低贱和高贵、崇高和卑劣的所有感情波浪，相互拥挤着，撞击着。当我们在自然的巨大浪潮里看到了人的感情表现时，我们不由自主地从中分别地掬取一些波浪，用假设把它们联结起来，用想象使它们沟通起来。我们对自己最亲近的人也无法获得完全的认识，我们的记忆像有才干的文学家一样，只能分别捕捉它的大部分印象。如果它的主要的和非主要的、大的和小的所有部分都以平等方式，不偏不倚地烙在我们的记忆上，那么这座塔的真实部分将被抹去，它的真实面目将会消遁，如果我们设法维护所有部分，那么我们就不能认识自己最亲近的部分。认识的意义在于该扬弃的扬弃，该吸收的吸收。

所以，我们不得不进行一些虚构。我们对自己最亲近的人也往往只看见他的大致面貌，而他生活的大部分对我们来说是不可捉摸的，我们既不是他的影子，又不是他心灵的窥探者。我们无法看到他的大部分，我们的想象就在这匮乏和空白的地方任意驰骋，填补了匮乏和空白之后，我们就在自己内心镂刻上一个完整的形象。倘若我们的想象无法填补对那些人认识的匮乏和空白；倘若那些人的贫乏始终是我们的贫乏，他们的直观部分才是我们最接近的现实；倘若他们的隐蔽部分对我们来说始终是朦胧的、不可见的，那么我们就不了解他们。如果了解，也只是皮毛而已。同样，世上大部分人对我们来说仅仅是影子或非真实的实体而已。我们只从律师、医生或商人身份上了解世上大部分人——而不是通过人的身份了解他们。也就是说，他们的外部身份与我们发生关系，我们把这种外部身份看成是他们身上最大的特征，而在他们身上比那更大的心灵真实，我们却一点儿也感受不到。

文学企图以完整形式向我们叙述某个事物，完整形式的含义是：找出事物的核心部分；赋予小的部分以小的地位；给大的部分以大的地位；填补空缺；把分散部分聚集在一个地方。文学一直干着心灵在客观的、丰富的自然里想做的事。心灵不是自然的镜子，文学也不是自然的镜子，心灵把自然变成人的精神世界，而文学把具有那种精神世界的人变成自己的描写对象。

两者的活动方式往往是一致的，两者又由于某些特殊的因素而存在着差别。心灵所创造的东西是为了满足自己的需要，但文学是为所有人的欢愉而进行创造。我们只要粗略记载就能满足自己个人的需要，但创作出满足所有人需要的作品必须有最广泛的联系，必须把它放在如此地方，如此的光亮里，使大家都能完整地看见它。通常来说，心灵是从自然中聚集起来，而文学是从心灵中聚集起来的。为了把心灵的感受揭示出来，特别需要创造力量。这样，在自然中产生的心灵里和从心灵中产生的文学里所反映的事物离模仿十万八千里。

在真正的文学里，我们不仅想在现时期，而且想在永恒时期里，使自己的理想和自己的哀与乐受到尊重。所以必须使事物的广度和深度结合起来。当把短暂时期的事物变成永恒时期的事物时，测量短暂时期的尺码就于事无补了。正因为如此，优秀文学不是稍纵即逝的。

把内心感受幻化成外部图景，把情绪感触孵化为语言符号，把短暂事物转化成永恒记忆，以及把自己的心灵真实变成人类的真实感受，这就是文学事业。

文学家天才与心灵的联系就是心灵与世界联系，把那种天才称作

"世界人类心灵"是较为贴切的。心灵从世界中汲取精髓,世界人类心灵又从那个心灵里汲取需要的精髓,塑造自己。

我明白,以上的话是十分费解的。我努力说得更清楚些,但不知这种努力能否成功。

我们会感受到自己内心存在着两个部分:第一个部分是我们的个性;第二个部分是我们的人性。如果我们的家庭是有意识的,那么它就通过思维把自己的小天地和大天地结合起来。我们内心的个性和人性也是这样的情况。如果一堵难以逾越的墙矗立在两者之间,那么心灵就蛰居在昏暗之中。

如果在真正的文学家的内心里,在他的个性和人性之间存在着某种障碍,那么它也是一种想象的清澈透明的玻璃似的障碍物,不妨碍相互间的观察辨别。此外,这块玻璃也是适合做望远镜和显微镜的玻璃,它使不清晰的东西变成接近清晰的东西。

文学家的这种人性就是创造力,它把作家的个性变成自己的,它使短暂永恒,使片段完整。

心灵的工厂建立在世界上面,世界人类心灵工厂建立在心灵之上。文学通过这个途径应运而生。

我们早就指出,决定精神方面的真实性是异常困难的。证实黑的东西是黑的,比较容易,因为大多数人毫无疑义地认为它是黑的,但证明好的东西是好的,却不是那么容易,因为在这方面,大多数人取得一致意见是困难的。

在这里,还存在其他许多困难。难道大部分人认为好的事物就是真正的好?难道一些优秀人物认为好的事物就是真正的好?

关于自然物质方面,如果不从科学观点观察,人们就能确切地说,被大多数人认为黑的东西就是真正黑的。通过观察,发现这方面意见分歧的可能性是微乎其微的,所以确定有关这方面的意见是不困难的。

但是,在认为好的就是好的以及好的程度的深浅方面可能会出现纷繁的意见,决定同意哪类人的意见是困难的。

其中之所以有困难，是因为文学家不仅仅为现代而从事文学创作，他的目标是朝向未来的社会。要为现代和未来而写作品，怎么能取决于现代人的一种观点呢？

我们经常可以看到那种现象，即那些暂时和眼前的东西对于大多数人来说是最优秀的。如果我们把某一特定时期的决定者的决定，看作是文学创作方面的最后决定，那么完全可能出现非理智和不公正的情况，所以，文学超越现时代，把整个时代看作自己的目标。

那些经过各个时期人的不同教育，并经受人的不断变化的感情和境遇的洗礼，依然能够把人的尊严和骄傲变成永恒的著作，也就能经受住火的考验。我们不大容易窥见心灵，但如果我们在很短的时间内停止观察它，那么我们很难在不间断运动中间收集到暂时和永恒的东西。正因为如此，人们应该在无限时代的系列观察中检验人的精神的东西——除此以外，没有其他更好的办法来决定精神的产物。

但如果没有有效的办法，文学中就会产生无政府状态。高级法院不能废除中级法院的全部决定，同样，文学也不能停止中级法院的工作。申诉的最后判决需要花费相当长的时间，到那时会得到一种大致的思想认识或决定，但如果缺乏理智和公正，那就会一事无成。

在文学的独立的创作里，人的天才谋取所有时代的代表性，占有永恒时代的坐毡；思想或评论的天才的情况也是如此。不少人的考察力量是不同寻常的，那些短暂或狭窄的现象是无法蒙骗他们的，他们刹那间就能认识那些牢固和永恒的事物。他们认识了文学的永恒价值之后，就获得了永恒标志的知识，那个知识一直暗暗地为他们指明了道路。他们在教育和本性方面堪称不朽的评论家。

有一些市侩习气的庸俗评论家，他们的学说属于书本的知识。他们坐在大神宫殿的门槛上，炫耀自己的荣光。他们大声喧哗，声嘶力竭，挥舞拳头，进行活动。他们对内心世界没有任何认识，他们一见坐在豪华的马车上的人或佩戴有金链条挂表的人，就判定此人的高贵性。然而，女神的虔诚者穿着破旧不堪的衣服来到母亲身旁，母亲把虔诚者搂在怀里，吻着他们的额头。有时，虔诚者自己的衣饰沾满了灰尘，母亲含着笑掸去灰尘。尽管沾满灰土，女神仍把他们搂在自己充满慈爱的怀里。但看门人见到那些标志能识别他们吗？他们只认识衣饰，不认识人。接待女神的虔诚者的重担落在那些女神的子孙身上——他们是家庭成员，所以懂得家庭成员的尊严。

(倪培耕 译)

美感

　　一个人在年轻时，应该通过独身苦修，有节制地和有规律地丰富心灵生活。一旦我们提及印度的这个古老传统，有些大评论家就会说："这可是个极其严格的修行。一个人通过这种修行，要么成为才华横溢的人，要么成为断绝七情六欲的苦修僧，但文学的情味与这种修行究竟存在着什么关系呢？文学、绘画和音乐又在何方？如果人想获得完全的发展，那是不能抛开美的。"

　　说得对，我也是爱美的。但修行绝不等于自杀，修行的目的是丰富心灵。实际上，受教育时遵守独身修行的法则并不是枯燥无味的修炼。难道农民拼死拼活劳动是使农田变荒芜吗？当农民扶犁耕地，用耙捣碎土块，用锄除去杂草，把田地搞得平平整整时，一些愚不可及的人看见这种状况就会认为，这是在糟蹋土地。但是不这样做，就不能种庄稼。同样，对于想真正掌握情味的人来说，起初必须进行严格的修炼。在通向情味的道路上，有着不少使人误入歧路的岔道。一个人要想在通向情味的道路上战胜种种艰难险阻，达到完美的话，那对于他来说有规律地和有节制地生活是十分必需的，为了获得情味不得不忍受这种乏味的生活。

　　人的不幸，是在于他的主要目标往往为别的次要目标所压倒。他想学习唱歌，结果只学会哼哼唧唧；他想成为富翁，结果成为聚敛钱财的吝啬鬼；他想为国效力，结果在一个什么委员会里以自己的提案能获得通过而扬扬得意。

　　同样，我们经常发现，规律和节制的遵循，往往成为人们孜孜以求的极端的目的。视遵守规律为获取功德途径的人，完全醉心于规律，这样，对于规律的追求就成了一种极端癖好。

这是人类愚蠢的标志。人一旦着手于某事，就不想中途而止。听说在英国有许多人收集有国内外邮戳的邮票，花费了无数精力和金钱。由于同样的收集癖好，有些人专事收集中国的瓷器和旧鞋。跑到北极去插上一面旗，这也是那类人的英雄业绩。那里除了长年的积雪之外什么东西也没有，但他们怎么肯罢休呢？他们的癖好就是看谁能到离北极最近的地方。在他们看来，山登得越高，成就越伟大。一些人为这种没有价值的成就而送命，同时还使多少不情愿干这种事的脚夫丧生。尽管如此，人们从不考虑这方面的事。

在他们看来，无谓的花费越多，平白无故受的罪越大，就越要把无意义的活动和无结果的胜利成果引以为骄傲。这种对有规律的修炼的追求，是以痛苦的程度多寡来得到满足的。如果这种追求开始只是以睡硬床为满足的话，那么进而就以睡地铺，再而睡铺在地上的毛毯，最后以睡在地板上为满足。就这样，以折磨自己为目的，最后以自杀告终。实际上是把解脱变成一个强烈的追求，也就是为拼力解开套在脖子上的绞索，而更加勒紧绞索，以致送命。

因此，倘若把遵守规律变成一种贪欲的话，那么随着严酷性压力的增大，心灵中的美感就会完全被碾成齑粉，最后荡然无存。这是毫无疑义的。但如果把达到尽善尽美当成目的，正确控制好节制的尺度，那么人的任何欲望都不会受到损害，人本身将会得到良好的发展。

任何事物都有一个坚实的基础。如果这个基础不坚实，就不能支撑任何东西。一个有形的或赋予他物以外形的东西都必定是坚实的。人的身体不管多么脆弱，如果它不是以坚实的骨骼作为支撑，那么它只是一个肉团，不具有任何特性。同样，知识的基础也是坚实的，享乐的基础也是坚实的。倘若知识的基础不坚实，那知识就成为互不连贯的梦幻而已；如果享乐的基础不坚实，它只是一种狂热疯癫的游戏而已。

这个坚实的基础就是节制，它含有思想、力量和刚毅。它像神一样用一只手布施恩典，用另一只手进行毁灭。培养这种节制是艰难的，而要破坏它也同样是艰难的。为了充分享受美，这种节制是必需的。

一旦失去节制，将会出现什么情况呢？有的孩子端着食物盘子，把饭菜弄得狼藉满地，有的粘在脸上，有的溅在身上，把剩下的饭菜拨来拨去，玩耍起来。就这样，只有很少的东西才进入他的嘴里。失去克制之后，我们赖以享受的东西的境遇和这些狼藉的饭菜一样，我们也会把它们撒满四处，有的粘在身上，有的干脆搁在一边。实际上，我们一无所得。

美的创造绝不是胡思乱想。任何人不会放火烧毁整个屋子来点灯。火是容易失去控制的，所以在点灯时应该控制住火。兴趣也是如此，如果我们对兴趣不加控制，任其扩张，那么它们就会把本身唯一需要的美烧成灰烬；它们倘若摘花，就会把花全部打落在地。

事实上，餐桌上不仅有填饱我们肚子的食物，还有美的存在。水果不仅可以充饥，而且它色香味俱全，显示着美。诚然，它即使完全不美，我们也照样吃了果腹。尽管我们急切地想吃它，但它对我们来说仍不仅可以充饥，而且也给我们以美的享受，这是超过我们需要的一个收获，这个美似乎是我们额外的收入。

这个美把我们的心引向何处呢？它努力不使消除单纯的饥饿欲望成为我们最高的目的或上帝，而使这个欲望对于我们心灵的控制有所松懈。难近母①成为饥饿女神之后说："我得吃掉你，我什么也不想听。"那时，美神满面笑容地洒以甘露，把追求实利的可怕的血红大眼遮起来，把饥火压在下面，上面放着美的享受果实。无法避免的实利目的包含着一种对人的鄙视。但美高于实用，正因为如此，它消除了对于我们的鄙视。美使我们的饥渴具有一种崇高的精神②。正因为如此，曾经是放荡不羁的野蛮人如今成为人；曾经只知道满足感官的需要，如今接受爱情的束缚；今天我们即使感到饥饿，那也不会像畜

---

① 难近母：雪山女神演化过来的，她原是印度大神湿婆之妻，美丽的爱情坚贞的女神，后来演化为降魔女神的形象，又转为迦梨女神等。

② 在满足我们的需要的地方就能见到美，但在单纯满足需要里是不会产生美的。当我们的心随着需要的满足而得到巨大欢愉时，那么这种欢愉就是超过需要的另外一种东西的标志。满足需要之后所剩余的东西就是美。——原注

类，不会像魔鬼一样凑合吃上一顿；东西不干净，我们就没有吃的欲望。现在想吃的欲念不能独占我们的心，美和讲究干净削弱了这个贪吃的念头。我们经常训斥孩子说："呸！干吗这样狼吞虎咽！这种吃相多么难看。"美制约着我们的欲念，它不仅与世界建立了实利关系，而且还建立了享受关系。在实利关系之中我们是渺小的，是迫于无奈的，而在享受关系中我们则获得了解脱。

由此，我们清楚地知道：美最终把人引向克制，美赐予人以甘露。人喝了甘露，逐渐控制了历来就有的饥饿。有些人本不想把毫无节制看作不幸而弃之，而现在把它看作不美而弃之。

美一步步引导我们讲究文明和节制，反之，节制又不断加深我们对美的享受。如果我们不能使自己专心致志，那么我们就不能从美的本质中取得情味。只有对爱情始终如一的女性方能感受到爱情的现实美的情味，放荡的女人是感受不到的。贞操就是一种毫不动摇的自我节制，唯有通过这种节制才能真正体会到爱情的妙不可言的情趣。如果我们对美的追求缺乏像贞操那样的节制，那将会发生什么样的情况呢？我们将只能在美的四周着急地绕圈子而无法入内；只会把陶醉看作享受，为了谋取一样东西而抛弃其他所有一切，结果将是一无所获。真正的美只有虔诚的修炼者才能得到，而贪婪的放荡者是得不到的，饕餮者是不会品尝菜肴的美味的。鲍什叶国王①对乌登克王子②说："去吧，到后宫去，你会见到女王。"乌登克到了后宫，但没有能见到女王。任何不洁净的人不能见到恪守贞操的女子，那时乌登克是不洁净的。

在世界所有庄严和美的后宫里居住着恪守贞操的吉祥女神，她近在咫尺，但由于我们本身不洁净而无法见到她。当我们沉湎于穷奢极侈的生活时，光彩照人的吉祥女神就会在我们面前消失。

我们不是用宗教、道德或伦理观点，而是用享受——英语中称之为"art"的观点来谈论这个问题的。我们的经典也说，不仅宗教，就是享乐也要有节制，也就是说，如果你想实现自己的愿望，就必须

---

① 鲍什叶国王：吠陀时期的传说人物。
② 乌登克王子：吠陀时期某大仙的弟子。

抑制自己的愿望；如果你想享受美，那就必须克制享乐的欲望，使自己变得洁净和平和。如果我们不知道如何抑制欲念，我们就会把欲念的满足看作是美的满足。我们仿佛认为，心灵的东西是唾手可得的。所以，我们说，为了真正培养美感需要进行独身苦修。

那些不轻易受骗上当的人会疑惑地说：啊哈，这简直是诗了。他们会说，在这个世界上我们常常看到的是，那些创造美的富有艺术才华的人，大都是放荡不羁和毫无德行的，他们的生平不值一谈。所以必须抛弃诗歌，批判客观真实。

我们说，我们为什么如此相信客观真实呢？原因是，它是一目了然的。我们认为有关人类关系方面的许多内容是客观实在的，但其大部分不是一目了然的。我们看见了树木就说看见了森林。正因为如此，人所做的实际事情中的某些部分，有人说是白的，有人说是灰的，这倒还好，有的人竟信口雌黄断言它完全是黑色的。有人把拿破仑①奉为神明，有人却把他贬为恶魔；有人把阿克巴大帝②说成是宽容的、为民造福的君王，有人却把他看成是杀害印度教徒的罪魁祸首；有些思想家认为，种姓制度③保卫了印度教社会，另一些人却认为，这种种姓制度埋葬了印度教社会。就这样，双方还都大声疾呼捍卫客观真实。

事实上，就在人所活动的同一地方，原来便存在着一些矛盾的现象。有些事物在为人所见的许多部分里显露出矛盾，但其深刻的统一却隐藏在不为人所见的部分里。因而，真正的真实不是浮在肉眼所见的表面上，而是潜伏在肉眼见不到的内部。正因为如此，存在着那么多对它的争论和由此而产生的对立派别，以及历史学家不得不为两个

---

① 拿破仑（1760—1821）：法国资产阶级政治家和军事家，法国皇帝（1804—1814/1815 年在位）。

② 阿克巴（1542—1605）：一译亚格伯，印度莫卧儿帝国的统治者（1556—1605）。

③ 种姓制度：印度的社会等级制度，指职业世袭、内部通婚的社会等级（身份）集团。它始于印度奴隶社会。按《摩奴法典》规定，分为婆罗门、刹帝利、吠舍和首陀罗等。

对立的派别都提供证明材料。

　　我们在世上富有艺术才华的人的身上，看到了缺陷或放荡的表现，尽管承认其客观真实为真实，我们仍不能承认它为唯一真实。如果说，美的创造是从不足之处、放荡不羁中产生的，然而这两者是截然对立的、水火不相容的。如果有人用实际情形来证明这一点的话，那我们就会说：提供的证明不全面，缺乏真凭实据。如果我们看到一个强盗集团发了大财，那么绝不能根据这个客观真实断言，当强盗是发财致富之路。这里，不需任何证明就可以说，我们所看到的强盗意外地发财，其根本原因是他们的利益一致，也就是说，这个集团存在着相互之间的信任。但一旦他们失去了财路，不能把这归结为一致利益的破坏，而应归结为他们相互间的不信任。如果有人做买卖发了财，又挥霍殆尽，那我们绝不能断言，能挥霍的人定能积聚财富。但我们可以说，在挣钱方面这个人是十分精明的，从中可以看出他有超人的节制和思考的能力，然而在挥霍钱财时，他挥霍的欲念，与他的精明能干和远谋深算的禀性，是背道而驰的。

　　富有艺术才华的人一方面确有天资，另一方面也是个苦行者。他不能随心所欲，需要有心灵的专注和克制。能够使自己的品格在各种情况下都保持洁白无瑕的完美的人是很少的。人总有些堕落的东西。其原因是，我们大家都是从不足逐渐走向完善，尚未到达完善的最高境界。在生活中，我们借助于内心的智慧，而不是借助于堕落，才创造出永恒的伟大的财富。富有艺术才华的人以自己不断完美的艺术，显示自己品格上的力量；另一方面以破坏自己的生命，表现了自己的沉沦，他因为七情六欲而忘记了自己事业上的美好理想。创造任何一样东西都需要节制，而毁灭则需要放纵。要想获得真正的知识，需要克制，放纵只能带来虚假的知识。

　　有人会说，如果真是如此，那么岂不是说，一个人同时具有发展美的能力和放纵的品行，它们能同时获得出人意料的成就吗？这不足为奇，就如同狮子和母牛在同一河岸边一起喝水一样自然。

　　当然，按常理狮子和母牛不能在同一河岸边喝水，但这种情况在什么时候才会出现呢？就是在狮子长成猛兽，母牛变得壮实的时候。在幼年时期，狮子和母牛可以一起玩耍，但长大后狮子就会猛扑过去，而母牛也会尽力逃跑。

同样，真正成熟的美感不能与心灵纵欲和心不在焉同时并存，两者是格格不入的。

如果你问，为什么是格格不入的呢？那是有其原因的。维什瓦米德拉大仙①与造物主抗争，创造了一个新世界。

这个世界是维什瓦米德拉大仙的愤怒和伪善的结晶。于是，大仙创立的世界与上帝创造的世界是格格不入的。竞争与搏斗的结果使大仙创造的世界变得毫无意义，毫无价值。它与这个世界不合拍，最终使别人蒙受痛苦，本身也痛苦地消逝了。

如果我们的欲念过于强烈，那么就会创造出与造物主的世界相对立的事物，它不能与自己周围环境相适应。我们的愤怒和贪婪在我们四周产生种种病变。这些病变使渺小变成伟大，使伟大变成渺小，使稍纵即逝的东西永恒，使永恒的东西消失。我们所追求的东西在我们心目中变得如此之大，致使其他一切东西都无足轻重，甚至连月亮、太阳和星星也黯然失色。这样，我们的创造就违背了造物主的意愿。

你可以设想一下一条河的情景。河中的每个波浪虽各自独立，但它们汇合在一起，歌唱着，向同一个大海流去。没有一个波浪阻挡别的波浪前进，但如果在途中遇上漩涡的话，那么波浪就会在一个地方停留，像疯子一样地原地打转，无法向前，最后消失了。这就是说，河流里有了阻碍，波浪既无法获得稳定形态，又无法前进。

如果我们的任何欲念变得极端强烈的话，我们就会退出整个潮流在原地打转，尔后消失；我们的心灵就会只围绕一个中心转，为此愿意抛弃自己所有的一切，同时又想毁坏他人的一切。某些人在这种近乎疯狂之中看见一种美，为何如此？我们认为，欧洲文学正是受这种

---

① 又译众友仙人，是古代印度传说中的人物。他又是印度史诗《罗摩衍那》里的一个人物，法力无比，教育罗摩和罗什曼那，使他们成为战胜妖魔的英雄。

欲念支配的、转圈转个不停的舞蹈——一种引向毁灭的舞蹈。①这种文学仿佛只有在不会带来任何结果的、令人不能安宁的境界里才能获得一种特殊的享乐。但是，我们不能把这称为美的教育，这只是变态的心理而已。我们在一个狭隘的范围内看某种东西，会觉得它是美的。但如果我们把这种东西与所有的综合起来看，那它就会显得不美。酗酒者在酒店里忘却了整个世界，认为自己的小天地才是天堂。但一当他酒醒之后，把酒店与周围世界联系起来进行观察，那时就会如梦初醒，明白自己的真实情形。当我们的欲念变得强烈的时候，它确实会产生一种虚假的光辉。但当我们把它与大千世界联系在一起看，我们就会立即觉察到强烈欲念的害处。于是问题清楚了，那些不把渺小与伟大、个体与全部结合起来观察的人，就会错误地把刺激当成享受，把变态看作美。所以，为了完整地获取美感，需要心灵的平和，而纵欲是做不到这一点的。

现在我们来探讨一下，这美感的完整性会把我们引向何方。

原始民族视为美的东西，文明民族却不屑一顾，这是司空见惯的一种现象。其根本原因是，原始民族的视野狭窄，而文明民族的视野宽阔。文明民族的世界在内部和外界、时间和空间里都是宽广的，它的每个组成部分都是奇异多彩的。正因为如此，在野蛮人和文明人各自的世界里，同一件东西不可能有同一的价值。

对绘画艺术一窍不通的人，见到画布上的一些鲜艳色彩和模糊不清的形象，就心花怒放。他们不懂得要把画放在广大范围里进行欣赏的道理。在这方面，他们缺乏较强的思考能力来约束他们的感官，仅仅是走马观花地浏览了某件东西，他们便迷恋上它，对其深信不疑。只看到皇宫看门人的帽徽和络腮胡子，他们就把他视为地位最高的人

---

① 欧洲文学往往是无目的的，它不像河流一样运动。它在一个点上集中自己的全部力量，然后就在那里消失。在这种文学里存在着感情、观察、人心的精细的分析、美和享乐等一切，但是它们都是无结果的，它的目的不是造福于民众。"为艺术而艺术或为诗歌而诗歌"的含义不是艺术或诗歌没有任何实用目的，但在实用目的里它是达不到完善的，它的完善只有在艺术、诗歌或美中才能达到，而不是在实用目的里，美就是真正的完善。——原注

而倾慕不已,完全不觉得有跨进宫门、走向宫内的必要。但不那么土气的人绝不会轻易地被迷惑,他们懂得,看门人的堂皇仪表,除了让人看了生畏之外,没有任何价值。国王的威严不是瞧上一眼便能体会到的东西,而是需要用心观察的。国王的威严包含着一种力量、宁静和庄重。

因此,凡肯动脑子的人。绝不会一看到画中的五光十色,就被迷住。他们懂得主次、前后、中心与周围的和谐。颜色吸引眼睛,但要懂得和谐的美就需要用心,需要认真地观察,随之而来的享乐也必定是深刻的。

正因为如此,一些具有艺术才干的人不注意外表微小的魅力,在他的作品里有一种坚实性,在他们谱写的乐曲里没有装饰音。由于朴实无华,普通人在这类作品里是得不到任何特殊享受的,但就是那种朴实无华所具有的深刻力量,给某些人以巨大的欢乐。

因此,光通过肉眼,而不是同时通过心灵,就不能真正地看到美。这个心灵上的鉴赏力只有通过一定的教育才能培养成。

然而,鉴赏力也有高低之分。仅仅借助于智慧和思维,我们目光所及的地方是很有限的,如果我们还加上心灵的情感,那我们的视野就会宽广;如果我们再加上区分善恶的智慧,视野就会更宽广;一旦形成形而上学①的观点,我们的视野就无止境。

那些使我们心灵受到感染的东西,会使我们得到更多的满足。与鲜花相比,人的脸庞更吸引人。原因是,在人的脸庞里不仅有外貌的美,还有知觉的光辉、智慧的闪耀和心灵的温柔。人的脸庞会占据我们的知觉、智慧和心灵,以至我们无法轻易地摆脱它。

在世上的出类拔萃的人物身上有体现上帝仁慈的天性。我们对他们佩服得五体投地,以至我们都忘掉了自己的存在。因而一个王子为了从水深火热之中拯救世界而毅然出走的事迹②,不知吸引了多少人

---

① 这里的形而上学,指的是一种研究感官不可达到的即超直观经验的东西的哲学,研究对象是神、灵魂和意志自由等。

② 指释迦牟尼。

写诗、作画!

对此持怀疑态度的人可能会说,你不是在谈论美吗?怎么忽然涉及宗教道德问题呢?有必要把这两者相提并论吗?善就是善,美就是美。善的东西用一种方式吸引我们,美的东西用另一种方式吸引我们。两者吸引人的方式各不相同,因此两者的名称也互不一样。那些善的东西之所以能吸引我们,因为它们有用,那么那些美的东西为什么迷住我们?我们似乎茫然无知。

关于这方面的问题,我们需要指出的是,善的东西使我们受益匪浅,所以我们说它好。但这种说法还不完善。实际上,善的东西一方面满足我们的需要,另一方面本身是美的。也就是说,除了实用之外,它还有一种无实用意义的吸引力。道德家们以宗教的观点宣传善,而诗人则描述善的妙不可言的美。

我们不是从满足需要出发,把善说成美。米饭对我们来说是实用的,衣服、雨伞、鞋子等物,对我们来说也是实用的,然而它们无法在我们心里唤起美感。但罗什曼那跟随罗摩一起去森林的故事[①],却拨动我们的心弦,奏起美妙动听的音乐。这是用优美的语言和动人的韵律绝妙地加以润色的伟大诗章。我们说,弟弟为哥哥服务是件好事,但其目的绝不是说这将造福于社会,我们之所以颂扬这件事,因为它是美的。它为什么是美的呢?这是因为所有善的东西与整个世界有着十分深刻的和谐的关系,与整个人类的心灵深深结合在一起。如果我们能够看到善与真的完美和谐,那么美对我们来说不是不可捉摸的。同情是美的,宽恕是美的,爱是美的。这种美可以同荷花、满月相媲美。像荷花和满月一样,这种美和周围世界之间有一种和谐的光辉。这种美适用于一切,一切适用于这种美。《往世书》里的吉祥天女[②]不单单是美的女神和财富女神,也是善的女神。美的形象是善的完美形

[①] 罗摩是印度伟大史诗《罗摩衍那》的主人公,罗什曼那是他的弟弟。罗摩之父十车王听从小后吉迦伊的谗言,放逐罗摩去森林十四年,罗什曼那出于手足之情,也随同其兄去森林生活。

[②] 吉祥天女:印度教大神毗湿奴之妻,象征幸运和财富。

式,善的形象是美的完美本质。

现在,我们来探讨美和善在哪儿结合的问题。我在前面已谈到过,美比实用伟大,所以我们称它为财富。正因为如此,它使我们摆脱极端自私和实践的贫乏,并在爱中获得解脱。

我们在善中见到这种财富。当我们看到一个英雄人物为了宗教抛弃一切,进而献出自己的生命,那时我们会惊叹不已。这种惊叹高于我们的哀乐,大于我们的私利,重于我们的生命。善并不把这种因财富的力量而造成的损失和痛苦看作损失和痛苦。善不因私利的丧失而受到丝毫损害。善与美一样使我们心甘情愿地做出牺牲。美向世间显示上帝的财富,同样,善在人类生活中显示这种财富。善不是使人用肉眼来看到美,也不是用智慧来解释美,而是把美变得更加宽广和深刻,从而使人亲自感受到。

诚然,用鲜花、绿叶、灯烛和金银器皿装饰餐厅,固然是好。但如果邀请来的宾客没有得到令人欣喜的尊敬、礼遇和爱,那么这一切装饰对他来说并不美好。因为唯有欣喜才是心灵的财富。甜蜜的笑容,动听的言辞,亲切的接待,无疑是一种美,它比香蕉叶、金盘显得更宝贵[①]。当然,不能说这些对所有人来说都显得宝贵。有些人甚至愿意忍受屈辱也要参加十分豪华的宴会。这一类人不懂得还有比宴会本身更大的目的,更重要的美。实际上,装饰和菜肴不是宴会的主要部分。正如幼芽的花瓣那样紧紧裹住自己,自私自利的人的力量也只囿于自己的小天地。一旦这种力量挣脱束缚,就转向外部世界,像盛开的花朵一样,竭力与外界结合在一起。那些看不到蕴藏在祭祀之中的严肃美的人,就把丰盛的菜肴和华丽的装饰看作是无与伦比的东西。他的无节制的欲念,他对施舍物的贪婪和贪图吃喝之心,使他体会不到祭祀的崇高的美。

印度经典说:有力量的人的装饰是宽恕。不是每个人都能感受到

---

① 这里,作者的意思是:香蕉叶、金盘都是装饰物,无疑会增添宴会的美好气氛,但欣喜的心灵无疑比这些缺乏心灵的装饰物更可贵,宴会没有心灵的欣喜就会暗淡无光。

蕴涵于宽恕之内的美。愚蠢的庸人一见到力的显示,就对它崇拜不已。害羞是女人的饰物。但谁能把这种羞耻心看得比装饰更美呢?只有那些不是狭隘地观赏美的人才能看到这种美。当狭长的光线与四射的光芒结合在一起的时候,应该登高才能很好地眺望到这种壮观的美。但是人要做到这一点,需要受教育,需要有一丝不苟的精神和内在的力量。

  我国古代诗人毫不犹疑地描绘孕妇的美,而欧洲诗人在这方面却感到困窘和疑惑。孕妇的美尽管不是那么起眼,然而当妇女一生中最有意义的时刻临近时,对这一时刻的期待,使妇女的形象蒙上了一层自豪的光彩。这般情景肉眼所见有限,唯有精神上的虔诚才能予以弥补。雨季里,乌云密布,大雨如注。秋季里,云被风吹得轻盈地飘浮。当落日余晖投在云朵上面,斑斓的色彩令人眼花缭乱。但在夏季,像黑牛一样的乌云,在雨水的重压下变得呆滞。稠密的雨云,没有丝毫斑驳的色彩,它们从四周把我们围得严严实实,似乎不留一丝缝隙。这湿漉漉的蓝色的云层意味着被炎热炙烤的大地将得到喘息,粮食将会充实,河湖将会盈满。一切都陶醉于善的完美的深沉甜蜜之中。迦梨陀娑让雨云担当了受离愁折磨的药叉的使者[①]。毋庸置疑,雨云能够胜任这一工作,尤其吹向北方的南风更无须费力。但诗人选中了夏季的第一天的乌云——使世界遭受炎热炙烤的乌云。难道这乌云仅仅是把情郎的信息传到少妇身边吗?不,它一路上使河流、山岳和森林变得异常完美。黑檀树绽开黄花,枝叶长得茂盛,一行苍鹭冲向天际;盈满的河水哗哗地冲刷着岸边的灌木林;村姑的陌生的、含情脉脉的眼神,使夏季的天空仿佛显得更凉爽宜人。于是,诗人就是这样用诗行,把离愁的信息同整个大地的复苏联结在一起,使自己对美的追求得到了满足。

---

  ① 指迦梨陀娑的长篇抒情诗《云使》。它讲一个药叉,是财神俱毗罗的奴仆,因事忤主人之意,被罚流放一年。他离别妻子,到南方的罗摩山去住。在放逐期间,看到雨季的行云,他便托向着北方飘去的云彩,带口信给自己的妻子,叙述自己的思念之情。

在《鸠摩罗出世》①里，诗人没有在不适时宜的突如其来的春天和爱神的迷人细雨下，把湿婆神与难近母的相会，作为高潮来处理。男女之间的狂热结合，猛如烈焰。然而诗人在那毁灭的烈焰燃起之前，就创造了和平的清泉，随后才安排两人相会。诗人通过描写苦修，使难近母的情爱的最完美形象光彩照人。接着，诗人描写春天盛开的花蕾的脱落和杜鹃的婉转声的沉寂。在《沙恭达罗》里，只有当女主人公成了母亲，情欲的冲动在苦行之后趋向平静，悔恨与宽恕交织在一起时，国王夫妇的重逢才有了意义。初次相会包含着毁灭，而重逢中则包含着庇护。诗人在这两篇诗作里，以宁静与善的描绘，显示了完美。在描写这一切时，他的画笔的色调是何等清淡，琴弦发出的声音是何等柔和。

事实上，美在充分展现的同时，也就丧失了自己的轻佻。一旦花朵把自己的色香变为甘甜的果实，美和善就在发展的最高阶段里统一起来。

凡是把美和善看成一体的人，绝不会把美同骄奢淫逸联系在一起。他们生活旅程的内容是平淡的，但这并非是缺乏美感的原因，而是美感丰富的原因。阿育王建造的花园如今安在？他的皇宫早已荡然无存。但是，他命人建造的塔和柱，至今仍屹立在佛陀曾经传授知识的榕树附近。阿育王就在佛陀发现人类痛苦得到解脱之路的圣地上，就在那个令人难以忘怀的最高善行的地方，建立了美的艺术珍品，他没有把骄奢淫逸变成神坛上的祭品。在印度，多少崇山峻岭上和荒无人烟的海岸边矗立着许许多多神庙和美的艺术珍品，然而历代印度国王的巍峨宫殿的遗迹在哪儿呢？不在京城里而在森林里和山岳上，建立这些美的珍品的目的是什么？这就是说，人在那儿通过自己创造的美，表达了对比自己更伟大的事物的钦佩和虔诚，人所创造的美向比自己更伟大的美双手合十致敬，通过自己的整个影响默默地宣扬比自己更伟大的本质。人通过这种完善的艺术

---

① 《鸠摩罗出世》：迦梨陀娑的长篇叙事诗。

语言说:"看啊,好好地看!看那美的东西,看那伟大的东西!"他不想说,"你们瞧,我是多么追求享乐"。他没有说,"看着我在世时作乐的地方和我死后的雄伟墓地"。我们无法肯定,古代印度君王是否也是如此修造自己的皇宫。但可以肯定的是,印度民族并没有怀着虔诚的心情保护过这些皇宫。那些为了炫耀自己的人虽然建造了宫殿,而他们都销声匿迹了。但是,人的力量和虔诚因人自己所创造的美与神的善的形式共存而受到赞美。我们竭力维护建在险峻之处的庙宇殿堂——美和善的结合以及创造之神和美神的完全结合。这种精神隐匿在一切文明里。总有一天,美不会沉浸于追名逐利之中,不会因忌妒而受到伤害,不会因贪图享乐而衰败。到那时,美将是纯洁的,将会在宁静与和善之中,汲取力量而变得生气勃勃。如果我们不能把美从自己的情欲和贪婪中解放出来,那么我们就不能真正看到完善的美。由于愚昧和无节制,我们无法真正地看到美,因此也就得不到满足,我们的欲望会越发强烈。假如不进食物,光喝酒,那么即便对健康有益的食物,我们也不会感兴趣。

正因为害怕上述情况的出现,道学家们宣扬要对美敬而远之;同时,为了将来免遭损失,他们也劝阻我们别走获利之路。但我们应该教会人们真正懂得,为了得到完整的美,需要有节制和苦修。独身苦修的目的正在于此,而不是单调枯燥。

有人可能会问,这种苦修如何才算成功?何时才能终结?我们能够理解自己性器官和感觉器官的必要性,但不懂美感有什么必要?

在回答这个问题之前,我们有必要再次简要地评述一下,美的道路究竟通往何处。

当我们只是通过自己的感官获得美感时,我们称之为美的东西是十分简单明了的。只要看上它一眼,我们的眼睛就会被吸引住。在这种情况下,我们清晰地看到美与丑两者之间的差别。但当智慧也渗入到美感中来的时候,那时美与丑之间的差别就消失了。那时,吸引我们心灵的东西,可能在我们眼里不会是很美的;那时,我们看到了开始与结束,主要与次要,这一部分与那一部分之间深刻的统一,由此我们得到了享受。但我们不承认迷惑眼睛的美的奴役性条约。当行善的理智加入时,我们心灵的权力就越加扩大,美丑之争越趋消失。那时,一个贞节的妻子看上去就是美,而不单单追求外表的漂亮。在忍耐、胆识、宽容和爱情发光的地方,炫耀的色彩就不必要了。在《鸠摩罗出世》里,当乔装打扮的大神当着女苦行者乌玛的面,指责湿婆神的仪表、品行和年龄时,乌玛答道:"我的心对他充满了感情。"快乐绝不需要借助任何外表的东西。有了感情,美和丑的严重的割裂消除了。

关于什么是善也有争议。区分善与恶,就要分清好与坏。在这过程中,善与恶,好与坏,任何一方都不会消失。两者的结果是一个,而不是两个。有河流就有河岸,河流终止的地方,必然是无边无际的大海。河与岸的对立,在河流终止的同时也消失了。取火时,需将两根木柴摩擦,但一旦点燃了,两根木柴的摩擦也就停止了。同样,我们的美感,也是存在于感官的惬意和不适的斗争中,生活的善和恶的对立之中,像两根相互摩擦着的木柴一样不断冒出火星。一旦燃烧起来,它的片面性和模糊不清之处便全部消失。

到那时,将是一种什么情景呢?到那时对立与斗争消失了,一切都变成了美,真和美浑然一体。那时,我们就会明白,获得真的现实就是享受,这就是最高形式的美。

在这变幻莫测的世界里,我们的心寄寓何处呢?我们于何处才能感受到真实的快乐呢?行人来来往往,如影相随于我们身旁,但我们并不了解他们,也就无法从他们身上获得某种快乐。有一位亲戚与我们十分亲近,这个真实充实了我们的心灵。我们对自己亲戚的真实情况了解得越多,我们从他身上获得的快乐就越大。一个国家仅是大地的一部分,但那个国家的人为了自己的国家甚至可以献出自己的生命,因为他们透彻地了解自己的国家,所以能够为它而献身。一门知识对一个蠢人来说是可怖之物,但对学者来说则是他享受的最高乐趣,学者把自己整个一生奉献给这一门知识。我们理解了真实,就会感受到乐趣。我们没有全面地把握真实,就感受不到乐趣。只有我们全面地把握真实，我们方能爱它，方能感受到乐趣。

当我们认识到这一点时，真实的感受和美的感受就会一致起来。

人类的全部文学、音乐和艺术自觉地或不自觉地朝着这个方向迈进。人们在自己的诗画和工艺品中揭示真实。有的事物起先没有引起我们的注意，正因为如此，它对我们来说是不存在的。而诗人把它展现在我们眼前，扩大了我们所认识的真实范围和快乐的范围。人类的文学艺术每日每时都在真实的光辉里，显示着微不足道的事物，用艺术美把它们记录下来，把那些熟悉的东西变成亲近的东西，把那些外在的事物变成心灵的感受。

现代诗人说："Truth is beauty, beauty is truth."（真实就是美，美就是真实。）我们的文艺女神就是"truth"（真实）和"beauty"（美）的化身。《奥义书》也说："所表达的东西本身就具有真实的快乐本质，或真实的永恒本质。"从我们脚底的尘埃到太空的星星都是 truth（真实）的，都是 beauty（美）的，因而一切都具有"快乐本质"和"永恒本质"。

表现这种所见的真实的快乐本质和真实的永恒本质，乃是诗歌和文学的目标。当我们仅仅通过肉眼看到真实和通过智慧接受真实的时候，那时我们尚不能在文学里把它表现出来。但是一旦我们通过心灵接受真实的时候，我们就能在文学里表现它。那么，难道文学不是艺术技巧的创造吗？它难道仅仅是心灵的发掘吗？不错，文学技巧中也有一些创造。心灵通过自己美的力量用语言、声音或色彩记录下所发现的惊喜和快乐。就在这里，有着创作技巧的运用。而这就是文学，这就是音乐，这就是绘画。

人类用宏伟的金字塔表达出自己对一望无垠的沙漠的惊奇；人类用山洞艺术刻画出荒无人烟的孤岛海岸的险峻。人类宣称，它的心通过这种方式获得了满足，孟买的赫斯蒂石窟①就是这种例子。人类看到大海中太阳冉冉升起的壮美景象，就从几百里之外运来石头，建立

---

① 赫斯蒂石窟：坐落在离印度孟买不远的一个岛上，建于十世纪，石窟内有数尊湿婆神及其妻子的石像。

了克纳塔克的太阳神庙①，记录下自己的虔敬心情。人类在把真实作为享乐和永恒的东西接受下来的同时，也留下了标志。这种标志在有的地方是雕像，有的地方是神庙，有的地方是圣地或京城。文学也属于这一类的标志。人的心灵与大千世界的某个岸边碰撞时，就在那儿通过语言建立了一个永恒的圣地。这样，世界之岸的一切地方都变成了人类心灵实践的栖身场所。人在水中、陆上和空中，在秋季、春季和雨季里，在宗教、实践和历史里镂刻下粗糙的标志，它不断地把人的心灵注入真实的美好形象中去。在不同国家和不同的时代里这种标志和召唤一直扩大着。如果世界各地的人不能在文学里镂刻下心灵的这种标志，那么这个世界对于我们来说会变得想象不到的狭窄。如今，这个耳闻目睹的世界之所以成为我们心灵的世界，其主要原因是，人类的文学开掘了人类的心灵，从而把世界装饰了起来。

要说明真实是物质的静与动的统一，是因果关系的问题，这是其他科学的任务。文学要说明的真实就是享受，真实就是永恒。文学解释了《奥义书》上的这句话："它们是情味的形式，人获得那种情味就感到欢悦。"

（倪培耕 译）

---

① 克纳塔克的太阳神庙：坐落在印度奥利萨邦东海边，建于十世纪。整个庙的外形仿照太阳神的车子建造，庙前有七匹马拉着这座车形的庙奔驰。庙内有八尊太阳神像及其他雕像。

世界文学

　　我们内心的许多想法，只是为了同所有人建立关系而存在的，我们就是通过这种关系揭示自己存在的真实性，获得真理。如果没有这种关系，我们的存在和其他事物的存在就毫无意义。

　　在世上，我们与真实存在着三种关系，即理性关系、实用关系和享乐①关系。其中理性关系可以被称作为一种竞争。这种关系好像猎人与猎物之间的关系。这种关系仿佛把真实当作被告，逼它一点一点吐出自己的隐私。所以，理性对真实来说是十分傲慢的。理性对真实了解得越多，就越强烈地感受到自己的力量，理性关系之后，是实用关系。在实现这个实用目的或在满足需要关系里，我们的力量与真实结合起来。由于这种需要的满足，真实更加接近我们，但我们同它的距离依然无法消除。英国商人曾经在印度贵族面前低头哈腰、奉献礼品，从而达到自己的目的，取得统治地位。同样，我们把真实与实践相结合，由此实现了自己的目的，最后我们自认为自己已成为世界的主宰。到那时，我们说，大自然是我们的奴隶，水、火和空气是我们的义务仆人。

　　实用关系之后是享乐关系。因为有了美或享乐关系，所有的距离都消失了。那时，没有任何形式的高傲，我们与低贱和懦弱的人相处不会感到难堪，在那里默吐拉的大神化身黑天与牧区的女子一块玩耍，不顾自己大神的尊严。有享乐关系的存在，我们就不会感到自己的理性力量，只感到没有任何障碍或距离阻碍认识自己。

　　简而言之，理性与真实的关系好比是我们的学校，实用与真实的

---

　　① 这里的享乐关系，也可译作享受关系，快乐关系。凡本书中出现的享乐，均可指艺术上的享受、心灵上的欢悦，而不是指物质享受或享乐主义。

关系好比是我们的办公室，而享乐与真实的关系则是我们的家庭。我们不会完全待在学校里，也不会完全待在办公室里，只有在家里我们才无拘无束，自由自在。学校是不加装饰的，办公室也是不加装饰的，但家里却装饰得十全十美。

这种享乐关系究竟是什么呢？就是把别人看作自己，把自己看作别人。当我们这样理解时，任何问题都能迎刃而解。我们从未想过，我们为什么爱自己？我们往往就在自己经验中感受快乐，但当我们在别人身上也体验到自己的这种感受时，那时提出我们为什么爱自己或爱他们的这个问题就毫无意义了。

亚给沃尔盖大仙①向伽吉说：

"难道我们之所以喜欢儿子，是因为我们爱儿子吗？不，我们爱自己，才喜欢儿子。我们不是为喜欢财而爱财；我们爱自己，才喜欢财。"

这段话的意思是，我们只爱那些能在其中充分地看到自己的东西。儿子填补了我们的不足——这意思是，我们在儿子身上更多地得到自己，好像在他身上我们成为"较多的我们"，由此他显得可亲可爱，他每日使我们的存在独立于我们之外。我们在自己身上确凿无疑地看到的和爱着的那个真实，也在儿子身上清晰地看到了，那时我们的爱就大大地扩大。"这是个什么样的人？"我们为了了解这一点，必须知道他爱什么东西。我们从中会得知，他在这世上的某个东西中发现了自己，把自己送到了遥远的彼岸。若是我们什么都不爱，那我们的心灵就囿于自己的小天地里。

孩子看见光或别的东西来回晃动就会高兴得笑起来。他在光和晃动中，看到了自己放大了的知觉，所以他是那么高兴。

当有了这种直觉之后，他的知觉就渐渐地占据整个心灵。但是，他仅仅在这些东西里是得不到快乐的，当然不是完全得不到，而是少得可怜。

这样，人越要发展自己，就越想在更大范围内体验自己的真实。

---

① 据传，亚给沃尔盖是印度古代著名贤哲，著了很多书，这段话出自他的著作《广林奥义书》。

如果人想从外部观察自己的心灵，那他最先可以在他人身上窥见自己的真实。通过耳闻目睹、心灵思索、想象飞驰和心心相印等活动，他能够在他人身上自然而然地看到自己的完整形象。正因为如此，了解人，吸引人，从事人的工作，对他来说是再高兴不过的事情。在不同的时代和地方，一个人越能在更多人身上对照观察和发现自己，那么这个人就越伟大，恰如其分地说他就是圣人。在整个人类之中蕴含着我们存在的意义。一个人只要或多或少了解这个事实，那他就跳出了个人的圈子，就懂得如果只囿于自己的小圈子里观察自己，就是贬低了自己。

在所有人身上观察自己，这是我们人类心灵的天生属性。在这方面，自私和傲慢往往是障碍。由于这些障碍，我们心灵的自然潮流阻滞，我们不能清晰地窥见人性的完整美。

可能有人会问：你为什么把在心灵中间观察自己说成人类心灵的天生属性呢？既然如此，它为什么这么容易受损害呢？你所说的障碍物——自私和傲慢为什么就不是天生属性呢？

许多人之所以这样说，是因为与天性相比，天性的障碍更显而易见。一个人初学骑自行车，摔跤次数一定比行车次数多。那时如果有人说，那个人不是在学骑车，而是在学摔跤，那么同他争辩是毫无意义的。我们在这个世上处处感受到自私和傲慢的存在。但如果人不能透过它们看到拯救自己天生属性的努力，即与所有人结合的努力，如果把摔跤说成是天生属性，那么这完全是无谓的争论。

其实，许多障碍是为自然地理解我们的天生属性和全力运用这种属性而产生的。通过这些障碍，天生属性被唤醒。被唤醒的程度越大，人的快乐感受就越多。这种情况比比皆是。

举一个理智的例子加以说明。掌握因果关系是理智的职责。倘若理智只在简单明了的事物里简单地了解这种关系，就不能完整地看到自己。然而，在大千世界里，因果关系是如此深奥，为了了解它，理智需要做出毕生的艰巨劳动。在这种研究性的劳动里，理智在科学和哲学领域内清楚地感受着自身，进而它的自豪感也与日俱增。如果我们认真思索一番，那就不难发现，科学和哲学除了理智的感受之外什么也不是。当理智发现了自己的规律，也就是把物质和自己结合起来观察时，它就被称之为可以理解的。在这种可以理解的过程中，理智获得了快乐。不然，当发现苹果落地和太阳吸引地球竟出自同一原因时，人就毫无必要如此兴奋。有引力就有运动，这究竟与我们有什么相干。我们通过自己的理智，了解了大千世界的这个普遍规律，我们就到处感受到自己的理智。从尘埃到太阳、月亮、星星等一切事物都与我们的理智结合在一起。这样，世界的深邃的奥秘把人类的理智吸引到外部，并丰富了它，然而与大千世界相结合的理智又复归于人。理智与一切事物相结合就叫知识。通过这种结合，我们的智力获得了快乐。

同样道理，在整个人类里，完整地获得自己的人性是人类心灵的天生属性，人在其中得到了真正的快乐。为了完全自觉地获得这种天然属性，人不得不同外部的、内部的抗衡和障碍做斗争。正因为如此，自私之心是如此之强烈，自负之情是如此之顽固，仕途之路是如此之艰难。克服这一切障碍之后，人的本质光彩照人，以完美的形式有力地表现着自己，由此，人心就感受到巨大的快乐，我们就在扩大形式①里获得了自己。②

为此，我们渴望阅读伟大人物的生活传记，在他们的品行里，我们看到了自己的障碍所造成的禁锢被解除了。在历史上，我们在各式各样的人物身上、各个不同的国家和时代里、杂乱缤纷的事件中、千差万别的环境里和形态里看到了自己的本性而兴奋不已。那时，不管理解与否，在自己心里总是感到，我们与整个人类是一致的。对这种一致性，我们正确地体验得越多，我们越是幸福，我们得到的快乐就

---

① 这里的扩大形式可以理解为完美形式，揭示真实本质的形式，也是一种观念形式。

② 使我们心灵高兴的那种感受不脱离我们自己，那种感受实际上是我们自己的。我们之所以在那种感受中获得快乐，是因为我们通过它特殊地感受到自己。它就是我们的扩大形式。——原注

越多。

但是，在传记和历史里我们不能彻底地、一目了然地看到所有一切，它们也被无数障碍和疑惑遮掩了起来。我们通过这一切，取得了对人的认识，这种认识毫无疑问是伟大的。然而，我们想根据自己心灵和意愿加以塑造和修饰之后，用语言把这种认识表达出来。如果我们能够做到这点，那么这种认识就成为我们专有的。当我们用优美的语言、瑰丽的艺术表达自己的爱时，那么这种爱就成为人类心灵的材料。而且这种爱不在尘世中随波逐流。

同样，外界许多优美的光——它或是日出的霞光，或是伟大的光辉，或是自己内心的激情——每时每刻都在唤醒我们的心。我们的心则把它们与自己的感情相结合，变成自己的东西。这样，我们的心灵借助于它们特殊地表现着自己。

在世上，人在两大股潮流中表现着自己：第一股潮流是人的实践活动，第二股潮流是人的文学。这两股潮流完全是并行不悖的。人在自己的实践和感情中表现自己，这两股潮流相辅相成。通过这两股潮流人能够从历史和文学里获得完全的知识。

在实践领域里，人用自己身心的全部力量和感受建立起家庭、社会、国家、宗教和教派，人所熟悉的、所得到的、所企求的东西全都在这些事物中得到了阐述。这样，人的本性通过与世界相结合，并以各种形态在万物中矗立着。在感情里模糊的东西，在世上变成了有形的东西，那些在"个别"里是较小的东西，在"多数"中通过各个特殊组成部分取得了巨大的统一。于是，渐渐地形成这种情况：倘若没有经无数人长期努力所建立起来的家庭、社会、国家、宗教和教派，那么每个独立的人就不能清晰地、充分地表现自己。这一切事物对人来说已人格化了。如果不是这样，我们就不能称这些事物为文明或具备完整的人性。在国家和社会的某一活动里，我们个人是完全独立的，但个别假如不与整体相结合，我们就不文明。正因为如此，在文明社会里，当国家受到损害时，该国的每一个人也都会受到伤害。如果一个社会在某些领域内是狭隘的，那么那个社会的每个人的心灵也因此而得不到发展。人类世界的上述所有创造越是巨大，它们就越能够无阻碍地表现自己的人性；它们越是狭隘，那么人由于得不到表达，就越显得渺小。这个世界是以实践活动表达人类而存在的，只有这种表达才是欢乐。

在实践领域里，人也显示着自己的本质，尽管这种显示并非他的真正目的，只是一种副产品而已。所以，主妇在家务劳动中向别人显示自己，不是她的真正目的。她通过家务劳动，实现自己的许多实用目的，正是这些实用目的通过她的劳动向我们清晰地显示她的本质。

但是人也有想重点表现或显示自己的时刻。比如，当家里举行婚礼的时候，那时一方面进行着婚礼的各种准备工作，另一方面不仅要完成婚礼，而且也一览无余地向别人显示自己的心灵。那天家里人不把自己家里的喜庆大事向所有人宣告，会坐立不安的。这种宣告是以什么方式进行的呢？吹笛，点灯，用花叶把家里装饰起来。通过悠扬的音乐声、沁人的馥香、瑰丽的景色及耀眼的光芒，心灵像喷泉的无数水柱一样把自己洒向四周。心灵就这样通过各种各样的表示，把自己的快乐传递到别人的心里，使所有人都体验到自己的快乐。

母亲不为自己怀里的孩子服务是无法安心的。母亲的抚爱不仅仅体现在这种服务里，而且往往毫无原因地迸发出来。这种爱通过逗乐、慈爱和言谈，从内心自然流露出来。她一定会给孩子穿上色彩鲜艳的衣服，佩戴上五光十色的首饰，无意识地用物质的丰富来表达内心的丰富，用美来表达甜蜜的情感，否则，母亲会坐立不安的。

我们从中可以知悉，这就是心灵的本质。心灵渴望把自己的激情与外部世界相结合，因为它自身是不完善的，它在外部真实形态中显示自己内在的真实，从而获得生命力。人所居住的家对他来说不仅仅是砖木，他把那个家庭变成自己的，抹上了自己的色彩。他心灵所蛰居的国度对于他来说，不仅仅是河流、水域和天空，也是上帝或母亲的化身，他由此获得了快乐，否则心灵是无法向外显露的。如果心灵不能显露自己，那它就会变得冷漠，对心灵来说，冷漠就是死亡。

于是，心灵同真实建立起纯洁的情味关系。哪儿有情味关系存在，哪儿就有交流。我们心灵的女神从某家收到一份礼品，而如果她不能赠送与此相当的礼品给那家，那么她的主妇身份就会受到污辱。她为了表现自己的家族，要运用各种手段——语言、声音、画笔和雕石来制成那样的礼品。这样，她有时实现了自己的某种实用目的，但是在更多情况下，她舍弃了自己的实用目的，只求表现自己，她即使破了产，也要表现自己。人的本性中的这一表达部分就是讲究铺张浪费的，理智的会计经常会叫苦连天。

心灵问，我是否应该如实地向外显露自己内在的真实？我如何能得到这样的材料和良机呢？它日夜哭诉，自己不能充分地向外显露自己。当一个富豪在内心中感受到自己是个财主时，那么他为了炫耀自己的豪富，连财神的金钱都会挥霍殆尽。当一个情人在自己心里真诚地感受到爱情时，那么为了表示，也就是如实地向外显露这种爱慕之情，他能够在刹那间放弃自己的一切财产、生命和尊严。这样，心灵一直为把外部的东西变为内心的材料，把内心的东西变为外部的材料而焦虑不安。帕尔拉姆达斯的一行情诗写道：

谁把它从你的心灵深处取了出来？

这就是说，心爱的东西好像是心灵内部深藏的东西，有谁似乎把它取了出来，因此强烈地希望再把它收回来。也有与此相反的情况。当心灵不能表达自己的希望和激动的时候，它就竭力借助于各种手段来塑造自我形象。这样，心灵为把世界变成自己的，把自己变成世界的而不倦地努力着。向外显露自己就是它的一个组成部分，心灵就为了表现自己甚至不惜把自己的一切献给人类。

当土著部落的军队出发作战时，它不仅仅急于打败敌方，而且还在自己身上涂上颜色，大声呐喊，敲打乐器，跳着疯狂的舞蹈，这就是把他们内心的凶残形象地表达到外面来。不这样做，好像凶残就不够劲儿似的。人们为了实现自己的凶残的目的而发动战争，为了急切地显示自己的凶残的本质，做着这一切必须的事情。

在现代的西方战争里,也用奏乐或其他饰物来表达必胜的信念。尽管如此,现代战争主要是运用智谋,而人心的本质逐渐远离它那种智谋。当埃及达尔范希教派①的军队向英国军队发起进攻时,他们不仅为取得战争的胜利而献出生命,而且还为了显示自己内心激越的情绪而战斗到只剩最后一个人。那些仅仅是想赢得战争的人绝不会做这种不必要的事。人甚至会愿意以自戕来表达自己的内心,有谁能设想还有比这更惊人的事呢?

我们常常进行祈祷活动。其中聪明的人和虔诚的人的信念是各不相同的;有理智的人想以虔诚求得超升,而虔诚的人则认为不进行祈祷就谈不上虔诚。不管将来如何,眼下,心中的虔诚总算是完全地被表达出来。这样,虔诚的人通过祈祷表现自己,并使虔诚获有意义。聪明的人的祈祷是想利上加利,而虔诚的人的祈祷仅仅是白白的花费,心灵在表现自己的过程里是丝毫不顾及损失的。

在世上,我们不管在哪个地方发现自己心灵的这个本质,我们的心灵总不问情由地奉献出自己的一切。世上这种不斤斤计较和挥金如土的表现就是美。花儿不仅仅为变成种子而开放,而且也超越自己的实利,为显示美而怒放;乌云不仅仅完成下雨的任务就散开,而且也漫无目的地滞留在空中,以色彩吸引人们的视线;树木不仅仅为当柴薪和照明而像乞丐一样伸出双手,而且也为沐浴在苍翠的光泽里的花神展开嫩绿的枝丫;大海不仅通过乌云向大地倾泻雨水,促膝长谈,而且还通过自己浩渺的蓝色的深不可测的恐怖,显示自己的狰狞;起伏的山峦不仅仅使河流流向大地,而且还像专注苦修的湿婆一样,高耸入云,森严可畏。当我们看到上述这一切景象时,我们就在这世界上对心灵的本质有了认识。那时思索不停的理智吃惊地问道:"在这整个世界上为什么有如此之多的精力,进行不必要的耗费呢?"永远富有生气的心灵回答说:"这只是为了取悦自己而已,除此以外,没有什么其他原因。"心灵只知道,一颗心一直在世界上表现着自己。

---

① 埃及达尔范希教派是伊斯兰教的一个分支。

不然，世界上的千姿百态，轻歌曼舞，多愁善感，暗示隐喻和乔装打扮，究竟是为谁而存在呢？心灵不喜欢商人的吝啬。正因为如此，人们为了吸引心灵，才在流水、大地和天空处处把实利目的隐蔽起来，作了如此之多的不必要的安排。如果世界不是富有情趣，我们将完全成为微不足道的东西而受到凌辱，我们的心灵会说，在这世界的祭祀里我竟没有受到邀请。整个世界在自己无数的事物中注满了情趣，柔情地对心灵说：“我想你，我想方设法爱你——在欢笑中，在哭泣中，在恐怖中，在悲伤中，在宁静中想着你。"

我们也在世界内部看到两种类型的活动：一种是实践活动的表达，一种是感情活动的表达。但是我们完整地发现和理解通过实践活动所表达的事物还不是我们的使命，通过我们的知识是无法通晓包含在其中的无穷无尽的知识力量的。

但是，感情的表达完全是直露的表达。美的就是美的，伟大的就是伟大的，可怖的就是可怖的。一旦世界的情味进入我们心灵深处，就要把我们心灵的情味吸引到外面来。尽管这种汇合是多么不可捉摸，其中存在着多少障碍，但除了表达和汇合外，其中再也寻找不到别的东西。

所以，我们发现，宇宙世界和人的世界有某种相似之点。神的真实形式在世界的各种活动中表现出来，而它的快乐形式在世界的各种情味中显示着。在各种活动中，理解它的知识形式是困难的，但在情味里体验它的快乐形式是不困难的，因为它在情味里表现着自己。

我们的知识力量在人的世界里进行着实践活动，而我们的快乐力量在人的世界里从事着情味的创造。通过各种活动，反映了我们的自卫力量；通过情味，反映了我们表达自己的力量。我们需要自卫，但表达自己超过我们的实用需要。

我们在所举的关于战争的例子中已经说明，表达和需要，需要和表达，是互为障碍的。私利不想过多耗费，而快乐却在这过多的耗费中表现出来。正因为如此，在追求私利方面，在办公室里，我们心灵的表达越少，就越会受到称赞；而在快乐节日里，我们越是忘掉私利，节日越是美。

所以，在文学里，自我表现对人来说不存在任何障碍，私利远离着它。在文学中，痛苦不对我们的心灵产生影响，只使我们流泪，它并不干预我们的世俗的事务；恐惧使我们心灵颤抖，但它不对我们身体产生任何影响；幸福使我们的心灵感到喜悦，但不唤起贪婪。这样，人就在自己需要的世界的旁边，建立起一个超脱需要的文学世界，它对人毫无损害。人通过种种情味和形象感受着自己的本性而获得快乐，并且无阻碍地观察着自己。文学中没有责任，只有快乐，没有卫兵，自己就是帝王。

通过文学，我们认识了什么？认识了人的丰富感情，认识了具有神性的人，认识了超脱需要的人，认识了在世界内部永不消逝的事物。

我曾经在一篇文章中写道：虽然男女老少都能品尝食品的味道，但这件事在文学里除了闹剧外，不会取得特殊的位置，原因是，它没有超过满足食物的需求。倘若吃饱了肚子，我们像猴子般地叫了声"啊！"付了钱扬长而去，我们就不会邀请它进入文学的皇宫大门。然而，丝毫不沾我们餐具储藏室边的事物，却带着全部情味，如潺潺流水般渗入我们的文学之中。人不能在自己的种种需要里消灭它，而是在文学里用充满自己心灵的激情表现它。

这样，人就在丰富感情里表现着自己。人是喜爱食物的，这无疑是真实的，但人是英雄，这是最真实的。谁能够阻挡住人的这个真实潮流呢？这潮流像帕基勒梯①一样开山劈岭，骑在因陀罗②的神像上，消除了城镇乡村的干渴，归入大海。人的英雄气概完成了人类世界的所有事业，超越了世界。

因此，人无法在自己日常事务中消灭自己身上的天然的伟大的永恒的东西，相反，人的文学表现着这些东西，使它们成为人和巨大形象。

还有一个原因，我们在世上所看到的东西都是不完全的。我们或

---

① 帕基勒梯：恒河三条支流之一，或是恒河的古老名称。
② 因陀罗：婆罗门教、印度教神名，他是天堂的统治者，天神之王，能随意变形。他又是雷雨之神。

是从这一方面或是从另一方面观察它,或是从上面或是从下面观察它,或是从前面或是从后面观察它。但在文学里不是这样观察事物的。文学对所要表现的东西进行全面的阐述,除这个东西以外,文学不让看到其他任何东西,运用各种艺术手段为它建立唯有它才能放出异彩的地位。

在这种情况下,在如此严格的独立性和如此灿烂的光芒里,如果某种东西显得不好,那么,我们自然而然地不会让它占有那种地位。如果把一个庸碌之辈放在这种地位上,那等于是羞辱他。世界上有的是穿着五光十色的衣服的饕餮者,一般说来,他们不会引起我们的注意。但当我们在文学的舞台的聚光灯下看到他们时,我们会忍俊不禁的。只要人所表现出来的不是低贱的形象,只要是人的心认为能够在痛苦或豪气中、在恐怖和力量中代表自己,只要是能够在艺术技巧的扶持下站住,又能昂起头忍受时代的凝视的东西,人总会在文学里赋予它们以一席之地。否则,它们的不恰当地位会使我们心灵遭受折磨。如果我们看到他人而不是皇帝坐在宝座上,我们心中会觉得不是滋味。

但是,不是所有人的思想和理智都是伟大的,也不是所有社会都是伟大的。有时,也会出现这种情况:人迷恋上稍纵即逝和低劣卑微的东西而变得渺小。那时,在那不幸的时代的哈哈镜里渺小的东西会变得伟大;在那种时代的文学里,人把自己微不足道的东西加以夸大,竞相夸耀自己的污斑。那时,技巧代替了艺术,高傲代替了荣誉,吉卜林①代替了丁尼生。

但是,时间是无情的,它筛选着一切事物。经过它的筛选,那些低劣卑微和缺乏生命的东西被淘汰,化成尘埃。只有所有人能够从中看到自己的东西,方能在不同时代和不同人身上立于不败之地。经过这番筛选后,存留下的东西成为一切国家和一切人的财富。

这样,经过淘汰和提炼,文学确立起关于人的本性和人的表达的一个永恒的理想。这双理想的手,掌握着新时代文学的航舵。如果我

---

① 吉卜林(1865—1933):英国作家、诗人。

们根据这个理想来研究文学,那么我们就不得不依赖整个人类的思想智慧。

现在,言归正传。只限于时间、地点和人物来观察文学的方法不是观察文学的真正方法。如果我们懂得,人类正是在文学里表现自己,那我们就能够在文学里发现值得观赏的东西。如果在某文学作品里作家本身成为唯一描写的目标,那个文学作品就会湮灭,一个作家在自己的作品里用自己的感情体验人类的感情,体验整个人类的痛苦,这样他的作品在文学里就占有一定的地位。我们应该如此去理解文学。全人类如同世上的泥瓦匠,他们在建造文学神庙,不同时代和不同国家的作家则是他们的帮工。整个建筑的设计蓝图是什么样子,谁也不知道。在建造过程中,哪儿出了差错,就一次又一次地再造。每一个帮工应该充分发挥自己的天生才华,配合其他人造出与那个看不见的蓝图相符合的构件。在这个过程中一个作家的才华得到了了解,因此,他不拿普通工人的工资,而像一个师傅那样受到尊敬。

本文所评论的内容,在英语中称为 comparative literature(比较文学),印度语叫"世界文学"。

人类通过实践反映什么?他们的目的是什么?他们的努力是怎样的一种努力?如果我们想知道这些问题,那么我们就得在全部历史中探索人的目标。如果仅是分别地了解阿克巴大帝的统治、古吉拉特①的历史或伊丽莎白女王②的传略,那只能满足了解新闻的好奇性。假如一个人懂得对阿克巴大帝或伊丽莎白女王的描写只是次要目的;如果懂得,人通过全部历史,经历各种实践、各种挫折、各种纠正来达到自己庄严的目的而坚持不懈地奋斗;如果懂得,人为了在所有实践里以饱满情感同一切结合,从而取得解放而努力;如果知道,自由使自己在君主制内站住脚,君主制要使自己压倒共和制而进行艰巨努力;如果懂得,人为在世界人类之中反映自己,个别为在整体之中谋取一席之地而锲而不舍地努力,那么,这个人就会力图在人类历史中了解

---

① 古吉拉特:印度的一个邦。
② 伊丽莎白女王(1533—1603):英国都铎王朝的末代女王(1558—1603)。

永恒人的永恒奋斗目的，而不是想要看到某个具体人的特殊目标，这个人也不会仅仅看到个别香客就回转，而是要看到来自各个方向的、渴望瞻仰大神的众多香客之后才踏上归路。

　　人在文学里如何表达自己的快乐，以及人的心灵在这种表达的绚丽多彩的形象里想显示自己的某种永恒的本质，这才是文学中值得一看的东西。人喜欢把自己描绘成病夫、享乐者还是瑜伽僧①呢？世界上人的亲近感在何种程度上成为真实，也就是说真实在何种程度上会变成人自己的呢？我们正是为了了解这一切而进入文学世界的。不能把这个文学世界理解为人为的虚假世界。这是如此一个世界，其真实性不是依附于某一个人的，这个世界像物质世界一样也被创造着，在这无穷无尽的创造的尽头，存在着一个终极的理想。

　　太阳内部的物质，通过各种方式变成流动的液体和坚硬的固体。我们看不到这些物质，但它们四周的光圈向全世界显示着太阳。就在这世界上，唯独太阳奉献出自己，融合于一切之中。如果我们能用这种全面的眼光来观察人的话，那么我们也会像太阳一样观察他。那时，我们会看到，他内部的各种物质在各种不同程度上，渐渐地形成起来，其周围的光束射向四方，从而取得欢乐。请看一看作为散发在人的周围的那个用语言构成的文学光束吧！在这里，光的风暴骤然而起，光的源泉喷涌而出，光的雨倾盆如注。

　　我们漫步在市场上时会发现，人忙得没有闲工夫：粮商忙着招徕顾客；铁匠忙着打铁；工人忙着搬运重物；高利贷者忙着算账。但是与此同时，我们却没有看到另一样东西。如果我们神情专注地再次观察一番，那就会看到：在道路两旁的家家户户，在商店和市场，在大街小巷里，情味的激流变成细流，通过无数途径涓涓流于污秽、狭隘和贫困之上。《罗摩衍那》《摩诃婆罗多》②《往世书》和颂神诗把世界人类之心灵的情感日夜不停地分给每个人。罗摩和罗什曼那超脱在凡

---

　　①　瑜伽：指印度古代唯心主义的宗教哲学流派之一，又指一种修身或修心方式。这里的瑜伽僧指出家人。

　　②　《罗摩衍那》和《摩诃婆罗多》为印度的两大史诗。

人小事之上；黑暗的小屋里飘溢着颂诗的混有同情的香风；人的心灵的创造及其表达，用戴上美和善的手镯的双手，掩饰人的实践领域里遇到的艰难困苦。我们应该再次悉心观察人的周围，观察整个文学。应该看到，人通过感情的力量扩充了自己的实际力量。在他的四周有不可胜数的歌的雨，诗的雨，《云使》和维德亚伯迪①。维德亚伯迪把自己家中的喜怒哀乐倾注在王公的喜怒哀乐的故事里，并加以夸大。湿婆神的同情永远和他的普天下儿女同存，他把自己贫困的痛楚融合在盖拉斯山②的巨大贫困的庄严里。这样，人不断在自己周围进行创造扩展，通过这种创造和扩展，人似乎在扩展着自己。限于环境而变得狭隘的人，通过自己感情的创造在创造自己的扩展力，也就是在这世界的周围，创造着另一个世界，那就是文学。

你们切不可以认为，我将成为你们在世界文学领域里的带路人。我们应该根据各自的力量，在这条道路上前进。我只是想强调指出，大地不是我的、你的或他的大地，把大地分成你的我的的做法是极其无知的。同样，文学也不是我的、你的或他的创作。然而，我们往往如此无知地看待文学。我们的目的是，去掉那些无知和狭隘，从世界文学中观察世界的人。我们要在每一位作家的作品里看到整体，要在这种整体里看到整个人类为表现自己所做的努力，现在是立下这样的决心的时候了。

（倪培耕　译）

---

① 维德亚伯迪（1368—1440？或1380—1460）：印度印地语诗人，有些孟加拉人认为他是孟加拉语诗人。

② 盖拉斯山：传说中位于喜马拉雅山脉上的湿婆和财神住的山峰，有人说是冈底斯山。

美和文学

许多人认为，我在《美感》和《世界文学》那两篇文章里，没有讲清楚应该阐明的内容。因此，我在这篇文章里努力把主要之点说明白，当然，尽可能避免重复。

倘若我们只知道世上存在着某种现象，但对它所发生的原因，它的前前后后情况，以及它与世上其他事物的关系一无所知的话，那么我们还是没有最终认识这种现象。同样，倘若我们只知道真实的存在，而不能通过它得到任何快感的话，那严格地说，它对我们的心灵来说是不存在的。我们生活在如此广袤的世界里，我们却不能充分认识存在于其间的无数事物，其中大部分不能成为我们的心灵世界的组成部分。

我们通过理智与心灵对世界了解和掌握得越多，我们的存在就越伸展；对世界认识得越少，我们就越显得渺小。正因为如此，我们的感情、精神和实践力量竭力对一切事物取得最大的控制。只有这样，我们的存在才能在真实和力量里扩展。

在这个发展的过程中，我们的美感起着什么作用呢？难道我们只把真实的某一部分视为特殊的美，难道只把这一部分变成我们心中的光彩夺目的东西，而把其他部分看成黯然失色和不屑一顾的东西吗？果真是这样，那么美在我们的发展里就成为一种桎梏，它就会严重阻滞我们的心灵在整个真实中的扩展。这样，美感就会像文迪亚山脉[①]一样矗立在真实中间，把它分成美和丑——把印度分割成雅利安人[②]

---

① 文迪亚山脉：一座横亘在印度中部的大山脉。

② 雅利安人：公元前二〇〇〇年左右从西北进入印度的一个游牧民族，战败达罗毗荼人，统治势力逐渐扩展到全印度。

居住的北印度和土著民族居住的南印度两部分,使相互来往的道路变得险阻而难以通行。我早已竭力说明,这种看法是不正确的。正如认识一直在把整个真实逐步地置于我们理性力量的控制之下一样,美也把整个真实逐渐变成我们快感的源泉。美的唯一意义就在于此。一切事物都是真实的,所以,一切事物都是我们认识的内容;一切事物都是美的,因而,一切事物都是我们快乐的源泉。

玫瑰花引起我们美感的原因,也就是大千世界里普遍存在的或基本的原因。世界越富足,就越难自制。它的离心力在无止境的五光十色里把自己分割成千百份,而它的向心力在唯一完整的和谐之中,获得了五光十色的无穷欢乐。一方面是发展,另一方面是抗衡——美就产生在发展与抗衡的韵律之中。在世上这种释放和吸收的永恒游戏里,美处处表现自己。一个杂技演员手拿许多球,时而一道抛起所有球,时而猛然一起抓住这些球。他通过这种表演,创造着非凡的美和表现着他的非凡才干。如果在这里,我们只见到一个球的瞬间情况,那么所看到的或者是它的抛起,或者是它的掉落。这种观察显然是不完整的,所以在这里面就没有快感的完整性。我们越是完整地观察世上快感的游戏,我们就越能获悉:善与恶、哀与乐、生与死等一切现象都在抛起和掉落,不断变换着,创造着宇宙音乐的韵律。倘若我们以完整的感情去观察,那么韵律无论在何处都不是分割开来的,在任何地方都是不缺乏美的。在世上,学会整体去观察美,是美感的最终目的。人越是这样去观察世界,他在世上就把自己的快感传播得越广泛。原先对我们来说是没有任何意义的东西,会渐渐地变得有意义;原先对人类来说是冷漠的东西,会渐渐地成为人类的一部分;原先理解为与人相抵触的东西,在整体中加以观察之后,才明白它的价值,并从中获得满足。在整个世界里对美的欣赏的这种描述,通过快感把握美的历史,在人类的文学里被完善地保存着。

但是,我们经常把美与整个真实脱离开来欣赏,把它圈禁起来。这种情况是司空见惯的。在欧洲有一种抽象议论美和崇拜美的宗派癖性,以特殊方式研究什么是美,仿佛是件十分英勇的壮举;有一个宗派集团的人摆出这种架势,挥舞着自己的胜利旗帜。他们甚至把上帝也算成本派的成员,加以赞颂,同时与别的派别争斗不休——这种情况是屡见不鲜的。

使美与周围世界隔绝,并置世界的其余一切东西于不顾,只是日夜不停地追求美,这绝不是世上绝大多数人之所为。倘若总是考虑美和丑,像耆那教①的教徒一样,每跨一步都小心翼翼如履薄冰的话,那么我们就会寸步难行。

在世上,精细周密地考虑美和纯洁的人鄙视粗枝大叶地考虑美和纯洁的人,称后者是不文明的人,而后者也会惶惑地接受这种侮辱。

在欧洲的文学里,不时有呼吁美的通俗而流行的作品,它们被斥之为声名狼藉的东西,有遭到被彻底摒弃的危险。我想起,几天前我拜读了一位法语大作家的英译本,这本书很有名。诗人史文朋②誉它为美的福音,也就是美的圣经。在这本书里一个接一个的男人和一个接一个的女人,根据自己的完美心灵,要在世上一切男人和女人中寻找美,以此作为自己生活的誓愿。他们完全超脱世上一些日常的、平凡的、俗气的事物,处处诋毁大多数人的平凡的生活旅途。然后,全书通过一支令人惊叹的生花妙笔,绘声绘色地、添枝加叶地表达了对于难以攀登的美的峰巅的异常强烈的渴求。我觉得,自己从未读过这样冷酷无情的书。读后,一种思绪一次次在我的心坎里升腾起:假如美的诱惑竟如此地把人的心灵与世界割裂开来,如果不使人的欲望与周围世界相吻合,如果把流行的东西说成乡里乡气而加以嘲笑,那么,这样的美应该受到唾弃。这就等于把葡萄压碎,摒弃它的全部色彩和芳香,仅仅把它酿成酒而已。

美是不承认种姓差别或犯禁的,它与一切都融合。它在我们的瞬间里,显示永恒;在我们平凡的脸庞上,焕发出使人惊异的光辉。美

---

① 耆那教:产生和流传于南亚次大陆的一种宗教。"耆那"是创教者筏驮摩那的称号,原意为"胜利者""完成修行的人",故该教又称"胜利者的宗教"。公元前六至公元前五世纪与佛教同时兴起。基本教义是业报轮回、灵魂解脱、非暴力和苦行主义等。

② 史文朋(1837—1909):英国诗人。

使我们心灵中响起世界的基本音调——我们借助于它，方能大体认识完整的真实。在印历①十二月一天的黄昏，我漫步在乡间的一条小道上。从盛开着芥子花的田野里，飘来沁人心脾的扑鼻芳香，把那逶迤的乡间小径，那荷花池畔，那乍明乍暗的黄昏，深深地镂刻在我的心坎上。我从不想看的东西，美却把它们清晰地显露在我面前，美不让我遗忘已经忘却的东西。在美中，我们不仅见到某一事物本身，而且还看见与它有关的一切事物。甜柔的歌声赋予整个天地山川和所有存在物以尊严。文学巨匠们也承担起宣告存在物自豪的职责，他们通过语言、韵律和创作传统的美，把那些我们熟视无睹的东西，明白如画地呈现在我们眼前。由于囿于习惯，我们把平凡的东西视为微不足道，然后，一旦他们赋予那平凡的东西以创造美的声誉，我们马上发现它是不平凡的。在美的外衣里面，我们获悉它的美和价值。当我们在文学的光照里，看到最熟悉的东西的最新形式时，我们就会在一种令人惊叹的新奇中，深刻地获得比较熟悉或十分熟悉的形象。

但当人的理智变异时，它就使美脱离它的环境，变作相反的用途。如果我们把头颅从身躯上砍下，那么，那个砍下的头颅对身躯来说，是毫无用处的——美的情况也是如此。倘若我们把美和普通事物分割开来，那就造成美与普通事物的对立，就把美变成真实的宿敌，进而，对普通事物产生厌恶情绪。实际上，此时那个事物已抛弃了美的真实本质。不管是宗教、美和其他任何伟大的东西，当我们把它圈起来，企图使其带上一些特殊性，那么它的真实本质就消失了。如果我们为了把河流占为己有，在它的四周筑起堤坝，那么，那条河流就不复存在，成为一个荷花池了。

世上许多人就这样把美变成狭隘的东西，当作骄奢淫逸、孤高傲慢和寻欢作乐的东西，所以许多教派把美看成是一种灾难。他们说，由黄金堆筑成的美丽的楞伽城②，仅仅是为了毁灭一切而建立的。

---

① 印历也分十二个月，但与公历不相吻合，比如印历正月相当于公历三至四月，印历十二月相当于公历二至三月，以此类推。

② 楞伽城，指今日斯里兰卡的一个城。

但是，何处由于上帝的恩惠而没有灾难？水里有灾难，地上有灾难，火中有灾难，空气里有灾难。灾难才使我们真正认识每一事物的真实面貌，教会我们正确地对待它。

有人会反驳道：通过水、土、火、空气，我们的许多需要才得到了满足，没有它们，我们一刻也不能生存。所以，即使要忍受全部灾难，我们也不得不使用它们。但美和味的享受对我们来说不是必需的，它纯粹是种灾难。它的意图看来是：上帝为考验我们的心是否赤诚，便把美的幻境在我们面前晃动，如果我们受它的诱惑，丧失警惧，我们生活的精髓将被盗去。

上帝保佑！上帝是主考者，世界是考场，如今人们再也不该忍受这一套关于灾祸的欺人之道。请君别把上帝的真大学同自己的假大学相比。在上帝的大学里既没有考试，又没有考试的必要，在那里得到的永远只是教育和发展。为此，在人的心灵中，美感是如此强烈，它唯一为了我们的发展而存在。如果灾难要降临，就让它降临，但我们为此竟然离开自己的发展道路，这就不对了。这样做对我们毫无裨益。

我早就阐明过，什么是发展的含义。个别与全体结合的形式越多，结合得越深，个别的发展就越多。天国的统治者因陀罗为在人们的苦修中设置障碍而派美降临人间——如果这种说法是真的话，我们就不得不对因陀罗大神的假仁假义敬而远之，合上自己的双眼为妙。

但是，我们的心对因陀罗大神是十分虔诚的，我们绝不会说赶走他的使者的话。我们确定无疑地知道，为了使我们与真实深刻而完整地结合，美感满面笑容地降临到我们的心间。这种结合别无他意，仅仅是为享乐的结合而已。当湛蓝色的天空，毫无用意地控制了我们的心灵，把自己的金黄色的袈裟披在整个灰暗的大地上时，我们就会脱口而出说："多美！"春天，当树上的新叶像森林女神的纤细娇嫩手指一样，毫无恶意地伸展在我们眼前时，我们的心坎里充满着美的享受。

倘若有人认为，美感仅仅把我们的心吸引到称作美的真实的一部分上去，而使我们的心对其余部分置之不理，这种观点显然是不对的。

现在我们来阐述这个问题。

难道我们的智力如今能使我们认识世上的全部真实吗？难道我们的实践能力如今能使我们运用世上的全部力量吗？我们只了解世界的一个部分，对大部分则一无所知。我们享用世界力量的一个普通部分，而它的大部分则不为我们所用。尽管如此，我们的认识还是在逐步消除已知世界与未知世界之间的差别；我们的实践力量通过应用，正逐渐地把世界的整个力量变成自己的。电、水、火、空气，日益不断地成为我们巨大实践的组成部分，我们的美感也渐渐地创造着整个世界——它正朝着这个方向努力挺进。我们的心灵通过认识将扩展到整个世界；我们的快乐通过美感将扩展到整个世界；我们的力量通过实践将扩展到整个世界——这就是人性的目标——也就是说，以认识、力量和快乐的形式理解世界的生物，才被称作人。

但是，没有得失之间的对立是不会有所得的，撇开争斗是不能发展的，这是自古以来的一条创造规律。一分为二和合而为一就是发展。

现在，我们以科学观点来探讨这个问题。有过一个时期，人不能区别树木、石头、云朵、月亮、太阳、河流、高山、生物和非生物。那时，对于人来说，所有东西仿佛都是同一种类的。后来，生物和非生物的区别，渐渐地在人的科学智慧中清晰起来。这样，最早的创造，便是从不懂得区别到懂得区别。如果不是这样，人就永远也不能获知生命的自然特征。人越是真实地掌握这些特征，差别消除得就越多。起初，动物和植物的界限是没有的。哪些算作植物，哪些算作动物，人类没有这方面的认识，而今天，在那些我们心安理得地认为是无生命的金属物质中，也正通过科学努力寻找生命的象征。借助于区别事物的智慧，我们认识了生命的物质。而随着认识的发展，区别又将逐渐消失，从无区别到有区别和从有区别到统一的过程将日趋完成。最终有一天，科学将同《奥义书》的大仙们异口同声地宣称："一切都在生命中颤动着。"

正如一切都在生命中颤动着一样，所有一切都是具有快感的——《奥义书》也是如此说的。要观察世界这种连续性的快感形式，首先要分明地区分美和丑，不然，断乎不可能知道什么是美。

当我们最初具有美感时，美的那种独有的桀骜不驯性，似乎想以猛击一掌来唤醒我们。为此，对立性是它的第一件武器。使人眼花缭乱的色彩，光怪陆离的外貌，似乎从四周的惨淡昏暗中走出，大声疾呼着。音乐总是试图依靠激越的高音，使天际震动。最后，美感越是发展，替代桀骜不驯的温和、取代打击的吸引、代替独裁的和谐赋予我们的快感就越多。所以，起初我们把美从四周事物中分割出来，努力理解它，然后使美与周围事物相结合，开始理解到四周的所有事物都是美的。

从一些孤立的事物中，我们只见到毫无规律的东西，从与周围的统一中，我们开始懂得了规律。此时，如果看到烟雾缭绕在天空，陨石坠落在地上，软木漂浮在水中，铁块沉没在水里，那么，我们在所有光怪陆离的现象中，绝不会把这一切与地心引力的规律相分割。

像使认识脱离幻觉一样，我们若要纯化快感，那么我们就得使它脱离孤立的处境，而使它与整体相结合。像把偶尔显露的东西理解为真实，势必会在科学中制造困难一样，把那些迷惑我们的东西视为美，也势必会在快感中设置障碍。经常从各个方面去检查自己的知识，就会增进对它真实性的认识；同样，我们的感受只有与世界的所有事物相吻合，方能称之为快感。一个酒鬼喝得酩酊大醉，尽管他感到无比幸福，但从各方面来说，他并不幸福。他自己的幸福却是别人的痛苦，今日的幸福则是明天的痛苦；他的本性一个部分得到幸福，另一部分则深受痛苦。因此，这种幸福会毁灭美，破坏快感，它与自然的整个真实背道而驰。

人经历了各种各样的斗争和哀乐，广泛地认识了布满在真实四周的美和快感，他的这个认识是如何积累起来的呢？人对世界活动的认识，长期以来通过无数人的记忆扩充着，并形成知识的宝库，这样，就为考察比较一个人的认识与另一个人的认识，一个时期的认识与另一个时期的认识提供了方便。倘若不是这样，科学是不能成熟的。于是，人对于美和快感的认识，在每个国家和每个时期的文学里积累着。

人心通过什么道路增强对真实的掌握，亦即幸福的感受如何超越感官的满足，赢得人的整个心灵、良知和理性，进而把渺小变成伟大，把痛苦变成欢乐？人不断地把这一条道路的所有印记，镌刻在自己的文学里。世界文学的读者，漫步在文学的这条康庄大道上，了解和感受到整个人类心灵在追求什么，获得了什么以及真实如何在美和善中体现等等，并以此得到满足。

必须记住的是，一个人的认识并不取决于这个人知道了什么，而取决于他为什么而感到快乐。人的这种认识，正是我们梦寐以求的。当我们看到，有人为了追求真理而接受放逐时，那时这个英雄人物的快乐疆域，在我们心灵中扩展开来。我们发现，这种快乐所控制的范围是那么广泛，以致使放逐的痛苦一下子成为它本身的一个组成部分。迷恋于财富的人的快感是有限的，他们害怕丧失财富而轻易接受虚假和侮辱，他们为了保住自己的饭碗而毫不犹豫地干着不光彩的勾当。不管这些人通过多少考试，也不管他们是多么显赫的学者，只有在快感力量的界限，才能对他们有合乎实际的认识。佛陀的快感的疆域是多么宽广，甚至君王的幸福的享受也不能把它束缚住。当每个人都懂得这一点时，就会感到人性快感疆域的扩大，就仿佛他在别人中间发现了自己不知道的财富一样——能够从外部看到自己毫无遮掩的面貌。我们在这些伟大的行为中感受到快乐，从而发现了我们自己。

所以，人通过自己快感的表达，在文学里揭示了自己永恒的和优秀的本质。

我知道，列举文学中一些微不足道的证据，就能不费吹灰之力，驳倒我那些概略的话。如果把写进文学里的所有东西的责任，全推到我们的头上，那对我们来说，是个不堪忍受的灾难。然而，在人类的整个巨大活动中，总存在着成千上万的自相矛盾的事物。我们说日本人打仗勇敢不怕死，这绝不意味着，日本军队中每一个人，在作战时都勇敢不怕死。再缜密的计算，我们仍可能发现许多疏忽之处，智者千虑，总有一失。尽管如此，这倒是真的，日本人掌握了人的害怕心理，在战争中取得了胜利。在文学中，人夸大地表现着自己，把自己的快感逐渐地从个别引向整体而加以表达。这从广义上来说，完全是真实的——不管有多少曲解和缺陷，从整体意义上说，这是真实的。

还有一件事尚需提醒我们注意，我们通过文学获得快感有两种方式：一是文学以美妙的形式使我们见到真实；另一是文学使我们亲身感受到真实。使人亲身感受到真实是件十分难的事。喜马拉雅山的顶峰究竟有几千英尺高，有多少层积雪覆盖着，在它的哪个部位生长着什么种类的植物等等，即使十分详尽地叙述这一切，我们对喜马拉雅山仍无感性认识，用简练的语言使我们形象地感受到喜马拉雅山的人，被我们称之为诗人。岂止是喜马拉雅山，就是一个小池塘呈现在我们心灵的窗户前面，我们也会心旷神怡。我们亲眼目睹过许多池塘，但若通过语言见到它们，则一定显得不同凡响。语言若能使我们用感官感受到心灵通过肉眼所见到的东西，那么，我们的心灵会获得一种新的情趣。这样，文学像我们一个新的感官一样，使我们形象地感受到一个崭新的世界。语言不仅使世界改换新貌，而且还有一个特点，即它是属于人自己的东西，它的相当大的部分是通过我们心灵创作出来的。正因为如此，语言使我们接触到的一切外部事物优先地变成人所特有的事物。语言描绘的图画之所以受到尊重，并非因为它逼真，而是因为语言在其中注入了一种人的情味。因而，这幅画使我们的心灵感到一种特殊的亲切感。如果我们通过语言把大千世界变成人的内心世界，那么这个大千世界会越来越接近我们。

不仅如此，那些通过语言接近我们的图画，并不带有自身的缺陷和不足，而总带着一种完美性。正因为如此，我们以一个完整的味的观点[1]看待它——过分的夸张并没有破坏味。倘若我们以完整的味欣赏图画，我们内心就会感到此画所包含的深刻本质。

---

[1] 《文镜》（为古代印度文学理论中后期的综合论著，十四世纪的著作。）讲述味的本质时说，味是"完整"的。这篇文章竭力全面地、清晰地解释它的含义。如果没有这种完整，就不能有味的感受。——原注

格维坎坎在《难近母颂诗》里描绘朋杜达德时[①],并没有把人的性格夸大。我们见到过许多这一类狡诈、自私和骑在别人头上作威作福的人。我们不能说,与这种人生活在一起是幸福的。但格维坎坎之所以塑造这一类人物形象,是有其特殊原因的。这个原因就是语言的惊异情味,它不仅在格尔盖杜[②]的议事厅里,也在我们心灵的殿堂里轻易地赢得了地位。在现实的世界里,我们从未感觉到如此模样的朋杜达德的存在。诗人也没有为了使我们心灵能够接受,而把朋杜达德的形象塑造得过于夸张。不过,现实世界的朋杜达德,没有向人提供能被感知的机会,也从未完整地在我们面前出现过,因而,我们在他身上得不到特殊的快感。格维坎坎的《难近母颂诗》里的朋杜达德,抛去自己的多余部分,以一种完整的味的形象出现在我们面前。

我们以上关于朋杜达德的评论,同样适用于其他所有人物形象。《罗摩衍那》的罗摩不仅仅因为是伟大人物而使我们获得快感,而且因为他十分形象具体而使我们获得快感。《罗摩衍那》越是剔除了所有非本质的凌乱东西,罗摩的形象就越是以完整的味出现在我们面前,罗摩的本质就被揭示得越加深刻。因此,我们十分清晰地看见罗摩的形象,而在清晰的观察之中,我们得到了一种特殊的快感。清晰的观察的含义就是以完整的味进行观赏,亦即窥见人的内心世界。于是,文学在和谐的光辉里向我们显示一幅完整的图画,从而使我们享受到快乐,这光辉就是美。

还值得一提的是,文学的一个相当大的部分是它的材料部分。建筑工程部门不仅盖大楼,而且还得造砖窑。砖窑不是楼,普通人可能会以此来取笑。但建筑工程部门知道砖的价值。在文学的王国里,文学的材料价值不是无足轻重的。正因为如此,在好多场合里,单纯的语言美和创作技巧也能在文学中取得地位。

谁能说清楚,人是何等急切地想表达自己内心的真情实感?这就

---

① 朋杜达德:《难近母颂诗》里的一个狡诈、自私、仗势欺人和忘恩负义的人物形象。

② 格尔盖杜:原是一猎人,托女神的恩典成为国王。

是心灵的本质。如果他能把自己的真情实感变成另外一些人的真情实感，那他就会永存。这项工作是极其艰难的，然而是十分迫切的。于是，当我们看到有人声情并茂地叙述某件事，我们就会感到极大的欢愉。克服表达的困难也是十分重要的，由此我们的力量会倍增。即使所表达的事物不是那么特别有价值，然而，因为它的奇特表达方式，还是会受到人们的尊重并被保存下来。因此，用表达的技巧来反映平凡主题的文学，也不会受到歧视。通过它，人不仅因显示自己的表达能力而获得快感，而且因玩弄表现技巧而产生的快感，会触发起我们心中的更大的快感。当我们看到，一个人轻松地完成一件艰难的工作时，我们就会从中得到快乐；当有人凭借微不足道的东西，毫无意义地然而用十分娴熟的技巧，摇晃着自己整个身子时，通过那个微不足道的东西的动和静所表现出来的那个人生命的冲动和激情，就使我们的生命活动起来，并给我们以快感。反映心灵的、无目的的舞蹈动作，也在文学里获得一席之地。健康也在不知疲倦的运动里表现自己，健康本身就在表现着自己。同样，人在文学里不仅在表现自己丰富的感情，而且也在显示自己表达力的激情之中获得了欢乐。其原因是，表达即快乐。所以《奥义书》说："被表达的东西本身就具有快乐的本质或永恒的本质。"人在文学里以何等错综复杂的感情来表达自己的快乐本质或永恒的本质——这就是我们要关注的命题。

（倪培耕　译）

文学创作

　　正如砂糖依靠一条线穿成糖块一样，我们心里的许多单独的感情，也依靠某种法则，努力在心灵四周形成一个粗略的形状。在我们心灵里，似乎存在着一种使模糊变成清晰，使分割变成联合的努力。不仅如此，我们在梦里也能经常看到，一旦获悉一些信息，多少感情在心灵周围转眼间就取得形状，似乎不可言状的感情为谋取构成具体形状的良机，像鬼魂一样游荡在沉睡或惊醒的心灵里。白天是我们工作的时间，那时理智严阵以待，不许闲人闯进我们的办公室，影响工作。在理智的管辖或统治下，我们的感情不得不依靠行动准则，用最恰当的感情表达自己。闲暇时光，我们默默地坐着，那个活动仍然进行着。不仅如此，闻到一阵花香，多少日子的回忆，就很快聚集在心灵的四周。心里一旦形成一件事，许多事就相继酿成，一刻也不停息。这不是别的，仅仅是形成某种具体形象的努力，在感情的王国里，这种努力是永无止境的。

　　当这种形成的努力获得成功时，就轮到停留的努力的出现。成熟季节，菠萝的果实累累，但有一些菠萝的幼果，刚开始菠萝的游戏就消失了。①

　　我们感情的情况也是如此。一些感情获得某些法则的依靠，被挽留下来，在自己的整个寓所里发展着，也就是说，这些感情的蓓蕾在美丽的花朵里滋长着，它们的存在是富有意义的；而另一些感情艰难地获得了发芽开花的一星半点地方，它们的茎梗弯弯曲曲，不时被折断，最终枯萎死去。

---

① 这里指幼果的生命游戏，不待长成成熟的果实，就脱落了。

这类树上的花儿绽开了，但连结果实的时间都没有等到，就凋谢了。同样，感情在一些人的心里来去匆匆，它们没有充裕时间，能够形成感情的具体形状。但是，感情在多愁善感的人的心里，能变成完美的情感，因为他们有着这方面的情味和力量。当然，其中许多果实早已脱落，但有些果实成熟了。

结在树上的一些果实，在自己的群落里思考着："束缚在树上是无法行走的，我们成熟了，充满了果汁，抹上了颜色，飘溢着香气，果核坚硬了，就应该离开树枝，远走高飞。如果我们没有能够准确地掉在地上，我们就没有任何价值。"当许多感情在多愁善感的人的心里形成情感时，它们也形成如同植物群落一般。它们说，如果获得良机，它们应该为在世界人类心灵的土地上获得新生和进行不朽生活的游戏而出去。首先获得发芽的机会，然后谋取结果的机会，最后外出得到接触大地的机会。倘若得到了这三种机会，人心的感情就达到了成功的目的。感情像有生命的物质一样，始终执着地要求人非达到此目的不可。所以，在人们中间有着心有灵犀一点通的感情，有着情投意合的和谐。一颗心寻觅着另一颗心——为了减轻自己感情上的重负，为了使自己心灵的感情影响别人的心灵。为此，妇女们聚集在渡口上，朋友赴约，书信不绝，社团涌现，人们争论，著书立说，切磋琢磨，更有甚者为此大动干戈。人心的感情始终强烈地催逼着人谋取成功，不让人隔绝于世。在如此鞭策下，大地上的人们开口闭口，不知唠叨了多少话，但究竟获得了几多成功呢？所有唠叨充斥在小说、闲扯、书信、绘画、散文、诗歌、交往、乐器以及难以计算的五花八门的形态和变幻莫测的人类世界里。我们用自己心灵的眼睛看到这一切，定会惊讶万分。

一颗心的感情总想成功地影响另一颗心，这种努力在整个人类社会里进行着。由于这种努力，我们的感情自然地获得了一种具体的外形。由此，这些感情不仅仅为多愁善感的人而存在。在很多场合，这个过程完全是无知的。考虑了这种情况，所有人都承认，当我们向某位朋友讲述自己的事时，那件事总是随着朋友的心意被我们虚构着。

我们用某种方式写信给自己的一个朋友，不会用同样方式写信给另外一个朋友。我们的感情在从特殊朋友中获取完善性的艰巨努力中，就同特殊心灵的自然进行了许多妥协。事实上，我们的事只有在叙述者和聆听者的相结合中才能确立。

正因为如此，作家在文学里力图使自己写的文章暗自地、不知不觉地同人们的自然相结合。达什拉易①的吟唱诗不仅仅属于达什拉易个人的，它是同倾听那吟唱诗的社会结合之后，被创作出来的。所以，在这吟唱诗里，人们不仅知道了达什拉易心里的事，而且从这里面了解了一个特殊时代，特殊人们的情爱、离愁、虔诚、信念和爱好等。

这样，有的作家向朋友，有的向家族，有的向社会，有的向永恒时代的人类叙述自己的事。在富有成就的作家的作品里，人们可以认识特殊的朋友、特殊的家族、特殊的社会或者特殊的人类。这样，文学不仅仅是属于个人的，它是为了给人们以那种认识而被创作出来的。

在物质世界里，当一个正确的东西与所有东西一起，坐落在正确的位置上，它就与周围环境相适应而被留下。留下的东西不仅仅提供对自己的认识，也提供对自己周围东西的认识，因为它不仅仅是因为自己的特性，也由于周围东西的特性而存在。

现在，请思考一下文学的那个基本问题，略举一两个例子。

新年的云彩，一行苍鹭，雨后烘热大地的芳香，还有在山麓、森林、河流、泉水、城乡上空聚结的雨云的信息，多少日子以来总在诗人的心坎里，激起了多少感情的波涛、美的激情和痛苦的反响！世界总是夜以继日地抚触着我们的心。由于这个抚触，总有一些响声从我们心弦上发出。

曾有一天，在迦梨陀娑的心里，许多日子以来的无数心声，依靠一个信息，接连不断地清晰起来，它们具有多么优美的形象！许多日子以来的无数感情图画，都期待着这个吉祥的时刻。如今，它们带着药叉的离别信息②，多层次被描绘着，发出抑扬顿挫的韵律声。如今，

---

① 达什拉易（1806—1857）：印度孟加拉语诗人。
② 见迦梨陀娑《云使》。

它们一切与"个别"和"个别"与一切相结合地被保存着。

忠贞的吉祥女神在印度教徒心里,唤起了众所周知的感情。我们之中的每一个人,总会看到那样的女子,她们的贞操的骄傲,抚触着我们的心,我们在日常家务的低贱劳动里,一直见到那美好的光辉形象。那光辉形象的记忆,像不明晰的光亮一样,浮游在我们的心田里。

迦梨陀娑把一直在空中飘游的贞洁女人的所有情感,放进《鸠摩罗出世》的故事里,一旦它们聚结在一起形成具体形象,它们就清晰地呈现在人们的面前!人们从千家万户的家务劳动中,瞥见了循规蹈矩的妇女的严酷苦行的影子,那种严酷苦行的形象,在被天河水洗涤的山树的阴影下,在盘坐在喜马拉雅山巉岩旁的女神的苦行形象里,永放光彩。

我们称那些用不多的诗行反映感情发展的诗为抒情诗,维德亚伯迪写的诗就是这类诗:

六月酷暑,乌云密布,我的庙殿阒无一人……

那首抒情诗包含有我们心田里郁积了多日的不可言状的情感,它们借着偶然良机爆发出来。在六月乌云密布的日子里,空守闺房的痛苦,多少日子以来默默地徘徊在多少人的心里——一旦这种痛苦反映在确切的韵律诗行里,埋在所有人心底里的许多日子以来的痛苦,刹那间获得了具体形象而清晰起来。

水汽一直在空中飘游,一旦获得花枝的冰冷的抚触,就聚结成露水。在太空中飘游的水汽,肉眼是看不见的,一旦它与山麓相撞变成云朵,由于负重下起了雨,它就使河流和湖泊里的水欢畅起来。同样,有一种情感聚集在抒情诗里,像珍珠一样闪闪发光,而长诗里的许多感情的集合体却在泉水里畅流。然而,重要的是,不清晰的感情一旦接触了诗人的想象,转眼间,它们就在无比奇妙的优美形象里清晰起来。

像雨季一样，在人类社会里也出现感情的水汽大量地飘浮在空中的时刻。在阇多尼耶①生活的时代之后，孟加拉也处于这种情况。那时整个天空被爱的情味滋润着，所以，有许多诗人聚集起那股情味的水汽，用那么崭新的语言和韵律，把那股水汽变成倾盆大雨，急速地向四处泼洒。

法国革命②时刻，人类爱的波浪高万丈，当它们接触不同诗人的心扉时，它们间或用同情的声音，间或用革命的声音，在种种形象里表现着自己。所以，事实是，人的心不断丰富着不清晰的感情，那些感情总用短暂的痛苦、短暂的感情、短暂的事，遮盖着世界人类的巨大心灵的天空，然后在天空不断盘旋着。某个诗人依靠富有吸引力的想象，把这些感情中的一束束情感，缚在自己的想象之中，使它们在人心面前清晰起来，由此我们获得了欢悦。我们为什么欢悦？我们之所以欢悦，是因为人长期以来在努力地发现自己。因此，当人在统一里看到了自己的发展时，他的既定努力就获得了成功，并给予他自己以欢悦。不仅是文学，哲学的全部问题和全部思想也不清晰地存在于整个人类的心里，当哲学家的天才，把那些问题和思想就范于某个法则时，它们的形式和内容就清楚地呈现在我们面前——我们就在一个特殊的形象中，看到了自己心底的思想。历史以传说的形式传播在人们之中，当历史学家的天才把那些传说同周围环境相结合时，长期以来的不清晰的历史现象顿时就以清晰的面貌呈现在我们面前。

人心的某个特殊面貌，聚集在某个诗人的想象里，通过美显示出自己多彩多姿的惊人光彩，文学评论家应该就这个问题进行思考。如果说迦梨陀娑的比喻是优雅的，语言是生动的，或者说《鸠摩罗出世》的第三幕的描绘是优美的，《沙恭达罗》的第四幕是充满同情味的，显然，这些评论都是不充分的。应该说人心的一个特殊面貌，在迦梨陀娑的整个诗篇里被具体形象化了。他的想象建立了一个特殊的中心，通过吸引排斥的重力规律，用一个特殊的优美方式使人心世界里

---

① 阇多尼耶（1542—？）：印度孟加拉地区中世纪宗教虔诚运动的先驱者。
② 法国革命：这里指一七八九年的法国资产阶级革命。

的某个不清晰的东西明白如画了——这就是评论家应该思考的内容。迦梨陀娑来到了世界，亲眼目睹了许多事物，思考了许多问题，忍受了许多磨难，然后发挥想象，进行创作——他的这些感情、痛苦和富有想象的生活，通过语言向我们揭示了人类无限面貌中的一个特殊面貌。假如我们之中的每个人都是不平凡的诗人，那么每个人就以同样方式使自己的心具体形象化，从而显示了一个空前的特殊性，阐述了无限的多样的"一"。但是我们没有这个能力，我们曲解着自己的事，因为我们没有正确地了解自己。我们所说的广为传播的真实的事，或者不是我们自然的真实，或者是许多人反复背诵的东西。正因为如此，我们在自己整个生活里看到了什么，知道了什么，得到了什么——我们不能充分地说清楚。诗人也不能明确地说清楚。他们的言语不完全是明明白白的，不完全是真实或不完全是美的。他们在努力说清自己的自然的深刻本质方面，也不是一直成功的。但是，他们不知道，这中间有一个我们总想努力抓住，但总不能抓住的心灵形象，它们超越诗人的创造，通过整个世界艰巨努力的激励，穿越无数障碍，时多时少地显示着。那些具有深刻思想而富有感情的人，在诗人的诗篇里看到了那个完整的形象，他们就是真正的文学思想家。

我们说这些话的目的是，我们感情的创作不是空想的活动，它像物质创造一样，依赖于有效的规律。我们在外界世界的全部原子和粒子里，发现了光的冲动，就是那种冲动在我们的内心感情里以飞快的速度活动着。所以，我们要用那种方式观赏森林、河流、沙漠、海洋，也得用同样方式去欣赏文学。文学不仅属于你的我的，也是整个创作的一部分。

倘若我们如此看，我们就得知道，仅仅思考文学的好与坏是不够的。与此同时，应该有一个在一种巨大的因果关系里看到文学发展体系的执着要求。我将力图举一些例子，说清楚自己的话。

我在《乡村文学》一文里曾写到，我国的普通人民的最早的一些感情，形成了许多零星的小诗，它们一起在四处徘徊不定。后来，某诗人把那些零星的小诗组织到一首大诗里。有关湿婆大神和雪山女神的一些故事，最早不是出现在某部《往世书》里。许多罗摩和悉多①的故事，也不是最早出现在《罗摩衍那》的原本中，而是通过许多乡村歌手和讲故事者的嘴，用不成规章的韵律和乡村语言，在乡村庭院里盘旋了许多时代。当某个宫廷诗人不是应邀去简陋的乡村庭院歌唱，而是受到邀请在辉煌的盛会上歌唱的时候，他就提炼了那些乡村故事，用洗练的韵律，修饰的语言，并用宏大而完整的诗歌形式，表达了那些故事。通过推陈出新，逐章逐段的发表，全国民众似乎在清晰而优美的形式中，看到了自己的心灵的抒发而心花怒放。由此，它们似乎在自己生活里向前跨了一大步。穆肯德拉姆②的《钱迪颂诗》（即《难近母颂诗》）、克纳拉姆③的《宗教颂》、盖特基达斯④的《心灵燃烧》、帕拉得钱迪拉⑤的《阿嫩德颂》都属于这类诗。这一切著作都是努力使孟加拉零星的分散的乡村文学转变成伟大文学。这样，乡村文学在一个巨大形式里获得了生命，随即就消亡了，正犹如一待结了果实，花就凋谢了。

《五卷书》⑥《故事海》⑦、英国的亚瑟王传奇⑧、斯堪的纳维亚的萨迦文学⑨都是如此产生的。在这一切作品里，流传在人民口头上的零星故事，集中在一个地方，转变成一个巨大的形式。

这样，这种聚集分散感情的努力，在人类的文学里，到处以令人叹为观止的方式发展着。希腊的荷马史诗，印度的《罗摩衍那》和《摩诃婆罗多》都是这方面的光辉例子。

许多分散的神话故事在《伊利亚特》和《奥德赛》中逐渐统一起来，

---

① 罗摩和悉多：《罗摩衍那》中的男女主人公。
② 穆肯德拉姆（即格维坎坎）：印度十六世纪孟加拉语虔诚诗人。
③ 克纳拉姆：印度十八世纪孟加拉语叙事诗人。
④ 盖特基达斯：印度十七世纪左右孟加拉语叙事诗人。
⑤ 帕拉德钱迪拉（1721—1760）：孟加拉语诗人。
⑥ 《五卷书》：古印度寓言故事集。
⑦ 《故事海》：作者是印度月天。
⑧ 亚瑟王传奇：指中世纪西欧主要国家有关亚瑟王的作品的总称。
⑨ 萨迦文学：是十三世纪前后冰岛和挪威人用文字记载的古代居民的口头创作的神话传说故事。

这是众所周知的普通常识。那时，没有书写的书和印刷出版的书，吟唱诗人到处唱着自己的诗歌。如果那时一首诗在许多人的嘴里逐渐完善起来，这有什么可奇怪的呢？然后把许多诗歌放在一个框架里，它就是一个伟大诗人的作品，这是毫无疑问的。新结合的一些诗歌不会由于这种框架结构而破坏自己诗歌的特征。

我们在迈提里语①的维德亚伯迪的诗歌如何成为孟加拉语诗歌的思考中可以懂得，一件事物如何根据自然法则成为另一件事物。流行在孟加拉语中的维德亚伯迪的诗歌，已不是原来的维德亚伯迪诗歌，现在诗词的大部分已不同于诗人原来的创作面貌。通过孟加拉歌手的吟唱和孟加拉听众的辗转传播，诗歌的语言、意义甚至情味都发生了变化，渐渐地成为一个新的东西。格利叶尔萨所出版的维德亚伯迪的原诗，尽管由于时间的流逝，几经辗转而发生了变化，但仍不是像不连贯的废话一样的诗词，原因是诗词的基调仍保存着，一切变化都服从于那个基调。正因为那个基调存在，我们仍把那些诗词称为维德亚伯迪的诗词，然而又因为经过巨大的变化，又可以毫不犹豫地称它们为孟加拉语文学。

这样，我们获悉，许多早期流行在人民口头上的歌曲汇集在一首长诗里，多少年以来，这首诗被人民群众吟唱着，以后，许多时代的种种情势在那里面插了手，最后这首诗还从全国各地汲取了滋润自己的情味，这样它渐渐地成为整个国家的财富。在诗里可以获得整个国家灵魂的历史、哲学、宗教和风俗。只有建筑在最初的奠基诗人的惊人才干的基础上，这种情况才可能出现。最初的奠基诗人的才能是如此超凡出群，它可以长期以来把整个国家吸引到自己的事业中来。尽管我们不能肯定说长期以来受到许多人插手之后，它依然没有变样，还是完美无缺地保持着自己的基本结构。

我们的《罗摩衍那》和《摩诃婆罗多》，特别是后者是这方面的例证。

这样，经过各个时代的所有民族打下创作基础的诗或诗人的诗，

---

① 迈提里语：印地语的一种方言。

被称为真正的史诗。

我们把它与恒河、布拉马普特拉河①相比较。起先,从山洞流出的许多泉水,汇集在一个地方,成为一条滔滔大河。以后,它在自己道上奔腾,许多地方的交流与它汇合,并消失在其中。

印度的恒河、埃及的尼罗河和中国的长江等大河,在世界上是凤毛麟角的,这些河流像母亲一样,抚育着各个国家的广大土地,它们之中的每一条河,哺育着原始大地的古老文明。

这样,在我们已知的文学里史诗仅有四支——《伊利亚特》《奥德赛》《罗摩衍那》和《摩诃婆罗多》。根据修辞学的人为规则,《罗怙世系》②、弥尔顿的《失乐园》、伏尔泰③的《亨利亚德》等著作都勉强地被列入史诗行列。现在,在当今印刷厂的统治下,创作史诗的可能性已经消失了。

在创作《罗摩衍那》之前,有关罗摩形象的所有最早的神话传说故事,已经流行在我国的广大人民群众之中,现在不通过发掘是无法获知的。但是毋庸置疑,其中存在着有关《罗摩衍那》的最早信息。

无数的英雄以男子形象出现在我们的国家里,他们曾经为了尘世的利益,干出了一番惊天动地的事业。在《罗摩衍那》产生之前,有关罗摩的这种传说肯定流行在民间。罗摩为了执行父亲的命令去森林,他消灭了抢夺自己妻室的人,救出了自己的妻子。虽然,这些事已证实了罗摩性格之伟大,然而,他为赢得不平凡的人心世界所干的一切,在《罗摩衍那》里才得到了充分反映。

在雅利安人控制印度之前,达罗毗荼人④征服了这里的原始土族,进入了这个国家。那些达罗毗荼人不是完全不文明的,他们也不是轻易地被雅利安人战败的。他们在雅利安人的祭祀里制造了障碍,使雅

---

① 我国雅鲁藏布江下游在印度境内部分叫作布拉马普特拉河。
② 《罗怙世系》:印度迦梨陀娑的叙事长诗。
③ 伏尔泰(1694—1778):法国文学家、哲学家、史学家,史诗《亨利亚德》(1728)是他主要诗作。
④ 达罗毗荼人:印度原始民族,公元前二〇〇〇多年建立了发达的印度河流域文明。

利安人的耕作遭受了损失。他们开辟了森林，建立了庇护所，从事大规模的生产活动。

在南方的艰难困苦地区，达罗毗荼族人强大起来，建立了一个富强的国家，他们的一些军事组织，在森林里不断地折磨着雅利安殖民者。

罗摩争取印度原始土族人民站在自己一边，通过劳动和才能，灭了达罗毗荼族的威风。为此，雅利安人赞美他。正如从塞种人叛乱中拯救了印度教徒的健日王①受到颂扬一样，扫除了非雅利安人的影响，保护了雅利安人的罗摩，也备受人民群众的喜爱和尊敬。

那时，每一个人都担忧，谁来镇压非雅利安人的骚乱呢？众友大仙见到年幼的罗摩身上的吉祥标志，认为罗摩是合适人选。于是，罗摩从童年时代起，就得到了众友大仙的勉励和教育，学习了与敌人作战的本领。那时，他与尼沙陀野蛮部落首领建立了友谊，从他那儿学到了克敌制胜的方法。

那时代，牛被当作财富，耕耘被认为是一种神圣的事业，国王遮那竭②也用自己双手从事耕种。雅利安人通过耕耘土地，渐渐地把印度土地归属于自己；也通过耕耘，在森林地区建立了农业区，而罗刹在其中设置种种障碍。

在古代的伟大人物中，遮那竭国王是雅利安文明的一个优秀的领袖，许多传说证实了这件事。他想在全印度扩大农业区，他把自己女儿起名为悉多（悉多的梵语词义是犁的轨迹，或者是土地上被犁耕过的轨迹）。他做出许诺：哪个天下英雄折断弓，这证明他具有罕见的力量，他将把自己的女儿许配给他。在那不平静的日子里，他需要具有超凡力量的男子汉，这是他挑选能够抵抗强大敌人的男子汉的唯一办法。

众友大仙让罗摩立下战败非雅利安人的诺言，送他到国王遮那竭

---

① 指四世纪笈多王朝旃陀罗笈多二世远征西北印度，驱逐入侵的塞种人，建立阿育王以来版图最大的帝国。

② 即《罗摩衍那》里的悉多的父亲。

的考场。在那里,罗摩折断了弓,证明自己具有能实现诺言的非凡力量。

此后,他把国家的重担交给了弟弟婆罗多,自己为了实现伟大的诺言而向森林进发。持力和投山等大仙,在艰苦的南方专心于撰写雅利安人的《奥义书》。罗摩从他们那儿听取了建议,与自己的弟弟罗什曼那一起,消失在陌生的无边无际的大森林里。

在那里,他们在名叫波林和须羯哩婆两兄弟的冲突中,支持了须羯哩婆,打死了波林,使须羯哩婆归顺他们;他们控制了原始土族人,教会那些人作战艺术,组成了军队。罗摩通过那支军队在敌人营垒里巧妙地制造了分裂,摧毁了楞伽城。这些罗刹人精通建筑艺术,坚战[1]叫人建筑了宏伟宫殿,建筑者就是被称为罗刹的人。达罗毗荼人建筑庙殿的精湛技艺,至今仍在全印度负有盛名,有人称他们是古代埃及人的同类民族,这并非毫无道理。

"金色楞伽"这个传说,是有渊源的。这些罗刹人不是不文明的,他们在手工艺方面比雅利安人还略胜一筹。

罗摩虽然战胜了敌人,但没有占领他们的王国,维毗沙那成为罗摩的朋友,在楞伽建立了统治。罗摩让原始土族人建立了基沙基陀王国,并使它从属于自己。这样,罗摩建立了雅利安人和非雅利安人相互交往的关系,这个结果导致达罗毗荼人渐渐地与雅利安人社会融合,这样就产生了印度民族。就这样,两大民族的思想方式、祭祀制度等一切方面,在印度民族里融洽无间了,全印度出现了一个安宁环境。

当雅利安人和非雅利安人完全融合一体时,当他们相互间交换宗教和学说时,有关罗摩的旧故事在每一个人嘴里,以新的形式和新的精神被陈述着。如果某一天,印度人和美国人完全融合起来,难道还有必要去大肆赞美格拉依伯[2]吗?或者还有任何自发的激情去把暴乱时代的乌特拉姆[3]等战士的故事编成难以忘怀的东西吗?

当诗人把流行在我们国家的人物故事编进史诗里时,他没有强调

---

[1] 坚战:大史诗《摩诃婆罗多》中般度族五兄弟的老大。
[2] 格拉依伯:十九世纪英国驻印度的总督。
[3] 乌特拉姆:一八五七年印度民族大起义时的一位英雄。

战胜非雅利安人的事业，而是突出了伟大人物的完整理想。在这里，说他们夸大了这个理想，是不正确的。对罗摩的尊敬和怀念，渐渐地随着时间的流逝和环境的变迁，把作者的虔诚感情，变成普遍的虔诚感情。诗人通过自己的天才把它集中在一个地方，使它清晰起来，那时普遍的虔诚才成为现实。

但是，《罗摩衍那》没有能够在最初诗人使之确立的地方凝固住。

《罗摩衍那》的最初诗人瓦尔米基，把罗摩当作以宗法家长制为主的印度教社会的宗教化身向人们显示。瓦尔米基的罗摩以儿子、兄长、丈夫、朋友、婆罗门教的捍卫者和国王的身份赢得了人民的尊敬。罗摩仅仅为了营救自己的结发妻子而打死了罗波那，他又因为帕勒伽梯吉娜的请求，最后抛弃了自己的妻子。他依据经典，克服了自己所有的自然本性，使捍卫社会的理想付诸实现。在以我们环境条件为主的文明里，每走一步都需要舍弃、宽恕和自制，这一切品德都体现在罗摩身上，所以《罗摩衍那》成为印度社会的史诗。

在最初诗人写《罗摩衍那》的时候，虽然在罗摩的性格上存在着神性的东西，然而瓦尔米基把罗摩当作人的理想来塑造。

神性一经获得了地盘，再也无法阻止它的存在，而且它渐渐地扩大着。这样，罗摩渐渐地取得了神的地位。

那时，《罗摩衍那》的基调又发生了一个变化，在格利迪瓦斯①的《罗摩衍那》（还有杜勒西达斯②的《罗摩功行录》）里就能见到那种变化。

当我们称罗摩是神时，他没有不可能实现的事业。所以，为了塑造罗摩性格的无比伟大，从前那样的描绘已是不够的了。在如此情况下，由于某些感情因素，人喜欢神性，那些感情也在诗中得到了加强。

这些感情就是虔诚和仁爱。格利迪瓦斯或杜勒西达斯的罗摩是虔诚和仁爱的罗摩。他拯救了一切异教徒和罪人，他把野蛮的尼沙

---

① 格利迪瓦斯：大约是十六世纪初印度孟加拉语诗人。
② 杜勒西达斯：大约是十六七世纪印度印地语诗人。

陀部落的旃陀罗变作朋友，热烈地拥抱他。罗摩也通过爱使森林的猴子获得幸福，罗摩把虔诚的甘露洒在虔诚的哈奴曼①的生活中，从而使哈奴曼的诞生有了价值。维毗沙那是他的崇拜者，罗波那也作为敌人被打败后获得了解脱。在《罗摩衍那》里，这一切就是虔诚的游戏。

这个虔诚浪潮②席卷了全印度，深入人心。博学者是得不到上帝的，为了得到上帝也不需要咒语和独特的生活方式，只要通过单纯的虔诚，所有低贱人都能得到上帝。似乎这件事一下子成为一件新的发明一样，使全印度人民从难以忍受的苦难中解放出来。当这个巨大的欢悦扩散到国家的每一角落时，以此获得新的骄傲的那个文学就脱颖而出。格尔盖杜、塔纳帕迪、苏德格尔等普通人就是它的主角③。上帝不仅是婆罗门的、刹帝利的、博学者的，也是那些被社会认为是堕落和低贱的人的，文学以不同方式宣传着这件事，这种精神也反映在格利迪瓦斯的《罗摩衍那》里。上帝也是缺乏经典知识的，不道德的猴子的朋友，为松鼠等小动物服务对他来说也不是不能接受的。他给罪恶的罗刹以适当的惩罚之后，也予以解放——这种精神在格利迪瓦斯里表现得十分明显，它把《罗摩衍那》的故事潮流，像恒河支流帕基勒梯一样引向一个特殊的道路上去。

我们一直所遵循的《罗摩衍那》故事的那股潮流的一股现代支流，在《因陀罗耆的伏诛》④诗里得到了清晰的反映。这篇诗也依赖那旧的

---

① 哈奴曼：《罗摩衍那》中的神猴，帮助罗摩降魔斩妖。

② 虔诚浪潮：即十六世纪前后的席卷全印度的"虔诚运动"，分为有形神派和无形神派，有形神派信奉印度教三大神之一的毗湿奴，毗湿奴的化身为罗摩和黑天，该派因此又分为罗摩派和黑天派。格利迪瓦斯和杜勒西达斯为罗摩派。

③ 格尔盖杜是印度十六世纪诗人格维坎坎的长篇叙事诗《难近母颂诗》中的一个猎人。塔纳帕迪原为印度创世时期的一个风神，后来保护众神的财产，变成财神，即俱毗罗。苏德格尔是孟加拉民间神话传说中的人物。

④ 《因陀罗耆的伏诛》：孟加拉语诗人迈克尔·默图苏登·德特（1824—1873）的诗作，该长诗根据史诗《罗摩衍那》中的一段情节写成，它与传统相反，以恶魔罗波那的儿子因陀罗耆作为主人公，这里罗摩和罗波那之争不是善恶之争，而是两种文明之争。所以文中称该长诗与传统的《罗摩衍那》相比，有"迥然不同的本质"。

故事情节，但是有着与瓦尔米基和格利迪瓦斯的迥然不同的本质。

我们经常说，我们学了英语之后所创作的文学，不是纯洁的东西，仿佛那种文学不配称民族文学。

但是，某个东西取得了某种固定的形态，如今它又不可能有任何形态的变化，如果我们称那个东西为纯洁的东西，那么在生动的大自然内，任何地方都不会得到那种东西。

在人类社会里感情是息息相通的，通过感情的融合，人们进行着无数各种各样的新的创作。在印度，发生过多少这样的感情融合。我们的心，经历过多少沧桑——难道它有任何界域吗？不久前，当穆斯林人登上我们国家的王位宝座时，难道他们没有在我们心上烙上影响吗？难道印度教徒的感情没有与穆斯林人的民族感情自然融合吗？在我们的文学艺术、衣饰打扮、音乐歌曲和宗教活动里，都可见到穆斯林的东西，心与心若不是息息相通，以上情况就不会发生。如果不可能发生上述情况，那对我们来说，简直是奇耻大辱。

从欧洲来的一股潮流，自然而然地冲击着我们的心灵，这个冲击惊醒了我们沉睡的心。如果我们不承认这个事实，我们将不会公正地对待自己的思想意识。就这样，由于感情的融合而产生的东西，我们过一段时间将会清楚地看到它们的面貌。

从欧洲来的新精神的冲击，唤醒了我们的心。如果这件事是真实的，那么不管我们为纯正文学传统做千百次努力，我们的文学不采取新的形式反映这个真实，是断然不可能的。现在，我们不能原封不动地重复那些旧东西，如果发生这种情况，我们将会说，那个文学是不真实的，是虚假的。

我们不仅在《因陀罗耆的伏诛》诗的韵律和创作手法里，而且在它的内涵的感情和情味里，看到了一个空前的变化。这个变化没有忘记传统，但其中含有某种叛逆，诗人打破了押韵的束缚。我们内心长期以来对《罗摩衍那》的内容方面，套着一种精神枷锁，诗人彻底地打破了它。在那首诗里，与罗摩和罗什曼那相比较，罗波那和因陀罗耆的形象更显得伟大崇高。那些怯懦的宗教徒一直小心谨慎地考虑着，哪些东西是多么好，哪些东西是多么坏，然而他们的牺牲、施舍和克己无法吸引住这位诗人的心。他就在自发力量的任性游戏里感受到满足。在这股力量的四周形成繁荣昌盛的国家，它的宫殿的尖顶阻止着白云的飞渡，它的战车、马和象队使大地颤抖，它通过自己的力量战胜了诸神，把因陀罗大神变为自己的奴仆。这股力量想要什么，就丝毫不顾及经典或武器等任何东西，多少时间以来所堆积如山的财富被毁于一旦。在与普通出家人罗诃波作战时，比他生命还可爱的儿子、孙子和其他的亲属，一个接一个地死去，他们的母亲悲痛欲绝，那股不可动摇的力量尽管遭到毁灭，仍不承认失败。诗人在大海岸边的火葬场里，对宗教叛逆的失败表示了极大的惋惜之后，结束了长诗。诗人似乎不尊重那股小心翼翼地承认所有东西的力量，而在告别时，诗人把自己浸透了眼泪的花环，套在无所顾忌的不理睬任何东西的力量的脖子上。

展现在我们面前的欧洲力量，正挥舞着自己五花八门的武器站在空前强盛的大地的伟大顶峰上，它的雷电在我们头上怒吼着。伴随着这股力量的自我歌颂，现在《罗摩衍那》故事的一股新的电讯也在里面传播，这难道是因为某个人的特殊原因而发生的？这个声音正风靡全国。由于软弱的自傲，我们闭口不承认它，然而我们不得不一步步被迫承认它。所以，我们在《罗摩衍那》里也不可能阻挡这个声音。

我们提出《罗摩衍那》故事的例子，企图向人们表明，在人类的文学里所创造的感情境界和活动范围是十分宽广的。它看起来仿佛是偶然发生的，三四月里下起暴雨，似乎对我们来说是偶然的。但是，通过从遥远西方来的精神因素和传统，这场雨时而容易地、时而艰难地灌溉着我们的田地。感情的潮流也是这样流动的，它通过大大小小的因素，从半个成为一个，从一个变成千万个，千姿百态地显示着。人类的巨大的心通过自己深奥而有效的规律，揭示着自己，而惊人的心灵创作也在整个地球上扩展着。

当我们十分接近地看作家时，我们感到作家的作品与作家之间的关系是十分紧密的。那时我们明白，似乎肯高特利①正创造着恒河。世界的所有诗篇的作者是谁——似乎一点也不知道，那些诗歌仿佛自己进行着创作，它们从未中断过。我们就通过那些诗歌的例子，努力把自己的心灵吸引到感情的巨大的创造本质方面去。

（倪培耕　译）

---

① 喜马拉雅山脉的一座山峰，恒河从那里流出。

历史小说

人类社会的童年时代早已过去,那时自然与非自然,事实与想象,好像几个亲兄妹,在一个家庭里玩耍吃喝,长大成人。今天,它们发生着巨大的家庭内讧,这是连做梦也没有想到的。

曾有一段时期,《罗摩衍那》和《摩诃婆罗多》是历史,但现代历史十分困窘地承认自己同它们有着亲缘关系。历史说,由于同诗歌结合,它的家族消失了。如今要拯救它的家族是那么困难,别人只能在诗歌形式里认识它的家族。诗歌说,历史兄弟,你内部掺着许多虚假,而在我内部存在着许多真实。因此,让我们像从前一样交往吧。历史说,不,兄弟,还是各自割据为好。于是,博学的丈量土地的官员,到处进行这种分配割据地的工作,他准备在真实王国和理想王国之间划分出一条明显的分界线。

由于控告历史小说犯下了破坏历史界线的罪恶,现代的文学家庭也发生了内讧。

不仅在我们国家出现这种控告,不仅纳维纳①先生和般吉姆②先生难以推卸那种指责,就连历史小说家的开创者和理想主义者司各特③也不能逃脱掉这种谴责。

在现代英国历史学家中,帕利曼先生是十分闻名的。他谴责历史小说歪曲了历史,他说,人们想知道十字军东征时代的情况,不应该读司各特的《艾凡赫》。

毫无疑问,我们应该获得有关欧洲十字军东征时代的真实知识,

---

① 纳维纳(1846—1909):印度孟加拉语作家、诗人。
② 般吉姆·钱德拉·查特吉(1838—1894):印度孟加拉语作家。
③ 司各特(1771—1832):英国小说家、诗人。

但是，司各特的《艾凡赫》有着持久不断的人类社会的永恒真实，我们也有必要了解它。人们了解它的愿望是那么强烈，尽管知道其中存在着有关十字军方面的许多历史性错误，学生们仍无法摆脱瞒着老师阅读《艾凡赫》的诱惑。

现在，有个值得思考的问题，难道司各特先生要维护历史的特殊真实和文学的永恒真实，就不能挥笔写《艾凡赫》吗？

他能否写，做出肯定的答复是困难的。但我们看到，他没有理睬这件事。

很可能，他故意不理睬。司各特不一定像帕利曼老师那样对十字军时代的情况了如指掌。在司各特时代，对历史证据和历史真实的研究分析没有那么透彻，没有前进得那么远。

持异议的人说，当他决定写时，他应该全面进行考察研究再动笔。

但是，这种研究分析到什么时候结束呢？我们什么时候能斩钉截铁地说，有关十字军的情况已了解得一清二楚了呢？我们怎么知道，我们称为历史可靠真实的东西，难道不会在明日由于新的证实而从历史宝座上跌落下来吗？作家在今天流行的历史基础上写了历史小说，倘若明日历史学家谴责他，那我们做何回答呢？

持异议者说，你愿意写长篇小说就写吧，但可别写历史小说。虽然现在我国没有出现这种情况，但目前在英国文学里已经有了反映。在法国的巴尔格莱派先生说，历史小说一方面是历史的敌人，另一方面也是小说的敌人。也就是说，长篇小说家为了写小说打击历史，而那受打击的历史消灭着小说创作。于是，可怜的小说的岳父家族和父亲家族同归于尽了。

尽管如此，历史诗篇和历史小说为什么在文学中取得了地位？在这篇文章中我将努力清楚地阐明这点。

我们许多修辞著作说，诗歌的定义是"情味的句子"[①]。我们没有见到比它更扼要和更广义的定义。毫无疑问，没有任何办法能解释被

---

① 引自《文镜》。——原注

我们称为情味的东西。对具有品尝能力的人来说没有必要解释情味两字，而对不具备品尝能力的人来说，没有任何必要知道它。

我们的修辞经典谈到九个基本情味，然而，它没有努力去叙述许多难以言状的混合情味。

在这所有未确定的情味里可以提出一个"历史情味"，这个情味就是史诗的生命。

个人只器重自己的特殊的喜怒哀乐，他觉得，世上许许多多重大的交往，仿佛只不过是个幻影而已。倘若把某人或几个人的生活沉浮兴衰，恰如其分地写进小说里去，将增强情味的分量，能使人们陶醉。我们许多人的喜怒哀乐的界域是十分狭窄的，我们生活的激动不安只影响几个亲戚朋友。我们能够理解《毒树》①里的纳盖德拉、苏叶穆河和贡德嫩迪尼基的灾祸、幸运、狂喜和忧愁，因为那所有一切喜怒哀乐是发生在纳盖德拉的家庭圈子里，我们的心是不会拒绝承认纳盖德拉为自己的邻居的。

但是，大地上有一些人的喜怒哀乐与世上许多事联系着。国家的兴亡，随着大海怒吼而沉浮的伟大时代的宏大事业——他们个人的冷漠和企求的声音，在那伟大而雄壮的交响乐声中响起。当他们的故事成为曲调时，基本音调在弦琴的一根弦上鸣奏着，奏乐人的其余四指在弦琴的其他所有弦上，唤醒一种奇异的深沉的宽广的铿锵声。

时代的进程，不会天天清楚地向我们显示。如果创造民族历史的任何伟大人物出现在我们面前，我们无法在比较短的同时代里同时看清他和这个伟大历史。所以尽管有良机，我们总不能以与伟人生活的真实背景相适应的态度，去观察这一类伟大人物。如果我们想不仅用个人特殊的观点，而且用伟大时代的一个组成部分的观点去看，那么我们就应该站在远离这一类伟大人物的地方——在往昔的岁月里塑造他们，把他们和他们唱主角的昔日舞台结合起来看待他们。

当我们在工作中受尽凌辱，凑合吃喝，打发日子时，许多伟大的

---

① 般吉姆·钱德拉·查特吉的一部长篇小说。

驾驭者在世界的王国道路上，推动着时代列车前进。为了在短暂的时间内认识他们，我们应该远离于我们自己每天习以为常的喜怒哀乐，应该使自己从狭窄界域里解放出来——这就是对历史的真正情味的享受。

这类事不能通过无限的想象被创造出来。但如果我们能以某种借口，把离我们远远的、超出我们经验之外的事物与真实事件结合起来的话，那么读者就很容易相信了。这就是情味创作的目的，因此，为了创造历史情味，需要有一定数量的历史资料，诗人也会毫不犹豫地汲取的。

莎士比亚的《安东尼和克莉奥佩特拉》一剧的基本内容是世上一个天天受到检验和熟悉的真实，许多名不见经传的有才能的男子在女人的魔力迷网里，糟蹋了自己的今世和来世。世界充满了这类短暂意义和人性的可悲的废物。

诗人在一个巨大的历史舞台上，创造了我们男女之间的甜蜜和痛苦的爱情游戏，并加以夸大。心灵的反叛之后，民族的反叛乌云笼罩着天空，被束缚在爱情冲突之中的罗马城里，正准备着一场毁灭性的可怕的战争。一方面在克莉奥佩特拉的享乐宫殿里奏起了弦琴，另一方面在遥远的海边，湿婆神的毁灭号角声与它汇合在一个声音里。这里历史情味结合着艳情与同情味，所以，其中含有一个心灵的深邃和博大。

如果历史学家曼森对莎士比亚这个剧进行历史考证，那他可能会找出许多违反时代的错误（anachronism）和历史错误，但是莎士比亚在读者心灵上所施加的魔力和通过虚构的历史所复制的历史情味，不会因为历史的新证据的发现而泯灭。

以前，我在某篇评论文中写道："小说创作得到了一个与历史结合的特殊情味，小说家已成为历史情味的贪婪者，他们不特别注意某些历史真实，如果有人不满意小说中的历史的特殊香味，想从中拣出已不可分割的历史，那等于要从已煮熟的菜肴里找出香料、调料、姜黄和芥子。我们同那些只有证实了调料之后，才做可口的菜肴和把调料压成一个模式做菜肴的人,没有任何可争执的,因为这里味道毕竟是主要的,调料是次要的。"

也就是说,不管作家保留还是分割历史,只有复制历史情味,他的创作活动才能获得成功。

这样,如果有人把罗摩描绘成低下的人物,而把罗波那写成崇高的人,那难道不会出现某种错误?缺陷肯定将会有的,但那种缺陷不是历史方面的,而是诗歌方面的。一下子把众所公认的真实颠倒过来,情味就被破坏了,好像在读者的头上打了一闷棍。由于受到了打击,诗歌顿时失去知觉,栽倒在地。

不仅如此,如果人民大众把某种虚假的事看成真实,如果诗歌依靠历史和真实,插手反对这种观点,那这将是诗歌的错误。请想一想,如果今天确定无疑地证明了酗酒的、卑鄙的雅度家族①是希腊族,证明了克里希那是自由吹笛的一个希腊牧民,如果证实了克里希那肤色与他大哥大力罗摩的肤色一样白,如果证实了被驱逐的阿周那②从小亚细亚的某个希腊王国夺取了希腊公主妙贤,并证实了多门岛是临海的一个希腊岛屿,如果证明了在被驱逐期间,般度族人依靠精通战斗技能的希腊英雄克里希那的帮助,拯救了自己的国家,从而使全印度对他们的空前的异族政策、战斗技能和宗教观惊叹不已,把他们视作神的化身,那么,毗耶娑(广博仙人)③的《摩诃婆罗多》也是不会消失的,任何诗人都没有勇气把黑的说成白的。

我们一般是这样说。纳维纳先生和般吉姆先生在自己的诗歌和小说里反对流行的历史走得太远或者没有任何历史根据,因而丧失了诗歌的情味,这点在评论他们的作品时是应该考虑到的。

在那样的时代,我们的职责是什么?我们应该读历史,还是应该读《艾凡赫》?回答这个问题是很容易的。两者都应该读,为了真实

---

① 雅度家族:《摩诃婆罗多》中描写的和般度族、俱卢族平行的家族。
② 克里希那(即黑天)、阿周那等都是印度神话传说中人物,亦是《摩诃婆罗多》里的主要人物。
③ 毗耶娑:又称广博仙人,传说是印度史诗《摩诃婆罗多》的作者。

应该读历史，为了享受应该读《艾凡赫》。我们可别以那种人的警惕方式获取错误的认识。那些人始终警惕自己与诗歌情味保持距离，这样他们的天然本性将枯萎而成为障碍。

我们在历史里将修正诗歌中可能出现的错误。那些只读诗而没有时间读历史的人是不幸的，但有人只读历史，而没有时间读诗，他的命运很可能更加凄惨[①]。

1905年
（倪培耕　译）

---

① 我们的修辞学经典著作写道：那些不适宜的历史东西，与角色或情味不相吻合的历史东西，或者应该弃之，或者应加以改造。从中我们得悉，在古代，叙事诗或戏剧改变历史，使之符合情味，这种改变在古代人眼里不认为是个错误，他们郑重地深思过这个问题。——原注

情味的本质

我们的宗教修行有两方面的特性,一方面是力量,另一方面是那些来自五湖四海而欢聚一堂的人,那些相隔万里而保持亲密关系的人,都感到故乡的亲切。孟加拉精神的污泥不时沉淀在伟大的孟加拉文学潮流里,这就是造成痛苦和羞耻的原因,但这不是忧虑的主要原因,因为真正的文学自然而然是一切国家、一切时代的文学,在那种文学里的永恒的东西经过筛选之后,就滞留下来,而那些生命短暂的东西可能会喧嚣一时,但它们没有天长地久停留的权利。不知多少疾病的祸根在圣洁的恒河里漂流,但人们会看到,它们在整个源泉里不占主要地位,它们自己不断被河水冲刷而淘汰,因为巨大的河流毕竟不是一条沟渠。

我们在现时代给孟加拉的一些优秀的、纯洁的、适合奉献在整个人类祭台上的东西以未来时代能够继承的形式,从而使它们得以保存。文学提供了对孟加拉人的精神认识,这种认识在世界会议上捍卫着孟加拉人的自尊,使孟加拉从污泥浊水中摆脱出来,以纯洁的祭品形式奉献在世界之神面前,从中获得了自己的尊敬。今天,孟加拉人从自身感受到那种伟大希望,所以孟加拉人每年以文学会议形式,在各地宣告孟加拉的胜利声音。无疑,世界的朝圣者将络绎不绝地驾临孟加拉,而孟加拉也将带着宽大心灵和人类理想,带着从所有方面的桎梏中解放出来的实践和诺言来到人间。

(倪培耕 译)

《文学的道路》序言[①]

多年以来，我执着地谈论着情味文学的奥秘，人们可以从我各个时期的文章里认识它。在这篇序言里，我有必要再谈一下这个问题。

我们一直依靠心灵认识这个世界，这个"认识"有两个方面的含义。我们通过知识，认识客观物质。一方面，有作为它主要目标的认识及研究对象；另一方面，有进行这种"认识"的学者。

我们通过感情，认识自己，那时客观物质作为次要认识目标与那个"自己"结合在一起。

科学从事着认识客观物质的工作，把自己的个性从那个"认识"中分离出来的实践，就是科学的实践。文学进行着人对自己的观察工作，它的真实性存在于自己的感性认识中，而不是存在于现实的客观物质之中。哪怕它是非凡的，非实际的，也不因此而有丝毫的虚假。倘若那非凡的，非实际的认识是深刻的，文学就承认它是真实的，从褴褛时代起，人就渴望通过各种方式，认识自己——从那里产生了形象的故事。在幻想的世界里，人可以想象许多形象——罗摩也行，哈奴曼也行，都应该让其充分地存在，人从中也获得了欢悦。人的心随树变树，随河变河，心想什么就变什么，由此，他获得欢悦。这就是人的丰富多彩的游戏——这个丰富多彩的游戏就是文学的工作。在这游戏里，既存在着美，又存在着丑。

我过去曾经斩钉截铁地认为，美的创作就是文学的主要事业。但是，当发现文学和艺术经验无法与这个观点吻合时，我心里就产生了

[①] 这篇序言是泰戈尔为自己《文学的道路》一书所写的序，该书于一九三五年问世，下面《现实》《诗人的辩白》《文学》《事实和真实》《创作》《文学的革新》《文学思想》《现代诗歌》《文学的实质》《文学的意义》等均选自该书。

巨大疑惑。人们无法把未剃胎毛的孩子和愚昧无知的奴仆称为美，根据流行的美的观点，人们无法从中取得文学的美。

那时觉得，有必要直率地说出这么多日子以来被说颠倒的事。从前说："美给人以快感，由此，在文学中应该有美的地位。"实际应该说，"心灵把赋予快感的东西称为'美'，那个东西才是文学的材料。"文学通过某种东西，唤醒美感，这不是主要的，只要通过深刻的感受，"美"就能被证明。人们是否说它"美"无关紧要，心灵在世上无数被鄙视的事物里承认了它。

在文学之外，"美"的领域是狭窄的。在那里，有害的东西不给具有生命特征的人以任何快感。不然，谁都不会去看戏剧《奥赛罗》[①]。有个问题曾经扰乱我的心：为什么文学里的充满痛苦的故事，提供着快感呢？我们为什么因此把它放入美的行列中去呢？

心灵回答：当周围缺乏情味，我们的意识不存在感触时，那就存在着隐隐约约的痛苦，那时的心灵认识是模糊的。人们越认识"我就是我"这个事实，就越能获得快感。当面前或四周，存在着我不漠然置之的某种东西，而对那种东西的认识，呼唤着我的知觉时，我在认识它的过程里，深刻地了解了自己，而缺乏这种了解，会感到哀戚。事实上，心灵越向无神性方向靠近，他就会越感到痛苦。

对痛苦的强烈认识也含有快感，因为它以极其深刻的形式提供自我存在的信息。只有无益的怀疑在其中起着阻碍作用。倘若不存在这种怀疑，我就可称痛苦为"美"。痛苦使我们清醒，不使自己朦胧起来，深沉的痛苦是"最高的神"，那最高的神存在于悲剧之中，那就是最好的享受。人把在现实世界中的恐惧、痛苦、忧伤看作是与完善本性不相容的东西，但与此同时，为丰富和加强自己的心灵感触，人不获得痛苦，就会丧失自己的本性。人在文学和艺术里满足了自己本性的渴望。我们称这为"游戏"，在想象里，有着自己的纯洁的认识。

[①] 《奥赛罗》：莎士比亚的著名剧本。

人高兴地参加到罗摩游戏①里去——如果没有这个"游戏",那要痛苦得心碎。

这道理早在我心里记住诗人济慈那些话的日子时就明白了,济慈说:"Truth is beauty, beauty is truth.(真实就是美,美就是真实。)"也就是说,我们心灵认识的那个真实就是美的,就在那里我们认识了自己。著名的亚伽沃尔盖大仙说过:"在我们喜欢的东西里我真实地认识了自己,由此它是可爱的,它就是美的。"

在文学中人每时每刻扩大着自己爱的领域,也就是扩大着自己直接认识的领域。在文学里有着人的畅通无阻、五光十色的巨大游戏世界。

我们的经典把创造者说成是游戏家,也就是说,他在自己的创作里认识了自己五光十色的情味。人也在自己的内心创造着自己,在种种感情和情味里认识着自己,人也是游戏家。这种游戏的历史抒写和镂刻在人的文学和艺术里。

英语称为"real(真实)"的东西,存在于文学和艺术之中,人无条件地从内心承认它,不通过辩论,不通过论证,而只通过专注的认识承认了它。被心灵称之为"确定无误地和特殊地感受到的东西",被心灵盖上了自己干涉印章的世上成千上万无标志事物中的某个东西,在自己永恒承认的世界里所享用的那个东西,尽管不美但是迷人,它带着情味的文凭来到人们面前。

美的表现不是文学或艺术的主要目的,我国修辞经典说过有关这方面的绝妙的话:"诗歌是带情味的句子。"

人就想通过各种各样的味认识自己,就想在无阻碍的游戏领域里认识自己。那个巨大的五光十色的游戏世界的创造就是文学。

但是,它也存在着价值的区别,因为它毕竟不是科学,不可能对所有东西取得一致的认识价值。人在快乐的享受里有选择的责任。满足心灵的好奇是科学理智工作。最无联系、最无组织的放肆和受节制

---

① 泰戈尔认为文艺创作和文艺欣赏是一种"游戏"。罗摩游戏即以罗摩事迹为题材的文艺创作及对它的欣赏。

的、享受的庄严，都可以在那理智里获得同样的席位。然而，人的差异思想也自然而然地存在于快乐的享受里。人们往往由于损害健康的极端狂喜而忘记最简单的事理，那时他求胜心切地以有害于身体的食物来改变口味。有害身体的食物具有巨大吸引力，只有当吃坏了肚子才明白"要很好地安排膳食"。但是，总有一日，心灵会康复，人的永恒本性会复归，那时简朴的享受的良辰吉日又会到来，那时文学抛弃短暂的现代主义时髦东西，以真挚感情与永恒的文学相遇。

（倪培耕　译）

现实

"人们不是循规蹈矩地行事,不是按世上应该如此去行事,世道日益变坏。"有人感慨了一番,表示了一片忧虑之心,随即心安理得地闭目养神。这种人的起居饮食从不会有任何困难,而他们这种高谈阔论,已是司空见惯。忧虑之火像冬天之火一样有用,只要它在身旁,不沾身体。

如果有人这样说:"我国诗人进行着那种缺乏现实性的文学创作,它对大众毫无补益,不能胜任人民的教育工作。"那么,我也十分可能在对国家的那种情况表示了忧虑之后,说:"言之有理。"然后,使自己脱离那个阶层。

别人也许会由于这些话突然与我的名字联系在一起,而感到多少有些高兴,但我无法欣然地助兴。

不错,洞房里的新郎和读者界中的作者的情况,大致是相同的,两者的耳朵都不得不默默地忍受许多刺耳的戏谑声。他们之所以要忍受,是因为他们在一件事上获得了胜利:谁想折腾别人就折腾吧,但谁也不想侵占新郎的妻子,而作者的作品也像新娘那样存在着。

我不应该就自己的情况唠叨些什么,但在这种场合里,可以一般地就文学方面说几句,它绝不是不切题的。虽然,我的著作是最早被法庭提审的一部著作,然而,我早已获悉今天几乎所有作家都犯了与我同样的罪孽。

缺乏现实性,当然就是一个天大的欺骗。什么东西也没得到,就付了钱,然后痴笑着扬长而去,对于这样失去理智的人,应该委托老练的监护人。适合做监护的人,应该不受诗人的艺术技巧迷惑,他们通过暗示,就能知道哪儿有东西,哪儿没有东西。因此,那些提醒全国警惕非现实的文学的人,正为一些未成年和低能儿的读者从事着发掘"有价值艺术"的工作。

但尽管评论家有多大的洞察力,尽管他们始终把读者抱在自己怀里闲游,然而,这既无补于母亲的权利,又无益于占有者的天职。应该正确地给读者解释,什么是"现实的东西",什么不是"现实的东西",这才是上策。

困难的是,现实的东西不是一个模样,在每一个地方我们无法找到一个完全相同的现实的东西。人的自然本质是丰富多彩的,人的实用目的也是五花八门的,然而,人也不得不为寻找事物的多样性而到处奔波。现在明白,我们一直在文学里,为寻找物的多样性而到处奔波。现在明白,我们一直在文学里,寻找着一个现实的东西,按学者的说法,它就是"情味"。这种说法是多余的,因为这里正讨论着情味文学。这个情味是那样的不幸,如果开始讨论它,那么将要面临着一场肉搏战的灾难,尽管埋葬了一个或两个对立集团,仍无法对它进行任何评论。

"情味"是满足爱好娱乐的人的需要的一种物质——它仅仅依靠自己的力量是无法证明自己的存在的。在世界上有学者、智者、爱国者、福利主义者等好人,但正如达摩衍蒂抛弃众神,把花环套在国王那罗①的脖子上一样,在择婿的典礼上,文艺女神也抛弃一些人,寻找着爱好娱乐的人。

评论家捶胸顿足地说:"我就是爱好娱乐的人。"谁都没有勇气持反对意见,但世上任何地方都不会显示那样的世故,即任何不爱好娱乐的人自称是不爱好娱乐的人。自己感到什么是好,什么是不好——就在其中含有对情味考查的最好评注,大部分人对此都不会有任何怀疑的。正因为如此,文学评论是互不谦让的。不管是否有钱财,对谁

---

① 见《摩诃婆罗多》第三篇《森林篇》中一个著名的插话《那罗传》。故事主要说国王那罗由天鹅传递消息,在公主达摩衍蒂选婿时中选,结为夫妇。由于恶神的捉弄,那罗赌输了国土,夫妇逃入森林而失散。达摩衍蒂诈称再度选婿,因而重见那罗,全家团圆。这里说的就是达摩衍蒂选婿时的情节。

加入宗派集团，都不会有任何障碍的；同样，文学评论也不需要任何本钱，因为评论家的地位从各方面来说都是万无一失的。

文学检验工作是那么不确定，那么还有什么办法限制从事文学创作的人呢？见不到任何立竿见影的办法。如果他们想了解任何确切结果，那么他们应该把那了解的工作，放在自己的曾孙身上，不可能奢望在他们的命运里告别钱财。

在情味的研究里，如果要修正对个人和对时代的错误，必须使具有思想的东西，经历许多人的检验和时间的考验，那时怀疑才会烟消云散。

在诗人的作品里是否有"文学的东西"，肯定能在诗人同时代人中遇到许多有理解它的能力的智者，但不管他们是否配称为智者，他们也可能使别人在做出最后决定中上当受骗。

在这种情况下，有一件事对作家是不成问题的，那就是作家会毫不犹豫地承认，那些喜欢他的作品的人就是智者。如果他不把其他集团的人看作具有这种能力的人，那么可能会起诉他，当然没有见到那样的法院。对，时代的法院肯定会对此进行思考，然而，像疯人院那样的长时间纠缠不休的法院，在英国也是不存在的。在这种情况下胜利一定属于诗人，因为在任何情况下，统治权掌握在他手里。当某一天，时代的使者为拔掉他荣誉界域的木桩而来临时，评论家就不会耐住性子，眼巴巴地观看那场把戏。

有些人为在现代文学里寻找现实性而奔波着，他们在回答我这番话时将会说："这是对的，放在天平的秤盘上，是无法估量'情味'的数量的，但是，情味最终会从某个东西的庇护所里得到形式，我们也从那庇护所里得到思考现实的机会。"

毫无疑义，情味是有一个基础的，它能进入测量的范围，这也是无可置疑的。但衡量了那个物体，难道就能考察文学的价值了吗？

情味具有永恒性。在转轮王时代①，人们所享受的情味，今天也

---

① 古印度神话传说中的"圣王"。此王即位，曾降伏四方。

没有被抛弃，但根据市场的情况，物品的价格，早晚都在上下波动着。

好吧，姑且这样认为，我没有把诗写得很现实，而我总潜心于寻找，在我国什么东西是现实。我感到，在我国梵社①犹如铁路信号灯一样眼睛发红，头高高昂起，金鸡独立似的站着。老学究不佩戴圣线②是不行的，而梵社不抢走他的圣线也是不会安心的——这种骚动超越我们一切的尘世间交往。比如，诗人如果没有把这个内容写进诗里，那将被认为，他对现实的知识等于零。我明白了这个道理，就草草写了首题为《圣线典礼的破坏》一诗，从分量方面来说是不轻的，但天哪，问题依然存在，艺术女神把自己的坐毡究竟铺在事实上，还是铺在荷花上呢？

举出这样的例子有一个特殊原因。在思想家的眼光里，现实性究竟是个什么东西，我能抓住它的要领。一个起诉人反对我说，在我所有作品里很少有现实性的成分，它只存在于长篇小说《戈拉》③里。

在长篇小说《戈拉》里是否有什么现实性的东西，连小说作者自己也知道得很少。我从人们的嘴里听说："它对流行的印度教的特性作了最好的阐述。"从中我猜到，那就是现实性的标志。

今天，印度教徒由于某些特殊原因，能顿时为自己印度教特性而可怕地激动起来，那时，他们的心不是处于自然状态之中。"在世界的创造里，这种印度教特性是造物主的最高的荣誉，而造物主在其中耗尽了自己的全部力量，再也不能往任何方面前进了。"这种说法已成为我们大家的护身符。在衡量文学的现实性时，这个护身符起到砝码的作用。我们赞扬迦梨陀娑，因为他的诗里有印度教的特性。我们赞扬般吉姆·钱德拉·查特吉，因为在他塑造的许多女主人公身上可以见到，印度教里妻子对待自己丈夫的感情是如何符合印度教经典的；或者我们谴责她们，因为那种感情还不能在她们身上得到最充分的体现。

---

① 梵社：印度一宗教改革社团，由罗易（1772—1833）于一八二八年创立。

② 印度教的一种礼俗，圣线用细绳制成，仅婆罗门、刹帝利、吠舍三个种姓可使用，一般斜挂左肩而垂于右胁下。

③ 《戈拉》：泰戈尔写于一九〇七年的一部作品。

其他国家也有类似情况。在英国帝国主义病入膏肓的痛苦已无以复加的日子里，一群英国诗人在自己的作品里发出喋喋不休的血红色的现实性梦呓。

如果与它相比，华兹华斯①诗里的现实性在哪里？英国的人民大众的教育、思想、风俗，如何与华兹华斯在世界自然里所看到的欢乐相吻合呢？而他们的感情音调则在孤居的诗人心笛里响起——在英国国内市场里，根据价格计数所出售的具体物品究竟是否存在于其中呢？我很想了解。

无独有偶，我将如何肯定济慈和雪莱②作品的现实性呢？难道他们附和了英国人的民族觉悟而获得了奖赏和喝彩？那些在文学市场里，经营现实性的评论家，是如何对待华兹华斯的诗歌，这在历史上是有明文记载的。整个国家像对待首陀罗③一样，不让雪莱进入家门，而用死亡之箭把济慈置于死地。

比这更现代的例子是丁尼生，丁尼生是维多利亚时代名噪一时的人民宗教的诗人，因此，他的影响波及全国，但丁尼生的坐毡也像那时代的现实性那么狭窄。他的作品有着能够维持永恒情味的特殊性，这不是因为在那特殊性里，有着维多利亚时代足够数量的、正在一天天烂下去的英国货物。

"今天作家的最大罪过是读英语。英语教养对印度作家来说是不现实的，况且它也缺乏现实性的意向，所以，今天的文学不能给普通人民以教育和享乐。"

说得对。但在我国，与那些不懂英语的人相比，读英语的人数是微乎其微，谁也没有去剥夺他们的笔。他们只依靠自己的非现实性战胜全国所有务实主义者，这恐怕不是自然的规律。

也许有人对此回答说："我们正被战败着。但那些不读英语的人正创造着现实文学，这个现实文学将永存，将提供人民教育的实践。"

---

① 华兹华斯（1770—1850）：英国诗人。
② 雪莱（1792—1822）：英国诗人。
③ 首陀罗：印度出身最低种姓的人，一般是社会底层的被剥削者。

如果情况果真如此，那还着什么急呢！整个国家展示了现实文学的宽广领域及其活动，不能允许一星半点的非现实成分存在于其中。

但是，我亲眼目睹的那个巨大现实文学正进行着伟大事业，获得了一个理想。当我还不认识它时，或者我只从力量上来认识它时，那么它不是现实的，而是幻想的。

现在，英国人创造的文学，尽管遭到人们的愤怒诅咒，依然前进着，尽管谴责它，人们仍没有找出拒绝承认它的任何办法，这就是现实的正确标志。有些人发着无名火，竭力想铲除它，其原因是，它不是梦境，不是魔幻，而是现实。

英国教育像魔棍一样触及着我们的生活，唤醒着我们内心的现实感。有些人害怕这个现实感，视墨守成规的枷锁为功德，不管他们是英国人还是印度人，他们总把教育看作迷惑，把觉醒说成非现实，加以回避。这种人注重的论点是："一个国家的冲击不能唤醒另一个国家的觉悟。"但是，遥远国家的南风，吹得另一个国家的文学花圃里的花朵盛开，这个证据存在于历史中。这种情况比比皆是，生活的冲击唤醒着生活，这是人生精神的一个长期的现实交往。

"但是，人民教育的情况将如何？"

文学不承担这个责任。

如果人民努力从文学中获取教育，那或许也能获得。但文学本身不必操心如何给人民以教育，文学在任何国家不担负教师的责任。我国所有人都读《罗摩衍那》和《摩诃婆罗多》，但不是因为它们是用农民语言写出的，或在其中写着有关穷苦人的痛苦。其中写着许多大国王、大天魔、大英雄和大猴子的长尾巴的事情，从头到尾所有一切都是不平常的，人民大众根据自己的意向读着那种文学。

普通老百姓不读《云使》《鸠摩罗出世》和《沙恭达罗》。十分可能，我们那些评论家老爷会发现这些作品缺乏现实性。别提《云使》，迦梨陀娑自己也慑于那样的务实主义者，被迫在一个地方作了适合非诗人的辩白："人们意识和下意识地受到情欲的煎熬和本能的吝啬。"

我之所以说"适合非诗人"，是因为多少诗人使人们的意识和下意识相结合，因为他们是整个世界的朋友，而不是那类正义的教师爷。读了《沙恭达罗》的第四幕，这点就容易被理解了。

但是我说，倘若迦梨陀娑的诗是好的，那么应该理解，它一直为所有人保存在所有时代的宝库里。今天的人们不能理解它，也许明天的人们将理解它，至少应该抱有那样的希望。但如果迦梨陀娑以人民的同情者替代诗人的身份，那可能他会编出适合于五世纪乡村初级教育的一些书。在那种情况下，他身后的那么多世纪的情况将是另一番情景！

难道你认为，那时没有人民的同情者？那时，难道没有任何人考虑普通人们的道德的提高而编写一些书吗？但是，它是文学吗？那些书的命运也会像教科书年终时学完了被抛弃的情况一样。

为了得到好的东西，需要实践，无论是国王的儿子还是农民的儿子，都需要实践。对于王子有利的地方是，他有充裕的时间进行实践，农民的儿子则不具有那种便利。但这件事是属于社会制度的问题。如果有可能反对它，那就请吧，任何人将不会持异议。但是音乐家达森①不会用甜蜜的音调去颂扬这件事。他的创作是享乐的东西，一经产生就会永存，任何意图都不能使它变成其他东西。那些渴望情味的人，将竭力潜入到那些已成熟的诗词甘露的海洋中去。对，当普通人民不知道通向那些甘露的深海的正确道路时，达森的歌曲对于他们来说是非现实的——这是应该承认的。因此，我说，应该在什么地方寻找某个东西，如何寻觅，谁拥有寻找它的权利等诸如此类的问题，无法用自己的想象或空想很快加以证实。

现在，你也许会问："诗人究竟依靠什么？他总要依赖某种东西。"当然要有依托，那就是内心的感受和自己的仁慈。如果诗人带着一种痛苦的意识诞生，如果他把自己的自然与世界的自然及人类的自然亲密地结合起来，如果他不是用教诲、习俗和经典等无生命的遮掩物所引申出来的陈腐规章对待世界，那么对他从完整的联系中所取得的感

---

① 达森：印度阿克巴帝王时代的一个官廷歌手。

受的现实性，不能抱有怀疑。他通过非世俗方式在自己生活里取得了世界现实性的东西和世界的情味，这就是他的力量。我早就说过，在市场里，东西的价格在不断上下波动，在那里，有各式各样圣者的五花八门的意见，不同的人有不同的要求，各个时代有各个时代的时髦。一旦陷入这种现实的喧哗声中，诗人的诗歌将成为市场的货物。因此，除了依靠他内心的真诚理想，就一筹莫展了。这个理想不是英国人的或印度人的理想，也不是社会服务者或学校教师的理想，它由于欢乐而难以表达。诗人知道，在自己面前显示那么真实的东西，对于任何人都不可能是虚假的。如果它对任何人来说是虚假的，那可以认为，它是彻头彻尾虚假的，这个虚假正如光在合眼的人面前是虚假的一样。诗人知道，存在于自己内心的有关作品的现实性的证据，也存在于整个世界。不是任何一个人都能感受到那个证据，所以，不管谁都可以坐在思想王位上发表任何判决意见，但在进行判决时那种判决意见是不会起作用的。

我所提及的诗人心灵感受的因素，不是任何时间在所有诗人身上都是纯洁无瑕的。由于种种原因，它时而被掩盖，时而被歪曲，时而由于现金价格的诱惑，依据市场价格的波动，找出一条人为的界线。正因为如此，不是它的每一部分都是不朽的，不是它的每一部分都会受到像对整个部分的那样的尊敬。所以，不管诗人生气还是高兴，应该对他的作品进行思考，任何读他作品的人都会思考其作品，而在那种思考里，绝不会出现一致的意见。如果诗人在少数人中得到现实的仁慈，那应该认为，他获得了给自己的报酬。无疑，上述收入要超过原来的支出。正因为如此，有人时时处处隐蔽地或公开地乞求着它，这就是灾难。因为从实利中将产生罪恶，从罪恶中将产生死亡。

（倪培耕　译）

诗人的辩白

我们称生活为生命的游戏,西方海岸的人[①]称它为生命的搏斗。

这都无关紧要。如果我说某一现象为"划船",你说是"荡桨";假如我们称一部诗为《罗摩衍那》,而你们叫作《罗摩与罗波那之战》,没有必要为这种事上法庭。

但令人烦恼的是,我们如今在运用它时,觉得有一种胆怯。听了"生活是生命的游戏"的话,在世上到处摩拳擦掌进行格斗的角力士将会怎么说呢?

不过,我承认,我绝不会因此而感到胆怯。为此,我的英文老师会用刺探词意差异的最大利箭打我,他会说:"老弟,你是个不折不扣的东方人。"然而,我不会因此而死去。

用"游戏"的说法能把事说得圆满,倘若说战斗,那就要大动干戈了。这场战斗究竟要从哪儿开始,到哪儿结束呢?饮了造物主所恩赐的烈酒,我们会突然变得怎样疯狂!

兄弟,战斗究竟为了什么?

为生存。

我碌碌无为的生存有什么必要?

你不想生存,就去死吧。

死了又会怎么样?!

你压根儿不想死。

为什么不想?

你就是不想。

[①] 指欧洲人。

假如用一个词就能叙述这件事，那就说"游戏"。在生活中的生存意愿是最自然的，这个意愿也就是人们的最终意愿，因此，我们为这个意愿进行战斗，承受痛苦。值得欣慰的是，一切暴力压迫已达到了寿终正寝的地步——既没有办法又没有意向走向暴力。而下棋游戏自始至终进行着，中间会有阴谋诡计的施展和绞尽脑汁的忧虑。假如没有痛苦，任何人都不同意游戏。与此相反，倘若游戏里没有享受，那么像痛苦一样，除了难以忍受的无意义之外，什么都化为乌有了。在这种情况下，如果我说下棋是"游戏"，而你说只不过是图章格斗，那我绝不会承认你比我多说了些什么。

然而，做这一切又有什么必要呢？人们一听到这生活或这世界是"游戏"的话，就再也不想动干戈了。

假如人是否从事某件工作取决于是否听见这句话，那么，首先应该封住创造这个世界的造物主的嘴。为一首普通诗争得面红耳赤，绝不算是什么英雄行为。

为什么，创造者说了些什么？

他想什么就可以说什么，而议论战斗一事则始终被压制着。人类科学告诉我们：在所有创造里原子战争正在酝酿着，但是，当诗人把眼光飞向那战场时，这场战争将变成盛开的花朵、闪烁的星星、奔腾的河流、飘游的云彩。当我们以事物的完整性看事物，我们将看到，在广阔的领域内声音应和着声音，线条重叠着线条，色彩调和着色彩。但是，科学从完整性中脱离出来，见到了集团之中的可怕格斗。这个真实是科学的真实，但它既不是诗人，也不是诗祖[①]的真实。

"其他诗人的事算了，你说说自己吧。"

好吧。你们大家抱怨："游玩、假期、欢乐这一切络绎不绝地进入我的作品中。"如果这是真的的话，那应该理解，某个真实抓住了我，没有任何办法能从它的利爪中挣脱出来。因此，从现在起，我将像造物主一样随心所欲地千百次复述同一件事。如果我要大肆渲染，那么

[①] 诗祖：一般指古代诗圣，如瓦尔米基、迦梨陀娑等。

每次不说一些新的事，我就会感到惭愧，但对于真实来说不存在任何羞愧、害怕、忧虑。真实就是显示自己，除了显示自己，对于它来说没有任何出路，所以它是无忧无虑的。

你将会说："你的傲慢的气味从中飘逸出来。"

当呼吁了真实，谴责里就不存在任何缺点，那么呼吁了真实，傲慢里也不应存在任何缺点，在这里你我之间的门帘将被掀起。

我离了题。现在争论的问题是，倘若人们只是观察世上力量的战斗，那么这种观察就是孤立的观察，也就是抛开歌曲观察声音的规律。

其实，发现欢乐就是看见完整。这个道理是我们国家独创的。《奥义书》的至理名言是："从欢乐中产生一切，由此一切都生气勃勃，一切都朝着欢乐前进。"

如果这就是《奥义书》的至理名言，那么难道大仙想说"世上没有罪恶，没有痛苦，没有凶杀和仇恨"吗？我们大家都想强调这件事，不然，人为什么如此戒备呢？

《奥义书》回答道："谁折磨身体？谁折磨生命？也就是说，如果欢乐不是如影随形，谁同意劳动？"这意思是，因为欢乐是最终的事，所以尘世能忍受痛苦和争斗。不仅如此，在痛苦的容量里就含有欢乐的容量。我们能够在多大程度上承担痛苦的重负，我们就在多大程度上把爱看作真实。因此，痛苦固然存在，但在痛苦上面有欢乐，痛苦是为它而存在。倘若不是这样，那么什么也不会存在——战争、仇恨、格斗、残杀也不复存在。当我们只承认痛苦，那就抛弃了欢乐，但承认欢乐是不能抛弃痛苦的。所以，当我们说"在这纷争的格斗之后，剩下来的事就是创作"时，那么这件事是分离的，英语叫作"abstraction"。正因为有欢乐，一切都存在，都滞留，这就是完整的真实。

"好吧，即使同意你的说法，这也是哲学的事，从世俗观点来看，它能有什么价值？"

这不是诗人要回答的问题，也不是科学家要回答的问题。在世上像诗人一类的无用的人，无法从账目收支中脱身出来。在我们的修辞经典里，情味一直被说成是无原因的、难以言状的东西，因此，从事情味生意的人在我国不会缴纳实用市场的税收。但我听说，西方国家的一些学者，不同意把情味看作诗歌的最好原料，在情味底下是否存在残渣，他们想把它们放在天平上衡量，然后决定诗歌的价值。比如，有人要在任何事情里都呼吁难以言状的特性，那么我国一些人会把他说成守旧信徒或东方人而加以谴责，那种谴责不是不堪忍受，但是要使工作的人至少感到一些快活，那做事就会事半功倍。尽管我只是个诗人，然而我对这方面是有体会的，我想先从自己本身来谈谈这方面的问题。

世上存在着对"物质""心灵"和"欢乐"的表达，我们能够在科学实验室里分析观察到这种表达，但它绝不是分割的，它不是当劈柴用的树，撷取情味和占有生命的力量绝不是树。把物质和力量掩藏在一个完整中的不可分割的表达，就是树。它在同一时期里具有物质的力量和美的特性，树之所以能提供享乐，就是这个原因，所以，树是世界的财富。在树里，工作与休息、游戏与工作是不可分割的。正因为如此，心灵在树木和禾苗之间得到了如此的休息，它在休息时能够看到闲暇的真实状态。假期或闲暇的形态不是工作的对立。倘若当真的话，它是工作的完善形式，这个形式不是反对工作的形式。这个工作的完善形式就是欢乐形式，美的形式。工作是必需的，然而这是"游戏"，因为其中的活动与休息，如影随形，相互依存。

创造的完整水流来到人间就被切断了。主要原因是，人有一个私自的意愿，它不是按照世界游戏的节奏行走。至今人不能完全根据自己的方式取得世界节奏，在许多事上节奏被破坏。人把自己的创作搞得支离破碎，力图在狭隘的范围内把创作引入节奏之中，但由此完善的曲调的声音被破坏，而那些支离破碎的创作是不能维持节奏的。正因为如此，冲突和斗争以特殊方式几乎进入人类的所有事业中。

举个孩童教育的例子，对人类来说再没有比它更可怕的痛苦了。鸟儿学习飞翔，谛听父母的歌声，学习歌唱，这是它生命游戏的一个组成部分。这不是生命与学识的战斗，不是攫取心灵生命的战斗。它的教育自始至终是假日的教育，也就是说，在玩耍中工作。请认真思考一下，教师和学校究竟是什么玩意儿呢！人诞生在家里仿佛是如此一个罪恶，他必须受到长达二十余年的惩罚！我不在这方面多争辩，只是从诗才方面说，这是个十分大的错误，因为在创造者的宫殿里，世界创造者的队伍正在全世界唱着这首歌：

我们的游戏与工作没有多少差异！
听着，所有人都是世界公民！

道德家曾经说过一句有名的话："取消了藤条，孩子的生活将被破坏。"但今天我看到，人们在教育里正逐渐获得世界的欢乐声音，在那里芦笛正逐渐取代棍棒。

再举一个例子，当我乘船从英国回来，两位传教士纠缠我，从他们嘴里吐出谴责印度的声音，毒化了海洋空气，但是他们无私地为我们国家做着好事，一张做好事的长长的清单，呈现在我的眼前。这张清单不是伪造的，数字也没有谬误，他们确实为我们做了许多好事，但与此同时，对我们残忍的压迫也是从未有过的，派尼泊尔军队进驻我们城市也比它好。我说，在那里，职责的道德只局限于职责，也就是说，职责的道德是"abstraction"。把它运用在生气勃勃的生命上，就是一个罪恶。所以，我们的经典说："虔诚是优秀的礼物。"因为，与虔诚和爱结合的礼物，才是美的和完善的。

但是，我们的习俗是那么卑劣，以至于我们能像无耻之徒一样说："尽管职责没有趣味，工作照样能进行，而且没有趣味，反而能更好地进行工作。"够了，够了，留下的只是战斗、战斗和战斗！我们应该大吹大擂："我们是如此英勇，能够蔑视享乐！"我们在种植檀香树时感到害臊，然而涂上了芥子油膏，我们却雀跃欢叫。我可为这种"油膏"感到害臊。

其实，人的根本错误就在于不完善的人不能完善地表达自己，而欢乐就存在于自己完善的表达之中。聪明人的工作不管那里有多大困难，他的享乐就在那里；不管母亲有多大烦恼，她的享乐就在那里。

因为我早就说过,真正的享乐就能像湿婆的纯正饮料一样,很自然地吞饮下全部痛苦。所以,伽尔拉依尔从反面显示了天才,说:"接受无限痛苦的力量就是天才。"

但是,说人所做的大部分工作就是为了表达自己而做的,倒也不是那么回事。他或者表达自己的上帝,或者显示某种统治权力,或者为了自己肚子阐述墨守成规的工作制度。不完善的人的工作就是"局外人的工作"。人强迫自己成为"其他某个人"或像"其他人"一样工作。中国妇女不是使鞋子适合自己的脚,而是削足适履。为此,倒霉的脚不得不忍受折磨和变丑。但是,这种丑里也有一个极大的好处,那就是所有妇女的脚都变得一样丑,这样变丑就显得自然了。造物主不是使所有人平等,伦理学家如果想使所有人都平等,除了战斗,除了受折磨和变丑之外再也无计可施了。

每一个人不得不为自己、社会、家庭和主人从事奴隶劳动。由于混乱不堪,世道被迫如此,原因就是我们想压制游戏。我们拍着胸脯说:"套上鞍子和马衔,驰骋在道上,突然仰天翻了跟头而死去,人为此而感到自豪。"不仅如此,还通过奴隶种族显示奴性的伟大。奴性的咒语以如此方式灌进我们的耳朵里,以致我们的心灵再也唤醒不起自尊心。但是。我们不是像拉马车的马儿那样,套上轭子,为死亡而诞生,我们将像国王一样生存,像国王一样死去。

我们的最大请求是:"噢,上帝,你照亮我们,你是完善,你是欢乐,你的形式就是欢乐形式。"那欢乐形式不是当劈柴用的木头,它是完整的树木,在其中"是"和"做"是一致的。

有人可能会回答我的话说,人类的欢乐形式首先从折断和破碎中,然后从不可分割和完善中显示。当情况不是如此时,战斗的咒语将日日夜夜重复着,那时,人将不得不套上马衔格斗,失败后仰天死去;那时,教育机关、工作场所、法庭和市场,到处都进行着祭礼,人们在作为祭品用的山羊耳旁,用力击鼓。用震耳欲聋的鼓声把它弄得晕头转向,这样做就正确了。"这根纪念胜利的碑柱就是最高的神,这把短剑的打击就是祝福,而刽子手就是我们的保护人。"这就是这些人的绝妙的逻辑。

  在办公室和法庭里响起祭祀的音乐，节拍附和着囚犯的镣铐的铿锵声，所有人都汗流浃背，毫无表情，嘴衔着绑绳，倒毙在途中。但是在诗人的语言里一直响起一个音调："这些现象肯定伴随着享乐的节拍而产生。"在诗人的韵律里这咒语的声音从未中断过：Truth is beauty, beauty is truth.（真实就是美，美就是真实。）如果办公室－法庭－学院拿着棍子从后面追赶上来，那么这个音调仍将在这一切喧嚣上空响着，汇合着大海、森林、天空的明亮的弦声回荡着——"向享乐方向迈进，一切围绕着享乐"。只要有可能，所有一切都朝着完善的享乐前进，而不是气喘吁吁地奔波在大道上，朝着死亡的方向前进。

（倪培耕　译）

文学

《奥义书》把梵[①]的形式分成三部分:"真实""知识"和"无限"。依据古老的三个形式,人类心灵也肯定有三种形式。一个是"我存在",第二个是"我知道",随它们一起还有一个我将谈到的"我表达"。假如用英语表达它们,那就是:I am,I know,I express。这就是人的三种情况,三者组成一个不可分割的真实。真实的这三种感情鼓励我们每时每刻都在进行各种各样的工作和实践。我们要生存,所以需要粮食、衣服、居住和健康。为此有五花八门的采集、保护和外表的活动。总之,"我存在"这个真实的感情,使人从事着各种活动;与此同时,"我知道"的鼓励也不少,这个"知道"有个广大的范围,这个范围逐渐扩大着。它的价值对人来说是十分大的。人类的真实的另一方面是"我表达"。"我存在"就是包含在梵的真实形式之内,"我知道"就是包含在梵的知识形式之内,"我表达"就是包含在梵的无限形式之内。

正如"我存在"这个真实的保护进入人的自我保护中一样,"我知道"的保护也是自我保护。因为人的形态是知识形态,所以,人仅仅知道,如何吃,吃什么,才能养育我们,这是不够的。我们应该根据自己知识形态的意图,夜以继日地去探索,火星所显示的那些斑点是什么。在探索事物的过程中,人的日常生计可能陷入困境,然而他还应该去掌握未知世界。因此,人与自己的知识自然联结,掌握科学知识,这就是人对现实的把握,孤立地与自己生命的自然结合的把握,不是现实的把握。

[①] 梵:印度教、婆罗门教的名词,它是修行解脱的最后境界,是不生不灭的、常住的、无差别相的、无所不在的最高实体,也是宇宙的最高主宰。

"我存在"和"让我留下"——当这个认识囿于自己的狭隘范围内时，自我保护和家族保护只是束缚着我们的"自我"。但是，当有人说"我的情况与周围的情况结合"时，他在自己生活里认识了永恒，那时在"我存在"和"其他一切存在"之间的隔墙被拆除了。尊重自己与其他结合感受的表达，就是心灵的财富。由于那种结合的激动，人从各个方面表达着自己，人单独存在时，就没有表达。人不能把自己存在的无限感受，或在别人的情况里体验自己处境的感受，湮没在自己低贱的日常事务中。在这种情况下人有了完成伟大生活的目的，埋头于各种各样的服务和牺牲之中。人一直通过各种体裁的文学、雕刻、绘画、歌曲和建筑艺术，表达着那伟大生活的欢乐和冲动。

我早先说过："就在自己存在的活动里也存在知识的实用意图，但是那个知识没有光辉。在知识的王国里，倘若存在无止境的鼓励，就有人的无数教育，无数学校，无数大学，无数考察，无数考试，无数发明和无数想象。"说得何等正确！在那里人的知识十分普及和深刻，并宣告有进入人的心灵的权利，这个权利的各种各样的安排，在科学和哲学里是十分广泛的。但它的纯正快乐的情味之花，只在花团锦簇的文学创作里，在雕塑、建筑、艺术、绘画、歌曲的花圃里竞相开放。

我们发现，像动物一样，人的生存意图是强烈的；像动物一样，人也有对实用知识的强烈兴趣，然而人身上还有一个特点是动物所不具备的——它不把人囚禁在仅仅能活命的狭隘的界限内，而是把人从那狭隘界域里引到外界来，这就是人的表达的本质。

这种表达是一种财富，人倘若贫困，吃光所得的东西，就不会有表达。倘若经过整个消耗之后，仍有剩余，那么在这剩余中就有表达。铁加热后不能变成光亮的火焰，它就没有表达。火焰的财富在于发光。人的一切感情不会因自己的需要而耗竭，它不能收藏起自己的富足，它自然而然地放射光芒，由此，人有表达的欢乐。在金钱里哪有如此的富足？当它越过我们的单独的需要，当它不深藏在我的口袋里，当它的全部光亮不因我黑色的"自我"而全部耗费掉,那么,它就产生着完整,那个完整具有种种形式的表达。那个表达的自然本质就是,我们大家能够对它说:"这就是我的。"人一旦接受完整,他就摆脱了个人特殊物质享受的肮脏关系。由于脱离了完整的纯洁,由于金钱的特殊享用的野蛮性,国家今天正遭受着苦难。没有比赤贫更重的负担了。当金钱是驾驶贫困的车夫时,那车子底下不知有多少人被碾成齑粉。这赤贫的名字叫热气,不是光,它仅仅是燃烧而已。它的模样一成不变,所以我们能感觉它,但不能接受它,我们只把对完整的接受称作光。

自然通过自己黑色的甘露冲刷着这股热气的血污的不纯抚触,花卉从"创造的内室"取来装饰好的美的礼品,一次次掩饰着被热气玷污的足迹。它们宣称:"我们是孱弱的,我们是温柔的,但我们是万古长青的,因为大家都选择我们。那些挥舞拳头、进行恐吓的人,用石头垒起自己的摩天大楼的人,什么都不是,因为他们除了自己以外,什么都不承认——葡萄藤的美丽的婆娑之影,也比他们更真实。"

这是泰姬陵,如此漂亮的泰姬陵——它正是沙杰汗皇帝内心爱情的表达,他的分离痛苦的享乐触及了永恒。沙杰汗皇帝可以把自己的皇位随意放在什么等级上,但他使泰姬陵超越了自己,其中没有自己和他人的什么东西,它只是"无限"的祭台。沙杰汗皇帝使用暴力肆意掳掠,掠取的货物堆积如山,但仍填满不了他自己的口袋,他的脸也因而暗淡无光。当他的心里产生了对完善的认识,他再也不能把那神的声音束缚在自己的库房里、自己的国家里和帝国的广阔疆域里,除了把它献给所有人民和所有时代之外,别无出路。我们把它叫作表达。在我们这里有多少慈善机构,在所有那些建筑物里就都有一个咒语"唵",也就是"是"。泰姬陵也一直发出那个咒语"唵",这是完整的永恒形象的咒语。在沙杰汗的皇座上,是见不到那个咒语的。结果是,不管他在某个时期拥有何等的力量,他不晓得因自己"不存在"而消失在何方。同样,历史上不知有多少大人物带着自己的傲慢,朝着死亡方向走去,他们大炮的怒吼和囚犯镣铐的叮当声,震耳欲聋,但那一切都是幻觉，他们正带着死亡的祭品，朝着世界毁灭之夜的迦梨女神海岸进发。人们不禁要问，那难道是沙杰汗女儿吉享那拉的一首哀戚的歌曲？我们回答说"唵"。

难道我想施舍，就能施舍？假如我们说"我向你奉献礼物"，难道有了这么多礼物还要乞求？永恒的时间和完整的世界说：你的布施应该与"我这个心灵"结合，你"无限"给予的东西我将领受。他所接受的《云使》不是属于优禅尼城的任何财富，尽管有健日王的士兵的守卫，但不能阻止它进入他那长满草苟的内宫。不管学者相互间如何争论它是公元前还是公元后的作品，然而它的每一部分都有着所有日期的印记。不管评论家，如何争论它是在什帕拉纳河畔，还是在恒河河畔被创作出来的，然而在它的韵律里回荡着东西方所有河流的哗哗声。另一方面，有些作品，汗牛充栋，不管它们由于自己的押韵的华丽火花吸引着成千上万的人，还是我们由于它们的真诚的自我教诲而激动，但它们的存在时间与地方是有限的。由于它们不是为所有时间和所有地方而存在，它们的情况如同高贵门第的公主一样，昙花一现，过眼烟云，那公主曾把自己徒劳无益的家族的骄傲，献给了香蕉树，没有后代，结束了这场人生游戏。

当《奥义书》说梵的一个形式是"无限"时，那么如何阐述对它的表达呢？应该阐述"它在享乐形式里是不朽的"，这就是我们的基本点。如果全世界就是一座监狱，那么所有士兵集中起来对我们按王法施以刑罚，仍不能把我们从这里驱逐走。那时我们将静坐示威，说"我们绝食"，但我们清楚地看到，不是到处都有这种请求。

我们的心一次次被迷住，这究竟有何必要呢？在亚麻厂，工人们从事着繁重的劳动，他们获得了工资，但任何人没有为他们的心灵而发愁。工厂顺利地发展着，工厂主一个变成几个，他们都不会为博取工人的欢心而乱花一个铜板。但这种博取人心的安排是没有尽头的，也就是说，我们看到，它不是鲍帕代沃①语法的索然无味的

---

① 鲍帕代沃：古代一个梵文学者。

法则，它是诗歌！这个意思是说，语法像奴隶一样站在后面，而情味艺术女神却屹立在前面。在对它的揭示里尽是惩罚呢，还是有诗人的欢乐呢？

在日出和日落里，在接受天地享乐的沐浴里，见不到任何强大卫兵的奖章印记。当然肯定有一个饥饿的要求，但这个要求不是清楚地刻着"不"字的东西。"是"也存在于消除饥饿的果实里，情味执着地把那果实认为是自己的亲朋，诚挚地欢迎它。然而，我在前面将看见谁，在后面将看见谁？是语法还是诗歌呢？是饭厅还是宴请呢？家庭主人的目的在什么地方显示出来？是在我捧着邀请书抵达的地方，还是在为我们铺着坐毡的地方？创造与发明是一回事，创造者完整地牺牲和分配自己，我们的心就与此紧连着，那时我们的心声说："噢！灵魂得救啦！"

"上半月的黄昏，天空洒满月光。"——当我们在客厅里争论不休时，我们会忘掉这令人叹为观止的信息，但当深夜十点，我们穿过那露天广场回家，那时那个表达，透过我们深沉的忧虑，在我们心灵的庭院驻足，我们看见那个驻足的表达将会说些什么呢？它将说："它在享乐形式里是不朽的。"这个在"享乐形式"里所表达的东西，究竟是什么呢？难道它是炫耀力量的东西？

力量的表达隐藏在厨房里，但在菜肴碟盘里，它莫非也是力量的表达？莫卧儿帝国渴望炫耀自己的力量，然而难道那无数木头和稻草扎成的木偶的表达也称作表达？他的那个偶像跑到哪儿去了？奥朗则布①的无数现代化身，组织了无数次的铁血力量的表达。但是，那些"显现"，那些表达形式，那些在享乐形式里显示的东西，现在开始因铁血的政策而受到折磨，而它们的光亮的扫帚开始在那类人的组织的垃圾堆上挥舞，因为他们的享乐就是显示，享乐就是他们的表达。

如果他们掩饰自己的表达，而把力量放在前面，那么承认它那样的侮辱，对于我来说也不会是什么了不起的事。

---

① 奥朗则布（1618—1707）：印度莫卧儿帝国末期统治者（1658—1707年在位）。

当从日本回来时,我乘坐的船遇上风暴。我坐在甲板上,要置我于死地,只要空气里的一丝呼气就足够了。但在黑色大海的胸膛上,有着发疯的风浪的狂舞,它使我疯狂的心陶醉。通过那种偶然相遇,一个疯子才能与另一个疯子进行密谈。假如我在什么地方溺水而死去,那么从某种程度上来说,是不是它比这还要重要?乐琴师向自己的学拉弦琴的学生讲解大气在白浪翻天的狂舞之中的急速节拍的一两个和音,而在这里,我会说:"你就是我自己!"

起死回生的甘露有两层意思:一是"长生不老",二是"优美情味"。享乐所采用的形式就是"情味"。如果起死回生的甘露就是那种情味,那么这种讲法只不过是复述情味而已。比如,我在这里说,起死回生的甘露的含义就是"不死",也就是说,在享乐获得形式的地方,那种表达就超越了死亡。你所看到的东西显示着时代的恐惧,但在时代的王国里,有没有与它不合作的事物?

现在我们回到自己的事情上来吧,带着韵律的诗歌,形象创作家所创造的形象,如果它表达着享乐,那么它就是长生不老的。我最近从一个古老的石碑上得到"形象创作家"这个词,"艺术家"只不过是一个高雅的词。

诗歌或图画作成了,但言尽而意无穷。我读了《云使》,看了图画回家,心里不会带有任何的悲哀。当歌唱到"休止"符号时,歌声戛然而止,我们由于令人欲醉的享乐而摇头晃脑,"休止"的意思是停止,但其中为什么含有享乐的力量?因为享乐形式不因停止而泯灭。但当囊空如洗时,我们就无法在它的"休止"上摇头晃脑,发出"啧啧"的赞叹声。

歌唱停了——然而它为什么没有像虚无、黑暗一样消失呢?原因是,在歌曲里有着存在于全世界心灵里的那个本质东西,它依借着"唵"存在着。对于它来说,什么地方都不存在深渊。不管我是否想听这歌曲,不管谁接受与否,对它丝毫没有损害。在诗歌和绘画里真不知道有多少这样的无价之宝已经消失,但这纯粹是表面的现象、一个偶然的事情。基本的事实是,那些作品阐述着享乐的富足,而不是阐述需要的贫乏。如果要看贫乏的形态，那可以到鞋厂去，那儿穷苦农民的血汗经过车轮压榨，转化为成倍的利润。工厂从自己高耸的烟囱中喷吐着浓烟，犹如一张血盆大口吞没了坐落在恒河河畔的榕树浓荫下的破旧的庙殿。那个工厂比快消失的破旧庙殿还不真实，因为在享乐的世界里，没有它的位置。

　　春天，无数的蓓蕾脱落，但不用担忧，因为它们没有死亡。在春天的礼品里，有着起死回生的甘露咒语，由此充满着形式的祭品。在创造的第一时代，地震中的牛用自己的角猛烈冲撞，使埋在地下的灼热的黏土跳跃起来，它们再也没有返回。那些火蛇打破了地狱的围墙，想咬遮掩大地的天空，不知道听到哪支芦笛所吹出的和音，它才安静下来。但天空的蓝色眼睛始终对绿草的温柔亲吻，保持着冷漠态度。青草一次次表示亲昵，而它始终冷若冰霜。一些带刺的幼苗，长在我家门口附近，有的在春天的抚爱下绽开了花朵，那是多刺的花儿。像闪耀金色光泽的水滴，在它们紫红色的身躯上滑动着。花儿抬起头，仰望天空，凝视着太阳，仿佛甜蜜地偎依在太阳的胸脯上。这些花儿有什么荣耀？它们为什么凋谢而不脱落？然而这有什么害处？它们比世上许多大力士还要无畏，它们蛰居在自己心灵的享乐之内，它们是起死回生的甘露。当不显示时，它们就一直存在着。

　　在伟大时代的宫殿里，有人用死亡的铁锤敲打着，一直在寻找起死回生的甘露。这事也适合基督教的神话传说里有关基督死亡的对话。难道不是挨了死亡打击，他那不死的顶峰才发出璀璨的光芒？然而应该记住一件事，不能把你我点头同意称作"起死回生的甘露的表达"，我们的视线无法抵达它那儿。它的永生不是依赖我们记忆而决定的。如果它把完整表达拥抱在自己的怀里，那可以理解为，它就在瞬间显示永恒的形象，它不为我们的思想所左右。

　　很可能，这一切事将归到哲学的房里去，像我这些愚蠢的人参加大学里的哲学评论，是毫无意义的。然而我站在教师讲台上，不说这些事，我从自己的生活经验中，从内心与外界里获得的对情味的认识中，时时刻刻收集着自己的问题的答案，而我现在还在收集着它。在我们这里,称优秀人物为"真实、有知觉、享乐的人"。在这称呼里享乐排在最末,它之后就没有任何东西,当在那享乐里存在着表达的本质时,那么提出任何"在艺术里是否存在我们利益的实践"的问题就毫无意义了。

(倪培耕 译)

事实和真实

有些人看到人的游戏倾向与人在文学和艺术创作里所表达的努力相结合的情景,说:"游戏是没有实用意图的实践,游戏的目的只是怡然自得的娱乐,那就是文学和艺术的目的。"我就这方面的问题说几句。

我早说过,我们存在的一个方面是生命的意识,也就是保持生命,由此我们身上有一些自然的感情冲动。由于那种冲动,孩子躺在床上乱动着手脚,稍微大些,他们就毫无原因地奔跑。同样,自然毫无目的地教育我们在生活的旅途中锻炼身体。小女孩带着那种母亲的意识诞生,她为了激发那种母亲的感情而玩抱洋娃娃的游戏。生存的意愿是生命意识领域里的一个主要武器,同时,孩子由于自然的影响,通过带有竞赛的游戏,强化着那种意愿。

我们在这种游戏里有一种特殊享乐。它的原因是,我们随同实用实践的种种倾向而诞生,现在我们却能够摆脱那些实用目的的责任,而在自己的游戏中表达那些倾向。这是没有结果的活动。这里活动就是最高的目的,就在游戏里,游戏得到了圆满地完成。尽管如此,从根本上来说,游戏和实用实践的倾向是一致的。所以,游戏模仿着生活的旅程。在狗的生活旅程里必定有战斗,我们在狗的游戏里看到了对那种战斗的模拟,猫的游戏是逮鼠。游戏的领域就是生活旅程领域的模型。

另一方面,表达的主要目的不是显示自己的实用形式,而是显示纯正的享乐形式,我把那种努力的文学果实称作情味文学。我们带着自己生存资本的一个剩余部分,在文学中模拟着生活交往活动——心灵是不会同意这种说法的。不管诗歌的内容是什么,甚至不管它是

十分低贱的日常事务,然而用诗画模拟地表达那些内容,绝不是诗歌的目的。维德亚伯迪写道:

> 黄昏,膜拜完毕。
> 窈窕少女从庙殿走出,踏上归家之路。
> 突然乌云密布,雷声大作,下起大雨。

　　黄昏时刻,膜拜结束了,少女从庙宇走出来,回家去。这个生活现象在我们这里的尘世活动中是天天发生的。难道这几句诗通过诗的技巧复述着这个生活现象?难道由于努力摆脱实用活动的职责,通过想象运用生活实践中所发生的事物,就是这几句诗的目的?我绝不能同意。说真的,"窈窕少女从庙殿走出,踏上归家之路"这个内容不是诗歌的主要东西。这里把这个内容视为次要的,由韵律与比喻的结合和句子结构的变化,产生一种完整的东西,那个东西是这诗的真正的基本的东西,它游离于基本内容之外,它是不可言状的。

　　英国诗人济慈写过一首有关一个希腊膜拜形象的诗。从前的手工艺艺术家创作那个形象,不是创作一个原则,创作那个角色不仅仅因为通过他把祭品送到庙殿里去。简而言之,赋予诗人的实用意向以形式不是诗歌创作的目的。通过诗歌实现实用意向是肯定无疑的,但仅仅如此,它就没有达到目的,它是比实用意向还要自由,还要巨大的东西。那位希腊手工艺艺术家给美丽、完整的一个理想以形式,在有形里表达着无形。它没有提供任何信息,没有重复外部世界的什么东西。那种把内在的毫无原因的欢乐表达到外面来赋予完善的努力,可称为"戏剧",以替代游戏。它是我们形象创作的一个倾向,而不是实用的实践活动的倾向,在其中也可能存在人的日常需要的关系,但前者是核心的东西。

　　我们心灵里有不可分割的"一"的理想。我们所掌握的一切总是通过"一"的法则而知晓的。我们的任何认识不能孤立地在自身独立存在。当我们在自己的收获和认识里得到一种不清晰性,我们就明白,这种不清晰的原因是，我们没有把它与"一"结合起来把握和认识。在我们心灵里存在着知识和感情的"一"的游戏，当那个"一"成为游戏，当它通过创作渴望获得享乐时，它就想把"一"清楚地表达到外面来，而那时，内容变成了次要目的，材料被筑成庇护所，一个不可分割的"一"就被揭示出来了。当我们在诗歌、绘画、手艺里，在希腊手工艺人的膜拜形象里，在五彩缤纷的线条的复制里看到完整的"一"时，我们内心的那个"一"与外部世界的"一"相吻合了。那些缺乏情趣的人，是无法看到那完整的"一"的，他们只用材料的观点、实用目的的观点估量它的价值。

> 月光下秋风缓缓地吹着，
> 林中野花戏谑地飘溢着香气，
> 葡萄藤上结着令人馋涎欲滴的香甜果实。

如果这首诗通过感情、句子和韵味的紧密结合，完整地显示了"一"的形象；如果"一"的显现，完整地占据我们的心；如果这首诗不分割成碎片，像陨落的流星一样，打击我们的心，如果诗中不违反"一"情味的完整性，对任何目的都淡薄，那么我们将在这首诗里接受创作的游戏。

我们从玫瑰花中撷取了享乐，在这花朵里我们从色彩、香味、形状和线条等方面发现"一"的美。我们心灵的"一"从中体验到一种亲近感，然而它没有任何价值的需求。心灵的"一"在外界的"一"中认识了自己，所以我们称它为"享乐的形式"。

包含在玫瑰花里的优美的"一"，也存在于完整的内部，玫瑰花的一切与完整的音乐相吻合，世界认为它的美是归属于自己的。

我还力图从另一角度来说明这件事。当我们想挣钱时，一个"一"存在于我们挣钱的种种努力和思考之中，在各种努力里，目标的"一"给渴望钱财的人以享乐，但这个目标在自己的目的里是不完整的，没有和世界的创造游戏结合在一起。贪婪钱财的人把世界分割成无数的碎片，作为自己的利润积聚起来，渴望金钱的这个"一"打击着大的"一"。所以当《奥义书》说"请通过'一'，完整地看完整世界"时，我们就可以说："别贪婪！"原因是，它由于贪婪脱离了"一"的意识，脱离了"一"的享乐。在贪婪的手里，希望的灯把整个天空浓缩在一个十分狭窄的区域内，它与其余的与整个地域不相关联的部分，被浓密的黑暗笼罩着。结果，创造的"一"、情味文学和艺术的"一"与这贪婪狭窄的"一"是完全不同的。贪婪干着分割完整的工作，情味干着统一完整的工作。百万富翁携带着自己的钱囊，宣布差别。而玫瑰花是完整的使者，它携带着完整的信息盛开着。那个无限的"一"，充实着玫瑰花的心灵使之放射出异彩。诗人济慈在自己的诗里叙述着那个希腊角色的"一"同完整"一"结合的事，他说：

"Thou silent form, dost tease us out of thought, As doth eternity.

（噢，无言的雕塑，你把我们的心从思想中引出来，仿佛无限一样。）"

原因是，完整的"一"的雕像，不管是任何模样，它表达着无限，所以它是难以表达的，心灵和句子没有达到它的边缘就回来了。

无限的"一"的这个不安冲动，一次次用鲜花盛装着季节的枝叶，从来也不会完结。创造的这个不安冲动，以精美的艺术方式显露出来，拨弄我们的心，并把这引到外面来。无限的"一"的不安冲动就是痛楚。《吠陀》里说它是"使整个天空不安的痛楚"。那个天空啜泣着，这种创造的哭泣，在光怪陆离的形式中，在五颜六色的光线中，在整个天空的变化多端的转动里重复着——在日月、星辰、原子、哀乐和生死里重复着。那整个天空的哭泣也回荡在人的心灵里，整个天空的哭泣也在那优美的水池的涟漪中默默地显示着。艺匠的心就为了使那水池充满无限天空的甘露的情味水流而受到邀请，为了从无法表达的深渊里引出不可言状的情味水流而得到邀请。情味经历了那么多艰难困苦，来到了人的身旁，那个情味不能为消除日常的渴望而来到人间。消除日常饥渴的水，无论装在瓦罐或陶罐里，还是装在小口杯里，都对它没有任何关系。它难道也需要如此奇特的器皿？器皿的构造是何等奇特,具有何等光彩夺目的技艺!说它是"浪费时间",谁也不会持异议。艺匠似乎把自己整个的心倾注在这陶罐上,你可能会说:"这一切都是浪费。"我承认。但无限的特殊金库,就存在于创作的浪费部分里,在那儿有着各种各样的色彩和各种各样的形象。那些计算着利润的人说:"这是损失。"而修道士说:"这是无节制。"手工艺人拿着自己的风箱和大锤埋头于工作,连头都没有抬;诗人在自己的浪费部分里,不断地撕开自己的钱袋,而后把它扔掉,不过至今他们没有在情味的事业中破产。

除了肉体的饥饿之外,人还有一个饥渴,音乐、图画、文学等传递着那个饥渴信息,谁有力量把它遗忘!它也是蛰居在心灵深处的一个痛苦,它斩钉截铁地说:"请把我表达到外面来,用形象、色彩、音调、语言、舞蹈表达我,请表达我早已存在的不可言状的痛苦。"这个不安的请求,抵达某人的心灵深处,那人抛弃了办公室的匆忙、事业的催逼和慈善者的严厉禁令等一切,走到外面来了。他没有任何资料,他手里只提着一把弦琴,抛弃家庭,流浪在外,干什么?天晓得!有人在他心灵里奏起一个接一个的曲调,一个接一个的音调。他究竟是谁?他肯定不是被称为科学的自然,在自然的选择账簿里,是不会有他的收支账目的,自然的选择在他的肚里行使权力。但人毕竟不是畜生,等得到了自然选择的鞭笞,才在自然指引的道路上行走!喜欢游戏的人呼唤着自然说:"我是迷恋着情味的人,不是你命令的奴仆,请你鞭笞自己畜生的脊梁骨吧。我不想成为富人,我不想成为角斗士。我有完整的心灵里的那种痛苦,我是游戏的参加者。"

我们也许知道,人究竟为什么孜孜不倦地作画歌唱?当我经常在自己心灵里歌唱时,像诗人济慈一样,一个严肃的问题使我不安,那时我扪心自问,它难道仅仅是为了幻影,还是有某种意义?但一旦我把自己融入歌曲的旋律中去,似乎一切价值都发生了变化,低贱的人也是光彩照人的,为什么?因为在歌的旋律的表达里有着真实的显示。倘若内心不是一直存在着歌曲的这种意图,真实就谦卑地远离。我们无法感受到它的大小,真理的每一形式都是无法言喻的。巨大的日常习俗的帷幕,掩盖着真实的光辉,在那帷幕底下有着真实世界,在那儿音调的交通工具运载着我们,在那儿无法徒步行走,在那儿谁都无法用肉眼看到通行的道路。我的话充满着诗意,为什么?你也许想,存在着许多压制。我努力解释一下。我们的心灵徘徊在知识王国里,那个知识王国的形状是两面都写了字的,它的一面写着"事实",另一面写着"真实"。按事物本来面目所发生的事叫事实,这个事实却依赖于真实而存在。

我个人的形式就是自我束缚的"我",这是个事实,但它蛰居在黑暗中,它不能表达自己。当谁要认识它,那只有通过一个巨大的真实,或在此基础之上才能认识它。我在回答别人的询问时不得不说:"我是印度人。"但"印度人"是什么?它也是一个抽象的东西,无法接触它,无法抓住它。但唯有通过那广漠的真实,才能认识事实。事实是不完整的,独立的,唯有在真实里,它阐述着自己的巨大"一"。当我在个人的"我"的真实里,表达着"我是人"的那个真实时,我在巨大"一"的表达里因永恒而光彩夺目。在事实里,真实的表达是真正的表达。

文学和艺术的工作就是"表达",所以,使事实角色永恒,并给我们心灵以真实享受,就是文学和艺术的主要工作。这个享受是"一"的享受,是无限享受。我是"个人的我",这是我有限的一面。这里,我与广漠的"一"是分离的,而"我是人",它是朝向无限方向的,这里,我与那广漠的"一"结合起来被表达着。

当画家决心作画时,他不给予事实信息。只有在把那事实信息作为次要目标时,通过纯洁形式,一个优美的韵律被具体化时,他才接受那个事实。这个韵律是世界的永恒的物质。我们通过这个韵律的"一"的法则,在事实里,获得真实的享乐。没有沐浴在这宇宙韵律的光照里的事实,对我们来说是没有价值的。

傍晚时分,一个女孩从庙宇里走出来——仅仅以事实形式出现的这件事,对我们来说是极其普通的。听了那首诗之后,那幅画不会清晰地显现在我们的眼前,我们也似乎充耳不闻。它以一个古老的单一形式，不能在我们心里占有地位。如果有位纠缠不休的叙述者，为引起我们的注意，一次次重复那件事，那么我们会不耐烦地说："早已听腻了，一个女孩从庙宇走出来，它与我们有什么关系？"也就是说，我们没有感到我们与它有任何关系，所以那件事对我们来说就不真实。但当结合了韵律、旋律和比喻，那件司空见惯的事，就在一个优美的不可分割的"一"里被完整地显现出，那时，这个"它与我们有什么关系"的问题被平息了。原因是，当我们看到真实的完善形式时，我们不是通过个人同它联系，而是通过个人与真实联系而被吸引。傍晚时分，一个女孩从庙宇走出来，如果从事实观点叙述这件事，那么也许还要讲许多话，因为周围还有许多事要说。诗人也许会说，那时女孩感到饥饿，她心里想着甜食，很可能，彼时，她的这种欲望越发强烈。但是搜罗有关的全部事实，不是诗人的工作，所以不少重要的细节没有进入他的描述之中。正因为割舍了有关那事的许多细节，在音乐的约束中，这件小事由于完整的"一"而丰满起来，诗歌也是如此充分地完整了，以至读者的心如此深刻地感受到这件平常的事实的内部的真实。一旦感受到这真实的"一"，我们就获得了欢悦。

当具有实际才干的人画马时，他凭借色彩和线条，勾勒了一个优美形象，把那匹马以一个真实形式送到我们面前，而不是以事实形式。那时，那幅画克服了那些毫无意义的、杂乱无章的缺陷，显示了自己无与伦比的"一"，在马的许多多余部分的自我割舍之后，这个"一"无阻碍地纯正地被显示出来了。

然而，检查事实是件轻而易举的事，马画得像真马一样，证实这点不用花费多少时间。异常缺乏情味的人，通过从耳朵到尾巴的检查，也能得出结论。发现计算稍有差错，就严肃地摇头，削减账号。倘若在画里，马只是显示马而已，那能值多少钱？如果马只是次要目标，而画是主要目标，那只得合上计算的账簿了。

科学家想证明马，他们必须依靠一种类型的真实，这马是什么类型？这是一种特殊的哺乳类的四足兽，没有这样一个广阔背景的依托，就没有任何办法可以证明。

文学和艺术也有一个广阔的背景。在文学和艺术里，只有在情味的背景中，某个东西才能得到真实的证明。也就是说，当那个东西取得结合形状、线条、歌曲的优美形象的"一"，当我们的心通过那个"一"在享乐的价值上承认那东西为真实时，对它的认识才完整。如果情况不是这样，用事实的眼光来看，那个东西即使白璧无瑕，那么尽管缺乏艺术趣味的人把新郎的花环套在它的脖子上，有鉴赏能力的人仍将驱逐它。

我曾经在一位日本画家画的一幅画里看到，太阳挂在公鸡的前方，但公鸡后面没有阴影，连三岁孩子都会懂得，在那种情况下应该拖着一个长长的影子。但是，图画的创作不是为了认识实际。那些在艺术创作里小心翼翼地顾及事实的人，岂能成为画家！

因此，如果谁想在形象创作的领域内揭示真实，那必须从事实的束缚中解脱出来。我举一个例子：

宝宝穿上船鞋，
登上船，摇桨回家。

影子是属于实物范畴的东西，不会有任何怀疑。付给中国鞋店鞋款，就会得到称心如意的合适的鞋子，但"船鞋"是什么？谁能说它是中国鞋，英国商店的大老板不识此为何物。然而，无论是母亲还是孩子都呼唤着船鞋的名字，因此为了表达真实，不得不消灭"鞋"这一个字的优雅性。这样，我的辞海可能会不平静，但是事实的鞋不能进入真实的领域，所以不得不怠慢语法的谴责。

诗歌所使用的语言的每个词，具有词典所限定的意义，在那特殊的意义里就有着词的事实界限，只有用超越了那界限的词，才能表达真实的无限性。为此，真不晓得有多少暗示，多少技巧，多少感情色彩！

记起盖纳达斯[①]的两行诗：

---

① 盖纳达斯：十六世纪印度孟加拉语虔诚派诗人。

眼睛的鱼在形象的海洋里自由游动，
　　心灵的鸟在青春的森林里迷了路。

　　听了这两行诗，谁会对事实刨根问底！假如投河寻死，应该有水的海洋，而这"形象的海洋"是什么？假如眼睛沉入海底，那将用什么东西来瞧呢？而这"青春的森林"又是哪个国家的森林呢？在哪儿和谁寻到了"道路"？他是如何迷路的？那些寻觅事实的人应该明白，限定的意义犹如一座堡垒，诗人施用鬼蜮伎俩，在堡垒上挖开许多小洞，显示在各种各样结合和掩饰下的真实。显示石块是如何垒成堡垒的，这不是诗人的工作。如果诗人落到注重事实的人的手里，他的情况将会是多么糟糕。我举一例：

　　我曾在一首诗里写了有关佛陀的故事。它的内容是讲某个时候，有个出家人名叫阿纳塔宾德，清晨口念阿弥陀佛，来到什拉沃斯迪城的路上行乞。富人赐以财物，商人赐以珍宝，皇宫的妃嫔奉献项链，所有东西都散失在路上，任何东西都没能在乞丐的口袋里取得地盘。日薄西山时，出家人坐在路旁的一棵大榕树底下，他的目光落在城外的一个女乞丐身上。她身无一物，只有一件破旧的衣服，女乞丐躲在大树背后，脱下那件衣服，奉献给主人①。出家人说："许多人施舍了许多东西，但任何人都没有奉献出'一切'。现在，我得到了适合于我主人的礼物，我感到幸运。"

　　一个通晓宗教生命的、颇有声望的学者读了这首诗，感到羞惭，他说："这是首连孩子都不屑一读的诗！"这就是我的命运，我那支秃笔跌落在水沟里。虽然我从佛陀的著作中取来了故事，但由此败坏了文学的名誉。在精通伦理学的人的眼里，事实就是大的，而真实被掩盖着。噢，诗人！首先，从女乞丐那里取礼物，从事实角度来看是不道德的。然而，如果不得不取，那么可以取她茅屋里的破旧的土罐，

---

　　① 这里是指神明或指无实体的最高实在。

这样才能保持文学的健康。从事实方面看，不得不低头承认这个事实，甚至像我这样的诗人，如果从事实的世界里出来乞讨，那么我也绝不干那样卑劣的事。在事实世界的疯人院外面，是遇不到这样的女乞丐的，她竟脱下自己唯一遮身的衣服，奉献给乞讨施舍的出家人。但在真实世界里，佛陀门徒获得了那个女乞丐的无与伦比的施舍物。这以后，那个女乞丐如何离开，回到自己家，这些问题已从真实世界里永远消失了。在这方面，事实隐匿了真实，然而，任何缺陷也不会进入真实——文学的领域就是那样的领域。情味与事实不是同一个本质和同一个价值的东西。在事实的世界里，光线射到墙上就停住了，那束光线在情味世界里很容易穿过物体，它不需要呼唤任何国王，又不需要挖壁洞。在真实世界里，尽管除了女乞丐的衣服外没有什么东西，但那件衣服的价值比百万富翁的整个财富还要珍贵。事情就是那样颠倒的。

在事实世界里，一个卓越的大夫可能有全面才干，但不管他的钱财有多少，名望有多大，不能以他为内容写一首十四行诗。如果某个具有强烈意向的人硬要写诗，那么尽管内容与那位名大夫有关，他所写的诗的寿命，最多不会超过十四天。倘若情味世界的光线穿过偌大名望的大夫的内心，大夫成为文学中的情味东西，那样他才能在倾心爱他的人面前显示。如果情况不是那样，只把那个大夫作为主要目标，那么他的崇拜者会脱口而出说："从出生以来，我看见过难以计数的形式，但眼睛仍不能满足。多少世纪以来我保卫着难以计数的心灵，但一个心灵也没有留住。"

统计者将说，千千万万年以前，根据达尔文①的意见，大夫史前的存在是什么。在这里提及此事，尽管不违背伦理道德，但肯定违背兴趣爱好。直截了当地说，在大夫生辰的星宫图里，就不可能有几千万年的存在记录。

争论是无益的，原因是那个道理连三岁小孩都会明白。大夫就是

---

① 达尔文（1809—1882）：英国著名生物学家。

在某一天诞生的,然而那个保护者是永恒时代的心灵的财富。他不曾在某一个时代出现过,也不会在将来某一个时期出现——我也不需要把这件事放在心上。

记起盖纳达斯的两行诗:

　　计算一二三,无法算尽而气馁。
　　但心灵的依恋在爱、形象、情味王国里不断增强。

计算一二三的领域是科学领域,但在情味的真实的领域里增长着的心灵、爱恋,不是根据统计数字递增的,那里没有计算一二三的不幸,也没有乘法九九表的恶作剧。

因此,在诗或画的领域里,那些人想取得测量的标准,估计真实四周的真实区域,打下立标。富有天才的人看到此种情景,就会在造物者的宫殿里一直申诉:

　　大梵天[①]啊,我情愿忍受千百种痛苦磨难,
　　也别叫我去给那些不懂情味的人讲情味。

(倪培耕　译)

[①] 大梵天:又译梵天,是婆罗门教、印度教的创造之神,与湿婆、毗湿奴并称为婆罗门教、印度教的三大神。

创作

今朝,我正准备去参加演讲会,在我住的胡同里,响起了悠扬的笛声。不晓得谁家举行婚礼,小夜曲的令人爱怜的声音,犹如衣裙铺展在城市上空。

为什么在喜庆节日要吹奏芦笛呢?它想用自己的声波,洗刷日常生活中的破旧和污秽,仿佛古什利达①的车队,无法在办公室的实用目的的铁路上驰骋,仿佛没有人世间的任何买卖交往了。它把所有的东西都掩盖起来,说"掩盖"并不正确,应该说掀开了帷幕——掀开了车辆到来的帷幕,买卖的帷幕,喧闹的帷幕,它使新郎和新娘进入永恒的内宫和情味的世界里。

新郎和新娘在低卑的世界里,他们在买卖的世俗里也是低卑的。谁晓得他们姓甚名谁,家住何方,谁为他们铺展地毯!但他们是情味的永恒世界的国王和王后。不管周围的大人物或小人物,新郎新娘都与他们脱离,坐在锦缎的宝座上,举行结婚典礼。他们每天扮演着低卑的角色,所以他们像影子一样毫无意义,而今朝,他们在真实的形式里光辉灿烂;今朝,他们身价百倍;今朝,人们为了他们而张灯结彩,用吠陀咒语祝福他们的幸福天长地久。新郎和新娘,这两人是真实,它不小于任何帝王的真实。整个世界隐藏着对他们的认识,但是这支芦笛承担起表达对他们的永恒认识的重担。展开你们想象的翅膀吧,从前某个时候,有一位姑娘居住在净修林里,她像那时候的千百个姑娘一样被掩藏在平凡的云雾中。有一天,国王与她偶然相遇,一见钟情;然后又有一天,国王负情抛弃了她。那时诸如此类的事究竟发生了多

---

① 古什利达:印度神话中的人物。

少，谁能说得清楚呢？那时国王表白自己是"爱情专一的人"，但谁能长时间把目光投在国王瞬息即逝的爱情的习以为常的遗弃上呢？谁又有那么多时间去记住它呢？谁也没有停止日常活动，买卖照样进行，市场始终沸沸扬扬，天鹅是不会在那样的世界的道路上驻足的，无数的生活旅途者不再提起它，继续忙于自己的事业活动。但是谁如此鲜明地把净修林中的一个姑娘从"无数"的低卑世界中拯救出来，确立在"一"的真实世界中呢？那就是诗人的一支芦笛，为了拯救淹没在日常的电车轰鸣声和价格利润的争吵声中的那个真实，小夜曲的令人爱怜的旋律的甘露，洒在我们胡同的拐角处。

当人从事实的狭隘性中挣脱出来，进入真实的无限之中，他们的价值会发生多大的变化——难道我们不晓得吗？当一个放牧人成为伯勒杰的黑天①，来到我们的跟前时，难道他的身价可以以摩吐罗的公子②身份来衡量？那时难道他吆喝牲口的鞭子的威严比神盘的威严逊色？难道他的笛子在海螺③面前害臊起来？难道那个真实抛掉了宝石项链，戴上了野花环，就毫无价值了？谁能表达那装扮黑天的人的真实？诗人的笛子能够表达。为了表达自己的威严，帝王们不知进行了多少精心的策划！然而随着时间的流逝，他们带着自己无数策划的重复，犹如暴风雨过后的云彩一样消失在地平线上。但是，在文学的天堂里，在艺术的永恒殿堂里，路旁的一位出家人出现在那不可分割的真实里，那个真实就不会被消灭。当我们在文学的世界里，看到罗密欧与朱丽叶④时，任何一个愚笨的人都不会问："他们在银行里的存

---

① 印度大神毗湿奴的化身之一。当人世间不能忍受暴君和妖魔的肆虐时，毗湿奴答应下凡为民除害，但有关黑天的神话传说故事很多，而且随着时代的不同，黑天的形象也随之变化。在《摩诃婆罗多》中，黑天是天才的军事家；在《薄伽梵往世书》中，他作为牧童的形象很突出；到中世纪，牧区女子罗陀的形象被塑造出，黑天就成为多情的恋人。伯勒杰地方文学中的黑天就是情人的形象。
② 摩吐罗的公子指黑天，黑天出身贵族。
③ 神盘和海螺都是毗湿奴大神手持的武器和器物。
④ 罗密欧与朱丽叶：莎士比亚的戏剧《罗密欧与朱丽叶》的男女主人公。

款有多少？他们深入'六派哲学'①到什么程度？他们是否对神明和大梵天虔诚，或者他们信仰祷告和念经到什么程度？""他们是真实"，这就是他们的威严，文学证明了它。如果在这真实里存在一丝差别的话，不管如何绝妙地以科学来解释男女主人公的毗湿奴的化身，不管从《薄伽梵歌》②的颂诗中如何揭示国家心灵感受的惊异意义，任何人也不能保卫他们。

何止是人，当我们把非生命的材料，放在诗歌艺术的车里，带出事实的界域之外时，它突然由于真实的价值而身价百倍。在加尔各答，我们一亩土地的价格可能是五千至一万卢比，但在真实的王国里我们不承认那个价格，价格在那里被碾成齑粉，世俗的价值在那里遭到嘲笑，蒙受凌辱。难道人在永恒世界里，情味世界里，从事实束缚中所获得的解放，是普普通通的解放？人为了使自己记住那种解放而放声歌唱，挥毫作画。人从市场上拯救出自己真实的荣光，用它来装饰美的永久宝库，把自己没有价值的财富，编织在分文不值的芦笛的曲调里，自己一次次地说："你们的真实就在那个享乐世界③里得到了表达。"

我如何向你解释，什么东西配称为文学，什么东西配称为绘画艺术。我怎么能通过分析深入它的本质呢？只有当它的泉水从最初本源中流出时，只有当心灵流动在那股泉水里时，它刹那间就能够被理解了。今天当我的心畅游在芦笛的声波里时，我就领悟了。其中没有需要解释的事。由于自己沉溺于其中，一切都变得简单明了了。

每天，蓝天对我们每个人暗示说："在享乐的寓所里有你的邀请。"深知分离痛苦的诗人在春风中说了这句至理名言。黎明的霞光的使者，挨家挨户，叩敲门扉。"什么事？""你的邀请书。"在忧郁的晌

---

① 印度中古时期许多哲学家认为，哲学共有六个体系，即六个派别哲学。
② 《薄伽梵歌》：大史诗《摩诃婆罗多》的一部分，印度教经典之一，成书于二三世纪，阐述黑天对阿周那的说教，把黑天作为最高实在。印度教哲学思想的发展常以注释《薄伽梵歌》的形式出现。
③ 享乐世界即艺术享受。

午,发出嗡嗡响声的蜜蜂女使飞来,不高兴地说:"邀请。"在日落的晚霞里,使者又降临了,说:"邀请。"这位尊贵的使者究竟为什么打扮得那么妖娆,手捧着那么五彩缤纷的花束,戴着如此高贵傲气的王冠?为了谁?为了我。我不是帝王,不是才子,不是贤哲——我是真实。因此,为了我,整个苍穹的色彩是蓝色的,整个大地的边缘是墨绿色的,整个星座在闪闪发亮,天宇之间回响着召唤的轰鸣声。难道能不答复这些邀请?如果这个回答不是用享乐的语言写出,那么这个回答难道能被接受?因此,人用甜蜜的声调说:"你的邀请声在我的心里响起,在形象里响起,在感情里响起,在行动里响起。噢,永恒的美,我已接受了邀请。我也以你那种传递的优美方式给你传递鸿书,你点燃了永不熄灭的灯,送到自己的使者手里,我也以你那样的方式点燃那盏永不熄灭的灯,我要编织那个永远保持鲜艳滋润的花环。我是人,如果我具有使人享乐的力量,那么,我将用那股力量的富足回答你的邀请。"人勇敢地说了这些话,这些话语显示着他的最大骄傲。

今日,在我们的胡同里,当那支吹奏乐器担负起表现新郎新娘的真实形式,也就是享乐形式的重担时,我自问道:"那支吹奏乐器究竟用什么咒语完成了自己的工作?"我们的哲学家说:"全世界都在怀疑的秋千里摇晃着。"又说:"所看到的东西都不是真实的。"我们的伦理学家说:"它看到人们在额上涂上檀香,这纯粹是个阴谋,其实里面只是个空脑壳,什么东西也没有。如果把它所看到的那张笑容可掬的脸皮掀开,就可看到一排排干涩的牙齿。"吹奏乐器思考了一下,没有对此做出任何回答,然后它阴阳怪气地唠叨道:"不管你如何把头颅说成是一排排牙齿,不管它们存在多少日子,它们都是不真实的。而在前额上那享乐的芳香,嘴上流露出的羞涩的微笑,时隐时现,间或像幻影,间或像幻觉,想抓住又无法抓住。它们是真实,同情的真实,甜蜜的真实,严肃的真实。"在尘世间所有往来的上空,赋予那个真实以光彩夺目的形式之后,吹奏乐器说:"直接见到真实的那天,就是普天共庆的节日。"

一切都领悟了，但芦笛没有论据，如何证明那样大的事？我已在《事实和真实》一文中评论过了。笛子点燃了"一"的灯，它还用天籁的旋律，创造了如此一个形式，而它除了以最华美的形式显示在韵律和音调里的最完善的"一"之外，没有任何其他目的。一旦那根"一"的魔杖在某个事物上挥舞，那个事物就立即显示出自己身上的庄严的、不朽真实的、永恒觉醒和永恒生动的本质。新郎新娘说："我们不是不足挂齿的、稍纵即逝的，而是天长地久的。"又说："那些从死亡中观察我们的人见到了虚假。我们是永生世界的人，因此除了歌唱，我们无法提供自己的任何认识。"

今天，新郎和新娘绝不是漂流在世界源泉里的任何不协调的紊乱的物质；今天，他们像一首韵律甜美的诗，像一首动听的歌曲，像一幅美丽的图画一样显示着自己的"一"的完美性，这"一"的表达本质就是创造的本质，真实的本质。

音乐在某一音调里，不管采纳多么优美的和完善的形式，然而在普通语言里和外界方面，它无法被称为无限。形式是有限的，然而当形式仅仅显示有限时，那它就不能表达真实，只有当它的有限像小灯一样点燃无限的大灯时，真实才被显示出来。

就在今天的吹奏乐器的声响里，我亲身感受到这点。听了一两个和音就感到，它是通过笨拙的人的手被吹奏出来的，它的旋律是平庸的。曲调一次次重复着，声音里没有柔和的旋律，它犹如不毛之地的无遮掩的晌午的骄阳一样，自始至终发出刺耳的声音，竭力扩大音乐的容量，也就是有限想夸大自己来显示，使人不得不注意它，它用自己与人角斗的力量掩藏自己的极端。

但有限只有把自己掩藏在自己节制的庇护所里，才能表达真实。所以，在每一种艺术创作里淳朴的节制是至关重要的。节制就是用有限的食指指向无限。当任何东西的部分在同完整相比较时，被夸大时，它就被称之为不节制，而说它是"反对'一'的'多数'反叛"。这外部的"多数"的量越增加，内部的"一"就越被掩盖起来。基督说："骆驼穿过针的眼，比财主进天国还容易呢！"它的意思是，巨大财富是人的外部无节制的表现，由于生活资料的富足，人离开了心灵的"一"的认识，他的大部分认识和努力是分散的，不知如何来收集它们。

"一"是完整，"一"是真实，"一"是无限。富有者在珠光宝气里就扼杀了对它的表达。他用生活的笛子奏起了不堪入耳的音调，其中有着过多的和音、醉汉的狂叫声和装腔作势的尖叫声。缺乏情趣的人却因此而惊叹不已，而那些想在形式的节制中看到真实的完整形式的人，在形式的森林里见到强悍的抢劫团伙，就急忙寻找逃走的道路。在那里，形式一次次呼唤着："请瞧我。"我们为什么要瞧？我们就是为了在有形的宝座上观看无形而来到世上。然而，像科学在世上寻找到非物质时说"这就是真实"一样，艺术在形式的世界里显示了无形的情味之后说："这就是我的真实。"当看见那真实时，形式就不能迷惑我们，我们就会对富足说："去你的。"

尽管消除了肚子的饥饿，贪食者的心的饥饿仍没有被消除。妇女们使出浑身解数，在他的盘子里摆设着煎饼和烙饼，最终有一天，那些妇女也不得不忍受着剧烈的疼痛，担负起为他服务的重担。在文学艺术的领域里，也有诸如此类的贪食者，他们也在形式的引诱下，挖掘着极端享乐的东西，而不是努力摆脱那种引诱。原因是，真实就产生于形式，真实又给形式以解放。数了书页之后才给出价格的那些人的心，就被书压在底下，最终进入坟墓。

在艺术创作里，存在着情味的真实的表达问题，这个问题就是通过有形表达无形的问题，就是通过无形看到被掩藏的有形的问题，就是应该接受《奥义书》的"通过完整观看被掩盖着的全部不安"和"别贪婪"的那个教诲。真的，这就是创造的本质，不管它是世界创造还是艺术创造。既要承认有形，又要不承认它；既要把握有形，又要掩藏它，但我们对有形绝不能贪得无厌。

我们令人叹为观止的身体，有着许多令人惊叹的机器——消化系统机器、循环系统机器、呼吸系统机器、思维机器。似乎上帝对这些机器感到巨大的羞愧，所以它精心地把它们掩盖起来。我们把食物放进嘴里用牙齿咀嚼,我们没有固执地要求表达这件事。我们的面孔是感情表演的场所,它提供超越血肉物质和无形领域的暗示,也就在其中存在着对面孔的主要认识。肌肉是十分需要的,它有许多用处,但只有当它通过自己的运动表现,表达身体的音乐时,我们才迷恋它。创造者对在医学院研究生理解剖学的人说:"我不需要你们的夸奖。"因为创造的优秀性不在于技巧。他们说:"从制造世界机器的机械师的身份来看,我是一个好的工程师,你不了解这点,那还有什么可说的呢!"我怎么不知道?"请你在享乐形式里了解我。"人们的建设的历史,刻在大地无数表层的岩石上。造物主一层叠一层地压住它,但在那些表层上面有着生命的住所,享乐的寓所。人们在洒满日月光辉的地方,进行着多少游戏,简直是没有个尽头。当一无遮掩时,那儿成为何等可怕的地方!人们专心致志地用小锤敲打着,在那儿有着车辆的隆隆声,有着祭火的火盆和蒸汽的吞吐!随后,他们关闭了自己工厂的所有大门,用蔚蓝色的、金黄色的水,洗刷一切,头戴星宿,脚踩花丛,欢乐地坐在形式的坐毡上。

又记起了另一桩事。今天世界的文明击着掌,使显示诉讼业兴盛的整个大地颤抖不已,使工厂的烟囱成为高耸入云的柱子,冒出浓烟污染了光洁明亮的庭院。创造者因那粗野文明而羞愧得无地自容的情景,难道你熟视无睹?那种粗野,今天在国内外成群结队地到处敲着锣鼓。从纽约到东京,大大小小的码头上,粗野的机器用自己过分的噪声使创造的标志、吉祥的声音变得不堪入耳。这股赤裸裸的力量的高傲,想以自己不洁的低卑的权力,掠夺永恒世界的尊严,人类世界当今最大的痛苦,最大的耻辱,就在于此。

人的最高的认识是:"人是世界的创造者。"但今天的文明使他成为工人,成为奴仆,成为富翁,使世界的创造者成为贪婪的小人物。人为了日用事业而进行建设,而人由于心灵的激励才进行创造,当事业的实用目的与日俱增时,心灵的声音就停止了。而那时,富人把通往神明住所的道路掩藏起来,把所有道路都引向市场。

人们最终的目标在何方?人与人之间的关系超越了外部自然的事

实王国，就引向心灵关系，美的关系，爱的关系，幸福关系。在那儿有人的"创造王国"；在那儿每一个人都获得了自己的无限的自豪；在那儿整个人类为了每个人进行着修行；在那儿伟大的实践者为了每个人从事着实践活动，伟大的英雄为了每个人献出自己的生命，伟大的智者为了每个人贡献出自己的知识。一个富豪汲取多数人血汗的地方，一个人剥夺了千百人的自由而成为强者的地方，人的真实形式、宁静形式就不能在自己美的创造里显示。

那些贪婪的人，永远也不知廉耻，那些力量的炫耀者也想在真实时代里建立起自己与整体的不成比例的高傲。但是，在那个时代里，有着谴责他们厚颜无耻和妄自尊大的人们，那时人们毫不迟疑地对贪婪者、强者说："美的声音降临大地，你们不要在其中羼入不协调的声音。世上有享乐女神的宝座，那就是莲花座，你们不要像目中无人的大象一样践踏它。"诗人的诗篇、画家的绘画都陈述着这些话。今天，吹奏乐器值此结婚的吉日良辰之际，说："新郎新娘，请你们自己表达'你们是真实'这句话。不是因为你们在银行里存了几百万卢比，你们才是真实的。我所宣称的真实存在于世界的韵律里，不是在银行的账簿中；那个真实存在于相互的永恒关系中，不是存在于家庭的华丽的装饰中，那就是完整真实，'一'的真实。"

今天，我原想评述文学艺术、韵律特征和创作方法，正在这时候，吹奏乐器鸣响了，因陀罗通过美说："解释之后所有事都能被叙述，苦修之后所有人都能获得结果，难道你作为诗人相信世间如此流行的话？停止了解释，中断了苦行，所得到的果实就是完整的，它不是制造出来的东西，而是自然结果的东西。"宗教经典说："因陀罗为消灭艰难苦修的成果而送来甜蜜。"我不相信神明的如此恶意，如此说明。因陀罗之所以送来甜蜜，是因为他要显示苦行完成的形象，他说："这东西通过战争是得不到的，它不是一点一滴堆积而成的。如果你企图把歌曲束缚在真实的旋律里，那么即使你夜以继日地测量，你的企图仍不能得逞。"

请直接采纳七弦琴中间的第五音调，请在内心里获取不可分割的完整性，只有那时完整歌曲的"一"才能成为真实。摩罗维伽和优哩婆湿①是七弦琴的中间的第五个声音，是完整的不可分割的形象，他们告诉女修道者，苦行完成的奖赏是什么。

噢，向往天堂的人，你向往天堂，你就为此而苦修，但天堂不是通过手艺人的劳动所筑成的，天堂是创造的。请你看，优哩婆湿唇边所展开的笑容，在那里你将获得天堂质朴音调的情味。你若是渴望自由的人，你若向往自由，就不能把存在之网的撕破说成是自由，没有束缚的虚无也不是自由，自由是创造的。在摩罗维伽的发辫里插着神树之花，请你往那儿瞧，就能看到自由的完整形象。造物主被封闭的享乐在那棵神树里获得了自由，那就是无形的享乐在无形中得到显示并变得完整。

当佛陀坐在毕钵罗②大树底下进行严酷实践时，他向经受磨难的内心说："没有发生什么。""没有得到什么。"他在什么时候从外界看到自己苦行完成的完整形式的偶像？当出身高贵门第的人，给他以粮食，那时才能看到完整形式的偶像。他所给予的难道仅仅是肉体的粮食？它包含着虔诚、爱、服务、美。由此，永恒最简朴地被表达出来。难道因陀罗没有派遣高贵门第的人？难道那高贵门第的人听到了因陀罗的"自由不在严酷的实践里而在爱里"那句话？在虔诚心灵的粮食馈赠里包含着母亲心灵的真实，难道佛陀因为那个真实而没有说"由于母亲对儿子的无限的爱，把整个世界看作是自己而加以观察，这种观察就是梵天的娱乐"的话？也就是说，解脱不在虚无之中，而在完善之中。这个完善从事着创造，而不是进行破坏。

人心的爱把自己专一地奉献在无限心灵前面，从而获得了享乐，它不想得到如此更多的东西。基督早已在外界的形象里，看到它的朴实。因陀罗通过自己的创造，把那个形象送到他的身边。马大和马利

---

① 摩罗维伽是迦梨陀娑的剧本《摩罗维伽和火友王》中的女主人公，优哩婆湿是迦梨陀娑的剧本《优哩婆湿》中的女主人公。

② 毕钵罗：被认为是一种神圣的无花果树。传说佛陀在该树下获得佛性。

亚[①]是为他服务而来的。马大就是忠于职责的,她始终忙于艰苦的服务之中。马利亚却想方设法表露完整的自我请求,而把自己所有贵重的香膏,倾倒在耶稣脚上。众人说:"这是不公正的浪费。"耶稣说:"不,不,别阻挡她。"难道这个创造不是浪费?难道谁从歌曲中获得实利?难道绘画能消除衣食的匮乏?

但是,在情味的创作领域里人奉献出自己的完善性,得到了完善的富足。这个富足不仅仅在文学和戏剧里,也在人的自我牺牲的游戏社会里的琳琅满目的创作里显示着。那创作的价值不存在于生活旅程的物质享受之中,而存在于人类心灵的完整形式之中。它是自然的,它是自我完善。耶稣看到马利亚的自我请求的淳朴形式,他在其中看清了自己内心的完整性。马利亚仿佛在他的心灵创造形式里,在他前面的无形甜美中显示着。同样,人在自己创造的活动里看到了自己的完整性,而不是在严酷的实践中,不是在生活资料的积聚中。天堂的人用自己心灵的享乐创造着它,而不是建立百万富翁的宝库,不是树立大地主人的胜利柱。任何贪婪迷惑不住他,任何高傲征服不了他,因为他不是采集者,不是建议者,而是创造者。

(倪培耕 译)

[①] 马大和马利亚:基督教《圣经》故事中的人物。

文学的革新

一切国家文学的首要任务，是扩大不断提出文学要求的读者席位。倘若不是这样，作者的力量是有限的。以往的文学倾诉于许多时代和无数人的耳朵，它们的倾诉不是解决"每日起居饮食"之类的东西。以往的文学孕育出倾听的耳朵。在孕育出无数读者的那样的耳朵的社会里，无数作家显示了自己具备描绘巨大事物的力量——在那里没有从事零售商品的交易。那个社会的许多大商人不是零散地而是成批地进行商业活动。他们不可能被称为零售商人，因为他们拥有巨大的船队。

在印度，当英国教育事业的宣传刚展开时，我们大家所熟悉的文学是具有空间的广度和时间的深度的文学。那种文学的内容不管有多少异国情调，然而它的理想是属于所有时代的，是众所周知的。尽管荷马史诗的故事情节是希腊的，但它所包含的诗歌创作的理想是具有普遍意义的。因此，酷爱文学的印度人也从希腊诗歌中汲取了情味。苹果原来对我们国家大多数人来说是生疏的，它完全是舶来品。但它含有甜酸的水果特性，所以即使是我们十分国粹的舌头也会刹那间怀着敬意、毫无阻碍地去品尝它。萨拉特[①]先生所创作的小说是有关孟加拉人的小说，但不能说他的小说纯粹是写孟加拉人的，所以，他的小说不可能有狭隘的民族思想，他小说的普遍的理想在广泛的范围里呼唤着所有人。如果那个理想是渺小的，它的感召范围也小，那时那个筵席可能是家族式的、种族式的，而绝不会成为所有国家的香客赶来参加文学朝圣的巨大筵席。

---

① 萨拉特·钱德拉·查特吉（1876—1938）：印度孟加拉语小说家。

但是，总有些人簇拥在善于倾听文学的耳朵旁鼓噪着，尖叫地请求着。但要承担摆设招待那些人的筵席的重担，作者略施小计是完全必要的，哪怕他们破口大骂，作者心里应该有拒他们于门外的力量。他们的心灵满足于瞬息即逝的欢乐，他们现在的吼声固然是十分强烈的，但人们早已听惯他们的耸人听闻的喧嚣声。那些从玻璃灯罩中散发出来的光，确实比晨曦强烈。但若要承认厚颜无耻的力量的权威，那将是个灾难。

那内心装有世界源泉的作家能够从外部听众中收集现金和礼物。但当自己内心的巨大沉默给他献上胜利花环时，任何忧虑都化为乌有，那时他能够对外部的日常喧嚣敬而远之，心安理得地走开。

就在英国教育的开始阶段，我们认识了具有世界文学理想的文学，这是应该承认的事实。但不能说，那个理想在欧洲始终是光辉灿烂的。当那里出现出卖灵魂的要求时，文学的矮人时代就降临人间。那时经济学的老师、生物学的讲师、金质奖章获得者的社会科学家都簇拥在文学的庭院里，窥探机会。

然而，任何民族的文学日子，不是永远一个模样的。中午消逝过去，太阳逐渐西沉。当光线暗淡下去，怪事就会产生，黑暗的时刻就成为丑陋的时刻。在那种情况下，在狭小的胡同里我们都显出了丑陋的形状，我们接受了这个奇特的想象。

其实，想象在文学的黄昏里是疲惫不堪的，所以丑陋常常抓住它，因为在这种情况下它无法简朴而自然地生存，享乐只有在简朴力量中才能产生。那股力量由于渺小，需要激励。那时疯狂被认为是男子气，沉醉的人、不尊重自然的人，他或者认为自然的人的节制是迷误，或者认为那是自然的人的软弱。伟大文学的一个特点是前所未有的，或者具有独创性。当文学具有生气勃勃的力量时，它会以新的形式表达永恒，这就是它的任务。当它为了一鸣惊人而扯破嗓子、脸红脖子粗、额上青筋暴突和使出浑身解数提出独创性时，可以认为它已到寿终正寝的阶段了。哪儿清除了水，淤泥就成为基础。有些人说："在享乐河流里划船完全是一个因袭习惯，现代想象是淤泥的疯狂，其中需要船夫，这是毁灭的现实性。破坏语言结构，使意义变为无意义，不管什么场合滥用感情，步步紧逼，碰撞着读者的心，从而产生惊异感，这就是最高超的文学。"最高超是不容置疑的，最高超的典范是欧洲文学的"达达主义"①，这种情况出现的唯一原因是，当丧失了进行叙述的自然力量时，就增加了在词汇结构的变化里的胡言乱语的力量。从表面来看，胡言乱语的力量远远强于正常叙述的力量，这是应该承认的事实。但是当人们在这方面以骄傲替代怀疑时，可以认为，毁灭已迫在眉睫了。

在欧洲文学和艺术里，这种时时刻刻无孔不入令人嫌恶的忧虑，终有一天将被清除，正像强壮的人摆脱了疾病的折磨一样。可怕的是，当它传染给某个孱弱的人时，纷至沓来的种种灾难将是难以忍受的。

忧虑的特殊原因还有，我们的经典是被公认的最高精神。当一些人遵守礼仪习俗时，他们目不转睛地注视着祖师爷的脸色，而若要打破礼仪习俗时，他们也是看祖师爷脸色行事。如果祖师爷穿上新的衣饰出现在俄国或其他西方之际，不管他戴上红帽子或穿上其他吓人的衣服，我们这里的老师照例对他佩服得五体投地。某个媳妇的皮肤在婆婆的统治下变得粗糙，但一旦她当上婆婆之后，她也会如法炮制，统治自己的媳妇，从中获得那种乐趣。同样，那些人习惯地把我国淳朴的人看作学童，在他们头上运用俄国校长的统治法则，从而希冀平步青云。校长的含糊不清的语言的意思究竟是什么，它的原因究竟是什么，这里不必深究，因为它本身就是现代艺术的富有才干的句子。

我承认，我没有获得深刻地认识自己国家的新作家的足够机会。有时获得一些短短的机缘，在那种场合下看到了他们强有力的想象，发现了他们在语言运用方面的勇敢和顽强精神，对此我感到惊愕。那些真正的英雄一旦成为马戏团的一员，他会感到羞愧的。在男子气里没有力量的夸耀，只有他的尊严，勇气是有的，但不是胆大包天。不

---

① 达达主义：第一次世界大战期间出现的现代文艺流派。达达主义的宗旨在于反对一切有意义的事物，反对一切传统，反对一切常规，也反对被认为有意义的文学艺术。

少新诗人的创作是显示那股力量的标志。我懂得,一个充满勇气的创作激情的时代降临于孟加拉文学,我对这新的文学派别的祝贺是绝对不会犹豫的。

但是,就在力量刚爆发的时刻,无力量的人的装腔作势玷污着文学。具有熟练技巧的游泳能手轻而易举地通过激流,而一群无能耐的人在那里随心所欲地搅乱底部的淤泥,弄脏了水。如此无能的人借用伪装,使出浑身解数,企图弥补自己的不足。他们把粗野说成文明,把厚颜无耻说成是男子气。他们除了亦步亦趋外没有任何独立行走的能力,他们只好收集着现时代的新颖的限定言辞。当在英国的厨房里做印度的咖喱粉时,那么首先根据确定的规章,制成"咖喱粉",放在瓶里,然后在里面来回晃动五分钟,进行搅拌,这样就制成了"咖喱粉",真是难以理会这种放多了胡椒粉的可怜东西就是"咖喱粉"。在现代文学里也正如那样的小瓶里装满着规定的语言,那就是许多拙劣作家的厨房里的"文学的咖喱粉",其中一个是贫乏的自负,另一个是贪求的无节制。

像种种痛苦一样,文学里有着感到贫乏的痛苦的足够地盘,但当在那种努力里显示作家力量的贫乏时,它的运用构成风格的一个组成部分。"我们与文学打交道,我们就知道什么叫生活。"这就是这类狡猾的人的一个简单而流行的灵丹妙药。还可看到,其中许多人在自己生活的旅途里一点也不安排对"可怜的那罗延①"的生活的体验,一股劲儿挣钱,享乐。这些人只是为了在新文学里增加新颖的迷惑性或刺激性,把国家的穷苦人用来作为美味作料。由于与这种多愁善感的"咖喱粉"结合,一种虚情假意的和廉价拍卖的文学就应运而生了。这种鬼蜮伎俩博得了那些没有天才、缺乏力量的人的一片喝彩声。所以这种文学对于没有天才的作家是一个巨大的诱惑,同时对于缺乏思想的读者的身心也是有害的。

但是不能断言:在这之前,贪婪没有在文学里取得地盘,或是以

---

① 那罗延:即毗湿奴神,毗湿奴神的化身之一是黑天,黑天在人间有时以牧童身份出现,所以这里说是"可怜的那罗延"。

后将永远得不到。可是，贪婪对于文学来说是危险的。这里我不说社会的不幸，因为这种说法已经是多余的了。不幸的原因是，这是十分庸俗的东西，像回到尘土一样的简单，也就是说，对于它来说回到尘土里是不会有任何困窘的，是十分简单的。在读者心里传播那种低级的情感是不难的，所以如果读者议论"在文学里探寻贪求，就是现时代的一个巨大技能"，那么对此不需要有任何特殊力量的作家。那些热衷于显示自己勇敢大胆的人，由此也很容易成为疯狂者。无论在社会上或文学里，勇气无疑是个好东西，但勇气也有品级和价值的不同，顾及事物的勇气比不顾及任何事物的勇气要强。人体接触的观念，在生灵创造的历史中是十分陈旧的，它开始于这个历史的第一篇章，他们不接触，就会叮当作响。迈克尔·默图苏登·德特在《因陀罗耆的伏诛》里描写地狱的情景时写道："罪孽深重的人呕吐，然后又吞吃了自己的呕吐物。"为引起读者心灵的憎恶感而进行的这种描绘，是不需要诗才的。但是为了唤起我们精神深处的憎恨感则需要想象力。我没有说，仇恨思想的表达不应该在文学中获取应有的位置，但倘若它纯粹是肉体的和廉价的东西，那么就应该毫不犹豫地鄙夷它。

"如果在无限里没有低贱和伟大、丑和美、乱石和荷花的任何区别，那么在文学里为什么要存在这种区别呢？"我们历来就听说过这个诘问，但难道有必要回答这个诘问吗？当然那些心灵已达到了梵天境界的人既不需要文学，也不需要艺术。可以抛开那些人。但如果在文学中不存在事物与事物之间的价值差异，那么世界上的所有文章都只有与字母相似的价值了。因为在无限里所有一切都无疑处于同一境界，只有在分割的国家、时代、人物里存在着它们之间的价值差异。杧果和毒果在无限里是一样的，但当我们想品尝，就自然会得悉，它们之间存在着多么大的差别！所以我们设宴招待大哲学家，不能削减掉杧果，端上盛有毒果的盘碟。如果可以向哲学家呼吁，送上毒果，并从中得到一片喝彩声，那么人们就能十分廉价地做婆罗门饭菜①了。但

---

① 婆罗门：高等种姓的人，饭菜考究，当然不能廉价，这里是反语。

是阎王殿的判官绝不会依据大仙巴敦吉尔①的哲学来计算善恶。为了取得功德需要一种力量,文学也需要打开积德的账本。

为获得良好的教育,人不得不做出符合规律的努力,这种努力需要精神和品格的力量。人会给这种学问的教育以一种特殊的尊敬。所以通常来说,大部分学生一直培植着这种精神和品格的力量。如果某天由于某种原因,这个社会说,放弃教育就值得尊敬,那么大部分学生就会不费吹灰之力,高傲地显示勇气。给普通人以显示廉价的英勇的机会,这就意味着削弱他们的责任心。许多日子以来,许多人持续不断地进行着英雄的实践。正因为如此,这种勇气如果一旦获得普遍和旧时代的宽容,那么它很容易在无力量的人中间蔓延开来。如果这种虚假的冒险之风在文学中吹起,那么不少无才能的作家的秃笔将会做出反响,这就是我的担心。

我一直注视着一些人的说法:"就是因为这些年轻作家处于道德的精神病态之中,如此的文学创作才突然地增长着。"但我自己不相信。许多青年在文学中采取廉价的实践,因为这种实践简单。同时,他们以冒险主义进行层出不穷、别出心裁的创新,由此获得了一片喝彩声,他们说:"我们什么都不承认,这就是青年的职责。"的确,在大部分领域内采取不承认的态度是需要力量的,而持这种力量的高傲态度对青年来说是自然的。在这种高傲的冲动下,他们自然会犯某些错误——然而尽管有这些错误,我仍然衷心祝贺青年们的这种勇气。但是,当采取不承认的简单道路时就会产生一种缺乏力量的廉价高傲,这对青年来说就是十分可悲的了。如果说,"我们不承认语言,写诗就会变得轻而易举",如果说,有人能够毫不疑惧地把肉体的冲动制作成诗歌的主要菜肴,那么一切就能事半功倍了,但这就是大文豪的怯懦。

(倪培耕 译)

---

① 巴敦吉尔:可能是一位古代瑜伽哲学家。

文学思想

　　文学的本质内容是个别的,不是类别的,在这里,我想强调"个别"的词根的意义。在自己的特殊性里表达出来的东西就被称为个别,这个个别完全是独立的,在世上没有与它完全一模一样的第二个个别。

　　每个个别形态的表达都不是雷同的,有的明白晓畅,有的朦朦胧胧,至少对被认识的东西都有此种情况。文学的个别不仅仅是指人,在文学里明白晓畅地表达出来的任何东西都是"个别"。生物与动物、树木与幼芽、河流与高山、陆地与大海、好的与坏的、物质与精神的东西等所有一切都是个别的,如果它们自己没有无可争辩地被表达出来,那么它们在文学里将感到羞愧得无地自容。

　　由于某种特性,上述的这些东西在文学的多大范围内被表达出来,我们的内心也在多大程度上接受它们,而如此特性是难得的。但这种特性就应该存在于创作之中,它既不是由于享受、淫乐、炫耀而产生的自然特性,又不是由于愚昧、懒散、愤怒而产生的自然特性,这是想象力和创造力的自然特性。

　　我们不能完整地看待世上难以计数的人和事。从实用观点或世俗影响的观点来看,他们能像警察和视察员或地区行政长官那样引人注目;但从人的观点来看,他们又像许许多多警察和视察员或地区行政长官那样低卑,甚至比那些负有职责的大多数人还低卑。因此,他们无法在稍纵即逝的现代情势之外,以人的亲近形式表达自己。

　　但是,文学创作者能够通过自己的创造力的特性,以永恒形式表达上述那些事物。那时,他们不是以任何帝国刑法的形式或任何阶级与阶层的代表形式,而是以自己独立的个性的价值显示自己的珍贵。他们不是由于是富人或学者,也不是由于是具有自然的第二特性和第三特性的才子，而是由于能够明白晓畅地表达而受到别人的器重。决定或解释这种表达方式的文学价值不是件一蹴而就的事，所以大部分人在思考文学时，不维护对个别认识的难以捉摸的职责，而经常提供类别的认识。一般说来，我国读者不鄙视这种简单的道路。它的主要原因恐怕是，我们国家是相信类别的国家，我们的眼光不得不更多地从人的认识转到种姓的认识上，我们把地位高的、家财万贯的人称为"大人物"。我们长期以来忍受着在自己背上驮着种姓和阶级的重负，我国有个别的人一直因等级社会的鞭笞而苦恼不已，在我国到处有束缚人性的习俗桎梏。正因为如此，高雅的文学曾在我国流行过，那类文学对个别的描写是符合高雅的、类别的形式主义文学原则的。那时的湖泊都有"洁白荷花的光彩"，所有美女的步履都像大象那样慢悠悠，她们身上的每个部分都有日月晕那样的朦胧形态。那时个别在类型的烟雾里显得模糊不清。我们那种模糊的观点现在是否已一去不复返，还不能这样说。文学创作和文学感受的最大敌人便是观点模模糊糊，因为文学进行着情味形象的创造。不管是什么创作，它的基本点是表达。然而，我国的文学思想是抛弃对个别的认识，而更多倾向于对类别的认识。

在文学里"好的感受"和"坏的感受"是至关重要的，而在科学里考虑真伪是最重要的。正因为如此，科学一直呼吁着思想家的个别理解，但"好坏感受"只是依赖于兴趣。在这上面，最低能的个别也能排除任何呼吁。所以在世上，最缺乏保护和最孤立无援的生物就是文学创作者。性格温柔的鹿能逃之夭夭，但诗人则陷入已出版的字母的黑网中而不可自拔。对此进行忏悔是没有任何效果的，任何力量在自己必然的报应前都是一筹莫展的。

兴趣受到打击，还是默默忍受为上策，因为在文学创作者的命运星盘里，兴趣的福星也被长期地指定着位置，但当陨石雨和彗星突然从天而降，行星与卫星的运行和排列开始紊乱，那时我们搔着自己的脑门说："这可是遭受打击的额外收入。"外部的阶级思想家（财富的检验者和价值的确定者）潜入了印度文学的内室，没有任何人阻挡他们。某抒情诗人带着巨大的痛苦的心情说:"检验者进入花圃,他把莲花放在试金石上考验,使花朵无地自容。"

我们很容易遗忘这个事实:科学决定了类型,历史解释着类型。但文学里没有类别思想,在那儿大家忘掉一切,只承认个别主体。一个高贵的婆罗门,即使他是个十分无能的人,也能挨家挨户讨取施舍,但从个别考虑,不能由此证明他的能力。某人高贵与否,从他的家谱中很快就能获知,但想遇到具有决定个别的能力的智者是相当难的。所以,社会一般以类型区分人,因为这样做给种族和财富以尊严就简便得多了。正是出于这种思想者的考虑,社会对个人始终不予理睬,即便在类型之外的有能力的个人也只能排在无能力的人的行列最末。但文学是梵天居住的地方,在这里以类型的名义对个人施行侮辱是无法得逞的,甚至不存在种族混血的缺陷,而像《摩诃婆罗多》一样崇高。任何人都知道毗耶娑的出身历史,但不会剥夺他的荣誉,他就是由于自己品格的影响而伟大。正如任何跨入我国神庙里的人都不会把种族思想视为无神论一样,在文学女神庙殿的祭司也不会在考虑种类问题上有所犹豫。他们也许说:"这种作品的风格和情感不是纯粹印度的,其中包含非印度教徒的接触谬误。"艺术女神不承认这种混合接触的桎梏,但祭司对此掀起争论的风暴。从对中国画的分析中可以得到证实:中国画里存在着印度佛教的影响,但这纯粹是历史范畴的事,不是艺术女神思考范畴的事。请看中国画的个性,如果在它的形式创作里没有任何缺陷,那么它的历史污点将被清除。人的影响从四面八方进入人的心灵。如果这个影响是有益的,那么没有能力承认和接受它便是一种耻辱,由此也可证明心灵的死气沉沉。雨季的云从蓝色的河岸上升起,但唯有落在印度的雨,才被称为这里的雨。如果由此孔雀翩翩起舞,那么承认禁忌思想的国粹派不应谴责它们。如果它们不起舞,可以认为,它们已死去。也有那样的荒野,谴责乌云,然后把那乌云赶出自己的界线。那个荒野带着自己的洁白无瑕,一直处于完全荒芜的状态之中。它的造物主诅咒它:"在它那里从来没有生命信息。"在孟加拉听到如此议论:达苏托易的诗歌创作风格是优秀的,因为它是纯粹的国货。

这是盲目的高傲。有一天罗陀①带着这样的高傲对杜蒂说:"现在我再也不瞧黑云。"由于环境的缺陷,可以承认心情的如此变异。这不完整的话只是出自妇女嘴中,而不是心里的话。但是哲学家们说:"无欲是印度特性,享乐是欧洲的特性。"他们在这个基础上搜索文学内容,收集了许多词句,证明了享乐性,然后得出文学该被撵出种族外的结论。他们把某人放在种族里,他们又把某人逐出种族,那时人们只能绝望。

当印度的影响还充满着活力时,中亚和东亚由于同我们联系密切,眼看着因技术财富而变得令人叹为观止的富裕。由此一个新觉醒莅临亚洲。它对于亚洲的任何部分都不会带来羞耻的任何因素,因为礼物包含永恒的真实。只要谁能现实地领受它,那么那个礼物就为他所有。模仿是剽窃,而领受不是剽窃。人类的巨大文明由于领受力量的影响,就能受到充分尊重。

在现代,欧洲在所有形式的学问和艺术里是伟大的,它的影响以各式各样的形态而闻名于世。由于那种影响的鼓励,人们可以在欧洲以外的国家里看到心灵觉醒的印记。谴责这种觉醒,纯粹是不学无术的愚蠢。只有人能掌握欧洲所阐述的那个真理,但那个掌握的力量应该通过自我力量得到证实。必须使那个真理为我所用,并与生命结合,这对我们来说是件值得自豪的事。萨拉特的小说不像乐善好施的礼物或灵丹妙药,它们固然具有欧洲小说的文学风格,但从中得不到非印度特性或淫乐的特点,只能证实天才的生命力。真实的影响一直在空中翱翔,不管它是从遥远或咫尺之处飞来,才华横溢的心灵最早感受和领受它。那些缺乏才华的人总想从那个影响中摆脱出来。因为缺乏才华的人的队伍已经很臃肿了,迟迟无法消除这个队伍的懈怠,所以,长期痛苦的忍受一直蛰居在天才的命运里。由此我的意见是,在进行文学思考时,可不要带着对外国影响和外国自然的嘲讽口吻,讨论东

---

① 罗陀是胜天(十二世纪的梵语作家)的著作《牧童歌》中的女主人公,她是牧区女子,是黑天的情人。

西混合的问题。

又想起有关这方面的另一种类别思想。起因是前些日子,一位女作家在评论我的一部长篇小说《纠纷》中的一位人物古默德妮时写了一封信给我。这封信陈述说,在当今文学里,把妇女放在一个单独的行列里进行观察的倾向越来越明显。正如目前青年队伍突然逾越个人界域,由于首领们的阿谀逢迎,在一个毫无价值的高不可攀的特殊阶级里得到保佑。女子正是处于这种情况。在文学中的女主人公里是否有女性的一个类别的普通特点,这个争论正力图在文学思想中取得主要地位。由于这个结果,古默德妮是否是个人的形式完整的古默德妮,这个文学问题在某些人的笔下变换成古默德妮能否在人类社会里取得女人种类的代表地位的问题,也就是说,能否通过她确定整个女人种类的自然的优秀性。心理学注视着人类自然的普通特征,文学注重个人特殊的独一无二的普通自然。把女人写成非女人,这纯粹是发疯——指出这点是多余的了。其实,评论她也是多此一举。如果在文学里古默德妮受到尊敬,那是因为那个古默德妮是个别的古默德妮,而不是因为她是女人种类的代表。

"文学思想的分析体系是否可靠?"在回答这个问题之前,必须考虑,难道分析探讨是为了搜罗材料?为了搜罗评论文学的原材料?我将断然回答说,这没有必要。原因是,搜罗原材料不是创作。完整的创作比自己的所有部分还要多得多,它的富裕不是在数量上,它是无法被测量的,无法被估量的。它的形式的秘密掩藏在整个创作的基础里,它在每一创作里都是"独一无二"的,它扩散在"多数"里,但通过"多数"是无法测量它的。它是全部,也就是说所有部分都包含在其中,然而它是完整的,它不能脱离所有部分而独立存在。所以,在文学里就应该以完整的观点看待它。

许多日子以来,弗洛伊德①的心理分析学的魔术施展在许多人的头上,在创作里一直削弱完整的自豪感情。在人的心理因素里有各种

---

① 弗洛伊德(1856—1939):奥地利心理学家,精神病医师。

思想情感，比如情欲、愤怒、高傲等。分开观察，就能获得对事物的认识，综合的观察是得不到这种认识的，不是由于许多倾向的复杂存在，而是由于创作过程的不可思议的实践，个人才能发展。今天部分分析研究正竭力超越那实践秘密。在佛陀个人的五光十色的因素里也有情欲的倾向，他的青春时期的历史很自然地证实了这点。那个情欲的倾向是抹不掉的，倘若抹去，那么感情的完整性将被破坏。个人的发展或提高不是由于弃绝，而是由于实践。由于那种实践，那种认识完整地被阐述，那种认识就是佛陀的个别真实。倘若把特殊因素从掩藏性中取出来，是无法得到他的真实的。在分析研究里钻石和煤炭是没有区别的，而在创作的魔术里却存在着区别。在一种甜食里含有碳化物和氮气，但如果以那些因素来考虑这种甜食，那么它应该同不少相反的和无味的东西一起进入同一阶层里，倘若这样，对甜食的认识就被掩盖了。不管甜食是否由碳和氮的因素组成，它绝不能归入腐肉类中去。虽然两者在元素方面是一致的，但在表达方面，各方都是独立的。然而，机灵的人说："这种表达是一个诡计。"应该回答他们说："这个世界就是诡计。"

尽管如此，情味的享用是能够分析研究的，举个杧果的例子吧。在适合享用的杧果形式里植物科学已不适用了。在享用关系方面解释杧果的可爱时可以说，这果实生命的温柔可爱的特点最先诱惑人心，在这里它优越于甜食。在杧果中的那种色彩和甜蜜在生物造物主的鼓励下，就从杧果内部表现出来，它与完整果实有着不可分割的一致。为了招惹人们的青睐，在甜食上可以涂上番红花的色彩，但杧果是依靠植物而发出光彩，而不是通过生命发出色彩。此外，在杧果里还有接触的温柔和芳香的优雅，它的高雅就能够掀掉它的掩遮物而发出光辉。这样，我将能够在解释杧果液汁的享用时说："想一想杧果的液汁吧。"有品尝能力的人却能在介绍信里对此评论说："杧果纯粹是印度的东西，可以从它的牺牲的慷慨而无私中取得证明。而'醋栗'和'覆盆子'等是英国的，因为它们的液汁部分不比果核多，那些果实只好吹嘘自己的实用性，来取代给周围人以享受的快乐。因此，英国佬是淫乐者。"这些话可以符合国粹派的心灵感受，但对如此无根据或有根据的本质分析，与情味经典是完全不相关的。

简而言之，我的话的意思是，文学的思想不是文学的解释，不是文学的分析。这种解释首先应该是对有关文学内容的"个别"的解释，而不是它的"类型"的解释。不错，文学史家可以进行本质的思考，在那样的思考里可以有科学的目的，但在其中决不包含文学的目的。

（倪培耕　译）

现代诗歌

有人请我写一些有关现代英国诗人的文章，这不是件轻松的事。原因是，谁能照着历史书划出这个"现代"的界线呢？这与其说和时间有关，还不如说和意愿有关。

一条河笔直朝前流着，流着，会突然拐弯而去，文学也不是永远那样笔直地朝前发展的。当文学拐弯时，人们就称它为"摩登"，用我们的语言就叫作"现代"。这个"现代"不是时间上的概念，而是意愿上的概念。

童年时代，我们所熟悉的那些英国诗歌，在当时被认为是现代诗歌。那时诗歌有了一个新的转折，这个新的转折是从诗人彭斯①开始的。有不少诗人，如华兹华斯、柯勒律治②、雪莱和济慈，几乎一同出现在人们面前。

在社会里最普遍流行的风俗习惯，被称为"习俗"，在某些国家里这个习俗完全压抑着个人兴趣的自由和多样化。在那里，人变成游戏的木偶，他的一切举止都是循规蹈矩的。这种沿袭下来的风俗，受到人们的尊重。这些陋习也往往长期地影响着文学。人们把那些在创作中出现的、点上毫无瑕疵习俗的旃檀符志③的人，称为"完美的人"。诗人彭斯之后，英国诗歌进入了一个新时期。在这个新时期里，习俗的厚墙被打穿了，人的愿望被充分表达出来。"完美"工厂做成的荷花莲子的湖，只有透过官方障眼物的隙缝，才能窥见。而在文学中，

---

① 彭斯（1759—1796）：苏格兰诗人。
② 柯勒律治（1772—1834）：英国诗人，评论家。
③ 旃檀符志：原指印度教教徒为表示所属教派点在额上面的，这里作者是讽刺那些一心追求"完美"的人。

当某个勇敢者撕下障眼物，打破陈词滥调，放眼观赏那个湖时，他会在抛掉障眼物的同时，开辟出一条新路。从此，从各种各样的观点来看，这个湖通过五光十色的想象变得千姿百态。然而，一心追求"完美"的人却唾之曰："呸！"

当我们开始阅读英国文学时，文学已接受打破习俗的个人意愿，在《爱丁堡评论》①上掀起的轩然大波早已平息。可以说，我们那个时期是一个划时代的时期。

"个人情感的奔放"是那个时代诗歌中现代化的标志。华兹华斯是以个人方式表达在寰宇自然中所取得的享受；雪莱有着柏拉图式的多愁善感，同时也有对民族的、宗教的等等一切障碍的反叛精神；济慈的诗则注重诗体工整。那时诗歌的转折就是从外部世界转向内心世界。

埋在诗人心中的深沉感受要通过语言的优美形式求得自己的永恒性。爱情需要装饰打扮，蕴藏在其中的快乐要通过美表达出来。人用各种方式把与自己有接触的世界装扮起来的时代已经逝去。那时，外部的装饰，就是内心爱恋的表达。有爱存在，就不会有鄙视。那个时代里，人根据自己的兴趣爱好，把日常生活用品制作得五光十色。内心的激情使人的手指获得了创作技能。在各个乡村和城镇里，器皿、衣服、屋宇等物件上的光怪陆离的形式和各种各样的色彩把人的心灵装饰起来。人们为了使自己的生活旅程富有情趣，真不知立了多少祈愿！创造出多少崭新的旋律！用金属、泥块、木头、石头和棉、毛、丝织物创作出多少新颖的艺术珍品！那时，丈夫在介绍自己的妻子时说："这是艺术女神的爱情。"对想建立夫妻生活的人而言，懂得艺术比在银行里的存款更为重要。随随便便编织花环是不行的，青年姑娘要通晓中国丝绸衣裙的绣花技能，舞蹈艺术成为教育的主要内容，同时还有弹琴歌唱的教育。人与人之间的关系里弥漫着亲善的美感。

在生活的开始阶段，我所熟悉的那些英国诗人，他们是以自己的内心去观察外界的，对他们来说世界只是个人的。他们自己的想象、

---

① 《爱丁堡评论》：十九世纪英国有名的文学评论杂志。这里的"轩然大波"可能指的是诗人拜伦与司各特派诗人之间的文学争论。

观念和兴趣不仅仅把那个世界变成普遍的精神世界，而且也把它变作某一诗人的内心东西。华兹华斯的世界是华兹华斯特有的；雪莱的世界是雪莱所特有的；拜伦的世界是拜伦所特有的。创作的艺术魔力也使这个世界变成读者自己的世界。某一诗人世界给予我们快乐的那些东西，可以在某一家庭的情趣中获得。花朵通过自己特殊的色彩和芳香向蜜蜂发出邀请，它的邀请是令人神往的。诗人的邀请也有着同样迷人的魅力。在人的个性与世界联系为主的时代里，需要坚持不懈的努力，方能唤起个人的邀请，在那个时代，似乎总是在进行着一场用衣着和装饰使自己焕发出夺目光彩的竞赛。

我们看到，十九世纪初的英国诗歌从以描写上一世纪的习俗为主，转向表达个人的心灵。这就是那个时代的现代化。

但在今天，已经把那个"现代化"视为维多利亚时代①的陈旧东西，使它安息在隔壁房内的安乐椅上。如今是穿短衣衫和留短发招摇过市的现代化。两颊上搽粉，双唇上涂胭脂，已是司空见惯的生活现象，但总令人感到放肆和恬不知耻！这一切似乎想说："现在再也不需要叫作迷恋的东西②。"造物主的创造里处处有迷恋，迷恋的多样化，以各种方式奏着各种旋律。但科学检查了它的生辰图，断定："根本就没有叫作迷恋的东西，有的只是碳氢化合物、生物学和心理学。"我们是旧时代的诗人，却忽略了这些东西，而把幻想看成是主要的。所以，我们不得不承认，我们企图同造物主竞争，用韵律、格律和语言传播幻想，创造迷恋。手势和记号隐藏着一些东西，我们不能摈弃掩饰真实的遮盖布。我在透过其薄雾的五彩缤纷的光线中窥见了晨曦和晚霞的优美景致，这个景致犹如新娘那样温柔多情，现代难降正在大庭广众中劫走黑公主③。我们不习惯观看此种情景。难道我们在这种习惯所引起的痛苦中不会产生任何困窘不安吗？在这种困窘不安里

---

① 维多利亚时代：这里指的是英国维多利亚女王（1837—1901）在位的整个时代。
② 这里是指具有艺术魅力的作品。
③ 难降和黑公主：《摩诃婆罗多》中的两个人物。难降在赌博中胜了对方，他在大庭广众之中当面侮辱了黑公主，从此结下深仇大恨。

难道没有任何真实吗？在创造中，那种掩盖物是用来表达的，不是用来遮掩的。摈弃这个掩盖物，美难道就不会失去光泽吗？

但是，现代人的心灵里充满了急迫感，何况时间也很少。生计成了一件大事。在飞速转动的机器堆里人们一刻不停地工作着，却在慌慌张张中享受娱乐。曾经有一个时期，人经过反复推敲，自由自在地创造符合于自己心灵的世界，如今，他把一切推给工厂去做，根据切身利益，匆匆忙忙地在官方理想的范围内应付差事。筵席已被取消，只留下简单的饭菜。现在连考虑这一切是否符合心灵的要求的工夫都没有，因为心灵已挤成一团，它只专心致志于拉着巨大的生计之车向前。从他嗓子里发出的不是悦耳的音乐，而是号子声："使劲拉呀！嗨哟！"他在纷杂的人群中，而不是在亲密关系的约束之中。"我想要什么"对他来说无关紧要。对于他值得思考的是："撇开自我，事物本身究竟是什么。"然而，抛掉自我，追求爱恋就没有必要了。

这样，在这个科学时代的诗歌体系里受缩减开销影响最大的是装饰。韵律、格律、语言的精心推敲和反复斟酌日趋消失。这一切不是自然而然地发生的，而是因决心不再沉湎于过去时代的爱恋，对它采取拒绝态度的习惯所致。为了防止由于对习惯不满而被筛选的理智越墙而入，在墙上心怀叵测地安上玻璃碎片。一个诗人①写道："I am the greatest laugher of all.（我是最大的取笑他人者。）"说，比太阳还大，比俄克树还大，比青蛙还大，比阿波罗神②还大。"Than the frog and Apollo.（比青蛙还大，比阿波罗神还大。）"这就是碎玻璃片。人们千万别以为，诗人还带着温柔的装饰音在说话。倘若不讲青蛙而讲大海，那么今天的时代将责难地说："这纯粹是十足的诗人腔。"可能是这么回事，但比它更大的相反的诗人腔却是用了"青蛙"这个词。也就是说，这不是用钢笔自然写成的，而是脚踩在别人身上的蹂躏。这就是今天的法则。

但是，那种认为在优秀诗篇里青蛙这个水生动物不值一提的日子，现在却一去不复返了。涉及真实，青蛙要比阿波罗神伟大，而不是渺

---

① 这里指的是当时印度孟加拉现代派中的一位青年诗人，他曾写过有关青蛙的诗。
② 阿波罗神：希腊神话中的主管光明、音乐、诗、青春等的神。

小。我也从不蔑视青蛙，甚至可以把青蛙的呱呱叫声与诗人的情人一起写进同一行诗里。但是，即使在基本的科学事实中笑声也是属于太阳的，属于俄克树的，属于阿波罗神的，而不是属于青蛙的。这里为了摆脱爱恋而把青蛙强行拽到诗中来。

除掉爱恋的遮盖物，或许能看到事物的真面目。在十九世纪，染上幻想色彩的东西，如今已黯然失色了。甜蜜的暗示如今不能消除饥饿，需要的是物质。现在，"半饱饭菜喷喷香"的说法几乎是夸张的。一位现代女诗人用极其鲜明的语言描写一个过去时代的美女。这里，我把这首诗译出来，在译文中添加任何优美色彩都是不合适的，同时这种努力也是不会成功的：

> 你，窈窕淑女，
> 一朵凋零的花朵，
> 宛如在旧的弦琴上
> 奏起一曲黑天与罗陀嬉戏的陈旧曲调。
> 你好像是堆在往昔时代的客厅里的丝绸物品，
> 上面投下了阳光。
> 你的双眼随着岁月消逝而黯然，
> 宛若掉了花瓣的玫瑰。
> 你身上生命的芳香已经飘散，所剩无几，
> 好比藏在陶罐里的洗头粉已经变质。
> 你那异常柔和的音调使我神往，
> 你那不黑不白的肤色叫我心醉。
> 我的神采像是造币厂新制的银币在闪光，
> 我把它投在你的莲花脚下。
> 请你把它从尘土中拾起，
> 兴许它的光辉使你感到快活！

这枚现代银币的价格不大，但挺沉，图像清晰，在现代旋律里发

出叮当声。在古代的甜蜜里有一种陶醉,而这里面只有感触,没有丝毫朦胧之感。

今天的诗歌不是由于自己内容的戏剧性而令人神往,然而它又是建立在什么基础上的呢?建立在自我的力量之上,用英语说是"个性"。它招呼人们:"瞧瞧我吧。"上述这位女诗人,名叫艾米·洛威尔[①],曾经写过一首关于卖红凉鞋的商店的诗,内容描写的是傍晚时分,屋外寒风呼啸,净亮的橱窗里挂着的一串红凉鞋,悠悠晃动着:

Like stalactites of blood, flooding the eyes of passers by with dripping color. Jamming their crimson reflections against the windows of cabs and tramcars, screaming their claret and salmon into the teeth of the sleet, plopping their little round narrow lights upon the tops of umbrellas.The row of white, sparkling shop fronts isgashed and bleeding, it bleeds red slippers.

(好像血的钟乳石,
滴着血的色彩迷糊住过路人的眼睛。
猩红色的光反射在汽车和电车的窗上,
冲着雨雪红酒和鲑鱼直下,
光亮的小圆点落在雨伞顶上。
白色闪亮的商店橱窗被划破了,
流着鲜血,
红色的凉鞋流着鲜血。)

这一切说的都是凉鞋。把这叫作"impersonal",即"不受个人感情支配的"(非人格化)。这一串凉鞋并没有特别引人注目之处,无论是商店老板还是买主都不会去想到这一层。尽管如此,稍作停留,看上一眼,那么整个画面的自我就会迸发而出,就不会觉得它不屑一顾。那些喜欢刨根问底的人将会发问:"先生,它有什么意思?干吗拿凉鞋大做文章?

---

① 艾米·洛威尔(1874—1925):美国女诗人,提倡意象主义诗歌。

它的颜色是红的,那又怎么啦?"对此,可能的回答是:"你自己为什么不去瞧一瞧呢?""瞧一瞧又有什么用?"这个问题是无法答复的。

有一首有关美的(aesthetics)诗,写道:"一位姑娘在路上走着。有一位穿着有补丁的衣服的小男孩深深地被她吸引住,忍不住说了声:'啊!真漂亮!'三年之后,姑娘又与那个男孩相遇。那年,沙丁鱼丰收。他的父亲和叔叔把鱼装进木桶里,准备拿到市场上去出售。那个男孩欣喜地摸着这些鱼。老人责骂道:'一边待着去!'那个男孩用手摸着光泽鲜艳的鱼,怀着喜悦的心情,说的还是那句老话:'真漂亮!'"

诗人说:"听到这句话:I was mildly abashed.(我脸上泛起了红晕。)"

无论是看到美丽的姑娘,还是看到沙丁鱼,都可用同一句话说:"真漂亮!"这种欣赏是不受个人感情支配的欣赏。因而,凉鞋商店是不能从诗中抹去的。

十九世纪的诗歌也罢,二十世纪的诗歌也罢,都是描写自我的内容。但是,今天强调的是诗歌内容的现实性,而不是强调修饰。因为修饰表达个人的兴趣,而纯粹的现实性则强调内容的表达。

其实,文学的这种现代化在产生以前,早已在图画里有所表现。它粗暴地不承认"绘画也是艺术的一部分"这个事实。它认为:"艺术事业不是迷住心灵,而是战胜心灵。它的目的不是艺术魅力,而是现实性。"它不允许脸上有迷恋,只承认"个性",亦即完整的自我显示。这张脸庞不想被人认识,仅仅强调地说:"我是可以被看到的。"其实不是强调表情,不是强调创造的模仿,而是强调自我创作的真实。这个真实不是宗教道德,不是行为准则,也不是感情的显露;这个真实是创作的真实,也就是说,之所以承认它,是因为它存在。正如我们承认孔雀存在,也承认秃鹰存在,也不能不承认猪的存在,至于牝鹿也是如此。

世上,有的事物是美的,有的是丑的,有的有用,有的无用。但在创作领域内不能用任何借口摈弃任何东西。文学和绘画也同样如此。如果某种形式的创造一旦完成,文学作品就不负任何责任;如果形式没有被创作出来,它的存在就没有力量;如果只有感情的表达,那它就应该抛弃。

所以，今天的文学接受今天的职责，它蔑视小心翼翼地维护旧时代的高贵印记，恪守种姓制度的做法，对它来说，没有什么不可接触的。艾略特①的诗就是这一类现代诗，不同于布里吉斯②的诗。艾略特写道：

> 在通向各家的路上，
> 飘浮着肉香，
> 使得寒冬的夜色浓缩。
> 现在刚六点——
> 朦胧的天色，闪亮的灯火弥漫在天地之间。
> 变幻莫测的风在脚旁吹起，
> 枯萎的树叶、破旧的报纸片，
> 飞起又落在荒芜的土地上，
> 雨点猛扑在破碎的玻璃窗上、烟筒上。
> 路的一旁站着出租马车的一匹马，
> 它身上冒出热气，
> 不时用蹄踢着地。

此后是充满"啤酒"气味的清晨的描写，着意描绘清晨里出现的一位女子：

> 你把床上的毛毯掀掉，
> 你仰卧在床，像是等待什么。
> 有时你合上双眼，回忆着黑夜中看到的
> 几幅低劣的梦幻画面，
> 正是这些画面养成了你的个性。

接着，请看看诗人是如何写男人的：

---

① 艾略特（1888—1965）：英国现代派诗人。
② 布里吉斯（1844—1930）：英国诗人。

His soul stretched tight across the skies

That fade behind a city block,

Or trampled by insistent feet

At four and five and six o'clock.

And short square fingers stuffing pipes,

And evening newspapers, and eyes

Assured of certain certainties.

The conscience of ablackened street

Impatient to assume the world.

(他的心灵在城市后面变暗的天空上拉直,

或者在四点、五点和六点钟

被纷杂的脚步践踏。

他用粗短的手指装着烟斗,

看看晚报,弄清某些事实。

变黑的街道的良心,

急躁着要接受世界。)

在这昏暗和潮湿的以及充满各种酸臭味道和垃圾的傍晚和清晨之间,在诗人心中升起了另一幅图画:

I am moved by fancies that are curled

Around these images and cling,

The notion of some infinitely gentle

Infinitely suffering thing.

(我被空想推动,

它们围绕和依恋在这些图景的周围,

是一些无限高贵的

无限痛苦的事情的概念。)

在这里,"青蛙"和"阿波罗神"是不能结合在一起了,井中之蛙的叫声给阿波罗神的欢笑蒙上一层阴影。显而易见的是:诗人绝不因科学而无动于衷。他对这个坏世界的失望,通过对坏世界的描绘来体现。所以,在诗的结尾部分,他说得是那么粗鲁:

你再用手摸摸脸,笑一笑。
瞧,世界在旋转,
好像老态龙钟的妇女,
从荒芜的土地上捡着干牛粪饼。

这里明白无误地表现了诗人对这捡干牛粪饼的年老世界的厌恶。它与古代不同之处在于,没有在用五彩缤纷的梦幻编织的世界里忘记自己的意愿。诗人携带着自己的诗歌步行在这污泥里而对弄脏一件新衣服是毫不可惜的。这并不等于说,他迷恋泥泞。实际上,生活在这片泥泞的世界里,得正视泥泞,承认泥泞。如果其中也发出阿波罗神般的笑声,那是大好事;如果没有这种笑声,那就不能对青蛙的叫声听而不闻,至少它也是一种表现,也值得把它与世界联系在一起观察,它也有值得一提的地方。这里,不仅青蛙没有被安置在修饰的文学语言的屋内,而且大部分世界也被排斥在那修饰的文学语言的屋外。

黎明一觉醒来,第一个收获就是意识的新的亢奋。这种状态可以称为罗曼蒂克。这种觉醒的意识要公开使自己表现出来。心灵在世界和自己的创作里要使自己的思想和意愿具体化,心灵想把自己深处所向往的东西用种种幻觉在外界加以铸造成具体形象。然后,阳光普照,体验变得严酷,世俗的活动使不少幻觉消失。那时,在明亮的阳光里,辽阔的天空里,心灵与不少显露的现实结合。不同诗人以各种不同方式欢迎这熟悉的现实。有的以不相信的眼光,把它看成是一种叛乱,有的如此不尊重它,毫无顾忌地粗鲁地对待它。在强烈的光芒里人们从充分表达的外貌内部得到深奥的秘密,他们不会去想,还有什么秘密；他们不会去想，在那学识里所有一切都应毫无遗漏地被掌握。

在上次世界大战里人类有着那么沉痛的体验，那么残酷的经验：多少世纪以来人类所积累和流传的文化和文明因受到打击而毁灭。人类无忧无虑的、充分信赖的社会环境眼巴巴看着被破坏殆尽。当看到自己所依存的光辉和幸福传统被毁灭，现代人就把迄今为止的非凡财富说成是衰弱和心灵欺骗的诡计，好像只有对它们的轻蔑，才有强烈的快感。如今，人把世界的死气沉沉看成是真实。

但是假如现代化真有个本质，而那个本质是非人格的（不受个人感情支配的），那么可以说，这种对世界极端不信任和卑劣的看法，也是一种突然暴乱所产生的个人的心理变态。这也是种迷恋，其中缺乏从平和和失意的心中自然地获取现实的严肃性。许多人认为，它是激进的，它像黑山①一样不时击掌，这就是"现代"。但我不这么认为。今天尽管千百万人得流行性感冒，我绝不会说，流感就是身体的现代本性。它是外界的、表面的现象。在这流感之中藏匿着身体的自然本性。

如果有人问我："这个'现代'究竟是什么东西？"我将会回答："不是从个人迷恋感情，而是以永恒的迷恋爱情看待世界，这就叫'现代'。"这个观察是光辉灿烂的，是洁白无瑕的，这个看法就是无瑕疵的享乐。现代科学是以客观观点去分析现实，诗歌也正是以那样客观的意识全面地观察世界，这就是永远的"现代"。

然而，称其为"现代"纯粹是多此一举。这种客观的看法产生的快乐不是专属某一时代的，而是属于懂得在这无遮无掩的世界传播观点的人的。中国诗人李白创作的诗已有上千年的历史，但他仍不失为现代诗人。他的观点就是现今观察世界的观点，他以简洁的语言写下了五言诗和七言诗。

    问余何意栖碧山，
    笑而不答心自闲。

---

① 黑山：印度教对异教徒的称呼。

桃花流水杳然去,
别有天地非人间。①

请看完一幅图画:

渌水净素月,
月明白鹭飞。
郎听采菱女,
一道夜歌归。②

还有一首诗:

懒摇白羽扇,
裸体青林中。
脱巾挂石壁,
露顶洒松风。③

再请听一个少妇的哀情:

妾发初覆额,
折花门前剧。
郎骑竹马来,
绕床弄青梅。
同居长干里,
两小无嫌猜。
十四为君妇,

---

① 李白的《山中问答》。
② 李白的《秋浦歌》(十三)。
③ 李白的《夏日山中》。

羞颜未尝开。
低头向暗壁,
千唤不一回。
十五始展眉,
愿同尘与灰。
常存抱柱信,
岂止望夫台。
十六君远行,
瞿塘滟滪堆。
五月不可触,
猿声天上哀。
门前迟行迹,
一一生绿苔。
苔深不能扫,
落叶秋风早。
八月蝴蝶黄,
双飞西园草。
感此伤妾心,
坐愁红颜老。
早晚下三巴,
预将书报家。
相迎不道远,
直至长风沙。①

　　这首诗没有一丝感伤的深沉的调门,也没有讽刺或缺乏信念的嘲笑。内容是十分陈旧的,然而其中不乏情味。由于在它的风格里稍许采用了曲折的讽喻手法,这就成为"现代"诗了。因为是大家都能容

---

① 李白的《长干行》。

易接受的事物，现代的人们不屑于把它入诗。极为可能的是，某个现代诗人会在这首诗的结尾里写道："郎君拭泪频回首，良人剁鱼炸丸子。"为谁炸鱼丸子？回答这个问题又需要一行半诗……古代的读者问道："这是怎么回事？"今天的诗人回答："哦，历来如此。"又问道："别的就不能作了？"回答是："也能。但太文绉绉了，没有一点儿诗味，高贵的感情是不会消除掉。这样就不成其为现代诗。"那时代的诗歌的庸俗习气是高尚的宝石，今天的诗歌也有庸俗习气，但它现在坠入了腐朽的肉感享受之中。

　　与中国诗歌比较，英国诗人的现代诗歌显得不够质朴自然，而且沾有污泥。他们的心似乎以自己的胳膊推撞着读者。这样的诗人看到的和表达的那个世界，犹如断垣残壁，满是尘埃。他们的心在今天看来是不健康的，摇摆不定的，颠倒错乱的。在这种环境下，他们不能以真诚的感情把自己与世界割裂开来。他们看到倒塌的神像中的木头和稻草，就哈哈大笑："现在才抓到了真实的东西。"他们一面摆弄土堆、木头和稻草，一面说："用力把握住真正的真实。"

　　关于这方面的问题，想起了艾略特的一首诗，诗的大意是："老婆子归天了，她是名门望族之女。根据惯例，家庭的所有灯光都熄灭了。搬运死尸的人到达，根据惯例，开始安排后事。这时，家庭厨师坐在饭厅的桌子旁边，把保姆搂在怀里。"

　　这件事是可信的，真实的，无可怀疑的，但是旧时代的高傲的人们心里不免要产生这个问题："难道这样就使人称心如意了吗？写这首诗的目的是什么？谁会去读它？"如果诗歌写了美女甜蜜的笑声，那他们将会说："不错，这还值得一写。"但是，这首诗如果接着写："牙科医生来到，进行了检查，发现美女的牙里有蛀虫。"那他们将会说："这倒是确有其事，但不值得大肆宣扬。"如果我发现，有人对此种宣扬十分感兴趣，那我将有理由怀疑，他的天性里也有蛀虫了。如果说："以前的诗人斟字酌句写诗，而现代诗人却不是这样做。"那我也不能同意。现代诗人写诗时也斟字酌句。选择鲜艳的花朵也是种斟酌，选择长有虫子的枯萎的花儿也是种斟酌。区别仅仅在于他们一直担心，可不要有人说他们选择的癖好,从而败坏他们的名誉。湿婆的信仰者选择了不洁的东西吃,使用简陋的东西,这仅仅为了证明他们不迷恋于最精美的东西。但其结果是他们对待不精美的东西的态度更加坚定。在诗歌里如果也照此办理的话,那么将把对纯洁抱有兴趣的人置于何地?总有一些树的花和叶上长虫子,而多数的树不长虫子——难道把强调前一种情况称为符合实际就是一种无畏的壮举吗?

有一位诗人描写了一位令人敬仰的人:

  理查德·柯弟去城里,
  像我们一样的行人怔怔地看着他。
  一个有教养的人,匀称的身材,
  从头到脚具有王子的风度。
  质朴的风姿,简单的衣饰——
  但当他说"早晨好",那——
  我们的热血立即沸腾起来。
  他是百万富翁,
  品行高尚,
  他的目光落到某人身上,
  某人就会感到——
  要是我像理查德·柯弟该多好!
  我们累死累活,
  一心盼天明——
  菜肴中没有肉,
  我们诅咒厚厚的烙饼。
  但在春天的一个寂静夜晚,
  理查德·柯弟回到了家,
  向自己额上开了一枪!

这首诗里没有现代主义的讽刺嘲笑,也没有捧腹大笑,同情的影子是有的。但其中包含了一个寓言,现代的寓言。这个寓言要说明的是,我们所看到的健美的东西中也隐藏着某种致命伤。我们认为的富人,他可能是戴着面纱的乞丐。古代一些苦行者曾讲述过诸如此类的话。他们提醒活着的人,终有一天他们也不得不被抬上竹床,送往火葬场。欧洲传道牧师说:"虫子总要啃吃埋在地下的腐朽的躯体。"传统的经典总是力图告诉我们,我们认为美的身躯,不过是血和骨骼的丑陋结合,致使我们大吃一惊。唤起我们对那样明显的事理的怀疑,这就是苦行实践的最好手段。但是,诗人不是任何苦行者的信徒,他是为维护爱而出现的。然而,这个时代难道是那么不足道,以致它的诗人也受到火葬场吹来的阵风的熏陶?他说:在我们认为伟大的事物里有蛀虫栖息,那么在我们认为美的和喜爱的事物里也存在着不可接触的东西吗?

在一颗衰老的心里没有纯洁的自然力量,那样的心是污秽不堪和不健全的,那样的心企图通过相反道路,克服自己的无所事事的行为。像腐烂的东西一样,他们以各种各样的变形拯救着自己。当他们放弃屈辱和仇恨时,他们的额上也会荡漾出迷人的笑波。

维多利亚时代尊重现实,想以虔诚的方式去体验它;而今天的时代却鄙视现实,把毁灭它的整个名誉看作自己实践的主题。

如果把对世界的特别虔诚说成是"感伤主义",那么也可给它的对立面下同样的结论。不管什么原因,心灵的变坏,使得意识变得不纯洁自然。所以,如果用"道学先生"的说法来揶揄维多利亚时代,那么可以用与此相反的说法来嘲笑爱德华时代①。但是,那种事是不自然的,所以也不可能是永恒的。不管是科学,还是艺术,它的沟通工具只能是客观(冷眼旁观)的心,欧洲在科学里得到了那颗心,但在文学里没有得到。

(倪培耕 译)

---

① 爱德华时代,指的是英国二十世纪初期。

文学的实质

"我存在"和"其他一切存在"是我内心存在的一对结合。倘若我在自己之外感受不到什么东西,那也感受不到自己,外部的感受有多大,内心的存在也就有多大。

"我存在"——这个真实对我来说是最宝贵的,所以当我这种感觉有增无减时,我就感到一种享受。我不能对外部的任何东西无动于衷,其中也包括我的兴趣,它催醒我的知觉,不管它是多么渺小,也不管它是纸鸢的飞翔或是陀螺的旋转,心灵就在其中获得了快乐。原因是,由于那种执着的叩击,我以特殊方式感受到自己。

我是"单个",外界是"多数"。这个"多数"把我的知觉变得五光十色,我在各个方面以各种方式了解了自己。通过这种多样性,我的自我感觉始终处在渴望状态之中。假如外界情况是单一的情味,那么人类的心就像死去似的。

在经典里,"一"说:"我将是多数。"也就是说,"一"在多数里感受到自己的"一"。它的名字就叫作"创造"。我身上的"一"也想在多数里获得自己。原因是,认识的丰富在它的多数性中,多数的潮流就永远不停地在我们的知觉里畅流,在形式里、情味里、各种各样事件的激荡里畅流。它的抗衡力一直显示着我的"我存在"这个感受。在自己前面,自我揭示的明显性里就有着享乐,而在不清晰里则出现截然相反的情况。

倘若因禁在监狱里的孤独的犯人没有任何痛苦的感觉,那么他的自我感觉也就模糊了,而他似乎与"我不存在"或与"我将不存在"一样。"我存在"和"我不存在"这两股不停息的潮流不断地在内心集合,进行着自我的创造。当这种内外结合的潮流使我的创作变得微不足道或不完全时,那就将出现一种不愉快的情况。

这里可能会出现这个推论:由于"我存在"与"我"结合,这可能会产生痛苦。但是应该记住,痛苦是幸福的反面,而不是享乐的反面。其实,痛苦也包括在享乐之中,听起来这是自相矛盾的,但这是真实。我暂时把这个话题搁一下,后面再说。

我们的认识有两个方面,即知识的认识和感受的认识。"感受"一词的词根含义是"根据其他一些事物而产生",不仅仅从外界取得信息,在自己内部也发生着一种转化。由于与外界的物质相结合,自己的感受在某个特殊形式、特殊情味、特殊气味或特殊色彩里被体验着。所以,《奥义书》说:我们绝不是因为渴望儿子,儿子对我们来说是可爱的;我们是渴望得到自己,所以儿子对我们来说是可贵的。父亲在儿子身上感受或认识自己,就在那认识里存在着享乐。

被我们称之为"文学"或"艺术"的那个东西的目的,就是获得那个认识的享乐(欢悦),那个享乐就是在认识客观物质与主观感情的统一里的享乐。通过这种感受的严肃性,内部与外部结合一致的感受越是真实,享乐的界域,也就是自己"存在"的界域就越在生活的范围里扩展。日常的交往把我们的自我扩展隐藏在小小的部分里,把心灵禁锢在物质财富的狭隘理性认识中,实用世界用严厉的岗哨围困着我们,在那闭塞的日常习俗的粗野里,我们忘记了:只有纯粹实用知识的人是最低微的人,他是被实用剪刀裁开的人。

实用的要求是异常强烈的,是数不胜数的。原因是,多少的安排对我们来说是必需的,然而,这些安排没有满足自己的数量要求。消除贫乏之后,贪婪的欲望一直乞求着,钱财堆积如山,探寻仍不想休息。这个"渴望"的市场充斥于世界的所有部分,人在这个市场的周围寻觅着如此一个地方,在那里他的心能说"没有渴望",也就是说,不渴望那种作为积聚财富的东西。因此我们看到,尽管有实利目的那样的压力,人一直大量地积聚着非实利的东西,非实利的价值对他来说是巨大的。他可引以为骄傲之处,他的富足之处,就是他抛弃实利的前进之处。

纯粹的文学是非实利的，它的情味是无原因的，这个观念是十分重要的。人在那解脱了职责的巨大闲暇的领域里清醒地认识着被想象魔杖触及的材料——也就是认识了自己的存在。在他的那种感受里也就是在自己的特殊认识里，存在着他的享乐。除了赋予享乐之外，文学是否还有其他目的，我就不晓得了。

人们说："文学赋予的享乐是美的享乐。"这是值得认真思考的一种观点。我不对美的奥秘进行分析解释，这是一种徒劳无益的企图。在经验之外，我们发现，美渗透在无数的事实之中，那些事实既不美，也不丑。玫瑰花只有特殊的形状、花瓣、茎梗，绿色的枝叶围着它们。超越这一切又带着这一切而放出异彩的一个"一"的特性，才被我们称之为美。那个"一"呼唤着我内心的"一"，我人格的"一"。丑的物质的揭示也是一种完整，也有一个"一"，这是无疑的。但它的事物形态主要是事实，而"一"是次要的。玫瑰花的形貌、优美和浑然一体的每个部分，以特殊形式描述着被融化在它的完整之中的"一"，所以，玫瑰花对我们来说不是事实，而是美。

然而，为什么仅仅是美呢？任何超越事实界域的物质，对我们来说就像我们自己存在那样真实。我们自己就是那种物质，那种物质把无数事实掩盖起来，成为不可分割的"一"。

高等代数里有一个严肃的美，它是一个"一"的形式。毫无疑问，数学家使自己沉浸在其中。它们结合的事实不仅仅是知识，而且是深刻的感受，在其中就有一种特殊的享乐。原因是，它在知识的高峰上被表达出来，在那里它摆脱了一切实利目的，或者说对实利目的漠不关心，在那里有着知识的解放。这里，内心自然而然地产生一个问题："为什么它不能成为诗歌文学的内容？"不能的原因是，只有少数人感受到它，它对大多数人来说是不可思议的。通过那规范化的语言的媒介，了解它是完全可能的，但它没有大多数人心灵感受的接触，从而也不能构成生动的因素。在不能以非世俗激情进入心灵的语言里，是不可能有文学情味的创造和文学形式的创作。技巧工厂开始在现代诗歌和文学里取得地盘，它超越了机器的特殊实利目的的事实，能在我们的想象里显示它自己巨大力量的形式,那个形式仰仗自己隐秘的、和谐的悦耳音乐,超越自己的材料而产生。从想象的观点来看,似乎在它的各个部分的严肃性里,它的自我形式都能袒露在大庭广众之下,那个自我形式是我们个别形式的不可分割的形式。那个不是从机械知识而是从经验中来感受那个形式的人,就在其中获得了自己。船长在自己船内,仿佛由于自己的极端忠诚而感受到自己的人格。但是自然的选择或者最有才华的人的发展本性是不属于这个种类的。在对一切本质的认识里,也存在着真诚的享乐。但是那个享乐不是"存在的内心享乐",而是"获得的享乐",也就是说那个知识与自我存在的认识分离,它不是他个人存在的内宫里的东西,而是仓库里的东西。

  我们的修辞学说:"诗歌就是带有情味的句子。"美中含有情味,但不能说:"在所有情味里都存在美。"就在存在被我们感受的地方,

  一切情味与美的情味相结合着。在感受之外情味没有任何意义。情味掌握着事实,然而以不可言状的方式超越它。情味是超越事物的一种"一的感受"①,它毫不迟疑地与我们的知觉结合。在这里,它的表达和我的表达是一回事。

  人类在埋头于减轻物质的专制统治之中,为自己的感受创造闲暇。我举一个简单的例子,人用水罐取水,这"取水"是人日常的实用目的,所以,他不得不承担肩负或头顶东西的重压。如果实用的统治是唯一的,那么这个陶罐将成为我们无生命的东西。然而,人使它变成美,美对装水是没有任何意义的,但是这技艺在实用目的的粗野环境里,取得了一个闲暇机会。我们把自己被迫承认的陶罐看作自己的朋友,在人类历史里,从原始时代以来,这个努力一直在沿袭着。人给实用的东西以非实用的价值,人借助艺术技巧和帮助,使东西转化为超越的东西。文学创作、艺术创作,存在于那没有任何阻碍,没有意向,没有重压并把物质生活视为幻境的世界里,它的理解形式就是真实,在那里人把一切都占为己有。

---

  ① 这里是指对美的感受,对真理的感受,对最高实在的感受。

但是如果你发现,众人说某某人在被迫承认的物质面前低头哈腰,那么就请你看那里,人们精心制造小陶罐取代洋油罐,并用扁担挑着小陶罐去取水。在贫乏前面,有着人的孤独屈辱。但那些创造陶罐美的人不马上承认口渴,他为了确认自己的个性而耗费许多时间。

物质的大地充满尘土和铁石,空气在它四周取得了巨大的闲暇。就在这上面有着大地的自我揭示的背景。生命的呼吸就从那里飘溢出来,这个生命是难以言状的。生命的艺术家的画笔,从这里取来了光、热、色彩,作成一幅幅画,它们填满了大地的画布。这里有着大地的游戏,也就是在这里有着它的创作。就在这里有它的个别形式的表达,那个个别形式是无法被分析的,无法被解释的,在那形式里有它的语言,它的现实,它的情味,它的黛绿①,它的波浪。人挣脱了各种必须活动的意愿,想自己拥有一个单独的天空。在那里有他的闲暇,在那里由于没有实用目的的游戏,因此在他自己的创作里,自己的表达就是他的最高目的——在那种创作里没有"理解",没有"获取",只有"存在"。

我早就说过,感受的意思是"存在"。由于外界的存在的叩击,一个收益进入那"存在"的感觉里,由此心灵在创作游戏里不安起来。我们的心灵的感觉由于维持生计的实用目的而工作着,我们自卫着,杀伤敌人,抚育子女;我们的心灵的职责是在这一切工作里积聚热情,培养兴趣。在这有限之内,人与动物没有任何区别。区别就在于人使自己心灵感受摆脱事务的意愿,与想象结合起来,就在于感受的情味成为人无私的享用标志;就在于人由于表达自己感情的激励,始终忘记因果利益的极端必要性。就在那里,人不仅运用武器进行战争,而且也弹奏战争的弦琴,跳起战争的舞。当人的野蛮性为残酷的事业准备时,人使那野蛮性的感受超越事业,给它以夸张的形式。由此,人很可能在自己成功的希望中设置障碍。

他不仅在自己的创作里,而且也在世界的创作里,到处寻找着自

---

① 黛绿:这里暗示大自然的郁郁葱葱的植物。

己感受的标志。他的爱徘徊在花圃里,他的虔诚为朝圣而来到河流入海口、山脉顶峰上。他在物质和哲学里不能获得自己个别形式的亲密伙伴,他在蓝色的天空里,青翠的草地上,获得游戏的自由。在花丛里存在美;在果实里存在着甜蜜;在生物里存在着同情,在对"多数"发出自我恳求的地方,我们就从内心感受到自己个别与世界关系的永恒结合。那时我将说,这就是"现实",在那现实里有着我自己的真实。

为了迫切表达自己,为了从自己身上认识无限,无论在财富还是在力量方面,我们都是不节俭的。我们想积聚财富,就得为计算一个个铜板而操心;我们想显示财富,就会毫不犹豫地给自己以神性,因为财富的显示就是个别人的表达。其实,人们也将看到,在世界上谁都不具有适合表达"我是富人"的财富。当把从敌人手中拯救出生命作为目的时,人们都得对魔鬼的每一个诡计和每一个欺骗行为保持警惕,但是在将显示自己勇敢作为目的时,就有可能献出自己的生命,因为在那表达里有着个别人的表达。我们在日常的生活旅途里总是小心地花费钱财,但当良辰佳节之际,我们为表达自己的欢乐,就不会仔细研究如何花费钱财。原因是,我们意识到自己个别存在时,不会去计较世俗的事情。通常来说,我们与人打交道时,一直保持着距离,但在被我们所喜爱的、也就是与我们保持着最好关系的人面前,我们就没有任何距离了。对此,我们会脱口而出说:"从降生以来,我见过数以百计的形式,但眼睛仍得不到满足;多少世纪以来,我维护过多少心灵,但一个心灵也联系不上。"

从事实方面来说,不能有如此大的夸张,但在人格人的感受里,有限的"短暂时间"能够包含着无限的"永恒时间"。一被生活之风吹动,石洞就形成,这在物质世界里是非常现实的,但倘若在个别世界里出于事实考虑,把它说得比此更小,那么它就不能到达真实。

世界的创造里也有类似情况,在物质世界的计算里,一个铜板的差错都是不允许出现的,但是在超越事实的界域里,它的计算没有任何奢望,没有任何数量概念。

浮游的星云在高空的云层里,是一个普通的自然现象,但由于初升阳光的抚触，其中有一束优美色彩的游戏之光，是不寻常的。它不仅是"随着风吹拂飘落下带着尘土的雨水"，它也仿佛是自然的一个毫无原因的夸大，它仿佛把一个有限东西的特殊信息转化为一个无限的不可言状的东西。当语言里有强大的感受时，它就违反了阿比塔那①字典里的词义界限。

所以，当语言说"足趾上的千百束宝石之光羞愧失色"时，我们不能说它发疯而加以取笑。因此，以本来面貌把世上的每一事实奉献在艺术的祭坛上，就会使艺术羞愧得无地自容。原因是，倘若给艺术表现以真实形式，那么其中就有夸大成分，然而，纯粹事实又无法容忍它。不管它如何正确无误地被叙述，然而在遣词造句和韵律的暗示里，有着超越那"正确无误"的界限的夸大的东西。在事实的世界里个别的形式就成为那个"夸大"的东西。高尚的交往与忙碌的交易活动的区别就在这上面，忙碌的交易活动要求精确的统计工作，而在高尚交往里只有夸大，它是个别人尊严的语言。

古希腊和古罗马的文明，如今早已成为陈迹。当它存在时，那里的人民肩负着许多方面的职责，他们的需要也是坚实而巨大的，他们有着炽烈的热忱和强烈的追求。今天，它的任何印记都荡然无存，仅仅留下那些无关紧要的东西，没有职责的东西，不是实在的东西，而全国却以极度夸大的高尚情愫，热情地欢迎这些东西——正如我们在转轮王名字前面加上五个"先生"，就感到扬扬得意一样。国家在夸大的群山顶峰上尊重它们，而在地下充满日常活动的平坦地区是不会尊重它们的。人的个别形式的认识，容忍着长期的观察；石头上的雕刻线条和语言的文学词汇，给它们诚挚的请求以永恒形式和无限价值。

不管赋予那地方的、当时的和暂时的东西以多么大的价值，它总得不到来自国家天才方面的夸大的尊重，但在月夜里随波漂流的船歌能获得那种尊重：

---

① 阿比塔那：印度古代著名字典学家，生卒年月不详。

船夫，你掌住舵，

现在还不是搁桨的时辰。

夜莺的歌唱也能得到那种尊重，听着歌声的诗人向自己的情人倾诉衷肠：

Listen Engenia,

How thick the burst comes crowding throught the leaves.

Again-thou hearest ?

Eternal passion !

Eternal pain !

（因杰尼那，请听

最密集的爆炸声怎样穿过这些叶丛。

你是否又一次听到？

永恒的爱恋！

永恒的痛苦！）

我早就说过，就在情味里，也就是在所有方面的心灵感受里，我们以特殊方式认识自己，在那个认识里有着特殊的享乐。在痛苦的认识里也存在享乐。就在这里会引起争论，看来这是自相矛盾的。我们把痛苦、害怕理解为应该抛弃的感情，其原因是，我们由此受到损害，它打击着我们的生命，它反对我们的利益。当我们异常强烈地捍卫着的生命和利益，遭受到任何形式的打击时，它马上觉得难以忍受。所以，当我们个人的自我感觉由于痛苦感觉而异常激烈时，我们通常是讨厌它的。然而人们可以发现，在天性里不特别害怕死亡和众生的人，心甘情愿地召唤着灾难，进行艰险道路的旅行，纵身跳入难以成功的事业之中。他这样做是出于什么利益呢？他不是为了获取稀世的财富而这样做，他是在恐惧与灾难的打击里强烈地感受到自我存在而这样做的。人们看到，许多孩子十分残忍，他们在使昆虫、鸟儿等动物受难的过程中寻欢作乐。具有强烈理性的人是不会有如此快感的，那时理性会起阻碍作用的。我们将会看到，当这种理性自然地或习惯地衰退时，残酷的享受就会变得越发强烈起来。人们可以在历史中获取这方面的不少例证。在监牢里的工作人员持有这种态度，肯定不是稀罕的，责难者在对别人的谴责中获取享乐，这种享乐就是野蛮的毫无理由的享乐。而在自己受到特殊损害的情况下，他们肯定是不会谴责的。那些责难者一直幸灾乐祸地、成群结队地从事谴责的事业，他们无缘无故地诬告人们所不认识的、不对人们进行任何谴责的事物。这个活动是残忍的、卑鄙的，但它们的享乐是强烈的。被我们冷漠处之的东西不会给我们以幸福，然而我们谴责的角色强烈地激发着我们的感受。因而不难理解，把别人的痛苦变为享乐的行为，为什么为了人的特殊需要而成为艺术享受的作品，为什么随着奉献水牛那样庞大的畜生，跳起鲜血四溅的狂舞是可能的。我们的感觉因痛苦的感受而激荡不已，由于痛苦的苦涩味，眼泪从双眼中扑簌扑簌淌下，尽管如此，痛苦的感觉也是值得领受的。痛苦的感受一般比幸福的感受强烈，痛苦的价值具有这个特征。由于小后吉迦伊的煽动，罗摩被放逐，驼背宫女欢乐，十车王死亡[①]——其中没有一桩好事可以与我们用简明语言称之为"美"的事物等量齐观，这是不得不承认的事实。然而，多少世纪以来，多少诗歌、多少戏剧、多少绘画、多少歌曲描绘着这一切，所有人都在其中获取艺术享受。原因是，具有机敏才能的个别人的强烈感受存在其中。有的人的知觉像被控制的水那样沉默，像热风那样缺乏自我的认识，对半死不活的单调乏味的重复练习，麻木不仁，熟视无睹。不对知觉进行如此沉重的打击，存在的感觉就因此而黯然消沉。人想在痛苦、危险、叛乱、暴力所隐藏的冲动中，在强烈的感情激动中感受自己。

---

① 都是史诗《罗摩衍那》的故事内容。

某个时候，我就这个问题写过一首诗，说："我的内心的'我'由于懒散和冲动，沉睡在享乐之中。残忍的打击驱除了'我'的迟钝。唤醒了'我'之后，我就深刻地获得了'我'，就在那获得之中存在着享乐。"

  迄今为止，绞尽脑汁，
  把它安放在床铺上，
  什么地方遭受打击，
    痛苦如刀割，
  所以夜以继日沉浸于工作，
  创造铺满鲜花的幸福的卧床，
  费了九牛二虎之力，
    闭上了屋内暗扉。
（最后）宁静的生命饮了懒散的液汁，
    在幸福的被褥上，
  现在似醒非醒着。
  光彩夺目的沉甸甸的项链，
  同样夜以继日地处于似醒非醒的状态，
  一种曲调充满着没有痛苦的交易，
  内心充溢着一种新的激动。
  所以，在寂静无人的夜晚，
  心里浮现一些新的游戏的念头。
  握住死亡秋千的绳子，
  两人肩并肩坐着，
  暴风刹那间发出哈哈大笑，
  秋千的摆动更趋剧烈，
  生命和我们在阒无人迹的漆黑夜里，
    跌跌撞撞摇晃着。

我们的经典说：

"请了解那痛苦的人，死亡由此将不给你以痛苦。"

从痛苦也就是从心灵的感受中认识那个人，也就是了解Personality（人格人）。当我的人格以非实用的经验认识无限人格时，良心—理智—心灵就在其中毫不犹豫地认识自己。那时将出现什么情况？死亡也就是虚无的痛苦将一去不复返，因为痛苦的人的感受是人的感觉，是反对虚无的感觉。

这个形而上学的实践，可以被引入文学领域。生活里的虚无感觉给我们以痛苦，在世上存在感觉模糊的情况下所发生的事不会唤醒我们感受的知觉。在那里，没有适合唤醒我们个人知觉的那种声音，即它能用明确的语言说："我存在。"当沙恭达罗的心由于分离的虚无而悲痛欲绝时，沙恭达罗的门槛上响起了"我存在"的声音。但这个声音没有到达国王豆扇陀的身旁，因此，他的内心不能做出"我也存在"的回答。就在这里产生了她痛苦的原因。如果在世上"我存在"这一语言一直是清楚的，那时她就可以得到他发自内心的"我也存在"的确定无疑的回答。"我存在"这句话是以何等强大的声音响着的呢？它是从充满情味的真实中响起的。当我们亲眼目睹自己外部的情味形式时，我们就深刻地感受到自己内心的个别人。由此，巴马尔抒情诗人[①]到处唱着：

我在哪儿寻觅到自己心灵的朋友！

因为优秀的人应该为了专一地取得自己心灵的朋友，成为"被认识的人"，那时虚无将不会给予痛苦。

为了填饱人的肚子，为了消除生活旅程的匮乏，人们进行着种种努力和种种事业。人类的文学，人类的艺术是为充实人的虚无，为了在种种感情和情味里唤醒人类心灵而存在。在人类的历史长河里，文

---

① 巴马尔：孟加拉地区的一种抒情民歌，据说原是一位名叫巴马尔的和尚唱的歌，通常演唱这种歌要有独弦琴伴奏。

学艺术的地位是何等宽广！它的数量是何等丰富！如果它在文明的任何一场毁灭性地震里毁于一旦，那么巨大的虚无就会像荒芜的大地一样，扩散在人的历史里！人的"劳作"领域存在于人的耕耘里，存在于人的办公室和工厂里；人类的文化领域存在于文学里，在文学里就存在人类自己的文明，人类在其中以适当的方式塑造着自己，人类自己就在其中"存在着"。因此，《爱达罗氏梵书》①说："人在自己的艺术里给自己以教育。"

在教室墙上，玛塔沃用粗大的字母在另一个孩子的名字上书写："拉合尔是猴子。"这时玛塔沃异常愤怒，在这愤怒的情绪里所有孩子对他来说都是模糊不清的。从存在观点考虑，拉合尔是多么巨大，他必须通过许多字母来表达，才能被人知晓。玛塔沃用绵薄的力量把愤怒的感受从自己身上分离出去。这样，玛塔沃在墙上树立起一个字母形式，这个夸大形式提醒着："玛塔沃愤怒着，玛塔沃想在整个世界面前显示这种感情。"可以把它称为抒情诗歌的一个小小的化身。玛塔沃那个不成熟的跛脚诗人的笔触，无法越"用猴子比喻拉合尔"雷池一步。毗耶娑以沙恭尼②的名义在《摩诃婆罗多》中记载着这件事。他的语言是独特的，此外，他用黑炭写的字母永远也不会被抹去，不管在上面刷上多少层墙粉。考古学者能够用种种证据证实，名为沙恭尼的人，在任何时代都不存在，我们的理智也承认那个事实。但是，我们直接的感受将证明，他确定无疑地存在着。格维坎坎的朋杜达德也是猴子，格维坎坎以白纸黑字宣布这件事。然而，我们轻视这些猴子的感情就是一种享受。

一种文学思潮眼看着涌现在我们国家面前，它们提出种种理由贬低文学的这种直观形象性。人类传记家可能会说："像沙恭尼一样，不掺杂不好品行的人不是自然的人，他也应该具备与毫无原因的仇恨

---

① "梵书"（或译"婆罗门书"）：古代印度各派婆罗门传授吠陀和祭祀仪式的典籍。《爱达罗氏梵书》是传授《梨俱吠陀》的最重要著作。

② 沙恭尼：《摩诃婆罗多》里的难敌的母舅，奸诈凶狠。

连在一起的伟大优点。"他说:"因为吉迦伊或麦克白夫人①,希丁巴②或首哩薄那迦③是女人,是属于母亲的一类,所以在她们的品格里忌妒或卑劣的愿望的那种深刻的污点,是不值得尊重的。"从文学方面来说,这里没有值得采纳的任何论证,仅仅获得这样的回答就足够了:被引证的那些人物早已跨入创作的行列,他们是摸得着、看得见的。创作者隐入某种思索中,创作出像"长颈鹿"那样的动物。批评家可能会说:"它的颈脖不像牛,又不像鹿,更不像熊。像它后面那样坡度的骨架在四足动物界是找不到的,如此等等。"只有一个回答可以反对这一切异议,那就是这种动物在生命创造的同义词里,是最显而易见的。它正说着"我存在"。"不存在就适合"的说法是无法存在的。它的毫不犹豫的表达,就是它存在的最好说明,我们就称它为创造。就在这里,造物主的创造与文学的创造相遇。因为世上"存在着"骆驼,所以,在人的文学创作里,才出现了骆驼。对于鸵鸟来说,除了说"我存在"之外不会再有其他的回答。

人类也是从儿童时代起就获得这种享乐,获得直感现实的享乐。这种现实的含义不是"它永远发生着"或"它是联合一致的"。那个带着某个形式,直接地触及知觉的东西就是现实。

当诗的语言的隐喻或暗示唤醒那种现实时,它就成为语言创作的一种艺术的东西,它就与任何实用语言不相吻合,但从中显示出缠着我们的一种永恒思想。

> 彼岸河水呈现黝黑色,
> 细雨淅淅沥沥飘落着。
> 此岸河水犹如红辣椒幼芽般的殷红,
> 古鲁沃蒂姐姐,请别仔细打听心底的奥秘。

---

① 麦克白夫人:莎士比亚的名剧《麦克白》中的女主人公。
② 希丁巴:《摩诃婆罗多》里怖军的妻子,她是罗刹女。
③ 首哩薄那迦:《罗摩衍那》里的楞伽城十首罗利王罗波那的妹妹,爱上罗摩。罗什曼那一怒之下,割掉了她的鼻子和耳朵。她就怂恿罗波那劫走悉多。

这诗的内容是异常平凡的,但一旦在诗的韵律的秋千里摇摆,它就好像成为适宜触及的东西。

> 猴子踩在熊背上起舞,
> 小手鼓扑通扑通敲起。

孩子们一听到鼓声,就欢呼雀跃。这是一个十分简单明了的通俗的道理,仿佛是用韵律所制成的纸鸢,它就是飞翔,没有其他活动,就在这种飞翔里存在着惊奇。

因此,人类从婴儿时代起就说:"请讲个故事吧!"人们把这种故事称为"形象的故事"。在形象故事里既不能存在历史事实,也不能存在必要的讨论,它不可能对任何问题进行解释或辩白。它在心灵面前树起某一种形象,唤醒人们对它的好奇,这个形象驱散着虚无,它就是现实。我曾经给大家讲过一个故事:

> 某地有只猛虎,
> 它全身布满了黑色斑纹,
> 它闯进家里,
> 准备吃仆人,
> 突然它的眼光投在镜子上,
> 仆人乘机逃出了自己家。
> 老虎在镜子里看到了自己脸庞,
> 刹那间大为光火,
> 它不能容忍自己的丑态,
> 暴跳如雷地吼叫:
> "我身上的斑纹怎么是黑色的!
> 谁给玷污的?谁给玷污上的?
> 他可别落在我手中,

不然他的生命将遭殃！
我将生吞活剥他，
他就像是驴子的息子！"
户外是放置割草机器的房间，
姨母正在切割稻草，
老虎扑向那房间；
姨母吓得面如土色，
满脸怒色的老虎吼叫着：
"赶快拿甘油肥皂来！"

小女孩目瞪口呆地听着这一切，我说："好了，今日到此为止。"她不安地说："不行，后来怎么样，讲下去。"她肯定晓得，老虎的贪婪不只是擦擦肥皂而已。然而，完全不可能的事对她来说变成了充分的现实，活生生的老虎与她已经没有什么关系了，但她就在老虎照见自己面目而发疯的形象描绘中获得快乐。

可以把这种现象叫作"心灵的游戏"，就在没有事实根据的这种创作中存在着享乐。

表达美不是情味文学的唯一目的，我早已说过，在美学的一个阶段里，美是十分简单明了的。花是美的，蝴蝶是美的，孔雀是美的，这种美好像是一幢房屋，外面是客厅，没有内室的神秘，它顷刻间就可被抓获，它不寄希望于实践。但当在这座生命的房屋里获得心灵的礼物和接触人物时，它的院墙就扩大，那时美的思想不是简单明了的了。正如人的脸庞不是一目了然的，在这里仅仅通过肉眼观察马上得出结论，恐怕往往要出差错；在这里把从简单观察中得来的丑恶现象说成迷人的现象，也是可能的，甚至它的享乐创造者也会对平凡肃然起敬。心灵一听到抒情的曲调就会激动不已，道利曲调[①]的四个节奏催醒着知觉。"丁香树的令人神往的触及"可能是甜蜜的，但"佩戴

---

① 道利曲调：印度一种曲调的名称。

春花的装饰"是迷人的。一个是耳闻的东西,另一个是心灵的东西;一个没有品行,只有娱乐,另一个则以品行为主,认识前者不需要特别的深思熟虑。

被我们称为"美"的东西的界限是狭隘的,被我们称为"迷人"的东西则是广为传播的东西。为了使心灵欢乐,它不能是超凡的,尽管它是平凡的,但也是特殊的。如果语言把我们司空见惯的东西原封不动地呈现在我们面前,那我们将称它为"合题"。但当文学把我们那个普通认识的东西以特殊的形式呈现在我们面前,那时它就是非凡的,唯一的,独立的。具有抚爱子女职责的人的知识是无比渊博的,在《摩诃婆罗多》里的持国可用上"极端不寻常"的形容词。但是那个被剥夺王权的瞎眼国王①,通过诗人的笔层层细腻触及,完整地出现在人们的面前。带着一般特点的与他一样的人是数不胜数的,但瞎眼国王在世上是独一无二的。人的专注不存在于他的特别活动里,也不存在于任何部分的认识里,而存在于完美形式中。由诗人的创造所表达出来的它的独一无二的形式,在天才的自然才干中完善起来,低级的评论家的分析笔触是无法获得它的心灵的。

世上许多物质可直接成为我们普通的食物,每日成千上万人在路上行走着,即使其中每个人都是特殊的人,然而对我们来说都仅仅是普通的人而已。他们被一个巨大普通的遮布覆盖着,因而他们是不清晰的。我自己是被确定的,是特殊的,倘若任何别人带着自己的特殊性出现在我们面前,我们给他在自己相应的界限以位置,那么在这种观念中我们将会获得欢悦。

这里必须阐明一件事,我的洗衣人对我来说是真实的,无可置疑的,跟着她的妹妹也是真实的。她作为洗衣人,从实用观点来看,同我非常接近,但她仍被排斥在我作为个别人②的全面感受之外。

---

① 瞎眼国王:《摩诃婆罗多》里有两个兄弟,兄是瞎子名叫持国,弟叫般度。般度为王,看破红尘到森林修行,后由持国执政。后来持国与般度的后代为争夺王位而进行战争。这里持国与瞎眼国王是一个人。

② 泰戈尔在这里讲的"个别人",即有人格的人,有情感的人。

我早先在别的地方说过，主要与我们实用活动联系的那个物质，归入普通等级的物质行列后，我们就无法看清那物质的特殊性。萨希吉花①之所以很迟进入诗歌之中，是因为我们以菜肴的形式和一种普通蔬菜的形式去认识它。至今，南瓜之花不能跨入诗歌的大门。洁白的番石榴花是适宜与梅花相比美的，但是，当我的目光投向它时，它不是以自己最好的形式被显示着，我是以从前食用花的认识目光观察它的。倘若它郑重地宣布自己的特殊性，那么它就能够在诗歌中获得尊重。为什么我们的文学不能接受母鸡的美，稍稍加以思索，就能明白其中的道理。我们的心不以上述的那种形式去欣赏它，而结合着其他东西，把它掩盖起来之后进行欣赏。

尽管在读我的诗歌的人们面前一再重复，然而我在这里仍要提出那个问题。我住在一个村庄里，有一个仆人，他没有值得称赞的理智和脸庞。他深夜回去，清晨过来，把抹布搭在肩上，做杂务工作。他有个主要优点是不多说话。我在他不在的那天感到"他存在"的这个事实。清早发现，洗澡水没有装满，卫生没有打扫。十点光景，他才来，我略微生气地对他说："这之前没去哪儿？"他回答说："昨天深夜我的女儿死了。"说毕，他马上开始自己的工作。彼时彼刻，我的心跳得很厉害。他原作为仆人身份被实用目的遮掩物盖住，如今罩在他身上的遮盖物掀掉了。我看到的是作为女儿的父亲身份的他，他的本质与我的本质相吻合。他突然成为直观的、特殊的人。

爱神手里执握着造物主的"通行证"，他进入任何地方都很容易。但是他是那么一个真诚的穆斯林，叫我如何说呢？他不能被说成是美的。父亲在世界上数不胜数，这个普通事实既不美又不丑。但是那一天，在同情情味的暗示下，那个仆人与我的"心灵之人"相遇了。越过实用目的的樊篱之后，真诚的穆斯林在想象背景下对我来说已成为现实。

百万富翁的家里举办姑娘的婚礼，如此奢华，连住宅区最年长的

---

① 萨希吉花：印度的一种花。

人也说,这是前所未闻的。婚礼的宣告在新闻报刊上掀起了轩然大波,不管婚事在居民的喧哗声中显得多么重大,然而耗资万贯的巨大盛会也不能使这件事高于以"姑娘的婚礼"为主题的极端的普遍性上。由于突出自己暂时的渴望,这个婚礼就不值得怀念。但如果某个诗人用自己的语言和韵律,使"姑娘的婚礼"这件极其平凡的事从它的一时一刻的稍纵即逝的自我宣传中引出来,成为伟大文学的素材,那么那个婚礼将会穿过习以为常的千百万个姑娘的婚礼的浓雾,以一个独一无二的婚礼形式呈现在人们面前,正同《鸠摩罗出世》里的乌玛的婚事一样,也像《罗怙世系》里的因杜默蒂的婚事一样。

桑丘·潘沙是堂·吉诃德①的仆人,如果他是一般仆人,那么他由于物质世界的千变万化而不显眼,那时谁能在成千上万的仆人的普通行列里识别他呢?然而,堂·吉诃德的那个仆人今天具有对永恒人的永恒认识,它给大家以自己的专一的直感的欢愉。不管迄今为止人们获得多少印度总督的生活传记,但他们在这个仆人面前相形见绌、黯然失色。今天许多具有聪明才智的大政治集团为裁减武器而进行争辩。从事实观点看,这个争论是一个具有巨大意义的争论,然而,假如文学清楚地表达战争给战士所带来的那种痛苦生活情景,那么,所有时代的人将给那种痛苦以比政治家建议和探讨更重要的地位。我们已肯定地知道,在创作《沙恭达罗》的时代,政治家和经济学家提出了不少问题和主张,他们的权威性在那个时代肯定是激动人心的,但这一切的印记如今已荡然无存,仅仅流传下《沙恭达罗》。

人类社会像天堂的幻影之路一样,它们大部分比由种种抽象因素(abstraction)组成的广漠无比的星河还要集中,它们的名称叫社会、国家、民族、贸易,真不知还有多少名称!它们无形的浓雾掩盖住具有个性的人类的痛苦现实。在名叫"战争"的一个中心的下面,成千上万人的特殊心灵的痛苦折磨所燃起的火星,被压在现实不可见的灰烬里。"民族""国家"的词汇掩盖着全世界的罪恶和惨状,一旦人们

---

① 桑丘和堂·吉诃德是西班牙作家塞万提斯(1547—1616)的小说《堂·吉诃德》里的人物。

掀掉这块遮盖物，那么人们在任何地方都遇不到保存自己羞愧的地盘。名为"社会"的物质制作着如此五花八门的愚昧和奴役的锁链，我们的目光始终看不清它们的清晰面孔。原因是，"社会"具有如此一个抽象因素，它使人的现实感沉睡在我们的心底里。罗摩·摩罕·罗易、维德亚萨格尔①不得不为反对那种沉睡而进行斗争。在"宗教"这个词的掩盖下发生着如此难以忍受的杀戮，它能够向全部经典所描绘的地狱发起挑战。在学校里，"班级"是抽象因素，在那里个体的学生消失于等级的普通中心之中，所以当以他们的"心"所命名的活生生的物质给经典的背诵折磨得像花一样枯萎时，我们感到无比沮丧！在政府里有名为"官僚机构"的一个抽象的因素，它超出于人的个别的真实感受之外，所以在"缺乏真诚关系"的国家统治之下，任何地方无法消除巨大的祭坛的残酷性。

文学在人的心灵的这一切巨大的无知觉的浓雾里，给痛苦感受的特殊性以灿烂之光。一切创作在形式里是有限的，但在个别人的自我表达里是无限的。这个别人是人内部的统一的本质，而这就是人的最大秘密。它从人心的中心扩展到世界范围——它存在于人的体内，但战胜着肉体；它存在于人的心里，但超越人心；它掌握了人的现在，淹没了往昔和未来的河岸而存在着。这个别人以可知形式出现在有限内，而在真实形式里超过有限大步流星地前进着，任何地方都不想停下。由此它渴望美能给自我存在的表达以享乐形式、不朽的形式。

在这一切形式的创造里，世界与个人统一着，个别人通过这些创造送来了最高人②的声音的回答，这个最高人从没有光亮的特质群内部来到我们视线跟前，使自己的表达不断在真实的无限神秘里放出耀眼的光芒，在美的无法言状里放射出永恒的光芒。

（倪培耕　译）

---

① 维德亚萨格尔（1820—1891）：印度近代孟加拉语散文作家。
② 个别人，有形（或有限）的人格人。最高人，无形（或无限）的人格人，亦即泰戈尔心目中的"上帝"，这个"上帝"是真善美统一的化身，是爱的代名词。

文学的意义

植物有两大类：一类是草本植物，另一类是木本植物。草本植物刹那间破土而出，随着短时间果实的成熟，就枯萎死掉。木本植物有较长的寿龄，它的躯干有着千姿百态的外貌，它的伸展部分是繁茂的枝杈。

语言领域内也有两大类型的表达方式：一类，一旦它完成日常实用目的即刻就消失，在传递短暂的实践活动的信息中死亡，另一类则存在于它自己的内部，它不会在日常短暂目的的狭窄界域里全部消亡。它犹如高山上的常青树，不会在结出果实后很快就被折断，也就是说，它在时间的稳定领域里通过各种鲜艳的花果和嫩绿的枝叶，通过感情和形式的结合，高傲地宣告自己的完整存在。我们就把这称之为文学。

通过语言的媒介，我们相互间传递着事实的信息，传递着个人的情感。"我们对它有好感或我们厌恶它；我们不满意它或我们喜欢它"，我们不及时表达此种感情，是不会罢休的。不会说话的飞禽走兽也有确定的语言，这类语言中有些是声音，有些是动作。它们通过这种语言相互间传递某些信息和感情。人类的语言大大超过自己的应用范围。由于研究和论证的力量，事实的信息变成科学，与此同时，它日常的个人障碍消失了。这个世界仅仅说"我存在着"来表现自己，然而，人把它创造成巨大的知识世界。在世上，一切地方和时代的人的智慧，仰仗知识有效地控制着人与人之间的受感觉支配的关系。

人在表达情感方面也是如此。不能说，人只是表达自己的幸福、自己的痛苦、自己的愤怒和自己的爱情，而且他使这种表达到达了顶点，使它超越最初的即兴冲动。人赋予这种表达以韵律和声响，赋予个人痛苦以普遍形式。他通过心灵使自己具有好恶感的情感世界变成全人类的文学世界。

"文学"一词的构成意义的解释,是否存在于修辞学中,我不知道。指出这个词最早出现时的确切意义的智慧,我是不具备的。但如果我把这个词的意义与称之为文学的东西联系起来考虑的话,恐怕是不无裨益的。

我理解文学的本来含义,就是"接近",也就是结合的意思。人因为种种目的不得不相互结合,然后才是为结合而结合,也就是为了文学目的而结合。人与菜园的关系是收获菜蔬果实的关系。但是与花圃的关系则完全是另一种关系。菜园的最终的用途,就是供人们收集食用的东西。花圃从某个角度来看,可以被称作"文学"。就是说,我们的心灵想与它结合——我们去花园里闲坐、散步,在与它结合的过程中我们感到心旷神怡。

从中我们可以明白,在语言的范畴里"文学"一词的意义究竟是什么。它的任务就是使心灵结合,这种结合就是最终目的。

商人从事玫瑰香精的买卖,把它运往城镇市场去出售。那里花朵美的价值是次要的,估量它的市场价格是重要的。毋庸置疑,在估量市场价格之中有着一种"固执",但"情味"决断是没有的。对于价格的关注使它在同花朵的结合里筑起了一堵厚墙。因此,玫瑰香精的买卖不能成为文学的素材。当然,也有可能成为文学的素材,那只有通过诗人之手,而绝不是通过商人之手。

那是很久以前的往事。一天,我泛舟在莲花河①上。仲秋的傍晚,太阳在云层里奉献出自己最后的全部财富之后,正在西沉。寂静的苍穹里弥漫着无法描绘的安宁情趣,河水里没有一丝涟漪,在光滑如镜的河面上流水缓缓地淌着,傍晚苍穹的五彩缤纷的光影,渐趋暗淡,慢慢消失。阒无人迹的干涸的沙丘,犹如远古时代的巨兽,匍匐在河的西岸。沿着河的东岸,紧贴着陡峭的岩壁,小舟缓缓地行进着。在峭壁的隙缝里,可以望到许多鸟巢。蓦地,一条大鱼泼剌一声,跃出

---

① 莲花河:帕德玛河。恒河流入孟加拉邦以后分成两个支流,一支就叫帕德玛河。

水面，转眼间，又潜沉到水底去。它仿佛以转瞬即逝的惊讶，向我倾诉水底深处无声生物世界的、充满着生机的生命欢乐之情，同时，它似乎向正在消失的地平线，致以傍晚的最后问候。恰在那时，一个可怜的水手叹了口气，以十分懊丧的口吻，说："哎哟！多么肥大的一条鱼！"此时此刻，他心中升起的图景只是：逮到这条鱼，送进厨房，做顿丰盛的菜肴。所有的美景在他的周围撕得粉碎，遁隐得无影无踪。这里可以说："这个水手与大千世界的自然结合，荡然无存。他贪求食物，只求一饱口福。"因而，不忘掉自己是无结合可言的。

人有各种各样的欲望，其中之一是想吃鱼的欲望，但比这更大的欲望是要与世界接近，亦即结合的欲望。就是要使河岸上落日的壮观美景与自己整个心灵结合的欲望，这个欲望就是把自己从自我禁锢中解脱出来的欲望。苍鹭久久伫立在林中的树枝上、湖岸畔；太阳在天空冉冉升起，在玫瑰色的霞光里，涟漪泛着微光——难道苍鹭懂得把自己的心与这般美景结合吗？这种令人惊叹不已的欲望，只在文学里才有表现。所以伐致呵利①说："丧失文学、音乐、艺术的人是动物，仅仅没有角和尾，就是如此区别而已。"鸟兽的感情只囿于自己的生活圈内，人的感情却创造着世上解放的道路，要在世上扩展自己——文学就是他的一条康庄大道。

在我的写字桌上放着一只花瓶，瓶里插着一束夜来香，在另一只花瓶里浓密的绿叶中间插着一朵素白的兰花。它们对写作毫无用处。然而，在这毫无用处之中宣告了我的一个自尊心。在这里面隐藏着我的一个喻示，这就是我生活旅程的需求，没有在我周围筑起一堵高耸入云的围墙，把我变成囚犯。在那两个花瓶里我的自由的本性印证着自己。对于知觉被囚禁的人来说，他最初的欲念的敌人，他的软弱，他的贫乏的想象力，在与世界相结合的现实文学利益中成为一种阻碍。我不是囚徒，我的大门敞开着，那些毫无用处的花卉便是证明。与它们的结合便是与外界世界结合的一扇开放着的窗户，我需要它们。那

---

① 伐致呵利：印度古代诗人，可能是公元初期人，著有梵文诗集《三百咏》。

种说不上原因的需求,使人从单一需求的束缚中解放出来。为接受自己这种淳朴的关系,人做了多大的努力,是难以用笔墨形容的。为了完美地表达这件事,人类社会里产生了多少诗人,多少艺术巨匠。

刚落成的新庙宇洁白如雪,四周花木环绕。庙宇与黑色的围墙不相协调,显得超脱和独立不羁。随着时光的流逝,大自然年复一年地用倾盆大雨给它洗礼,骄阳的灼热使得沙灰砌成的墙壁渐渐剥落,肉眼不易发现的水生植物种子不断落在它上面,整个庙宇才徐徐地染上了森林的自然色彩,从而与四周的环境完全协调起来。骄奢淫逸的人与自己周围不相协调,他们本身就分崩离析。连有学问的人也与周围不相协调,因为他们太超然。只有多愁善感的人才与周围相协调,他们用自己的感情和情趣在世界的躯体上抹上自己的色彩,即人的色彩。不言而喻,大千世界总是以自己洁白无瑕的本来面目呈现在我们面前。但是,人不仅有自然属性,也有精神属性。因此,人日复一日地运用自己的心灵,对世界施加影响,使自己的心与物质世界相谐调。世界是由人的感情联系起来的,也就是由人的社会装饰起来的。随着人的个性的成熟,大千世界的精神成熟程度也日新月异地变化和增长。原始人眼中的大自然,如今对我们来说已不复存在。自然进入我们的感情越深,我们心灵的成熟广度和深度也就越大。

我们的船停泊在日本港口,我举目眺望那个国家——一阵清新、优美的感觉油然而生。一位日本人也倚在甲板栏杆上伫立着。他不仅看到了那个美丽的国家,还见到了那个国家的山水草木经历了多少沧桑,通过同人的心灵的接触,有了特殊的情趣,那种情趣已不再是大自然原有的,而是人的。人赋予自然以情趣,同时,创造了与它相联结的人类生活中的特有的文学。人类的国家不仅仅是自然的,而且是精神的。所以国家给人以特殊的幸福感,同样,人通过心灵情感,用自己的精神装饰着整个世界,掌握着整个世界,到处传播着自己的文学。

外界事实或事件成为感情素材之后,就在情味的影响下,与我们的心灵相结合。那时,人自然而然想使一切时代的所有的人接受那个结合。当情味的感受无比丰富时——它在我们心里储存不下，要向外溢出时，那时我们便想用永恒的语言表达它。诗人使那语言变成人能感受的语言，也就是说不是知识的语言，而是心灵的语言，想象的语言。当我们用感情的眼光去观察世上的任何事物或活动时，那么这种观察就不是机械的。摄影机的镜头能观察到事物的细枝末节，而描写的语言则无法表述得那么分毫不差。从妈妈的眼光来看，把婴儿的小鞋子说成鞋，则是一种不真实的说法。所以，妈妈说：

宝宝登上船回家，宝宝穿上小船鞋。

（在词典里恐怕寻找不到"船鞋"一词的。毗湿奴虔诚诗①里通行着一种混杂语言，不能说它只是印地语系的阿伯珀仑谢语。诗歌创作者有意保持着那种混杂语言，因为表达感情的非凡性，普通语言是无法胜任的。）充满感情的文学里创造出一种语言——有些是表达意义的，有些依靠发音传神。这种语言藏头露尾，含蓄曲折。只有在那时，人才由于受到物质世界的冲击，创造出一个感情世界，表达着那个感情世界。不然，诗人为什么说："眼睛像鸟儿那样追逐地张望。"看的愿望本是件普通的事，但当把那件事不局限于外表，而使之与心灵结合时，诗人说了一句妙不可言的话："眼睛像鸟儿那样追逐地张望。"要求眼睛像鸟儿一样追逐的比喻是心灵的语言，不是客观陈述的语言。

在朦胧的黄昏里，美女从庙宇里走出，这是十分普通的事。但诗人说："在初临雨季的乌云里，闪电似乎在扩散着战火而急行着。"由于这个比喻的运用，外界事物镂刻上自己的印记。一旦我们的心灵把它作为自己的创作内容，它就成为心灵自己的东西了。

---

① 毗湿奴虔诚诗：毗湿奴虔诚运动的产物。毗湿奴运动即公元十五至十七世纪的"虔诚运动"中的有形神派，该派信奉印度教三大神之一的毗湿奴。毗湿奴的化身为罗摩和黑天，因而，该派又可分为罗摩派和黑天派。该派最初流行于泰米尔地区，以后发展到南、北印度各地。该派认为对神的虔诚，就可以使个人灵魂归依，结合于神或梵，从而获得解脱。在实践中反对婆罗门至上和种姓分立。该派头领用诗歌形式宣传教义，主要诗人有杜勒西达斯和苏尔达斯。

这里，我把一位不知名的希腊诗人所写的一首诗翻译成散文。诗人写道："秋风在苹果树丛里飒飒吹拂，睡意袭扰着颤抖的树叶，犹如急速流动的河水，向大地扩散开去。"枝叶间飘拂着温柔的金风的夜晚，像无声的河流一样迅速地传播睡意的夜晚，那便是我们心灵的夜晚。我们把这个夜晚变成自己的，那时我们就能充分地享用它。

有一位中国诗人写道：

> 山峦不断地向万仞高空伸展，
> 江河行走几百里，没有一丝涟漪。
> 沙丘洁白无瑕地闪烁着，
> 完美无缺的青翠松柏，
> 年复一年地万古长青。
> 河水川流不息地流着，
> 哪儿都不想歇脚休憩。
> 几万年的树木一直遵守着自己的诺言——
> 突然，它们抹去一个旅途者心中的全部痛苦和不幸，
> 用自己的笔谱写着一首新歌。

山川湖泊怎能抹去人的痛苦和不幸呢？河川是具有不少的自然特点，但绝不会有给人以慰藉的精神特点。人自己的心融入山川里，创造着自己的慰藉。客观的东西由于人心的接触，就成为人心的东西。由于心与世界相结合，人心的痛苦和不幸平息了，那时文学从那结合中脱颖而出。

人与人之间充分地体验和享受与世界相结合的能力，不是毫无差异的。原因是，通过一种力量我们与世界相结合，这种结合不仅仅是感官的结合，而且是心灵的结合，这种结合所凭借的力量就是想象力。这个想象力把结合的道路变成我们心灵的道路。通过这种想象力的帮助，我们能够专注地感受那些独立于我们的东西，但想象力是因人而异的。那些不是我们心灵的东西，一旦心与之结合，就能够变为心灵

的东西。这个游戏是属于人的,其中有着人的快乐。当有人说"我在那里能得到自己心灵的挚友"时,我们将理解为,那位只在自己情感里具有自我的人是不能变成自己心灵的挚友的。因此,"我在家乡的外面流浪,始终遇不到失去的挚友。"心灵不能把他作为自己心灵的人,因而他不得不在外面徘徊不定。人的世界如果排斥于人的心灵之外,那就是造成不快乐的原因。当心灵把他变成自己的,那时文学就在他的语言里开始萌发,他的笔由于新的歌唱的疼痛而受到震动。

  人也包括在世界自然之内,由于各式各样的环境冲击,心潮的波浪在整个人世间激荡着。在对事物完整的、专注的、清晰的观察中,存在着两个大的障碍。山峦或湖泊消极地存在着,它们与我们的关系是自然的,其中没有一点儿精神的东西。因此,心能够把它完全变成自己的东西,轻而易举地用自己的情感去影响它。但是,我们的心与人类世界的实际事件的联系是积极的。在俱卢族会议里难降侮辱了黑公主①,那样的事如果在某个城镇里发生,我们就不会以人类命运的巨大悲剧形式去看待,我们仅仅把那件事看作日常生活领域里的一件偶然发生的不正常的事而已。用我们常人的观点来说,这件事只配构成一个"警察诉讼案件",然后我们愤怒地谴责它,像打扫日常垃圾一样把它清除掉。但是,《摩诃婆罗多》的森林之火与实际情况相差十万八千里,由于这种差距,它只变成一名作者的作品。心灵会以快感的眼光去观赏它,犹如欣赏日月山水。但是,如果我们获得消息:由于大火灾,千百座城镇和粮仓毁于一旦,数以百计的人和飞禽走兽烧成灰烬,那么它定会勾起我们的同情,使心灵感到万分痛苦。当事件从实际的桎梏中解脱出来,进入想象的巨大宫殿里,也就是进入无限宽广的疆域里,那时,它的文学对于我们的心灵来说是纯洁的,无阻碍的。

  还有一个障碍阻碍人们对人类事物进行清晰的观察。在世上大部分领域里发生的事件都不是相互关联的,不能看到它们的全貌。而我

---

  ① 这是《摩诃婆罗多》中的一个情节。

们想象的眼光探索着"一",创造着"一"。譬如,我们听到或从报上读到某地的难降作恶的消息,但可能那个事件与以前或后来的某个大悲剧相联系,而我们不知道它的前因后果,也可能这个事情与家庭中的父辈的品行有关,而我们却不甚了解。我们看到的只是这个事件的各个部分,中间脱落了许多相互衔接的内容和事件。在如此情况下,要了解整个事件的前因后果就必须进行一番筛选,决定其中什么是有意义的,什么是无意义的,而这对我们来说几乎是不可能的。原因是,我们没有身临其境,亲眼目睹,从而把握事物的巨大意义。我们称之为"巨大意义"的东西,如果我们全面地观察它,那时就能在文学里显示出来。

在法国君主专制时代,每天都要发生一些事件,而当时谁也没有发现这些事件的最终意义。高乃依①对它们进行了选择,加上自己的想象力,完整地对它们进行了观察,那时我们的心就看到这些支离破碎的东西的完整图景。从纯粹的历史观点看,可以在高乃依的选择里挑出不少毛病,而且也可能有不少是言过其实的,有不少却避而不谈,从纯粹的事实观点来说也缺乏必不可少的例子。但这一切并不妨碍我们的心为高乃依作品里勾勒的缜密完整的图画所吸引。所以,从历史观点来看,它是不全面的,而从文学观点来说却是全面的。

就在当前,民族工业的种种努力和因此发生的事件在我们国家不断出现。在军事统治机器的特别法律内,在许多报刊的转瞬即逝的种种喧哗声中,我们听到了对上述变化的种种解释。在印度这个时代的整体民族形成之中,它们如今还没有获得站住脚的充分机会。在将来得到此种机会时,它们定将携带着人类的全部勇气、全部痛苦、全部利弊和全部弱点从新闻出版界中脱出身来,进入文学的光辉灿烂的世界中去。那时,法官、行政长官、法警、警棍,所有一切都将变得无足挂齿;那时,今天的大大小小的纷争和冲突在一个巨大的背景里获得统一,在无数时代的人心里取得崇高的光辉形象。

---

① 高乃依(1606—1684):法国著名剧作家。

由于人与人之间各种各样的联系和冲突，我们的经验在整个世界越发变得五光十色，超乎异常。这个心灵世界是无数时代的创造，我们用人的本质观点、形而上学的观点、历史观点，对它进行思考之后，就能在人的关系里获得知识。这是一个事实积累和分析的工作。但是，在这知识世界里我们希望接近无比美妙的人类。埋在我们心底的这个愿望是十分庄严和强烈的。从童年时代起，人一直在说："讲个故事吧。"这类故事不是罗列事件，而是介绍某个人的全面图画，完整的图画。我们生活的经验在其中得到了完善。形式的迷人力量，艰难旅途中的不屈不挠的英雄气概，在罕见的探索里进行的难以实现的事业，善对恶的斗争，爱的追求，嫉妒对爱的破坏——这一切心灵的感受以各种不同的背景和形态在人类中传播着。其中有不少是幸福的感受，有不少是痛苦的感受。对这一切心灵的感受进行修饰加工，赋予优美的小说和绘画的形式，就变成文学艺术的形象故事。儿童们从早年起就一直倾听这些故事，从没有间断过。在这些形象故事里也有着非人间的生物的事情，但它们是人的象征。其中也有妖魔鬼怪，实际上就是人的化身，还有飞禽走兽，也是人的象征。在这些故事里人的现实世界经过想象改造，呈现在儿童心灵面前，而儿童从中获得了快乐。人是天生的创造者，因此，人把一切都转化为自己的创作，在创作中筑起了自己的巢窝。人靠纯粹的造物者创造，就会一无所成，纯粹的造物者的创造远远不能满足人的要求。人通过自己的双手创造着自己和世界，也用自己的手描绘着世界的图画，人通过它得到了无穷快乐，其原因是，那图画是完全接近人的心灵的。

　　在人类世界里沙恭达罗的事是可能发生的，诗人却在我们心灵面前把它真实化。《罗摩衍那》《摩诃婆罗多》也是如此被创作出来的。在《罗摩衍那》里所见到的罗摩，绝不是任何一个人的形象——其中不时注入不同时代的不同人的优秀品质和情味，无数人的形象，在诗人的心里就转化为高大完美的罗摩形象，于是，罗摩就成为我们"心灵的人"。与实际世界的无数完美无缺的人相比，罗摩在我们的心坎里更为真实。心灵不能像接受罗摩那样接近现实中的千百万人。然而，把"心灵的人"都理解成"理想的完人",那也不对。世上还有许多坏人,他们与许多人厮混在一起。我们综合的经验能把他们的"坏处"分离出来示众。我们有对世上许多坏人的坏处的零星认识。这些认识来去匆匆,它们不时围困着我们,又在种种现象后面消遁得无影无踪。但是,在文学里它们被集中到一个现象上去,它就能成为我们每颗心灵上难以忘怀的形象。莎士比亚创作的福斯塔夫[①]是一个特殊性格的人,这是毫无疑义的。然而应该指出,莎士比亚以自己的天才力量把我们许多人感觉的共同点凝聚在福斯塔夫的性格里,他没有把那些片段的感受硬性地黏合,而是把它们融化在想象的情味里进行加工创作。这样,我们的心较容易与它相结合,因为我们在其中获得了快感。

这里,我们的心里就不由自主地想到:"在古代的诗歌和戏剧里我们看到的是一个模式的、一个阶层的人,因为他们是由一个阶层的不少人的资料加以集中概括而成的。然而,现代文学里我们所看到的那些人物是个别的。"

首先,个别是人的类别的基础,人不能脱离类别而独立存在。集合的人类来自每个人,每个特殊的人又与集合的人相结合,如果在人物塑造中把阶级作为次要因素,而把个人作为主要的,那么为了使那个人符合我们思想的完整价值,就需借助于艺术家之手。但艺术家的创作不是单纯模仿自然。在创作里我们看到的人物如果是由自然之手塑造成的,那么不管那个人物塑造得多么丰富和现实,他仍是不真实的。也就是说,我们的心不能毫无疑义地承认其权威性。在其中有着许多隙缝(gaps),许多是无意义的,它的前后的分量也搭配得不恰当。我们把在莲花里所看到的"一"称为"美",因为它是自然的——在它狭隘的多样性里没有自相矛盾的地方,也就是没有虚假和无用的废物,我们的心可以不费力地控制它,不存在任何障碍。而在人类社会里矛盾的多样性使我们迷惑。倘若要使它的某个表达清晰又有趣,应具备艺术家的才华横溢的想象力,也就是能把外界的"实际"的东

[①] 福斯塔夫:莎士比亚剧作《温莎的风流娘儿们》中的人物。此人爱吹牛,胆小,滑稽可笑。

西转化为"心灵的东西"。艺术家对呈现在自己面前的许多生活素材，要凭借想象力加以取舍剪裁。有些需要夸大，有些需要缩小，有些要放前，有些要靠后。我们将使"现实"中的贵重东西俯首听命，我们的心能不费吹灰之力得到它，又能从中轻快地解脱出来。自然创造物与真实的本质存在着差距，文学语言的桥梁，不仅缩短那种差距，而且使自然创造物接近本质。文学赋予那种接近，因此我们称结合为"文学"。

人企图从两个方面——实践和感情两方面占有自己所在的世界。哪儿有火种隐匿着，人就通过自己的双手去点燃它；天空光芒照不见的地方，人通过自己的才干用电光去照亮；人为了解决大自然中食物产量的不稳定和不充分的问题，开始用犁耕种；人本可以在山林和洞穴里居住，但他没有那样做，而是根据自己的便利和爱好，建筑起自己的家。大地是天赐给人的，但它不完全符合人的愿望。所以，从远古时代起，人类通过自己的聪明才智，使大地符合自己的意愿，为此，人的机械力量和创造才能是永不枯竭的。在宇宙的水域、陆地、天空里，人到处扩展着自己的意愿，从大地中获取资源，进入大地的秘密宝库里吸取力量，人根据自己的意愿和途径改变着大地。人类的城镇乡村、种植区域、公园广场、码头港口、通衢大道等所有一切都超越大自然的天然环境而独立地涌现出来。人积聚着分布在各个国家和地方的财富与力量，这样，分布在各个国度和地区的大地逐渐被征服，奉献出自己。在物质世界里人进行着世界性胜利的游戏，而在感情世界里人类的另一个游戏也在进行着。在实用科学和文学艺术领域里人类都立起自己的凯旋柱。

从人的双手获得技能，语言取得意义的那天起，人通过自己的感官在感性认识的世界中取得了种种素材，通过它们创造着自己的感性世界。那些存在于自己所创造的实际世界中的事物，在这里也是处于这种情况。也就是说，人没有被迫去接受存在于自己周围的那些事物，而通过想象赋予它以形式，通过心灵赋予它以情味，这样，它就成为人的心灵的东西，给人以快感。

我们称之为"感情世界"的是什么世界？心灵通过特殊情味认识了某个事物，我们通过无形的想象力，特殊地显示了那个事物——这个认识和显示在哪儿成为最高内容，那儿就有我们的感情世界。可以举个月夜的例子加以说明。在那明月之夜，有个特殊的情味控制着我们的心。在那个夜晚不仅有情味，还有外貌。我们是用想象的眼光去观赏那个明月之夜的。在树丫、小径、屋顶、湖面和暗示里都有它光影的拥抱和嬉戏。同时，有着各种各样的声响回荡——鸟巢里突然发出的振翅声，空中竹叶的飒飒声，黑暗的丛林里的蟋蟀低鸣声，河塘里桨橹划水的唰唰声，还有从遥远地方传来的看门狗的狂吠声，统统汇合在一起，在空旷里回响着。仿佛随着轻风的吹拂，看不见的、陌生的花朵的香气扑鼻而来，又仿佛不时闻到了某些熟悉的花朵的幽香。这样，我们想象的目光看到了一个"明月之夜"的完整形象，这个形象把明显和不明显的东西汇合在一起。在这想象的目光里，以特殊形式和完整形式所看见的"明月之夜"，是人心最亲近的东西。人随同它获得的"最亲近的快感"就是结合的快感。

玫瑰花是不同寻常的，它以自己的美向我们显示特殊性，它自然是属于我们心灵的。但是有些事物是平凡的、不美的，我们的心却能用想象的"一"的目光，使它特殊化从而显示出来，并能把它从外部请到人心内部的闺房①里来款待它。举例说，年老的村妇沐浴在落日的余晖里，从灌木丛遮掩着的破旧土墙上收拾干牛粪块，放进屋内，她喂养的母犬总是紧跟在她身后走进走出，这使她烦恼不堪。如果这种景象以特殊的形象映入我们眼帘，如果我们把它从事物的普遍性中分离出来，在它的存在光辉中进行欣赏，那么，它将在我们感情的永恒世界里得到应有的位置。

实际上，艺术家也从这样的创造中获得了快感。他们自己的创作从那些浅薄的事物中是不会得到激励的力量的，艺术家用自己难得开口的嘴发出邀请，它能使没有造物主的通行证的人，进入心灵世界。

---

① 请到闺房做客是印度人对最亲近的人、最知心的人的款待。这里是借用。

许多大艺术家从不马马虎虎地把简单的美的东西，运用到自己的创作活动里去。人类一直努力在物质世界里扩展着自己的聪明才智，建立与自己生活旅程相适应的一个实用世界。同样，人一直致力于扩展自己的感觉世界，运用各种精湛的艺术技巧，从事着自己感情、情味和快感世界的创作，这就是人的文学。人类通过实践才能，用力量和技术把世界占为己有；人又运用自己的艺术技能和想象力使世界亲近自己。它的价值不在实际运用里，而在心灵的实践里和文学的实践里。

关于文学的实践关系问题，古代有一则故事提示了那个时代的心灵情感，而这种情感是经得住时代的检验的。当一个猎人在动物交媾时杀死了它们，在愤怒情感的支配下，诗人写下一首诗篇。诗人在诗中展开了想象的翅膀，世界出现之前，造物主的目光突然焕发出创造的光芒，那光芒里有着内心的冲动和表达力量。问题自然提出："在这永恒里光究竟做了什么呢？"为了回答这个问题，光的原子集合体采取了永恒的表达的奇异形式，在苍穹里转动，那最初的光就构成了大梵天的威慑力。

那具有内心冲动力量的韵律突然出现在诗人心坎里，那时又会出现问题："应该适宜地把它创作出来。"为了回答这个问题，《罗摩传》①被创作出来。也就是说，有些东西适宜在永恒的坐毡上就位，它的文学就值得受人尊敬。

人的创造力是强大的，人的才能是令人叹为观止的。人依靠自己的力量，自己的才干，建设起数不胜数的城镇。"这些城市形象是值得人骄傲的。"没有这个创造愿望，对于那个充满力量、自尊和文明的人是不堪忍受的。一般来说，随着这个愿望，各种欲念（情欲、愤怒、贪婪、迷恋、高傲等）接踵而来，从事破坏的情感（牟取暴利的诱惑、从事廉价事业的卑贱、富人对穷人的轻蔑、无教养和低级趣味的粗野等）也如影伴随。这样，用厚颜无耻的残酷手段建立起令人作呕的黄麻工厂，蹂躏了恒河河畔的纯洁。由此夹杂在高贵住宅中的形形色

---

① 这里《罗摩传》可以理解为《罗摩衍那》，也可理解为印度众多的有关罗摩故事的作品。

色的简陋肮脏的住宅里疾病蔓延着，黑暗扩展着。简陋的家门、肮脏的商店和狭窄的街巷使我们的眼睛蒙上了痛苦和不幸，并一直巩固着自己的独立权力。强大的情欲和低能的形式也不得不承认"整个城市是为增添城市居民的骄傲而建立的"。人们这个意愿就是真实。任何人不会说城市的真实就是它的令人作呕的畸形发展。原因是，城市居民与城市有着特别亲近的结合——这个结合是稳定的结合，这个结合是亲近的结合，绝没有自己瞧不起自己，瞧不起与自己结合的人。

对文学来说，情况也是如此。一旦贪欲的敌人进攻文学，这种文学就烙上怯懦的印记，就到处沾满污秽的垢斑。然而，仅仅建立在这一切低贱和贫乏之上的文学是不能完美地表达人的崇高伟大的。它不会产生值得骄傲的东西。因为人在文学里以永恒的素材表达着自己与外界的联系和结合，因为永恒的人不是"实际"的，而是"具有丰富感情"的。在永恒的人的心里的那个愿望秘密地或公开地存在着。那个愿望是高大的，朝向天堂的，是以不可战胜的气概而光彩照人的。在文学中这种认识的衰落，如果在某个历史时期出现，那么我们将感到耻辱。因为在文学里，人在自己难以捉摸的形象里向世人提示自己内心世界，犹如花在自己的花蕾里，星星在自己的光亮里提示自己。这个认识像在整个民族或国家的生活里燃烧着的火苗一样，点燃起人类未来时代的火炬，未来时代的万家灯火。

（倪培耕　译）

诗与韵律

自由诗体刚一出现，便使没有充分准备的读者们感到愕然。这也不足为怪，因为正是格律才能以它均衡、流畅的节奏表达找到通向人类心灵之路的感情。

但是事情还不止于此。散文与平凡的、日常的生活紧密相连，而诗的世界却与此迥然不同。诗的语言的特点鲜明地显示了这个不同之处。若你懂得这一点，那么就可以认为你是能理解诗意的。出家人身穿橙黄色的袈裟以区别于俗人，这件袈裟使得信徒匍匐在他的脚下。假若没有这件袈裟，那么也就不会有对出家人的顶礼膜拜。

不用说，出家人生活的意义不在于他的袈裟，而在于他的真诚信仰。谁明白这一点，谁就会不在乎有没有这橙黄色的袈裟。他就会想："我靠自己的智慧认识真理，而装饰常常掩盖了谬误。"

格律本身还不是诗。诗的本质在于激情，格律只是起着次要的、用来表达这种激情的作用。除了那些为读者所熟悉的韵律之外，韵律对读者来说，有着直接的影响。诚然，不能不顾及习惯。有一个时期，诗按照停顿的要求被严格地分成一小段一小段，从而我们的耳朵也就形成了与之相适应的习惯。那时，诗是非押韵不可的。

但是，这个习惯现在被打破了：默图苏登在我们的文学中进行了自由体诗的创作。在韵脚发音长短相同的情况下，节奏感常常打破了一行诗与另一行诗之间的界限。换句话说，自由体诗使诗朝散文靠拢了，尽管它还没有最后的与传统的韵律学决裂。

我再举一个例子说明习惯是可以改变的。

在相当长一个时期里，人们认为，品行端正的女人应足不出户，守在深闺内宅。第一批敢于打破这一规矩的妇女与传统决裂了，因而人们对她们投以白眼，在背后议论纷纷，甚至当面冷嘲热讽——这种情况在当时是司空见惯的。当女人开始同男人肩并肩地一起进大学读书时，对她们采取不屑一顾的态度的情况是时有所闻的。随着时间的流逝，我们的看法也有变化。品行端正的女人今日依然品行端正，尽管她们已经走出了深闺内宅。

现在再也没人认为自由体诗违反了诗的定义，尽管它离诗很远。

这种新事物终于比较容易地被接受了。这是当时懂得英语的读者不得不尊重弥尔顿和莎士比亚所写的诗的缘故。

对此，持保守看法的人可能会说："虽然自由体诗不限于十四行，但总还与十四字韵律一致。"有些人坚持认为，自由体诗正是用十四字韵表达诗意。照他们的说法，诗若不和十四字韵相关，那就不称其为诗。但究竟什么是诗什么不是诗，取决于作品本身的优劣，而不是读者的习惯。这一点早就由自由体诗证明了。今天，自由体诗证明，散文也可充满真正的诗的意境。

什么东西使得步兵和骑兵在战争中统一行动呢？是他们的共同目的——赢得战争。

诗的目的是征服人心。它是骑在诗的马上驰骋呢，还是随着散文的队伍步行前进，这都无关紧要。重要的是，应该根据它是否能达到目的这一点来给它下结论。

失败总归是失败，无论是骑马的还是步行的都不愿遭受失败。诗并不是史诗。关于这一方面，我们知道成千上万个例子。以后即使把散文作品算作史诗，我们仍将会有大量的事实来证明散文并非史诗。

诗的形式使诗具有比散文更胜一筹的美，这是令人瞩目之处。一种叫作桑代希的廉价甜食中，奶渣子可能不多，但糖怎么看来也已够分量。然而，好挑剔的人却嫌糖少。他们要的是真货，愤怒地拒绝一切代用品。他们的看法无疑是正确的：史诗的价值在于它是否具有内在美，而不是有无格律。

无论是散文还是诗都有自己内在的韵律。韵律在诗中表现得十分明显，而在散文中则异常不明显。这种不明显的韵律一旦被破坏，散文中的诗味就会丧失殆尽。诗韵的概念,对我们来说是熟悉的,它受制于一定的规则。而散文的韵律却是另一回事,只能靠感觉才能感受到它的存在。在这一方面,无论什么学术论文也都是无能为力的。有许多人往往忘记,在散文中找出韵律是徒劳无功的,因为散文本身就代表着简朴和自然。忘掉这一点是很危险的,因为它将使人漫不经心。缪斯[①]不能容忍漫不经心,对此将会严惩不贷。

毫无疑问,缺乏精雕细琢的自由体诗应该受到鄙视和嘲笑。但现代的史诗,无论用短诗形式还是用散文形式,仍将是史诗。

现代的史诗把自己在周围看到的一切都吸引到自己热情洋溢的天地中来。纵使它在天空中翱翔,也还没有和罪恶的人间失却联系。

散文的使命是把平凡的世界和热情洋溢的世界结合起来。因而,就散文来说,没有什么不值一写的题材。

1936 年
(倪培耕　译)

[①] 缪斯:希腊神话中文艺女神的统称。

散文诗和自由体诗

　　一些属于精神现象领域的东西不是那么容易讲得清的。我们可以就具体的、摸得到的东西进行争论，但当我们就捉摸不定的、无法形容的东西进行争论时，情况又会怎样呢？如何断定它是美的还是丑的呢？在这种情况下，我们只能依靠天生的鉴别能力和丰富的经验了。为掌握科学，需要做出锲而不舍的努力。但是，为了培养自己的审美感，光有努力是不够的。无论是智力或知识都不能取代这种审美感。我说我喜欢或厌恶某种东西，也仅仅是靠自己的审美感而已。审美感取决于许多因素：性格、思维方式、教育，最后还有社会环境。如果你有审美感又兼有气度高尚、心胸宽阔及理解事物的敏感，那么这种审美感就会在文学领域内成为你可靠的领路者。然而，需要有正确的标准来审核你的审美感。根据审美感做出的判断和评价总带有一些不肯定的成分。这一点已由几千年的文学史所证明。假若一个人不大懂科学的话，那么，他往往会谦逊地承认自己并不在行。然而，当他看到搞艺术的人在相互间进行激烈的争论时，就会感到迷惑不解，会问："你们干吗要争？每个人都有自己的审美感嘛！"

　　因为这些争论往往不是以知识和经验为依据，所以就暴露出一些人的傲慢和粗暴。由于审美感不同而引起的争论常常是伤感情的，有时甚至会到动武的地步。这不禁使人想起婆罗卢吉[①]饱含着痛苦的真理的话："千万别和没有审美感的人争论什么是审美感！"

　　诗人可以毫不困难地断定谁有谁没有资格评论诗。他把自己所有

[①] 婆罗卢吉：印度古代著名语法家和诗人。

的读者分成两类：喜爱他作品的和不喜爱他作品的。创作艺术作品的人和评价他们的作品的人之间历来存在着敌意。据说，连迦梨陀娑也被评论者搞得坐卧不安：他的《云使》似乎曾经大删大改过。

用传统的语言和格律写成的诗，如果只从其形式，而不是从其内容来看，那么读起来的确是朗朗上口。但有时诗人为了探求独特的表达方法，就往往超越传统的界限。不理解这种做法的读者至少在一段时间里拒绝接受诗人创造的新东西。只要旅行者还不熟悉陌生的路，那么他们对向导总是不信任，有时甚至怀有敌意。诗人则大胆地表明，他的见解要比读者的见解重要得多。读者主张："供应者应满足需求者的要求。"然而历史没有证明他们的话是对的。试图压制一切新生事物的结果从来都是使新生事物得到加强和巩固。

不久前，我开始尝试写散文诗和自由体诗。自然我未曾打算要立即博得读者们的喝彩。我的尝试虽然尚未得到承认，但这并不说明我已失败。无论在何种情况下，诗人总是要充满自信心。

我从事文学已有多年。我的作品可能给许多人带来了喜悦，对另外许多人来说，则可能不是这样。依据多年积累的经验，我想谈谈我的一些主张。当然，你们可能会有不同意见。

言归正传。诗能否在散文形式中保持其特点呢？迄今为止，诗的形式是一成不变的，缺少美的享受。自由体诗不仅改变了诗的形式，而且也改变了我们对诗的概念，甚至改变了其内容。

我想重复一遍，问题是诗是否全然取决于它的形式？某些人的回答是肯定的，我的回答则是否定的。诗不需要追求形式的美。我想以自己的亲身经历来说明。大概你们都知道，我写的关于贾巴拉[①]之子萨蒂耶加姆的诗取材于一个古老的故事。这个故事用"被人瞧

---

① 《歌赞奥义书》中有关贾巴拉及其子萨蒂耶加姆（又称贾巴利）的故事如下：贾巴利幼时去上学，教师问他的父亲是谁，他不知道，于是回家问母亲贾巴拉。母亲告诉他：她怀他时，她是好几个男子的奴仆。母亲让他告诉教师，他是随母亲的姓。贾巴利对教师据实以告，教师赞道："你真是个诚实的孩子，你的名字应叫'萨蒂耶加姆'。""萨蒂耶加姆"意为"诚实之举"。

不起的散文"形式写成，是我在《歌赞奥义书》中看到的。当时我丝毫也不怀疑，这是一首真正的诗。文学批评家可能会不同意我的看法，因为这个作品终究不是用三十二字韵、十一字韵或十七字韵写成的。在我看来，正因为如此，而不是别的什么原因，萨蒂耶加姆的故事属于古典诗作。若硬要谈论它是属于何种格律，显然是浅薄的。

在十七世纪，一些作家把《圣经》从希腊语和希伯来语译成了英语。不能不承认，所罗门和大卫的赞歌是真正的史诗，而翻译的语言也具有如此令人惊奇的力量，使得歌中诗的原意和美都保存下来了。若是散文流畅的韵律被束缚于传统的格律之中，那么这些赞歌便会失去相当多的东西——假如不是所有的东西的话。在《夜柔吠陀》[①]中有一种用高昂韵律写成的东西，我们称之为祷文，而不是诗。我们知道，祷文的目的是加强充满内在意义的声音的作用。祷文给人以影响的是它的思想，再加上声音。这一点，大概多数人都注意到了。甚至在祷文念完之后，它还久久在我们耳边回荡。

一次，我一时兴起，把《吉檀迦利》译成了英文。我的译文得到了当时著名的英国文学家们的承认。他们认为，这是对他们的文学的一个贡献。《吉檀迦利》的英译本受到了赞扬，我简直不知道如何办才好——我觉得这些赞扬言过其实了。我是个外国人，在译文中韵押得不对，格律也不齐，但总算他们感受到了我诗中的激情。应当承认，他们是对的。我觉得，我的诗并未因为用散文形式译出而有所失色。假若我是用诗的形式译出的话，那么可能会令人感到不足和不可取。

记得有一次我对夏丹德拉[②]说过："你精于格律诗，何不尝试一下写写自由体诗？"

在孟加拉文学领域中，很少有人能和新格律的创造者夏丹德拉相提并论。也许，他的习惯势力太强大了，没有接受我的建议。

---

① 印度古代《吠陀》文献中的一部，全名是《夜柔吠陀本集》，是讲祭祀的经书。
② 夏丹德拉：孟加拉语诗人，生平不详。

我在《小型艺术》中第一次尝试写散文诗。自然，我没有按诗的一行行的形式去写。

在这以后，我已多时没写散文诗了，显然是因为决心不大。

诗的语言颇需斟酌，受制于严格的规则——韵律。而散文则不受任何约束，可以任意选择写法。散文的语言，首先是政治的语言和日常生活的语言。它也可以被赋予诗的性质，但这样一来，就缺少日常口语的特点。散文没有令人软绵绵的柔情和多余的华丽辞藻。它柔刚皆备，适用于创立一种新的、审慎的风格。

当女舞蹈家穿着令人目眩的衣服翩翩起舞时，我们知道，她的每一个舞姿都是教就的。从另一方面说，娇媚差不多是所有的少女的本性。她们的动作有着自己的韵律。这个韵律不是教就的，是固有的。散文诗中的韵律也是如此：它不是没有条理的，杂乱无章的，而是有节奏的。

今天我在《穆罕默德》杂志上读到了一篇文章。该文作者写道，我的散文诗与我的一般散文很少有什么区别。在他看来，在《最后的诗篇》中也同样缺乏诗味。"这说明了什么呢？"——他要提出的就是这个问题。莫非诗被玷污是因为上了大街吗？难道我们没有读到过用散文题材写成的诗吗？看一看布朗宁①的例子吧！难道我们没有读到过表现丰富的诗意的散文吗？散文和诗，对我来说，是亲姐妹，而不是婆婆和媳妇。

我不反对散文应有诗意，诗应有散文的严肃性。

争论什么是审美感是无益的。我要讲的只有一句话：我写了许多散文诗，在这些散文诗中我想说的东西是其他形式不能表达的。它们使人感受到简朴的、日常的生活气息。它们可能没有富丽堂皇的外表，但它们并非因此而不美。我想，正是因为如此，这些散文诗应列于真正的诗作之中。

假如有人诘问：散文诗和自由体诗是什么玩意儿？它们应当如何

---

① 布朗宁（1812—1889）：英国诗人。

写?那么,我的回答是:不知道。它们的诗意是不言自明的。给予我美感——我不能准确地给其下定义——的是史诗,而把这美感写成诗还是散文,这于我来说是无所谓的。

1939 年

(倪培耕 译)

文学的职责[1]

警察局局长的儿子、商人的儿子和王子出来寻找公主。实际上，三种类型的理智从三条道路寻找真实。

警察局局长的儿子只具有盘问的侦察理智，他千方百计地探寻到公主的踪迹。他从她的外貌判断她身体的本质，从她的品行考察她心灵的本质。但在这个本质的区域里她的价值与世上所有姑娘一样，在收拾干牛粪饼的姑娘与公主之间不存在任何差异。这儿，警察局局长的儿子用哲学和科学的眼光观察她，这眼光中绝没有情味感受的力量，只有对问题的好奇心。

而有人从另一角度来看，公主却是个女仆，她烹调、设席、纺纱、织花布。这里，商人的儿子用那没有情味、没有询问、只有计算利润的眼光去瞧她。

王子不是科学家，在经济学的考试中也落第，但他度过了二十四个岁月，经历了人生竞技场上的考验。他不是为科学、为财富，而是为公主，通过了艰难的道路。显然，公主的位置不是在实验室、商业市场，而是在心灵的那个春光明媚的世界里。那儿，鲜花盛开在诗歌的如意树上。文学艺术和情味艺术表现着无法被通晓的、无法决定其名字的、在世俗交易中没有任何价格的、只能聚精会神地被体验的事物。任何通情达理的人不会去推撞这个艺术世界所表达的女神，并责问道："你干吗？"而是说："你就是我心爱的。"王子也在公主的耳旁说着同样一句话。沙杰汗王就为了说这句话，叫人建造了泰姬陵。

她的名字也可能在有限范围内传下来，但在有限之外的、无法抓

---

[1] 选自《泰戈尔作品集》，加尔各答，一九五一年。

住和触碰的东西,我们通过理智是得不到的,只有在感觉的深处才能获得。关于梵天,《奥义书》写道:"既不能在心灵里,又不能在诺言中得到梵天,只有在快感中能得到,那时任何忧虑都烟消云散。"我们这个感觉的饥渴就是心灵的饥渴,心灵从这感觉中认识自己。只有通过在文学和艺术上占有席位的那种爱,那种专注,那种观察,这个感觉的渴望才能满足。

我们在办公室里,完全能够捕捉住由墙围困住的一片天空。它可以根据克达和比卡①进行买卖,也可以被出租。但是它的外面,不可分割的天空里,有着星星的集会。它的无限性的快感,只存在于我的感受里。对于生命的游戏来说,那个狭隘的天空已是足够的了。大地内部的蛆虫证明了这点。世上也有人的蛆虫——天空的吝啬性不讨厌它。在利益世界之外,不展翅飞翔就无法生存的那颗心早已死亡。看到对那心灵已经死亡的人的鬼魂的赞美,诗人害怕了,求援于吉杜拉嫩②说:

不能忍受对缺乏情味的人谈诗的命运。

但是,故事中的王子的心灵是充满活力的。因而,王子在公主身上,看到了存在于像永恒蜡烛那样熠熠发亮的星空里所难以表达的美。他就是基于这种感受来对待公主的。别人的对待是另一种类型的。坠入情网之后,公主的心根据某首诗歌的韵律单位而颤动着——为了测定这首诗歌的韵律单位,由于科学的缺乏,即使用铁桶当量器,他也不会感到任何难堪。然而,商人的儿子把公主亲手从牛奶中提炼出的黄油装满在四方形的铁桶里,发往市场,随后感到心满意足。但如果王子从睡梦中得到为公主制作铁的手镯的暗示,那他肯定会忙得气喘吁吁,汗流浃背。一睡醒,如果得不到金子,他一定会为寻找金香

---

① 克达,印度量地长度单位,约等于二点五米。比卡,印度面积单位,等于二亩多。
② 传说吉杜拉嫩是梵天的别称,原意是四张脸。梵天见一美丽的仙女,仙女四处躲避,但梵天有东南西北四张脸,总可瞧见仙女。

木①花而出走。从中可以明白,为什么把文学称为比喻学,在表达那种情感、精神时,比喻自己会涌现出来。用争辩是无法表达它的,这就是文学自己的特性。

比喻就是最高级的优美形象。母亲在婴儿身上获得了最高的情味感受,她在衣饰里和孩子身上表达自己那种感受。我们在受需要束缚的有限里看待仆人,他的价值由于受约束的工资才能得到体现,我们只有在无限中才能见到朋友。正因为如此,比喻在我们的语言里、嗓音里、欢笑里、活动里自个儿觉醒起来。在文学里用比喻语言来描述这位朋友,在那语言的暗示的铿锵声中响起"足够",也就是"现在已足够啦"——这比喻的词句实际上就是"情味的句子"。

我们把英语中的"real"称为现实或有意义的。"普通的真实"是一个东西,"有意义的真实"又是一个东西。在"普通的真实"里完全没有修饰,而在"有意义的真实"里有着我们的选择。人们可以在"普通的真实"的屋内相遇,但真实的人"在百万人中也遇不到一个"。当在怜悯感情的冲动下的瓦尔米基从口中吐出诗的韵律时,他为了使那韵律受到赞美,到那罗陀大仙处探求一个真实的人。不能因为韵律是比喻的,真实便难以达到。但是倘若我们的心在其中得不到意义,那么它对我们来说就是不真实。由于在诗人的心中、雕塑家的心中,真实感的疆域是异常宽广的,所以他们能够把真实的有意义的形式放大之后显示出来。我们在某个东西内部所看到的完整东西就是有意义的东西。一只手镯对我们来说什么也不是,一首诗对我们来说却是有着确定意义的。脚镯套在脚上,使我们难以忘怀;沙子掺入眼里,不得不去请医生来清除;什么东西掉在吃的东西里,牙齿咀嚼时就要嘎吱嘎吱响。尽管如此,对我们来说,它们没有真实的完整性。虽然"韵文"没有用胳膊推撞我们,然而我们完整的心超越自己,欣然地接受了它。

有人把我们进行选择的心的美德介绍给别人。在萨希吉树的花里

---

① 金香木:花白色,香气浓烈。由这种花扎成的花环是给情人的最美的礼物。

不缺乏美，然而在读持国的灌顶礼的咒文①时，诗人连萨希吉之花的名字都没有提到。它是我们可食用的东西——由于这种庸俗性，萨希吉在诗人面前失掉了自己花的真实性。紫铆花、茄子花、南瓜花等一切花都被拒之于诗歌门外，低垂着脑袋站着，只有厨房维护它们的尊严。不说诗人的事——诗人的女人也在为鬓发上插上萨希吉之花而感到踌躇。紫铆花环缠盘在她的发髻上不会有任何损害，但它无法进入她的心坎里。茉莉花和特卡尔花香味不浓，然而比喻的领域为它们敞开着大门，因为肚子的饥饿无法夺走它们。如果樱桃当作蔬菜食用，那么它作为对美女的嘴唇的比喻是无法令人接受的。亚麻花和芥子花千姿百态，然而由于它们最大限度涌入市场，诗人的想象不想回答它们的温柔问候。月季花和石榴花在形状特点方面没有任何差异，然而在诗行里，一个高贵特性丧失了，因为石榴花由于人们对食物的贪婪而被玷污了。具有勇敢气质的诗人在美的世界里是不顾及等级差别的。所以在迦梨陀娑的诗歌里黑色的琼布树归入黑檀树一类，欢迎着雨季。在诗歌里，由于在吉日良辰里通晓情味大神的考虑，杜果的蓓蕾在爱情的相思树上得到了位置。也许天堂不缺乏甘露，所以大神不贪求杜果。鱼儿在清澈的水中的浮泳和嬉戏的美，不逊于鸟儿在海阔天空中飞翔的美，但一提到鱼的名字，"肉食读者可不要在刹那间产生品尝鱼味的感觉"。鉴于这种害怕，它即使束缚在韵律约束中，要到达诗歌的彼岸也是异常困难的。因为派不到任何用处，所以鳄鱼被得救。女神把它投入水中，不会损害自己的骄傲。人们在选择描写对象时，不会把鱼的名字挂在嘴上。因此也不能责难女神由于鳄鱼的脊背上没有立足之地，或它的筋骨里缺乏力量，而不选择它。因为当艺术女神选择荷花作为自己的坐垫时，她也不会留意荷花的纤弱。

在这方面对于绘画艺术来说是容易做到的。在描绘光秃的阿鲁依树的图画里，画家的笔是不会困窘的，但是在描绘森林的光彩时，诗歌要提到光秃的阿鲁依树是困难的。我自己不是属于把人物划分类型

---

① 《摩诃婆罗多》里的持国即位时所进行的仪式。

的诗人，然而，在心中所产生的小竹林的具体形象还得以"竹林"来加以概括，进入每一活动中的感情与词汇结合着。正因为如此，我在诗歌中用古尔吉花的名称时感到有些困窘，但是在画它时，画家的笔是不会受到凌辱的。

在这里，还有一件事有加以说明的必要，在欧洲诗人心里对有关词的"禁忌"习惯不是那么厉害。在他们看来，与名称相比较，事物的价值更为重要。正因为如此，在诗歌创作里运用名称和我们相比，他们遇到的阻力较少。

也有可能，我们想派用场的东西，看不到它的真实形式。它的真实本质由于实用阴影的遮盖而被隐匿起来。家庭主妇每天不得不动用储藏室和厨房，但她努力使它们躲开世人们的眼目。没有客厅也能做事，然而那种木屋里要有一应俱全的家具什物，要有精心的装饰。家庭的主人就在那家庭里，挂起画，铺展地毯。他在这上面打上自己的印记。他特地选择了那样的家，想通过它使大家认识他自己的个性。"他吃或收拾食物"——这件事就使他丧失了个人本质的存在意义。他的骄傲带有一个特殊性，他用自己的客厅证明它，所以他绞尽脑汁装饰自己的客厅。

在生命的本质方面，人和畜生之间不存在任何区别，在两者的自然本质里自卫和保卫家族的倾向同样是强烈的。然而人没有在这种倾向中感受到自己人性的意义。正因为如此，不管对食物的渴望和享受是多么强烈，多么宽广，在文学和其他艺术中除了讽刺之外是无法用恭敬的态度来接受它的。人的食欲确实是一个强大的真实，但不是有意义的真实。人在自己艺术世界的神殿里是不会给满足食欲的事以位置的。

男女青年完全摆脱满足食欲的生活琐事，而在高雅的房间里幽会。因为心灵的相会与那种幽会保持着深刻的联系。从生活本质的基本实用观点看，它确实是微不足道的，但在人的生活中看，它把"主要"抛得远远的。爱情的结合用深刻的觉悟的光芒把我们内心和外貌照得通明。在保卫家族的主要本质里没有那种光芒，因此，它只在生理科学的范围里获得了主要位置。把男女心灵相会从自然的最后需要中分离出来,我们就在自己的特殊性里见到了它。正因为如此,它在诗歌和其他一切形式的艺术里取得了席位。

在人的观点里性交的巨大意义不在于"生育"意义上,因为在生育意义上的人是畜生。性交的意义在于他们的爱情以及在那里他们是人。然而,性交的生活本质和人的心灵本质经常在有限领域内争吵着。

在文学领域里,对自己提出了征收全部钱粮税的控告之后,畜生和人才手挽着手一块儿前进。在现代文学里,民事法庭和刑事法庭一直为此开庭审理。

上面所应用的"畜生"这个词不是基于道德好坏的考虑,而是出于人的自我感受的特别意义考虑。科学家说:"保卫家族是畜生的职责,它在人的人性里也广泛而深刻地存在着。"然而,这纯粹是科学的事,它在人的知识和活动里有着价值,但在有情味感觉的文学和艺术那儿,这个理论是没有位置的。"悉多早就应该在无忧树林里患上不治之症的疟疾。"这是科学的语言。这句话在世上是有影响的,但在诗歌里情况就不是这样。这句话也会存在于社会的纪律中。在文学中产生有关性交问题的争论,从社会利益的考虑是不能解决这种争论的,只有从艺术情味方面才能获得它的解决。也就是说,性交有两个方面的意义①,人把其中一个意义装饰之后想赋予以永恒时代的骄傲,这件事是值得探索的。

在这中间,某个时代里由于种种外部因素,有一种特殊冲动异常强烈,那种冲动控制了文学领域,战胜了它的自然本质。在欧洲第一次大战时,对战争的不安感在诗歌中骚动着,当时,那种骚动的大部分没有能成为文学的永恒内容,眼看着它渐渐销声匿迹。在英国,十六至十七世纪的宗教时代之后,当品格堕落时刻来到时,那里的文学太阳也被自己玷污的文章遮掩住。但是文学的太阳的黑斑不是永恒的,那黑斑尽管有很大的面积,太阳光芒的形象每一时刻都在反抗着

---

① 泰戈尔认为一是生育意义,一是爱情意义。

它。尽管它在太阳的存在里没有意义，但它的意义存在于光芒里。

中世纪某个时刻，欧洲经典统治风行一时。那时，那个统治击败了科学的"地球绕着太阳运行"的说法，人自己封住自己的嘴巴。在科学领域内，他不敢承认科学的权威，不敢承认科学的王位在宗教王国的界限之外。但是，今天出现了与它相反的环境，今天科学十分强大起来，现在它不想承认自己的界限，它的影响在人心的所有部分里派遣自己的使者。它佩戴了新力量的勋章，步入没有控制的领域里，丝毫不感到困窘。

科学实际上是个人本性被剥夺的东西，它的本质就是在真实关系中不偏不倚的好奇性。这好奇性的篱笆也逐渐地把印度文学围困起来。但是，文学的特殊性就是它的偏袒本质，文学的语言是有选择的，而科学的缺乏深思熟虑的好奇性为击败文学那种"选择"的天性而戒备着。在当前欧洲文学里流行着一种纯粹性交的描写，它的主要鼓舞力量是"科学"的好奇。它也曾经成为王权复辟时代里的一种贪欲，但正如那时代的贪欲的冲动永远也得不到文学王国的礼物一样，今天科学惊奇的渴望也永远不能留在文学里。

在我国的某个时代，当城市生活十分成熟时，帕勒特·钱德拉的《维德雅与松德尔的故事》[1]就受到十分推崇，这种巨大气息也存在于默登·莫哈那[2]的《判断修辞学》里。那个时代城市文学显示着这种形式主义的优势[3]，即使那些陶醉于这里面的人也不能想象：那个时代文学的富有情趣的炊烟不仅是主要的和稳定的东西，而且它的火苗也是真实的东西。但今天，我们看到，那个时代文学的身体所沾上的污泥印记，没有成为它的肤色，如今在时代的源流里它的印记已荡然无存。记得在伊希沃尔·钱德拉·古普特[4]写有关山羊诗歌的那天，

---

[1] 帕勒特·钱德拉（1712—1760）：印度孟加拉语诗人。《维德雅与松德尔的故事》是他的代表作，是一个艳情故事。钱德拉开创了印度十八世纪形式主义的艳情诗歌的风气。

[2] 默登·莫哈那：印度近代政治家，思想家，生卒年月不详。

[3] 指形式主义艳情诗风。

[4] 伊希沃尔·钱德拉·古普特（1812—1859）：印度孟加拉语诗人。

在英帝国的"奇特的加尔各答城"的老爷讨论会上响起了对他难以想象的赞扬声。今天读者自然而然不会使它在诗歌行列中占有席位——这不是出于反对过大食欲的毫无顾忌的思想，而是因为在今日读者的眼光里强烈食欲的连城价值，已经所剩无几。

当前有一种崇洋媚外的败坏名誉的现象，出现在我们文学里。这里，一些先生把它理解为永恒的东西。他们恰恰遗忘了：大凡永恒的东西，不能完全排斥往昔的传统。往昔的荣誉在人的情味感受里是永恒存在的，往昔的崇高性在情味领域里也是永恒的。今天有人陶醉于科学的民主，大张旗鼓地宣称："这种荣誉是软弱无力的，而缺乏思想的毫无廉耻性才是艺术的男子气概。"

在洒红节①的日子里，加尔各答的一条主要街道上，我们看到用破布裹着和溅满污泥的现代性的一个例证。在这里没有涂的红粉，没有洒的红粉，没有喷雾器，没有歌唱和演奏。他们用潮湿的长长的破布裹着马路上的肮脏垃圾，相互狂叫着，把它投到对方身上，而所有人把那种疯狂性看作春天的欢乐，相互弄脏就是他们的目的，而不是用红粉相互着色，从中获得欢愉。人的心灵在任何时候都会爆发出如此不可避免的恶劣的狂热，那倒也不是。所以，社会心理学应该认真地考虑它的活动。但是人的情味感受应是那个节日的艺术源泉。那里如果把所有人弄脏说成是"表达快感"，那么把残酷的心说成荒唐，灾祸就接踵而来，而说成不真实就不会出现这种情况。许多人对有关在文学情味的洒红节里出现污泥一事提出问题："它难道在真实里没有任何地盘？"这个问题本身就是不合理的。在节日里，当洒红节的骚乱者像醉鬼一样，随着小鼓和钹一次次重复的调子，向受苦受难的天堂进犯时，痛苦的个人提出"这个是否真实"的问题就显得多余了，现实问题应该是："这是否是享受？"我们认为，在自我陶醉的惊奇里存在着一个类型的狂热，在声音不倦的颤动里有一股巨大力量，但如果把缺乏甜柔的那种粗野的无教养性认为是力量的象征，那么也应

---

① 洒红节：印度一节日。过节时，人们走街串巷，又唱又跳，见人便泼各种颜色的水。

该承认：角斗士的暴虐也是适合于赞美的。但上帝保佑！这个男子气概只能是短暂的过路货，绝不是文学艺术的永恒东西。

在本文结束时应该强调指出：今天，在任何一个国家由于科学不可阻挡的影响，毫无廉耻的惊奇倾向采用难降的形象，坚持要有夺取文学女神衣饰的权力，那么那个国家文学可以求援于科学，为压迫者辩白。如果科学没有权力进入这个国家的内部与外界、理智与实践的任何地方，那么那个国家的文学向谁求援，消除借来的虚伪的厚颜无耻呢？如果在印度洋彼岸提出问题："在你们的文学里为什么有如此多的混乱？"那时将得到回答："喧嚣混乱是不符合文学利益的，而是符合市场利益的。市场到处包围着呢！"但是如果在印度洋此岸问道，那将得到回答："市场在这里的任何地方都是不存在的，但喧嚣是很大的，这就是现代文学的一种英勇气概！"

（倪培耕　译）

生活的回忆

（自我的图画）

倪培耕　译

生活的回忆

无法知晓，谁在回忆的画板上，勾勒着生活的图画，但不管谁在画，他所画的毕竟是一幅图画。换言之，他不会手握剪子，坐着不动，亦步亦趋，摹绘所发生的事；他会依据自己的兴趣爱好，天晓得剪裁掉什么，增添着什么；他会毫不犹豫地把前面的东西挪到后面去，把后面的东西放置到前面去。实际上，他的工作就是绘画，而不是在书写历史。

这样，事情的潮流在生活的表层上流动着，与此同时，内心的图画总被描摹着。两者肯定有吻合，有联系，但两者绝不是同一的东西。

我们没有工夫，仔细地观察自己内心的画室，我们偶尔在它的某个部分，匆匆投上一瞥，而它的大部分却坠入黑暗之中，滞留在人们察看不到的地方。

那些画家为何总在忙碌且不懈地作画，他何时完成绘画，那些画作又将挂在哪家画廊展出，谁能如数家珍说清呢！

若干年前的某天，有人问起我自己生活中的一些往事。我为获取这方面的材料，走进自己的那间画室。我原以为，从生活事件里采撷一些平凡素材，就可心满意足地回转，但当一打开门扇，我发现，生活的回忆不是"生活的历史"，它倒是某位不知姓甚名谁的画家的亲手创作。那里，到处涂抹的是五彩斑斓的颜色，它们不是生活外表的五光十色的反映——那些颜色出自画家自己心灵宝库，他用自己的情味调和着那些颜色——所以，画板上落上的印记，绝不能当作法庭上的证词。

在这座记忆的仓库里，收集绝顶真实的历史的尝试，恐怕会落空，但观赏图画却是一种陶醉。这种陶醉时时困扰着我。

旅人在道上行走，抑或在路旁凉亭憩息，那个道路或凉亭对旅人来说构不成一幅诱人的图画，而它们对他是绝对需要的，这是不言而喻的。但当这种需要消失，当旅者穿越了小道或凉亭，它们就成为图画突现着，当生活旅途的清晨，人们穿越城镇、原野、河川、山麓，晌午潜入驿舍之前，回眸眺望，逝去的这一切景致在临近黄昏的余晖下，成为一幅幅画突现着。

一旦获有回眸观赏图画的机缘，就应细细观赏玩味，心灵就会沉醉于那一幅幅画中。

心灵所产生的兴趣，仅仅因着对自己生活往事的自然流露的喜爱情感而被激发的吗？当然。没有这种喜爱情感，兴趣也无法盎然。但我们不能不承认，作为图画也有其自身存在的一种诱人的魅力。在《后罗摩传》①的第一幕里，为取悦悉多，罗什曼取来一些与悉多生活相关的画，放在悉多与罗摩面前。这些画品之所以迷人，并不是取决于这些画的完全真实性。

我这"生活的回忆"里，没有值得永远保持回忆的东西，但文学并不局限于录下的材料的范围。那些自己感到美妙的内容，也一定会成为别人同样感觉的东西。我置信，人们肯定会这样估价它的。

在自己的回忆里，那些以图画形式所显示的内容，也可用语言来描摹，它理应在文学殿堂里占有一定的位置。我这些回忆图画定会成为文学材料。但若把它视为"笔录生活传记的尝试"，那就铸成大错了。假如从这个角度去看，这种笔录将会被证明是无用的，不完整的。

---

① 《后罗摩传》：印度古代剧作家薄婆菩提的一出著名剧作。该剧的第一幕写道：罗摩完成登基仪式，悉多的父亲随同其客人离去。为排遣悉多别离的愁绪，罗什曼带领悉多和罗摩去观赏新近完成的绘有罗摩事迹的画廊。

教育的开始

我们三个男孩①一块长大,我的两个同伴都比我大两岁。他们从师受业时,我的教育也开始了。但我依稀记不起学过什么东西。

我只记得,"雨儿淅沥着,叶儿晃动着"②。那时,我刚刚从"Kara""Khala"等双音词的拼写法的风暴里走出来,靠上了岸。那天,我读着"雨儿淅沥着,叶儿晃动着",这就是我生活里接触的最早的诗人的第一首诗。当今天回忆起那日的欢乐,我领悟到诗歌为什么要"押韵"。就因为有了韵律,话语结束了,却没有终止;诗歌背诵过了,它的余音绕梁,三日不止。耳朵和心灵带着韵律,相互间戏谑着。这样,辗转了大半人生,在我整个的意识中,那天的雨儿不停地淅沥着,叶儿不止地颤动着。

在我童年时期还有一件事情,牢记在我心上。

我们家有一位名叫盖什拉·穆卡尔吉的老会计,他好像是我们家里人似的,他还是一位出色的幽默家。他同谁都开玩笑,经常用嘲弄取笑使新近来到我府上的诸亲好友,往往处于尴尬境地。"甚至死后,他幽默诙谐的性情都不会失却。"——人们一直这样传闻着。有段时期,我家大人们玩扶乩,试图与阴曹地府谋取联系。一日,大伙发现,乩笔一次写出盖什拉·穆卡尔吉的姓名。于是,人们问他:"你在那儿的生活情况究竟怎样?"他答道:"我死后才能知晓的事,你们不死一趟,就想不费吹灰之力获悉?简直白日做梦!"

就是这位盖什拉·穆卡尔吉,在我童年时期,为博取我的欢心,叽里咕噜背诵了一首自己胡诌的押韵长诗。那首歪诗的主人公就是我

---

① 指诗人的哥哥苏敏德拉纳特、外甥萨底耶·普拉萨德及诗人自己。
② 这诗句选自孟加拉近代诗人维德亚萨格尔的作品《字音的介绍》。

自己，歪诗极其光彩地渲染了与即将降临的女主人公幽会的希冀。坐在人间天堂宝座的倾国倾城相貌的新娘，以其光艳照亮了未来命运的怀抱——听着听着，我心驰神往，不由自主。她从头到脚佩戴着价值连城的首饰，空前绝后的盛大奢华的婚礼，大人们听了这一切栩栩如生的描摹，也会心旌摇曳、晕头转向的。然而，孩子心醉神迷的是，因着闪现在他眼前的光怪陆离的令人惊叹的欢乐形象的图画和说得飞快的毫无拘束的字音的华丽和节奏的摇晃。

孩提时期两段文学情味的享受，至今仍使我记忆犹新。还有一个记忆难以忘怀，"雨水淅沥下，河水涨上岸……"①这首诗犹如童年时期的《云使》②。

这之后，我记得的是上学的情景。一天，我看到，我哥哥和比我年纪稍大的外甥萨底耶·普拉萨德两人去上学，但因我年龄小，不够上学的资格。除了大声哭闹，宣扬自己的能力外，我手里不握有其他法宝。在这之前，我从没有坐过车子，也没出过家门。这样，萨底耶·普拉萨德每每放学回家，就以极其夸张的渲染，绘声绘色地描绘他在上学路上所经历的惊险故事。我听后心旌摇曳，在家里再也待不住了，并为出家门而哭闹不辍。我的家庭教师以有力的震响耳光，粉碎了我的幻想，说了一段深奥的话："你现在吵着去上学，终有一天，你会为不想去上学而哭得比现在还凶呢！"那位教师的尊姓大名，脾气习性，相貌外表，我如今一点儿也记不起了。但那天，这段至理的话语和震响的耳光的记忆，在我心底里怎么也抹不掉。在我生涯中还没有哪天听到过那般真实的预言。

哭闹的力量，终于使我在不到上学年龄时，步入了东方学校。在那儿，我记不得受到了什么教育，但我对那儿的统治制度的印象，至今难以忘怀。背诵不出课文，学生被罚站在长凳上，双手伸直，掌心

---

① 这是首孟加拉有名的俗诗，有着婚庆的趣味盎然的描写。

② 《云使》是印度古代梵语诗人迦梨陀娑的一首长诗。讲一个药叉，因事忤主人之意，被罚流放到南方一年。他看到向北方飘动的云彩，请云彩带去自己对别离妻子的思念。

向上,班上的几块石板叠放在手心上。这种吸收知识的学习,能否从外表深入到内心,这有待于心理学家的探讨。

这样,十分年幼时,我的学校教育就开始了。而我文学的登堂入室的渊源则是流行于仆人圈子里的书籍,主要有《恰利卡耶歌集》的孟加拉译本和卡勒迪瓦斯①的《罗摩衍那》。阅读《罗摩衍那》的情景,在我心里留下了清晰的印象。

那天,阴云密布。我在外面屋子的临街长廊里玩耍。记不得什么缘故,萨底耶·普拉萨德为了吓唬我,突然喊起:"警察,警察!"我对警察的职责,有个大致朦胧的认识。我知道,什么罪人落到警察手里,正如鳄鱼用自己的锯齿般的牙齿吞噬着猎物,潜入深水,不见踪影一样,警察抓住可怜人,送往深不可测的警察局,这是警察不言而喻的天职。

无辜的孩子怎能逃脱掉这无情凶残的专制惩罚呢?我简直一筹莫展,只得径直逃往内院。我禁不住害怕,仿佛警察正紧紧尾随我而来。我整个心战栗不已。我气喘吁吁地跑到了母亲跟前,诉说了自己行将遭受临头大祸的情况,而我母亲无动于衷,脸上看不到任何焦虑的影儿。但我断定,出去无疑会遭受灭顶的祸殃。

外祖母是我母亲的婶母,她不间断阅读着卡勒迪瓦斯著的《罗摩衍那》。我捧起那本封面已经折角的、脏兮兮的书,坐在母亲的房间的门槛上,津津有味地阅读起来。

面前,四合的回廊,围着内院;午后,阴霾天空中透出的暗弱光线,落在回廊里。《罗摩衍那》中一则令人悲恸的描绘,使我伤心落泪,外祖母发现,强制地从我手中夺去了这本书。

---

① 孟加拉十六世纪诗人。十六世纪孟加拉文坛掀起改写或翻译梵语古典作品的热潮,改写史诗《摩诃婆罗多》的有三十余种,改写《罗摩衍那》的有二十余种,其中最著名的有卡勒迪瓦斯的《罗摩衍那》。《恰利卡耶歌集》是孟加拉语文学中最早的书面作品,十至十二世纪之间成书。它宣扬和谐的宗教精神,反映了一定的社会生活。

家里和家外

我童年时代,几乎没有奢侈享受的安排。大体说来,那时的生活旅程比现在简朴得多。当今时代的人若见到那时代有教养社会维护尊严的生活资料,他将会害羞得不敢承认自己与那时代的关系——这就是那时代的特点。尤其,在我们家里不会出现对孩子特殊照料的喧嚷。其实,宠爱对监护者是一种欢愉的举止,而对孩子来说,再没有比此举更倒霉的了。

我们完全处在仆人的统治管辖下。那些仆人为了图省事,减轻自己的职责,一股劲儿阻止我们的自由活动。不管那种管束是多么严酷,不娇生惯养亦是一种特殊的自由。由此,我们的心灵获得了一种解放。我们的心灵没有受到从四面八方袭来的娇生惯养、奢侈、盛饰的迷惑,心境始终是清明的。

我们从没有享受过我们所期盼的美味佳肴,穿着朴素普通。倘若在现代孩子面前开出那些清单,他们定会怀疑,我们贵族的遗风和尊严是否已经荡然无存了。十岁之前,从未有哪一天,为某种目的穿过袜子。冬日里,我们穿一件白色的印度衬衣,外加一件白色的外褂,就足矣了。从来没有为此归罪于命运,抑或觉得寒酸,只有当我家的老裁缝尼亚玛特掉以轻心,认为没有必要在我们衬衣或外褂上做上口袋时,我们才表示遗憾。因为,只要孩子不是出生在一贫如洗的家庭里,他们的口袋总会装有一些值几枚铜板的东西。由于上帝的慈悲,贫富之家关于孩子财富的分配,不存在多大悬殊的差别。我们有可穿上脚的拖鞋,但只要我们光着脚,拖鞋也许永远不会停留在原处。我们每走一步,都要把拖鞋扔到前面去,如此运输,鞋子行走远比脚行走得多。这样,对制造拖鞋的目的来说,它每一步都是徒劳的。

我们长辈的衣食起居，娱乐闲谈，都与我们相距十万八千里。我们偶然见到它们的影儿，但永远也达不到。现在的孩子把大人变得"低贱"，他们不会遇到任何方面的阻碍，他们不张口就轻而易举地获得一切，而我们不容易得到任何一件东西。不论它是何等低贱，对我们都是稀罕的。我们有时把它托付给遥远的未来之手，希望长大后某个时刻将得到它。这样做的结果是，当得到极其寒酸的东西，我们定会汲干它的全部汁液，换言之，从皮到核一点儿也不浪费。我看到，现代的孩子太容易获得心想的东西。一旦获得果子，往往啃了一半就扔掉了。他们世界的大部分都在挥霍中毁掉了。

仆人们居住在外面屋宇二层的东南一隅的小屋内。我们就在这些仆人之间打发着日子。

我们有一位仆人，名叫夏玛。他肤色黝黑，身材圆胖，鬓发拖长，是从库鲁地区来的。他把我安顿在屋内一个指定的地方，用粉笔在我四周画了一个圆圈，装出一副严肃的脸相，竖起食指警告我："不许越出圆圈一步，不然灾祸临头！"我不太明白，灾祸究竟是物质的，还是超自然的。但是，一种可怕的忧虑笼罩着我的心。我读过《罗摩衍那》，知道悉多越出罗什曼所画的圆圈遭受的苦难。所以，我不敢不信地把这个圆圈当作笑料抹掉。

窗下，有一个有着坚实岸埠的池塘，池塘东面紧挨着院墙，有一棵偌大的中国榕树，南面椰树成林。关在圆圈里的囚徒——我，一打开百叶窗，整日像看图画书似的凝视着池塘，打发着日子。

从大清早起，左邻右舍就到这个池塘洗澡，洗完澡——离去。我能准确晓得，谁什么时候来洗澡，我熟悉每人洗澡的姿势：有的用手指堵住耳朵，三番五次迅疾沉到水底，呛几口水，露出了水面，随即离去；有的不敢贸然下水，只一次次把毛巾浸湿，然后，把毛巾里的水抒在头上；有的用双手臂飞快地拨开水面上的脏东西，猛然扎进水中；有的从高高的台阶上，不做准备活动，扑通一声，跃入水中；有的从台阶一步步走入水中，一口气念着几行晨经；有的匆匆忙忙，洗一下就急于返回家；有的不慌不忙，悠然自得地沐浴，用毛巾擦身，搓洗换下的衣服，慢吞吞地整理腰带的褶子，然后在小花园里采摘几朵花儿，踩着欢愉、陶醉的碎步赶回家，他沐浴后那柔和滑润的身子，在空气里散发着清新爽快的气息。就这样，晌午悄悄地过去了，时钟指针指向一点光景。水塘的岸埠渐渐空寂起来，只有鹅鸭整日在河里凫游，寻觅小小水蛭，吞食着或用喙忙碌地、不停地整理它们的羽毛。

　　水塘寂静之后，我整个心灵被榕树底部的影儿吸引住了。许多细根悬挂在它树干四周，形成一个黑暗纠结的盘曲。仿佛宇宙的法则在变幻莫测的诡计里，在世界神秘的角隅里，迷惑得晕头转向；仿佛梦幻时代的虚无缥缈的王国，躲开了造物主的监视目光，如今进入了白日的光明之中。我用心灵的目光所看到的一切，以及人们用什么方式所进行的活动，今天我不可能用清晰的语言描述出来。后来，我有一天对榕树写道：

　　　　啊，古老的榕树，你头顶王冠，
　　　　绕缠的细根从你头上垂挂下来；
　　　　你还记得我来到你的影圈里玩耍，
　　　　你是那么崇高伟岸，我是那么瘦小细弱！

　　但可惜得很，那棵榕树如今已不复存在，那座照着上帝统治者的镜子的水池如今也荡然无存。那些来沐浴的多数人也随着榕树影儿的消失而模糊了，那个孩子如今长大成人了，他在自己周围形形色色的须根垂挂形成的盘根错节的盘曲里，计算着吉祥与凶卜日子的阳光与阴影。

　　我们是被禁止走出家门的，甚至在家宅内，我们心仪的地方都不能自由走动。所以，我们只能在掩藏里偷偷窥看宇宙自然。那个名叫"外面"的无限的东西，对我来说已逝去了，但它的形象、情味、话语、芳香，穿过门扇窗扇的种种隙缝，不时抚触我。它仿佛企图穿过枝条的帷幔，用各种各样的暗示与我戏谑玩耍。它是自由的，我是被囚禁的——没有法子可以相遇，因而爱的诱惑总是那么强烈。今日，

那道粉笔的线条已被擦掉,但那个禁圈依然存在。遥远的依然是遥远,外面的依然是在外面。现在,我想起我长大以后所写的一首诗:

家豢的鸟儿在笼里,林飞的鸟儿在林中。
一天,它们不期而遇,怀着不同心境。
林中的鸟儿叫着说:"笼中的鸟儿,
　　听着,你跟我一块飞回林子,让
　　笼子空着。"
笼中的鸟儿低声说:"林中的鸟儿,
　　听着,你也来吧,飞回笼里,两
　　　颗心交谈。"
"我为什么要陷入囚禁中!"林中鸟儿答道。
笼中鸟儿沮丧着,内心哭泣着:
"让我抛弃金屋,迷途林中!"
家豢的鸟儿在笼里,林飞的鸟儿在林中。

我们里屋屋顶凉台的矮墙,比我额头还高出一截。当我稍许长大了些,仆人的专制统治松懈了些,尤其新媳妇来我家时,我作为她休闲时的伙伴,从她那儿获得了爱护和支持,我终于在一些日子的晌午,能去屋顶的凉台。那时,家里人用过了午餐,从家务中获得了歇息,内院沉浸于宁静之中,沐浴时弄湿的纱丽搭在屋顶柱带上晒着;乌鸦在院子的垃圾堆上啄取残食;笼中鸟儿透过矮墙的缝隙,同林中的鸟儿,喙对喙,亲昵地攀谈着。

我久久伫立,凝望着自己屋宇围墙内的花园、耸立在它周围的椰子树丛。穿过这些树丛,瞥见"信园"住宅区的一座水池,水池岸旁是一所为我家送牛奶的牧女达拉的牛舍。再往远处眺望,和树梢交错在一起的,加尔各答市廛街区的不同样式、不同院落群的鳞次栉比的屋顶凉台,随着正午阳光的灿然,融化到东方地平线的发蓝的色里;带有楼梯的尖塔昂起头,耸立在遥远的楼群屋顶上,仿佛它们竖起食指，眨着眼睛，企图向我暗示，阐释着自己里面的秘密，又仿佛乞丐站在皇宫院墙外，幻想着皇宫金库里关闭的箱子里藏着稀世的珍珠宝石。我无法说清，我是否也像乞丐一样，像那些陌生的屋宇一样，妄想窥探自由的宝库。头上天空的阳光，灼热炙人；从天际最深远处，一只鸢鸟细微的鸣叫，不断传到我耳际；从紧邻"信园"小巷的、沉浸于午睡休息中的屋宇里走来的小贩，用自己特殊的叫卖声喊着："谁买手镯，手镯！谁买玩具，玩具！"一面叫卖着，一面行走着。此时此刻，一种无以名状的悲凉袭上我心头。

我父亲经常在外漫游，很少蛰居在家。他三层楼上的屋舍经常被关闭着。我常把手伸进百叶窗内，弄开门闩，打开房门。我溜进屋，躺在安置南端的沙发上，闭目养神，静静地打发着晌午时辰。一则这屋舍是经常关闭着的，一则又是"禁止入内"的，所以，那屋舍里仿佛弥漫着一种神秘的浓厚气息。烈日照射在屋宇前的阒无一人的屋顶凉台上——由此，一种莫名的悲凉又袭上我心头。除此之外，也存有一种魅力诱惑着我的心。

那时，城里安装起新的自来水管。它似乎对城里所有住宅区一视同仁，慷慨应允，因而城里南部和北部也享受着它赐予的利益。自来水管把水直送三层我父亲的沐浴室，我打开淋浴的水龙头，不适时地尽情洗澡，清除心中的期待。我那种沐浴不是为了舒服，仅仅为了打开愿望的缰绳，任凭愿望驰骋。一面是欢悦的自由，一面是束缚的恐惧，两者相合成的"自来水"，欢愉且震颤地流向我的心田。

对我来说，与外界的接触是那么艰难，也许正因为如此，我是那么容易感受到与外界接触的快乐。当物质异常丰裕时，心思就会懒散，人就会把一切都托付给外界，坐享其成，他就会忘记，在享受的筵席里，与外界相比内心的祈愿更为重要。这就是童年时期给人的最首要的教训。那时，他手里铜钱少得可怜，但为了获得欢乐，他不需要任何有价值的东西。如今世上，不幸儿童随时可获得大量玩具，然而，孩子的自然游戏就化为乌有了。

我们楼房院墙内有一座花园，不过，它被称为花园，委实有些夸张了。一棵香橼树,一棵枣树,一棵英国柠檬树,一行椰子树,这就是花园的主要植物。花园中间有一座石头砌成的圆坛,形形色色的杂草和灌木非法侵入它的裂缝里,插上自己胜利的旗帜,那些花苗没有埋怨园丁的轻视,竭尽自己的力量,履行着自己的职责。花园北角上有一个打谷屋,内院的人也经常为家务事去那儿聚集。在加尔各答,谁也无法确切知道,那个打谷屋不知何时何日承认自己农村生活的彻底失败,羞愧地蒙着脸悄悄地溜走了。

倘若有人断言,人类之初的亚当的伊甸园胜过我们这座花园的装缀一筹,我至少不会甘心置信。因为,人类之初的伊甸园是没有遮掩的,赤裸裸的,它没有用人为的安排来掩饰自己。只有品尝了"知识果"之后,人类才会需要收拾打扮,而且这种需要与日俱增,这种持久增长直到人类不全部占有那个果实是不会罢手的。家庭的花园犹如伊甸园那般的乐园,它对我来说是够心满意足了。我清晰地记得,秋日黎明,一睁开惺忪睡眼,我就拔腿跑向那座花园。一钻进花园,一阵被朝露浸湿的花木草叶的令人愉悦的香气,扑鼻向我袭来;清晨带着温柔鲜亮的阳光,在花园东墙上,椰树的颤动叶子之间,伸出自己的脸庞,向我窥视。

我们楼宇北端,还有一块空地,我们至今还称它为"园仓"。这个名字表示着,某一久远年代,那儿是一座谷仓,储藏着全年的粮食。那时,城市和农村,像襁褓中的兄弟姐妹一样,显示大致一样的面孔,现在要寻觅那种兄妹之间的和谐关系,是比较困难的了。

我一获假日休闲的机会,就去那"园仓",在那里我流连忘返。说我"到那里去玩玩",或许不十分正确,与游玩相比,那个地方更吸引我的是什么,我一时真无法说清。兴许坐落在家中的一个角落里的荒无人迹之地,对我有一种神秘莫测的魅力。它不是我们居住的地方,不进入实用范围,是完全属于楼宇之外的,日常实用的标签不会贴在上面,它是块既无用又无修饰的不毛之地——谁都没有在那儿种上什么,连一棵枣树也没栽上。所以,在这块荒芜之地上,孩子的心可依据自己的意愿,不受阻碍地任凭想象,自由驰骋。只要哪一天,我设法逃过监护人专制统治的一瞬空闲儿，就来这儿，我会觉得，那天就是一个"假日"了。

除这个"园仓"之外，还有一个地方，我今天已无法找到它的踪迹。一位与我年龄相仿的游戏女伴①称它为"皇宫"。我经常从她嘴里听到："今天，我要去那儿。"但我一天也没有获得这般好运：我也能随她一块去观赏游玩。那边恐怕是一个令人惊异的地方，那儿的游戏兴许是无比美妙，令人欢愉的。我仿佛觉得，它近在咫尺，坐落在一层楼或二层楼某个角落，然而，我使出浑身解数也无法抵达那儿。我曾多次向那位女伴试探问道："难道皇宫坐落在我们楼宇外面？"但是，她始终如一道："不，它就在这座楼宇里。"我坠入大惑不解的惊奇之中，苦苦寻思："所有房间，我都察看过，那间我心仪的屋子，究竟在哪儿？"不过，我从没有问她，国王是谁。至今，我也无法获得关于这个王国的任何信息。我仅仅晓得，那座"皇宫"确实坐落在我们楼宇里。

当我转向我的童年时代张望，觉得世界和生活充满着神秘。到处潜伏着梦想不到的奇迹，每日在心里浮起疑团——它何时显示自己，何时能触及它？自然仿佛攥紧着拳头，笑着问道："你猜猜我手心里握有什么？"我们无法确切猜出，因为里面什么东西都不是不可能出现的。

我还清楚地记得，南端廊厅的一个角落，播上了番荔枝的种子，我每天用水浇灌它。那么小小的种子竟会长大成树，想到这点，心里不由产生一种巨大的惊奇和热望。现在，番荔枝的种子长出幼苗，但如今伴随它幼苗茁壮成长的内心惊奇的幼苗就不存在了。这不是番荔枝种子的过错，而是心灵的过错。

有一次，我们从古朗兄长的花园的假山里，偷运来石头，在我们书房一角筑起一座假山，在上面种上花木。我们借着仔细照管的理由，对它们过分虐待，以致那些可怜的小树苗尽管默默地忍受着这一切，最终依旧很快夭折归天了。那座假山给我们多少快乐和惊奇，是无法

---

① 这里指萨底耶·普拉萨德的妹妹依拉沃蒂。

言状的。我们内心置信,我们这个创造对于大人们来说,也肯定是令人叹赏的。但当我们获得自己信念接受考验的机会的那天,我们发现,我们书房的那座假山随着自己的树木一起,不晓得消失匿遁到哪里去了。书房不是适宜创造的领域——我们如此突然获得了这个粗暴的教训,深感到巨大的痛苦和震惊。我们的游戏与大人们的意愿,是如此水火不相容,如此大相径庭!从书房里撤出的石块,重重压在我们的心上。

我们觉得,那个时代,大地的情味对我们是多么密切。无论大地还是雨水,树苗还是天空,所有一切仿佛都在尽情地交谈着,任何情形下都不让我们的心漠然处之。我们仅仅从表层看到大地,却无法探知大地内部的奥秘。多少日子里,我无法说清,这件事多次冲击着我的心。如何能揭开大地表层的土褐色的厚厚表皮,人们为此殚精竭虑推测构思。我内心也总设想,倘若一个竹竿接一个竹竿,捅下去,也许就可能探知到大地的最深底部。

庆祝玛克月①节日时,我们户外的院子四周要埋入一排排木柱,上面将悬挂吊灯。为此,玛克月前一天,人们就要在院子里挖土。对孩子来说,到处张灯结彩,准备过节,是件令人激动的事,但对我来说,掘土却是件具有特殊魅力的事。虽然,每年我都看到如此挖土,洞穴越挖越深,深到可以容纳进一个人,但窟窿里从来没有发现什么特别东西,使王子或骑士在地下洞域里探险或旅行获得成功。然而,我每次都觉得,某个神秘的箱子正被开启着,我觉得只要稍许深掘一下,就能探知到秘密了——但是,一年又一年消逝过去,没有一次"再稍许深挖一下"。于是,我纳闷,不管他们年龄多大,也能够做一切,然而他们为何浅尝辄止,半途而废,滞留在如此浅层阶段上就罢手呢?倘若像我们这般孩子也能发号施令,那么大地神秘的对话,再也不会被永远埋在这般冷漠的土地下面。

还有一个忧思激动着我们的心,那就是天穹的蔚蓝后面,藏匿着

---

① 玛克月:印历十一月,相当于公历一至二月。

苍穹的整个秘密。一天，我们的老师讲授《知识的诞生》，告诉我们："天空看似一个蓝色的圆穹，它绝不是什么帷幕！"那天听了这席石破天惊的话，我们的惊奇是无法形容的。老师继续讲："尽管你把梯子一个接上一个，一直顺梯往上爬，你永远也蹬不到头。"我断定他吝惜使用梯子。于是，我提高嗓门，追问："我们若再接上一个梯子，再接一个梯子，再一个梯子，再接无以计数的梯子呢？"最后，我终于明白，再增加无数梯子也无济于事。那时我惊讶得目瞪口呆，怔怔地思索着。那时我断定，这样一个震惊消息，世上只有老师知道，其他任何人都不会通晓的。

仆役统治

　　印度历史上，奴隶王朝不是一个幸福朝代。在我生活的历史上，我把眼光投入仆役统治时期，那里也没有什么光荣或快乐可言。国王都一直在更换，而我命中注定的拘禁和责罚的法则，却没有丝毫的变化。那时我没有获得理性批判的机会，我们的脊背忍受着落在自己上面的打击，而且我懂得，谁是"强大"的，他可打人；谁是"弱小"的，他就挨打——这就是世界的法则。与此相反，谁是"小的"，打人；谁是"大的"，挨打。我是很迟才懂得这个真理的。

　　猎人不以鸟的眼光，而以自己的眼光看待谁是恶，谁是善的问题。所以，在挨子弹之前，警觉的鸟儿发出啼声，催促同伴逃跑，猎人就会诅咒啼鸣的鸟儿；同样，我们挨打而哭泣，打人的人就认为号哭是不文明礼貌的。其实，那是对仆役统治的反抗。我清楚地记得，为彻底地镇压那种暴乱，他们企图用大水罐吞没掉我们的哭泣。应该承认，"哭泣"对侵犯者来说是极其可憎的、极其不舒服的。

　　如今我不时寻思，我们为何遭受仆役们的如此残酷的待遇呢？粗略一看，我们不能不说，我们行为不轨，因而不配享受慈爱和同情的待遇，但真实的原因是，我们全部的负担压在仆役身上。而"全部负担"毫无疑问对一切人来说都是不堪忍受的，即使最亲近的人也无法欣然地载负它。倘若让小孩成为"小孩"，让小孩做小孩想做的事，玩呀，跑呀，满足了他们的好奇心，那时，一切都会顺理成章，自然简单了；倘若与此相反，我们决断，不让孩子去户外，干涉孩子的游戏，强逼他们像文明人那般正襟危坐的待着，那么我们肯定会制造无法解决的难题。这样，原本孩子通过自己的孩子气很容易搬动的重负，就沉重地落到了监护者身上。正如一则寓言所说，不让马儿在地上跑，雇人扛在肩上走，而扛夫的脾性绝不可能改变，为获得工资好处，扛夫肯定要驮马儿，但他们每走一步就要抽鞭报复那可怜的马儿。

对童年时期的统治者的许多回忆仅仅留下拳打脚踢的印记，其他许多事情早就淡忘了。现在，只有一个人的事还在我心里记忆犹新，他的名字叫依什沃尔。依什沃尔（其真实名字叫伯勒吉什沃尔）起先在乡村当教师，是位十分清白、正统、规矩和严肃的人。世上，适宜于维护他圣洁的土和水，异常匮乏。因而，他终日不得不与肮脏的土地做不懈的斗争。倘若他去水塘汲水，往往闪电般地把水罐戳进水池里，为的是使水罐沉到深水里，避开水面的污秽；同样，他洗澡时，要用手臂不断地拨开表面脏的浮水，然后出其不意地猛扎水中，仿佛他要趁水塘不注意时，略施小计，避开耳目，偷偷地把头沉到水里；走路时，他的右手臂总与身体保持一定的距离，仿佛他的手臂不完全信任自己身上衣服的干净，仿佛无数错误污点无孔不入，潜入到水、大地、空气和人们的举手投足里。他战战兢兢躲开它们行走，这就是他的一个严酷的行为方式。他无法忍受世界的任何部分不知从哪个方面突然降临到他头上。

他的严肃是深不可测的。他偏着脑袋，用深沉的声音装腔作势地说话，是他一贯的脾性。一些大人往往嘲笑他在普通谈话里运用优美辞令的癖好。我们家里流行着有关这方面的一则偶语：他把"Barānagara"偏说成"Varāhanagara"。① 这可能是一种习俗，但我还知道，他不说"某人正坐着"，而偏说"某某正等着"。他嘴里吐出的文绉绉的辞令收进我们家的笑料库里，久久保存着。虽然，今天从某上流家庭里某位逝者嘴里说出的文绉绉的辞令已不被看作是笑料，但从中我们可以了解到，我们这里的书面语言渐渐向口头流行语言过渡，口头流行语言向书面语言靠拢。某个时候，两者存在着天壤之别，如

---

① 现代印度语里"Ba"与"Va"词缀往往可调换，而"Ba"是俗语词缀，"Va"是雅语词缀，如梵语。这里的乡村教师有咬文嚼字的习惯，就把"Ba"说成"Va"，显得谈吐文绉绉，但他加上"ha"，这样，"Barānagara"原意是大城市，而"Varāhanagara"指猪城市，闹出了笑话。

今，这种差别正逐渐地消失着。

傍晚之后，这位前任教师为了管束我们，想出一条妙计：太阳隐没之后，他把我们召集在一盏破碎的蓖麻油灯的周围坐着，读《罗摩衍那》和《摩诃婆罗多》给我们听，还有几位仆人也来洗耳恭听。蓖麻油在油灯里燃烧着，油灯把巨大的影子投射到房梁上，壁虎在墙上，捉着小虫子吃着，外面廊厅里的蝙蝠像疯叫花子，一直旋转不停地飞舞着，我们一动不动地坐着，不时打着哈欠，听着故事。

现在，我还记得聆听俱舍和罗婆的故事的那天晚上，两位英勇的孩子决心立即把父亲叔伯粉碎成齑粉，于是，透不过气来的寂静笼罩着那个昏暗灯光下的聚会，紧张的悬念吊在嗓子眼儿上。那时夜已深，我们不睡的时辰快要使尽，但故事的结局却远远没有个眉目。

在这紧要关头，我父亲的随从基尚利·吉特尔吉来了，唱起达苏·罗易①的《庞伽利》②，飞快地结束了故事的余尾。那时刻，卡勒迪瓦斯（即孟加拉语本的《罗摩衍那》的作者）的简单十四音节的柔和缓慢的悦耳旋律不知消失到何方去了，我们被《庞伽利》韵律的光彩和铿锵，弄得神魂颠倒了。

某些日子，听众会经常引发出有关神话传记故事文本的学术争论，最后依什沃尔对此做出带有深奥学问的评判，争论才偃旗息鼓。依什沃尔尽管是个看管孩子的仆役，但他在仆役社会里的地位是最低的。他虽然像在俱卢朝庭里毗湿摩老爷爷一样坐在最低位置上，然而谁也无法动摇他自己的教师荣光。

我们这位睿智的监护者有一个弱点，为尊重历史的真实，我不得不揭示。他吸鸦片，更需要营养品滋补身体。比如他把一份牛奶送到我们面前时，他心里所产生的对牛奶的吸引力比排斥力更强烈。倘若我们对喝牛奶不感兴趣，没有胃口，他没有哪天为履行保证我们健康的职责起见，再三请求我们喝。

他对于我们用早餐的能力也存有一种特别狭隘的观点。我们坐着

---

① 达苏·罗易（1806—1857）：印度孟加拉语诗人。
② 《庞伽利》：流行于印度孟加拉地区的民歌曲调。

用餐，一只盛放成沓的油炸薄饼的木盘放在我们面前。他先出于清洁卫生考虑，从很高处把一两张薄饼扔在我们的叶子盘里。尽管上帝十分不乐意，人们还是通过苦行为自己巧取豪夺神的礼物；同样，擅长于设席的他，也用冷漠迟笨的右手，不情愿地把像神的礼物般的薄饼，扔在我们的叶子盘里。

这以后，依什沃尔询问："还要我再添增吗？"我深知最使他感激的回答。于是，为了不剥夺他享受的权利，我没有表示第二次索取薄饼的意愿。

依什沃尔还掌握我们点心的钱款。每天他总要问我们想吃什么。我也懂得，他喜欢我们吃低廉的东西。因此，我们有时要求少许炒米花之类的食物，有时要一些有损健康的煮三角豆或炒花生。人们可以发现，在对我们有益健康和无益健康的食物的关注里，依什沃尔没有像在探讨经典法则、行为规范那样投入那么多的热情。

师范学校

在东方学校念书时，我作为一个学生，地位很低。我为提高自己的地位，想出一个办法：在我家凉台的一个犄角上，开设了一个班。凉台前的木栏杆是我的学生，我手里执着一根木条，坐在它们前面的一只凳子上，做起老师。在木栏杆里，谁是好学生，谁是坏学生，我在自己心里早已下了定论，甚至我清楚地发现安静木栏杆与淘气木栏杆、聪明木栏杆与愚笨木栏杆的面部表情的区别。不间断地挨我木条鞭打的调皮木栏杆的情况是如此不幸，倘若它们有生命的话，肯定会抛弃生命，求得安宁，而且它们越是挨我木条抽打，形态越是变坏变丑，我对它们越是生气。我甚至不明白，给那些无用家伙多大惩罚，它们的模样才能被纠正。我对那些哑巴学生怎样蛮横施教，现在有关这方面的证据，已经无迹可寻了。如今，铁栅栏替代了那个时代我的木头学生。我们新一代中，谁也不会接受那种教育的重负，即使接受，现在，那种教育管教制度也不会产生任何效果。

我很好地考查过，孩子在教师授予的知识方面表现出十分迟缓的学习兴趣，而在学习教师的脾性习气方面，他们一点儿也不感到有任何困难。他们可以毫不费力地学到不公正、非理性、暴躁、性急和偏心，而没有学到其他教育成果。换言之，与学习内容相比学习方法不知要容易多少倍。可喜的是，在我那懦弱的年纪里，除了哑巴和不动的东西，我还没运用棍棒，在谁身上宣泄自己的残暴。但应该承认，虽然栏杆学生与东方学校的学生之间存在着巨大差别，然而，我与心胸狭隘的教师在心理上不存在丝毫的差别。

我在东方学校的日子不算长。这之后，我进入师范学校。那时，我的年纪仍十分小。我只记得一件事，上课前，所有孩子都坐在走廊里，吟唱着不知甚名的诗篇！也许校方企图使孩子受教育的同时，也感到有一些娱乐，但吟唱的词句是用英文抒写的，曲调也是外国味的。我一点也不明白，我们在读着什么样的咒语，进行着什么样的祈愿。每天，吟唱那种无意义的单调的歌曲，我丝毫感觉不到愉悦。

最有趣的是，学校当局为自己接受当时一种替孩子安排娱乐的理论而踌躇满志！他们认为，察看孩子的反应，决定这种理论成败的思考是多余的，仿佛孩子的职责就是依据他们的理论获得快乐，否则就是孩子的罪过！因此，他们从英国书本中抄袭了那种理论，也自然而然从那种书本中采纳了那首彻头彻尾的英国歌曲，他们由此还自鸣得意、怡然自得呢。

但是，从我们嘴里发出的那段英文，究竟转化成什么语言，评论研究它对于语言学家肯定具有十分重要的价值，我只记得一行：

Kalokī Pulokīsigila meāimga melāinga melāginga.

揣摩了半天，我才能猜到它的部分原文，但"Kalouī"一词是哪一个英文词变来的，至今我仍无法断定。余下的部分，根据我的猜测应该是：

...Full of glee, Singing merrily, merrily, merrily!
……（高兴之极，快乐地，快乐地，快乐地唱！）

当我对师范学校的回忆，渐渐从朦胧变得清晰时，我觉得，回忆的任何部分没有丝毫甜蜜的感觉。倘若我能够与大一些孩子相处交往，兴许对学识教育的痛苦不怎么难以忍受，但是，这种情况对我来说是不可能出现的，因为大多数孩子的举止是那么令人厌恶，不受尊重，以致在响午休息时分，我与仆役一块跑到楼上，独自坐在临街的窗前，消磨时光。我心里计数着：一年，两年，三年……不晓得多少时光就这样消磨过去了！

教员中我记得一位，他操着如此肮脏的语言，以致我看不起他，拒绝回答他的任何问题。这样，我终于默默地坐在他班上的最末一个座位上。

上课开始，我都在力图解决世上许多疑难的问题。现在，我还记得其中的一个：不握有武器，如何在战场上战胜敌人。这是我当时严肃思考的一个内容。我清晰记得，当同学朗朗背书时，我却坐在教室里，对这个问题想得出神。我曾设想，很好地训练出一批狗、狮子和其他凶猛动物，让它们排成几行，摆在战场上，那就可以激励战场上的战士情绪，有效地发挥自己的力量，最后取得胜利就不难了。当这个极其简单的战略图画，在我想象世界里鲜明且生动地呈现时，我方在战场上取得胜利是不容置疑了。

我还没踏上工作坦途时，我总能异想天开，发明许多令人吃惊的简易办法，但我开始工作时，我发现那些原本艰难的依旧艰难，那些难以实现的依旧难以实现。当然，这种情形不会使人愉快的。但当你试图取巧使它简易，艰难性将会变本加厉地增加。

我在那个班里，一年就这样荒度过去了。我们接受默图苏登·瓦查斯帕蒂老师用孟加拉语对我们进行的考试，我获得了第一名。我们班的老师向校方指控：考官偏袒我，做了手脚。而后，我考了第二次。这次，校长坐在考官桌子边的椅子上，幸运的是，我又考了第一名！

诗歌创作的开始

  我有一个外甥,名叫乔迪帕勒伽什,他年纪比我大得多。那时,我的年龄不会超过七八岁。他十分迷恋英国文学,常常怀着极大热情,反复朗读《哈姆雷特》的大段独白。但是,他为何突然以那么大的热忱,鼓励我那样的毛孩子写诗,我也说不上。一天下午两点光景,他叫我到他屋里,说:"你应该写诗。"一面撺掇,一面讲解如何在帕雅尔韵律①里填上十四个字母的写诗法则。

  这以前,我只在印刷的书上看到诗歌是些什么玩意儿。那些诗歌不允许做任何修改,也没有可作斟酌变动的任何余地,就是说,你不可能发现,它会有人类弱点的一丝一毫的印记。如此精雕细刻的诗歌,要经过何等的努力,才能写出。我简直不敢奢望自己能写出那样的诗歌。

  有一天,我家逮住一个窃贼。虽然我吓得胆战心惊,仍怀着强烈的好奇心去观看,发现他完全是个寻常的人,不禁对他产生了怜惜之心。当守门人狠狠地抽打他时,我的心仿佛蒙受了沉重的打击似的。我在诗歌创作方面的情况也是如此。

  当自己信手遣词造句创造成了一首帕雅尔韵律的诗歌时,我对诗歌创作的荣耀的幻觉顿时消失殆尽。现在我发现,落在可怜的诗歌上的鞭打也不少。有时也会产生恻隐之心,但鞭打绝对不会停歇,手一直发痒着。即使在窃贼背上,恐怕也不会落下那么多人的雨点般的棍棒。

  当敬畏的感觉一经消逝,谁还能阻拦我前进呢!我承蒙一位职员的开恩,拿到了一本蓝纸本。我亲手用铅笔在上面画了许多间隔不相等的格子,用歪歪斜斜的字体,写起诗歌。

---

  ① 帕雅尔韵律:孟加拉诗歌的一种韵律格式,共两行,每行十四个音节。

犹如一只小鹿在新生的稚角刚冒出时,到处用角触顶一样,我也由于崭露头角的诗才,到处给人添麻烦。尤其是我哥哥苏曼德拉纳特为我那些作品感到无比骄傲。他在招徕听众方面所显露的那股热情,恐怕能融化大地。

我记得,有一天我们兄弟俩走到底层,在庄园主管面前,炫耀我的诗才。正当回转时,我们迎头撞见刚跨进我们家门槛的《民族报》编辑纳沃戈巴尔·米特拉。哥哥马上抓住了他,说:"纳沃戈巴尔先生,罗宾写了一首诗,请听听。"我急不可待地朗读起来。

那时,一般诗作的分量都不重,诗人的声望装在诗人的囊袋里,就能周游世界。当时,我集写作者、印刷者、出版者于一身,只在宣传媒介方面,哥哥助了我一臂之力。

我写的是一首描写莲花的诗。我站在门堂前,念给纳沃戈巴尔先生听。我朗读时又高又尖的声调,几乎可以同我的热情相媲美。他微微笑着说:"写得蛮不错。不过,请解释解释'Dvirepha'①的词意是什么?"

"Dvirepha"和"Bhramara"两个词都由三个字音组成。倘若用Bhramara(大黑蜂)这个词,就不会有令人不快的感觉。这个怪僻的"Dvirepha"是从哪儿冒出来的,我记不清了。但是,我的希望寄托在全诗的那个节骨眼的词上,那个作为诗眼的词使我在职员中赢得了一片喝彩声。然而,它没有感动纳沃戈巴尔,他只是粲然一笑。我深信,纳沃戈巴尔绝不是位睿智达理的人,今后我再也不会念诗给他听。

如今,我已是一大把年纪的人。但谁有领悟力,谁不通情达理,对这个问题的考察我是否有几许长进,我仍不晓得。也许,纳沃戈巴尔还会发笑,不过,"Dvirepha"一词肯定会像吸着蜜糖而昏昏欲醉的大黑蜂一样,咬住在自己的地盘上,纹丝不动。

---

① "Dvirepha":"Bhramara"之意。"Bhramara"是印度古典诗歌里一种意象、比喻的习惯用词,而"Dvirepha"是俗语,不配入诗。其实,"Bhramara"一词中含有两个"r"音,而"Dvirepha"本来就是两"r",因而后者是从前者演化过来的。

各种知识学习的安排

　　一段时期，一位师范学校的老师名叫尼尔卡默尔·考什尔先生来我家教我们读书。他身体瘦弱，形容枯槁，嗓音尖锐。看上去，他身体像是一枝藤条似的。从早晨六点至九点半，教育我们的重负就落在他身上，我们跟他从学习《动人的课文》《事物的思考》和《生物故事》等文章到研读迈克尔·默图苏登·德特的诗篇《因陀罗耆的伏诛》[①]。除此之外，苏敏德拉纳特哥哥还特别热心于给我们各种各样内容的教育，因此，家里学习的远远超过学校的必修功课。

　　清晨四点，天还没亮就起身，穿上三角裤，跟一位耳聋的拳师学摔跤，然后，带着摔跤场的尘土，身上披着一件外褂，开始学习《物质学》《因陀罗耆的伏诛》、几何学、数学、历史和地理。我们从学校一回来，图画和体操老师在家等候我们，太阳下山后，阿考尔先生就来教我们英语。这样，晚上九点以后，我们才能获得休息。

　　星期日清晨，我们向毗湿奴琼德拉老师学习音乐，除外，约莫每个星期天，番达那塔·德特先生教实验自然课，我对这门功课特别感兴趣。老师把锯木投进放在火上煮的盛有水的玻璃器皿里，水被加热后，容器底部的水变得稀薄往上走，厚重的冷水往下去，水因此而沸腾了。那天见到这个自然实验，内心感到多么惊奇。至今那个情景仍历历在目。有一天，当我获悉水在牛奶里是独自分离的一种东西，煮开后水变成蒸汽逸飞掉了，牛奶就变得浓厚。对此，我也感到十分快活。倘若哪个星期天，他缺席不来，我就觉得那天就不是星期天了，就觉

[①] 默图苏登（1824—1873）：印度孟加拉语诗人、剧作家。长诗《因陀罗耆的伏诛》是根据史诗《罗摩衍那》中的一段情节改写的。它与传统相反，以恶魔罗波那的儿子因陀罗耆为正面主人公，发出震撼人心的时代的叛逆呼声。

得乏味不堪了。

除外，还有一段时光，我向康贝尔医学校一位学生学习《人体解剖学》。为此，家人购买了一副用铁丝串起来的人体骷髅（请见短篇小说《骷髅》）挂在我们学习的屋里。这中间，海伦伯琼德拉·特沃楞特拉先生开始教我们背诵鲍波代沃的梵文文法。人体解剖学的骷髅名字与鲍波代沃的经文之间，究竟谁战胜谁，我也无法说准。我认为，骷髅些许较弱些。

待孟加拉语学习有了长足的进步，我们开始学习英语。我们的老师阿考尔先生白天在医学院学习，晚上来教我们。经典告诉我们，从木头发现火是人的最大发现，我不想反驳这个观点。但我不由自主地遐想，鸟儿晚上不会点燃灯烛，这是它们的鸟仔的巨大幸运。鸟儿一清早开始学习语言，而且高兴地学习，大家都会看到这个实像。当然，我们应该记清，它们不必学习英语！

那位医学院的学生身体强壮得出奇，超出我们三个学生的想象。尽管我们不盼望他来，但他从没缺席一天来府讲授。唯有一次，医学院的孟加拉学生与欧洲白种人学生之间发生了斗殴，敌对一方扔过椅子，不幸击中老师头颅，头破血流，那时他才歇息不来讲课。诚然，这件事的发生是令人痛心疾首的，然而我们不把教师先生的头破血流看作是一种罪过，不过，我们把他的健康恢复，视作"不必要那么迅速"的一种罪过。

夜深了，大雨如注，街上积水没过膝盖。我们的池塘水漫涨上岸，池塘旁的枣树低垂着自己沉重的头，觉醒着；雨水的欢畅，使我整个身心像黑檀树盛开出醉人的花一般心花怒放。过了教师先生该到的时辰，五六分钟过去了，仍不见他的影儿。我坐在临街的长廊里的椅子上，以同情的目光，目不转睛地凝视着小巷转角处。

正在这时，我们胸脯里的心仿佛突然喊着"啊"昏厥过去了似的。那把我们久已熟悉的黑伞不屈服于命运，不幸地在街角处出现了！可能是别人的吧！一定不会是他的！在这世上，可以遇见像薄婆菩提那样的人，但在那个大雨滂沱的夜晚，就在我们小巷子里，出现像教师先生那般的人是万万不可能的。

当我回忆起那时的一切生活情景,我发现,阿考尔老师完全属于冷漠无情的教师先生那一类。他没有使用手鞭管束我们,就连他从嘴里说出的恫吓,也没有多少怒斥咆哮的特殊意味,但不管他有多么的好心肠,他教课的时刻是在掌灯之后的夜晚,他所教的科目又是英语!在度过整个痛苦难熬的白天之后,又在阴惨昏暗的烛光里。倘若毗湿奴大神自己把教印度孩子英文课的重担承担起来,我们也会把他视为阎王的使者。

我清楚地记得,一天,阿考尔先生竭尽全力向我们解释:英语不是枯燥的语言。他为说明英语趣味盎然,举了一些散文和诗歌的例子,那些例子我已依稀记不清了。但他用迷醉的神情对我们朗读了一些英文诗行。我们觉得绝伦精妙,也因此哄笑起来,致使他不得不起身离去。他终于明白,事情不是那么简单,要获得证明还须花上十多年的辩论呢。

我们的教师先生有时力图把书本外的清风带进我们课堂的荒野里来。有一天,他突然从口袋里取出包裹着秘密的纸包,说:"今天,我要给你们看一件上帝的令人惊赞的创造。"他打开纸包,取出了一个发音器官,解释它的全部妙处。

我清晰地记得,它给我心灵带来了一个震惊。我从前认为,整个人在说话,现在可看到离开人体的器官可以单独进行说话的活动,这完全出乎我的想象。机器和它的技能不管多么令人惊叹,它不可能比整个人伟大——当时我没有想到这点。但心灵诚然是脆弱的,然而我内心没有与教师先生的那股热情相吻合。说话的真实秘密存在于这个人身上,而不是存在于这个发音器官里。解剖死尸时,他们兴许忘记了这个真理,所以,他对发音器官的解释,最终没有拨动起孩子的心弦。

还有一次,他带我们到医学院的解剖室去。一具老妇的尸首直挺挺地横卧在木桌上——看到了它,我的心并不那么激动,但一只切断了的腿被扔在地上,那情景突然震动我整个心灵。把尸首肢解得那么支离破碎，人是多么残忍可憎，多么荒唐。我许多日子也无法忘怀扔在地上的那条毫无意义的腿的印象。

我们好不容易地读完了英语第一二册课本，开始学习高级课本。一则夜已深了，身心早已疲惫不堪，心向往着去内院休息，一则书的封皮又厚又黑，语言艰涩，内容无疑用不上令人同情的字眼。在那段日子里，我没有发现，知识女神母亲对孩子洒下多少母爱的甘霖，那时没有流行像今天那般的儿童插图的图书。在每一课文的门槛上，都排列着一队队音节的发音规则，举着锋利的重音符号刺刀，为屠杀儿童进行着操练。我们不断在英语的石库门槛上发动一次又一次进攻，但都一无所获，铩羽而归。

教师先生经常举他的一位好学生的例子，每天责骂我们，我们没有因为这种比较评判而对那位好学生产生好感。我们尽管感到相当害羞，感到相形见绌，但那本黑色的厚书上的阴暗依旧原封不动地卧躺着。

老天爷对生物动了恻隐之心，在一切难以理解的事物上，洒下了催眠剂。我们一开始读英语，就打起瞌睡，即使往我们眼睛里洒水或让我们在走廊里跑步，教师先生也看不到任何的坚实果实。正在这时，我的哥哥德维琴德拉纳特不知从哪儿冒出，从长廊里走过，瞥见我们这般瞌睡可怜相，那天晚上他下令释放了我们。但以后，我们的瞌睡将会消失于何方，一点也摸不着头脑！

外出旅行

有一次,加尔各答流行登革热症,我们大家庭的部分人逃到帕尼赫迪躲凶,居住在恰都先生的花园别墅里。我们小孩儿也加入那个行列,这就是我第一次外出旅行。

恒河的沙岸仿佛像前生的熟悉的朋友把我接到他的怀里。花园里有柱子围着的一些小屋,专为仆人们住宿用的,在这排屋舍前面,一片番石榴树耸立着。我经常坐在那片番石榴树的树荫底下的凉台上,凝视着从番石榴树缝隙中流过的恒河水,打发着日子。每天清早,从床上一骨碌起身,我就感到,每天的日子好像是一封新来到的金色镶边的信件,一打开信件,将可获得从未听说过的消息。然后,唯恐损失点什么,我匆匆梳洗,就急步跑到外面的椅子上坐着。每日凝望恒河的奇光异彩,涨潮退潮,不同船舸不同行驰,番石榴树影从西朝东移动。恒河对岸的排列有序的树影上,黄昏的金色的生命血液洗濯着破碎的胸怀。有些日子,一清早乌云密布,眼看着下起倾盆大雨,地平线完全变得昏暗不清;对岸的线条仿佛含泪相互送别;河流欢畅地奔腾着,湿风在此岸的树叶间肆意吹刮着。

我仿佛觉得,自己钻进了梁木、橡柱和墙壁的肚子,获得了新生。在对万物获得了新的认识后,琐屑的、破污的外罩从大地上消失得无影无踪。我确信,早餐用的蘸着甘蔗糖的油炸薄饼的味道,与天国里因陀罗大神痛饮的长生仙酒的味道,没有天壤之别,因为,长生仙酒不存在于汁液里,而存在于味的品尝里,所以,那些寻找长生仙酒的人是无法寻觅到那种情味的。

我们休息地方的后面,有一座四周围着坚实岸埠的小水池。岸埠旁有一棵白色的番石榴的参天大树,在它四周,许多果实累累的果树紧紧偎依着它，仿佛大地把拯救大仙妻子布什卡莉名誉的重任，托付给它们似的。后院的小花园被绿荫覆盖着，那绿荫穿戴着羞答答的面纱，对我们显示着极其奇妙的魅力；它与对面洒脱的恒河岸埠有着何等的差异！它像家里的盛装新娘，掩藏在一个角落里，盖着亲手绣成花纹的绿色被子，在那晌午万籁俱寂的时刻，正在低声诉说着自己心底的秘密。就在那晌午时刻，我独自坐在白色番石榴树荫掩蔽下的岸埠上，想象着水池深处阎王的可怕王国。

许多日子以来，我内心一直盼望很好地观看孟加拉农村。乡村的农舍、家庭、议事棚、集市、小径、游戏、谷仓、田野以及对农民的全部生活旅程的想象，一直对我产生着巨大的吸引力，叩击着我的心扉。那样的农村坐落在恒河岸埠的花园背面，但是我们是被禁止去那儿的。我们虽出得了门户，仍没有自由。从前，蹲守在笼子里，现在被安顿在一处住所里，脚镣没有被斩断。

一天清晨，我们两位长辈外出，在街坊转悠。我再也抑制不住自己的好奇心，偷偷地、蹑手蹑脚地，保持一定距离，尾随着他们。当我走在乡村的浓密林荫小径上，走在参天的阔叶林群围着的、水面上浮满着青绿水草的池塘沿岸边，我狂喜地在自己的心幕上，描绘了一幅又一幅具有动律的画。我还依稀记得，一个人洗了晚澡，赤裸着身子，站在水塘岸边，用一枝嚼烂的树枝在刷牙。紧随不远，我的长辈突然发现了我，他们破口大声叱责："走，走，赶快滚回去！"他们仿佛觉得，我这身穿着打扮，跟随他们，十分不光彩，脚上没有穿袜子，身上除了一件衬衣，没有什么体面的服饰遮掩。他们认为，这是我的过错。但我从没有表示，不要穿袜子和服饰，因此那天，我只能扫兴地无可奈何地回家。然而我也没有纠正错误的任何办法，可使我在某日自由外出。

后院对我无疑是关闭着的，但恒河在前面解除了我的一切束缚。我的心儿可以毫不费劲地登上扬帆漂流的船儿，快乐地驶出，驶向那些陌生的国土，诚然那些大地至今也不可能在地球上被寻觅到。

这些都是四十年前的往事，打从那以后，我再也没有踏进那座花园，那个开着的旃簸迦花树底下的可供洗澡的岸埠。那些树木花卉、家园庭落肯定不存在了，那座难以忘怀的梦牵魂系的花园也不可能存在了。因为花园不仅仅是由花木所筑成，它更是由一个孩子内心惊奇的欢乐所构建的。现在那种惊奇可在哪个天涯海角寻觅到呢？倘若有一天，我们又回到"乔拉桑戈"的家，我的孩儿又可能像每日定时的几口饭菜一样被送进师范学校的破裂嘴里吞噬掉。

习诗

歪歪斜斜的线条，肥肥瘦瘦的字母，犹如蜂巢似的，渐渐填满我那蓝纸本。孩子那固执的、不肯安分守己的手，先把书皮揉得折皱不堪，又渐渐地把边缘扯得参差不齐。本子仿佛伸出了许多爪子，把里面书写的东西紧紧地抓在自己掌心里似的。怀有恻隐之心的毁灭女神，什么时候把蓝纸本拿走，扔进韦特勒利古河①里，随波漂流，我就记不得了。可怜的蓝纸本，总算幸免于生死的可怕体验，摆脱了现代印刷机饥肠辘辘的折磨。

我不得不承认，自己比较热衷于"我在写诗"的宣扬。沙特戈利·德特虽然不是我班的老师，但他特别宠爱我。他写过一本《生物故事》的书。我希望，任何机敏的幽默家，可别想到用那本书的内容来联系他对我宠爱的原因。一天，他叫我到他跟前，问："听说，你在写诗？""是的，我在写诗。"我直言不讳。从此，他为鼓励我起见，不时给我一两行诗句，让我续完它。其中有一首至今仍依稀记得：

骄阳似火，众人遭殃；
雨云骤集，唤来希望。
心灵啊，再也不用战栗。

我补全了诗，但记不得更多的诗句了。我那时所作的诗，绝不是晦涩难懂的。我举个例子说明：

---

① 传说是人间通向冥府的一条河，作恶人在河中受罪，积德人容易通过。这里作"忘川"之用。

> 湖河干涸，鱼儿消瘦，
> 雨季降临，碧波粼粼，
> 鱼儿欢跃，嬉戏湖水。

这里所要表达的思想奥秘都与湖水有关，这点恐怕是不会令人费解的。

我们学校的戈温德老师长得既黑不溜秋，又矮矮胖胖，是学校的督学，穿着一身黑色的印度服饰，坐在二楼的一间办公室里，手不停地在注册簿上写着什么。他是学校里操纵处罚的审判官，因此，我们见他都感到害怕。有一天，我遭受同学的欺负，匆忙地逃进他的办公室。恃强欺弱的一方是五六个大孩子，而我一个证人也没有，唯有我的眼泪作证。但我在那场诉讼中打赢了官司，从那次相识之后，戈温德先生一直用仁慈的目光注视着我。

一天课间休息时，他突然把我叫到办公室。我战战兢兢地走到他跟前。我刚站稳，他马上发问："我听说你在写诗？"我没有隐瞒这件事。他命令我写一首有关崇高的道德的诗，其内容我已记不清了。像从戈温德先生那样极其严肃的人的嘴里，发出写诗的旨意，简直不可思议。他那难得的温和，只有他的学生才能心领神会。

翌日，我把写就的诗念给他听。听罢，他立即把我带到最高学生班里，命令我："朗读吧！"于是，我高声地朗读起来。在这里，那首道德训诫的诗唯一值得赞许的是，它很快就被人遗忘掉。在这个班里所出现的道德训诫的反应，是出人意料的。这首诗至少没有激起那班听众对诗人产生一星半点的友善情感。孩子们窃窃私语，断定那首诗绝不是我自己写的。有的甚至说，它是从一首诗中抄袭来的，他还可以展示那首被剽窃的诗。当然，没有人会当真强迫他非拿出来不可。他的话不过想让大家相信而已。倘若引证，就会揭穿他的谎言。从这以后，追求诗名的人与日俱增，但那些人所选择的道路绝对不是赞颂进步的道路。

当今时代里，幼孩写诗已不是件稀罕的事。今天，作诗的障碍已被铲除。我记得，在当初，有几位女子写诗，大家简直把她们捧为天才。现在，倘若人们听说妇女不会胡诌几句诗，那顿时会觉得是件十分诧异的事。今天的时代里，即使缺乏热情的鼓励，诗才的幼苗也会在学龄前破土萌发。所以，在这里披露儿童写诗的炫耀之事，今朝的任何戈德温先生肯定不会对此显露任何惊讶之叹。

斯利干特先生

那时候,我拥有了一位听众,现在是不可能遇到那样的听众了。他就是那位拉易布尔的辛赫家庭的斯利干特·辛赫先生,他是萨因德拉那特·辛赫先生的大伯。他有一种什么都"喜爱"的非凡能力,因而他就完全不适宜做月刊评论员的工作。这位老人有着像孟买的杜果那样没有一星半点的酸味的天性。脑门秃着,胡须刮得干干净净,脸庞温和甜蜜,嘴里没有一颗牙,眼睛大大的,永远闪烁着幽默、亲切的光辉。当他用自己自然而雄浑的嗓音说话,我们仿佛觉得他全身在说话。他是那个时代热衷于学习波斯文的人,他一点也不接触英文,一支水烟杆是他寸步不离的伙伴,他怀里还总抱着一把印度弦琴,还不停地放声歌唱。

认识与否,无关紧要,他以自己自然且亲切的力量,毫无阻碍地占有了人们的心,任何人都无法抗拒他的具有诱惑的占有。我清楚记得,一天,他带领我们去一个英国照相馆拍照。他用孟加拉语夹杂着印地语,同照相馆老板谈话。他像是老板一位极其熟悉的亲友,对老板说:"我绝对无能力支付如此昂贵的拍照费,我可是位穷人。"老板微笑着给他减了价拍照。在偌大的英国商店里,人们从他嘴里听到那种不适当的请求,不会觉得不文明,因为他与人相处是那么自然坦诚。其实,他对任何事都不拘谨,不做作,他心底压根儿没有忸怩做作的影儿。

有些日子,他还带领我去一位欧洲传教士的家。在那儿,他唱歌,弹弦琴,亲热地抚摩传教士的女儿,赞美传教士夫人穿着小靴子的秀脚。这样,聚会就活跃起来了。换了别人,就不会这样做。倘若有人这样做,一定被人认为他神经错乱了。但人们对斯利干特的自然得体的举止不会持这种不屑的看法，相反，人们欢迎他来说说笑笑。任何人也不会无故侮辱他，甚至那些飞扬跋扈的劣迹者也不会轻易伤害他。

有一段时间，我家来了一位颇有声望的歌唱家，在我家小住了几日。当他喝得烂醉如泥时，他就讽刺挖苦斯利干特先生。斯利干特先生则以宽容承受了这一切，不采取以牙还牙的手段。最后，我们家对他的非礼行为忍无可忍，决定辞退他。斯利干特先生为此焦虑不安，出面为他说情。他反复解释："他这是无意的，都是酒惹的。"他不忍看到别人受痛苦的情景，不忍听到有关痛苦的故事。所以，有一位学生开玩笑，想引起他痛苦，就念维达萨托尔①的《悉多的流放》或《沙恭达罗》有关悲悯内容的章节给他听。他听后异常激动，难以忍受，伸出双手，苦苦哀求，不要念下去。

这位老人是我父亲和哥哥的挚友，也是我们的良师益友，他仿佛跟我们处在同一年龄段。我们不可能遇到他那样诗歌的知音，正如水流与砾石相遇，会围着砾石，疯狂地起舞，他一获得情感刺激物，也会兴奋得欢呼雀跃。

有一次，我写了两首颂神诗，其中含有现实世界的磨难，含有浩渺宇宙的痛苦情思。他寻思，如此至善至美的诗歌应该读给我父亲听，父亲定会欣喜过望。有一天，他怀着巨大热情带着我的诗，去父亲那儿。恰巧，我不在那儿。我后来获知，父亲觉得十分好笑和无奈，尘世间难以忍受的野火，竟会如此过早地折磨着他的小儿子，而小儿子又竟会用帕雅尔韵律把它完美地表现出来，主题的严肃性丝毫没有能够征服我父亲的心。不过，我可以毫不夸张地说，倘若是我学校的戈温德老师的话，他一定会尊重我那些诗篇的。

在唱歌方面，我是斯利干特的得意门生，他教我唱一支歌，歌名为《我扔下克里希纳的芦笛》。他把我逐一领到每个房间，让我把那支歌唱给大家听。我唱歌，他用弦琴伴奏。当我唱到歌儿的主题词"我扔下"时，他自个儿情不自禁地、沉醉地投入合唱之中，他一次次重

---

① 维达萨托尔（1829—1891）：印度孟加拉语作家。

复着它，摇头晃脑，用迷醉的眼神望着大家的脸庞，仿佛提醒大家，更加倾心欣赏，热情喝彩叫好。

他是我父亲虔诚的崇拜者。我在他提供的印地语歌曲的基础上，编写了一首赞颂梵天的颂歌——《他藏在我内心最深处，不要遗忘他》。当这首歌唱给我父亲听时，他激动得从椅子上跳将起来，站立着，飞快地弹奏着弦琴，随后他又附声唱起来："他藏在我内心最深处。"然后，他突然走到我父亲跟前，手舞足蹈，重复吟唱着："你藏在我内心最深处！"

这位老人最后一次来钦久拉拜访父亲，那时父亲居住在那儿的恒河河畔的花园别墅里。斯利干特先生长期给病魔缠身，备感痛苦。他连站立的力气都耗尽了，他用手拨开眼睑，才能看见物体。他在女儿的照料下，居住在维尔波姆地区拉易布尔的小镇上。他仅仅为了拜访我父亲，由女儿携扶前来钦久拉。他异常艰难地向我父亲行触脚礼，尔后回到阔别多年的自己在钦久拉的房间里。没过数日，他溘然长逝（一八八四年或一八八五年）。从他女儿那儿获悉，弥留之际，哼唱着"主人，你的仁慈是何等甜蜜"的歌曲，然后接受了永恒的沉默。

孟加拉语课结束

在学校里,我们在有助学金年级的一个班里学习孟加拉语。在家里,我们学习孟加拉语课程比学校学习的深得多。我们早就读完了阿克什亚·古玛尔.德特的《物理学》和迈克尔·默图苏登·德特的《因陀罗耆的伏诛》叙事诗。我们学习《物理学》,压根儿不结合任何自然事物,学习只限于书本上的知识,所谓"学问"也如是观。其实,花在上面的光阴完全被浪费了。我认为,比时间"浪费"还要多的东西也付之东流了。我们若什么也不做,只会浪费时间,而我们做了许多浪费时间的蠢事,这种损失是无法挽救的。《因陀罗耆的伏诛》叙事诗对我而言并不是什么消遣享受的东西,或是放在盘碟里的美味佳肴,倘若把它扔在你的头上,也会成为危险的什物。用学习一首叙事诗来教语言,这等于用刀剑刮胡须,委屈了刀剑,也难为了脖子和下巴。应该从情味的视角,从诗的层面,教授诗那样的东西。倘若自欺欺人,把它当作字典和语法教人,那么智慧女神绝不会满意的。

一天,我们突然被告知,停止去师范学校。这里有一个插曲。我们学校的一位教师想读基肖利琼德拉·米特拉著的我祖父的传记(《德拉纳特·泰戈尔传》英文版)。我外甥兼同窗萨底耶·普拉萨德鼓起勇气,向我父亲借阅那本书。他满以为用普通人交谈时使用的孟加拉俗语与我父亲谈话,是难以奏效的。所以,他用赞颂风格,精心地编造了一组仿古文句,向我父亲借阅那本书。这样,我父亲立即推断,我们的孟加拉语的学习已经走得太远了,最后会抛弃孟加拉语性。翌日,我们按每日规矩,把桌子放到南面的凉台上,墙上挂起黑板,正襟危坐,等着尼尔卡默尔先生来上课。就在这时,父亲在上面房间叫唤我们,说:"从今日起,你们不必再学习孟加拉语了。"听到这句话,我们的心马上欢腾起来。而我们的尼尔卡默尔先生还在楼下坐着等我们，孟加拉语几何书还摊在那儿。他心里兴许还让我们重读一遍《因陀罗耆的伏诛》叙事诗。但正如人临终之际，整个日常家务的安排对人来说都显得虚假多余一样，刹那间，每一件事物，从老师到悬挂黑板的钉子都像海市蜃楼一般，变得虚无缥缈。但是，要把我们从学习孟加拉语解脱的消息告诉那位始终如一地维护严肃性的老师，这不啻成为一个严重问题屹立在我们面前。最后，我吞吞吐吐把这个令人不快的消息告诉了他。悬挂在墙上的黑板上，画着的几何图线目不转睛地盯着我。《因陀罗耆的伏诛》的每一字，从前对我来说是"不友好的"，如今它如此淡漠地把心留在桌上。我除了把它理解为"友好"，再没有其他的想法了。

临别时，先生赠言说："出于职责考虑，我对你们严厉了些，请不要计较，不要见怪。我所教给你们的东西，你们将来会明白它的价值的。"我后来委实明白了这个价值。在童年时期学习我的母语，我受用了一辈子，它使我整个心灵富有了活力。学习这个东西应当像有规律的饮食一样，当牙齿一咀嚼食物，就能享受到食物的味道，那么肚子填饱前，胃液就会欢喜地觉醒着，它会消除对食物味道吸收的怠慢。印度孩子对英文学习就不是那样。当第一口咬下去，上下两排牙齿从开始到最后松动着，嘴里发出大大小小的地震。这之后，待他明白，那不是石头而是浸透味的蜜糖时，他的大半个人生已经过去了。当一个人在肚里填满拼音和文法，唾沫飞溅地摇头晃脑，嘟囔着，人依旧饥肠辘辘，最后十分迟疑地认识尝味的重要性，人已经饥饿待毙了。从一开始，倘若心灵没有获得运用的机会，那么心灵运用力量就会迟钝，束之高阁。那时代当周围响起学习英语的喧嚣，我的三哥勇敢地为我们安排了长期学习孟加拉语的计划。我对海敏德拉纳特哥哥在天之灵，表示最衷心的感谢和崇敬。

孟加拉学院

我们离开了师范学校,进入了欧亚混合学校——孟加拉学院。我们由此增加了某些自豪感,似乎我们已经长大了,至少我们登上了自由的第一层楼。其实,我们在这所学校有所长进的话,就是因着我们有了一个自由环境。在那里,我们究竟学习了什么,一点也不明白,我们也不努力学习,也没有人来关心我们的学习。这里的孩子都是些调皮鬼,但不令人憎恶。这个感觉给我以极大的安慰。他们在手心里写上一个"驴"字,而嘴里说着"好啊!"一面亲热地把字拍在我们背上,仿佛在背心上刻上了人群中传布的不尊重人的四脚动物的名字,他们有时从背后捅我们的肋骨,然后没事儿似的把脸转向别处,他们有时悄悄地走着,突然把烂香蕉抹在人们的头上,然后一溜烟跑得无影无踪。这一切恶作剧发生在我们身边,但我们没有在心里留下任何记恨的印记。只能说它是骚乱,而不是侮辱。我由此觉得,这就像人们从泥潭中走上岩石一般,没有沾上污泥,但有某些忧虑。

这所学校的最大好处就是,没有人抱着微小的希望——我们能在那里获得任何学业上的进步。它是一所很小的学校,收入经费也微薄。学校校长迪卡鲁先生十分欣赏我们的一个好品德,那就是我们能每月按时交学费。所以,拉丁语法不构成我们的阻碍,尽管作业有严重错误,我们脊背也不会受到任何损害。这倒不是校方慈爱可怜我们,兴许校方禁止老师那样做。

这所学校对我们虽然没有什么害处,但它毕竟是所"学校"。它的教室是那么冷酷无情,四面高墙像警察站岗,看守着我们。教室没有家宅的印记,它仿佛是盛放无数食物的一个硕大盒子,没有装饰,没有色彩,没有做出吸引孩子心灵的任何努力。校方从自己思想里完全驱赶掉对孩子"爱好"的关注。我们一迈进学校门槛，进入它狭窄庭院的那个时刻，整个心灵要经受住考验，我们沮丧消沉，以致我们无休止地逃学。

我们荣幸地获得了一位逃学的同谋者。我六哥有位波斯文老师，我们称他为门希[①]，其真实姓名我们记不清了。他是位瘦得皮包骨头的中年人。他的骨骼仿佛被蒙上一张黑羊皮纸，里面没有血肉似的。他兴许娴熟地掌握着波斯语，英语水平也不差。但他丝毫没有奢望，在这方面获得殊荣。他相信，他的棍术倒是令人叹服的精湛，只有他的歌唱技巧可与之相媲美。他总站在阳光下我们家的院子中央，他在自己光怪陆离的影子上，耍舞着棍子。它的对手就是自己的影子。毋庸置疑，他的影子从未能战胜过他。当他带着瘦骨嶙峋的身躯在影子上挥舞着棍棒时，含着胜利的微笑，大呼一声，那个影子就颓伤地默然倒在他的脚边，痴呆地瞧望着。听他唱带鼻音很重的不谐调的歌儿，仿佛在听阴曹地府的歌似的，它是呻吟与呜咽的可怕结合。我们这里的毗湿奴歌手经常说："门希先生，你将敲掉我们的饭碗。"门希没有做出回答，只是报以轻蔑的一笑。从这点我们明白了讨好门希先生不是件难事。我们围住他，撺掇他。他就答应放假，给校长写了封放假的信，校长从未细究信的内容，就应允了。他肯定晓得，从教学的效果上来说，我们上不上学无关宏旨。

[①] 阿拉伯语，意为教师。

同窗

　　现在,我们有了自己的一所学校——桑地尼克坦的净修林。那儿,学生们经常干出五花八门的淘气事,因为淘气是属于学生的,不饶恕是老师的职责。倘若我们中谁为同学的行为而被激怒,为学校过分的忧虑所困袭,那时刻定会有人致力于严厉惩罚他们,我与同窗的许多罪过,准会排着队望着我们微笑。我现在能很好地理解,这些错误就是用成人的标准来衡量孩子的过失,他们经常忘记,孩子像泉水一样飞速流动。哪个水流若接触过错,不必大惊小怪,因为奔流的行动本身就是对过错的纠正。什么时刻停滞不流动了,就会产生危险,就应该小心谨慎。所以,老师害怕错误发生,学生不这么害怕。

　　为维护种姓的纯洁,印度学生拥有一个单独的餐厅。在那个餐厅里我认识了两三位同学,他们比我的年纪稍大些。我可稍微详尽地叙一叙其中一位同学的趣闻。

　　他的特长是魔术,他甚至出版了一本关于魔术的书,封面上还刻印着自己的"教授"头衔。我迄今还没见过哪位同学印上自己的名字出书,所以,我对他的魔术学问表示深深崇敬。因为我无法想象,在铅印的字里行间,能让任何形式的虚假有容身之地。铅印字每时每刻教导着我们,所以我对它有一种特殊的迷恋。能把自己的创作印在擦拭不掉的油墨里,难道这是区区小事吗?!那里没有任何遮掩,没有任何隐瞒,在世界面前列队站着,介绍自己,逃跑的路完全被封堵住,我很难相信如此超俗的自信。我清楚记得,我从梵社印刷厂或什么单位取了自己名字的两三个字模,上面抹上油墨,印在纸上。看到我的名字被印出来,这该是多么值得永远纪念的事。

　　我们每日请那位同窗——作家朋友坐我的车,同去学校。这样,他经常来往于我家。他对演戏也怀有浓厚的兴趣,我们在他的帮助下,在自己家的摔跤场上打下几根木条,糊上纸,描摹上色彩鲜艳的图画。一座有模有样的舞台筑成了。也许是由于住在楼上的人的反对,我们没能在这座舞台上演出任何一出戏。

但后来不用戏台,我们在某日演出了一台喜剧,剧名可能是《误会》。这出喜剧的作者,读者早已有所耳闻,他就是萨特叶帕拉沙德。他如今看上去是那么怡静内向的样子,我们很难想象,他会在孩提时期,以令人惊叹的喜剧形式,创作出一台戏来。

我现在要讲的那件事,是在上述事件之后才发生的。那时我的年纪约莫十二三岁,我的那位"教授"朋友经常叙述有关物质特点的叹为观止的故事。我们听了惊愕不已,我还渴望看到那些物质的试验,但那些物质是如此稀罕且来自遥远的地方,除了依赖海员辛巴德的帮助外,一筹莫展。有一次,"教授"偶然失口,说出了一个与难以实现相比较容易实现的简捷的途径。我准备试验一下。"教授"说,用树胶二十一次涂抹在种子上,让种子晒干。之后,一个小时内这颗种子就会长出小树,就会开花结果。这件事谁能置信呢!但是已经有书付梓的"教授"的话,我不敢不信。

我盼咐园丁,数日内收集大量树胶。在一个休假的星期日,我们用一只杧果核做试验。我们一块登上我们的秘密处——第三层屋顶。我专心致志地一次次涂抹上树胶汁,又让它晒干——盼着从中长出果树。我懂得,年长读者是不会对这种幼稚做法的结果,提出诘问。但我全然不知,萨特叶帕拉沙德却在之后的另一角落里,一个小时内,创造了带有枝叶的一棵奇异的魔幻般的果树,它结出的果实也十分奇特。

这件事之后,教授不好意思,躲着我。其实,许多日子以来,我早把这件事置于脑后,他不肯与我同坐一辆马车,处处远离我。

一天晌午,他突然来我的书房,建议道:"来,从凳子跳下,试看每人是如何跳的。"

我思忖,世上不少秘密只有教授掌握,也许他从跳跃中探知到什么艰深的本质。于是,大伙都从凳子上跳下,我也跟随着跳下。教授哼了没有明显表示的一声"噢",神情严肃,摇着头。尽管我们再三恳求,但比"噢"声更明白的语言,没有从他的嘴里吐出。

又有一天,那位魔术师说:"一些低贱社会的孩子想与你们攀谈认识,我们去他们住处拜访拜访。"我们的监护者找不出任何反对的理由,我们就去那儿。那间房子里簇拥着一批好奇的人,大家表示迫切喜欢听我唱歌。于是,我唱了几首歌。那时,我还是个孩子,嗓音不像狮子吼声那般低沉。大家不止地点头,说:"好嘛,嗓子倒是异常甜柔。"

午后,我坐着吃点心,大家饶有兴趣围着我,看我的吃相。这之前,我极少与外面孩子接触,我自然很拘谨。除此之外,我早已说过,在依什沃尔仆人的贪婪目光面前,我养成了食欲不旺的习惯。

那天,看到我小心翼翼且十分拘谨的吃相,所有观看者都感到大惑不解。那日,大家仿佛用极其精细的目光,观察着孩子的吞食能力,倘若那种视觉是坚定和敏锐的话,那么这个国家的生物科学将取得非凡的进步。

数日之后,在这出喜剧的第二幕里,我获得了那位教授的几封绝妙怪论的信,这些信揭露了全部秘密。帷幕终于在这里落下了。

后来,我从萨底耶·普拉萨德那儿听到,某日,当我们在做杜果核试验时,他告诉教授,为便于我学习,庇护者把我装扮成男孩,实际是位女孩,女扮男装,才可外出多受教育。这里应该向那些对科学抱有幻想的人指出,我在跳跃考察里发现,女孩总用左脚先迈步的,在与教授做实验时,我就是那么跳跃的,但那时我并没发觉这种过失。

我的父亲①

在我出生不久后，我父亲经常在全国各地旅行漫游。因此，从童年时代起，他对我来说仿佛是位陌生人。他不时突然回家，带来一些外省的奴仆，我十分渴望与那些仆役相处。有一次，一位名叫莱奴的仆役，年纪不大，旁遮普人，随同父亲一块回家。他在我们心目中获得几乎与勒朗季特·辛赫②不相上下的尊敬。他不仅仅是位外省工，而且是位地道的旁遮普人，他就因此占据了我的心。

我们心中对旁遮普民族的尊敬，如同对《摩诃婆罗多》里的毗摩和阿周那般尊敬③。他们是武士，即使在战役里失败，我们也认为那是敌人的罪过。我们在自己家里遇到了来自那个民族的莱奴，简直高兴得心花怒放。

我嫂子④房间里有一艘套着玻璃罩的玩具军舰，机关一开，在彩色绸布的汹涌波涛上，军舰随着八音匣的叮当响，摇晃不停。无数次苦苦哀求，嫂子才借给我那艘令人惊叹的军舰，我想让它使旁遮普的莱奴羡慕吃惊。

长年累月，锁闭在家庭的笼子里，外省的任何东西，遥远异乡的任何事物，都会对我心灵产生一种不可抗拒的魅力。因而，一遇到莱奴，我的心就摇曳不定，也就是这个缘故，一位名叫格尔比埃尔的犹太人，穿着绣花长袍，叫卖玫瑰油时，我心旌摇曳；还有穿着脏兮兮的宽大的大裤管的裤子，背着鼓囊囊的包袱的喀布尔人，也会使我觉

---

① 德贝德拉纳特·泰戈尔（1817—1905）。
② 勒朗季特·辛赫（1780—1839）：旁遮普著名国王，有"旁遮普之狮"之称。
③ 毗摩和阿周那是般度王的儿子，英勇无比。
④ 这里指伽达摩波莉·黛维，是乔蒂林德拉纳特的妻子。

得他有一种混杂着恐惧的"神秘"魅力。

当我父亲回到家,只要有可能,我们就在离他稍远的仆役房间转悠,以满足我们的好奇心,而我自己是无法靠近我父亲的。

我清楚记得,我童年时代某个时候,从人们嘴里听到,英国政府散布俄国妖怪将侵犯印度的谣传。有些好心的亲戚在我母亲面前,随心所欲,添枝加叶,渲染这种侵犯临头的灾难。我母亲心急如焚,因为我父亲那时正在喜马拉雅山。谁知道,俄国佬是否会越过中国西藏,通过喜马拉雅山山道,像彗星一样,突然出现在人们面前。

由于对俄国入侵的恐惧,妈妈惶惶不可终日。那时家里没有谁关心母亲的担忧。这样,妈妈从大人中得不到分担忧愁的帮助,在绝望中,就求助于我这个毛孩子。她对我说:"你赶快写封信给父亲,告诉他俄国佬将要侵犯印度的消息。"写给父亲有关妈妈担忧的信,这是我平生写的第一封信。我不知信该如何开头,如何结束。我去办公室求管产业的文秘默哈南德的帮助。不用怀疑,信写得蛮正确,但他的语言情感里透示着一种陈腐气息,一种地主管理所用的文书语言的刻板乏味的气息。我这封信竟然获得了回音。父亲在信中写道:"没有害怕的任何理由,我自己将驱赶走俄国人。"我不认为,如此强有力的保证语言,就能消除母亲对俄国人入侵的忧虑。但这封信使我对接近父亲的勇气陡增百倍。从那件事起,我几乎每天要去文书处找默哈南德的麻烦,求助给父亲写信。接连数日,默哈南德摆脱不了孩子的执拗纠缠,为我拟了草稿。但邮费从哪儿获得呢?心想,把信交付给默哈南德,我没有必要担心其他职责了,信就会轻而易举地抵达目的地。我无须说明,默哈南德的年纪比我大得多,比我世故得多,我的那些信当然不会抵达喜马拉雅山那边的。

在异乡居住了多日,父亲回到了加尔各答,逗留了数日。因着他存在的影响,整个家庭弥漫着沉闷肃穆的气息。我发现,长辈们规规矩矩地穿起长袍,举止拘谨,神态严肃;凡嘴里嚼着槟榔的,吐在外面,才能走到他跟前,每个人都小心翼翼;母亲亲自下厨房监督,以防烹调出错,不合胃口。年迈的基奴门役执着佩戴奖章的头巾,穿着

303

白色印度式上衣，严守在父亲房门口，为不让我们在凉台上吵闹或追逐，破坏父亲的休息，他不断警告我们小心。我们蹑手蹑脚走路，压低声音说话，甚至没有勇气朝父亲屋里窥探一下。

一次，父亲主持授予我们圣线①的仪式，在韦当特瓦基什·阿南德琼德拉的帮助下，父亲亲自从《吠陀经》里收集了圣线的礼仪。数日里，父亲的朋友贝伽罗摩先生每日让我们坐在厅堂里，用传统方式不断背诵婆罗门教的经典《奥义书》中的一些经文。我们遵循古老的吠陀传统，完成了圣线仪式（1872）。那时，我们被剃了光头，戴上金耳环。我们三个小婆罗门被关在三层的一间小屋里，苦修了三天。

在那儿，我们觉得十分快活。我们戏谑玩耍，相互拽拉耳环。屋里放着一只手鼓，我们把它搬到凉台。每看到下面仆人走过，我们就使劲敲起手鼓，仆人抬头一望见我们的脸，自认有罪，抱头逃窜。其实，在修行室里，我们没有像圣贤的孩子那般严酷苦修度日。

不过，我置信，倘若能发现古代净修林，一定能遇到像我们那般淘气的孩子。他们有一颗十分优秀的心灵，我们得不到这方面的任何证明。当舍罗堕陀和舍楞伽罗婆②十一二岁时，他们背诵《吠陀经》，祭祀火神，打发整个童年日子。倘若这件事只在《往世书》里记载着，我们不必认真相信，因为关于"孩子天性"的《往世书》比所有《往世书》还要古老，像它那样真实的《往世书》任何语言里都没有被传颂。

成为新婆罗门教徒之后，我非常喜欢念诵《伽耶特里》③经文。我非常努力，专心致志，背诵上述经文。在那个年龄段里我是无法正确掌握它的经义的。

我清楚记得，我借"宇宙·世界·自我"这些词语的帮助，努力扩展自己的心灵。我究竟是如何理解、如何想的，难以说清，但确定无疑的是，理解字义不是人类最重要的事。

教育的最大目的不是"解释词义"，而是"叩击心灵"。在那叩击

---

① 授圣线仪式未完成时，非婆罗门看一眼受仪人，就被认为有罪。
② 《沙恭达罗》中沙恭达罗义父干婆的两个徒弟。
③ 《梨俱吠陀》中的一首诗。每个婆罗门早晚祈祷时必须背诵的。

声内，什么东西鸣响着，倘若让孩子解释它，那么他说的话一定是傻里傻气的。但是，他心里的回响远比他嘴上所说的要多得多。那些只想通过考试决定自己学校教育的全部成果的人，绝不会获得这个心灵的任何信息的。

我记得，童年时期所发生的许多事我都不理解，但它们走进我的心灵，翻腾驻足。在我特别年幼时，在穆拉乔拉的恒河岸边的花园里，一天，天空乌云密布，大哥坐在屋顶上，吟读着迦梨陀娑的《云使》，我不懂也没有必要非要弄懂它的每一个梵文词。其实，他入神的吟诵和铿锵的音节已经感染了我。

童年时期，我只掌握一星半点儿的英语。那时，我获得一本带有插图的书，书名叫《老古董店》，我从头到尾读完了。其中词条百分之九十九我认识，然而百分之一的模糊阴影却进入我的心灵，这些图画是用心灵不同色彩的线给穿起来的。我若参加考试的话，无疑会得到一个大零蛋，但我那铿锵有力的诵读绝不会得到一个大零蛋。

孩提时期，一次跟随父亲去恒河岸埠散步。我在他携带的书籍里找到一本古老的刊本，有沃尔特·维廉时期出版的《牧童歌》，好像是用孟加拉文写的散文版，因而没有根据诗的韵律分行。那时我完全不懂梵文，但懂孟加拉文，因而我读懂了其中许多词义。我现在已无法说清，我读了多少遍《牧童歌》，而胜天[①]在诗篇里所要说的东西，我全然不明白，但诗歌的韵律和字句的结合，在我心中所编织的东西，却不是普通且可漠然的东西。我依稀记得一些句子。

　　在孤寂的林荫度过一夜，
　　它使心灵弥漫着春天的气息。

这诗句在我心里唤起一种特殊的美感。在韵律的铿锵声前，"孤寂的林荫"这一个词儿对我已是足够的了。

---

① 胜天：十二世纪东印度人，他所写的《牧童歌》主要讲述黑天和牧女罗陀的爱情故事。

我通过努力,从散文版中发现胜天的奇妙的韵律,我觉得干这件事,十分愉快。那天,我能够从散文体中正确地分断诗行,加以吟诵。那日我的兴奋是无法用语言描绘的。

当然,我离弄懂胜天的作品所蕴含的意义还很远,我甚至不敢夸口通晓了其中一部分,但那些字音和音节使我陶醉万分,它们在我心中勾勒了图画,它们的美充塞于我的心灵,促使我从头到尾把《牧童歌》抄在一个本子上,供我享用。

当我年纪稍大些,我读到迦梨陀娑《鸠摩罗出世》里的这句诗行,不由心旌摇曳:

> 微风带着神圣的曼达基尼泉流的喷雾,
> 摇撼着喜马拉雅山颤抖的雪松叶儿。

我不特别理解诗行的含义,但唯"曼达基尼泉流的喷雾"和"颤抖的雪松叶儿"迷住了我的心。于是,我的心为获取整个诗句的情味而焦急不安。但当老师解释了整个意义,心情就不好了,感觉十分乏味。"那阵微风吹开了渴望狩猎者头上的孔雀羽毛"——这种细腻精确使我顿觉失望,恐怕对艺术形象的认识,越是模糊越好。

所有清楚记得自己童年时期的事的人都明白,自始至终地、一清二楚地了解事物的一切,不会给人们带来最大愉悦。我们家的弹唱诗人懂得这个真理。所以,他们说唱的故事里,总有许多填满耳朵的深奥梵语的艰涩词儿,读者从来无法清楚其含意,只感觉到一些暗示。

那些以计算利润得失来衡量教育的人也不能轻视领悟暗示的价值,那些人总以账目的收支来精确计算自己所传授的知识。但是,孩子和受教育很少的人却居住在不用多少理解就获得的知识的原始乐园里。而当这个乐园失落时,人们必须艰苦理解才能认识每件事物,痛苦的日子就接踵而来了。其实,世上不经理解就获得知识是最宽广之路。当那条路关闭时,世上住宅尽管还有市场的繁荣喧嚷,但人们找不到抵达通往自由大海岸边的途径,也无法寻觅到攀缘山巅的径道。

因此，我刚才说，在那般小的年纪里我无法通晓《伽耶特里》经文的任何意义，但存在于人的心里的一些东西，尽管我不尽然全知，却使我心醉神迷。

我由此蓦然想起一天的事情。我端坐在书房的一个角落里，背诵着《伽耶特里》经文，突然泪水夺眶而出，为何而流泪，我无法解释清楚。这种情况下，我仿佛落到了一位严厉考官的手里，像傻瓜一样，说了与《伽耶特里》经文毫不相干的理由。其实，人们由内心深处所发生的事情，不会每时每刻把自己的信息传送到理智的领域。

喜马拉雅山的旅行

在授圣线仪式里,剃了光头,我为此苦恼不堪。现在我如何去学校呢?不管神牛对欧亚混血孩子内心具有何等的魅力,但他们对婆罗门丝毫不尊重。因此,他们若不把东西当作飞弹扔向光头,至少嘲弄也会像雨点般落在光头上的。

在忧心忡忡的时刻,一天我被父亲唤到三层楼上。父亲问我,想不想跟随他一块去喜马拉雅山。倘若我可以用冲破天空的声浪说:"我想去!"那么这种说话的情态正符合我彼时彼刻的心愿。一面是孟加拉中学,一面是喜马拉雅山!简直无法比拟!

我们离家去旅行的那天,父亲按照自己的惯例,把家里人都召集到厅堂里,进行膜拜活动。向长辈们行过礼,我跟随父亲,坐上车,起程了。在我那个年纪里,家里第一次为我定做了新制服。父亲亲自顾问下令,购什么布,什么颜色,并让我戴上一顶嵌金边的天鹅绒圆帽,但那顶帽子,我只拿在手上,因为我内心排斥戴帽子,罩住光秃的头。一坐上车座,父亲命令道:"把帽子戴上!"在父亲面前,谁都不敢借着习俗掩饰,犯有任何闪失。我羞愧地把帽子戴在头上。但一获有机会,我就不由自主地摘下帽子,当我无法蒙骗父亲的锐利目光时,我只好乖乖地把帽子戴上。

父亲提出的设想建议,吩咐的一切事情都是恰如其分的,有规有矩的。他内心不容有半点含糊,处事犹豫不决,说话模棱两可;别人对他,他对别人,事事都规定得明明白白,绝不敷衍塞责,拖拖拉拉。他不像我们国人的脾性,懒懒散散,拖之任之。他不允许我们有丝毫懈怠杂乱。因此,我们同他打交道,格外谨慎,战战兢兢。做多做少,无关宏旨。但处事有一星半点儿的差错,他心灵将会受到打击,所以他待人接物,绝不容自己有丝毫差错。

他仿佛用心灵眼睛对他所关心做的事的每一细节,都审视得一清二楚。因而,每每活动里,什么东西安置在什么位置上,谁坐在哪儿,谁担负什么责任,他在心里始终划算着,决策着,做到任何情况下不容半点差错。当活动完毕或事情结束,他会听取各方面人的汇报、描述,然后在自己内心进行综合,努力清楚每件事的来龙去脉,看清它的完整形象。换言之,我们国家的上述的国民性在他身上是没有插足之地的,他的决心和思想,行为和举止不可能存在一丝一毫的懈怠懒散的印记。因此,喜马拉雅山的旅行里,多少日子与他一起待着,一方面我获得了巨大的自由,一方面我所有行为举止都必须严守规定。他给予的假日,不会因着任何理由设置障碍;而他所制定的规矩,不允许有丝毫的空子可钻。

旅行初期,我们先在鲍尔普尔逗留了数日。不久前,萨底耶·普拉萨德与自己父母抵达这儿游玩。我从他们那儿听说过他们游玩时的耸人听闻的描述,十九世纪的贵族家庭的孩子是不会置信的。但是,我无法考察清楚,在我们的时代,在什么地方存在着可能与不可能的界线。卡利迪瓦斯和伽什罗摩·达斯①没有给我们提供任何帮助,而彩色儿童读物和带插图的刊物也没有在真理与非真理方面向我们提供任何的提示。世上管制我们的严酷法规,直到我们触犯了它之后才学到。萨特叶帕勒沙德说:"缺乏特殊经验,登火车是件极其可怕危险的事。人们稍许滑脚,获救希望,微乎其微,而当火车启动,要使出浑身解数,用尽全力抓住座位,不然,你就要受到巨大冲撞,不知被抛向何处。人简直无法能在火车启动的时刻安稳待着!"

因此,抵达火车站时,我心里直发毛,但我们居然轻而易举地登上了火车。我不禁怀疑,也许乘火车的真正灾难还在后头呢!这之后,火车十分顺当稳妥地启动出发,没有发生意外的危险境遇,心里不禁失望沮丧。

---

① 他们分别是《摩诃婆罗多》和《罗摩衍那》的孟加拉语的改写者。

火车疾驰飞跑。远处青绿树荫围着的广袤田野，静卧在绿荫之中的村庄，在火车两旁，像画中的两股泉水一样，风驰电掣地奔流着，又仿佛海市蜃楼般，时隐时现。

傍晚，火车抵达了鲍尔普尔。一坐进轿子，我闭上眼睛，想把整个鲍尔普尔的美景良辰储存起来，以便在明晨再清晰地呈现它们。黄昏的朦胧里，我获得了多少印象，它们将变成明日不可分割的快乐情味！

清晨起身，我怀着颤抖的心，走出户外站着。先前到来的旅行者告诉我，鲍尔普尔与世界其他地方相比，有一个特殊的区别是，从正房到下房的道上，虽然头上没有任何遮掩，然而阳光或雨水不会洒落在身上。我为寻找这条奇异小道外出。读者听了也许会沮丧，至今我也没有探寻到那条小道在何方！

我们是城里长大的孩子，从前从没见过稻田，只在书本上读到过牧童的故事，那些有关乡村趣味盎然的想象图画，只被镂刻在心灵的背景上。我曾听萨特叶帕勒沙德说过，在鲍尔普尔的田野里，四周尽是稻田。在那儿与牧童一块游戏是每日必修的科目。从稻田里收集稻谷，做成米饭，与那些牧童一块坐着吃饭，这些都是游戏的主要特色。

我怀着焦急渴望的心情，环顾四周。但天哪，在荒芜的田地里，哪儿有稻田，哪儿能与牧童一块煮饭，一块游戏！田野里肯定有放牧的孩童，但谁能把他们与其他孩子分辨开来呢！

我对看不见摸不到的事物，已不抱任何幻想，我已满足于那些显现在我眼前的事物。这里不存在仆役的专制统治，这儿的地域女神在空间圈里画上蓝线，筑成栅栏，但它不会在我的自由遨游里设置任何阻碍。

我虽年幼，但父亲不限制我随心所欲游玩。鲍尔普尔的田野到处有被雨水冲刷过的沙地，堆满红色砾石的畦沟和奇形怪状的小石组成的小山脉，雨水犁开了许多隆沟，开辟了许多条小河流，呈现出小人国的奇特地貌。

我用衣襟兜集了各式各样的石块，放到父亲面前，他从不轻视我的劳动,对它不屑一顾。他鼓励说:"噢,这些石块的色彩和形状多美啊!"他欢叫着:"你从哪儿取来的这些石块?"

我认真地答道:"那儿还有许许多多这样的石块!成千上万!我可以每日带回来。"

父亲说:"那敢情好啊。你可用石块点缀我的小山!"

我们曾经在一个地方挖掘一个水池,但是土地十分坚硬,挖了一半,就被废弃,束之高阁。我们抬起洼地的泥土,放在南端,根据山的形状,堆起一座高高的小山。父亲每日清晨,在那儿放上凳子,进行晨祷。在他面前,东方地平线上太阳冉冉升起。

他鼓励我用砾石点缀了那座山。离开鲍尔普尔时,我无法携带成堆的砾石,感到十分难过。那时我不懂得背载重负和赋税的责任,而"因为我收集的,所以我能够与它们建立关系,然而我没有这个权利"。即使今朝我也难以理解这个事理。倘若造物主答应我那时心灵的唯一请求,开恩让我可以携带这些石块,那么,今朝我就不会胆敢嘲笑这件事了。

从山峡里流出的水,汇集到一个洼地。那股水越过自己的封锁,穿过流沙,像到处涌流的泉水,汩汩流淌着,流水里小鱼戏谑着,争先恐后,逆流而上。

我马上告诉父亲:"我发现了一股极好的清泉。从那儿汲来水沐浴和饮用,再好也不过了!"父亲也附和地加入我的兴奋中,说:"对,对,这是极妙的好事,就这么办。"他为嘉奖发明者,进行日常安排,从那儿汲水用。我在山谷间漫游,寻觅从没人发现过的东西,那些被称为山冈的小沟壑,仿佛可用望远镜倒置看的未经发现的小人国利文斯敦。河流、山脉也是那么小,随处可见的野番石榴树、枣柳树也是那么矮小,我所发现的小河小溪里凫游的鱼也是那么小,还用说发明者自己吗?!

父亲也许为了培植我的勇气,给了我三四个拜沙,让我管理,说:"记一下账。"这以后,他把打开沉重金表发条的重任也交给我。他不担心可能会出现损坏的危险,他的目的是培养我的责任心。清晨外出散步，他带着我。路上，遇上乞丐，他让我把钱施舍给乞丐。最后，我在父亲面前总算不清账，得不出总收支账的结果。有一次，我算的余额比他给我的还要多。

于是，父亲说："现在，我应该请你当会计，我的钱在你手里会增加！"

我孜孜不倦地、超乎异常热情地上金表发条，由于这种过分"不倦"，金表很快被送往加尔各答去修理了。

长大后，父亲让我管理地产，在他面前又得出具账目，我不由想起了从前的情景。父亲居住在花园街的住宅里。在每月的头两天，我把账目读给他听，那时他的视力衰退，已不能亲自躬身阅读账簿。我要把所有收支账目拿到他面前，我通常叙述款项的大致的来龙去脉，他却在内心精细盘算着。他若心里觉得有些疑问，我又得把一笔笔细账讲给他听。有时，账目存有纰漏或不清楚地方，我想搪塞文饰过去，避免引起他的不满，但纰漏总无法掩饰住，他总会在心灵背景上描绘出账目的全部面貌。哪儿有纰漏，他总能抓住。所以，月初头两三天是我最紧张的日子。

我在前已叙述过，在自己心幕上明白如画地看清东西是他的本性，不管是账目的计算，或是礼仪节目的安排，或是产业的增减，他都心里有数。他没有亲眼目睹过桑地尼克坦的新建庙宇，这样不管谁去过桑地尼克坦，只要来到他身边，他都让每位描述新庙宇的每一细节。他不把自己没有目睹的事物的完整形象镂刻在心幕上是绝不会罢休的。他的记忆力，他的思维判断力是超常非凡的。他只要一次在心里记住的东西，就永远也迷惑不住他。

父亲在《薄伽梵歌》里勾画出他所喜欢的诗句，他把这些诗句连同孟加拉语译文的抄写重任交给我完成。我在家里是个无足轻重的毛孩子，他把如此严肃的工作交给我做，我真觉得无上荣光。

这期间，我已告别了那本破旧的蓝本子，替代它的是一本有封皮的李特式的日记本。现在，我的目光已从簿记和外表饰物转向维护诗人的尊严。我不仅写诗，而且努力使自己作为诗人形象站立在自己的想象面前。因此,我在鲍尔普尔写诗时,我去花园,在一株幼小的柳树底下,伸腿坐在地上,手执日记本写诗,觉得怡然自得。我感到这才是适宜诗人写作的方式。阳光下,坐在没有草皮的砾石上,创作名为《帕利塔维国王之失败》的一首带有英勇味的叙事诗。不过,它的强烈的英勇味也没有使那首诗免于毁灭之手。记载它的带有封皮的李特式的日记本也跟随自己的同胞姐妹蓝笔记本,不知消失在何方。

离开鲍尔普尔,一路上在沙哈伯甘杰、达纳普尔、帕拉亚伽、坎普尔、阿拉哈巴德做了短暂逗留,我们到达了最终目的地阿姆利则。

途中,发生了一件事,至今记忆犹新。火车停在某个大站,检票员走过来查看我们的火车票。他朝我瞧了一眼,不知他心里有什么疑问,但没有勇气说出。隔了一会儿,又来了一个人,两人朝我们车厢探头探脑窥视了一番,又离去;第三次兴许是位站长,他亲自走来,查看了我的半票,向我父亲询问:

"这孩子难道没有超过十二岁?"

"没有。"父亲答道。

那时我实际年龄只有十一岁,但从我的长相和智慧来看,我的年龄肯定要比实际年龄大。

站长说:"你应该为他补张全票。"

父亲眼里愤怒得直冒火,一语不发。那时他就从钱匣子里取出一张纸币给站长,补了全票,站长把余钱找回给父亲。父亲拿着找头鄙夷地扔向窗外。铜板散落在月台的石板上,咣当作响。兴许站长为怀疑父亲因省钱而说谎的低卑念头难为情,低下了头,怏怏离去。

我经常做梦似的想起阿姆利则的古鲁达瓦拉。好几个清晨,我跟随父亲一块儿散步,抵达位于湖中的锡克金庙①。那儿一直进行着祈祷活动。父亲坐在那些锡克教徒中间,突然他也和着他们的声调唱起颂歌,进行膜拜。那些锡克顶礼者从一位异乡者嘴里听到祈祷声,大为惊讶,热情地欢迎他。我们回转时,携带冰糖和果品,满载而归。

---

① 锡克教寺庙,为锡克教第五世祖阿尔琼·代汗所建造。勒朗季特·辛赫即位时,叫人在庙上加筑了一个金箔覆盖的铜顶,因此它被人称为金庙。

一次，父亲使唤金庙的一位歌手来我们宅地，倾听他唱赞歌。他获得了超出意外的奖赏，喜出望外。这个举动产生了影响，许多后继者络绎不绝地来到我们住地，唱颂歌挣钱。我们不得不做出防范措施，阻止他们如潮水般涌来。

他们发现，难以靠近我们住宅，就开始在街头上截住我们。每日清早，父亲总带着我一块儿外出散步，那时他们会不期而至。我们远远看到肩上挂着冬不拉弦琴，就如同熟悉猎人的鸟儿，望到谁肩上扛着猎枪，大惊失色，仓皇飞逃一样，吓得魂飞魄散，急速躲藏。猎物显然成熟老练多了，冬不拉响声落空了，它把我们驱赶得远远的，再也无法逮住猎物了。

傍晚，父亲来到花园对面的凉台入座。他为听婆罗门音乐，把我使唤过去。月光透过树丛，洒满四周。我用维哈伽调吟唱：

　　　　啊，没有你，我的主，危机四伏，
　　　　我的主，黑茫茫宇宙的庇护者。

父亲盘膝而坐，木然不动，低垂着头，双手合十，凝听着。这个情景的完整回忆，至今仍清晰地留在我心中。

我前面已说过，一天，父亲从斯利干特先生嘴里听说我的处女作——一首颂神诗而发笑。后来，我长大了，我得到了它的补偿。这里，我想提及一下。在玛克月节日之际，清晨和傍晚，我创作了许多颂神歌，其中有一首是：

　　　　肉眼无法看到你，
　　　　你在每一眼眸里。

那时父亲住在钦久拉，已经卧床不起。他把我和乔蒂哥哥叫去。父亲要乔蒂哥哥拉手风琴，让我唱一首新创作的歌曲，还重唱旧歌。当唱歌结束，父亲说：

"倘若这国家的国王懂得自己国家的语言，又欣赏文学，他一定会犒赏诗人的。当国王无能力这样做时，只能由我来做这个工作。"说毕，他开出一百卢比支票，塞到我的手里。

父亲教我学英文，随身携带了一些彼得·帕尔利故事丛书，从中挑选一本《本杰明·富兰克林传记》作为我的英文课本。他满以为，传记将有许多有趣的故事，将对我学习英语有所帮助。但是，他在教我们时发现上述感觉错了。本杰明·富兰克林过于聪明练达，精于计算，过于程式化以及他的宗教观异常狭隘，这一切使父亲难受。教学时，他对富兰克林过于世俗观点的例子和教诲式的句子，深感不满，似乎不用激烈的语言打击它们，他是无法忍受的。

这以前，我除了背诵梵语文法外，谈不上接触了梵语。而父亲竟然从《纯洁梵文课本》的第二册开始教我学梵文，同时，他还让我记住维德亚萨格尔著作里的词形变化和词的结构，我们就是这样研读孟加拉语言的，它帮助了我们学习梵文[①]，父亲一开始就鼓励我用艰深的梵语写作。我改变梵语词汇构成，组成长长的复合字句，随心所欲地增添上鼻化元音，使神仙的语言变成恶魔的语言。但父亲没有嘲笑我那种奇特的鲁莽举动。

除此之外，父亲用浅易口语为我解释帕拉卡特尔的英文著作的内容，我用孟加拉语笔录了它。

父亲携带了许多自己阅读的书，其中有一种书在我看来是十分枯燥乏味的，那就是十一二卷的吉本著的《罗马史》。看来，我不应有这样的感觉，因其中还含有一些情味。我思量，我不得不被强制地阅读许多乏味的书，因为我是个孩子，我只得屈从于为求知而读书，但那些成人可以依喜欢与否选择读书，可以不读上述乏味的书，他们何必自寻烦恼呢？

[①] 因为大部分孟加拉文学用语是直接从梵文中来的，因而学习孟加拉语作品，也有助于梵语学习。

喜马拉雅山上

在阿姆利则小住了个把月,在印历正月底,我们离开了那儿,向达尔胡西山进发。我们在阿姆利则的最后几天,仿佛没有个完结似的,我正想赶快缩短它们,因为喜马拉雅山的召唤使我坐立不安。

我们抵达那儿,坐上轿子登山。沿途,我遥望,满山坡盛开着各式各样的春天花朵,恰似一层层一行行燃烧着的美丽火团。我们每日清晨喝过牛奶,吃些烙饼,出户游玩。日落之前,回驿站休息。整天,我的眼睛没有获得休息。我担心,可别有东西遗漏观看。到处是山弯、岔口、花丛、林涧,简直目不暇接。涓涓清泉宛如一位大仙少女,在沉思中的白发隐士怀里嬉戏着;它又穿过绿荫根部,从覆盖着青苔的黝黑的石块旁,从密不可透的寒冷黑夜的宁静幕后,潺潺流淌过去。轿夫就在这里把轿子搁下休息。而我若有所思,我为什么要抛弃这块心旷神怡的迷人宝地呢?永远蛰居在这里,该是多么令人惬意呀!

这就是新相识的一个优先特征。那时心灵还不晓得,诸如此类的良辰美景还会数不胜数地涌现。当一明白这个事理,计算的心灵就会竭力小心翼翼地节省花费;当物体十分稀罕,心灵就会消除自己的吝惜心理,给物体以巨大价值。因此,我某日走在加尔各答的街道上,我把自己当成异乡者,只有在这种假设的情况下,才会觉得这里可观赏的东西是很多的。倘若我们熟视无睹,心灵就不会给予所看到的东西以价值定位,那些真实价值无形中被丢失了,所以,我们心灵观赏的饥饿,会迫使我们去异乡旅行。

父亲把自己的小钱匣交给我保管。他绝不会理会我是这方面的无用之辈,他把它交给随从吉特尔吉,恐怕更安全些。因而,我思忖,他这样做完全出于培养我的责任心和管理钱财才能的考虑。有一天,我们抵达一个驿站，我忘了带匣子，放在桌上。父亲申斥了我一顿。

在驿站，父亲经常叫人把椅子搬到驿舍的露天里，我们坐在那儿。暮色四合，山中清朗天空里，星星闪烁着光辉。那辰光，父亲讲解天文知识，让我辨识星座。

在伯卡鲁塔，我们寄宿在一山顶上的屋舍里。

那时已临近五月了，然而山顶的气候依然寒冷，山坡背阴处的冰雪还没融化。父亲不担忧危险，允许我们任意在山间漫游。

我们屋子下面是一座山崖，长满了喜马拉雅山的雪松。我独自执着一根嵌着铁头的棍子，在林间随心所欲地游荡。这座森林像巨大的魔鬼一样带着自己高耸森严的阴影，矗立着。它们不知会有几百年的生命！然而，昨儿抵达的一位异常渺小的人类孩童，居然没有任何顾忌，自由自在，到处遨游，而它们对我这种任性不言语、不阻拦。一进入森林阴影，仿佛某种触角碰着我，它们像蜥蜴的身体那样的冰冷透骨地抚摸我；而躺在地上枯叶堆上的斑驳阳光和阴影交错呈现，仿佛是太古时代的蜥蜴体上的奇特鳞甲。

我的卧室在住宅一隅。晚上，躺在床上，我透过玻璃窗户，在星星朦胧光照下，凝望着山峰的惨白冰雪的景色。不知什么时辰，父亲围上红色披巾，手执一支灯烛，走向何方。不一会儿，我看到，他已经坐在玻璃窗围住的凉台上，默默祈祷。而后，我已迷糊睡去。突然发觉，父亲推醒我。那时，夜色还没完全退去。这是背诵梵文文法和语尾变化的规定时刻。在严寒里，从温暖舒适的毡子里爬起来，这是多么难以忍受的觉醒啊！

太阳升起，父亲做完了晨祷。他喝了杯牛奶，然后把我叫到跟前，念诵《奥义书》经文，再次向神明祈祷。这之后，他带我出户散步。天哪，我怎能跟上他的步伐，一块散步呢？一些年龄大的孩子都难以追上他。因此，半途，我就转身，穿越过山路，径直返回家。

父亲回来，让我读一个小时的英文《富兰克林传记》。尔后，大约十点光景，用冰雪融化的水洗澡，我怎么也逃脱不掉这种严酷的锻炼。仆人不敢违抗他的指令，往冰水里灌热水。父亲讲述自己年轻时期的例子,如何坚持用难以忍受的冰水洗澡,借此鼓励我。

除此之外,喝牛奶又是一桩苦差事。父亲喜欢喝牛奶,而且大量地喝。我无法确切地说,我是否继承了父亲那般喝牛奶的能力。我早就提过那种尴尬境遇,在仆人专制统治下,我吃喝习惯朝相反方向发展,吃喝少得可怜,但我与父亲一起不得不饮牛奶。最终我求助于仆人的庇护,他们或者同情我,或者对我发慈悲,在我杯里偷偷灌入比牛奶还多的泡沫。

午餐过后的晌午,父亲又要我做功课。我的血肉之躯,委实无法忍受。清晨生气着的懒觉正实施着报复,我困得一次次摇晃倒下。父亲见我发困的状况,开恩放了我假。但奇怪的是,我一获假,瞌睡跑得无影无踪了,最后竟然跑到喜马拉雅山去了。

有些日子晌午时分,我手执着拐杖,从一个山麓转悠到另一个山麓。父亲见了,没有表示任何异议。直到他生命最后,我发现,他都不想对我的自由独立,横加干涉。而我做的许多事,若违拗他的兴趣和意见,只要他愿意,他可以马上阻拦,但他从没有这样做。他耐心等待着,让我们从内心来履行自己的职责。倘若我们只从表面接受真理和荣誉,他内心是不会满意的。他深知,没有全身心付诸爱,不可能获知真理。他也深知,真理暂时远离而去,总有一天,真理会回来的,但倘若在虚假的统治里,强制地或盲目地接受真理,那么通向真理的道路将被封闭住。

年轻时,我有一个梦寐以求的奢望,坐着牛车,沿着大干道抵达白沙瓦去旅行。谁也不支持我这个奇思异想,持反对意见者倒挺多。但是,当我向父亲诉说这个想法时,他却说:"这倒是个不错的好主意。火车旅行是什么旅行!"他还津津有味地叙述了自己如何徒步或骑车旅行的情景,而对他所遇到的困难或危险,只字未提。

还有一次,当我被委任原始梵社秘书时,我去父亲居住的花园街的寓所,说:"我不赞成除了婆罗门不准其他种姓人坐上梵社祭台进行圣礼的做法。"那时,父亲对我说:"这是个好主意,倘若你能够实施的话,你去矫正这个规矩。"

我获得了他的指令,但我发现自己没有矫正它的力量。我仅仅能够发现不完善，但不擅长于创造和完善事物。试问能和我合作并具备力量的人在哪儿呢？我也许能够召唤合适的人，但如此力量在哪儿呢？我能够在破坏的地方建设新的东西吗？它的设置在哪儿呢？当现实的人自己无法集合在一起认真做事时，那么有一种具有束缚性的规则的存在，兴许是件好事。这就是我父亲对现有秩序的看法，但他从未提及任何违抗破坏，借此解聘我。

正如他允许我独自一人在山林间漫游，在真理道上，他也同样让我按照自己的意愿选择道路的自由。他不担心我将会犯错误，即使我遇到危险或磨难，他也不会惶恐不安。他在我面前提出了生活的理想，但他绝不施行专制统治的惩罚。

我经常与父亲交谈家里事，家里人来的信都及时交给他过目。无疑，他从我这里获得的信远远超过从其他人处获得的信札。大哥德维琴德拉纳特和二哥萨登德拉纳特的信件一到，父亲就让我阅读。看看他们是如何写信的，我确实从中获得了如何写信的启迪。父亲认为，这一切社交礼节、习俗规矩的教育是十分必要的。

我清楚记得，我二哥在一封信里写道，"繁忙事务"把他的"颈脖捏住了"，诉说他忙得要命。父亲让我解释其中几个梵文词的含义。我解释了其含义，其实不符合它的本意。他作了另外解释。但我过于自信，我不接受他的释义，与他发生争执。若换了别人，一定让我闭上嘴。但我父亲容忍我的异议，耐心地向我解释。

父亲经常向我叙述一些诙谐且荒唐的故事，我了解了那个时代纨绔子弟的许多事情。那时代的公子哥儿觉得，达卡围裤的边缘太粗糙，会磨损他们娇嫩的皮肤，因而他们撕去粗糙边缘穿上。

有人发现，卖牛奶者在牛奶里掺水，所以为监视卖牛奶者安排了仆役，又为监督监督者安排了人。这样，周而复始，监督者人数越发增加，而牛奶的颜色却越发清淡，渐渐变成像近视眼睛般蓝光光。卖牛奶者对老板说，如果监视者还要递增下去，牛奶里将会出现喝牛奶的鱼儿了。我第一次从他嘴里听到这则笑话，不禁开怀大笑。

几个月后，他把我与仆人基肖利·吉特尔吉一块遣送回加尔各答。

回家

从前束缚我的仆人专制统治的锁链，在我离家去喜马拉雅山时完全被折断了。当从那儿归来时，我的权力增大了。谁的眼光都会落在近在咫尺人的身上，我离开众人视线远去，而现在又回来时，我发现，众人的目光又投到我身上。

回家途中，在火车里我就感到，我似乎开始了受宠若惊的命运。我头戴丝绸毡帽，独自一人散步，身边只跟随一个仆人。经过山旅生活的磨炼，我的身体越发强健。途中，多少英国绅士和太太，在火车里没有一个不夸奖我的强健体魄。

这次旅行归来，不仅仅是旅行归巢，而且我可以从以前被放逐的小屋抵达家庭内院了。住内院的禁锢被拆除了，我现在可以不去仆人的庇护所了，在妈妈的内宅占据了较大的坐毡。那时我家最小的媳妇（伽达摩波莉·黛维）过府来我家，我从她那儿获得了慈爱和宠幸。

童年时期，我没有乞求就获得了女人的宠爱，正如人需要空气和阳光，人自然也需要女人的温暖和服侍，但人们没有像我那样具有对空气和阳光的特殊感受。孩子需要女人慈爱的感情是自然而然的，然而，孩子也为逃出这种类型的溺爱罗网而焦急不安。但是，人在自然时间内应得的关切，他却没有获得，这是人的不幸,我的情况就是那样。

童年时期，我是在仆人专制统治下，住在外院屋子里长大的，现在突然获得了女人的柔爱，我永志无法忘却这份情感。

幼年时期，内院离我们是遥远的，我只能在内心，在自己想象世界里创造着那块乐土。我们把它称为"闺房"。在那儿，我发现了全部桎梏终结的宣告。我思忖，那儿没有学校，没有老师，谁都不用被强迫参加不愿干的事。那儿的幽深的悠闲，含有一种神秘意味；那儿，任何人不用忙于整天的计算，或向人汇报，一切游戏玩耍完全按照自己意愿行事。

我还发现一个秘密，我的小姐姐（沃尔朝古玛莉）与我们一块上尼尔卡玛尔先生的课。然而，不管她读与不读，他都无动于衷。上午十点，我们得赶快用完早饭，像好学生一样准备上学，而小姐姐却摇摆着小辫子，无忧无虑地往内院走去。见到这般情形，我心烦意乱。

这之后，当颈脖上挂着金项链，新媳妇（伽达摩波莉·黛维）进我们家门时，内院的秘密更加迷惑住我的心。她是从外面来的，却变成家里人，我对她一点也不了解，她却是自己人。一种奇异的吸引力使我怀有一种想与她相见的强烈渴望，但困难的是，我借着某种机会走近她时，小姐姐把我抓住说："你们男孩来这儿干什么？走开！走到外院去！"那种失望加侮辱，给我心灵以沉重的打击。我们只能从窗外往她屋里窥探，看到玻璃橱里放着玻璃和瓷器做的玩具和奇形怪状的什物。它们有着斑斓的色彩，有着令人惊羡的装饰！我们连接触它们的资格都没有，永远也没有勇气去索求什么。对我们而言，那些稀罕奇妙的东西更增添了内院弥足珍贵的魅力！

这样，我的日子就在被拒之门外的打击下打发过去。外界自然离我们远远的，家庭内院也离我们远远的。因此，我们所获得的内院一鳞半爪的印象，仿佛都是些图片似的。

夜晚九点以后，上完阿考尔老师的课，我就进屋睡觉。一面走一面观望，装有百叶窗的长廊里挂着灯盏，忽明忽暗摇晃着，通过长廊，黑暗里走下四五层梯子，到达带有庭院的内院的回廊里，看到一柱月光从东方天空倾泻下来，斜照到回廊的西角，其余隐匿在黑暗之中。月光下，家里女仆们伸展着腿坐着，用废棉线搓着灯芯，低声谈着她们家家户户的故事。许多这样的日常生活的难以忘怀的图画，镂刻在自己心上，怎么也抹不掉。

这以后，用完晚餐，在走廊里洗了手脚，我们三人坐在一张大床上。保姆库长莉或帕娅莉或丁考莉坐在我们的床头，开始讲述王子旅行记。故事一讲完，卧室寂静无声。我把脸转向墙壁，在微弱的烛光下，凝望着墙壁剥落的灰泥，形成黑白相间的形状和线条，我内心在那些线条和形状上，想象出各种光怪陆离的图画。不久，我睡着了。在某些日子的后半夜，我半醒半睡，迷迷糊糊地听到，守夜者萨尔达尔的高高吆喝声，从一个走廊传到另一个走廊。

一天，我终于在陌生和想象里的内院获得了久已渴望的宠爱。当每天原本自然的、应得到的东西，突然连本带息补偿给我，我不能不受宠若惊，晕头转向。

小旅行家回家数天之内，给家里人没完没了讲述自己旅行的故事。一次次复述，故事越发散漫，以致它已不能符合实际情况。天哪！与其他事物一样，故事也会变得陈旧、暗淡，而讲故事人的荣光也会受到损害。为使旧故事保持光彩新鲜，必须对它添油加醋，进行增色添彩的渲染。

从山上回家之后，在屋顶妈妈举行的露天集会上，我占据了主讲人的地位。从妈妈那儿获得赞美声的诱惑是难以抵御的，而获得声望并不是那么艰难的。

我在师范学校上学期间，一天，我第一次在一本儿童读物中读到，太阳比地球大一百四十倍。我在那天妈妈的聚会上，揭示了这个真理。从中可悟到，那些被证明渺小的人身上也会有伟大的天分。我还时常用口语诵读语法和修辞课本所列举的诗作，母亲听后大为吃惊。在那南风习习的晚间聚会上，我还不时抛出从普拉克特尔著作中所获知的天文知识。

父亲的侍者基肖利·吉特尔吉曾是位庞伽利[①]演唱团的歌手。我们住在山上时，他经常对我讲："噢，兄弟，那时你若参加我们的演出，我们庞伽利演唱团将会有何等风光！"这话给我一种巨大诱惑，我若参加庞伽利演唱团，在各地巡回演唱，这该是多么大的幸运。我那时向基肖利学习了许多庞伽利歌曲。这些庞伽利歌曲的演唱使聚会热烈拥挤，远胜于讲述太阳光的吸收和土星的月光时的盛况。

---

① 庞伽利：东印度的一种民间歌曲。这种演唱团一般进行创作新歌、奏乐、跳舞、演唱比赛。

大部分人只阅读卡利迪瓦斯的孟加拉文的《罗摩衍那》，度过一生，而我向父亲学习大仙瓦尔米基所创作的梵语韵律的原文《罗摩衍那》。我这个消息最使妈妈激动不已。她喜出望外地说："好啊，儿子，你从梵文《罗摩衍那》中选几段，吟诵给我们听，我要考查考查。"

不幸得很，我父亲只选了《罗摩衍那》中的盖盖伊与十车王对话那一段，连这一段我也没有背熟。我背诵时露馅了。人们会发现，由于遗忘，许多地方变得模模糊糊。但是，母亲焦急盼等着享受自己儿子聪慧的奇才显露的那一快乐时刻，那时我哪有说"我忘记了"的力量。因此，当我背诵《罗摩衍那》中的一些诗句，瓦尔米基的创作与我解释之间存在着一个巨大的不和谐。这位生活在天国里的富有同情心的大仙瓦尔米基一定会带着惊奇的善意微笑，宽恕渴望获得母亲嘉许的现代孩子的这个过错，但是，默图苏登①高傲的摧毁者，是不会放过我的。

母亲认为，我完成了一种稀罕的成就。所以为使所有人大吃一惊，分享其欢乐情感，她说："你必须念给德维琴德拉听《罗摩衍那》！"

我心想，这是个多么危险的提议，我竭力反对，提出种种逃遁的理由。但母亲一句话也听不进去，叫人唤来大哥。他一来到，妈妈就迫不及待地说："罗宾②掌握了瓦尔米基的《罗摩衍那》，让他念给你听听！"

我一筹莫展，硬着头皮朗读了。万幸的是大慈大悲的默图苏登只是虚晃一枪，稍许显示了自己骄傲的力量，稍纵就放过了我。大哥也许沉浸于自己的创作中，他没有坚持听我的孟加拉文的解释，听了我两三行颂诗，就说了一声"很好"，拂袖离去了。

这之后，我感到自己更不愿去上学了。我提出了种种借口逃学，不去孟加拉中学。尔后，他们又勉勉强强地把我送入圣特吉比叶尔斯学校。在那儿也没有更好的结果。

期间，我哥哥做了些努力，最终他们完全对我放弃了希望，连骂

---

① 这里指"毗湿奴大神"，他杀死了高傲恶魔。
② 泰戈尔的爱称，取他名字罗宾德拉纳特的头两字，意为太阳。

也懒得骂了。一天,我的大姐(萨底耶·普拉萨德的母亲索达米尼·德维)说:"我们原抱着希望,罗宾长大成才,但如今希望已成泡影。"我清楚地意识到,在上流社会的市场里,我的价值正失落着。但学校对我而言犹如全面隔绝生活和美的监狱,它的围墙犹如医院的残酷折磨,我无论如何不能把自己奉献给它那每日运转的压榨机。

然而,圣特吉比叶尔斯学校的一个弥足珍贵的记忆,至今仍没有消退去,那就是我对一位老师的回忆。我们的所有的老师都不是一样的,特别是我班上的一两位老师,我在他们身上没有发现对上帝虔诚的深沉谦恭。一般来说,教师是折磨孩子心灵的机器,他们不会超越同类教育机器的种类的。教育机器一方面把人类本性汁液汲干净;另一方面它又像宗教的外部形式,进行祈愿敬神仪式。在这犹如巨大石磨似的世界里一颗颗年轻的具有自然本性的心被碾成齑粉。在这些宗教实践里,在教育机器磨盘旋转里是不会出现有用的人才的。我们的教师也许能在这教育机器里产生成熟模型,但我是不屑一顾的。而在我心里存有的珍贵记忆的一位老师超越了他们的生活和教育模式。

他就是迪贝奈伦达神父,一位西班牙人,英语发音似乎有些困难,也许是这个缘故,他教我们课,班上同学都不太注意他。我觉得,他深知学生们对他的冷漠,但他每天都谦和地忍受着。我不晓得,我为什么从内心存有一种对他痛惜的感觉。他的脸并不漂亮,但他的相貌却奇异地吸引着我的心。我一见到他,就觉得他仿佛随时随刻在自己内心向神祈祷着,内心的广阔和深沉的宁静仿佛袭扰着他的周围。

在学校,我们有半小时仿写字帖。那时,我经常手里握着笔,心不在焉地坐着,胡思乱想着。一天,迪贝奈伦达神父做我们的班主任,在每一把椅子后面踱来踱去。兴许他几次发现,我的笔没有转动。我忽然发现,他在我背后俯下身,把手放在我背上,温柔关切地问道:"泰戈尔,你身体不舒服吗?"仅仅这句简单的问候,我至今仍无法忘掉。

我无法猜揣其他学生的感觉,但我看到了他的一颗博大的心灵。今天,我一想起他,仿佛我获得了步入孤寂幽静的神秘魅力。

那时,还有一位老师博得了同学的喜欢。他就是亨利神父。他在高年级教书,因此我不太了解他。有一件事值得一提,他懂孟加拉语,他向班上的一位名叫尼拉德①的同学问道:"你的名字含义是什么?"尼拉德对自己的一切,毫不在意,那天对自己名字的起源也没有表示少许热情,所以他根本不想回答这个问题。字典里有许多深奥的、不认识的字,但由于对自己名字来源的无知,他可能成为笑柄的傻瓜,遭到犹如自己滚落进马车底下那样悲惨的灾祸。于是,尼拉德毫无羞愧地答道:

"'Ni'是没有,'roda'是阳光,这就是我的尼拉德(Niroda)名字的含义,就是阳光不存在。"

---

① 尼拉德:梵语的含义是"云",它是由 Niro(水)和 da(给予者)组合成的。

家庭学习

阿南德琼德拉·韦当特瓦基的儿子甘琼德拉德拉·帕达伽尔叶先生是我们的家庭教师。当他发现学校的科目无法束缚住我,引起我兴趣,他就放弃这种管束的努力,另起炉灶。他教我读迦梨陀娑的《鸠摩罗出世》,并用孟加拉语翻译给我们;除此之外,他还用孟加拉语解释莎士比亚的《麦克白》的一些段落,然后把我关在房间里,让我用孟加拉语把它们翻译出来,译完才能放我出来。这样,我终于把全剧译完。幸亏,译文早已遗失,我行为结果的重负也因此减轻了。

我的梵语教育的重负落在罗摩萨尔沃斯瓦·帕达伽尔叶先生身上。教不情愿学习文法者的艰难企图成为泡影之后,他也教我读迦梨陀娑的《沙恭达罗》,讲解它的意思。一天,他把我带到依什沃琼德拉·维德亚萨格尔处,让他听我的《麦克白》的翻译。那时,拉吉卡利希那·穆考巴塔亚叶①先生也在座。一步入他那堆满书籍的充满书香气的房间,我的心不禁战栗起来。他严肃恬静的脸庞也增加不了我多少勇气和胆量。但我有生以来没有遇到像维德亚萨格尔那样大名鼎鼎的观众,所以从那儿获取声誉的诱惑在我心底越发强烈。兴许我从那儿获取了一些勇气和荣誉,回了家。我记得,拉吉卡利希那先生教诲我:"与戏剧其他部分相比较,女妖说话的语言和韵律应与其他角色不同,应保持差异的特殊性。"

童年时期,孟加拉语的文学作品很少见到。我想,我那时已把可读和不可读的孟加拉文的书都读遍了。那时,有关孩童与成人的书籍不存在特别的差异,我们没有因此受到什么损害。现在,在文学情味

---

① 穆考巴塔亚叶(1845—1886):用孟加拉语写作的印度诗人、评论家。

里掺和了大量水分。为孩子所写的使心灵娱乐的书里孩子只获得十分幼稚的情感,而没有成人的成熟情思。其实,我们应该策划适合孩童读的书,它们应包括他们看得懂和看不懂的内容。我们在自己童年时期读得懂的和读不懂的书,它们都对我们的心灵产生了影响。世界对孩子的心灵应该这样工作。他们懂得的东西就会变成自己的,不懂的东西也会把他们推向未来。

当图本吐·米特拉①的《集中营》喜剧问世时,我正处在不适宜读它的年纪,我的一位远方亲戚正在阅读那本书,我再三恳求,她仍不肯借我一阅,并且把它锁藏起来。这种禁阅的阻力格外增加我的好奇心,我警告她说:"我一定设法读这本书!"

晌午,她们正兴趣盎然地玩纸牌,一串钥匙拴在衣襟里,那件纱丽衣襟搭在她背上。我对玩纸牌从来不感兴趣,一直对它讨嫌厌恶。但那天谁都难以猜揣我的举止含义,我木雕似的正襟危坐看着。当她们正聚精会神地设圈套玩着,我却小心翼翼地、轻手轻脚地企图取出纱丽衣襟上的钥匙。但我手指可能不轻巧,也可能过分紧张激动,我的企图被发现了,我被抓获了。她微笑着从背上取下拴住钥匙的衣襟,放在膝上,又兴高采烈地玩起牌。

现在,我又想出一条锦囊妙计。她有吸旱烟的习惯。我取来槟榔旱烟叶,放到她面前。正如我预想的那样事情发生了,她站起吐掉槟榔,她的纱丽连同钥匙一块从膝上掉在地上。她拾起纱丽又放在背上。

这次,我终于偷到了钥匙,她没有抓住我这个贼。我读了这本书。尔后,钥匙和书一块交到它的所有者手里,我根据偷窃法律保护自己。她想狠骂我一顿,但她的斥责不那么严厉,暗里还窃笑着呢。

拉琼德拉尔·米特拉②先生编辑出版了一本带图的《杂文月刊》,它的全年合订本放在海敏德拉纳特哥哥的书架上。我设法拿到了它,至今还记得那时重复阅读它的快感。我把那部正方形的大厚书放在膝上,仰卧在床上,津津有味地阅读着。其中有对大海鲸的描绘,卡

---

① 图本吐·米特拉(1829—1874):印度孟加拉语的剧作家。
② 拉琼德拉尔·米特拉(1824—1891):印度历史学家。

奇①的有趣的断案，卡利希那·古玛尔的言情小说，篇篇赏心悦目。我读着读着，不知消磨了多少时日的晌午。

现在我们为什么不出版那样的杂志呢？如今杂志一面刊登枯燥无味的科学和哲学文章，一面发表大量滥竽充数的低劣的短篇小说、游记之类的东西。在英国，《琼伯尔斯》《卡索尔斯》和《斯特朗德》等大量杂志报纸，满足了大众读者的阅读需要。它们是适宜大众口味的粗茶淡饭，它们对这个国家大多数人是开卷有益的。

少年时期，我还看到了一本叫《愚人之友》的杂志。我从大哥的书橱里取出几本，坐在他房间相邻的一个小屋门槛上，不知读了多少日子。就在这杂志上，我最早读到了比哈利拉尔·吉卡勒沃尔迪②的诗篇。在那年代的所有诗歌作品里唯有比哈利拉尔的诗篇，最打动我的心。他这些抒情诗以简朴的笛子旋律，唤醒了我心中的田野和花园的美好音乐。

在《愚人之友》月刊里，我读到了从英文转译成孟加拉文的《保尔和薇吉妮》③的小说，读着读着我不由自主地淌下了泪水。天哪，它是多么美妙的海岸！在海风的吹拂下，枣柳树摇曳着；多么奇特的山谷，山羊满山坡奔跑嬉戏！它们都在加尔各答城南的一个凉台上，在晌午温煦的阳光照射下，如何幻化成一座新鲜愉快的海市蜃楼，一位在荒无人烟的岛屿的黝黑的林间小径上的印度少年，如何热恋着头上裹着彩色头巾的小薇吉妮哩！

最后，般吉姆·钱德拉的《孟加拉观察》像风景一样掠走了孟加拉读者的心。一方面我们要挨到月底，才能盼到它的问世；另一方面我们要等到大人们传阅之后才能轮到，我简直难以熬过这段日子。只要可能和喜欢，我们能一口气把般吉姆的《毒树》和《琼德拉什卡尔》

---

① 伊斯兰有名的法官。

② 比哈利拉尔·吉卡勒沃尔迪（1835—1874）：印度孟加拉语诗人，被誉为孟加拉语现代抒情诗的先导，对泰戈尔的影响很大。

③ 《保尔和薇吉妮》：法国作家贝尔纳丹·德·圣皮埃尔（1737—1814）的代表作，描写一对纯洁少男少女的恋爱故事。

等小说读完，但是我们一月复一月盼等它们的连载，我们只能在漫长的断断续续的时间里，阅读到小说的一小段，然而心中反复回味，获得心灵欢乐，同时关注着下期的出版。这样，我们处在满足与不满足、好奇与享受混杂着的阅读期待中，那种阅读期待的机缘和滋味，现在再也不会出现了！

在那时，萨尔达查尔那·米特拉和阿卡什叶琼德拉·萨尔卡尔的《古诗集刊》也是吸引我的读物。我的长辈是它的订购者，却不是它的固定读者。因此，我不难获得它。维特亚帕迪的艰深的、走了样的马提利语的诗集，因着它的朦胧性，极大地吸引着我的心。我试着不依赖它的注释，探索它的含义。一些特别难以理解的词儿重复出现多少次，我就把它们记录在一个本子上。我也根据自己的理解，记下它们的语法特点。

家庭环境

少年时期，我拥有一个优越的环境，文学清风，夜以继日地吹进我的家园。我清楚记得，每天傍晚，我默然地倚在凉台的栏杆边，凝望着对面客厅的辉煌灯光，人影憧憧，华丽的马车直驶到门槛，宾客络绎不绝。究竟是什么集会，我不大清楚，我只是站在黑暗中，凝目观望着一排排明亮的光圈，它们间隔不大，然而它们却与我那儿童世界相距十分遥远。

我的堂兄格楞德拉（阿宁德拉纳特的大伯）刚看到罗摩阿拉易那·特尔卡勤登创作的新剧，就要在家庭里演出。他在文学与艺术里所显示的兴趣和热情是无底的，他仿佛从四面八方唤醒着孟加拉的现代性。服饰、诗歌、音乐、绘画、戏剧、宗教和爱国的所有领域，在他内心唤醒着一个十全十美的民族主义理想。对世界所有国家的历史评述里，格楞德拉也表现出一种超常的热爱。他用孟加拉语撰写历史，但经文完成一半就束之高阁；他翻译梵文戏剧《优哩婆湿》，日后付梓问世；他所创作的梵文颂歌至今还在宗教音乐里占有重要地位。除此之外，他还是那个时代孟加拉地区创作爱国主义歌曲和诗歌的先驱者。不知多少年前，格楞德拉所创作的歌曲《羞怯如何歌唱印度的光荣》，一直在"印度教徒协会"的年会上传唱着。

他英年早逝时，我年纪还十分轻。但只要见过他一次，谁也忘怀不了他魁梧、英俊和庄严的相貌。他身上有一种远大的影响魅力，能把大众团结在他的周围，有他这种影响力的存在，仿佛世界再也不会四分五裂。我们国家盛行着一种风气，就像他那样一个个人物莅临，他们依赖于自己性格的特殊影响力量，很容易在整个家庭和四邻五舍里确立自己的名望。如果任何国度里出现那样出类拔萃的人物，他们就会在政治、商业和各种公共事业里成为民族领袖,就会把大众组成一个巨大集团。可见,把不同人团结起来,组成一个强有力的集团是一种特殊天才人物的工作,而在我们国家里那种天才默默无闻地消失了。我认为这是巨大的浪费和糟蹋,它仿佛从星空世界中摘下星星当作柴火用一样,白白浪费了。

我还清楚记得,格愣德拉的弟弟古楞德拉(阿宁德拉纳特的父亲)使家庭完全充实起来。他心怀宽大,一视同仁地拥抱着诸亲好友。他俨然一位热情的"追恋者"的化身,出现在南边凉台上、南端花园里、水池的岸畔、垂钓聚会上。他那充盈美德和才德的心,仿佛无时无刻都洋溢着奔放的热情和无尽的精力。他对戏剧艺术特别酷爱,他在节庆娱乐等方面总有别出心裁的设想,而且他总使它们开花结果,闪烁新的光辉。

我们年龄小,无权参加他们策划的种种活动,但他热情的浪涛从四面八方袭来,一次次撞击着我们好奇的渴望之心。我清晰地记得,一次,大哥创作了一出绝妙的讽刺剧,每天中午,在古楞德拉的大客厅里排演。我们站在凉台上,透过敞开的窗户,听到排演讽刺剧时的哄堂大笑混杂着美妙歌声的片段,同时,我们能观看到阿克谢·默正达尔先生随心所欲的舞蹈。

现在,我记得一些歌词:

> 你不要讲这样的许诺,
> 哦,亲爱的,
> 不要许下如此诺言;
> 我亲爱的,不要在秘密中掺和毒药,
> 这会酿成笑柄的悲剧……

今天,我也弄不懂,这里又有什么可笑的事,但我坚信"总有一天会懂得",心灵也为此摇曳不定。

我还记得,一件微不足道的事使我获得了古楞德拉对我特殊的慈爱。我在学校里从未获得过奖赏,除了一次获得品行优良的奖赏《韵律之环》书外。我们三人中萨底耶·普拉萨德读书最聪明,一次考试中他取得了好名次,获得学校奖赏。那天,从学校回家,从马车上下来,我径直走到古楞德拉堂兄处,报告这个喜讯。他坐在花园里,我老远就叫喊:"古楞哥哥,萨底耶·普拉萨德获奖了!"他高兴地笑起来,把我拉到身边,说:"你没有得到奖赏?"我答道:"没有,我没有得到,萨底耶·普拉萨德获得了。"他十分欣赏我,尽管我没有获奖,他认为,我对萨底耶·普拉萨德获奖感到由衷喜悦,这是一个了不起的优秀品格。他向大家夸奖了我。我可从未想过,从中我有什么值得自豪的事,因而堂兄对我夸奖,我大吃一惊。这样,我尽管没有得奖却获得了奖赏,但这对我并不好。我认为,给孩子礼物是可以的,但他们不应得到夸奖或报酬,孩子只是从外界考察,而不是从自己方面审视,这对他们成长是有害的。

午饭后,古楞堂兄去办公室,办公室对他而言,犹如俱乐部似的。这里,谈笑与处理事务混杂在一起。办公室里,当他坐在沙发上休息时,我就轻轻地投到他怀里。

他经常给我讲有关印度历史的故事,克里夫[①]在印度建立了英国统治,最后他返国时用剃刀割断了喉咙,自杀身亡。我听后惊讶万分。他掀开了印度历史的新的一页,然而在他心灵里隐藏着何等痛苦的秘密。表面上看,他获得了如此辉煌的成功,内心怎么会有如此失败的沮丧感呢?这个问号久久萦回在我脑际。

某些日子,古楞堂兄看到我的脸色和举止,即刻就明白,我口袋里藏有一个本子。获得稍许抚爱,那个本子就害羞地从隐蔽处走到外面来。古楞堂兄是位严厉的批评家,甚至他的意见若是作为广告刊登出来,定会起到好的宣传效果。我清楚记得,有一天,他发现了我的诗歌存在着许多孩子气,不禁哈哈大笑起来。

我写了一首《印度母亲》的诗,它的一行末尾的词是"Nikatha(亲

---

① 克里夫(1725—1774):征服印度的英殖民统治者。

近的)"，我既没有能力把这个词遣送到遥远的地方，又无法获得某种限制，因为有着押韵的韵脚要求。因此，我不得不在这行诗句的末尾接上"Sakatha（大车）"一词。显然，那里没有适宜大车通行的道路，然而"韵脚"要求这样做。这样，我挨了古楞堂兄的一记讽喻的闷棍，载我从那条艰难道路来的那个"大车"带着马儿，消失在来的道路中，无影无踪，至今不知它的任何音讯。

那时，大哥在南端的凉台，坐在坐毡上，面前放着一只桌子，挥毫写着《梦游记》。而古楞堂兄几乎天天清晨来我们南端凉台坐一会儿。他对情味享受的纯真欢愉，犹如春日催助我诗歌悟性的发展。大哥既写诗也朗诵诗，这时古楞堂兄听了，洪亮的笑声一次次震撼着凉台。

正如春天的杠果花苞过早地凋谢，铺在树下，《梦游记》的多少被撕弃的稿纸，散落了房子满地，没有任何着落。大哥的想象具有无比强大的生命力，他往往超过需要动用自己的丰富想象。所以，他不得不扔掉许多写出来的东西。如果谁能把它们收集并保存着，满可以装满孟加拉文学的花篮。

我们通过偷听偷看，就可以从那时诗歌情味的享受筵席里获取几许享受。也就是说，我们那时没有完全被摒弃在诗坛之外。它们是那样丰盛，使我们直感到不缺乏"祭品"。那时，大哥的创作异常旺盛，韵律、语言和想象犹如潮水般涌进他的笔触底下，那股涌泉带着常新不衰、奔腾不息的波涛的欢快呼声，响彻大大小小岸畔。我们那时究竟理解《梦游记》多少？天晓得。但是，我早已说过，为获取享受不必要充分理解。大海里是否获得珠宝，不晓得，然而即使获得珠宝，我们也不会认识它的价值。但只要我们尽兴，只要我们与波涛戏耍，一定会获取欢悦。在那种欢乐的冲击下，生活的源泉在大大小小的血管里奔腾不息着。

我越想到那些往事越感到,那个时代的"集会"①的东西如今已不复存在了。那个时代，存在着一种类型的密切自然的交往，我们在童

---

① 指不请自来的非正式集会。

年时代仿佛有幸看到了它的临终余晖。那时候，相互交往是那么紧密，因此"集会"是那个时代的一个必需的东西。那时，那些赶"集会"的人受到了巨大的尊敬。现在，人们只是为工作而奔赶，仅仅为了见面而已，而不是为"集会"不召自来。现在，人们身边没有悠闲的时间，也没有亲密的情感。在那个时代，人们可以看到家园里存在多少交往！多少欢笑声和闲谈声，响彻客厅和廊亭。我们可以容纳各式各样个性的人，聚集在一起，进行洋溢着幽默的欢笑和闲扯。这可是一种特殊的力量，如今这种亲和力不知消失在何方！人现在犹在，但那些客厅和亭台楼阁如今已空寂无人了。

那时的所有器皿、宴会、活动都是为多数人的，不管它们是多么豪华精巧，都不存在丝毫的傲慢情感。今天的大人物家里的装饰远远超过从前，但它们是无情感的，它们是没有节制的摆阔，也不懂以平等眼光去召唤，那些赤裸裸的、衣衫褴褛的和堆满笑脸的人，现在不准进入那里，那里没有为他们准备的坐毡。

今天，我们按照某种模式装饰楼房，根据自己休息的需要建立屋子也是社会性的，没有原先的亲近性了。我们原先的社会体系断裂了，没有任何途径可恢复那种社会体系。结果每个家庭都寂寞寡欢了。今天，我们为事务利益、为国家政治而聚会，但不纯是为彼此见面而集会坐在一起，也就是仅仅因着"人相互热爱"而聚集在一起，创造着各种亲善事，但如今这类聚会是不可能存在了。在世上还有比社交上的鄙吝更丑恶的东西吗？正因为如此，在那个时代里那些人通过敞开心扉的爽朗的笑声，减轻着日常生活的重负，今天，那种人仿佛是从另一国度来的人了。

阿克塞耶·金德拉·焦杜里

少年时期，我有一个良师益友，他在我文学发展道路上所给予的帮助是无法估量的。他就是已故的阿克塞耶·金德拉·焦杜里塔利，也是我乔蒂哥哥的同窗好友，是英国文学的硕士。他不仅精通英国文学，而且喜爱得如醉似狂；另一方面，他又狂热地喜欢孟加拉文学的毗湿奴抒情诗人和作家[①]，如格维坎坎、拉姆普拉萨德、帕尔德·钱德拉、哈罗·泰戈尔、罗摩·巴苏、维杜巴布、夏列塔尔·卡塔卡等。天晓得，他记得多少孟加拉的逸名歌曲。不管走调与否，他总使劲地放声歌唱这些歌曲，听者的异议也丝毫影响不了他的热情。与此同时，在打拍子方面，他在任何地方都不会遇到阻碍，不管是书桌还是书本，合法还是非法，凡一到手，就在上面有力地敲打着拍子，鼓动听众聚集起来。

他具有从世间万物吸收欢乐享受的非凡能力。他既能无阻碍地从每一事物中尽兴地汲取优美的情味，又能胸襟坦白地毫不吝惜地歌颂每一美好的事物。他还具有抒写歌曲和抒情诗的卓越才能。更使人满意的是，他没有因自己的作品而染上骄矜之气。他写在一叠又一叠的零散纸片上的作品到处乱扔，从不去过问。他才华横溢，却淡泊自若。

他的一首题为《淡泊》的诗，在当时的《孟加拉观察》杂志上刊登出来，受到了普遍的喝彩。我曾经听到过人们传唱着他的许多歌曲，而有趣的是，谁都不晓得它们的作者姓甚名谁。

真诚地热爱文学的热情比文学知识的渊博更弥足珍贵。阿克塞耶

[①] 十四世纪，印度虔诚宗教运动席卷全国各地，孟加拉语虔诚文学也随之兴起。虔诚诗人主要描写毗湿奴的化身黑天的形象，某种意义上说，它反映了农民、牧民及手工业者和妇女的利益与愿望。

先生的那种无穷的热情，一直唤醒着我自己的文学感受力。他在情谊中正如在文学批评中那样胸怀宽大。他在陌生的人群里犹如"离水的鱼儿"，但在熟悉的朋友中他从不顾及年龄的差异或理智的高低，都一视同仁，亲如手足。他在孩子中间完全是个孩子。有多少次，当夜阑人静他辞别我兄长时，我就乘机一把抓住他，硬拽进我书房。他往往毫无困窘地坐在我桌旁，在煤油灯的乍明乍暗的光线下，和蔼可亲地与我交谈。这样，我聆听他纵情地讲解英国诗歌，与他进行过多次文学探讨；我还把拙作朗读给他听，倘若作品有些优点的话，他定会给予充分的肯定。

歌曲创作

从童年时代起，乔蒂哥哥就是我在文学和情感教育方面的主要辅助人。他自己热爱文学，也喜欢激发别人对文学的热情。我可以毫无阻碍地与他交流感情，讨论学问。他不因为我年幼而轻视我。他给了我巨大的自由，他友情的源泉荡涤了我内心的惶惑感。正如酷暑过后必然是雨季，对童心的约束解除之后，那种自由对我是十分必需的。

那时，如果那种桎梏不解除，生活在我内心将是残缺不全的。统治阶级抱怨自由的滥用，企图压制自由，然而自由若没有滥用的权力，它就不配称作自由。通过滥用所获得的教育是真正的教育。我至少可以强调地指出，通过自由所发生的一些喧嚣，把我带上消除喧嚣的道路；而通过鞭挞统治，暴虐管教，抑或提着我的耳朵硬往里灌输的东西，我却一丁点儿都没有汲取。倘若自己得不到解放，除了毫无意义的苦果外，我什么也得不到。

乔蒂哥哥无保留地把我带进认识自我的善与恶的环境中去。从那时起，我通过自己的力量培育了花朵，当然不免有荆棘滋生。由于从自己亲身感受中所获得的教益，我不害怕邪恶的力量，但惧怕通过专制达到的行善。我从来不对给人道德和政治惩罚的警察势力顶礼膜拜，世上再没有任何东西比由此而产生的奴性更为不幸的了。

有一段时间，乔蒂哥哥埋头弹琴谱曲。每天，曲调的骤雨随着他手指飞舞，纷纷飘落，我与阿克塞耶先生为他刚刚成就的曲调配词。我歌曲创作的训练就是那样开始的。

我从童年时代起，就在自己家庭的音乐环境中长大，我从中获得了裨益，充满真诚感情的歌曲占据了我整个心灵。不足的是，由于没有受到严格的、全面的学唱训练，音乐的教育是不完善的，因而我无法跨进通过"音乐学问"所能理解的领域。

文学的同伴

从喜马拉雅山归来，我获得了越来越多的自由。仆人们的统治已告终。我做了种种努力，解除了学校生活的束缚，而我自己也不特别尊敬家庭教师。我们从前的老师吉亚那教我们读《鸠摩罗出世》和不系统的其他几本书之后，就离职去当律师了。继他之后，帕勒吉先生担任我们的教学任务。起初，他只布置我做哥尔斯密①的《威克菲牧师传》的翻译练习，我对他的印象不错。此后，他安排的课程越来越多，我就对他不满了。

家里人早已对我绝望。不仅别人，甚至我内心也不抱有如此的希冀：我将来能做一番事业。因此，我对别的任何事不抱希望，只凭自己的爱好，一股劲儿在蓝纸本上胡乱作诗，所作的诗还像从前那个模样。我肚里没有什么货色，只有幻想的热气。那股热气散发出来的气泡和激情所产生的泡沫，环绕着一个个想象的旋涡，无意义地回旋着。这里，没有任何形象的创造，只不过是狂热活动的表现而已，它仅仅是沸腾、起泡、浮沫的活动而已。况且，这里面的东西也不尽是属于我的，往往是拾人牙慧、鹦鹉学舌的东西。属于我的东西仅仅是不安，是内心的一种难以抑制的不安感情。当力量没有成熟，仅仅产生冲动时，那时的情况只能是盲目的、纷乱的活动。

我的小嫂子拉妮（又称伽达摩波莉·黛维）酷爱文学。她可不是为消遣而阅读孟加拉作品，她是用自己整个身心去享受这些作品所带来的乐趣。我是她文学活动的积极参加者。她对大哥的长诗《梦幻的旅程》，表示了一种企慕的虔诚。我也欣赏这首诗。尤其是，我们生

---

① 哥尔斯密（1730—1774）：英国作家，《威克菲牧师传》是他的代表作。

活于创作和评论那首诗的环境中,所以它的美能够轻而易举地环抱我们的心灵。但是,那首诗的完美无缺,已完全超越我模仿的能力,我内心从未奢望过自己能够创作出那样的作品。

《梦幻的旅程》仿佛是某种宴会的绝顶华丽的宫殿。这座宫殿里有各式各样的大殿、廊道、厅堂、角楼,到处是图画、雕塑和巧夺天工的艺术珍品。整个宫殿金碧辉煌,四周点缀着园林、游戏场、喷泉、楼台、亭阁和幽静的林荫。里面不仅充盈着诗意和遐想,而且布局也是十分精巧合理;里面还蕴含着能把任何巨大的事物完整地镶嵌在它的种种形态之中的力量。这股力量是非同寻常的,绝非雕虫小技。对此,我只能顶礼膜拜,望洋兴叹,从不敢奢望写出那样光彩夺目的东西。

就在这时,比哈利拉尔·吉卡勒沃尔迪在《雅利安观察》杂志上发表了吟唱长诗《萨尔达颂》(1875)。拉妮嫂子陶醉于这部长诗的甜美中,她几乎能够背诵诗的大部分章节。她经常在我们家里宴请这位诗人,亲手刺绣了一个坐毡,奉献给他。

由于这个机缘,我也认识了诗人。他十分喜欢我,只要我愿意,清晨、晌午或黄昏,随时都可到他家去。他的胸襟犹如他宽阔的身躯那样宽大,他心中的诗才光环,缭绕在他四周,诗人的欢悦充盈在他心田里,仿佛他的幽灵般的身躯,拥有取之不尽的诗思。这就是他真切的形象。每当我去他那儿,总能呼吸到那股欢悦的春风。在炎热的晌午,他在二楼的一个宁静的小屋里,躺在洒了水的地板上,哼着曲调写诗。我往往在这种情景下,踏进他的门槛。我是个孩子,然而他始终怀着真诚和温存的情感,把我叫到身边,使我一点也不感到拘谨。他一会儿充满感情地放喉歌唱,一会儿声音铿锵地朗读诗歌。他的嗓子算不上甜美,但也不是完全不合调,他能够达到所唱的歌曲的完美意境。当他合上双眼,用深沉的音调吟唱时,洋溢感情的嗓音,弥补了他不甜润的音色。我至今还依稀记得他唱的一些歌词:

> 清澈的月光下,孩儿们欢畅地玩耍。
> 那宁馨儿犹如光影,在我的眼前摇曳。

我也不时附和他唱的曲调,唱歌给他听。

他对迦梨陀娑和瓦尔米基佩服得五体投地。我记得,有一天他放开嗓子,朗读《鸠摩罗出世》的第一诗节,然后对我说:"这里一个接一个'啊'音,绝不是任意写上的。诗人为了显示喜马拉雅山的显赫广袤,打开'啊'音的大门,从天间到喜马拉雅山之间注入了那么多的形象。"

那时,"像比哈利拉尔先生一样写诗"的强烈愿望,在我心里翻滚着。往后的日子里,我总一心一意地想着要像他那样写诗。但是,诗人的一位虔诚的崇拜者——我的嫂子朝我这个狂妄的想法上浇了一瓢冷水。她时常提醒我:"追求作诗以图功名的卑鄙欲望,必蒙受奇耻大辱而无法实现。"她肯定懂得,倘若姑息我的那种狂妄,今后就难以制服它,她从来不想在我作诗和歌唱的才能方面夸奖我一句半句,相反,她从不错过任何机会,夸奖某某的嗓子是多么甜润!这样,我逐渐地意识到:自己的嗓音确实不十分圆润,也往往为怀疑自己有否诗才而感到沮丧。然而,唯一在这领域内,我还能保存自己一星半点儿的自尊心。所以,我绝对不能因为别人的评判,放弃希望的追求。此外,我心底有着一种奋发向上的坚定精神,任何人的力量也阻拦不住我作诗的冲动。

作品发表

　　我迄今所写的作品都是幽闭在相互熟悉的圈子里。这时候，一本名叫《知识幼芽》的月刊问世，它的开创者也在寻找着适合杂志命名的一位处在萌芽状态的、崭露头角的诗人。这样，他不假思索地刊登了我的全部诗文（《野花》和《闲扯》）。在阎罗王的朝廷里，正在审议我的积善和罪过的时刻，我说不准哪一天，哪位热情的使者，听到阎罗王的召唤，将把它们从被人遗忘的月刊深宅内院中毫无廉耻地拽到大庭广众下展示，而对深宅内院的妇女呼救，置若罔闻。我的内心，现在仍存在着这种恐惧。

　　我最早写的一篇散文也刊登在《知识幼芽》上，它是对一本书的批评文章，它还有一段短的历史。

　　那时，一本名叫《波温莫希妮天才》的诗集问世。一般人认为，根据书名"波温莫希妮"，该诗集应出自妇女手笔。阿卡夏琼德拉·萨尔达尔在《萨达拉利》杂志上和波代沃·莫卡尔吉在《教育报》上用十分热烈欢呼的文字，宣布这位新诗人的出现。我那时候的一位朋友，其年纪比我大，他不时把"波温莫希妮"的亲笔信拿来给我看。他也十分迷恋于"波温莫希妮"的诗歌，他经常把作为虔诚礼物的布或书寄往她的住处。

　　在那些诗歌里，不少处情感和语言是无节制的，视它们是妇女的诗作，我认为是不对的。而一看到那些书信，更不可能相信那些书信的作者是妇女阶层。但是，我这些怀疑并没有减轻朋友的忠诚，他对她的崇拜依旧继续着。

　　后来，我在《波温莫希妮天才》《痛苦的夫人》和《闲暇的荷花池》三本书的基础上写了一篇批评文章，是用假装正经的讽喻手法写的。我考证引据地阐释：叙事诗的特征是什么，抒情诗又有什么特性。现代有个十分便利的条件——印刷铅字都是一样的，毫无瑕疵。看到它们的脸孔，谁也无法猜度：作者是怎么个模样，他（她）的学识智慧不知跑到了哪个边际。

我的朋友异常激动地跑来，恫吓我："一位文学学士正在写反驳我的文章！"一听到"文学学士"，我噤若寒蝉。童年时代，萨特叶帕拉萨德从走廊里喊着"警察，警察"，我吓得魂不附体。今天，这位朋友也制造着那种唬人的情景。

我在众人面前指明：我在叙事诗和抒情诗所竖起的名声标柱，在巨大的引证博据的无情打击下，被碾成了齑粉，我在读者面前露脸的道路完全给封住了。"唉，我的批评，你诞生在一个不吉利的迷恋时辰！"我的日子就是在这巨大的惶恐中度过的。但最终发现，像孩提时代的那位警察一样，文学学士批评家始终没有出现。

帕努辛赫的诗

我早已说过,我十分认真地阅读阿卡夏叶琼德拉·萨尔加尔和沙尔达吉尔那·米特拉选编的《毗湿奴古诗集》。诗选中的曼塔利混合语是令人费解的,可能正因为如此,我不屈不挠地努力进入这个领域。正如我对隐藏在树苗里的幼芽和对埋在地底下没被发现的秘密,一直抱有好奇心一样,我对毗湿奴古诗的创作,也抱着浓厚的兴趣。撩开幕布,在陌生的宝库里发现一颗米粒大小的诗歌宝石的希望,始终鼓舞着我。当企图从渗透着深水的难以通行的神秘黑暗中探寻诗歌的珍宝时,一种渴求揭示那个被神秘莫测的幕布裹着的自我奥秘的希望,曾一度使我着了魔。

在这以前,我从阿克塞耶先生那儿听说过英国诗童查特顿[①]的故事。他的诗歌究竟怎样,我不清楚,恐怕阿克塞耶先生也不甚了解,即使知道,原诗的情味也完全可能消失殆尽。然而,这则故事有一种激奋的火苗,却始终点燃我的想象之火。查特顿模仿古诗,写了一些诗,但大部分读者都不懂它们的真实含义,最后十八岁的不幸诗童,抱恨自杀。我摒弃他自杀的徒劳无益的蠢举,下定决心,努力成为第二个查特顿,与他的伟绩相争辉。

一天晌午,天空乌云密布。我沉浸在瞬息万变的阴云带来的欢愉里,跨入自己的卧室,躺在床上,在一块石板上挥毫写着:

    浓密的古苏姆花丛里,
    芦笛把柔和甜美的音乐奏起……

---

  ① 查特顿(1752—1770):英国诗人,十二岁即开始写诗。

写毕，颇为得意，立即把它念给我首先撞见的人听，那个人尽管不解其意，却频频点头称赞："好，写得委实好！"

有一天，我对那位我刚提及的朋友说："我从'梵社'图书馆里寻到了一本陈旧的古书，从中摘录了古代毗湿奴诗人帕努辛赫的一些诗章。"然后，我念了仿照的诗给他听。他听罢深受感动地说："我需要看看这本书。如此优美的诗，恐怕连维德亚伯迪和琼迪达斯①的生花妙笔，也是写不出来的。我得把它交给阿克塞耶先生，建议他选入《毗湿奴古诗集》里付梓。"

于是，我取出笔记本，递过去，这个证据明白无误地表明：这上面写的诗绝不是出自维德亚伯迪和琼迪达斯之手笔，分明是我的手迹。但是，那位朋友表情严肃地说："是的，是的，写得真不赖啊！"

当《帕努辛赫诗抄》在《婆罗多》杂志上刊登时（1878—1882），尼什伽特·乔迪巴叶博士在德国写了一本小册子，内容是论我国抒情诗与欧洲抒情诗之比较。在那本小册子里，他给帕努辛赫的诗以巨大荣誉，把它视为古典诗歌的典范。像这样的荣誉，绝不是近代作家所能望其项背的。他因为写那本书竟获得了博士学位。

不管帕努辛赫是什么人物，我能肯定地说，如果我读他的著作，绝不会上当受骗。虽然，它采用了古代语言形式，然而这种语言毕竟不是古代人民的语言，是掺假的。尽管在不同诗人的语言形式里会发现不同的差异，但它们没有人为的虚情假意。稍许认真审视一下帕努辛赫的诗，就会发现它的虚情假意。这里面没有能够激动我们心弦的民族的鼓乐声，只有今天习俗的异国洋琴的叮当声而已。

---

① 琼迪达斯：公元十四至十五世纪印度孟加拉语诗人，代表作为《黑天颂》。

爱国

从表面看，许多外国的习俗在我们家庭盛行，但是，祖国自豪的永不颤抖的火焰在它的心里燃烧着，父亲心底对自己国家的敬爱，在他一生沉浮里从没有舍弃过，他在整个家庭里传播着强烈的爱国思想。实际上，那时候绝不是奢谈爱国主义的时代，那个时代的受教育的人，远离于自己祖国的语言和感情。然而，在我们家庭里，我所有的兄长始终用祖国语言进行交谈，倘若任何一位新的亲近的人用英语给父亲写信，他会立即把信退回的。

在我们家庭的帮助下，那时候"印度教协会"进行着年会，奈沃戈巴尔·米特拉先生是那个年会的组织者。这是我们实现把印度作为祖国崇敬的第一次尝试。我一位哥哥（乔蒂林德拉纳特）就在那时候写了一首题为《所有印度子孙团结起来》的著名民族歌曲。在那个年会上，歌唱赞美祖国的颂歌，诵读爱国诗篇，展览祖国的工艺，奖励本国的优秀人才的聪明才智。

寇松爵士在德里宫廷参加接见典礼时，我写了一篇题为《言过其实》的散文，在莱顿爵士①做印度总督时，我写过一篇题为《印度教集会的礼物》的诗歌。那时期的英国政府害怕俄国，但是它不害怕十四五岁孩子诗人的那支笔。因此，虽然在我的诗篇里有着许多与我年龄相称的火热的激情，然而从那时的总司令到警察官员都没有为此而发生一星半点儿的不安；没有哪一位《泰晤士报》的读者来信提及统治者对这位孩子的反叛情绪所表示的冷漠态度，只对英帝国的稳定地位表示深深的绝望。我在印度教协会的年会上，站在一棵树底下，

---

① 莱顿爵士（1831—1891）：一八七六年至一八八〇年任印度总督。

朗读了这首诗。那时，听众中有一位那温琼德拉·赛恩先生，在我年迈时，他还向我提起这件事。

在我五哥乔蒂的努力促成下，我们组织了一个协会，名叫"生气勃勃协会"。年长的拉吉那拉衍·鲍苏兄长是这个协会的主席，这是个爱国主义组织。我们的协会活动在加尔各答的一条小巷的一所破旧的屋子里进行，那个协会的所有活动都是秘密进行的。其实，这种秘密是唯一使人敬畏的，然而我们的实践活动里没有使统治者或庶民有任何害怕的内容。我们的家里人不知道，我们晌午在什么地方在做什么。会议的门是紧闭着的，屋里是黑黑的。我们念的咒语是《梨俱吠陀》经文。我们低声细语交谈，这一切使大家激动不已。那时除了这个激动狂喜，不需要更多别的东西。

像我这样的毛孩子也是这个协会的会员。在这个协会里，我们处于如此一阵疯狂的热风里，仿佛我们日夜腾空翱翔在无比高涨的热情天空中，我们没有一丝害怕、羞涩、怯懦。在这个协会里，我们的主要工作就是煽起激动之火。

勇敢有时往往会成为使人难堪的东西，但是，人却永远对它保持一厢情愿的深深虔诚。我们可以看到，所有国家的文学为唤醒那种虔诚做了多大的努力和安排。因此，不管人在什么情况下，他们的心没有这种激励的冲击是不能获得解脱的。我们举行集会，展开想象的翅膀，高谈阔论，纵情歌唱，竭力维持这种冲击。

毋庸置疑，人类有一个天性，倘若对天性的那种尊敬的所有道路都被堵住，那么天性肯定会产生某种不合自然的堕落和变异。庞大的帝国体系只为牧师的发展开辟道路，而不给人格力量的自然健康发展留有余地，帝国应该给勇敢本性留有一条路，不然，人类本性将会遭受痛苦，缺乏人类个性的发展道路，无形的激动像潜流不间断流动，它的流速将达到前所未有时，那么后果是不堪设想的。我相信，在那个时代，如果英帝国政府滋生怀疑，采用恐怖的手段，那么我们协会的孩儿们的英勇气概所表现的喜剧，定能转化成严酷的悲剧。戏已经演完了，但连威廉堡的一块砖坯也没有受到损害。今天，我们想起那段往事，不禁好笑。

我的乔蒂哥哥认为，印度应该有一种统一的公共制服，在协会里，他提出种种样式图案。印度围裤碍手碍脚，不宜做事，外褂又太洋气，因此，他想出一个折中的方案。结果是，外褂不受人喜欢，围裤也不结实，他在外褂上绑上用围裤布折叠成的一条三角小裤似的后腰带，又把本国的头巾与英国的太阳帽结合在一起。不伦不类的服饰连最勇敢者恐怕也不会恭维的。如此服饰样式，在大众接受之前，自己单独享用，这也不是寻常人所能办到的。然而，乔蒂哥哥心情愉快地穿上这套制服，晌午阳光下，乘车外出。亲属、朋友、门房和马车夫等人瞧着他这身打扮，个个目瞪口呆，他却视而不见，置之不理。我们可以见到许多为国捐躯的英雄，但你很少能遇到这样的人，他为了国家利益，穿上这套公共制服，乘上马车，在加尔各答通衢大道上，招摇过市。每个星期天，乔蒂哥哥召集一群人去狩猎，邀请的和不被邀请的都来参加我们的狩猎队伍，其中大部分人是我们所不认识的，这里面有木工、铁匠等各个阶层的人。狩猎过程很少发生流血事件，至少我没有亲眼目睹这类事件的发生。狩猎的其他安排是那么丰富多彩，使我们丝毫感觉不到猎物伤亡的必要。清晨，我们结队出发，嫂子为我们准备了成堆的薄煎饼，这些食品不必要靠打猎获取，所以我们没有一天实行斋戒。

我们闯入一所别墅花园，坐在水池岸畔。不分贫贱富贵，大家坐在一起，狼吞虎咽吃着薄煎饼。不一会儿工夫，只剩下空碗盘了。

在我们这支不杀生的队伍里，帕勒吉先生是位热心肠人，他是一所市立学院的主任，也曾是我们的家庭教师。一天，他打猎回家，归途中他闯进一所别墅，呼唤园丁："喂，我舅舅来过吗？"园丁惊恐地敬礼说道："没有，先生。没有来过。"帕勒吉先生说："好吧，去替我摘几颗绿椰子来。"毋庸赘述，那天我们吃了许多薄煎饼，又喝了许多椰子水。

我们这支队伍里还有一位中层档次的地主，他是位虔诚的印度教徒，在恒河岸畔，他有一所别墅。一天，在那儿我们打破种姓差异，聚集在一起进行野餐。临近黄昏，暴雨骤然而至。暴风雨里，我们站在恒河岸边，放声歌唱。拉吉那拉因先生的嗓子不能吐出纯正的七个音符，但他放开嗓子高唱，犹如梵文经文被泛滥成灾的注释淹没一般，他的热情洋溢的四肢表演把他的软弱嗓音驱赶得远远的，他按着节拍使劲地摇头，暴风在他飘舞的白胡须里狂欢乱舞着。深夜，各自回家。那时风雨已乍停，天空星辰正探出脸，黑夜渐深，林径荒凉，万籁俱寂。两旁树丛里的犹如礼火一般的萤火虫，仿佛无声地分配着一小撮一小撮的糖果。

我们协会的目的之一，就是在国内创办火柴之类的小工业。为此，我们每个成员要把自己收入的十分之一捐给协会。现在有一个问题是，制造火柴的枝条从哪儿取到？我们知道，枝杆掌握在精干人的手里会发挥出足够的火的力量，而那种火柴不会产生那种火所能产生的力量。我们经过多少次试验，终于制成了几盒火柴。这些火柴没有因印度子孙所显示的热情而价值倍增。实际上，我们花费在每盒火柴上的钱足够支付一个乡村一年炉火的费用。除比之外，还有一个小纰漏，就是这些火柴自己划不出火来，必须借助别的火才能点燃。如果对祖国炽热的爱能够增加它们的燃烧品格，那么今天它们定会在市场上有销路的。

那时，我们获悉，一位年轻学生正埋头于研制织布机。我们立即跑去观看。其实，我们之中谁也没有对它究竟有用与否的识别能力。但在信念和热情方面，我们能够拼命跑在最前列。在试验机器等过程中我们付清了他的花销和欠债。最终有一天，我们看见，帕勒吉先生头上绑着头巾，兴冲冲地来到我们在乔拉桑高的住宅，欢呼道："我们的机器织出这块头巾了！"然后，他高举双手，跳起湿婆狂舞。那时他的头发已开始发白了。

最终，有一两位聪慧睿智的人加入我们的协会，他们让我们尝了知识树的果实，我们的天国之梦才被破灭。

少年时期，我们就与拉吉那拉因先生相识，但没有从各方面赏识和理解他的才能。他身上有许多互相抵触的东西。他的胡须尽管已花白,然而他与我们队伍中的年轻人在年龄上看不出有任何差别!他外表的德勋才干仿佛是一件雪白的外衣,永远保护着他那颗永葆青春的心,连他渊博的学问,也永远使他保持绝对单纯的品性。直到生命的终日,老成持重、身体不佳、家庭痛苦折磨、思想艰深以及学问庞杂等都没有阻碍他欢笑的激流奔腾向前。一方面他把自己的生活和家庭整个地献给了上帝;另一方面他为祖国的进步所勾勒的能够实现和无法实现的设想,没有个尽头。他是理尔兹·德森(印度教学院)的得意门生。他从小就在英国学术气氛中长大,然而他克服了非传统的所有障碍,以完全热情和热烈的虔诚进入到孟加拉语言与文学中去。他虽是极其温存的人,但他身上充满着热情的火焰。他对祖国的炽爱,就是他那股永不熄灭的热情火焰的燃起,他渴望把祖国的整个缺陷和贫困烧成灰烬,他的眼睛燃烧着,他内心的热情洋溢着,他热情地投入我们的歌唱,尽管他的嗓音总走调,他一点也不在意:

我们将把成千上万颗心,拧在一起,
我们为此抛头颅洒热血。

无疑,他那对神明的虔诚、永恒儿童的燃烧火焰、幽默且甜蜜的生命、不耽于痛苦和深沉的永远年轻的心,将是我们国家记忆宝库里永远弥足珍贵的东西。

婆罗多

我有过一段心醉神迷的辰光，多少个夜晚没有一丝睡意。无法说清，何种原因使我处于这种亢奋的精神状态。也许，夜晚睡眠是自然而然的，但执拗地把作息次序颠倒过来的意愿，就可能成为它的原因了。

我坐在自己的书斋里，在微弱的灯光下，潜心地研读书籍。远处，教堂的钟声，每隔十五分钟就敲响一次，一个个时辰好像是在进行拍卖似的。赴尼姆特拉河岸埠的火葬场的行人，走在空寂无人的吉特普尔的马路上，不时发出"赫利大神"的喊声。在如此深更半夜，我像鬼魂一样，走到三楼的屋顶阳台，毫无目的地、孤独地踟蹰，唯有穿过四周树荫的若隐若现的月光伴随着我。

如果有人认为，这一切除了诗兴大发之外什么也不是，那他错了。我们曾把地球的一个年龄称为"地震和火浆喷吐的年龄"。在今日成熟的地球上也经常见到那样活动的陈迹，人们对此还感到惊讶万分。然而在地球初生的年龄里，它的表层还不坚硬，内部存在着大量的热气时，地球内部难以想象的骚乱是十分猖獗的。我们青春初期，那种疯狂的沉醉，也是猖獗得很。正是那种疯狂的因素，铸造着我们的生活，这种叛乱，在生活的坚壳没有被铸造成熟之前，会一直持续下去。

就在这时，乔蒂哥哥决定创办一个名叫《婆罗多》（1878）的杂志。它是激励我们的一个新的精神力量。那时我刚好是十六岁，我始终没有脱离《婆罗多》杂志的编辑工作。

就在这之前，我以一种年少气盛、狂妄无知的心态，写了一篇对《因陀罗耆的伏诛》的严厉的批评文章，那篇文章渗透了生杧果的液汁，除了酸味、粗鲁批评和谩骂外，什么也没有。当其他才能贫乏时，讥笑的力量往往是异常强大的。我妄想对这不朽的诗篇刨根问底，吹毛求疵，从而不费吹灰之力使自己也能流芳百世。我就是以这种狂妄自大的态度，开始为《婆罗多》杂志写东西。

我在第一年的《婆罗多》杂志上，发表了自己的长诗《诗人的故事》。在我那个年龄，作者是不会观察世上的其他事情的，只一味夸大地显示自己还没有充分地发展的模糊形象。《诗人的故事》就是我那种年龄阶段的作品，所以它的主人公就是诗人自己。那位诗人又完全是作者自身，倒也不能这样说，但事实上，作者似乎想剖析和渲染自己，那位诗人就是作者的影子。仅仅说是个"想法"，还不能获得正确含义，而只有说"这个想法是切合实际"的，才能获得确切的含义，也就是说，正如听众连连点头说："不错，那个诗人是真实的。"

这部诗作就是那样的东西。它大力鼓吹世界之爱，这对青年诗人来说是完全可以接受的，原因是，它听起来耸人听闻，讲起来又不费事。当没有在自己内心唤起真理，把别人的话当作金科玉律时，他在自己的作品里就不可能维护质朴和严谨，在从外面夸大自己的邪念里不可避免地要掺进怪诞和荒谬的东西。

我每次重读少年时代的作品，总不免感到羞愧，内心总不免升起一种疑惑，恐怕在成年的作品里也会以比较隐蔽的形式，保持那种极端装腔作势的丑陋和不真实。声嘶力竭地叙述某件大事，无疑会破坏作品的宁静和肃穆的格调。我深信，我大声喧哗定会淹没我想说的话，而总有一天它会被披露的。

在我的全部作品里，长诗《诗人的故事》是我最早成书的一部作品（1879）。当我与二哥待在阿哈姆达巴德时，我的一位热心的朋友（帕勒鲍塔琼德拉·考什）把它偷偷送去印刷成书。他这个突然的举动，使我感到困窘，我不认为他做了一桩好事。不过，我内心绝不会持有惩罚出版者的强烈愿望，然而他不是从本书作者，而是从买书人那儿受到了惩罚。听说，我的那本书长时间以来增加了书籍出售者橱窗和出版者心灵的重负。

在我那个年龄开始为《婆罗多》杂志去写的东西，是不会适宜出版的，出版少年时代的作品会遇到许多烦恼。然而对于一个上了年纪的人来说，不会有比这更好的办法保持自己那种遗憾的心情。不过，这部诗作也有一个优点，在少年时代看到自己的作品被铅印成书所获得的那样醉心的欢愉，后来再也没有出现过。第二个优点便是，在少年时代完全摆脱了谁读我的书，谁会说什么，哪儿会有什么漏洞等等忧虑，摆脱了著作匆忙出版所遇到的如坐针毡般的痛苦，从而获得了比较充裕的时间，用一种健康而自由的心灵进行创作。总之，自己出版的作品越能摆脱在众人面前出丑的处境，越为上策。

年轻的孟加拉文学，没有那么深而广的影响，能够使那些作家就范于自己的创作方法的约束。然而，那些作家在创作过程中逐渐从自己内心滋长一种谨严的感情。所以，长期以来，积滞一些垃圾也是不可避免的，在没有成熟的年龄，内心总想凭借很少资本，猎取一鸣惊人的声誉。正因为如此，那些作品显示了对技巧和自然力量的滥用，企图超越真和美的界域。然而，想摆脱这种情况，进入自然界，也就是在自己力量里获得信念，是需要花费时间的。

我少年游戏的无数令人惭愧的印记刻在许多期的《婆罗多》杂志上，它们不仅是不成熟的书写的羞愧，而且是那目空一切、装腔作势和言过其实的羞愧。今天，对当时所写的大部分东西，肯定会感到羞愧得无地自容，但传播在那时的心坎里的一束热情之光，是不会丧失其存在价值的。那个时期是屡犯错误的时期，然而也是充满希望、树立雄心和尽情欢乐的时期，那就是少年时期的特征。如果把那些错误比作柴薪，它燃起热情之火，尽管要化为灰烬，但那因烈火所起的作用，在人们的生活里不会永远是毫无益处的。

阿哈姆达巴德

《婆罗多》跨入第二个年头，二哥（萨登德拉纳特）提议：他带我去英吉利。当父亲爽快地答应了的时候，我对于命运上帝所赐予的第二次不求自来的恩泽，深感惊奇。

在去英吉利旅行之前，二哥先把我带到阿哈姆达巴德，他是那儿的法官。我二嫂（格扬达南提尼·黛维）和他们的孩子那时都在英国居住，所以，房子几乎空无一人。

那时，二哥居住在名曰国王的花园的住宅里，它是古代帝王时代的宫殿，是专为皇帝而建造的。在那幢宫殿的长廊外，一条夏季清澈见底的萨沃尔默迪河流，流经自己沙床的一角。在河岸一端，宫殿前面的地方是又长又宽的敞开屋顶。白天，二哥去法院上班。而那时，在那座宏伟的宫殿住宅里，我独自留下待着。除了不时有鸽子的啼叫声，打破晌午的寂静外，再也听不到其他的声息。凝住的寂静，笼罩在四周。那时，我怀着一种莫名的惊奇心，在各个空旷的房里转悠徘徊。

我二哥把书摆设在一间很大的房子的壁龛里。其中有一本丁尼生诗集，带有不少插图，字很大。那时那部诗集对于我来说，好像那座皇宫一样静寂无声。我在它的插图里一次次徘徊不定。我不是完全不理解那些诗句的含义，然而它们对我来说，与枯燥的"句子"相比更多的是悦耳的"鸟啼"。在这图书馆里还藏有一本书，那就是哈伯林博士编纂的、斯利罗摩布尔印刷付梓的古典梵文诗集。要弄懂那本梵文诗集是超出我能力以上的，但梵文诗句的韵律和节奏的行进，真不知道多少晌午时分，总使我在应和着《阿摩卢百咏》诗句的擂鼓声的节拍之中来回徘徊。

皇宫花园别墅的一幢楼房的上层一间小屋，是我栖息睡觉的地方。

那间屋子有一蜂巢,栖居在巢里的蜂就是我的陪伴。晚上,我独自在那寂静孤寡的屋里睡觉。有些日子,黑暗中一两只蜂从巢里掉到我床上,当我翻身恰好滚在它们上面,它们是不会高兴的,而蜂的尖刺,也不会安宁的。

月明之夜,临河的宽大屋顶上,独自信步转悠,不啻是我狂想的一种恩泽。就在那间屋顶上夜游时,我最早创作了一些具有个性旋律的歌曲(第一首歌曲名为《在迷人的月光之下望着寂寞夜空》),歌集中有一首《献给我玫瑰女郎之歌》,现在在我诗集里占有一席之地。

我对英文的了解是十分不够的,所以,我整天借助于字典,读着各种英文书籍。从童年时代起,我就养成一种习惯,我不会由于不甚了解,就停止阅读,而我总是借着粗枝大叶的了解,在心里展开想象翅膀,超出它理解之外的想象,使我事倍功半。迄今,我享受着这种习惯好与坏的两个方面的结果。

英吉利

　　大约在阿哈姆达巴德和孟买，度过了六个月光景，我们一行起程去英吉利。在某个不吉利的时辰，我开始写英吉利旅行的书信，起初给亲人寄发，后来给《婆罗多》杂志邮寄。现在，我没有力量毁掉它们，这些书信中的大部分，只能配称为童年期的英勇气概的杰作，他企图通过浮夸、伤害和争论，燃起创作的烟火，"虔诚、接受和参与的力量就是最大的力量，虚怀若谷就能最大限度地扩大自己的权利"——在这不成熟的年龄段里，内心就是不想去理解这句至理名言的意蕴，相反认为，羡慕和赞美仿佛是一种不可原谅的屈辱和软弱，以谩骂讥笑证明自己的优秀高贵品性的企图，今天会使人感到滑稽可笑，如果这种企图缺乏直率和礼貌，对我来说不是太折磨的话。

　　我从小就几乎与外界没有直接联系来往，所以当那时十七岁年龄里我突然要投入英吉利社会大海里，就有一种沉没危险的担忧。但是，那时我二嫂与自己的孩子居住在英国，我进入了她的庇护所，外国生活的第一次冲击，没能损害我几根毫毛。

　　冬天开始来临。有一天晚上，我坐在屋里的火炉边闲谈，正在这时，孩子们激动地跑来说："下雪了！"我立即跑到屋外瞧着。天气极冷，皓月当空，地上铺满白雪。我往常所看到的大地完全变了个模样，仿佛这是个梦，仿佛是另一个异样的东西！远处的一切东西仿佛都退得远远的！仿佛一位满身洁白光亮的、纹丝不动的修道士，在肃穆专注沉思着！我从未看到过如此令人惊奇的美！

　　在嫂子的悉心照料和孩子们的形形色色的喧闹中，我的日子过得十分快乐。我的奇怪的英语发音，孩子们感到十分有趣好笑。孩子们的所有其他游戏，我都乐意加入，从不设置任何障碍，唯有这种"有趣好笑"，我无法与他们苟同。"Warm"词中的"a"音发成"o"，而"Worm"词中的"o"音发成"a"，它们没有合乎自然逻辑的规则。我如何向孩子做出解释呢！我活该倒霉，他们讥笑的雨点落在我头上，而对英语发音规则的突发奇思的头是该给人嘲笑的合适地盘。

为使两个孩子（苏伦德拉和因迪拉）欢心，为使他们愉快消遣，我们几乎每天都挖空心思，想出种种新花招。为使孩子欢喜的那种创造点子的能力，后来还淋漓尽致地发挥过多次，今天它的需要仍不见减弱。不过，在那种能力里，我如今已没有丰富想象的感觉了。那时，平生我第一次获得了把自己的心献给孩子的机会，因而礼物的组织显得如此新颖和充分。

但是倘若仅仅为了从大海此岸的家庭步出，进入大海彼岸家庭的目的，我就不来英吉利了。我去那儿是为了攻读法律，成为律师。所以我进入布赖顿一所公立学校。校长一看到我的脸孔，就叫喊起来："哎哟，你的头是多么漂亮！"我永生难忘这一句话。为了抑制我的傲气，她采取有力的措施，让我懂得，与世上无数男孩相比，我的额头和脸庞的美只能处在中下水平线上。我那时对她的话是坚信不疑的，造物主给我外部的种种吝啬，我暗自感到痛苦。不过我希望，读者不要把它看作是我个性的优点。后来，我渐渐发现她所说的与英国朋友估价的不同。由此，我经常陷入沉思之中，两个国家的思想体系和理想可能是完全不同的。

我发现了布赖顿学校的一种现象，觉得很诧异，那就是，那儿的同学对我一点也不粗暴，他们经常在我口袋里塞进橘子、苹果之类的水果，然后飞快地跑开。我认为，他们对我的这种亲善举止，就是因为我是外国人。

在这所学校里，我也没能学习很长日子。这恐怕不是学校的过错。那些日子，达尔卡那塔·巴利特先生在英国。他认为，我这样下去学不到什么东西。他说服我二哥，把我带到了伦敦。起初，他在一所公寓独屋里，让我独自住着。那幢公寓在摄政公园对面。那时正值隆冬季节，对面公园里的树林，都已脱光了叶子，它们带着积雪覆盖的瘦细弯曲的树枝,挺立着,瞪着大眼,凝望着天际。看到这般景象,我身子不由因着寒冷而蜷缩起来。

对于一位新来的侨居者,再也没有比严冬的伦敦更为冷酷的地方了。附近没有一个熟悉的人,我连大街小巷也不熟悉。这意味着,独自默默地坐在家的窗户前,注视着外界的往昔日子,又回到我生活中来。但是,"外界"不像往日那么有趣迷人。它的额上起着皱纹,天空阴暗混浊,灯光像死人眼睛那般没有光亮。大地似乎瑟缩成一团,因为世上没有宽宏的召唤,家里缺少必要的陈设,不知何故,一架风琴的摆设是必需的。当白日过早地藏匿,黑暗将临近时,我坐在琴旁,凭着性子,胡乱地弹奏着。旅英印度人经常来府上与我相见,一般我都不熟悉他们,但当他们离去时,我总想拽住他们的衣角,让他们继续坐下。

当我居住在那幢屋子时,有一位先生来教我拉丁语,他瘦削的身体,褴褛的衣服,犹如严冬辰光下光秃的树,躲藏着严冬的利爪。他的年纪究竟有多大,我不得而知,但只要一看到他模样,就会明白,他的长相比自己实际年纪要衰老得多。某些日子,他教书时突然找不到字句了,他由此羞愧得无地自容。他家里人都认为,他是位有怪癖的人。一种特别的"理论"骑在他的头上。他经常说:"世上每一个时代的同一时刻,在不同国家的人类社会里都会出现同一类型的思想观念,当然根据文明的差异,那种思想观念的形式会有变化,但基本上是同一的。但绝不会因着相互模仿,只传播一种样式的思想观念;哪儿没有模仿,那儿也就不会有它的反抗。"为了证明自己的理论,他始终收集事实根据,用心笔录下来。但当他做着这些事儿,他家无粒米,身无片衣,家妇对他的观点就不敢恭维了,而且很可能她们因他的疯癫而经常责难他。有些日子,我看他的脸色,就能猜度,他一定获得了有利于自己观点的一些新证明。他今天又写了一些文字,论文有了些进展。那天,我特意提及那个题目,在他的热情上,火上加油,使他的热情无以复加地高涨。某些日子,见到他满脸愁云,你就会明白,他所承担的重负再也无法承受了。那天,教学里一步紧似一步的阻碍,纷至沓来,他的目光不知凝视在哪个虚空,再也无法把自己的心拴回到第一课的拉丁语法上来。看到被自己理性观念的重负和写作职责所压迫的、受斋戒折磨的老师,我内心感到异常痛苦。虽然我十分明了我的拉丁课程不可能从他那儿获得什么教益,然而,我的心怎么也不会同意辞退他。我就在那幢屋子里,借着拉丁课,消磨时日。在我离开那座公寓时,我给他结算工资时,他怀着令人怜悯的嗓音,对我喃喃道:"我仅仅在浪费你的时间、我什么也没做,我不能从你那儿获取薪金。"我费了九牛二虎之力,才使他同意收下这笔酬金。

虽然,我的拉丁文教师从来没有把带有证明的理论拿来打扰我,然而我也不能不相信他的理论。现在我还坚信,整个世界的人类的心有一个不可分割的纽带联结着,某些地方存在着一种力量的扰乱,这个扰乱会通过这个秘密理论传播到其他地方去。

这以后,巴利特先生又把我从那儿领出,送到名叫伯尔卡尔的教师家里。他经常在自己家里辅导学生入学考试。他的家里除了一位老实巴交、淳朴温柔心肠的妻室之外,再没有什么迷人的东西了。我真弄不懂,这样脾性的教师如何招揽学生,因为那些可怜学生在那儿找不到任何表现自己喜欢的机会。但当我想到,如此糟透的人竟获得如此娇美的妻子,我心不免觉得酸溜溜的。一条狗是伯尔卡尔娇妻获得慰藉的依赖,因而当伯尔卡尔想要惩罚妻子,他就折腾虐待那条狗。这样,把那条狗作为自己精神支柱的伯尔卡尔夫人,又扩大了自己痛苦的范围。

就在这时,从德文郡的托尔奎城送来嫂子召唤我的信息,我喜出望外,兴高采烈地跑到了她那儿。我无法说清,那儿的山麓、海岸、铺满鲜花的大大小小的花园、绿草茵茵的牧场和松树绿荫是多么令我心驰神往,我跟着自己两位活泼的游戏同伴,快乐地度过了多少时光。"当我双眼被美景迷醉,心灵被喜悦充盈,我的充满闲暇的日子,就担起无拘无束的快乐重负,度过无边无际的寂静无声的蔚蓝太空,我的心里为什么不升起写诗的灵感呢?"想到这一切,某些日子里我的心感受到了巨大的悲凉。因此有一天,我带着纸笔,头上顶着伞,为维护诗歌职责，抵达了蓝色大海的巉岩峭壁的沿岸。无疑，我选择的地方是异常美丽的，因而它不需要我的韵律和幻想，不需要我的搜肠刮肚。一座岩石堆筑的岸畔，在虚空中伸向大海。前面，白日天空，坐在泡沫点点的水波流动的、蔚蓝的摇篮里摇晃着，脸上带着波浪的悦耳歌声的微笑熟睡着；后面，一排排矗立的松树林，散发出阵阵芳香的绿荫，宛如森林女神的懈怠飘逸的衣襟展开着。我坐在岩石王座上，抒写着一首题为《沉船》的诗篇。那天，我若把它沉到大海里去，今天我或许能遐想，那个东西肯定会成为优秀的诗篇。但是，那条道被封闭着，原因是现在它不幸地作为证人存在于我心里，虽然它早已遭受从我作品集中被驱逐走的惩罚，但一早送来法庭的传票，又很艰难地把它拘了回来。

职责的使者永远也不会无忧无虑地闲坐着，催逼的信又来了，我不得不回伦敦。这次，我在一位名叫司各脱博士的有教养的家庭里获得了庇护。一天傍晚时分，我拎着箱子，背着包袱，出现在他的家里。那时刻，只有满头白发的博士、他的主妇和大女儿在家，两个小姑娘害怕印度客人的到来，躲跑到自己的亲戚家去了。她们兴许明白，我不可能给她们带来任何凶险的后果，就将会回来的。

没有经过多少日子，我似乎成为他们家的成员了。司各脱夫人像对待自己孩子一样亲热着我。她的女儿们也以真诚的心款待我，这种款待兴许我亲属也不会施予。

我在那个家庭里发现，人的天性到处都是一样的！我们经常说，而我也这样认为："我国具有对夫君忠诚的一个特殊传统，欧洲是不可能有的。"然而，我国忠贞妻室与司各脱夫人之间，我发现不了有特殊的差异。司各脱夫人全身心投入对丈夫的服侍。这是个中产阶级的家庭，没有过多仆佣的忙乱，她经常事必躬亲，操办处理夫君的每一个小事。傍晚，丈夫回家之前，她把丈夫坐的安乐椅和绒毛拖鞋放在炉火边。司各脱博士喜欢什么，讨厌什么，什么举动喜欢与否，她都了如指掌。清晨，只带着一位女仆，全屋从上到下，从阶梯铜环到门槛把手，旮旮旯旯，都擦拭得一尘不染，锃亮光洁。这以后，傍晚时分，她参加我们的读书、抒写、唱歌和奏乐活动。总之，空闲时刻使人们消遣娱乐也是主妇职责的不可缺少的部分。

一些日子的傍晚，我与姑娘一起玩转椅降神的活动。我们大家一块用手靠在一只只脚凳上，三脚凳满屋像疯子般狂转，渐渐地凡经我们手按的东西都摇晃起来。司各脱夫人对这种游戏不以为然，她不时显出严肃表情，摇着头说："我不觉得这种游戏有什么裨益。"但她容忍了它，从未企图强制地阻拦这种孩子气的恶作剧而扫我们的兴。但有一天，当我把手按在博士先生的帽子上，使它旋转起来时，她气急败坏地跑过来，说："不不不，这顶帽子不能转动。"魔鬼的手只要一瞬间落在丈夫的帽子上，她是无论如何无法忍受的。

我在一切事务中始终看到，她对丈夫十分虔诚。一想起她那张自我奉献的脸上的甜蜜温柔的神情，我就会理解，女人爱的最高的转化自然是虔诚。哪儿她的爱不会遇到任何阻碍，妨碍自己爱的发展，那么这种爱就会自然而然地抵达虔诚的彼岸；哪儿享受和奢侈过滥，哪儿消遣娱乐使日夜颠倒，那么那种爱就会转向丑陋，那时女人的天性再也得不到自己圆满的快乐。

几个月很快消逝过去，二哥归国的期限到了。父亲来信写到，让我与他们一块回国。这个建议使我感到异常高兴，祖国的天空和阳光召唤着我的心。

告别时，司各脱夫人握住我的手，哭诉着："你这样快就离开，那你为何来我家呢？"现在这个家庭在伦敦已不复存在。那个家庭的什么人仙逝了，什么人漂流到何方，我一概不知晓，但那个家庭永远活在我心里。

冬季的一天，我走过唐卜莱治威尔斯城的一条街，看见一个人站在街边。他的脚趾从他的破鞋子里袒露出来，脚没穿袜子，他的前胸也裸露着。也许这里不准乞讨，他没有吱声，只怔怔地瞧着我的脸。我施给了超过他所希望的钱币。我走出不远，他跑到我面前，说："先生，你错把一块金币给了我。"他说着想把金币退给我。这件事使我终生难以忘怀。还有一件事，我也终生难忘。兴许我第一次抵达托尔奎火车站，一个脚夫把我的行李从火车上搬下来，驮到汽车上。在口袋里没有找到像便士那样的零钱，在汽车将启动时，我不假思索地给了他一两个半先令的银币。不一会儿，我看到，他气喘吁吁从汽车后面追赶过来，他招手呼唤汽车司机停车。我以为，他把我当成愚蠢的异乡人，还想再多敲我竹杠。但当汽车停下，他走近说："先生，您也许当作便士，把半个先令的银币给了我。"

当我在伦敦居住时，有没有谁欺骗我，我不敢肯定，但没有非要记住的或值得怀念的事。当然，小题大做，把它渲染夸大也是不恰当的。这件小事给我心灵产生了如此深刻的影响，那些拥有信念的人就一定会相信周围人。在那儿，我是位外国人，不管我欺骗谁，我都能躲避付款而逃之夭夭，我若再次光顾那些商店或市场，谁都不会怀疑我的，依然会信任我的。

在伦敦的那段日子里，一出闹剧始终纠缠住我居住时的整个辰光。我偶然认识了一位高级英印官员的一位寡妇，她亲昵地叫我"茹比"①。为了纪念她丈夫的逝世，她的一位印度朋友用英文写了一首悼念歌曲。他的诗才和语言驾驭能力，我不想多说什么。算我倒霉，这位作者偏偏指出，必须用比哈格调来唱这首悼念歌曲。一天，那位寡妇抓住我说："你用比哈格调唱这首歌给我听。"我像一位顺从的老实人，听从了她的吩咐，用比哈格调与那首出世诗歌结合，将会是多么滑稽可笑，但在那儿除我之外，没有人会知晓个中之味。寡妇听了用印度调子唱的对丈夫的悼诗，十分高兴。我心想这场不幸灾祸总算应付过去了。

但是她始终没有使事情完结，纠缠我没完没了。我经常在某种宴会上与她相遇。宴后被邀的男女嘉宾都汇集在客厅里，她又要我用比哈格调唱歌，而所有宾客都想听印度那种令人惊奇的音乐，于是他们都附和她的要求。那时这位妇女从自己的口袋里掏出藏于其中的印着那首乐章的纸片，我的耳朵立即涨得通红，低垂着头，用羞怯的嗓音唱起这首悼诗。我十分清楚，这首悼诗除了我之外，对任何人都不会

---

① "茹比"：英文的"红玉"的拼音，应是女孩的名字。泰戈尔的爱称应是"罗宾"，太阳之意。

产生悲伤的感觉。唱歌结束后，从一阵压低的笑声里听到："十分感谢你，多么有趣呀！"在那么冷的严冬里我整个身子都冒汗了。高贵的英印高级官员之死对于我来说是件多大的不幸事。在我诞生或他人仙逝时，谁能料知这件事对我的沉重的打击呢！

这以后，当我住在司各脱博士家里，在伦敦大学开始学习时，许多日子再也没有见到那位寡妇。她的家离伦敦较远，她经常发邀请信请我去她那儿，我因着那首悼诗所产生的恐惧，怎么也不同意她的邀请。最后有一天收到她一封催促的电报。收到这份电报，我正在去学院的道上。这时我回国的日子临近了，我思忖，我即将要离去，行前应该满足那位寡妇的邀请。

从学院出来没有回家，我直奔车站。那天，天气糟透了，异常寒冷，下着鹅毛大雪，天空弥漫着大雾。我要去的是那条线的终点车站，因此我可安心地坐在车厢内，不必去打听什么时候下车。

我发现，车站都靠右边，所以我坐在靠右边的窗座前，在车厢微弱的光线下读书。乌云密布，阴霾使白日很快隐遁去，天色已黑下来，窗外任何东西都瞧不见了。从伦敦上车的一些旅客，一个个在各自的目的地下了车。火车又往前行驶，驶向距终点车站的前一站的一个地方，稍许缓驶后，最终停止了。从车窗里探出头瞧望，外面一片漆黑，没有人影，没有站台，没有景物。在车厢里待着的人实际上被剥夺了认识真理的能力。火车为何在不适当时间、不适宜的地方停下来呢？没有一位乘客能猜度出它的原因，而我依然沉浸于读书中。过了一会儿，火车又朝后移动了。那时，我寻思，了解火车的个性的任何企图都是徒劳的。但我后来发现，火车又停在不久前它曾通过的站台上。那时再保持无动于衷的态度，我颇觉困难了。我向一位站台上的人询问："火车将何时去某站？"他说："火车已从那里驶回。"我不安地又问："现在火车将驶向何方？"他漫不经心地答道："伦敦。"这时我才恍然大悟，这列火车是摆渡的船，从这岸驶向那岸，又从彼岸驶回此岸。我惊恐地从那儿下了车。我问道："现在何时我能搭上北去的火车？"得到的回答是："今晚什么火车也搭不上了。"我又问道："附近有留宿处吗?"他说:"五英里之内没有任何旅馆可借宿。"

我从早上十点吃了些东西,从家里出来,这么长时间我连一滴水也没进肚。但眼前除了斋戒外,又无计可施,解脱是最直接的道路。我把厚大衣的纽扣从下一直扣到脖子,在昏暗的站台灯下,坐在一张长凳上读起书来。我读的书是刚刚出版的斯宾塞①的《伦理学的资料》。当一筹莫展的情况下,我安慰自己内心:什么地方也得不到如此完整的时间,专心致志阅读这类型的书。于是,我静心耽于阅读之中。

隔了一会儿,一位脚夫走过来告诉我:"今天一列特别快车已发出,半个钟点内将抵达这儿。"听后我兴奋得已无法把心集中于《伦理学的资料》的阅读上啦。

应该是七点钟抵达目的地,我九点才到达。女主人一看到我劈头就问:"怎么了,茹比,发生了什么事?"我若能自豪地惟妙惟肖地叙述自己令人惊奇的旅行经历的话,就好了,但还不能这么说。我心里寻思,这过错不是我能预料到的,我更未料到应得到严酷的惩罚,何况,执行者是位美丽的寡妇。然后,那位英印高级官员的寡妇对我说:"茹比过来,请喝一杯茶。"

我从来不喝那种茶,但我意识到,喝茶能有助于解除我的极度饥饿。于是,我十分勉强地就着几块圆饼干喝了那杯浓茶。我走到客厅发现,几位旧式妇女已坐在那里,有一位漂亮的姑娘,是美国人,是我主人侄子的未婚妻,她仿佛正体验着婚前的一场恋爱经历。

主妇说:"现在可以开始跳舞了。"我对跳舞没有特别的兴趣,身心状态也不适宜跳舞。但是,那班十分高贵的人能完成世上难以完成的事。正因为如此,虽然那个舞会是冲着订过婚的男女青年的,然而吃过十点钟的晚点心之后,我不得不为老朽的妇女伴舞。

现在,我的痛苦还不能就此结束,女邀请者问我:"茹比,你今晚将在哪儿过夜?"我几乎没有想到这个问题。在我呆若木鸡,怔怔地望着她的脸时,她又开口说:"深夜十二点钟,这里的旅馆都要关门,

---

① 斯宾塞(1820—1903):英国哲学家。

所以现在还不迟,你应该去那儿借宿。"幸而,她善良天性还没完全丧失殆尽,我不至于亲自摸黑去寻找旅馆,一位仆人提着灯笼,把我送到一所旅馆。

我心想,诅咒也许将因此转为福祉,旅馆也许将有膳食的安排。我跨入门槛就问旅馆人:"有肉有鱼吗?不管新鲜与否,我能获得一些吃的吗?"那些人道:"酒想喝多少有多少,就是没有充塞肚子的东西。"那时我思量,睡眠女神的心是软的,她即使不赐予饮食,一定会恩赐遗忘意识,让我入睡。但是她在自己拥抱世界的怀里也没有给我那晚留宿的一席之地。在那小房间,我只获得那屋的冰雪似的寒冷的石板地。屋内有一张破旧小床,还有破裂的洗脸盆架,此外就没有其他陈设了。

清晨,我的东家英印寡妇召唤我去用早餐。依照英国人的习惯,安排了冷餐。其实就是昨儿晚餐的剩余,作为今日的早点冷餐。我若昨晚获得一些温的或冷的食物,这对世上谁也不会受到丝毫的损失,我的舞姿也不至于像水外躺着的鱼儿那般可怜蠕动,作惨烈死状。

早餐之后,女主妇说:"她请我来是为唱一首悼念歌给卧在病床上的老太太听。我请你在她的户外站着唱。"于是,她把我安排在门外楼梯上。女主人指着关着的门说:"她就躺在这间屋里。"我脸朝着那看不见的神秘地方站着,用比哈格调唱着那首悼念歌。这之后,那位女病人究竟如何,至今我没有从谁的嘴里听到过任何消息,也没有从报上读到过有关她的消息。

回到伦敦之后,两三天之内我一直卧在床上,忏悔着我所受的那种暴虐的善意接待。司各脱博士家的姑娘们央求我道:"你遭遇了不幸,但你绝不要把那种邀请视作我们国家对待客人的范例。这恐怕是他们吃了你们印度'盐'所制造的奇迹。"

洛肯·巴利特

当我在英吉利大学的学院里上英国文学课时，洛肯·巴利特（达尔卡那塔·巴利特先生的儿子）是我的同窗好友。他大约比我小四岁。在我写《生活的回忆》那段年纪里，四岁的差异是微乎其微的。但是"十二岁"与"十七岁"的差别是如此大，以至越过那种差异，建立友谊是艰难的。孩子在年龄上是没有自豪的地方，因而总想装出长辈般的尊严。但是，我从心底没有发现洛肯身上有那种心理障碍，我看不出洛肯在智力上比我差。

男女同学坐在学院图书馆读书，那儿就成为我们俩聊天的好场所。我们悄悄谈话，因而谁都没有提出异议。但是，我的朋友总因为小的逗笑，就会敞开年轻心胸，开怀大笑。所有国家的女学生在用功时很容易动肝火。天晓得，我们多少用功的女同学的无数双蓝眼睛，把多少无言的责难雨点，徒劳地洒在我们压抑不住的玩笑上。今天一想起那些情景，内心感到悔恨，但在那些日子里，对被打扰学习的痛苦，我内心没有产生一星半点儿的同情感觉，其实，我丝毫没有为此头痛过。兴许上帝的恩泽，课程的被干扰，我从没有难受过。

不仅在学校上课时我们放肆地开着玩笑，就是在文学讨论时我们也肆无忌惮地玩笑着。在文学讨论会上我不会认为我儿时朋友是现代的。他虽然读孟加拉语书比我少得多，但他思维敏锐补上了自己这个缺陷。一次讨论里引发了对孟加拉拼音法的评论。

我先说明引起这个题目讨论的缘由。司各脱博士的姑娘对学习孟加拉语表示了极大兴趣，我在教她们学习孟加拉字母时，非常自豪地说，我对语言有关发音有一种职责的知觉，步步触犯，不是它的规则，我同时向她们说，英语的字母拼音体系是杂乱无章的，显得可笑，我们仅仅为了考试才死记硬背它们，这是令人头痛的事。但是我的自豪没站稳，栽了一个跟头。大家发现，孟加拉词的拼写也不承认束缚，孟加拉语的发音也经常违背语言安排的规章，我由于习惯使然而视而不见。

后来，我埋头于寻找管理违反规则的规则，我坐在大学一学院图书馆里做着这件事。洛肯在这方面对我的帮助，真使我惊叹不已。

几年之后，洛肯参加了英印政府的工作，回到了印度。在学校图书馆里的那种玩笑和文学讨论会逐渐成为巨大溪流，潺潺流动不息。在文学创作里洛肯的强烈的快乐感成为我创作的进程风帆，不断策舟往前行驶。在青春日子里，我成为《实践》杂志的编辑（1892—1896）时，当我以不间断的速度驱动着散文和诗歌创作的列车时，洛肯的强大鼓励，使我在诗歌和散文创作事业上不敢有丝毫松懈停顿。那时，《五个灵魂的日记》的许多页和许多诗歌，都是在他的城郊别墅里写就的。谁能说清楚，我俩参加了多少次诗歌讨论会和音乐评论会。这些集会从晚星升起开始，又在金星闪现、晨风吹拂下，随着晚灯熄灭而结束。

在艺术女神的荷花丛里，女神的快乐兴许最多洒落在那朵盛开的友谊之荷花上。在那花丛里我没有沾上更多金色花粉，但吸吮了友情之爱的芬芳蜜汁，我没有半点抱怨的理由。

破碎的心

在英国居留时期，我打好了另一首长诗的腹稿。有些章节在旅行途中写就，回到故乡之后完成了全诗的写作，长诗于一八八一年六月发表，题为《破碎的心》。那时我自己感到这首诗"写得蛮不错"，作者有这个感受，没有什么稀奇，然而，那时的读书界也不特别怠慢它。记得，它在《婆罗多》杂志上发表后没几天，特里普尔的已故王公维尔钱德拉·玛利卡叶的部长来加尔各答与我相见，王公派他到加尔各答的目的，是让他向我转述王公对长诗《破碎的心》的赞扬，认为写得不错。王公对诗人今后的文学实践寄予了更多的期望。

我在三十岁时回顾自己十八岁时的这部诗作，写了一封信，这里我想援引一下：

当我开始写《破碎的心》时，我的年龄是十八岁。它既不是少年时期又不是青春期的年龄，处于那种边缘年岁的情况，我不可能具有清晰地表达真实的能力。实际上，它就是取得一些感受折射和一些朦胧阴影的岁月。那时的想象宛如黄昏的阴影，是拖长的，模糊的，在那种情景下所看到的真正世界似乎是一个奇异的世界。还有一个有趣的事，即那时不仅我的年龄是十八岁，我周围所有人的年纪仿佛也都是十八岁。我们大家都驰骋在没有物质、没有根基的想象世界里，那个想象世界里的喜怒哀乐犹如梦境里的喜怒哀乐，也就是说，没有任何真实物质能掂估它的分量，只有自己的心，所以在自己的心里有着小题大做的夸张情绪。

在我的一生里，从十五六岁到二十二三岁的那段时间，实际上是一段杂乱无章的时间。在大地的山水没有明显分离的第一个纪元时，庞大而奇特的两栖动物游荡在充满泥泞的、没有高大躯干的灌木林里。我的情况正是那样，在我那还未成熟的心灵的朦胧岁月里，那些各式各样的激情像一个身躯不均衡的稀奇古怪的怪物游荡在没有名称、没有道路、毫无止境的森林阴影里。那时，他们既不认识自己，也不认识自己外部的世界。因为他们不认识自己，所以他们一直亦步亦趋地模仿着某个东西，实际上非真实一直企图通过放荡不羁克服真实的匮乏。我生活在如此没有收获的岁月里，当内部隐藏的力量迫不及待地想把自己引到外面，当真实不是它们可以感觉到的目标或不是它们可以依赖的支柱时，它们就通过夸大渲染，宣告自己的存在。当乳齿使劲冒出时，它们就用高烧折磨着身体；当牙长出后不能消化外界的食物时，那种刺激就不存在任何意义。内心有着激情的情况也正是那样。当激情没有与外界建立起真实关系时，它们就像疾病一样使心灵蒙受痛苦。

我从那时的知识中所取得的教育，都在伦理经典里写着，这绝不意味着它只配做被轻视的角色。但一种东西攫住我们的欲望，并把它们存于自己内部，不让它们释放出来，就是它们毒化着我们的生活。自私不让我们的欲望达到最终目的，它不想充分解放它们，因而，夸大非真实与所有方面的打击，和自私实践沆瀣一气。当那些欲望在行善活动里获得解放，它们就发生了变化，它们就趋向于自然。我们的欲望的真正目的就在那儿，那也就是享乐的道路。

英国文学

我在上面已经提到,当时的教育和榜样促进了我心灵的成熟。无法确切地说,这个时代的历史进程,今天是否还持续着。现在,我追忆的正是自己耳闻目睹的那个时代。那时,我们在英国文学里所得到的精神食粮不如精神麻醉多。莎士比亚、弥尔顿和拜伦是我们那个时代的文学之神,他们的作品所包含的内心激情的力量,极大地震撼着我们的心。那些内心激情曾被压制在英国人的社会生活中,然而那些被压在社会生活下的内心激情,仿佛完全支配了他们的文学。这个文学有一个特性:"使内心激情极大地奔放,然后在熊熊烈火中泯灭。"我们至少可以把那种难以驾驭的感情奔放,当作英国文学的本质。

我童年时代的文学启蒙老师阿克塞耶·金达拉·焦杜里曾经如痴如醉地给我们讲解英国诗歌。当时我发现,那类诗歌具有一种狂醉的感情。无论在罗密欧和朱丽叶的疯狂爱情里,李尔王的不可宽恕的悔恨痛苦里,还是奥赛罗[①]带有毁灭性的忌妒里,都有一种达到顶峰的东西,那就是充满在他们心中的激荡的感情。

我们的社会和我们小小的活动区域,都给坚如磐石的、一个模式的锁链团团围困住。心灵的感情风暴是吹不进去的,在那儿一切事物尽可能地保持沉默和冷漠。所以,英国文学那种感情的奔放和凝结,热忱地震撼着我们,而那个震撼是我们心灵自然地向往的。但是,文学艺术之美所赋予我们的享乐,绝不可能是在极其凝固的东西里掀起巨大运动般的欢乐。在那里,只有"把脚底下全部的淤泥举过头顶,他才会俯首帖耳地承受"的感情。

[①] 以上都是莎士比亚的悲剧中的人物。

在欧洲，当人的情感被压抑和痛苦的日子告终时，新生活的时代就以自己强大的反抗姿态，出现在人们的面前。与莎士比亚同时代的戏剧文学，就是那个革命时代的戏剧表演。在那种文学里，善与恶、美与丑的思想，退居为次要地位，人好像想把自己心灵的自然本质，从自己禁锢的一切障碍中解放出来，观赏它奔放力量的最美形象。因此，那种文学具有表达的强烈、丰富和自由等特征。

欧洲社会那种洒红节的叛乱情调，闯进了我们极其温文尔雅的社会，把我们从睡梦中惊醒。当我们的心灵从未获得过这个机会，认识被传统习俗的帷幕遮掩着全部面貌时，那个放荡不羁、生气勃勃的心灵的毫无遮掩的表演旋律，使我们感到惊讶和困惑。

当英国文学结束罗马时代的缓慢节奏，开始法国革命的快速舞蹈节奏时，诗人拜伦登上了文坛。他的诗，也就是他那个心灵的自由奔放的感情，使我们蒙着面纱的上等社会的心，那个蒙着面纱的新娘，脱离了与世隔绝的处境。这样，一股评论英国文学的新思潮出现在我国受过教育的青年中间，这股思潮的浪头，从四面八方冲击着我们的少年时代。所以，最初的觉醒日子，不是节制的日子，而是令人亢奋的日子。

有意思的是，欧洲的社会情况与我们的社会情况有着天壤之别。欧洲心灵的那种活跃，对墨守成规的叛逆，都通过那里的历史反映在他们的文学里。它们是表里一致的。在那里掀起的是一场真正的风暴，所以能听到它的巨大吼声。在我们社会里，稍微吹起一阵轻风，它的真正声音也不会超过沙沙细声。然而，我们年轻的心灵，不想仅仅满足于那些轻声细语，我们刻意模仿那场风暴的吼声，强迫自己向感情夸张的方向前进。

现在，对我们的那个冲击是否平息了，还是个未知数。看来，它不是那么容易平息的，因为英国文学艺术的谨严，至今还没有来临。现在的夸张叙述和夸张表现，在那里比比皆是。人的情感是文学的一个因素，但绝不是文学的目的。文学的目的是对完整美的追求，也就是对谨严和淳朴的追求，至今英国文学还没有接受这个真理。

我们的心，从童年到老死，一直在英国文学的模子里铸造。我觉得，那些曾在节制（谨严）实践里产生的文学艺术创作原则的欧洲古代和现代文学作品，没有成为我们教育的楷模。所以，我们至今没有很好地掌握文学创作的原则和目的。

把那个时代的英国文学的强烈感情冲动，在我们面前加以形象化的阿克塞耶·金达拉·焦杜里，就是一位心灵的崇拜者。从外界获得的全部真实是不充分的，只有用心灵去感受它，它才具有完整的意义。这就是他的思想。从科学观点来说，他没有任何宗教信仰。有趣的是，每当他诵唱有关黑天的歌儿，激动的泪水会从他的眼角里扑簌扑簌流下，为此他不需要任何真实的东西，只想把任何能激起自己心灵冲动的想象，当作真实一样使用。由于心灵体验的意义大于真实认识的意义，富有实用意义的粗俗东西也不能对他产生威慑作用，阻碍他去获取它。

在当时的欧洲文学里，无神论的影响是风靡一时的。那个时代是杰利米·边沁①、斯图亚特·穆勒②和奥古斯特·孔德③统治的天下。我们这里的青年经常持着他们的论点，展开剧烈的争论。在欧洲，穆勒时代是历史发展的一个自然成果，为了从人类心里清扫垃圾，在他们勤勉的天性里早就具有那种摧枯拉朽的力量。而对我们国家来说，我们只从字母意义上来接受它。我们没有在实际事务中运用，只在精神叛逆的激情方面应用了它。无神论对我们来说是一种麻醉剂。

正因为如此，那时我们看到了两种类型的人。有一种人运用论证的武器，居高临下，攻击上帝存在的信念。正如猎人在捕捉飞鸟中取得乐趣一样——当在树上或树下，或任何地方发现活着的生物时，他会马上为消灭那个生物而手发痒一样。那些人发现，一个"纯洁的信念"没有显示遭受任何攻击的忧虑，怡然自得地生存时，他们身上顷刻间会产生一种立即把它置于死地的感情冲动。有一位教

---

① 边沁（1748—1832）：英国伦理学家，法学家。
② 穆勒（1806—1873）：英国社会政治改革家，哲学家，经济学家。
③ 孔德（1798—1857）：法国哲学家。

师曾教过我一些日子,他也陶醉于那种乐趣中。当时我还是个毛孩子,但他没有放过我。令人发笑的是,他学问平庸,也没有探讨真理的热忱,却选择批判以往存在的全部观点的道路。他的所有本领仅仅是拾人牙慧,当听到别人嘴里的论点,他马上会拿过来利用。我使出浑身解数,与他作对,然而,我在他面前只成为无足挂齿的反对者,为此,我始终感到痛苦。有时,我十分恼恨,真想痛哭一场,发泄心中的愤懑。

还有一个团体,实际上是不信宗教的,但善于享用它。他们披着宗教的外衣,从事着各种艺术技能、遣词造句、形式情味的创造,像享用食物一样享用这一切,从中获取欢愉。虔诚就是他们享乐的代名词。这两个团体的怀疑论和无神论,绝不是真实实践的苦行品种,主要是情感的冲动。

虽然,这种宗教叛逆给我以痛苦,但不能说它丝毫也没影响我。青春初期,这种宗教的叛逆带着理性的粗暴,曾在我的心田里占据了地盘。我的家进行宗教活动,但我与它毫无关系,不接受它。我使劲拉着风箱,使自己心灵激情的炉膛里的火,燃得更旺。这仅仅是对火的崇拜,仅仅是献上祭品,添大火势而已。它再没有其他任何目的,没有目的就没有任何结果。想增添多少火势,就能够增添多少。正如在宗教里一样,在自己心里也没有任何真实的实际意义,冲动就足够了。我想起那个时代一位诗人的一首诗:

> 心灵不出售给任何人,
> 　我的心就是我的;
> 不管心灵是多么破碎,
> 　我的心还是我的!

根据真实的观念,心灵不必使自己蒙受痛苦,没有任何东西能强迫它穿上破碎的衣裳,任何不幸的灾祸对它都是多余的。痛苦和苦行的真实是不符合心愿的,但它的情味刺激则成为享受的材料,所以诗歌中存在着情味的交往活动，人们就把它称为"离开神而探寻敬神的情味"。现在，我国无法摆脱这种不幸。因此，倘若今天我们不能在真实里给宗教以地位，那么只有通过自己的想象把宗教投入艺术领域里加以支持。这样，我们国家的无数善心者不能真正为祖国服务，而心灵对它只能有一种情感体验的安排而已。

欧洲音乐

在布赖顿居住期间,我有一次光顾那儿的音乐厅,聆听一位著名的女歌手的歌唱。我已依稀记不起她姓甚名谁,或许叫尼尔逊夫人或叫阿尔巴尼夫人。我从来没有见过嗓音有如此慑魂动魄的惊奇力量。在我国,许多大歌唱家都无法掩饰炫耀他们唱歌技能的企图,他们不能自然而然地驾驭自己嗓音的高音区和低音区,尽管在显现超出正常表情的技能中,他们毫无愧色。我国精通音乐的听众喜欢用自己的感觉力量,在自己心里塑造歌唱的表现形象,他们不在乎音色悦耳的歌手的优美唱歌形象。他们甚至认为,外表的粗鲁和残缺更能无遮掩地表现真实的东西的现实形态,仿佛它像湿婆神,外表褴褛,而内含的神性赤裸裸地被表现出来。

这种情况在欧洲音乐里是微乎其微的。那儿,外表装饰必须完美无缺,甚至起初存在一星半点儿的瑕疵,他在舞台上也不敢露脸,面对观众的注视。而我们乐于坐在音乐会上,半个时辰调整冬不拉的弦,或者把大小鼓试敲到谐音,也没有人抱怨或感到窘困。但在欧洲,这一切工作都在幕后产生完成,一亮相,必须要十分完美。所以在那里,歌唱者的嗓音不可能出现任何疵点。我们国家里歌唱的艺术表现是主要的,一切努力都集中在这上面;而在欧洲嗓音的艺术表现是主要的,演员通过嗓音完成难以完成的表现。在我国观众听了歌曲就满足了,但欧洲观众是在听"嗓音表现"。

那些日子,我在布赖顿发现了这个现象。那位女歌手的唱歌简直妙不可言。我仿佛感到,嗓音像马戏团里的马嘶鸣着前进,在她嗓音里音调的游戏任何地方都不会碰到阻碍似的。那天,我内心不管多么惊叹,但我不甚喜欢那天的歌唱,尤其她不时模仿鸟的叫声,我觉得滑稽可笑。我认为,这是违反人类声音的自然天性。以后,我听了男歌手的唱歌,觉得舒畅。我特别喜欢中音区的乐声,它完全不像迷途的风景的非肉体的悲哀,我们从中可获得人嗓音里的血肉之感受。

这以后,我听了许多欧洲音乐,获得了它们的味。但迄今,我内心的这个观念没有变化:欧洲音乐与印度音乐是截然不同的,它们不是从同一扇门洞进入内心的。

欧洲音乐仿佛同人类实际物质生活奇特地纠缠在一起。正因为如此,那儿的旋律被绑絷在所有的事件和描绘的基础上。在我国,曲调若那样表现,它也会奇特无比,但它就没有任何情味了。我们的歌曲仿佛超越日常生活的包装,因而它们具有如此"慈悲",如此"出世",它们仿佛显示着浩渺的宇宙自然,表现人类心灵的最深处不可言喻的神秘莫测的图画。那个神秘的世界是异常宁静、荒凉、肃穆、庄重。那儿为享受者准备好幸福的花丛,为虔诚者准备好净修林,但那儿绝不会为忙于事务的世人准备好什么安排。

不能说我已经深入欧洲音乐的灵魂殿堂,但我从外面获得了一些权力,我可以不夸张地说,从某个方面欧洲音乐经常吸引着我的心。我感到,欧洲音乐是浪漫的。很难分析我称之为罗曼蒂克的说法,但一般讲,可以这样认为,它具有罗曼蒂克的倾向,这就是它具有丰富多彩的倾向,生活之海的波涛的游戏倾向,不间断运动上的光与影的追逐倾向;它还有宽广伸展的倾向,它是浩渺天际蔚蓝色和遥远地平线上的无限的宁静回响。很可能,我的话没有说清楚,但当享受欧洲音乐的味时,我内心一次次说:"它是罗曼蒂克的,它用歌曲旋律演绎着、显示人类社会的多样性。"

我们的音乐并不是完全没有做出同样的努力,但这种努力不是那么有力和成功。我们的音乐给印度星空的夜晚和黎明的曙光以语言,我们的音乐诉说着密雨的漫天哀愁和林中新春传播的庄严沉醉的无言激动。

蚁垤的天才

我们家收藏着一本装帧精致的书,是诗人莫尔①的《爱尔兰吟唱诗集》。我曾多次听过阿克塞耶先生神魂颠倒地吟诵那些诗歌,带有插图的那些诗在我心田里描绘出爱尔兰的一个古老的仙境般的世界。那时,我没有听过那些诗歌的曲调,而它们的旋律却在我的想象里酝酿成熟,插图中那把弦琴的旋律萦绕在我的心头。我希望自己在那种旋律里倾听和学习那些诗歌,然后给阿克塞耶先生讲述。但遗憾的是,生活的某些愿望一旦实现,它们随即消失得毫无踪影。到达英国,我就聆听和学习《爱尔兰吟唱诗集》中的那些歌曲,但最终我没有把学成的愿望坚持到底。无疑,许多旋律是甜蜜的、哀伤的和简朴的,但在插图中所描绘的爱尔兰古代诗人集会上的那把沉默的弦琴,没有在这些旋律里获得自己的旋律。

回到故国之后,我在亲人的聚会上唱了那些歌曲和其他几支英国歌。大家都说:"罗宾的嗓子怎么变得那样!多么滑稽可笑!仿佛是外国的调门!"他们甚至说,我说话的声调怎么也变了。

就在练唱印度和外国的曲调中,《蚁垤的天才》问世了。它的大部分曲调是国产货,但在诗剧里我把它们从传统的高贵气质中拖出来,使那些行空飞马具有在地上奔驰的才能。我希望那些观赏这出诗剧演出的人,赞许我把如此的音乐引入诗剧里,并认可那样做是合情合理的,富有成效的。这就是《蚁垤的天才》诗剧的特点。音乐的这种形式束缚的解除和毫不犹疑地把它运用在一切实践中所产生的快感,完全占据了我的心。

---

① 莫尔(1852—1933):爱尔兰诗人,文学家。

《蚁垤的天才》的不少歌是采用古典歌曲的风格，许多是借用乔蒂哥哥所创作的旋律，只有两三首歌是在英国的旋律基础上创作出来的。我们古典歌曲的节奏，也就是拖长音调，能够很容易为这个剧所采用，这个剧的许多地方是这样做的。英国旋律的两首歌用在强盗醉酒后的歌唱中，还有爱尔兰曲调运用在森林之神的悲痛欲绝的歌唱中。

实际上，《蚁垤的天才》不是适合诵读的诗作，而是音乐创作的一个新实验，不用耳朵听只凭眼睛看表演的人是不可能获得任何趣味的。《蚁垤的天才》也不是像欧洲所称的"歌剧"之类的东西。实际上，它是带有许多音乐曲调的戏剧，也就是说，音乐也不能在这诗剧里占支配地位。在这个剧里只有在有关戏剧曲调伴奏下的表演，而很少听到独立的迷人的音乐段落。

在去英国之前，我们家不时举行名为"学者相聚"的文学家聚会，在那聚会里除了歌唱和朗诵诗外，还安排些茶点款待。我从英国回来之后，于一八八一年印历十二月又举行了这样的聚会，我为这个会创作了《蚁垤的天才》。我自己扮演瓦尔米基，我的侄女普拉蒂帕（海敏德拉纳特的女儿）扮演艺术女神。在创作《蚁垤的天才》过程中有过这样一段难以忘怀的历史。

我在斯宾塞的一部著作里读道："通常在交谈里出现一些内心感情的激荡，它自然而然会形成一些优美的旋律，提炼了与谈话有关联的旋律，人就获得了音乐。"斯宾塞的这席话深深地刻在我心上。于是，我心里萌发一个想法，根据他这个观点，通过音乐自始至终表现出用旋律浇铸而成的各式各样的感情，为什么行不通呢？我国讲故事的人一直进行着这种努力，他们的言语依赖于旋律，而它绝不是出于节奏考虑的正统音乐。从押韵诗看来，它好像是无韵诗，从歌唱角度看来，它的情况也恰如那样，它没有严格的节奏约束，只有一个调子而已。它唯一目的是表现事物内部的激情，而不是纯粹地表现某种特殊的曲调或节奏。这里没有完全破坏《蚁垤的天才》里的歌唱联系，然而为了追求感情的表达，不得不减少节奏。而这种违反节奏规律的表演，没有给听众带来任何别扭感觉。

我在《蚁垤的天才》里的歌唱方面所进行的创新中获得了鼓舞，不久，又写了这种类型的另一个诗剧。它的名字叫《死神的狩猎》（1882），主要内容是叙述十车王杀了瞎眼大仙儿子的故事。在住宅屋顶上架起舞台，演出了这出戏。它的悲壮格调深深地打动了许多观众的心。后来，这部诗剧的许多部分融合在《蚁垤的天才》里，所以没有保留下它独立的戏剧形式。

不久，我又写了一个名叫《虚幻的游戏》的诗剧，但它完全是不同类型的戏。其中戏不是主要的，歌是主要的。正如《蚁垤的天才》和《死神的狩猎》是歌唱串线下的戏剧花环，而《虚幻的游戏》是戏剧串线下的歌唱花环。它不是依借事件的叙述，它的主要戏剧因素是心灵感情的激荡。实际上，当我写《虚幻的游戏》时，歌唱的情味占据着我整个心灵。我以后再也没有用创作《蚁垤的天才》和《死神的狩猎》的那种热情写出其他作品，这两部作品显示了我那时的音乐激情。

那时，乔蒂哥哥整日弹奏具有高度技巧的歌曲，并按照自己的意愿加以提炼，伴随他琴键的跳动，涌现出一个个空前未有的音乐形象和感情的象征。习惯于缓慢的步履并与习俗一块携手行进的音调，迫使自己以非常规律的形式奔跑起来。由于这种变革，它们的自然本质显示一种崭新的无所畏惧的力量，这股力量永远震撼着我们的心。他们直接诉诸我们的心灵，仿佛旋律诉说着变幻莫测的事物。我和阿克塞耶先生一起努力在乔蒂哥哥演奏的曲调里填词。那些词是不便于朗读的，它们仅仅为那些曲调做着沟通的工作而已。

正是沉浸在打破陈规陋习的歌曲变革里所获得的欢愉中，我创作了上述两个诗剧。所以其中只有伴随节奏和无节奏的舞蹈，没有英国创作风格和孟加拉创作风格之间的争执纠纷。我一次次通过自己的许多观点和创作方式，使祖国的读书界忧心如焚，但奇怪的是，任何人都没有对上述两出诗剧所冒的音乐改革的风险，提出任何异议，显露出任何忧心忡忡的感情，他们都欢天喜地地回家。在《蚁垤的天才》里有阿克塞耶先生作的几首歌曲，还有两首歌采用了比哈利拉尔·吉卡勒沃尔迪的《萨尔达颂》中的一些词句。

我在上述两出诗剧的演出中担任了主要角色。从童年时代起,我就爱好戏剧表演。我自信,我具备从事戏剧事业的一种天赋的才干,我这种信念不是毫无根据的,它已得到证实。我在戏剧舞台上当着观众面大显身手之前,已在乔蒂哥哥的《现在不做这样的事》的喜剧里扮演过阿利卡先生。那就是我第一次粉墨登场表演(1877),当时我还年幼,唱歌时我从不感到嗓子吃力或有嘶哑的感觉。

在那些日子里,绵绵不断的音乐溪流在我们的家庭里畅流。它的清澈的水滴仿佛在我的心田上抹上了音调的各种各样的色彩。那时青春的难以计数的新颖努力在追求新奇的道路上奔驰,渴望对所有东西加以检验。我根本不顾及自己能否从事某桩事业。那时一股劲儿写呀,唱呀,表演呀,从各个方面尽情地抒发自己内心的激情。我就是这样跨进自己第二十个春秋的门槛。

那些天里,我们整个力量就像脱了缰绳的骏马一样奔驰着,而它的驾驭者是乔蒂哥哥,他没有丝毫的惶恐。当时我还完全是个小孩,他把我放在马背上,跟随我奔跑;他没有那种害怕心理:我这笨手笨脚的骑马者可别从马背上跌落下来。少年时代的一天,有一个消息传到我们的宿营地:一头狮子闯进乡村附近的小丛林里。于是,乔蒂哥哥带着我去捕猎。我手中没执武器,即使握有武器,我怕它更甚于狮子。在丛林外面脱下鞋袜,攀上半截竹子高的树顶,我好不容易在乔蒂哥哥背后坐定,暗自寻思:即使野兽猛扑我们,我也能让它尝一尝脚踢的滋味,让它蒙受奇耻大辱。就这样,即使甘冒最大的风险,他也给我最大的自由;他不顾忌任何礼仪,把我整个心灵从完全惶惑中解放出来。

暮歌

在我上述的自由精神央在被束缚情况时所写下的诗作，由英希特·钱德拉·赛纳编入我的作品选里，诗作题为《心灵的森林》。在《晨歌集》里有一首名叫《重逢》的诗，有一处描绘心灵的森林，这个标题就是从它那儿借引来的。

诗歌的精神是，以心灵命名的一座辽阔无比的森林，没有边缘，没有尽头，我在林中迷了途。黑暗笼罩着这座森林，而它的纵横交错的枝丫，也伸展开千百只柔软的手臂，拥抱着黑暗。这样，在内心不与外界结合，在迷恋于自己心灵，在想象借助于种种伪装漫游在无缘无故的激情和毫无目的抱负的情况下所写的诗作，统统从新的作品选集里被剔除了，只有在《暮歌集》里登出的一些诗，在《心灵的森林》里获得了站脚的地盘。

有一段时间，乔蒂去远方旅游，屋顶上那间房里空寂无人，我就占据了屋顶和屋舍，消磨了多少孤寂的日日夜夜。当我孤独地沉湎于自己的幻想之中，那时不知怎么，曾经因袭我的诗歌创作的传统观念，像蛇皮一样脱落。从前，为了博得喜欢那类诗歌的同伴的喝彩，我自然而然地努力创作迎合他们口味的诗歌。也许乔蒂哥哥远行，我的心才从创作那些诗歌统治的囹圄中解脱出来。

我开始在石板上写诗，这也许是脱身的一个标志。从前，一切准备就绪，才在本子上写诗，所以我只能写遵命诗，这些诗一直为诗人功名而奔走呼号，所以肯定存在一种与周围进行斤斤计较的忧虑。但在石板上写作，纯粹是为了写而写。石板是那样的东西，它说："有什么可惧怕的，想什么就写什么，手一抹，所有一切都泯灭了。"就这样写了一两首诗，心里产生一种巨大的欢乐冲动。我整个心灵说："总算脱身了,现在自己所写下的东西里没有任何股东了,一切都属于自己了。"

不能把它误认为是我自负的开端。我早期作品里有值得骄傲的东西,因为骄傲就是那些作品的额外报酬,我断然拒绝把自己应获得的报酬称为自负。父母为孩子诞生所获得的第一次欢乐,并不是因为孩子漂亮,而是因为孩子是真正属于他们的。与此同时,他们一想到子女的优点,一种自豪感油然而生,但它与自负完全是两码事。在自由的第一次欢乐的冲动下,我毅然弃绝对韵律法则的尊重。河川不像人工开凿的运河一样笔直流去,我的韵律诗也像河川一样,扮着千姿百态的形象,逶迤曲折地向前流去。早先,我也把它归入罪恶之中,但现在对此连羞怯的影儿都荡然无存了。自由在自己最初传播时打破了规则,尔后,它通过自己的双手创造法则,那时它真正属于自己了。

阿克塞耶先生是我那些自由诗歌的唯一听众,他突然见到那些诗歌,感到异常兴奋和惊愕。从他那儿赢得宝贵的支持之后,我的道路格外宽广了。

比哈利拉尔·吉卡勒沃尔迪先生在自己的《孟加拉美女》诗篇里所创造的韵律只有三个元音,如:

一日,年轻的提婆使炎热化为神河的甘霖,
一位天姿国色的少女的项珠,在荷花花瓣上嬉戏。

三个元音的东西不像两个元音成正四方形,而是成为像球一样的圆形,所以它能快速地滚动。它的那种跳跃好像一次次拨动琴弦,发出悦耳的铿锵声。有一日,我基本上采用这种韵律写诗。它仿佛不是用脚步行走,而是骑车飞驰似的,我渐渐习惯于这种韵律的创作。但在《暮歌集》里我不是存心而是自然地打破这种约束,那时我不顾忌任何法则约束,仿佛心里丝毫不存在害怕的念头。我一股劲儿地写,不去担忧在别人面前进行任何答辩,也不理会往昔的任何传统观念的尊严。我从这种写作中获取了力量,并发现这股力量就近在咫尺之处,而从前我要跋山涉水，到遥远的地方寻觅。不依靠自己就无法得到自己的东西，现在我仿佛突然从睡梦中苏醒，发现我的手没有被镣铐套住。正因为我能随心所欲地运用自己的双手，就能依据心愿写作，表达自己的快感。

在我写诗的历史里，这段时间最值得怀念。从诗歌来说，《暮歌集》绝不是价值连城的作品，许多诗不成熟，它的韵律、它的语言和它的感情所采用的形象还不清晰。但是它们有一个优点，就是："我突然有一天，依靠自己的力量，想什么就写什么。"所以，尽管作品的价值低微，但我的"意愿"价值是存在的。

音乐论文

我准备在英国学习法律时，父亲召唤我回国。我的一些朋友为我中断学业，深感遗憾，向我父亲建议，再次把我送往英吉利。请求发生了效果，我再次赴英吉利旅行，萨帕勒萨德与我同行，但命运拒绝我成为"律师"，我废弃了赴英吉利的机缘，由于某种原因从马德拉斯就打道回府了。原因并不像结果那么重要。人们听了一定会发笑，我是那个笑料的唯一角色，所以我自己无法描绘它。不管如何说，我为获取拉克什米财富女神的恩泽两次去外国旅行，两次我都折了回来。我希望，法律之神以同情的目光注视我，因为我没有增加法律图书馆的证件负担。

那时，父亲居住在默苏利山上，我胆战心惊地去他身边。出乎我意料的是，他没有表示丝毫的不满，他似乎很高兴。他无疑认为，回来对我是百利无一弊，吉祥女神祝福着我归来。

第二次赴英吉利的头天傍晚，我受到白求恩协会的邀请，在医学院礼堂宣读了一篇论文，这是我在公众集会上第一次宣读论文。一位年事已高的牧师卡拉什那·穆亨·班纳尔吉担任主席。论文的标题是"音乐"。有关器乐内容放在一边，我企图在声音方面作专门阐释：歌词要在音乐旋律里被充分表达，这是优秀音乐的主要目的。我的论文很短。我举了许多例子，支持自己的观点，我从头到尾用不同类型的旋律唱了表达同情味的歌儿。会议主席先生称赞我的唱歌像"瓦尔米基的杜鹃"。我以为，他之所以大加称赞，恐怕因为我年龄小，竟用童声唱出各种各样旋律的歌，他心灵深受感动。但我所发表的观念恐怕是不合适的，今天我应该承认这点。

音乐艺术有它自己的特殊性质和任务。当词句存在于曲子里时，它们若获得这个机缘自顾自往前走,把曲子留下,这是不合适的。词句是曲子的工具,曲子本身的财富是巨大的,它为什么要做词句的奴仆呢?当词句结束的地方曲调就开始,曲调的影响存在于"不可言说"的领域,词句无法说的,就由曲调来完成,所以歌曲上的字句负担越少越好。在印度斯坦人的古典歌曲里词句一般是微乎其微的,曲调超越了它,容易传播自己的情味。因此,当曲调仅借声音的自由发展,优美地唤醒我们的心灵,那样的音乐就会达到至善至美的圆满境地。但我们孟加拉地区的歌曲里词句总是泛滥成灾,它们是如此强大,以致这里的纯粹音乐不能获得自由发展的权利。因而,它在这个地区只好处在诗歌艺术姐妹的庇护所里,从旧式的毗湿奴吟唱诗到尼都(罗摩尼都·古帕特)歌曲,都依赖于词句,展示自己的甜蜜味。但是,正像我们国内,妻子依赖丈夫,才能管治丈夫,这个地区的歌曲担负起追随词句的重负之后,再超越词句。

我写歌曲时常有这种经验,一面哼着曲子,一面就写出了词句:

> 我的情人,
> 藏着心里的秘密,
> 请用柔声细语向我诉说,
> 不要把秘密藏在心里。

那时我发现,"词句"自个儿无法步行抵达曲调把词句所带到的地方。同时我感觉自己向曲调女神祈求,让我听到藏在心底的那个"秘密",那个秘密仿佛混在森林的黝绿丛中,它仿佛沉没于朔月夜晚的寂静的纯洁之中,它仿佛藏匿在地平线的遥远的青霭氤氲之中,它委实是整个大地、空间和水域的亲切秘密的话语。

少年时,我听到一首歌:

> 我的情人。
> 谁把你打扮成异乡人!

那首歌曲的词在我心间镂下了美丽的图画，至今仍缭绕在我心间。有一天，我被这行歌词迷醉住了，坐下写了一首歌曲，随着曲调的哼唱，我写了第一行词：

　　我认识你陌生的女人，
　　你是从异乡来的女人。

倘若不配上曲调，歌词如何成立，我也说不准。但曲调咒语的远大魅力，使异乡女人的一个仪态万方的形象，突现在我眼前。我内心说："我们这个世界里，有一位异乡女人来去匆匆，天晓得，她的家是在哪个神秘的大海彼岸的沿畔。我在秋日的晨曦里，春日的夜晚，时时刻刻瞥见她。她的优美形象也经常出现在我内心深处，当我把耳朵冲向天际，经常谛听到她悦耳的歌声。"我那首歌的旋律把我带到宇宙世界的诱惑人的异乡女人门口伫立着，我对她说：

　　你的国度多么迷人，
　　我做客来到你门口，
　　我的异乡情人！

这以后许多日子的某天，一个人从鲍尔布尔的街上，一面唱歌一面走来：

　　这只陌生的鸟儿，
　　飞进了笼子又飞了出去，
　　一旦捉住，用爱把它的脚儿捆住！

我发现，这位民间吟唱歌手的歌儿诉说着同一回事，一只陌生的鸟儿不时飞进关闭的笼子，倾诉着无拘无束的、不可知的外界的细微絮语。心灵想抓住它成为永恒，但无法抓住。除了传播这只陌生鸟儿默默来去匆匆的信息歌儿的曲调，还能给予什么！

所以，我始终对出版歌集迟疑不决，因为歌曲书里没有真实的东西。抛弃音乐本体，只注意音乐的修饰包装，正如抛弃湿婆，抓住了湿婆的神车。

恒河岸畔

当我从英国旅行刚开始就折回时,乔蒂哥哥和嫂子正居住在琼德尔城的恒河岸畔的种植园里,我立即前往他们那儿去休养。

依然是那条一泻千里的恒河!又回到那些懒散和欢乐的不可言状的日日夜夜,那些伴随着忧伤和不安的日日夜夜,那些从昏暗河岸发出哀婉情愫的潺潺声的日日夜夜!这就是我朝夕向往的地方,这就是通过母亲的手抚育我长大的地方。祖国苍穹的全部光亮,南方吹来的阵阵爽风,恒河的汨汨水流,民族的懒散闲情,处在苍穹蔚蓝与大地青翠之间的地平线延伸的庄严时刻里整个身心解脱的奉献,这一切犹如消除饥渴的水和食物一样,都是我极端需要的。从前我来过这儿,那是相去不远的事。然而在这中间,时代发生了巨大变化。在我们绿荫掩映的恒河岸畔的静谧的住宅区。如今,林立的工厂像向空中吐蛇信的蛇一样蹿出,喷吐着浓黑的气息;如今,在炎热的晌午,被我们心灵所赞颂的大地柔和的婆娑阴影,也异乎寻常地变得狭窄;如今,忙碌伸展自己无数的手臂拥抱着全国各地。这可能是个新鲜事物,但不能保证说,它是永葆青春的事物。

我从前在恒河岸畔度过的美好辰光,像奉献给恒河里的盛开的荷花一样,一个个飘逝过去。有时,我们在乌云滚滚的雨季里,弹着风琴,在维代帕迪的诗行上随心所欲地谱曲,低吟雨季的迷人曲调,个个像被淫雨灌浇透身的疯子一样,欢快地消磨日子。有时,日出时刻,我们一起坐在船上,扬帆远行。乔蒂哥哥弹着弦琴,我伴唱。当我们从布勒比民歌一直唱到比哈民歌时,西岸的天空里金色玩具工厂[①]彻

[①] 比喻天空中的晚霞。

底破了产，月亮从东方黑黝黝的森林边缘上方渐渐露了脸。当我们回到庄园的埠头，坐在铺在岸上的床边时，四周的原野河川，万籁俱寂。河里见不到船影，彼岸的森林线条越发显得黝黑，没有一丝涟漪的河面上，倾泻的银辉乍明乍暗闪烁着。

我们的居住地是闻名遐迩的"莫勒纳先生的庄园"。从恒河直上的岸埠台阶，同大理石铺砌的精致长廊相衔接。这长廊也是众多屋舍的廊道，屋舍与它不平行，有的在高处，有的在低处，要走下三四个阶梯才能勉强进屋。所有的屋子也不是一个类型，岸埠上方是客厅，它的门窗镶上绘有色彩鲜艳的图画的玻璃。一幅画描绘着浓密的树枝上悬挂一个秋千，光影嬉戏的绿荫里，一对男女青年坐在上面摇荡，另一幅画展示一群穿着节日盛装的男女，在通向古堡宫殿的阶梯上，摩肩接踵，上上下下。这两幅画似乎像节日的欢快的曲调，响彻恒河上空。不晓得它是哪个遥远国家，哪个遥远时代的节日，使自己无声的絮絮细语，不断地放射出光芒；也不晓得，在哪个地方的永恒宁静的树影里，一对对在秋千上摇荡的男女倩影的温馨情味，在恒河岸畔的树丛里传递着一个还没酝酿成熟的故事的痛苦信息！在宅邸的最高层有一间四面敞开的房子，我用它作为自己写诗的地方。在那里，除了黑黝黝的密林的尖顶和敞开的无垠苍穹外，什么也望不见。但那时，我的《暮歌集》的道路是通畅无阻的。我凝视了这座圆形的天穹，写道：

> 在无边无际的苍穹怀抱里，
>   蛰伏的乌云被惊醒；
> 我的家建筑在那边！
>   噢！不朽的诗篇！

再谈《暮歌集》

　　从此以后,诗歌评论家对我发出同一个声音:我是个韵律支离破碎、语言晦涩难懂的诗人。所有一切都仿佛成为我的朦胧的阴影似的。那时不管我对这种言论多么不喜欢,但它们不是无的放矢的。事实上,那些诗歌没有一点现实世界的坚实性。从童年时代起,我就远离外界世界,被困在围墙之内长大,这样,我如何获得写作的资本!

　　但是,我无法欣然同意:当他们声称我的诗为朦胧诗时,用隐晦或直露方式对它冷嘲热讽说"这是赶时髦"。视力好的人见到青年戴上眼镜,大为不满,误以为那个青年怀着猎奇的心情,把它作为首饰戴上的。"他用肉眼看不清东西",人们是能够接受这种说法的,但"他故弄玄虚地看不清",这种看法就失之于公正。

　　正如不能把"银河"说成是"远离于创造的"——因为它也是创造的一个特殊阶段的真实——把诗歌的朦胧说成欺骗,从而加以弃之,这就掩盖诗歌文学的一个真实。人在特殊阶段里就有一种感情冲动,它是无法言状的痛楚,模糊不清的忧虑。在人的自然里有那个真实,那么怎能把它的表达说成是虚假呢?"如此诗歌没有价值"的说法也是站不住脚的。诚然,"没有价值"的说法是可以讨论的,但"一点价值也不存在",难道不是言过其实了吗?原因是,人通过诗歌竭力在语言里表达自己的心灵。如果作品表达对心灵某个阶段的认识,人就收集保存那种认识;如果不表达那种认识,日深月久,人就会忘掉它们。因此,绝不能对心灵的不可言状的激情的表达横加罪名,那种罪名应该落在不能表达它上。

　　人有一种"两重性",人既蛰居在外界的事变与生活的完整潮流里,又生活在内心深处的激情里,我们既无法认清又不能遗忘它,但我们在生活的内部无法否定它的存在。当人的内部音调不能和外界合拍,当两者的统一并不优美和完善时,人的本性一直不安着,处于内心痛苦的状态之中。我们无法用特定的名字强安在这种痛苦上,也无法正确地描绘它。正因为如此,他的哭泣的语言不是直抒胸臆的,在这里面与有意义的词相比,无意义的音调的成分更多些。

《暮歌集》里所渴望表现的忧伤和痛苦的基本真实,融化在我内心存在的秘密之中。其实,不管生活如何折腾,也达不到完整生活的归宿点。正如在睡梦中被窒息的知觉与梦魇混战着,人想百般挣扎,使自己苏醒一样,内心的真实消除了外界的所有"复杂性",为解脱自己进行持续不断的斗争。内心这种深刻而朦胧的搏斗史,就以不清晰的语言在《暮歌集》里表达出来。在所有创造里存在着两股力量的斗争,诗歌创作也不例外。当诗歌创作超越不和谐的限度,或者和谐得完美无缺时,诗歌创作就等于被扼杀掉。当不和谐的痛苦想以强烈方式取得和谐、表达和谐时,诗歌就像呼吸一样,冲破关闭的芦笛洞孔,活跃在音调里。

《暮歌集》之后,尽管在妇产房里不能吹奏海螺,然而,这绝不意味着谁能够不尊重它。我在自己一篇文章里叙述过:般吉姆先生站在勒曼什·钱达拉·德特[①]大人为姑娘婚礼而搭的喜庆棚子的门槛边,正当勒曼什先生把花环套在般吉姆先生的脖子上时,我兴冲冲地赶到了那儿。般吉姆立即把花环套在我的脖子上说:"这花环应该套在他的脖子上。勒曼什,你读过他的《暮歌集》吗?"他回答:"没有拜读过。"般吉姆先生对《暮歌集》的某些诗歌内容表示了自己的高见,我从中荣获了奖励。

---

① 勒曼什·钱达拉·德特(1848—1909),印度孟加拉语小说家。

帕利因那塔·赛纳

我通过《暮歌集》的创作,认识了一位朋友,他的鼓励像及时雨般的批评,在我诗歌创作的发展道路上投上了生命的激动,他就是帕利因那塔·赛纳。在这以前,他读了《破碎的心》,对我大失所望,但我用《暮歌集》赢回了他的心。那些与他相识的人都知道,他是文学的七大海洋的水手,他一直在国内外的所有语言文学的通衢大道和街尾小巷里来回走动。一坐在他身边,感情王国的遥远地平线上的景致就清晰地显示出来,这对于我是最有裨益的。他能够大胆地对文学进行批评,他绝不依据个人兴趣爱好,判断作品的好与坏,他一面步入世界文学情味的宝库,一面依赖和信任自己的力量。他在这两方面的权威性对我年轻的发展时期给予的恩泽,是无法说尽的。那时我不管写了多少诗篇,都念给他听,他赏识的快感使那些诗歌得以确立自己的地位。如果最初发展阶段我那耕耘田地里没有获得及时雨的机缘,那么很难说后来的诗歌创作的成果会是怎么个模样。

晨歌

我坐在恒河岸畔,除了创作《暮歌集》外,还经常写些散文。没有任何限定的内容,怎么想怎么写,像孩童玩扑蝶一样自由自在。春天降临在心灵的王国里,无数五彩缤纷的轻柔的青春感情,在那里盘旋翱翔,然而谁也没有专心关注它们。在悠闲的日子,一种抓住青春情愫的强烈欲望不由自主地从心底浮起。那时,我沉溺于这种渴望的实现,并高傲地宣称:我什么时候高兴就什么时候写,不受任何命题的限定。我要写,这就是它的唯一激励。那些小小的散文作品汇集成小册子出版,命名为《杂感集》。在第一版的跋文里,我对它们进行了一些探讨,第二版时就没有贴上任何新生活的标签。可能也就在那时开始动笔写长篇小说《王后市场》(1882—1883)。

就这样,我在恒河河畔消磨了一些时日,随后,跟随乔蒂哥哥去加尔各答乔信基博物馆附近十号大街居住了一些日子。在那里,我间或续写长篇小说《王后市场》,间或创作《暮歌集》的诗。就在那时,我的内心突然发生一种重大的变化。

一日傍晚,我在自己的乔拉桑戈屋顶上踯躅着。落日的余晖正同惨淡的黄昏光亮嬉戏,以至那天所降临的黄昏在我面前显示一种特殊的迷人魅力。当时我感到,连四周屋宇的垣壁也显得格外妖娆。我暗自遐想,难道晚霞施展了魔术?绝不可能。

我清醒地意识到,它的真实原因是,黄昏潜入了我的心,我整个身心沐浴在黄昏之中。在白日的光照里我自己的情绪是异常激烈的,我纠缠于那些自己所见所闻的事物,我自己被藏匿起来;现在,我的那个"我"从那儿退了出来,所以我在它的真实面貌里见到了世界。这个面貌绝不是卑劣的,而是优美的,充满着欢乐。

从那时起,我仿佛经常自觉地迫使自己站得远远的,像哲学家那样,努力观察大千世界。只有在那时,心灵才感到由衷地高兴。我依稀记得,有一天我竭力向家里的亲人阐述:我如何在真实的光亮里看到了世界,伴随而来,自己的职责的感觉就会减轻。但我没有获得丝毫的成功。正在那时,我在自己的生活里获得了一种感受,至今难以忘怀。

　　大街尽头是教会学校的一片园林。一天清晨,我伫立在阳台上向那儿眺望。那时刻,太阳从园林的树梢上冉冉升起。看着看着,霎时间,仿佛一块帷幕从我视线上方掀开。我看到,在空前未有的奇妙光辉的沐浴下,整个寰宇无遮无掩,一览无余。由于快乐和美丽,流水、大地、天空都处于激动之中。天穹的光芒撕开了我心底各处的忧伤的遮掩物,刹那间弥漫了我整个心灵。

　　就在那天,诗歌《清泉从梦中苏醒》如同泉水一般欢快地奔腾不息。我写作完毕,帷幕依然没有盖住那个快乐的世界。

　　那天或翌日,发生了一件令我吃惊的事。有一个人问我:"你好,先生,你什么时候亲眼目睹过上帝?"我不得不承认:"没有见过。"他却说:"我看见过。"我追问他:"怎么看到的?"他一本正经地说:"它在我眼睛里面晃动着。"与那种人争辩等于糟蹋时间,毫无裨益,尤其那时我正埋头于写作。但那是一个好心肠的人,不能阻拦他,一切都得听之任之。

　　一日晌午,他来拜访了。我高兴地对他说:"请进,请进。"他原是个愚笨、怪僻的人,但在今天,我仿佛看到他聋哑的云翳已被剔除。被我高兴地会晤的、被我热诚款待的人就是与我心灵相通的人,他与我没有任何隔阂,十分亲近。见到他,我觉察不到丝毫的痛苦,在我不觉得我的光阴白白度过时,我就获得了极大的快乐。我觉得,我的一张虚假的罗网被戳破了,许多日子以来那张虚假、多余的罗网一次次折磨着自己。

　　我久久伫立在阳台上。在路上来回走动的搬运工人的步姿、身影和脸庞,所有一切都使我大吃一惊,所有东西似乎犹如大海上互相追逐的波浪一样流动着。从少年时代起，我就养成用肉眼观察的习惯，但从今日起，我好像用自己全部的知觉进行观察。当一对青年伴侣手挽手，肩挨肩，无忧无愁地在路上走着时，我不认为这细小的生活现象是件普普通通的事。我在其中似乎看到，永不枯竭的情味源泉，像四周欢乐的瀑布一样奔腾不息地在寰宇深不可测的肃穆里畅流。

在做某桩普通事时，人的四肢和脸部一直显示着丰富的动作表情，从前我却始终没有留意过。但现在，所有人体的动作的和谐的音乐，时时刻刻令我心醉神迷。我不是用孤立而用统一的目光观察他们。就在同一时刻，成千上万人忙碌在光怪陆离的城乡、五花八门的事业和各式各样的需求里。在全面观察大地上人类躯体的繁忙活动中，我获得了一种无与伦比的美的欢快感受。

朋友间的欢笑，母亲对孩儿的抚爱，老牛对牛犊的舐触——其中蕴含的那种无限情味，似乎用惊奇的有力一击，使我心灵蒙受一种痛楚。就在这时，我写下：

> 我不晓得，我心灵如何打开门扉，
> 让世间的人们进来，互相致以问候。

这绝不是诗人想象的夸张，我委实没有力量完美地表达出实际感受的东西。

一些日子以来，我始终沉浸于那种自我惊奇的欢愉之中。现在，乔蒂哥哥决定去大吉岭。我思忖，这对我来说是个好机会。我一定能在喜马拉雅山的峰巅上，怀着一种庄严的心情眺望我居住在大街上从城市拥挤中所看到的东西。至少从这种观点出发，喜马拉雅山究竟用什么方式显示自己，我肯定能获知的。抵达喜马拉雅山麓，环顾四周，顿时发现，那个观点已不复存在。从外界获得一些真实东西的想法，也许就是我的过失。喜马拉雅山不管多么高耸入云，它也不能用手举起什么东西给我；而有趣的是，赐予我东西的人，在加尔各答的一个胡同里，每时每刻都显示着大千世界。

我漫步在松林里，静坐在溪流畔，有时在溪流里洗澡，久久凝视着金黄色的广袤无际的云海。但我曾经认为，在这儿获得上述那个体验是容易的，然而就在那里我再也没有获得这个体验。我发现了宝物，突然它又消失了。现在我正仔细地欣赏着一只盒子，盒面上的手工制品十分漂亮，不过，现在我不认为它是一只空盒。

《晨歌集》的歌声停止了，我在大吉岭写下了仅仅是它遥远的回声形式的诗《心声集》。它成为何等晦涩的东西，某日竟有两位朋友下了赌注，猜度它的含义。一位仁兄猜度失败之后，来拜访我，想悄悄地探知它的含义。那个可怜的家伙在我的帮助下，能否赢得竞赛的胜利，我就无可奉告了。令人欣慰的是，他们之中任何人都不肯支付赌输的钱。遗憾的是，我在雨季的莲花河上作诗的那些异常清晰的日子，不知躲到哪个天涯海角去啦！

任何诗都不是为解释某个东西而写的。实际上，心灵的感触竭力想从诗歌中获得具体形象。当有人听了诗歌，说："不理解。"那就会使人啼笑皆非。假如有人闻到花朵的芳香，说："什么也不理解。"可以这样回复他："这里面没有需要理解的任何东西，这仅仅是芳香而已。"又可能提出这样的问题："这点我明白，但究竟为什么要有芳香呢？它的含义是什么？"或者干脆拒绝作答，或者用稍许隐晦的语言说："本性的快感就是通过芳香表达出来的。"但不幸的是，人们不得不用那些约定俗成的词汇写诗！为此，诗人不得不采用韵律等种种方式，采用颠倒自然的说话方式等技巧，夸大其词的感情色彩，方能最大限度地掩饰词义。这个"感情色彩"既不是本质，又不是科学，也不是能派作用处的东西。它只是像眼睛的泪水和脸孔的笑容一样显示内心表情的脸庞而已。有人想与它一起获得哲学、科学或其他任何理智的东西，那就让他去索取吧，但它是次要的。过河的人坐在船上渡河时，或许能逮住鱼，这就是他的大胆表现，但那只船绝不能说成是渔船。

《心声集》是很早以前写就的。任何人都没有注意它，所以我在任何人面前不对此负有责任。它的内容尽管良莠不齐，但我要强调指出：它并不是存心要把读者推入疑惑的深渊中而不可自拔，也不是像煞有介事地讲述任何深刻的哲理。实际情况是，从心灵萌发的一种不安激动渴望表现自己而已。寻觅不出能表达那个不安的适当名称，那就起名为《心声集》。

从世界中心的本源里流淌出来的悦耳的音乐溪流奔腾向前，它的回声从我们喜悦的脸庞和我们周围美的事物中反射到我们的内心深处！我们也许不接受任何其他东西，但就喜爱那个回声。原因是显而易见的，今天，我们连眼皮都没有时间抬一下，顾盼昨日占据我们整个心灵的那个东西。

迄今为止，我们仅从外部方面来观察世界，所以无法看清它的完整快乐的面貌。当有一天，光线仿佛突然从我内心感情的中心处释放，照遍整个世界时，我再也不仅仅以客观事物的形态去观察世界，而始终如一地以完整形式去观察世界。这时，我心底产生了一个感受：从内心深处的肃穆幽谷里流出的音乐溪流越过时间和空间，它又以回声的形式流经整个时间和空间，它那欢愉的泉水就在那里返回。在朝这个无限方向返回的时刻，回声就以美激荡着我们的心。当天资聪颖的角色以自己整个心灵放声歌唱时，他们就从中获取一种欢愉，当歌声的溪流回到了他们的心时，他们就得到加倍的欢愉。当伟大诗人的诗歌欢快地回到他们的心田里，如果又让它流经我们的知觉，那么我们仿佛在难以表达的形式里开始了解世界的终极真理。在我们获得如此感受的地方，就有我们的爱，在那儿我们的心迫不及待地想把自己投进朝无限方向流去的欢愉的激流里。这就是对美的渴望意向。

朝与无限结合的有限方向走来的声音，就是真实，就是善。它囿于规律，又被确定于形态。它的回声从有限又朝无限回转，那就是美，就是欢愉。倘若它不能收住和释放，它就会使我们与家庭分离。

我的心灵的这种感受企图通过《心声集》诗里的形式和歌曲反映出来。人们不能抱有这种希望：这种企图是清晰的，因为企图自己也不清晰地了解自己。

我上了年纪后,写了一封有关《晨歌集》的书札,在这里我援引一个段落:

在岁月的一个特殊阶段里,当心灵歌唱"世上没有任何东西,一切都存在我心田"时,当心灵请求援助时,他认为自己似乎要拥抱整个世界。他像初生婴孩一样认为,他可以把整个世界含在自己的樱桃小口里。以后,他才渐渐明白,心灵想要什么,不想要什么。那时我们遍洒泪水,依借狭隘的界限,开始自找烦恼,也使人恼恨。与此同时,从整个世界中什么也没获得。但最终通过整个心灵对任何东西的迷恋,人是能够抵达进入无限的凯旋大门的。其实,《晨歌集》是我内在自然的第一次呼吸,所以其中不存在任何等级的差别。

事实上,第一次呼吸引起的一个普通的欢愉把我们引向一个特殊的认识,那时初恋转化为迷恋。其实,迷恋比初恋狭窄,它不能一口吞掉一切,只能一口口咀嚼一切。那时,爱能够在部分中倾心地享用整个,在有限里享用无限;那时,他的心灵使自己从明显的有限扩展到不明显的无限中;那时,他所获取的一切不仅是他心灵不受限制的感情上的欢愉,而且他的心灵情感与外界直接结合,变成完整的真实。

莫希特·钱达拉在自己编辑的作品选里,把《晨歌集》起名为《外出》,因为那些诗歌是曾有几次从内心奔突而出、进入外部世界的絮絮细语。以后,在痛苦和欢乐时,在黑暗与光明里,旅途者的心灵在各种旋律和韵律里用奇异方式与大千世界结合着,最后它穿过千姿百态的幽谷,汇合认识的潮流一块漂流,总有一日,它进入无限。那无限不是飘忽不定的、模糊不清的幻觉,而是似无瑕白玉的、尽善尽美的真实。

从童年时代起,我与宇宙的自然有着十分淳朴和亲密的联系,房屋后面的每棵椰树十分真实地显露在我面前。一天下午四点光景,我从师范学校回家,下了马车,走到屋顶阳台时,发现浓密的雨云聚集在天空。就在刹那间，心灵感到一种强烈的欢愉，我至今无法忘怀那刹那间的情景。清晨醒来，整个大地的生命的欢乐像召唤自己游戏的伙伴，呼唤我的心；晌午，整个时间和空间似乎庄重而又亲切地把我变成犹如出家的和尚；夜晚，黑暗打开了幻境之途的神秘大门，引导我逾越可能与不可能的界限，泗渡七大洋十三条大河，进入前所未有的神话王国。这以后，有一天，当心灵在青春初次迸发里强求自己的份额时，一座难以逾越的屏障横亘在生活与外界的淳朴结合之中。那时萦绕在我心灵四周的创造又开始返回自身；那时知觉又局限于自己内部的存在。

这样，由于溺爱，内心关闭了，内部与外界的和谐丧失了，我又失掉了长期以来归我所拥有的权力，失掉那种权力的痛苦企图在《晨歌集》里表达出来。最终有一天，那扇紧闭的大门不知给何物冲撞，突然倒塌，那时丧失的东西又复得。不仅是失而复得，而且从倒塌的屏障的内部获得了它的完整认识。当不清晰的认识过渡到明晰的认识的获得，那时获得才有了意义。所以当在《晨歌集》里，再次获得自己童年时代的世界时，世界已变得"十分大了"。

我生活中的第一个戏剧在与自然简朴结合、分裂和重逢里落下了幕。说"落幕"那是不真实的，因为这场游戏又多姿多态地继续着，而且可以看到它又从一个不清晰的问题内部得出一个重大结论。特殊的人为在自己生活里完成特殊游戏而降临人世，他驾的车子的车轮在欢庆节日里依靠巨大圆周前进着，每一旋转似乎是突然分开一样，经一番探索，就会明白，中心只有一个。

当我正写《暮歌集》时，我的散文以《杂感》为题发表。从写《晨歌集》时起或这之后，我所写的散文汇集成《评论集》出版，凡读这两部散文著作的人，就会明白存在于其中的差异，从而了解作者心灵的情况。

拉琼德拉尔·米特利

就在这时，乔蒂哥哥心里产生了一个想法，建立一个把孟加拉文学家聚集在一起的文学协会（1882），"编纂孟加拉权威的专用名词和繁荣孟加拉语言与文学"是这个协会的宗旨。这样，它和当代的文学协会的目的宗旨没有多大差异了。

拉琼德拉尔·米特利以巨大热情支持这个建议，并被推选为协会的主席。当我去邀请维德亚萨格尔先生入会，他一听到协会的宗旨和成员名字，说："我给你一个建议，放弃像我这样盛名的人，你们和这些大腕在一起什么事也做不成，他们和谁的意见都不会相吻合。"这样，他不同意参加该协会。般吉姆先生成了该协会的成员，但他对协会工作究竟提供多大帮助，谁也说不清。

说真的，那些日子协会之所以能生存，都是因为依靠拉琼德拉尔独自担当了协会的全部工作。我们第一次参与了地理专用名词的定稿工作。拉琼德拉尔起草了专用名词的第一稿，并付了梓，散发给大家，以供批评指正之用。我们根据各个国家的通行发音，翻译成孟加拉语字母，编纂了世界各国的地理专用名词。

维德亚萨格尔的预言最后被应验了。要把大腕聚集在一起，投入某件事，简直是异想天开。协会长出幼苗，不久就枯萎了。然而，拉琼德拉尔先生是位多面手，他一个人就是一个协会。我认识他，应该说是我的幸运。迄今，我已认识了不少大文学家，但对拉琼德拉尔的怀念，在我心底获得如此光辉印象，其他人是望尘莫及的。

在马尼卡特拉尔的一座花园里设有监狱法庭法官的办公室，我只要愿意就能随时去那儿见他。我经常早晨去那儿，见他总忙于书写和阅读之中。因为年轻无知，我总毫无顾忌地去打扰他的工作，但我从未见过他为此显露丝毫的不满。他一见到我，就立马放下手头工作，开始和我聊天。大家知道，他有些重听，所以他不给我提问题的机会，自个儿挑起一个个问题，滔滔不绝地讲述。我就为了倾听他充满魅力的讲话，经常到他那儿去，我从来没遇到谁在如此多的新的不同问题上作出那么多的新颖见解，我经常听得入迷似醉。

我依稀记得，他那时是教科书委员会的成员，不断有人送书来供他审阅。他读时用铅笔在书上做了记号和笔记。某些日子，他往往随意抽出某本书，作为谈论孟加拉语言风格和语言结构的参照，我从中受益匪浅。很少问题是他没有研究过或评论过的，凡研究过的问题，他都能用清晰的语言表达出来。

如果那时孟加拉文学协会工作不依靠协会其他成员，而让拉琼德拉尔独自承担，那么现代孟加拉文学协会的事业一定能朝前发展，这是不容置疑的。

他的骄傲不仅仅在于他是位学识渊博的学者，更在于他容光焕发的形象里突现的鲜明个性。他从不轻视像我那样的现代青年，谦虚且和蔼地与我一起谈论艰深的问题，而那时在才思敏捷方面几乎没有谁能与他相匹敌的。我还利用他的谦虚，向他索取一篇为《婆罗多》杂志写的题为《阎王的狗》的文章。在那个时代，打扰有名望的大作家，是超出我的勇气的，也不可能祈求获得那样的宽容。

但是，当他穿起战士服饰，他的愤怒形象使人不寒而栗。在市政委员会会议和大学评议会议上，所有反对者都惧他三分。那个年代，卡利希那达斯·巴尔先生是位玩弄手腕的圆滑的政治家，而拉琼德拉尔则是位骁勇的战士，在与一些大腕摔跤搏斗时他从来不服输，从来没尝过失败的滋味。

在为亚洲学会的书籍出版和古典经典的校勘和注释工作中，他与所雇佣的一些梵文学者一起工作。我记得，那时一些仇视和妒忌他的大人物乘机诬蔑说："所有工作都是梵文专家做的。而米特利却不费吹灰之力窃取了名誉。"甚至今天，我们还可看到这样的举不胜举的例子，那些作为工具的人心里经常存有这种想法："我做了全部工作，一切都付之东流,成就被人攫为己有。"倘若可怜的笔有知觉,它泼墨涂字,终有一天会悲叹不平:"我做了书写的全部工作,我脸上醮满墨水,弄得一身黑污,而荣誉的光彩却属于作者。"

  孟加拉地区如此一位非凡的睿智的人,他死后竟然没有获得家乡人的赏识和尊重。它的一个原因是,他仙逝后几天,维德亚萨格尔也撒手人寰。在那种哀痛里,家乡人淡忘了拉琼德拉尔离去的悲痛;第二个原因是,他在孟加拉文学里的贡献不是太大,所以他没有获得大众应有的尊敬。

卡尔瓦尔

后来,我们放弃了在加尔各答萨德尔街举行的集会,把它迁到卡尔瓦尔的西海岸畔。卡尔瓦尔在孟买省的南部,卡纳拉区的首府,一个布满小豆蔻蔓和檀香树的南方马拉巴边缘地区。我二哥在那儿当法官。

这个群山环抱的小海港,是如此荒无人烟,变化莫测,以致没有一丝城市港口的形象。新月似的海沙地把自己双臂伸向无垠的蓝色海岸,仿佛它渴望一个拥抱无限的形象出现。这片无垠河地边沿镶嵌着无数参天的柽柳树林,在森林一边有一条名叫黑河的小河流过,它穿过两旁排列成行的山峡,归入大海。

我记得,一天傍晚,我们乘坐一条小船在黑河里溯流而上,抵达了远处。靠近一个岸边我们下了船,参观了什瓦吉①的一个古老的山堡。然后,我们又乘船,漂游在河上,穿过寂静的森林山崖和荒凉狭隘的湍急水流。坐在星夜之下,专心致志地阅读着月音世界的咒语。我们在一处岸埠下了船,走进农家茅屋里一个打扫得极其光洁的院子。月光斜照在院墙的斜坡影儿上。在农舍厅屋前,我们坐在坐毡上用餐,归来时逢上退潮,我们只得弃船步行。

我们抵达大海出口处时夜已经很深了,我们到达出口的沙岸上,继续步行朝家走去。那时夜色浓浓,大海寂静,柽柳树的沙沙絮语骤然停止,远处浩渺的河地里的树影一动不动地矗立着,地平线上一团灰霭色的山影,也在天幕下安静沉睡着。我们一行拖着自己长长的黑影,默默无声地穿过星光闪闪和万籁俱寂的夜间。那是何等奇妙的时刻!当我们抵达家门,睡意已袭上,不知不觉我的睡眠沉落在更深沉

---

① 什瓦吉(1630—1680):马拉提联邦的盟主,曾统治印度西海岸马拉提地域。

的境界中去了。我在那夜写下的一首诗,就是和那夜晚的海岸纠缠在一起:

> 让我下沉复下沉,沉没在午夜的深处。
> 让大地把我释放,
> 从它的尘土障碍中使我自由。
> 噢,让陶醉于溶溶月光中的星辰,
> 远远把我凝视,跟踪我到天涯,
> 让缥缈的霭色地平线在我四周
> 静静地展翅飞扬。
> 我不要歌声、人声、抚触,
> 我也不要沉睡、苏醒,
> 只要月光洒满天际,照拂我身。
> 世界犹如载着无数香客的小舟,
> 渐渐地消失在浩渺的天际;
> 水手的歌声响彻苍穹,
> 越来越轻飘,直至消逝无踪;
> 我自己也越来越变小,缩小到一个圆点,
> 沉没在无边无际的夜色中去。

这里有一点必须说明,当心灵瞬间冲动而充盈感情,那时写下的东西一定会是上乘,这或许不是一条规律,它有可能只不过是声音词句的游戏。作家完全摆脱自己的感情是不可能的,同样诗歌创作完全与感情没有间隔也是不行的。其实,回忆的笔触可以很好地描摹诗歌的色彩。在感情表达里存在一种过分强迫,那么不突破它的指令,想象就不可能有自己的地盘。不仅在诗歌创作,在一切艺术创作的领域里,艺术家的心灵必须有一种超脱;在人类灵魂的王国里的创造者如不把创造掌握在自己手里,那么他的创作不会有成效。倘若他超脱题材,发挥创造性,那么他心灵才能对它有所反映,不会成为事件的复制。

大自然的报复

我坐在卡尔瓦尔的海岸边,写了一部诗剧,名叫《大自然的报复》。这个诗剧的主角是修道士,他挣脱了尘世间的情欲和迷恋的枷锁,克服了自然本质,然后想以纯洁的感情,达到对无限的认识。但最终,有一位姑娘使他坠入自己的情网,把他从对无限的专注中召回尘世,让他陷入人类爱的圈圈中。修道士归返人间,发现微不足道里就含有广袤无比,有限里蕴涵无限,凡有爱的地方就有心灵的自由。你若获得爱之光,把目光投向任何地方,都会发现一切有限融入无限。

实际上,"大自然的美不仅仅表现我心灵的幻想的海市蜃楼,而且也反映无限的欢愉。因此,我们在美的跟前竟然忘记了自己的存在"。领悟这个事理的地方,就是卡尔瓦尔海滩。无限在外部自然法规的魔术里表达着自己,然而在那里,我们尽管身处大自然的魔术幻影里,却看不到无限。但心灵由于美和爱的结合,在低贱事物中以超脱凡俗的方式获得了那个无限"外壳"的接触。在那儿,任何辩术怎能在烛火如昼的抚触前停留住呢?

自然通过心灵的途径,把修道士带进有限宝座上的帝王即无限的宫殿里。在《大自然的报复》一剧里一方是过路行人,乡村男女,他们都在自己家庭所确定的日常的低微生活里,浑浑噩噩地打发着日子;另一方是修道士,他正力图使自己和所有人都隐匿在同一个家庭所虚构的无限之中。当一座爱的桥梁消除了两方面的差异,当苦行者同结婚成家的人相结合,就在此刻,由于有限和无限的结合,有限的不真实的低贱和无限的不真实的虚无就消失了。

正如年轻时,我进入自己内心的无方位的黑暗幽洞里,丧失了获取外界的简朴自然的权利,最终有一日,外界的一个迷人的亮光,射进了我的心坎，使我与自然浑然一体，现在，《大自然的报复》以另一种方式表达着那样的历史进程。它可以看作我后来全部文学创作的一个序曲，或者更确切地说，它就是我诗歌创作的唯一主题——即在有限之中达到与无限结合的欢愉。

我还在自己后半生的一首诗里表达了这个精神："苦行者通过实践，从无限欢愉中获得了解脱。"那时，我还写了许多名为《评论》的小文章，它们也竭力阐述《大自然的报复》一剧所包含的内在精神实质。我在这些文章里还探索有限不受限制的问题，把深不可探的肃穆放在一点上加以显示。从哲学观点看，这种解释有否价值，和从诗歌角度看，《大自然的报复》究竟有什么地位，我全然无知。但是今天清楚地表明：只有这种思想倾向，乔装打扮，秘而不宣地制约着我的全部创作。

在从卡尔瓦尔回来的途中，我在船上写了《大自然的报复》中的几首歌曲。当时我坐在甲板上，怀着巨大的欢愉，一面哼着曲子，一面写它的第一支歌：

南达拉妮，归还我们的黑天。
我们的放牛娃要带他到牧场去，归还我们的黑天。

朝阳冉冉东升，百花争芳斗艳。牧童们走向草原，他们不想冷落金色的阳光，盛开的花朵，欢腾的草原，就在那儿他们想与黑天相会，观赏无限的千姿百态。

他们就是为了在田野、森林和山川里参加与无限结合的欢愉游戏，从各自家门走出。不是在虚无缥缈的远处，荣华富贵的权势中，而是在生气勃勃的田野里，在简陋低贱的农舍里，他们披着十分寻常的服装——黄色的围裤、野花的花环对他们来说已是足够的了——寻找欢愉。因为若要在豪华的地方寻找欢愉，他们就不得不为此虚情假意，不得不丧失真正的目标。

从卡尔瓦尔回家没多久，即一八八三年八月，我结了婚。那时我刚好二十二岁。

画与歌

我的《画与歌集》诗集于一八八四年十二月出版，其中大部分诗就是在那时候写就的。那时我们住在乔伦基附近的下环路的一座花园住宅里，住宅的南面是一片很大的居民区。我经常坐在二层楼的窗户边眺望居民区的生活情景。在观察他们的工作、休息、游玩和交际中，我获得了一种快乐。这一切生活景象好像在我面前构成一则奇妙的故事。

有一个洞察万物的目光，仿佛始终在我头上悬挂着似的。那时，我仿佛带着心灵的欢愉，在想象的光照里观赏着一个个独立的图景。那时，浮现在我眼前的每一个特殊图景透视了哀婉动人的情味，涂上了绚烂多彩的颜色。这样，我在用自己心灵的想象所绘制的图画里获得了一种欢愉和情趣。在那里没有其他念头，只有描绘一幅幅生动的图画的愿望，这是用肉眼观察心灵的东西和用心灵观察肉眼所见的东西的愿望。

假如我能用画笔绘画，就会力图用线条和色彩在画布上描绘出自己那颗不安的心的意愿和创造，但我没能掌握那个艺术手段，只有诗歌的韵律和字句听从我的使唤。然而，当我没有学会用能说话的画笔勾勒出清晰的线条时，颜料就会到处乱泼。让它四处泼洒吧，当孩子最初获得小画箱时，他就会迫不及待地、随心所欲地画些没头没脑的画。我也是在自己开始生活时喜获到"青春的五颜六色的画箱"的，我力图依照自己的意念，画出自己青春的五彩缤纷的画。就这样，我度过了那些难忘的青春日子。当今天看到那些与二十二岁吻合的画时，即使画面粗糙，线条生硬，色调模糊，但总能看到所要寻找的某一张脸庞。

我前面说过，我文学生涯的第一阶段在我写《晨歌集》的时候就结束了，但从写《画与歌集》起，我的生活戏剧又开始了。任何事物的开端总是热热闹闹，丰富多彩，但随着事业的推进，丰富性就退避三舍。面对这新的戏剧的开始，也许开头几页不会有价值。假如它们是树叶，它们就会适时地飘落，但书页不是那么容易被废除的。尽管冬来春往，它们依旧牢牢地粘在一起。以一种特殊方式观察极其细微事物的时期是从《画与歌集》开始的。像歌儿的旋律使简单变为庄重，不带强烈的功利目的使生活渗透着心灵的情味，然而消除它的卑贱的意愿在《画与歌集》里得到了深刻反映。

当自己心灵的节奏与万物音调合拍时，宇宙音乐的悦耳的声音从所有地方响起，时时刻刻唤起心弦的共鸣。就在那些日子里，一个美妙的旋律在作者心灵里被唤醒，外界万物对他说来都不是微不足道。最终有一天突然会发现，我内心的一个旋律正与那显示的东西相结合，正如孩子能随心所欲地捏泥人，垒砾石，磨贝壳，做令人眼花缭乱的游戏，因为他们的内心有着做游戏的意向，通过自己内心的游戏的欢愉真实地反映宇宙欢愉的游戏，所以，对他们来说到处都有游戏活动的安排。正因为如此，我内心深处的青春歌声充塞在各式各样的旋律中，就在那时，我们通过那个"感受"能够真实地发现，世上没有那样的地方，宇宙这把弦琴不把自己千变万化的音调的琴弦伸向四面八方。那时人们可用显而易见的和唾手可得的材料，举行音乐会，不必往远处寻觅。

儿童

在《画与歌集》与《刚与柔集》两部作品之间,一份名叫《儿童》的月刊杂志(1885)问世了。它获得了一年生长的草本植物的果实,就离开了世界。二嫂执拗地坚持为孩子出版一本带有插图的月刊,她要求苏延德拉·伯愕德拉等家里的孩子都在这份杂志上发表自己的作品。但是,应该明白,杂志仅依靠他们的作品是无法运转的。她虽是该杂志的编辑,然而征集作品的重负让我来承担。

《儿童》出了一两期后,我去代沃格卡会见拉吉那拉叶伦先生,花去了两三天时间。回来时火车十分拥挤,点燃的灯烛正对着我眼睛,没有很好睡觉。我心想,乘睡意没有袭来,我为《儿童》构思一篇短篇小说,但在构思小说的紧张企图中故事始终没有产生,而睡意却袭来了。我在梦里看见一座庙宇的石阶上洒满的祭品鲜血,一位女孩怀着怜悯不安的心情问父亲:"爸爸,这是什么?这是血?!"父亲内心由于女儿的怜悯焦虑深感不安,但他外表装作生气状,企图压住女儿的提问。一睁眼,我心想,这可是梦境给予的现成故事,我曾在许多梦境中获得故事题材。于是,我把这个梦境故事结合特列布尔国王戈温德·玛利卡亚的历史,创作了名叫《贤哲王》的小说,在《儿童》月刊上连载。

我那些日子过得无忧无虑,自由自在。没有任何意图要在我的生活和我的诗歌与散文里强烈地表达自己。我那时没有加入人生道上的旅途者的行列,只是坐在道路旁的屋里,冷眼旁观窗外的世界。我看到,形形色色的人在道上为各式各样的事务,来去匆匆碌碌着,而雨季——秋季——春季犹如异乡客人,不邀自来我家,同我一块打发着日子。

我不仅同秋季——春季交往着。有多少奇奇怪怪的不速之客没完没了地闯入我小小的家园，他们好像是没有锚的船儿，没有任何意图漂流到我这小小屋宇的港湾里来。有一两位可怜虫不费吹灰之力，反想通过施展阴谋诡计，从我那儿获取自己的满足。其实为达到欺骗我的目的，无须施展什么鬼蜮伎俩，那时我涉世不深，智商不高，我不会把"欺骗"当成欺骗。我曾经为一些学生长期提供学费。其实，这对他们完全没有必要，他们学习从头到尾没有成效，白白荒废掉了。

一次，一位长头发的男青年给我送来一封他自个儿虚构的以女孩身份写的信。信中写道，她要求我保护受继母虐待的同胞兄弟，而那个继母同她一样是虚构的，只有那位同胞兄弟不是虚构的，我后来获得了这方面的确实证据。但正如在一只还没学会飞翔的鸟儿身上，没有必要大肆开枪射击一样，这封信对我完全是多余的。

又有一次，一位男青年跑来对我说，他正在读文学学士，但现在他正患头痛病，无法考试。听后，我忧心如焚，但我对医学知识像对其他大部分学识一样，一窍不通。我不晓得如何使他获得成功。他说："我在梦里见到，你的妻室就是我前世的母亲，喝了她的洗脚水，我的病就会痊愈。"然后他又笑着说："你也许不相信这类事。"我答道："不管我相信不相信，只要你病好了就行。"

于是，我把普通水说成是妻子碰触过的洗脚水，那位前世的"儿子"喝了它，获得了令人惊奇的效果！不久，依据进化的自然规律，从水转到了粮食，后来他又渐渐地占据了我房间的一隅，招来了他一帮狐朋狗友，他们腾云驾雾地吸烟，我惶然地从这弥漫烟雾的房子中逃出。从这一两件小事中证明：他可能有这样那样的病，但他的脑子可没有任何衰弱的迹象。

以后，我不会轻易地在没有特殊证明出具之前相信前生子孙一类的事，但我后来发现，我正因那事名声大振。又有一天，我收到了一封信，信中写道，我前生的一位女儿，为消除自己的病，想获得我的恩泽。这次我不得不狠下心，划清界限。我曾为了一位儿子受到了巨大痛苦，现在我再也不能承担起前世女儿的责任，我断然拒之门外。

现在，我与希利什琼德拉·默久默达尔情深意笃。傍晚时分，他与帕利叶那塔先生经常来我那个寒舍小坐闲聊。有时我们讨论音乐和文学直至深夜，有时整个白天就这样在欢聚中度过。

那时，我作为人从各个方面都没有坚强和成熟起来，我的生命犹如没有任何冲击的秋云一般飘游着。

般吉姆·钱德拉

就在那些难忘的日子里,我开始认识了般吉姆·钱德拉,但我第一次看到他,那是很久以前的事了。那时,加尔各答大学发起召开老同学年会(1876),钱达拉纳塔·巴苏先生是它的主要组织者。他希望我将来能够领导那个年会,正出于这个考虑,他把在这年会上朗诵一首诗的重任委托给我。那时他血气方刚,风华正茂。我依稀记得,他自己想在那个年会上朗读一首英译的德国战士诗人的尚武诗。钱达拉纳塔是那么倾心于战士诗人对自己形影不离的佩剑的赞颂诗歌,这能使读者相信,甚至连赫赫有名的钱达拉纳塔也有青年时代的幼稚表现,实际上那个青年时代就是不同寻常的。

在那个年会上,我突然发现在人群中走动的一个人,他是那么超凡出众,绝不能归入芸芸众生里的等闲之辈。他身躯魁梧,红润的脸庞上闪耀着一种迷人的光彩。我无法遏制急于认识他的好奇心。在那天的人群里,我仅仅问了一个问题:"他是谁?"当听到"这就是般吉姆·钱德拉"的答复时,我大为惊愕。从前,我读过他的作品,觉得他是位超凡出众的人;今天,我从他的容貌上感到他是那样的不同凡响,这种奇特的巧合在当时给我留下了不可磨灭的印象。他高耸的鹰钩鼻,紧闭的嘴唇,锐利的目光都显示着一种超人的力量。他双手交叉在胸前,旁若无人地走动,仿佛他根本不想同任何人接近,这个举止最引我注意。他不仅是位具有睿智的洞察力的作家,他的额上似乎还点上无形的国王符志。

在这年会上发生了一桩小事,至今我记忆犹新。屋内,当一位梵文学者朗读一首自己所作的有关祖国的梵文诗,并用孟加拉语解释时,般吉姆刚巧进入屋里。诗里有一个典故不特别粗俗,但十分浮浅。学者开始解释这个典故时,般吉姆双手捂着脸,夺门而出。他那天突然离去的情景,我至今依然记得清清楚楚。

以后,我许多次渴望拜见他,但没有机缘。终于有一天,当他在豪拉担任代理法官时(1881),我斗胆上府拜见。双方会了面,我竭力进行得体的叙谈,但回转时,我内心感到一种莫名的羞愧,我仿佛是个没经介绍,又未被邀请就贸然拜访的不懂礼仪的鲁莽的年轻人。

以后,我年龄大了些,获得了那个时代最年轻作家的头衔,但我这种地位不是稳固的,况且我究竟处于何种地位,也未确定。我渐渐有了些小名气,但可怜的名声夹杂着许多疑惑和轻蔑。在那个时代,诗人和作家都时兴按上一个英美作家的名字,如谁是孟加拉的拜伦,谁是孟加拉的爱默生①,等等。有人开始称我是孟加拉的"雪莱",这既是侮辱了雪莱,也是对我开玩笑。

那时,我还被人称为"大舌头的诗人",肚里没有多少货色,生活经验也少,所以,我所写的诗文,幻想多于内容,诗文里没有值得人们给予称赞的东西。当时,我的穿着举止也够古怪,蓄着长发,孤芳自赏,一派诗人的怪诞的气质,与常人生活格格不入。

正在那时,阿卡夏叶·钱达拉·萨尔伽尔创办了《新生》月刊,我在上面发表了作品(1885)。那时,般吉姆结束了《孟加拉之镜》的编辑工作,沉浸于宗教的评论。他创办了《布道》杂志。我在《布道》上发表了一首抒情诗(《甜蜜》)和一篇热情赞扬毗湿奴诗人的作品的论文。就在这时,或者这之前,我又开始在般吉姆那儿走动。那时,他居住在帕瓦尼吉勒那·德特住的那条街上。

我经常走访般吉姆先生,但没有深谈。我那时是只有洗耳恭听的年纪,不是启齿讲话的年龄。我热切地渴望能同他深入交谈,但往往缺乏自信心,话到嘴边就往回缩了。那些日子,我常见到他的兄弟桑吉布,这个人经常是斜靠在枕头上。见到他的兄弟,我打心眼里高兴。他是闲扯的能手,他自己从中获取乐趣,也逗得听众眉开眼笑。读他

---

① 爱默生(1803—1882):美国诗人,作家。

作品的人一定会感到：他仿佛总是在轻松愉快的心情下写文章的，也就是说，他总在作品的字里行间情趣妙生、诙谐幽默地拉扯家常。擅长这种谈话能力的人不多见，把它写成文章的人更是凤毛麟角了。

那时，萨夏塔尔的名字风靡加尔各答。我最早是从般吉姆先生的嘴里听到有关他教授保守疗法的事。我认为，般吉姆是最早把它介绍给普通人们的人。那些天，正统印度教突然企图借用西方科学力量，恢复印度教的权威性。这种企图很快遍及全国各地。其实，通神学早已为这个运动打下了基础。

不能说，般吉姆先生全力支持这个运动。在他《布道》上所发表的解释宗教教义的文章里没有它的一丝影子，因为这种企图根本不会得逞的。

那时，我放弃守住家门的生活，走到外界社会上来。我所写的文章反映了我参加这场争论的经历。这些作品有讽刺诗、幽默戏剧，还有在《生命》杂志上发表的书信。那时，我决心撕破感情的迷惘，投入角斗场所。

在这种战斗激情的冲动下，我与般吉姆先生发生了正面冲突，那段冲突历史记载在当时的《婆罗多》和《布道》杂志上。在这里详尽评论这场冲突历史是多余的。般吉姆先生为了结束这场争论，写了一封信给我。遗憾的是，我把它遗失了。倘若信还保存的话，读者一定能了解到，般吉姆先生何等大度地拔掉了这场冲突的针刺。

船壳

一天晌午,乔蒂哥哥读了报上一则广告,直往拍卖行去了。回家后他向我们宣布一个消息,他用七千卢比购买了一条船壳。现在,需要在船壳里安上引擎,设置船舵,装配成一艘完美无缺的船只。

我三哥也许认为,国人只会摇笔杆、动舌头,但不会驾船。这实是一种耻辱。从前,他努力为国家制造火柴,但火柴摩擦许久,仍点燃不着;他又以无比热情,为国家开辟棉纺厂,但棉纺厂只生产了一条土布毛巾,就停止转动机器了。现在,他出于发展民族工业,推动轮船运输行业,购买了一只船壳,而这只空壳子曾在一天装置了引擎和舱房,三哥就此负了债,直至破产。

但是,人们应该记住,在这些工业的活动里他独自忍受那些损失和苦难,因此而产生的好处一定会落进他国家的账户上。

世上,这些难以计数的、不精通商业者一次次在振兴国家民族工业的活动里掀起没有结果的努力浪潮。那个浪潮一会儿汹涌而来,一会儿迅疾退去,但它们使国家的贫瘠荒滩变成肥沃的田地,待收获季节来临,人们已经遗忘了他们的牺牲。然而,他们也定能欣然接受死后被人遗忘的这种损失,正如他们生前根本不顾及那种损失一样。

一边是欧洲轮船公司,一边是乔蒂哥哥一个人,两方面的商业船队的战争渐渐地如此可怕地扩展着。至今,库尔那和伯利夏尔的人也许对此剧烈竞争的情景,还记忆犹新。在剧烈竞争的压力下,轮船一艘艘建造,亏损却日益增长,收入越来越少,最终他取消了船票。伯利夏尔和库尔那轮船运输线里出现了真理运动①,旅客不仅不用购票

---

① 甘地领导的真理运动即不合作民族自治运动。

进行旅行，而且还可免费享用甜食。那时，伯利夏尔的志愿服务队唱着赞美祖国的歌曲，列队走上轮船。旅客有增无减，然而其他一切匮乏也是有增无减。

国家利益者的热情是无法获得进入数学领域的通道。不管赞美之词堆积如山，不管热情之火高达万丈，数字是不会放弃自己的固执的。因此，它的三乘三等于九，像蝴蝶飞往水池，开辟着债务的道路。

不善经营的、感情冲动的人，常与不幸命运形影不离，他们像一本打开的书很容易被人看透，但他们自己不能识别别人。有趣的是，要有一本使别人不易识别的书，他们需要花费更大的财力和时间，然而，他们在这一生中再也没有遇到把这种教训运用到事务中去的机会。当旅客免费地享用甜食，乔蒂哥哥的工作人员也没有像苦行者进行斋戒，当给旅行者安排早餐，工作人员也没有被剥夺享用权利，但乔蒂哥哥获得的最大收益，便是他的全面破产，他勇敢且从容地面对着这一切。

在议论每天的胜败之中我们的兴奋没有个尽头。最后有一天传来消息，他的"自治"号的最后一条船与加尔各答豪拉桥相撞而沉没了。这样，他完全超越了自己能够承受的界限，他对自己什么也没有留下，结束了自己的经营活动。

死亡的悲痛

这期间，家里人一个接一个死去。这之前，我从没有亲眼目睹过死亡。我母亲过世时，我还十分小（1874）。她病了很多日子，她生命何时出现危机，我也不晓得。母亲在我们卧室铺了一张床睡觉。她患病的那些日子，让她乘船，在河上漂游了数日。她回来后，住在内院三楼的一间屋里。

母亲死去的那天晚上，我们正在睡觉。那时不知深夜什么时辰，一位女仆跑到我们房间，哭喊着："天哪，我的宝贝们，你们一切都完了！"嫂子（伽达摩波莉·黛维）那时斥责她，把她拖出屋。她担心，深更半夜，可不要给我们幼小心灵以沉重的打击。

在闪烁不定的昏暗灯光下，我醒了过来，坐将起来，心里十分害怕，但究竟发生了什么，我不十分明白。清晨起身，当听到母亲的死讯，我也无法明白那件事的全部含义。

然后，我们走到外面走廊里，看到母亲被打扮的身躯躺在院子里的一张床上。然而，我在她身上没有发现可怕死亡的任何印记。那天晨光熹微，我们所看到的死神犹如安详睡眠一样宁静和优雅，我们从中并没有看到生与死之间的差别。

只有当她的身体被抬出院外，我们跟随着走向火葬场，那时悲痛的风暴仿佛突然给以强大的冲击，叩敲我的心。在那儿，人们呼天抢地叫喊着，我才明白过来："现在我妈永远也不可能通过这扇门，为在这永恒生命的家里取得自己的坐毡而回来了。"

晌午过后，我们从火葬场回来。走到胡同拐弯处，我朝三楼父亲房间的方向望去，父亲在前面的长廊里宁静地坐着祈祷。

家里的小媳妇（伽达摩波莉·黛维）担负起照料丧母孩子的重担，

她管我们吃喝穿着，一刻也不离开我们，日日夜夜守护着我们，努力使我们不觉得丧失什么似的。永远也无法弥补的损失，也领受不了永恒的分离，然而忘却它们的力量是生命力量的一个主要特征。童年时期，这种生命力量异常强大和新鲜，那时它不会深重地接受任何打击，任何创伤也不会在心里镂刻下永恒的印记。所以，那个死神像黑影一样进入我生活里，但没有使自己永恒化，不久又悄悄地像黑影一般离去了。

当我稍大了些时，在一个春日的清晨，我从花园里撷取一把一把茉莉花，扎在头巾的一角，像疯子一般到处转悠。那些柔软滑腻的花蕾拂在面颊上，我不由记起了母亲洁白手指的抚触。那时我清醒地觉得，逗留在那些美丽手指上的温柔抚摩，每天在这些花朵里纯洁地开放。在世上，这种温柔的抚触是没有止境的，不论我们遗忘还是记得。

但是，我二十四岁那年，我对死（伽达摩波莉·黛维的死）的认识是那么难以忘怀。那种认识结合着自己后来多次死别的悲痛，串成长长的细环，延续着。童年时代的幼小生命，能够轻而易举地回避巨大的死亡逃逸掉，但年纪稍大些，要轻易地欺骗死亡而获得出逃的道路企图是困难的。因此，我只能敞开胸怀，忍受那些日子的全部难以忍受的打击。

我那时还没有想过，生活中还会出现什么缝隙。那时，一切仿佛都是由悲欢棉线编织成的。在那编织物之外的一切，我都视而不见，我只接受了编织内的生活。就在这时，这位死神不知从何处钻出，刹那间在明白如画的生活的一个地方，凿开了一个裂口，那时我突然觉得不知所措。我开始思索，这是怎么搞的！这是什么样的谜语！四周的树木花草、大地天穹、日月星辰，依旧真实地存在着；我甚至觉得，比自己还真实的、与我身心联系着的那个实实在在的人，转眼间就轻易地像梦幻一般告别人世离去了。那时，我环顾整个世界，觉得这是多么奇特的自我毁灭！多么难以理解的自相矛盾！那些存在的与不存在的，如何使它们最终协调起来呢！

从生活这个缝隙内所显露的深邃的黑暗，日夜吸引着我的注意。

我一次次转悠到那儿站住，往那个黑暗里凝视，探寻："什么能替代逝者的空缺呢？"其实，人无论如何是不会从心底里相信这种虚无的，那些不存在的就是虚假的，而那些虚假的就是不存在的。正因为如此，人们总是努力去寻找那些看不见的东西，人们在得不到东西的地方寻找获取东西的希望，永远也不会停息。

像一株被黑暗包围的花蕾努力踮着脚伸向光明一样，人也通过自己整个努力，最大限度地跃过黑暗，把脸伸向光明。当心灵周围突然出现一个"不存在"——它站在黑暗的院墙处。那时我的整个身心夜以继日地努力想象在它的内部的一次次"存在"——并踮起脚在光明里站住。但是，当处在黑暗里，看不到穿过黑暗的道路，那时他面前除了痛苦还有什么可存在的呢！

然而，这种难以忍受的痛苦却使我内心刮起一种突如其来的快乐之风。我对此感到了巨大震动。"生活完全不是亘古不变的确定，这个痛苦的信息减轻了心灵的重负。"我又寻思："我们肯定不是真实岩石围墙内的永恒囚犯。"我内心由此感到一阵阵的欢乐涌动，抓住了东西，又放开它，看到这个损失感受痛苦，然而望着它获得的自由，内心又感受到一种崇高的宁静。

世上的普通的巨大重负，通过生与死的占有和释放，轻易地使自己持续地漂流在四周。重负卸下就不会压迫人，谁都不会背负背叛神的生活重负。那天我仿佛第一次在一个令人惊叹真实的新生活里感受到了这个真理。

由于那种内心的禁欲，自然美格外庄严迷人了。几天以来，就由于我对生活盲目的迷恋完全被驱除之后，苍穹之下的四周树木花草的运动，在我泪水洗净的眼里洒下了甘露。为了观看世界的完整和优美形象，必须保持一段距离，死亡就把那种距离赐予我。我独自站立着，在死亡的巨大的背景上观赏着世界的图画，并懂得它的迷人魅力。

在那些日子里，我思想和举止上的古怪毛病又复发了。当人们把世上的行为举止看作绝对真实时，我不禁觉得好笑。它们没有对我产生任何影响，仿佛它们对我只不过是幻影——空中楼阁而已。一些日子以来，我完全不理睬别人对我的看法。那些天，我身披粗布床单，脚穿一双拖鞋，径直走进上流社会人经常光顾的书店，吃喝的安排也杂乱无章，不管是下雨刮风，还是酷热寒冷，我都在三楼外面的走廊上睡觉。在那儿，我可与天际星星，四目相视，我在那儿也不会耽误迎接清晨第一丝光亮的时机。

我这一切举止绝不是苦行者的严酷实践，倒像是节日狂欢的举止。当把世上手执教鞭的老师视作虚假的幻影，我就蔑视学校的每一个小小校规，那时也就尝到了自由滋味。某天清晨，从睡梦中醒来，倘若我发现，大地的地心吸引力比以前减少了一半，难道我们还有心思小心翼翼地走在政府的道上吗？那时我们肯定毫无原因地跨着大步，通过赫利森大道上的五层楼房；当我们在城堡的广场上散步兜风，宝塔迎面而来，我们不会有躲避行走的想法，我们将不假思索地飞跃过去。我的情况正是如此，一旦获有脚底下生活的吸引，我几乎放弃封闭的习俗道路。

我独自坐在楼房屋顶的凉台上。为看到深沉黑暗里死亡王国的一个顶端上的旗帜，为看到由死亡的黑色石块筑成的拱门上镂刻着的字迹的符号，我仿佛像瞎子在整个黑夜里摸索着，探寻着。然而，当晨光照射到我挂着帐子的床上时，我睁开眼看到，我心灵四周的遮幕仿佛被掀开了，雾霭散开了，大地、山麓、河流、森林仿佛闪着微光，人的生活所展示的、被寒冷露水浸濡的图画，在我的眼里变得异常新鲜和优美。

雨季和秋季

历书开始时,我们从湿婆和雪山女神的谈话中知悉:在某个纪元,某些星宿取得了国王和大臣的头衔;同样,我发现,每个季节以特殊方式谋取了生活的每个阶段的统治权力。我回顾自己的童年时期,那时的雨季是最令人瞩目的。东南风劲吹着,如注大雨哗哗下个不停,廊道地面到处积满了水,房屋的门窗全都紧闭。我把脸贴在窗棂上,看着一位熟悉的老妪从市场上购买了蔬菜,腋下夹着一小水罐,满身溅满泥水,正朝家奔来。我无缘无故地在长廊里欣喜若狂地奔跑着。

我依稀记得上学的情景,我们课堂坐落在用席子环抱的长廊里。晌午,乌云密布,雷声隆隆,眼看着瓢泼大雨浇下来。闪电不时划破长空,仿佛一个疯婆子用闪电的手指撕开天空,疾风劲吹,围在四周的席棚被吹得东歪西倾,似乎要断裂倒塌。昏暗中已无法辨认书本的字迹,老师停止了讲课。我那时坐在长凳上,怡然自得地摇晃着腿,任凭外界的狂风暴雨的欢叫喧嚷,我的心却驰骋在可能或不可能的千变万化的幻想世界里。

我还记得,在斯拉万月①的漆黑的夜晚,淅沥的雨声穿过我睡眠的间隙,在我心里唤醒一种比酣睡更深的欢乐的激动。当瞌睡一醒,我心里请求:这场透雨明早也不要停下,我出门将能看到我们巷子里积满大水,水池埠头上的石阶也全给雨水淹没。

但当我往刚告诉你们的那个年月望去,发现秋季正坐在自己的王位上行使权力。那时的生活在阿斯温月②的后半期的清澈明洁的天空

---

① 印历一年共分六个季节,即春、夏、雨、秋、冬、凉。斯拉万月是印历的雨季,大约是公历的七至八月间。

② 阿斯温月:印历的秋季,大约是公历的九至十月之间。

中展示，挂满露珠的鲜绿在金色的柔和阳光下显露出来。我在南面厢房里小住，作曲填词，附和着乔蒂哥哥所作的曲子，轻轻低哼。

清晨曙光照拂，我也不晓得我的心企求什么。

太阳渐渐高升，前客厅的时钟敲响正午时刻，整个心似乎沉醉于歌唱晌午悠闲的激情里，一点也不挂念日常琐碎的事，那就是秋日的一天。

我的心，在悠闲时辰里，你和自己做着什么样的游戏？

记得，一天中午，我坐在铺在地上的漆布上，拿着绘画本作画，绘画艺术不是严酷的实践，它仅仅是内心想作画的游戏而已。最重要的事留在心里，没有画在纸上。那时，慵倦悠闲的秋日晌午的金黄的美酒，穿透厚墙，从上到下，斟满了像酒杯一样的加尔各答那间貌不惊人的小屋。不知为什么，我就在那秋日的天空和光亮里一刻不停地注视着我那时生活的日日夜夜。正如它对于农民是催熟谷物的季节一样，对于我就是诗歌成熟的季节。对于我来说，那是整日充满灿烂阳光的悠闲的秋日，那是毫无原因的欢乐激情充盈我无拘无束的心灵的秋日，那是我无束缚的心随意作画和创作短篇小说的秋日。

我在少年时期的雨季和青春时期的秋季之间发现了一个差别：在雨季的日子里，外界矗立的自然严严密密地包围着我，它以自己五花八门的剧团，光怪陆离的扮相，悦耳动听的乐曲组成的欢乐节日招待我；而在秋季柔和明媚的阳光下的欢乐是人的欢乐，在那里，光和影的游戏抛之九霄云外，人间的喜怒哀乐的激情的声音响遍寰宇，人的凝视在湛蓝的天穹上抹上了一层色彩，人心的愿望将随风飘荡。

现在，我的诗来到人类的门槛上驻足，这里不允许不拘礼节的来往——宫内有宫，室内有室，门后有门。多少次我只能站在道上，瞧一眼窗内灯光就不得不回转。从横笛里吹出的神明的欢悦歌声，从虚无缥缈的宫殿大门灌进我的耳朵。心灵与心灵协调着，意愿与意愿交往着。天晓得，在多少曲折的障碍里有几多来往！生活的激流冲击着这一切障碍，不时激起笑与泪的泡沫，欢舞旋转着，旋涡在它面前不断旋转着，我们无法确定它的流向。

我的《刚与柔集》是站在人类的生活庭院前街上的一支小夜曲。它步入神秘的人流,为取得坐毡而呼唤着!

　　　　这个世界是美好的,我不想死,
　　　　我希望居住在不朽的人类生活里。

　　这是我对宇宙生活的一个渺小生活的自我奉献。

阿输多什·乔杜里

当我第二次赴英离家时,我在船上第一次认识了阿输多什(1881)。他在加尔各答大学获得了文学硕士学位,目前正赴英国谋取律师职位。从加尔各答至马德拉斯的八天航程里,我们俩在船上待在一起。但人们可发现,深交不一定依赖于天数多少而定。他以自己真诚的心在短时间内赢得了我的心,他弥补了我与他从前不相识那段时间的隙缝。

当他从英国回来,我们与他建立了亲戚关系,他成为海敏德拉纳特[①]的女婿。那时他不断陷入律师事务,专心于挣钱的年纪,而且律师委托人的钱袋还没充分打开。那时,他把自己的热情倾注在文学的花园里的蜂蜜事业上。我清楚地发现,他那种对文学事业的热情完全融入他的天性中。文学之风在他内心劲吹着,在那股文学清风里绝没有图书馆里的摩洛哥山羊皮的发霉气味,只有海边不知晓树荫里的奇花异草的芳香。交谈时,我们仿佛步入遥远的林子,享受着春日的欢乐。

他对法国诗歌情有独钟。我那时正在创作《刚与柔集》诗作,在我诗篇里掺和着某些法国诗人的情感。他觉得,《刚与柔集》诗作里的种种形式显示着"人类生活的奇异情味游戏专注地吸引着诗人的心灵"和"为进入这个生活和从各个方面全面地汲取它的一个未能实现的愿望,是这些诗作的基调"。

阿输多什说:"我一定尽最大努力,安排出版你的这些诗歌。"这样,出版的重任落在他的肩上。他把"这个世界是美丽的"第十四首诗放在诗集的首位,他认为,"这诗篇里有着整个诗集的基调"。

---

① 海敏德拉纳特:罗宾德拉纳特·泰戈尔的三哥。

在孩童年代，我被囚禁在家园里，我渴望的目光透过内院屋顶围墙的缝隙，注视着外面的五光十色的世界，我打开了自己的眼界，敞开了自己的心胸。青春开始的日子，人类生活强烈地吸引着我。然而，我没有投入其中，只在外面的一个路边，站着观望。驶往彼岸的帆船，仿佛升帆冲上浪尖飞渡着，我的心却留在岸边，我仿佛用手暗示叫唤船夫。那时生命渴望，走出户外进行生活旅程。

刚与柔

　　如果说独特的孤立的社会环境成为我进入人间生活海洋的障碍，这是不真实的；说我具有认识那些生活在社会激流里的同胞的心灵的强烈情感，也没有任何鲜明的证明。四周生活既有岸堤又有埠头，古老森林的阴森黑影笼罩在黑水上，而隐藏在深树密林里的夜莺却用古老的优美曲调婉转低鸣着。然而这里是一座被封闭的水池，水的源头在何方？哪儿有连天涌波，大海汹涌澎湃的洪水何时冲到这里？

　　人类自由生活的激流在什么地方穿过岩石，带着胜利的咆哮声的滚滚浪涛，运用自己整个力量汇入大海旅行？它的激流的咆哮声穿过我那巷子对面的居民社区，飘入我的耳朵没有？哪儿有生活的欢乐，我那颗孤独的心就为谋取那儿的强烈的喜怒哀乐的情感的邀请而乞求着。

　　浑浑噩噩的人在中午更是慵倦，昏昏欲睡，那里的人的生活由于丧失了对自己的全面认识，一种无比的沮丧包围着他们。我长期以来为摆脱这种沮丧而承受着痛苦的煎熬。那时有多少缺乏民族意识的政治集团和多少宣传运动，对祖国毫无认识和回避服务的那些所谓对祖国赤诚的兴奋剂，无孔不入地进入那时的教育领域，我的心无论如何不能支持它们。我自己和周围的一种无比不安和不满的情绪使我激动不安，我的心说："我倒希望成为阿拉伯的贝都因人，总比现在的处境更好！"

　　　　杜尔迦降临，倾国欢乐，
　　　　你看，行乞的少女伫立在富人家的门口。

这就是我自己的写照。哪个社会有无比自由的生活的欢乐，那里就有欢庆乐器的吹奏，那里的喧闹就不会停止。我们仅仅站在外面的庭院里，以贪婪的目光窥探着。我们什么时候能打扮自己，也加入他们的行列里呢？

在哪个国家，一切都是分裂的，都囿于小小的界限内，那么"在自己的生活里，那种要认识人类巨大生活里的千姿百态形式的不安愿望"肯定无法兑现。

正如我童年时代坐在仆人用粉笔画的圆圈内，渴望同窗外的自由的大自然进行令人心醉的游戏一样，在青年时期我那孤寂的心怀着痛楚的心情乞求人类的巨大的心灵世界，那个心灵世界是多么珍贵，多么难以接近，多么遥远！但是如果心灵不能和它结合，如果风不从那儿吹来，泉水不从那儿流来，旅人坚固的交通工具不自由运转，那么那一切陈旧破落的东西将阻碍崭新的道路的伸展，那时任何人也无法清除死亡堆积起来的废墟，堆积如山的废墟将窒息压在自己底下的一切生命。

在雨季的日子里只有乌云密布和如注雨水；在秋季有光和影的游戏，但它不遮住苍穹，只催熟庄稼。这样，当雨季的日子蛰居在我诗歌世界里，只滋生幻想的气流、气泡和水滴，那时只有不规则的韵律和不清晰的语言。但在秋天时刻写的《刚与柔集》里，不仅有天空的五彩缤纷的云彩，还有大地的五谷丰登。

现在，在与现实世界交往的活动里，韵律和语言正努力掌握千姿百态的形式。

在这里，生活的一个阶段告终了。家庭与世界，内心与外界，联系与交往的日子越来越亲近我的生活。从现在起，生活旅途的激流将穿越河川、陆地、世界内部，进入善与恶、苦与乐的旋涡里，它不能像图画一样供人愉快地欣赏。这里将发生多少破坏与兴建，分裂与组合，失败与胜利，不和与一致！

我生命之神将战胜一切障碍、敌视和曲折，朝着发展内在最深意义的方向前进，但我没有力量揭示那内在的神秘意义。如果无法揭示那令人惊奇的神秘性，那么我不论想表示什么，无非每步都误入歧途。倘若对任何偶像进行分析，得到的只能是尘土，从中不会获得艺匠的欢愉。因此，现在我来到自己内殿门前，告别了自己的读者。

孟加拉风光

冰心　译

序

　　这本集子里所译出的书信,概括了我文学生活中最丰产的时期,那时候,全靠一种好运气,我正年轻而未成名。

　　青春是精力充沛的,又有充裕的闲暇,我觉得写私信和写公函比,是一个快乐的需要。这是文学形式中的一种奢侈品,只有在思想感情有了积累之后,才写得出来。别种的文学形式是属于作者的,而且发表出来,也只为自己得到好处;写给私人的信就有慨然舍弃的特点。

　　恰巧在许多年之后,从这些大批书信中选出来的几十封,又辗转地回到我的手里。它正确地推测到那些日子的回忆会使我愉快,就是在微贱的荫蔽之下,我享受过生命中最大的自由。

　　因为这些书信,是和我发表过的相当多的作品同时写的,我想这平行的路线,会扩大读者对于我的诗歌的了解,正如同道路因为重走一次而加宽了一样。因此我为我的同胞编选发表了这本集子。希望这些书信里对于孟加拉乡村景物的描写,对英国的读者也会引起兴趣,这些选品中的一部分的翻译,是托给了一位,在许多我认识的人中,最能胜任愉快的。

罗宾德拉纳特·泰戈尔
一九二〇年六月二十日

班都拉，海边

一八八五年十月

无遮的海不断地涌起，又化成苍白的泡沫，它使我联想到一个被捆住的恶魔在锁链上挣扎，我们在它巨颚前面的岸上，盖起房子，看着它挥甩着尾巴，多大的力气啊，那波浪就像巨人的肌肉一般地凸涨起来！

从创世之初，在地和水中间就存在着争执：干燥的地慢慢地默默地增加着它的领域，而且为它的子女开拓越来越宽的面积；海洋步步退却，起伏着呜咽着在绝望里搥着胸膛。要记住，海洋从前曾是唯我独尊的暴君，绝对地自由。地从它肚子里升起，篡夺了它的王位。从那时起，这个愤怒的老东西，以苍白的波浪，不住地哀嚎，就像李耳王暴露在狂风暴雨里似的。

一八八七年七月

我已经二十七岁了，只有这件事不住地在我心中激荡——仿佛最近都没有发生过其他的事情似的。

但是活到了二十七岁——在一个人的前进中度过了全盛的二十年代，走向三十年代，这是一件小事吗？三十岁——这就是说成熟了——人们对这么大年纪的人，是期望果实而不期望嫩叶的。但是，可怜得很，果实的指望在哪里呢？在我摇着脑袋的时候，我的头脑还只感到满溢的浓郁的浅薄，而没有丝毫哲理的痕迹。

人们开始抱怨："我们对你所期望的东西在哪里呢？——只因有那个希望，我们才喜爱那幼芽的嫩绿。难道我们对你的不成熟将永远忍受吗？这正是我们要晓得可以从你身上得到些什么的时候。我们要得到油量的估计数字，就是那蒙起眼睛的，转磨的，公正的批评家能够从你身上榨取的。

把这些人哄得渴望地等待着已经不再可能了。在我岁数不到的时候，他们放心地相信我；我在三十岁的边缘上，还使他们失望，是件伤心的事情。但是我该怎么办呢？智慧的言语就是说不出来！我在供给可使大家受益的东西上是完全无能为力的。除了一两首诗歌，几句闲话，一些轻松的笑谈以外，我一直不能写出什么更好的，结果呢，那些对我抱着很高的希望的人将对我发怒；但是从未曾有过人要求他们培养这些期望吗？

这就是袭击着我的一些思想，自从我在一个美好的维沙克月的早晨，在清新的微风与阳光、新茁的花儿和叶子中间醒起的时候，发现我已经跨进二十七岁了。

西来达

一八八八年

我们的船屋在离市较远的沙岸边停泊了下来。一片浩瀚铺开的沙,一直伸展到眼界以外的四边。到处都看到一条条的斑纹,仿佛有水经过似的,但是像水一样发光的也还是沙。

没有一座村庄,没有一个人,没有一棵树,没有一根草——只有几处露出地下泥土的、潮湿黝黑的裂缝,来打破这单调的灿白。

往东望,上面是无边的蓝,下面是无边的白。天上空虚,地上也空虚——下面的空虚是僵硬而荒凉的,上面的空虚是穹形而轻清的——我们几乎哪儿也找不出这样的一幅绝顶荒凉的图画。

但是转向西望,那边有水,一湾止水的河,两边是高高的河岸,上面伸展着乡村的树林,有些村舍从林中外窥——在夜色中一切都像一个魅人的幻梦。我说"夜色",因为我们是在夜晚出去散步的,所以这个光景就印刻在我的心上了。

沙乍浦

一八九〇年

那个县官正坐在他帐篷的凉台上，对在树荫下等候听审的群众进行审判。他们把我的轿子抬到他鼻子前放下，这个年轻的英国人很客气地接待我。他的发色很淡，中间杂着几绺深色的。胡须是刚开始长出。若不因为他那副非常年轻的面孔，人家也许会把他当作一个白发老人。我请他来吃饭，但是，他说他要到一个地方去安排一个猎野猪的宴会。

我回到家的时候，大堆的黑云涌上来了，随着就是一阵极其狂暴的倾盆大雨。我不能看书，也不可能写字，在一种莫名其妙的情绪之下，我从这屋跑到那屋。这时已经很黑了，雷声仍在隆隆地响，电光也不停地闪着，不时还有一阵阵的突来的风，掐住那棵大荔枝树的脖子，使劲地摇撼它蓬松的树梢。房前的洼地立刻就积满了水，在我走来走去的时候，我忽然想到我应当让那个县官到我家里来避避雨。

我送去一封请帖；在检查以后，我发现那间唯一可用的屋子里堆塞着一张挂在梁上的厚板的木台，堆满了污旧的铺盖和枕头。仆人们的东西，一张极其污秽的席子，几把水烟袋，烟叶，火绒，和两副木制的棋子，都乱七八糟地丢在地上，此外还有各种各样的箱子，里面装满了无用的零零碎碎的东西，比如说一个长了锈的壶盖，一个没有底的铁炉，一把褪了色的旧镍茶壶，一只汤盆满盛着尘污的糖浆。屋角有一个洗碗盆，墙头钉子上挂着潮湿的擦碗布，还有厨师的围裙和小帽。仅有的一件家具就是一张摇晃的梳妆台，上面沤满了水迹，油迹，牛奶迹，黑的、黄的和白的，以及各种各色的痕迹。梳妆台上的镜子，倚在对面墙边，它的抽屉里盛满了零碎物件，从肮脏的餐巾以至开瓶子的钢丝和尘土。

我昏乱地愣了一会；然后就是——把管家叫来，把管仓库的叫来，召集所有的仆人，另外又找了些人，打水，把梯子放上，绳子解开，把木台拉下来，铺盖挪走，把碎玻璃片一一捡起，把钉子一个一个地从墙上拔了下来——灯架掉下来了，碎片撒得满地；又一片一片地捡起，我自己把那领脏席子从地上掀起丢到窗外去，把吃掉我的面包，我的糖浆，我鞋上的鞋油的一窝蟑螂惊散了。

县官的回信来了，他的帐篷的情况非常糟糕，他即刻就会来。快点！快点！当时就听见喊："大人到了。"匆忙慌乱之中，我拍掉我须发和身上的尘土，等到我到客厅里去接待他的时候，我竭力使我显得雍容尔雅，就像我一下午都在安闲地休息着似的。

表面上我沉着地和县官握手如仪，但是心里还不时地为他的住处发愁。等到我必须领着客人进到他卧室的时候，我觉得那屋子还过得去，如果那无家可归的蟑螂，不去抓挠他的脚的话，他也许可以得到一夜的休息。

卡利格雷

一八九一年

我感到懒洋洋地舒适，喜滋滋地轻松。

这是这地方的笼罩一切的主要情调。这里有一条河，但是谈不到流动，在它的浮草的小被窝里盖得严严地舒服地躺着，它仿佛在想——"既然可以清静无为地过日子，我又何必自己吵醒自己呢？"因此那两岸的茅草，除了渔人来张网的时候，简直没有受过惊扰。

四五条大号的船，彼此挨靠着，泊在近旁。在一条船的舱面上，一个渔夫拿被单从头到脚裹上，睡着了。另一条船上，那个船夫——也在晒太阳——悠闲地在搓着麻索。在第三条船的下甲板上，一个显得苍老的赤裸的家伙倚在桨上，茫然地注视着我们的船。

岸上还有些各式各样的人。但是没有人能说出他们为什么踱着最迂缓的步子，悠闲地来来往往，或是抱着膝头久久地坐着，或是瞪目直视，并没有认真地看着什么。

唯一的活跃的现象，只能从鸭群里看出，它们杂乱地叫噪着，一个劲儿地把头扎进水里，又伸了出来把水甩掉，它们仿佛不停地在探测水底的秘密，每次都得摇着头报告说："那里什么也没有！那里什么也没有！"

在这里，日子把十二小时在太阳底下昏睡掉，此外的十二小时，就在黑暗的披巾之内沉默地睡去。在这种地方，你唯一想做的事情就是对着风景左看右看，把你的思想来回地摇荡，哼一会子的曲调，再梦想地点一会子的头，就像一个母亲在冬天的正午，背朝着太阳，摇着哼着把她的婴儿哄睡了似的。

昨天，在我接见我的佃户的时候，五六个男孩子出现了，正正经经地排成一行站在我面前。我还没来得及问话，他们的发言人就用最精构的语言，开始说："先生，神明的恩惠和您的愚昧的孩子们的幸运，使阁下再度光临贱地。"他这样滔滔不断地说了几乎有半个钟头，在某些地方他把讲词记错了，就停住，抬头看天，自己改正过来，再接着往下说。我推测是他们学校里缺少椅凳。"因为没有这些木制的座位，"他这样说，"我们不知道我们可以坐在哪里，我们尊敬的老师们坐在哪里，当我们最高贵的观察员来访的时候，我们可以请他坐在哪里。"

我简直忍不住发笑，从这么一个小人儿的嘴里，倾泻出这么文雅的滔滔不绝的辩才，在这个地方特别显得不相称，在这里，农民们用最直截了当的方言提出他们迫切的重大需要，连那不太平常的字眼都会不幸地被误用了。但是那几个书记和农民们似乎都得到很深的印象，同时也很妒羡，仿佛慨叹他们父母所没有的东西，都赋予了孩子，使他们能够用这么美妙的方法，向柴门达尔请求。

在这位少年演说家还没说完的时候，我就把他打住了，我答应处理他们所必需的椅凳。他昂然地让我说完话，然后又接上他所没有讲完的讲词，一直说到底，才深深地向我鞠了躬，带着他的集团整队走了。我想，即或我拒绝给他们椅凳的话，他也许并不介意，但在他用心背熟了他的讲词之后，若夺去他词里的任何一段，他会非常反感的。因此，虽然有更重要的事务等待处理，我也一定要听他讲完。

沙乍浦附近

一八九一年一月

我们离开了那条缓慢得像临死的人的血液循环一样的卡利格雷小河,下驶到急流的河里,它流向那地和水茫茫一片的地方,如同孩提的弟兄姐妹一样,河和岸没有不同的打扮。

这条河没有了泥糊糊的被套,流水四溢,最后伸延成为湖泽,这边一块草地,那边一汪清水,这使我联想到当地球年纪还轻,大地刚从无边的水里伸出头来,固体和流质的界限还没有分清的时候。

在我们泊船的周围,竖立着渔夫的竹竿,鸢鸟在上面盘旋着想从网里抓鱼。文鸟立在水边的泥地上,道人似的在沉思。各种的水鸟很多。一片片杂草飘在水面,不须耕耘①的稻田从润湿的泥地上到处升起,蚊子在止水上成群地飞翔……

今早黎明我们又起航了,经过卡齐卡答,湖泽的水在六七码宽的弯曲的水道上,找到了出路,从这里穿过后,它就迅速地涌流。要把我们这条不容易驾驶的船屋穿走过去,真是一种冒险。河水以闪电的速度向前奔流,船夫们紧张地以桨代竿,提防船屋撞在岸上。这样我们又驶到大河里来了。

天空里一直堆着浓云,湿风吹着,不时地下几阵雨。船夫们都冷得发抖。在这冷天,这种潮湿阴暗的日子,是非常不好过的,我度过了一个黯淡无趣的早晨。下午两点太阳出来了,从那时起就愉快得很。现在河岸很高,被安静的树林和民居覆盖着,很幽静又充满了美。

---

① 在河道肥沃的淤泥里,只需撒下稻种,秋熟时再去收割,不必再做别的。

这条河弯来弯去，一条孟加拉最中心的内院的无名的小溪，不懒惰也不声张，大大方方地把她爱情的财富给予了两岸，她絮说着平凡的欢乐和忧愁，絮说着来汲过水而又坐在她的旁边，用湿巾仔细地把自己身体擦得发光的村姑们的家长里短。

今晚我们把船泊在僻静的河湾。天空明净。明月正圆，看不见一只别的船。月亮在浪花上闪烁。两岸沉寂。远村躺在森林的怀中舒服地睡着了。尖脆的不断的蝉鸣是唯一的声响。

沙乍浦

一八九一年二月

在我的窗前，河的彼岸，有一群吉卜赛人在那里安家，支起了上面盖着竹席和布片的竹架子。这种的结构只有三所，矮得在里面站不起来。他们生活在空旷中，只在夜里才爬进这隐蔽所去，拥挤着睡在一起。

吉卜赛人的生活方式就是这样，哪里都没有家，没有收租的房东，带着孩子和猪和一两只狗到处流浪；警察们总以提防的目光跟着他们。

我常常注意着靠近我们的这一家人，在做些什么。他们生得很黑，但是很好看。身躯健美，像西北农民一样。他们的妇女很丰满；那自如随便的动作和自然独立的气派，在我看来很像黧黑的英国妇女。

那个男人刚把饭锅放在炉火上，现在正在劈竹编筐。那个女人先把一面镜子举到面前，然后用湿手巾再三地仔细地擦着脸；又把她上衣的褶子整理妥帖，干干净净的，走到男人身边坐下，不时地帮他干活。

他们真是土地的儿女，出生在土地上的某一个地方，在任何地方的路边长大，在随便什么地方死去。日夜在辽阔的天空之下，开朗的空气之中，在光光的土地上，他们过着一种独特的生活；他们劳动，恋爱，生儿育女和处理家务。

每一件事都在土地上进行。

他们一刻也不闲着，总在做些什么。一个女人，她自己的事做完了，就扑通地坐在另一个女人的身后，解开她的发髻，替她梳理；一面也许就谈着这三个竹篷人家的家事,从远处我不能确定,但是我大胆地这样猜想着。

今天早晨一个很大的骚乱侵进了这块吉卜赛人宁静的住地里。差不多八点半或是九点钟的时候,他们正在竹顶上摊开那当作床铺用的破烂被窝和各种各样的毯子,为的晒晒太阳见见风。母猪领着猪崽,一堆儿地躺在湿地里,望去就像一堆泥土。它们被这家的两只狗赶了出来,咬它们,让它们出去寻找早餐。经过一个冷夜之后,正在享受阳光的这群猪,被惊吵起来就哇哇地叫出它们的厌烦。我正在写着信,又不时心不在焉地往外看,这场吵闹就在此时开始。

我站起走到窗前,发现一大群人围住这吉卜赛人的住处。一个很神气的人物,在挥舞着棍子,信口骂出最难听的话语。吉卜赛的头人,惊惶失措地正在竭力解释些什么。我推测是当地出了些可疑的事件,使得警官到此查问。

那个女人直到那时仍旧坐着,忙着刮那劈开的竹条,那种镇静的样子,就像是周围只有她一个人,没有任何吵闹发生似的。然而,她突然跳着站起,向警官冲去,在他面前使劲地挥舞着手臂,用尖粗的声音责骂他。霎时间,警官的三分之一的激动消失了,他想提出一两句温和的抗议也没有机会,因此他垂头丧气地走了,就像完全变了一个人似的。

等他退到一个安全的距离以后,他回过头来喊:"我只要说,你们全得从这儿搬走!"

我以为我对面的邻居会即刻卷起席篷,带着包袱、猪和孩子一齐走掉。但是至少还没有一点动静,他们还在若无其事地劈竹子,做饭或者梳妆。

邮政局就在我们产业事务所的一角——这是很方便的,因为信件一来我们就可拿到。有些晚上,那位邮政局长就上来和我闲谈。我很喜欢听他聊天,他以最严肃的态度谈着最不可能发生的事情。

昨天他告诉我,这地方的人是怎样地尊敬那条神圣的恒河。若是他们的亲属死去了,他说,他们没有力量把骨灰送到恒河里去的话,他们就从火葬场捡起一块骨头磨成灰收着。等到他们遇到一个在某时曾喝过恒河的水的人,他们就把骨灰藏在蒟酱里请他吃,这样他们就满意地想象着他们亲属遗体的一部分,已经和洗涤罪污的圣水接触过了。

我微笑着说:"这一定是个虚构的故事。"

他沉默地深思了好久,才承认说:"对了,这也许是。"

途中

一八九一年二月

我们已经走过几条大河,正在转进一条小河。

村妇们站在水里,洗浴或者洗衣服,有几个妇女,围着湿淋淋的纱丽,拉起面纱把脸严严地遮住,把装满了的水罐抱在左边腰际,右臂自由地摆动着走回家去。孩子们,全身涂满河泥,喧闹地互相泼着水玩。同时有一个孩子喊着一支歌,也不管调子对不对。

在高岸上,村舍的屋顶和竹林的树梢隐约可见。天开了,太阳照耀着。残云流连在天边,像棉花的绒毛。风也暖和些了。

这小河上没有多少船只;只有几条小艇载着枯枝,悠闲地在疲倦的沙沙桨声中移动着。在河边竹竿之间晒着渔网。今天一天的工作,似乎都已经完毕了。

居哈里

一八九一年六月

当浓云从西边涌起的时候,我已经在舱面上坐了有十五分钟了。浓云涌起,乌黑,翻腾,碎裂的,一条条阴惨的光从这儿那儿的空隙里穿透过来。小船都连忙躲进支流里去,把锚安全地抛在河岸上。农人把割下的稻束顶在头上,急忙回家;母牛跟在后头,小牛跳跃着摇着尾巴,又跟在它们的后面。

这时来了一声怒吼。被撕裂的云片从西方急急奔来,像传达噩耗的、气喘吁吁的使者。最后,雷电风雨一齐来到,表演着一段疯僧的舞蹈。竹林似乎在叫号,当狂风用它一会儿往东一会儿往西来回扫地的时候。高出一切声响之上,风暴呼呼地像一支粗大的驯蛇的笛子,千万条波浪像戴着头罩的蛇随着曲调摇曳。雷不停地轰击,仿佛整个世界都在乌云后面被捶得粉碎似的。

把下颔靠在一扇洞开的背着风的窗边,我让我的思想参加这场可怕的狂欢;我的思想跳到广漠里去,像一群忽然放了学的孩子。但是等到我完全被雨点溅湿了之后,我只好把窗户和我的诗意一齐关上,像被关进笼里的鸟儿似的,静默地退到黑暗里去。

沙乍浦

一八九一年六月

从泊舟的河岸上,有一种气息从草中升起,地上的热气喘息似的传来,真切地接触到我的身躯。我感到温暖而有生气的大地在我上面呼吸,而且她也一定会感到我的呼吸。

稻苗在微风中摇曳,鸭子轮流着把头钻进水里,又梳理着它们的羽毛,除了那搭板,当它来回地在流水中轻轻摇荡的时候,摩擦着船旁发出的微弱、可怜的叽嘎声音以外,没有其他声响。

不远的地方有一个渡头,一群穿着杂色衣服的人,聚集在榕树底下等待渡船回家;渡船一到,他们就急忙地一拥而上。我喜欢观看这个,看上几个钟头。今天是对岸村庄的一个集日,所以渡船就这样地忙碌,有的人扛着几捆稻草,有的人提着篮儿,有的人背着口袋;有的人到集上去,也有人从集上回来。这样,在寂静的中午,活动的人流慢慢地在两村之间过渡。

我坐着想:为什么在我们国家的田野上,河岸上,天空中和阳光里,都笼罩着这种深沉的忧郁的色调?我得到结论说,对于我们,自然而然地是更重要的东西。天空自由,田野无边;阳光把它们融成光明的一片。在这中间,人类显得那么渺小。他来了又去了,像渡船一样,从此岸渡到对岸;他说话的絮絮叨叨的声音,他的歌声的隐约的回响,被听到了;他在追求自己的微小愿望时候的轻微的活动,也在世界的市集上被看到了;但在宇宙的广大崇高之中显得多么微弱,多么短暂,多么可悲地无意义啊!

当我凝注着那条朦胧遥远的、点缀在对岸田野上树林的青线的时候,把美丽、辽阔、纯粹的安宁的自然——稳静、无为、沉默、深不可测——和我们自己的日常的忧虑——卑微、满心烦恼、争名夺利对比起来,使我几乎发狂了。

当自然隐藏起来,退缩在云、雪和黑暗之下,人就觉得他自己是个主人翁;他认为他的愿望,他的事业,是永久的;他要使这些永垂不朽,他瞩望子孙后代,他修建纪念碑,他写传记,他甚至于替死人竖立墓碑。他忙得没有时间去想有多少纪念碑都倒塌了,多少名字都被忘却了!

有一根粗大的桅杆躺在河岸上,几个赤裸的村童,在长久的商议之后,决定,如果一面推滚这根桅杆,一面大家应和着吆喝呼喊,那就是一种新鲜的使人满足的游戏。这决定立刻就配合着"好哟,弟兄们,大家来啊!嗨嗨哟!"行动起来了。桅杆的每一次滚转,都引起一场鼓噪和哄笑。

这群里有一个女孩子,她的态度与众不同。她和男孩在一起玩只为的是寻求伴侣,但她对这个吵闹费劲的游戏显然是看不上眼。最后她爬到桅杆上,一语不发,从容地坐了下去。

这么好玩的游戏,这么突然地就停止了!有的孩子仿佛无可奈何地让步了;他们退到稍远的地方去,绷着脸瞪着那个冷淡严肃的女孩。有一个孩子似乎想把她推下去,这也没有惊动这女孩的满不在乎的悠闲的姿势,那个最大的孩子走到她跟前去,指出一个同样可以休息的地方;对这个她也使劲地摇头,把双手放在膝上,更稳定地坐在她的座位上,最后他们只有倚靠体力来辩论,而这辩论完全成功了。

快乐的喊叫又响彻云霄,那桅杆滚动得那么好玩,连那个女孩也放下她自傲和庄严的矜持,勉强来参加这个无意义的热闹。但是我们一直可以看出,她的确认为男孩子们从不懂得怎样好好地游戏,而且总是那么孩子气!如果她手里有一个普通的、系着大黑蝴蝶结的黄泥娃娃的话,她还肯这样屈尊地来参加这些傻孩子的无聊的游戏吗?

忽然间,男孩子们又想到一个很妙的消遣方法。两个孩子把第三个孩子的手脚提起来,来回地甩。这个游戏一定极其好玩,因为他们对它都热心起来,只有那女孩子觉得实在受不了了,她鄙夷地离开了游戏场,一径回家去了。

这时,事故发生了。那个被甩的孩子摔下来了。他生气地离开了大家,走去躺在草地上,双臂交叉着放在头下,表示从今以后他和这个不好的冷酷的世界不发生任何联系了,他只要永远自己躺在一边,双臂枕在头下,数着天上的星星,观看云彩的游戏。

最大的男孩,看不过这种过早的遁世态度,跑到这个烦恼的人的身边,把他的头放在自己的膝上,赔错地哄着他:"来吧,我的小弟弟!请起来吧,小弟弟!我们把你摔痛了吗,小弟弟?"不一会儿,我发现他们像两只小狗似的,彼此对揪着手又抽开手!不到两分钟的工夫,这小家伙又被人甩起来了。

昨夜我做了一个最奇怪的梦。整个加尔各答仿佛都包封在可怕的神秘之中,一切房屋只能在浓密的阴雾里隐约看出,在这块雾纱之后,有些奇怪的事情在发生。

我坐着马车在公园路走,走过谢浮尔学院的时候,我发现它在浓雾包围之中,迅速变大,而且很快就变得不可思议的高。那时候我似乎知道有一帮魔术家来到加尔各答,如果给他们报酬,就可以做出许多这样的奇迹。

当我到达我们周拉辛科楼的时候,我发现那些魔术家也来到了。他们长得很难看。蒙古种的类型,留着稀疏的上须,颏下撅着几根长胡子。他们能使人变大。有几个女孩子想要长高一些,魔术家就在她们头上撒了些粉,她们立刻就抽得很高。对每一个我所遇见的人,就都不住地重复说道:"这真是太奇怪了——就像一个梦!"

当时有些人提议说,我们的房子也应该让它长大。魔术家同意了,为做准备工作,先要拆下房子的某些部分。拆卸完了,他们要钱,否则他们就不再干下去,那位会计坚决拒绝。在完工之前怎能付款呢?魔术家们为此大发雷霆,他们把房子扭弄得可怕之极,人和砖石都混在一起，人身都在墙里，墙外只看到脑袋和肩膀。

这简直是彻头彻尾的魔鬼玩意儿，我告诉我的大哥。"你看，"我说，"简直就是这么回事。我们不如恳求上帝来帮助我们吧！"但是不管我用尽多大力气，以上帝的名义来咒逐他们，我的心却仿佛破裂了，话也说不出来。这时我醒了。

这不是一个奇怪的梦吗？加尔各答在魔鬼的手里，而且恶魔似的在肮脏的云雾的黑暗中生长着！

当地的教师们昨天来拜访我。

他们一直待了下去，同时我想尽办法也找不出一句话来谈。每五分钟我勉强问一个问题，对这些问题，他们用最简短的话来回答；以后我就茫然坐着，玩弄着笔，抓挠着头。

最后我鼓起勇气问到庄稼的事情，但是他们是教师，对于庄稼是一无所知。

关于他们的学生，我已经把我所能想到的问题都问过了，我又只好重新再问：学校里有多少学生呢？一位说是八十个，另一位说是一百七十五个。我希望这问题会引起一场争论，但是没有，他们妥协了。

为什么在一个半钟头之后，他们会想起告辞，我也说不上来。他们大可以在一个钟头以前，用同样的理由来告别，或者，在十二个钟头之后才这样做！这决定显然是经验主义的，绝对没有什么方法。

一八九一年七月

码头上还有一只船，在它前面的河岸上，有一群农村妇女，有的显然是要上路，有的是来送行，婴孩，面纱和白发都在这集会里混杂着。

一个女孩特别引起我的注意。她总有十一二岁了；但她丰满而健硕，人会把她看成十四五岁。她有一副动人的面庞——很黑，但是很美。她的头发像男孩一样，剪得很短，非常适合于她的单纯、坦率而机敏的表情。她怀里抱着一个婴孩,以满不在乎的好奇的样子注视着我,在她的眼光里决不缺少直爽和聪明。她的半女半男的样子特别动人——一种传奇式的男性的潇洒加上女性的妩媚。我从没想到在孟加拉的农村妇女中,会有这种的类型。

这一家人显然都不拘小节。其中的一个,在阳光下打开发髻,用指头来梳理,同时用最高的声音同船上的另一个妇女谈着家务。我猜想她除了一个女孩之外,再没有儿女,这女孩是一个既不懂礼貌又不会说话,连家人外人都分不清的傻东西。我还听说哥帕的女婿竟是一个没出息的人,因此她的女儿不肯到她的婆家去。

起程的时间终于来到了,她们把我的那个剪短头发的,有着一双丰润好看的手臂的,戴着金镯的,有着老实的发光的脸的姑娘,送上船去。我可以猜测她是从娘家回婆家去。她们都站在那里,目送那只船开走,一两个妇女用垂拂的纱丽的一端擦着眼睛。一个头发紧紧结成一团的小女孩,搂住一个年纪较大的妇女的脖子,在她肩上悄悄地哭着。她也许失去了一个"宝贝姐姐"①,这个姐姐会和她一块玩着娃娃,而在她淘气的时候也会打她。

这只船在水上的悄然掠过,仿佛给痛苦添上一段离愁——像死亡一样——行人远到看不见了,留下的人,擦着眼泪,回到他们的日常生活中去。不错,痛苦只有一会儿,在走的人和留的人的心中也许痛苦都已经消逝了——痛苦是暂时的,遗忘是永久的,但是真实的仍是痛苦而不是遗忘;而且在生离死别之顷,我们时常体会到这是多么痛切的真实。

---

① 一个大姐姐常被叫作"宝贝姐姐"。

到喀达克去的船上

一八九一年八月

我把皮包忘下了,我的衣服是一天比一天更加不可容忍地难看了——这念头不断地涌上心来,和我的适当的自尊心难以相容。有了这皮包,我可以昂首阔步地面向着世人;没有这皮包,我就不得不躲在角落里,避开大家的眼光。我晚上穿着这身衣服上床,早上又穿着这身衣服出来,再加上这船上满是煤烟,白天的难以忍受的热气,弄得人身上总是讨厌的潮湿。

除此以外,我在船上已经有些时候了。我的旅伴什么样的人都有。有一位阿勾里先生,在提到有生或无生的东西的时候,除了人身攻击以外,就说不出别的。另外有一位,音乐爱好者,坚持着试把"巴拉卜"①乐章的变奏曲放在深夜演奏。这使我深信他的演奏不只在一方面上是不合时宜的。

这只汽船从昨晚起在这条河的一道浅沟里搁浅了,现在是早晨九点多钟。我在拥挤的舱面的一个角落里过夜,简直和死去差不多。昨夜,我让船上的侍者给我煎几个油炸薄饼来做晚餐,而他拿来了几片形容不出的炸面包,也没有配合的蔬菜。在我惊愕的表情之下,他表示十分歉疚,而且主动地要立刻去给我弄点杂烩。但是夜已经很深了,我拒绝了他的提议,勉强地把这东西干咽了几口。这时,所有的灯都亮起来了,舱面上挤满了旅客,我就躺下睡觉了。

蚊子在头上嗡嗡着,蟑螂到处乱窜。有一个睡伴在我脚下横躺着,

---

① 印度古曲音乐中一种形式,适合于破晓演奏。

我的脚底不时碰到他身上。四五个鼻子在打鼾。几个让蚊子搅得睡不着的可怜人，抽起水烟来自寻安慰；在这些声音之上，又升起了那"巴拉卜"的变奏曲！最后，清晓三点钟，有些性急好事的人，互相大声地催促起身。在绝望里我也离开床位，坐到我的舱面椅子上，去等天明。这样度过那五花八门的噩梦的一夜。

一个水手告诉我说，这汽轮陷得很深，也许要一整天的工夫才能把它弄出来。我问另一个水手，是否还有别只开往加尔各答的轮船走过，得到的是一个微笑地回答，说这是这条航线唯一的船只，若是我愿意的话，等到达喀达克以后，我还可以坐原船回去！亏得运气还好，在大家竭力推拽之下，到了十点钟，就把它弄漂了起来。

提朗

一八九一年九月七日

  巴利亚码头和排列两旁的壮大的树木，构成一幅很美的图画，大体说来，这运河总使我联想到浦那的那条小河。细想一遍以后，我确信如果这运河真是一条河的话，我会更喜爱它的。

  椰子树和杧果树还有其他成荫的树，排列在两边河岸上，岸上铺着美丽的青草，渐渐地倾斜到水边去，上面还密布着正在开花的含羞草。到处有螺旋松林，从树林边缘的空隙里，可以瞥见到无边的田野，远远地伸延出去，雨后田里的庄稼，是那样绒一般的柔软，人的眼光仿佛能透入它的深处。然后又是椰子和枣椰丛林下面的小村，安稳地躺在低垂的秋云的凉润的阴中。

  这条运河的缓缓的流水，穿过田野和村庄，在整洁的草岸中间，温柔地回绕着，窄窄的水面两边，镶上睡莲和水草夹杂的花边。但是我总是歉然地在想，无论如何它只不过是一条人工的河道。

  它的潺潺的流声，并不曾达到原始的时间。它不通晓那些遥远难登的山窟的神秘。它没有流过多少世纪，没有荣获过旧世的芳名，没有用它的乳汁哺育过两岸。甚至一个古老的人工湖，也取得比它更大的气魄。

  但是，一百年以后，它两岸的树长得更壮大了，它的崭新的里程碑受了风雨的剥落，长满了青苔而显得柔美了；闸门上刻的一八七一年字样，推回到可尊敬的古远时期；那时候，如果我再托生为我自己的曾孙，再来运河视察喀达克河边地产的时候，我对它的感想就会不同了。

西来达

一八九一年十月

　　一只又一只的船到达这个码头，过了一年的做客生涯，从遥远的工作地点回家来过节日，他们的箱子、篮子和包袱里装满了礼物。我注意到有一个人，他在船靠岸的时候，换上一条整齐地叠好的绉麻拖地，在布衣上面套上一件中国丝绸的外衣，整理好他颈上的仔细围好的领巾，高撑着伞，走向村里去。

　　潺潺的波浪流经稻地。杧果和枣椰的树梢耸入天空，树外的天边是毛茸茸的云彩。棕榈的叶梢在微风中摇曳。沙岸上的芦苇正要开花。这一切都是悦目爽心的画面。

　　刚回到家的人的心情，在企望着他的家人的热切的期待，这秋日的天空，这个世界，这温煦的晓风，以及树梢、枝头和河上的微波时普遍地反应的颤动，一起用说不出来的哀乐，来感动这个从船窗里向外凝望的青年人。

　　从路旁窗子里所接受到的一瞥的世界，带来了新的愿望，或者毋宁说是，旧的愿望改了新的形式。前天，当我坐在船窗前面的时候，一只小小的渔船漂过，渔夫唱着一支歌——调子并不太好听。但这使我想起许多年前我小时候的一个夜晚。我们在巴特马河的船上。有一夜我在两点钟时候醒来，在我推开船窗伸出头去的时候，我看见平静无波的河水在月下发光，一个年轻人独自划着一只渔舟，唱着走过，啊，唱得那么柔美——这样柔美的歌声我从来也没有听见过。

　　一个愿望突然来到我心上，我想回到我听见歌声的这一天，让我再来一次活生生的尝试，这一次我不让它空虚地没有满足地过去，我要用一首我唇上的诗人的诗歌,在涨潮的浪花上到处浮游;对世人歌唱,去安抚他们的心;用我自己的眼睛去看,在世界的什么地方有什么东西;让世人认识我,也让我认识他们;像热切吹扬的和风一样,在生命和青春里涌过全世界;然后回到一个圆满充实的晚年,以诗人的生活方式把它度过。

这算是一个很崇高的理想吗?为使世界受到好处,理想无疑地还要崇高些;但是像我这么一个人,从来也没有过这样的抱负。我不能下定决心,在自制的饥荒之下,去牺牲这生命里珍贵的礼物,用绝食和默想及不断的争论,来使世界和人心失望。我认为,像个人似的活着、死去、爱着、信任着这世界,也就够了,我不能把它当作是创世者的一个骗局,或是魔王的一个圈套。我是不会拼命地想飘到天使般的虚空里去的。

一八九一年,加尔底格月二日

我一来到乡下,我就不把人孤立分开来看。就像一条河流过许多地方,人流也这样地潺潺地、曲折地流经乡村和市镇。"人来了又走了,但我却永远长流"并不是一个真实的对比。人类和它的一切大大小小的汇合的流水,和江河一样,一直流了下去,从它出生的泉源直到死亡的大海;两头是黑暗的神秘,中间是游戏、工作和不停地嘟哝。

那一边耕者在田里唱歌;这一边渔船浮掠了过去,时间过着,日光更热了。有些洗浴的人还待在水里,有的洗完了提着装满的水罐回家去了。这样地,走过两边的河岸,千百年来总是嗡嗡地哼着,同时那叠句是用哀愁的和声唱出:我却永远长流!

在中午的静默之中,听到有年轻的牧人用最高的声音在叫他的同伴;有几只船哗哗地驶回家去,浪花溅打着村妇放在水里准备打水的空罐;在这些声音里面还有些不大明显的声音——鸟的啁啾,蜂的嗡哼,船屋在来回摇荡时的可怜的叽嘎声——这一切构成了柔和的催眠歌,像一个母亲在竭力地抚慰一个生病的孩子。"别急啊,"她唱着,安慰地拍抚着他发热的前额,"别难受啊;也别再哭啦。把你的竞争、抢夺和打架都丢开吧;把这些忘记一会儿吧,睡一会儿吧!"

一八九一年,加尔底格月三日

这是库迦格①的满月,我在河边徐步,一面和自己对话。这简直不能叫作对话,因为尽是我说,而我想你的同伴尽是听着。这个可怜人简直没有机会发表自己的意见,我不就是那股迫得他像傻子似的无言可答的力量吗?

但这是画样的一个夜晚啊!有多少次我想描写这样的夜晚,而总是写不出来。河上没有一丝波纹;从远远的中流一条沙碛的边缘外,看到了遥远的主流的最远的河岸,直达这边河岸,闪烁着一大宽条的月光。没有一个人,也看不见一条船;在新形成的小岛的沙岸上,没有一棵树也没有一根草。

就仿佛像一轮孤寂的明月从颓毁的大地上升起;一条无定的河水漫流过一片无生命的荒野;一段冗长的神话在一个荒废的世界里作了结束——所有的帝王,他们的臣子和朋友,和他们的黄金城堡都不见了,只剩下七个海,十三条河和冒险的王子们曾在上面行进过的无边的荒泽,在月下苍白地闪光。我来回徐步,像是这个临危的世界的最后的脉搏。其他的人似乎都在彼岸——生命的岸——在那里,英国政府和十九世纪,茶和烟,在统治支配着。

一八九二年一月九日

这几天,天气总在冬春之间摇摆。在早晨,也许,在北风扫掠之

---

① 九月的月圆之夜,意思是"大家都醒着"。这一夜幸福的女神,拉克什米,把幸福赐给不睡的人。

下,山和海都会发抖;在夜晚,又会和从月光里吹来的南风一同喜颤。

无疑地春天已经来临了。在长久中断之后,唤春从对岸的树林里又发出鸣声,人们的心也被唤醒了;夜色来临以后,可以听到村里的歌声;表示他们不再连忙地关起门窗,紧严地盖起被窝睡觉了。

今晚月亮正圆,她的圆大的脸从我左边的洞开的窗外向我凝视,仿佛在窥伺我的信中有没有批评她的话——她也许疑惑我们世人对于她的黑迹比她的光线更为关心。

一只鸟在河岸上"啼啼"地哀唤。河水似乎不再流动。河上没有一只船。岸上凝立的树林把不动的影子投在水面。天上的薄雾使得月亮看去像一只勉强睁开的倦眼。

从今起,夜晚会越来越黑暗了;而且当明天我从办公室回来的时候,这个月亮,我客中的良伴,将离我更远一些,她疑惑她昨夜是否聪明,这样地对我完全袒露出她的心,因此她又逐渐地把它掩盖起来。

在陌生和孤寂的地方,自然真正地变得亲切了。我确实忧虑了好几天,一想起月亮的圆时过去了,我将会每天地更觉得寂寞了;觉得离家更远了。当我回到河边的时候,美和宁静将不再在那里等着我了,我必须在黑暗中回去。

无论如何,我要记载下来,今夜是个满月——是今年春天的第一次月圆。在此后的岁月里,我也许会回忆到这一晚上,回忆到河岸上"啼啼"的鸟叫,对岸船上闪烁的灯光,发亮的远伸的河水,河边树林的边缘所投下的模糊的阴影,和灿白的天空在我头上冷冷地发光。

一八九二年四月七日

河水落下去了,这边的支流里各处都深不到腰。所以船在河中间抛锚一点也不可怪。在我右边的岸上,农夫在犁田,不时地把牛牵到河边来饮水。在我左边的岸上,上面有古老的锡利达花园的杧果树和椰树，下面浴场的斜坡上有村妇在洗衣裳，装满水罐，洗浴，用本地的方言在谈笑着。

年轻的姑娘们仿佛永远在水里玩个没完；听着她们无忧无虑的欢笑是一种愉快。男人们正经地照例浸了几次水就走开了，但是女孩子们对水是比较亲热的，她们和水在同样的简单自然的方式之下，谈着、说着、卷着、溅着；她们也许都会在灼热的强光之下萎缩下去，但她们也都经得起打击，而不至于无力地碎裂。这个僵硬的世界，若没有她们，就探索不到她们双臂的柔美拥抱的神秘，就会荒芜起来了。

邓尼生说过，女人对于男人就像水对于酒一样。今天我觉得应该说是像水对陆地一样。女人和水在一起更感着舒服熟识，她们在水里沐浴，和水游戏，在水旁边集会；同时，对于她，其他的负担都不像从泉旁、井中、河岸或池塘取水那样地更为合适。

波浦

一八九二年五月二日

　　世界有许多似非实是的道理，其中之一就是当风景是开阔的，天空是无垠的，云雾是浓厚的，情感是深不可测的——这就是说当"无穷"在明显突出的地方——它的适宜的伴侣只能是一个孤寂的人，一大群人在那里就会显得那么渺小，那么骚乱。

　　一个人和"无穷"是有相同的条件的，他们大可以从彼此的宝座上互相凝视，但是在有一大群人的地方，人类和"无穷"都变得那么微小，它们必须彼此碰掉一些，才能互相适合起来！每一个灵魂都要那么大的地方来扩展，在群众之中就必须窥伺空隙，不时地从那里伸出一个小小的仙鹤般的头去。

　　因此我们竭力聚在一起的唯一结果，就是使我们不能装满了，我们和这无边无底的"广大"的，拉起来的手和伸出来的臂。

一八九二年杰斯塔月八日

　　努力说俏皮话的女人，结果只变成冒失，是很讨厌的；那想说滑稽话的，无论成功与否，对于女人都是不体面的。滑稽是难看而夸张，所以在某些地方是和高大有关的。象是滑稽的，骆驼和长颈鹿是滑稽的，一切长的太大的东西都是滑稽的。

　　尖锐和美倒是接近，像刺和花一样。所以讽刺对于女人，还不是不适宜的，虽然从她口中说出会刺伤你。讥笑有笨大的味道，女人不如把这个留给我们高大的男性。男的福斯塔夫能使我们笑得劈裂了肋条,而女的福斯塔夫只揪断我们的神经。

一八九二年,杰斯塔月十二日

我总在傍晚时分独自在屋顶凉台上漫步。昨天下午我觉得把本地风光介绍给客人是我们的责任,因此我陪他们一块出去散步,带着阿勾里做个向导。

在地平线的边缘,远远一片树林是青翠的,一线浅蓝色的薄云,徐徐升起,笼盖在树林上面,看去特别美丽。我想把它描画得带点诗意,我说这就像蓝色的化妆药水抹在睫毛的边上,使美丽的蓝眼睛更加美妙。在我的同伴之中,一个没有听见我的话,一个没有听懂,同时第三个用应付的话来回答:"对了,很好看。"我感到我奋发的诗情再也鼓不起来了。

走了一里路以后,我们到达一个水坝。水边有一排棕榈树,树下有一股天然的泉水。在我们站住观泉的时候,我们发现我们看见过的北方天边那一线蓝云,涨大了,变黑了,向着我们奔来了,同时电光也闪将起来。

我们得到了同一的结论,就是观赏自然的美,可以更好地在屋檐下进行,但正在我们踅回家去的时候,暴风雨已在空旷的原野上,怒吼着踏着大步赶上我们。我没想到我正赞赏美丽的自然夫人睫上的蓝水,她却会像一个生气的主妇那样追赶着我们,要给我们一记这么响的耳光!

沙土迷天,几步外什么都看不见了。风雨更强烈了。沙地上的碎砾打在我们身上,就像枪子似的;狂风又掐住我们的颈背,开始下落的雨点,鞭打着我们,撵着我们跑。

跑呀!跑呀!但是这里地是不平的,水流给它留下浑浑的瘢痕,平时都难走过,在风雨中就更不容易了。我弄得陷在荆棘丛里,当我站起挣开的时候，差点被狂风掀在地下。

当我们快到家的时候，一群仆人，又像一阵风暴似的，叫喊着做着手势奔向我们。有的拉着我们的手臂，有的悲叹我们的窘境，有的热切地给我们引路，有的爬伏在我们的背上，仿佛怕狂风要把我们一齐刮走似的。我们竭力摆脱了他们的殷勤，最后，好不容易进到房子里，带着淋透的衣服，污秽的身体，凌乱的头发，喘息着。

我得到了一个教训：我将不再在小说或故事里写下这样的谎言，就是一位主人翁能够心头怀着情人的形象，毫不焦急地在风雨中行走。没有人能够在心里记住任何面貌，不论它多美，在这样的一场风雨里，光是不让沙子进入眼里，就够他忙的了！……

毗湿奴派诗人有声有色地歌唱拉达如何在风雨之夜去赴和克里希纳约定的幽会。我不知道他们曾否停下来想一想，当她走到他面前的时候，该是什么样子？很容易设想到，她的头发是那样地零乱，还有她的那些涂泽妆饰会变成什么样子。当她遍身泥污地跑到那凉亭上的时候，她一定难看极了！

但当我们读着毗湿奴派诗歌的时候，我们从不想到这些。在我们心头的画面上，我们只看到一幅一个美丽的女子，被她的绝世无双的英俊的情人所吸引，做梦似的在雨季沉黑的风雨之夜，不顾一切地，穿过开满繁花的醉花树底，来到株木拿河边的图画。她系起脚镯怕它作响；她披上深蓝的斗篷怕被人看见；但是她没有打着伞来防雨淋，也没有带着灯怕她跌倒！

有用的东西真是可怜，在实际生活上虽然那么重要，而在诗歌里却是那样地被忽视！但是诗歌无论如何也不能把我们从和它的联系上甩开，它将永远和我们在一起；甚至于这样，我们听说，文明进步的时候，消灭的将会是诗歌，但是它的特征将一个一个地不断被提了出来，作为改良鞋子和雨伞之用。

一八九二年，杰斯塔月十六日

　　这里没有教堂塔顶的钟声，附近也没有居民，鸟儿一停止了歌唱，绝对的寂静就和夜晚一齐来到。在这里，初夜和深夜没有多大差别。在加尔各答，不眠之夜像一条黑暗的缓流的大河；在你仰卧在床上的时候，能够数出它流过的种种声音。但是在这里，夜晚像一个阔大静止的湖水，安稳地睡着，一点动静都没有。当我昨夜辗转反侧的时候，我感到我像包围在浓厚的止水里一样。

　　今早我比平常起晏了一点，下楼到我屋子里去，背倚在靠垫上，叠膝而坐。这样，胸前放一块石板，我开始在晨风和鸟声的伴奏下写诗。我进行得很顺利——微笑在我的唇边浮泛，我的眼睛半闭着，我的头随着韵律摇晃，我哼着的东西，渐渐成形——当邮差来到的时候。

　　我收到一封信，最近一期的《实践》杂志，一本《一元论者》，和几张校样。我读了信，浏览了未裁开书页的《实践》杂志，然后又回去点头哼哼着写我的诗，我没有做其他的事情，一直把诗写完。

　　我不知道为什么写着一页一页的散文，也没有给我以写一首诗那么大的快乐。一个人的种种感情，在诗歌上能以应用完美的形式，就仿佛能用指头拈起来似的；但是散文就像满口袋的松散的东西，又沉重又笨大，不能随便地提得起来的。

　　如果我能一天写一首诗，我的生命将在一种喜乐中度过；虽然我侍弄诗歌已经有几个年头，但它还没有被我驯服起来，还不是那种可以让我随时套上笼头的飞马！艺术的快乐，就在于当幻想愿意的时候，有个长空万里飞行的自由；那时节，即使在回到世界监狱里面之后，回响和欢情还会在耳边和心头缭绕着。

　　短诗不断地不招自来，这样就妨碍我把剧本写下去，若不因为这缘故，我大可以把叩我心门的一些思想，放进两三个剧本里去。我恐怕必须等到寒冷的冬天，除了《齐德拉》以外，我的所有的剧本都是在冬天写成的。在那个季节，抒情的意味容易变冷，人就有工夫去写剧本。

一八九二年五月三十一日

现在还不到五点钟,天色已经黎明了。清爽的微风吹着,园里一切的鸟都醒来开始歌唱。杜鹃鸟像发了狂似的。很难了解它为什么不倦不停地叫。这绝不是为招待我们,也不是为分散苦恋的情人的心思——它一定有它自己的目的。但是,够可怜的,这个目的仿佛永远不能达到。而它并没有灰心。它的咕咕——咕咕一直叫下去,不时还放出绝顶热烈的颤音。这到底是什么意思呢?

这时在远处,另一只鸟用无力无情的微弱的声音咯咯地叫着,仿佛一切的希望都没有了;可是在那阴凉偏僻的地方,它又情不自禁地发出这小小的悲叹:咯咯,咯咯,咯咯。

关于这些胸颈柔软、毛羽辉煌的天真禽鸟的家务事,我们所真正知道的是多么少啊!到底为什么它们认为它们必须这样地坚持歌唱呢?

西来达

一八九二年杰期塔月三十一日

我恨这些客气的礼节。这些日子我总在重复这一句话:"我宁愿做一个阿拉伯的牧人!"一个上好的,健康的,强壮而自由的化外之民。

我感到我愿意从这个使人心身变老的,对于古老腐朽的东西不断地争论与计较中退出,去感受一个自由而健旺的生命的快乐;去享有——不管好坏——宽阔的,果决的,无拘无束的思想和抱负,从习惯与常识,常识与愿望,愿望与行动的永远摩擦中解脱出来。

只要我能完全地无限度地从我的桎梏生活中释放了出来,我将风暴似的猛扑四方,到处喧嚣地兴风作浪;我将像一只野马,为我自己的速力而快乐得发狂地奔腾!但是我是一个孟加拉人,不是一个游牧的人!我照旧坐在角落里,垂头丧气,忧虑,争论。我把我的心思,一会儿朝上,一会儿朝下——像煎着的鱼一样——沸滚的油先煎了这一面,又煎着那一面。

让它去吧,我既不能彻底地粗野,那么我只好力求彻底地文明。为什么要煽动这两者之间的争吵呢?

一八九二年六月十六日

一个人在河上或在旷野里住得越久,就越看得清楚,再没有比纯朴自然地履行一个人日常的平凡义务更美丽更伟大的事情了。从地上的青草到天上的星辰,它们各个也只不过是做着这样的事情;在自然里有那么深远的宁静和那么卓越的美，也是因为这些东西都不力求超过自己的限度。

但是它们各个所做的事情绝不是短暂的。青草要使出它所有的力量，从它细根的尖端来吸取食料，只为的是要像草似的生长；它并不空想要变成一棵榕树；因此大地得到了一张美丽碧绿的地毯。而且，的确地，在人类社会中找到的小小的美和宁静，都是来自细小责任的每天执行，而不是从大的作为和动听的谈话中得来的。

一八九二年阿沙拉月二日

昨天，是阿沙拉月①的第一天，雨季的登基典礼是用相当的盛大仪式来庆祝的。整天都很炎热，而在下午，浓云就大阵大阵地涌卷起来了。

我心里对自己说，这是下雨的头一天，我宁可冒着雨淋，也不愿禁闭在我那地牢似的船舱里。

在我的生命里，一二九三②年是不会再来了，提到这个的话，还有几个阿沙拉月的头一天将会重来呢？我的生命必须相当地长，才能数到三十个阿沙拉月的头一天，它至少是对于我，《云使》的诗人说出了特殊的区别。

有时我想到我是多么幸福，我的生命中每一天的日子都是那么美好，有的被朝阳和落霞映得绯红，有的是深暗的云彩送来了清新的凉意，有的像一朵白花在月光中开放，多么巨大的财富啊！

一千年以前，迦梨陀娑欢迎了阿沙拉月的头一天；而在我的生命中，每一年，这个阿沙拉月的头一天，都在它所有的光辉中发亮起来——这个和这位老优禅尼诗人完全相同的，给无数的男男女女带来了欢会与离愁的一天。

---

① 雨季开始的一月。
② 孟加拉的纪元年代。

一年一度这样伟大的永受尊敬的一天，从我的生命中溜掉了；总有一个时候，迦梨陀娑的一天，《云使》的一天，印度的雨季永恒的头一天，将不为我而再来。当我体会到这点的时候，我感到我愿意好好地观赏自然，给每天的日出以有意识的欢迎，向每天的落日道别，像对一个密友一样。

多么盛大的一个节日，多么宽阔的庆祝会场啊！而我们还不能完全地反映它，我们真正是生活得离开世界太远了！星光走了千万里路到达了地上，但是它达不到我们的心里——我们是在千百万里以外啊！

我陷进去的世界住满了陌生的东西。他们总是忙着在自己周围建起墙壁和法规，而且他们是那么小心地把窗帘掩上怕人看见啊！我总在奇怪为什么他们没有给花树做一个呢罩，或搭上天篷来揽住月光。如果来生是被今生的愿望所统治的话，那我就愿从我们这颗装殓起来的行星里，托生到自由空旷的快乐国土上去。

只有那些不能纳头深入美的整体的人，才轻看美，以它为感觉的对象。但是那些尝到了它的不可言说的味道的人，知道它超过年月的最高力量还有多远——不对，连人的心也没有力量达到它的渴望的终点。

再者——我漏掉了我在开头所想说的一件事情。不要害怕，这件事不用再用四张信纸，这就是，阿沙拉月头一天的晚上，大矛头般的阵雨，下得很大，完了。

赴阁隆达途中

一八九二年六月二十一日

　　无尽的形形色色的图画：沙岸、田野、庄稼和村庄，在空中飘浮的云彩，昼和夜相遇时光开放的色彩——都从两侧滑入眼底。小船轻轻地划过，渔夫在捕鱼；河水在悠长的日子里整天地发出柔畅的抚爱的声音，广阔的水面，在夜晚的沉默中静止了下来，像一个被哄进睡乡的孩子；无边天空的一切星辰，都在他上面环守着——这时节，当我在清醒之夜坐起的时候，两旁是睡着了的河岸，只有偶尔一两声村畔林中豺狗的嗥叫，和被尖利的巴特马河波浪所侵蚀的碎片，从峰顶般高的河岸上滚落水里的声响，打破了寂静。

　　风景并不常是特别引人入胜的——一片伸展的没有草树的黄黄的沙岸；一条空船系在岸边，和天空一样朦胧的绿水流了过去；但是我说不出它们是怎样地感动了我。我猜想是我那被奴仆看管的童年的愿望和追求——当我自己在寂寞的囚室里，我熟读了《一千零一夜》，参加了海员辛伯达的在许多异地的探险——在我心中还没有死去，而看到任何一条空船系在岸边的时候，旧的愿望和追求就又被唤醒了。

　　如果我在童年没有听过童话，读过《一千零一夜》和《鲁滨逊漂流记》，我知道，远远的河岸和对岸的广阔的田野的景色，决不会这样地激动我——事实上，整个世界，对我将会有不同的魅力。

　　在人的心里，幻想和事实纠缠成怎样的一个迷阵啊！不同的几股——细小和巨大——的故事、事件和图画的线索是怎样地纠结在一起啊！

西来达

一八九二年六月二十二日

清晨很早,我还在床上的时候,听到浴场上的妇女叫出快乐的"乌鲁!乌鲁!"①的笑声,这声音非常奇怪地感动了我,虽然说不出是为什么。

也许是这种快乐的呼声,使人想到这世界上前进着的、庆祝活动的大流,而个人和这些庆祝活动的大部分,都没有什么联系。世界是那么大,人们的集会是那么浩阔,但是一个人和这些集会的连接是多么少啊!遥远的生活的声音,飘送过来,带来了不相识的家庭的消息,使人体会到,大部分的世人不是他的亲属也不认识他;这时他感到被遗弃了,他和世界只有很松弛的连接,一种隐约的愁闷爬满了他的心头。

因此,这"乌鲁!乌鲁!"的呼声,使我的过去和将来的生活,变成一条长长的道路,从道路的两端,这声音向我飘来。而这个情感替我这一天的开始染上色彩。

等到经理人和他的同事以及佃户们一来见我,他们一走进这个场面,这个暗淡的对于过去和将来的臆想将立刻被挤了出去,而一个极其强壮的现在,将行着礼站在我的面前。

---

① 妇女们在节期所喊出的特别的尖脆的欢呼。

沙乍浦

一八九二年六月二十五日

在今天的信里,提到了 A 的歌唱,使我的心中起了一种无名的热望。生命中每一种小小的快乐,夹杂在市嚣中间,没有得到欣赏的,现在向游子的心提出了要求。我喜爱音乐,而在加尔各答没有声乐和器乐的饥荒,我对于这些只是充耳不闻。但是,虽然我在那时候没有体会到,这个需要定会使我的心发渴。

在我读着今天的信的时候,我感到那么强烈的愿望,想听听 A 的美妙的歌声,我立刻确信许多被压抑的、呼吁充满的创造热望中之一,就是要求可以得到而被忽略了的快乐;当我们忙于追求空想的、不可能的事物的时候,我们把生活饿死了……

没有尝过的容易得到的快乐所留下的空虚,总在我的生命中生长着。总有一天我会觉得,只要我能把过去拉回来,我将不再拼命追求那难得的东西,而只把那些生活所献出的、细小的、不招自来的日常的喜乐一口饮干。

一八九二年六月二十九日

昨天我说过,今天夜里我和诗人迦梨陀娑有个约会。当我点上蜡烛,把椅子拉到桌前,准备妥帖的时候,进来的不是迦梨陀娑,而是邮政局长。一个活的邮政局长当然比死的诗人更有优先权,所以我不好请他给应约而来的迦梨陀娑让位——他决不会了解我!因此我请他坐下,而给老迦梨陀娑一个回避不见。

这位邮政局长和我中间有一种连接。当邮局还设在这所房子里的时候,我曾同他天天见面。有一天下午,我就在这间屋子里写出一篇小说《邮政局长》。当这篇小说在《指导者》杂志发表的时候,他来看我,以一连串的腼腆的微笑,不以为然地提到了这件事情。无论如何,我喜欢这个人。他有一大堆我爱听的逸闻轶事。他也有一种幽默感。

邮政局长走后时间虽已晚了,我才立刻开始读《罗怙世系》①,把整段的印都玛蒂的"择婚"②仪式读完了。

英俊华服的王子们坐在大厅里一排的宝座上。忽然间一阵法螺和号筒吹起,印都玛蒂穿着新娘的服装,在苏南达的扶掖之下,被请进来站在王子们中间的步道上。细细想象这幅画图真是一种愉快。

在苏南达把每一个求婚者向她介绍了之后,印都玛蒂在无情无意地敬礼中深深鞠躬,就走了过去。这谦恭的行礼是多么美妙。他们都比她年长。因为她只不过是一个少女。如果她没有把表示拒绝的不可避免的失礼,和她仁慈的温柔融合了起来,这场面将失去了它的美。

---

① 沙恭达罗的作者迦梨陀娑所著的叙事诗。

② 印度的旧风俗,公主在许多求婚者之间,选一个自己中意的,给他颈上套上花环,表示他已中选。

西来达

一八九二年八月二十日

每当看到一幅美丽的风景画的时候,我常想,"如果我能住在里面,那有多好!"就是这种愿望在这里得到了满足。在这里,一个人在一个没有真实的、冷酷的、色彩鲜明的图画中,活泼了起来。当我小的时候,《保罗和弗珍妮亚》或《鲁滨逊漂流记》书里的森林和海的插图,会把我从日常世界中飘游了出去;这里的阳光把我当年凝视这些图画时候的感觉,又带到我的心上来。

我不能真切地说明,或明确的解释,在我心中所引起的是哪一种的渴望。这仿佛是什么水流的脉搏流过了把我和广大世界连起的干线。我感到,仿佛那模糊遥远的、我和大地上一切合一的时期的记忆,又回到我的心上来了;在我上面长着青草的时候,在我上面照着秋光的时候,在柔和的阳光接触之下,青春的温热气息会从我的宽大、柔软、青绿身躯的每一个气孔里升了上来,一个新鲜的生命,一种温柔的喜乐,将半自觉地隐藏起来,而又从我所有的广漠中无言地倾吐了出来,当它静默地和它的各个国家和山和海在光明的蓝天下伸展着的时候。

我的感觉就像是我们古老的大地,在被太阳吻着的日常生活中的狂欢感觉;我自己的意识仿佛涌流过每一片草叶,每一条吮吸着的草根,穿过树干和树液一同上升,在喜悦的颤抖中,和在田中摇动的玉米和沙沙作响的棕叶一同展放着。

我感到我不得不表示出我和大地的血缘联系,和我对她的亲属之爱,但是我恐怕人家不会了解我。

波利亚

一八九二年十一月十八日

　　我在想，这时你的火车该走到什么地方了。现在太阳正升到靠近拿洼蒂车站的起伏的没有树木的岩石地带。那里的景物一定被清新的阳光所照亮，在阳光下，远远的青山开始隐约可见。

　　除了原始的部落人用水牛做过一点耕作之外，几乎看不见开垦过的田地；在铁路交叉处的两旁，都是堆叠起来的黑岩石——卵石留下了干涸河流的足迹——摇摆不定的黑鹡鸰鸟，站落在电线上。一个粗野地带着疤痕的自然躺卧在阳光下面，就像被一只柔软光明的仙手所抚摩而驯服起来似的。

　　你知道这景物使我忆起哪一张画吗？在迦梨陀娑的《沙恭达罗》里有一个场面，在那里，豆扇陀王的幼子婆罗多和一只小狮在游戏。这孩子爱怜地把细软红润的手指，摸抚着这只巨兽的粗硬的鬃毛。这狮子在信赖的休息中，安静地躺卧着，不时地对它的小人朋友投着亲爱的眼光。

　　要我告诉你，这些干涸的、散堆着卵石的水道，使我想起什么了吗？我们在英国童话里读到《树林里的婴孩》，那一对小兄妹在被继母赶进树林的时候，怎样地随时丢下一块一块的鹅卵石，在陌生的树林里留下了他们彷徨的踪迹。这些小河就像是被送到世界上而中途迷路的婴孩，因此他们一面往前走，一面就留下卵石来做记号，为的使他们可能回来的时候，不致迷途。但是他们是没有回顾路的！

那图里

一八九二年十二月二日

在孟加拉林外的落日里,有一种深沉的情感和宁静的气息沿着无边的寂静的田野,伸展到地平线上。

爱怜地,而又忧愁地,我们夜晚的天空,在远处低俯下去接触大地。它在大地上投射着留下的愁光——这光明给我们以"永别"①的神圣哀愁的意味;弥漫在大地、天空和水里的静默是充满着表情的。

当我在沉迷的宁静中注视着的时候,我在想——如果这静默失掉了自制,如果这个现在的时间,从亘古以来就一直在寻求着的表现,会都发泄出来的话,会有一种深沉地严肃、痛快的动人的音乐,从地面涌上星空吗?

只要用一点坚定集中的精力,我们自己就可以把这渗透万有的伟大的光明和颜色,转移到音乐里去。我们只要闭上眼睛,用心耳来感受这永远流涌的活动画面的颤动。

但是我要描写多少次的日落和日出呢?每次我都感到它们的全新的鲜艳;而我怎样地才能把这全新的鲜艳表现出来呢?

---

① 指印度神话中普露沙和布拉克里蒂,即神与被创造者的永别。

西来达

一八九二年十二月九日

在痛苦的病后,我还觉得软弱,正在休养着。在这种情况之下,自然的调护真是甜柔的。我感到我和万物一样,懒洋洋地在阳光下闪耀出我的喜乐,我只不过心不在焉地在写着信。

世界对于我永远是新鲜的;像一个今生前世都曾爱过的老朋友,我们之间的友谊是深长的。

我很能体会到,许多世纪以前,大地怎样在她原始的青春里,从海浴中上来,在祈祷中敬礼太阳,我一定是树林中的一棵树,从她新形成的土壤里,以最初冲动的全部新鲜的生意,展开我的密叶。

大海在摇晃,在动荡,在掩盖,像一个溺爱的母亲,不断地爱抚着她的头生婴儿——陆地;而我用整个身心在阳光中吮吸,以新生婴儿的说不出道理的狂欢在碧空下震颤,用我所有的根须紧紧地拉住我的大地母亲,快快地吮吸着。在盲目的喜乐中,我的叶子怒生,我的花儿盛放;当阴云聚集的时候,它们爽畅的凉荫,将以温柔的抚摸来安慰我。

此后,从世纪到世纪,我曾变化无定地重生在这大地上。所以当现在我们独对的时候,种种古老的记忆,慢慢一个一个地回到我心上来。

我的大地母亲今天穿着阳光照射的金色衣裳,坐在河边的玉米地上;我在脚边、膝下、怀中翻滚游戏。做了无数孩子的母亲,她只心不在焉地,一面用极大的耐心,一面用相应的淡漠,来对付他们的不住的叫唤。她坐在那里,用遐思的眼光盯着过午的天边,同时我无尽无休地在她身旁喃喃地说着。

巴利亚

一八九三年二月，星期二

我不想再流浪了。我真愿意有一个能让我躲开大家而舒服地躺下的角落。

印度有两方面——一方面她是个户主，另一方面她是个漫游的行者。头一个决不肯离开家庭角落一步，第二个是简直没有家。我发现在我里面，二者兼而有之。我愿意到处流浪去看广大的世界，但我也想望一个隐秘的角落；像一只小鸟一样，有一个小小的窝巢让它居住，也有广阔的天空任它翱翔。

我想求一个角落，因为它会给我的心带来宁静。我的心真正愿意忙碌，但在努力这样做的时候，它就不断和群众冲撞，变得完全狂乱，它也从里面不住地打击我——它的笼子。但只要让它能有一刻悠闲的静独，能以游目四望，任意思索，它就会称心如意地表达出它的感情。

这个静独的自由就是我的心所想望的；它将和它的想象独对！就像造物者在他在创作上凝思一样。

喀达克

一八九三年二月

在我们能做出一番事业以前,让我们隐姓匿名地生活着吧,我说。当我们只能受人轻视的时候,我们凭什么来要求人的尊敬呢?什么时候我们在世界上有了自己的立足之地,什么时候在决定世界的方针路线上,有了我们的一份,我们才能微笑地和别人接触。在这以前让我们待在背景里,去处理我们自己的事务吧。

但是我们的同胞似乎持有不同的看法。他们不重视我们那些必须在幕后去谋求满足的需要——他们的整个注意力都指向暂时的架子和夸耀。

我们的国家真是被上帝忘却的国家。困难,当然有,那就全凭我们坚持意志的力量去干。在真实的意义上,我们从未得到什么援助。在数里方圆之内,我们找不到一个可与商谈而取得活力的人。附近没有一个人在思索、在感觉,或在工作。没有一个人有从事巨大努力的经验,或是真正地生活着。他们都是吃着喝着,做些办公室的工作,抽烟,睡觉,无聊地瞎谈着。当他们涉及感情方面的东西,他们就变得多愁善感,当他们讲理的时候,他们又很稚气。人们热望一个精神健旺的、坚强的、精干的人物;这些都是幢幢倏忽的阴影,和世界断绝接触的。

一八九三年二月十日

他是个充分发展极端类型的约翰牛——一个巨大的鹰钩鼻子,

狡猾的眼睛和一个一码长的下颌。目下政府正在考虑褫夺我们在陪审委员团下受审的权利。这个家伙把这题目揪出来，而且坚持同我们的主人可怜的 B 先生争论下去。他说这个国家的人民的道德标准很低；他们对于生命的神圣没有真正的信心；所以他们不配在陪审委员团里工作。

当我看到他居然能够接受一个孟加拉人的款待，谈着这样的话，坐在他的席上，而一点不受良心谴责的时候，我沉痛地感到这些人对于我们的极端轻视。

饭后我坐在客厅的角落里的时候，周围一切在我眼中都变得模糊了。我仿佛坐在我的伟大的被侮辱的祖国的头边，她悲伤地黯淡无光地躺在我面前的尘土里。我说不出这种压在心头的深刻的悲痛。

那边那几个"太太们"，穿着夜宴的服装，用英语交谈的嗡嗡声，以及嘻嘻哈哈的笑声，这一切都多么不相称啊！我们古老的印度对于我们是多么丰富而真实，一个虚礼的英国式的宴会，是多么轻贱而诈伪啊！

一八九三年三月

如果我们开始把英国人的鼓掌放在过于重要的地位，我们就得丢掉许多我们的好东西，而接受许多他们的坏东西。

我们渐渐地将以不穿袜子出去为耻，看到她们舞会的衣裳也不以为羞。我们将毫不在意地把我们古老的礼貌扔了出去，去和他们作无礼的竞赛。我们将不再穿上褂，因为它需要改良，但又毫不思索地在我们头上顶上他们的帽子，虽然没有一种头饰比那个更难看。

简单地说，有意识或无意识地，我们将弄到根据他们的鼓掌与否，来削改我们的生活。

因此我直截了当地说："瓦罐啊，看到老天爷的面上躲开那只铜罐吧！不管他是生着气向你奔来，或者只是给你面子，拍一下你的脊梁,你就完了,反正都会碰碎的。所以记住老伊索的良言吧——我求你,远远地躲开吧。"

让那些铜罐去点缀豪富的家庭;你在贫苦的家庭中有的是工作可做。如果你让他把你撞破了,你在两家都没有了地位,只能回到尘土里去;最侥幸的话,也许在文物柜中——作为一件古董,可以占一个角落,你如果让农村里最卑贱的妇女拿这打水,那就是最最光荣的了。

西来达

一八九三年五月八日

诗歌是我的很老的情人——我想我只有罗提①那么大的时候,我已经和她订下婚约了。很久以前,在我们水池边老榕树下的歇息,那所内花园,房里地下室的陌生的地区,整个的外面世界,女仆们讲的儿歌和故事,在我心中建起了一个美丽的仙境。对于那一时期所发生的模糊而神秘的事情,很难说得清楚,但这个是明确的,就是我同"诗的交换花环"②的仪式已经正式行过了。

但是我必须承认,我的未婚妻不是一个吉利的女郎——不管她给人带来了什么,但绝不是幸运。我不能说她从来不曾给我快乐,但是和她在一起是谈不到安宁的。她所爱的人可能得到圆满的喜乐,但是在她的残忍的拥抱之下,他的心血是会被绞出来的。她所选择的不幸的东西,永不会变成一个认真的,沉着的,舒舒服服地在一个社会基础上安居下来的户主。

有意识或无意识地,我可能做过许多不诚实的事情,但是在我的诗歌里,我从来没有说过一句假话——那是一个圣所,在那里,我生命中最深的真实得到了庇护。

---

① 作者的儿子,那时才五岁。
② 订婚仪式。

一八九三年五月十日

　　乌黑臃肿的雪块涌来了，像一张吸墨纸似的把我面前风景里的金色阳光吸收掉。雨一定快来了，因为微风感到潮湿而含满了眼泪。

　　在那边，刺进天空的西姆拉高峰上，你将感到很难正确体会，阴云的来到，在这边是多么重要的一件事情，或者有多少人殷切地仰望天空，欢呼它们的来临。

　　我对于这些农民——我们的佃户——老天爷的高大、无能、幼稚的孩子，感到很深的慈怜，必须有饭送到他们的嘴里，否则他们就完了。当大地母亲的乳汁干了的时候，他们就不知道怎么办，只会哭泣。但当他们的饥饿一旦得到了满足，他们就忘掉了过去一切的灾害。

　　我不知道那社会主义的、财富合理分配的理想能否达到。如果不能的话，老天爷的分配就真是残酷的，人真是个不幸的东西。因为如果这个世界上必须有苦恼，那也算了；但至少要留下几个小小的气孔，一瞥可怜的闪光，这也许可以鼓励人类中较高尚的一部分，去不断地为解除痛苦而希望，而奋斗。

　　他们说着一件极其冷酷的事情，那些人断言说，分配天下的物产，使每人有一口饭吃，一点衣服穿，只不过是一个乌托邦的梦想。一切社会问题本来都是冷酷的！命运只容许给人类这么窄小可怜的一床被，把它拉到世界上的这一部分，别的部分就没有盖的了。解除了我们的贫困，我们丧失了财富；而有了财富，我们就失掉无数的仁慈，和美，和力量。

　　但是太阳又出来了，虽然阴云仍在西方堆积着。

一八九三年五月十一日

　　在这里还有一件使我愉快的事情，有的时候，我们的纯朴的忠诚的老佃农们会来见我——他们虔诚地顺从是真诚的！他们在崇敬的美丽的纯朴和忠实上，比我不知伟大到多少。即使我是不配受他们的崇敬的——他们的情感并不因此而失掉价值。

我用对小孩子一样的热爱，来对待这些大孩子——但这里也有一个差别。他们比小孩子还幼稚。小孩子还会长大，这些大孩子却再也不会长大了。

一个温顺的灿烂的纯朴的灵魂，透过他们疲乏、起皱、衰老的躯体发出光来。小孩子只是单纯而已，他们没有这些大孩子的毫无疑问决不动摇的忠诚。如果有一股潜流使人们的灵魂可以沟通的话，那么我的真诚的祝福，定将伸向他们，为他们服务。

一八九三年五月十六日

过午洗完澡之后，爽畅而清洁，我在河岸上散步了差不多一个钟头。以后我走上那只泊在中流的新的游艇，躺在铺在船尾板上的床上，在夜晚的黑暗中，我静静地仰卧着。小S坐在我旁边不住地说话，天空越来越繁密地点缀上了星辰。

这个思想每天浮上我的心头：我会再生在这个布满星辰的天空之下吗？在这条孟加拉河上，在世界的那么僻远的一个角落，这个美妙夜晚的宁静的狂欢，会再是我的吗？

也许不会，风暴也许会改变了；也许再生的，我带有不同的想法。许多这样的夜晚可能到来，但它们也许不肯这样信赖地、爱抚地、完全狂放地安息在我的胸怀里。

奇怪得很，我最大的恐惧就是怕我重生在欧洲！因为在那里一个人不能这样地躺着，对上面的无限的空间敞开整个身心——我恐怕，一个人只要躺下去，就会让人家严厉地申斥一顿。我也许会在哪个工厂或是国会里拼命地忙着，像那边的道路，一个人的心思，因为交通拥挤，必须是石头铺成的，几何学式地铺开，使它开阔无碍而井井有条。

我确信我不能明确地说出，为什么这种懒懒的、梦想的、自我集中的、装满了天空的心境，对于我是最值得想望的。当我在这里躺在游艇上，我一点都不觉得我比最忙碌的俗人卑下。毋宁说，我若是束紧裤带拼命地干的话，和那些典型人物比起来，我可能显得非常软弱的。

一八九三年七月三日

昨晚，风像丧家之犬那样地整夜嗥叫。雨还在不停地倾注。田地里的水奔涌成无数漩涡流进河里。淋透了的农民搭渡过河，有的戴着斗笠，有的拿山药的叶子盖在头上。大货船滑驶过去，舵工浑身精湿地坐在舵边，水手在雨里使劲地拉着拖绳。鸟儿郁闷地关在巢里，而人的儿子依旧行进，因为不管天气怎样，世上的工作还必须做下去。

两个牧童在我的船前放牛。那几头母牛十分高兴地吃着草，它们的鼻子插进青葱的草里，尾巴不停地忙着拂打苍蝇。雨点和牧童的竿子都不住地、没有道理地落在它们的背上，但是它们都不计较地听任忍受着，镇定地大声咀嚼下去。母牛有着那样的柔和、慈爱、忧郁的眼睛；我不知道为什么老天爷会想到，应该把人的一切劳动负担，强加在这些壮大温和的牲畜的驯服的肩膀上？

河水每天上涨。我昨天只能从舱面上看到的东西，现在我可以从房舱的窗户里看到了。我每天早晨醒起，都发现我的眼界更加宽阔。不久以前，只有远村边的树梢，像深绿的云彩一般露了出来，今天整个树林都可以看见了。

陆地和水慢慢地对面走来，像一对腼腆的情人似的。他们差不多达到了羞怯的极限——他们的双臂将围抱到彼此的颈上。在豪雨中，我将会欣赏这满溢的河上的旅行。我在考虑下令开船。

一八九三年七月四日

今天早晨露出一点阳光。昨天雨停了一会儿，但是天边的阴云还堆得很浓，久晴是没有什么希望的。这堆阴云望去就像一张厚厚的云毯卷在一边，任何时候一阵好事的风，可能又来把它铺开，盖住整个地面，把蔚蓝的天空和金色的阳光遮得毫无痕迹。

今年在天空中不知积存了多少的水。河水已经涨过了那低洼的沃化的田地①还要淹没田里所有长起的庄稼。不幸的佃农绝望地在割下一束一束的半熟的稻子，用小船运走了。他们走过我船前的时候，我听见他们在哀叹自己的命运。很容易了解，一个农人逼得在收获的前夕割下稻来，会怎样地痛心，他们唯一的希望，就是有些穗子可能已经结成谷子了。

天道里一定有些慈悲的成分，否则我们怎能从那儿得到我们的一份慈心呢？但是很难看出慈悲的心究竟在哪里。千百万无辜的人们的哀号似乎没有得到什么结果。大雨任意地倾注着，河水还在上涨，多少次的请求都没有得到任何方面的救济。人们只好说这样的话——这一切都在非人所能了解——来自寻安慰。但是，人是极其需要懂得世界上是有慈悲和正义这样的东西的。

然而，这只不过是发气。理性告诉我们天地万物决不能有圆满的快乐的。只要它是不圆满的，它就必须忍受不圆满的忧伤。只有在它不是天地万物而是上帝的时候，才能是圆满的。我们敢于这样大胆地祈求吗？我们越思索，我们越是常常回到起点上去——为什么要有天地万物呢？如果我们不能决心拒绝事物的本身，只抱怨它的伙伴——忧伤，是无用的。

---

① 在沙岸填上一层可耕的土壤的田地。

沙乍浦

一八九三年七月七日

　　农村生活的流动不是太快，但也没有停滞，劳动和休息携手同行。渡船来回地开，行人打着伞沿着纤路走去，女人们在浸在水里的竹篮里洗米，农民们头上顶着麻捆到市上去。两个人在用匀称的打击声，砍着一根木材。村里的木匠在一棵大无花果树下修理着一只倒放着的小船。一条蒙古种的狗，无目的地在河岸上来回走。几头母牛，在饱餐了一顿丰富的青草之后，躺在那里反刍，懒洋洋地把耳朵前后摆动，用尾巴打拂着苍蝇。当几只乌鸦放肆地站到它们脊梁上的时候，它们偶然也不耐烦地摇一摇头。

　　这单调的伐木者的斧声，或木匠的锤声，哗哗的桨声，赤裸的孩子们在嬉戏中的欢笑声，农民们唱出的忧郁的歌声，更响的是转动着的油磨的叽嘎声，所有这些活动的声音，和微语的树叶、鸣唤的鸟语并不走调，而且都在联合起来像一支大的梦想管弦乐队的动人的曲调，演奏出一支绝妙的，微带着压抑的哀愁的乐曲。

一八九三年七月十日

　　对于我们一直在讨论着的沉默的诗人，我所要说的就是，虽然沉默的人和说话的人有着同样的情感的力量，但这和诗歌没有关系。诗歌不是情感的问题，它是形式的创造。

　　思想以一些隐秘和精妙的技巧，在诗人心中成形。创造力是诗歌的根源。知觉,情感或者语言,都不过是原料,一个人也许有丰富的感情,另一个人有丰富的语言,第三个人两样都有;但只有那同时也具有创造的天才的,才是诗人。

帕提沙

一八九三年八月十三日

穿过那些"湖泽"①到卡里格雷村去,一种想法在我心中形成。这想法并不是新的,但有时候旧的思想以新的力量来打动我。

流水没有被两岸夹起,而伸展成为一片单调的茫茫的时候,就失去了它的美。就语言来说,韵律起着河岸的作用,赋予诗歌以美和特征。就像河岸给每一条河以突出的个性一样,节奏也使每一首诗歌有一种独特的写法;散文就像那无形态、无个性的"湖泽"。而且,河水有流动,有前进,"湖泽"只用浩阔来席卷田地。因此,为要给语言以力量,韵律的狭窄的约束变成必要的;不然的话,它就不住地散展开去,而不能前进。

农村里的人称"湖泽"为"哑水"——它们没有语言,没有表情。河水不停地潺湲着;诗歌的字句也这样地吟唱,它们不是"哑字"。这样,格律产生了形式、运动和音乐的美;格律不但产生美,也产生了力量。

诗歌决心受格律的控制,不是受了盲目习惯的引导,乃是因为它这样做就得到了运动的快乐。有些傻子以为韵律是一种字句的体操或戏法,目的只求得群众的赞赏。这是不对的。韵律的产生像一切的美在整个宇宙中产生一样。思潮引进轮廓分明的范围里,给有韵律的诗

---

① 有时候河流经过孟加拉平原,遇到低地,就展布成为面积无定的一片水,叫作"湖泽",在干季,只有大池塘那么大小,在雨季,就变成无边广大。

村庄是由几撮茅舍组成的,散立在小岛似的土丘上。小船和一种圆陶盆是唯一的交通工具。当水没过耕地,稻子露出相当深而十分清澈的水面,小船在上面行驶的时候,望去就像在稻田上走似的。"湖泽"里还有特别的植物和动物,有水莲花、鸢尾花和各种的水鸟。这样,这"湖泽"既不像泽又不像湖,而有它自己的特色。

句以一种感动人心的力量,含糊的不明确的散文就做不到。

当我从江河进入"湖泽",又从"湖泽"进入江河的时候,这想法对我渐渐明确起来了。

一八九三年斯拉万月二十六日

有些时候我曾这样地想过,男人是一件粗制滥造的货物,女人是一件完美的产品。

女人在礼貌,惯例,谈话,装饰上都有完整的一套。理由是,世纪以来,自然就指定她这个明确的角色,而且也已经使她适应了这个角色。洪水,政治革命,社会理想的变革,还都不能把她从她特殊的作用上转移开去,或是破坏她们中间的相互关系。她一直在恋爱着,照料着,爱抚着,此外什么都不做;而且在这些事上她学来的绝妙的技巧,渗透了她的心身与行动。她的性格和行动像花朵和香气似的,变成不可分离的,因此,她没有疑惑或踌躇。

但是男人的特性里还有许多洞孔和疙瘩;每一个不同的环境和力量,对他的发展过程都有所贡献,也都在他身上留下了痕迹。因此有的人就有一个无边开展的前额,另一个人有个莫名其妙的突起的鼻子,第三个人又有一个出奇地冷酷的下颌。如果男人是一个目的的继续和划一,自然定会竭力地给他做一个明确的模型,使他能简单而自然地起着作用,不必去卖那么大的力气。他就不必有这么复杂的行动规程;当他受外界影响扰乱的时候,他也将不会那么容易地脱离常轨。

女人是在一个母亲的模型里造成的。男人没有这样的原始图案作为根据,因此他一直不能上升到和美一样的完全。

一八九四年二月十九日

有两只大象来到这边河岸上吃草。我对它们极感兴趣。它们用一只蹄子轻轻地敲击地面,然后用鼻端卷住青草,揪起一大堆草皮土块和其他的东西。它们把这一大块甩来甩去,直到所有的土都甩干净了;然后放在嘴里吃掉。它们有时候忽然兴起,就把尘土吸进鼻孔里去,然后喷着鼻子把尘土洒满全身;这是它们大象式的化妆。

我喜欢看这些长得太大的动物,它们笨大的身躯,它们的无穷的力气,它们的形象难看的不相称,它们的驯良的浑噩,它们的身量和笨重使我对它们有一种慈怜——它们笨拙的身躯带些稚气,而且它们有宽大的心。它们撒野的时候是狂暴的,但当它们安静下来的时候,它们就是和平的化身。

粗野和巨大合在一起并不排拒人,它反而能吸引人。

一八九四年二月二十七日

天空阴晴无定。忽然间一阵风来,使船身的一切接缝都在懒惰地叽嘎呻吟。一天就这样地消磨下去。

现在已经过了一点钟,沉浸在这乡村正午的时光中,和它的种种声音里——鸭群的叫噪声,走过的船激起的漩涡声,沐浴的人洗衣服的泼溅声,赶牛蹚水的人远远的吆喝声——使人甚至于难以想象到椅子,桌子——单调而沉闷的加尔各答每天例行的生活。

加尔各答像政府办公处一样,是沉重地规矩。每一天的日子到来,都像从一个造币厂铸出的金钱一样,轮廓鲜明,闪光发光。啊!那些枯燥沉闷、没有生气的日子,是那样地一般轻重,那样地正经体面啊!

在这里我躲开了我的圈子的要求,也不觉得像一件开足的机器。每一天都是我自己的,我带着闲暇和思想走遍田野,不受时间空间的束缚。在我低头漫步的时候,夜晚渐渐地在地上、空中、水面深了下去。

一八九四年三月二十二日

　　当我坐在船上窗前看着河水的时候，忽然看见一只奇怪的禽鸟，拼命地从水里凫到对岸去，后面跟着一大片的喧嚷。我发现那是一只家禽，它挣扎着，跳进水里，为要逃避它在船上厨房里逼在眼前的劫运。现在它已疯狂地竭力想抢渡过去，当它快达到彼岸的时候，残忍的捕逃者的毒手围上来了，它被胜利地掐住颈子带了回来。我告诉我的厨师，我今天什么肉也不想吃。

　　我真的必须停止吃荤了。我们想法吞咽鲜肉，只因为我们没有想到我们做的是一件残酷罪恶的事情。有许多罪恶是人们自己创造出来的，有些罪恶被镇压了，因为它们同习惯、风俗、传统背道而驰。但是残酷不在这些罪恶之内。它是一个主要的罪恶，不允许有争辩或微小的区别。只要我们不让我们的心变成麻木不仁，它对于残忍的抗议总是可以清晰地听到的；但是我们大家一直都在轻松愉快地犯着残忍的罪——事实上，任何没有参预的人都被起个诨名叫作怪人。

　　我们对于罪恶的了解是多么虚伪！我觉得最高的戒律就是对于一切有情的同情。爱是一切宗教的基础。那一天我读到一份英国报纸，说有五万磅的兽肉运到非洲驻军区去，但在运到的时候，发现那肉已经腐坏。这批托卖品又被退了回来，最后就在朴次茅斯以几镑钱的廉价拍卖掉了。这是多么惊人的生命的浪费啊！对于生命的真正的价值是多么麻木啊！有多少生物只为点缀一次宴会上的盘碗而被牺牲掉，而其中的大部分会是原封不动地撤下席去的。

　　只要我们对于我们残忍的行为是无意识的，我们也许是无罪的，但是如果在我们的慈悲心唤起了以后，我们仍旧坚持扼杀我们的情感，只为的是要去参加别人的对生命的掠夺，我们就侮辱了我们心中一切的善念。我已经决定试行素食了。

一八九四年三月二十八日

这里已经很暖了,但是我不大怕太阳的热气。热风呼啸着吹过,不时地在回旋中停了一会,又旋转起它的尘土和落叶枯枝的裙子,跳舞着走了。

今天早晨却是很冷的——几乎像一个隆冬的早晨;说实话,我对于洗澡并不太热心。要想说明在所谓"自然"这个大东西里,的确在发生着什么事情,是很困难的。一个不清楚的原因从一个不知名的角落出现了,忽然间一切东西就都变了样。

人的心思的运转,和身外的自然一样的神秘——昨天我就这样地想起。一种奇妙的炼金术在动脉、血管和神经;在脑筋和骨髓里工作着。血水涌流下去,神经弦子颤动着,心的肌肉起伏着,人身内的季候在逐一地变换着。下一次又有哪一种的风,什么时候从什么地方吹来——对于这些我们一点也不知道。

这一天我确信我将生活得很好;我感到我坚强得能以跳越过世上一切妨碍我的忧伤和考验;而且,我仿佛有了一张印好了的终生的日程表,安全地放在口袋里,我的心情是舒畅的。第二天,不知道从哪一层地狱刮来了一阵大风,天空中显出险象,我就开始疑惑我是否真能禁受一切的暴风骤雨。只因为在某处血管或者神经纤维有点毛病,我的一切力量和智慧都变得无用了。

我自己身内的神秘使我惊恐。它使我不敢说出我要做什么或不要做什么。它为什么总是胶着在我身上——这个我既不能了解又不能驾驭的无边的神秘?我不知道它要引导我或是我引导它到哪里去。我看不出什么事情在发生着,也没有人来请教我说什么事情将要发生,然而我必须摆出主人公的样子,装作一个执行者……

我觉得我像一架活的钢琴,里面有很大很复杂的机构和钢丝,但是我没有法子知道谁是演奏者,而且对于演奏者为什么要演奏,也只能有一个猜度,我只能知道他弹的是什么,调子是愉快的或是哀伤的,什么时候那音符是婴音还是变音,曲调是不是合拍,基调是高还是低,但是，就连这些我也真正地知道吗？

一八九四年三月三十日

有时当我体会到生命的旅途是漫长的，所遭到的忧伤是很多而不可避免的，必须有一种极大的斗志来支持我的心的力量。有些夜晚，当我独坐着凝视着桌上的灯焰，我发誓我要像一个勇士似的活着——不动摇，沉静，不怨尤。这决心把我吹鼓了起来，当时我真把自己看作是一个十分、十分勇敢的人。当我担心着路上的荆棘会刺伤我的脚的时候，我又退缩了，我开始对于前途感到认真的忧虑。生命的道路又显得很长了，我的力量也显得不够了。

但是这最后的结论不会是真实的，因为正是那些细小的荆棘是最难忍受的。心的家务管理是节俭的，需用多少才花掉多少。在小事上决不浪费，它的力量的财富是精打细算地积攒起来，准备应付真正的巨大灾难的。因此，为较小的忧烦而流泪号哭，总不能引起慈善的反应。但当忧伤最深的时候，努力是没有限度的。那时候，外面的硬皮被戳穿了，慰安涌溢了出来，一切忍耐和勇敢的力量都结合在一起，来尽它们的责任。这样，巨大的苦难也带来了伟大的持久的能力。

人性的一方面有追求愉乐的欲望——另一方面是想望自我牺牲。当前者遇到失望的时候，后者就得到力量，这样，它们发现了更完满的范围，一种崇高的热情把灵魂充满了。因此当我们在微小困难面前是个懦夫的时候，巨大的忧伤激起了我们更真实的丈夫气概，使我们勇敢起来。所以，这里面有一种快乐。

说苦中有乐，不是一种空洞的似是而非的议论，反过来说，在愉乐中有缺憾，也有实在的，不难理解为什么应该是这样。

西来达

一八九四年六月二十四日

  我在这里还不过四天,因为不去计算时间,日子就仿佛已经很长了。我感到如果我今天回到加尔各答去,我会发现它变了很多——就像我自己一个人在逝水的光阴的外面站住了,不理会身外世界的渐渐变动的地位。

  事实是,在这里,离开了加尔各答,我生活在我自己内心世界之中;在这里时钟不遵守通常的时间;在这里时间的持续是以情感的强度来衡量的;在这里因为外面世界不计算分秒,片刻变成小时,小时又变成片刻。我似乎觉得时间和空间的细分,只不过是精神的幻觉。每一个原子都是不可计量的,每一段时刻都是无限的。

  我小的时候,读到一段波斯的故事,我非常地喜欢它——我想就在那个时候,我也能了解其中的深意,虽然我只不过是个孩子。为要指出时间的幻觉的本质,一个僧人倒些法水在一只桶里,请国王进去泡一泡。国王刚把脑袋浸进去,立刻就发现自己到了海边的一个国家里,在那里他度过很长的时间,经过了也做了许多事情。他结了婚,有了孩子,他的妻子儿女又都死了,他丧失了一切的财富,当他在痛苦中辗转的时候,他忽然发现他又回到自己的屋里,他的朝臣们在旁边围绕着。在他为他的痛苦而斥骂着这僧人的时候,他的朝臣们说:"但是,陛下,您只不过把头浸在水里,立刻又抬了起来!"

  我们整个生命中的苦乐,也同样地圈在片刻的时间之中。在苦和乐还在的时候,无论我们感觉到它是多么长久,多么强烈,只要我们一从世界的水里抬起头来，我们就会发现这一切都多么像一个细微的短暂的梦。

一八九四年八月九日

今天我看见一只死鸟随流而下。它死亡的经历是很容易推测的。它的窝巢是在村边的一棵杜果树上。它晚上回到家来，挨着它的羽毛柔软的伴侣，舒服地躺在里面，在睡眠中休息着它的纤小疲倦的身躯。忽然间，在夜里，巨大的巴特马河在它的床上轻轻转侧；杜果树根上的土被冲走了。这小东西的窝巢没有了，它在长眠不醒之前，只惊觉了短短的一瞬。

当我在毁坏一切的自然的可怕的神秘面前，我自己和其他生物的区别就显得很微小。在城市里，人类社会总是摆在前面，朦朦浮现；它对其他生物的苦乐和自己的比较，总是残酷地淡漠。

在欧洲，同样地，人是那么复杂而突出，因此动物对于他，只不过是个动物。对于印度人，那灵魂轮回的想法，人托生成为动物，动物托生成为人，并不奇怪，所以我们的经文里，对一切有情的东西，慈悲并没有被看作多情善感的夸张而被放弃掉。

当我在乡村和自然密切接触的时候，我心中的印度人的成分就露出头角，我不能冷酷淡漠地对待一只小鸟的，柔软的毛茸茸的胸腹中跳动着的生命的喜乐。

一八九四年八月十日

昨夜水里一阵汹涌的声音把我惊醒了——一阵突然的河流的狂闹的骚动——也许是雨融雪水的袭击，是这个季候常常发生的事情。踏在船板上的双脚会感觉到种种不同的力量在下面运行着。轻微的颤抖，小小的摇动，和缓的高起和凶猛的击撞，都把我和河流的脉搏联系起来了。

夜里一定有什么突然的动乱使得河水奔涌起来。我爬起坐在窗前。一片朦胧的晕光使汹涌的河水更显得疯狂。天空中散发着云雾的斑点。一颗极大的星星的光影，一长条地在水上颤动，像是一道痛苦的灼热的伤口。两岸被熟睡的模糊所笼罩，两岸中间是这粗野的不眠的动荡，不顾一切地奔涌着。

在夜半看到这种场面，使人觉得自己完全换了一个人，白天的生活只是一个幻觉。而今天早晨，那个夜半的世界又消退到梦境里去，融失为淡薄的空气。这两种生活是这样的不同，但是对于人，两种生活都是真实的。

白天的世界对于我仿佛是欧洲音乐——它的和谐与不和谐在交响乐的盛大队伍里交融起来，夜晚的世界像印度音乐——纯洁、自由的旋律，低沉而生动。即使它们的对照是那么显著——而这两种音乐都感动了我们。这个对立的原则是在创造的根柢的深处；是被国王和女王、白昼和黑夜统一和变异、永恒和进化的统治所区分着。

我们印度人是在夜的统治之下。我们沉浸在统一，即永恒之中。我们的曲调是为个人，对自己独唱的；它们把我们的日常世界引到静独的超然里去。欧洲音乐是为多数人的，带着他们舞蹈着穿过人的盛衰和哀乐。

一八九四年八月十三日

我所真切地想着的，真切地感到的，真切地体会的——它的自然的定数，就是要找到真实的表现。在我心里有一种力量不断地向这目的努力，但是这力量不只是我一个人的——它还渗透着万有。当这股万能的力量在个人里面显现的时候，它就不受他的约束，而只照自己的本性行动起来；把我们的生命驯服在它的力量之下，是我们的最大的喜乐。它不但给我们以表情，也给我们以敏感和爱情；这就使我们的情感每次到来的时候，都会使我们感到它是那样地新鲜，那样地充满了奇妙。

当我的女儿使我快乐的时候，她就融入到喜乐的原始神秘，也就是万有中去；我的慈爱就像崇拜似的被唤了起来。我确信我们一切的爱情都只是伟大神秘的崇拜，我们只是不自觉地实行着，否则那就是无意义的。

和万有的引力一样，在物质世界里支配着大大小小的东西，这个万有的喜乐，在我们全部的内心世界中运用着它的引力，我们若以局部的眼光来看它，我们的了解就受到阻碍。我们为什么从人和自然中会得到快乐，在《奥义书》中给我们做了唯一的合理的解释：

因为一切被创造的东西
都是在喜乐中诞生的。

一八九四年八月十九日

吠檀多似乎帮助了许多人在万有和它的由来上得到了解答，但是我的疑问仍然没有澄清。说吠檀多比其他大多数的理论是简单一点，这也是实话。关于创世和创世者的问题，越看下去是越复杂；但是吠檀多确实把它精简了一半，用割断死结的办法把创造整个删掉了。

剩下的只有婆罗摩——我们这些人只是在想象说我们也是——人类的心怎会找到地方来容纳这个思想，真是一件奇妙的事情。更奇妙的是这想法并不像听去那样地不坚定，真正的困难倒是去证明世界上真个有物质存在。

无论如何，就像现在月亮升起了，以半闭的眼睛，我四肢伸展地躺在船舱上月光下面，柔风吹醒了。我的塞满问题的头脑，这时，大地、流水、四周的天空、河水的微波,从纤路上偶然走过的行人,不时掠过的小舟,田野外的树林,在月光下显得朦胧的树林外瞌睡的村庄,被村外树林的黑影围抱着——的确像是幻境中的幻觉;但是它们比真理还真实地缠绕而牵引着神志和心,真理是抽象的,使人变成不可能体会:从这些幻觉里面解脱出来,能得到什么样的超度。

沙乍浦

一八九四年九月五日

　　我理会到我变得怎样地渴求空间而且尽情地享有它,当我以唯一的元首的身份,在门户洞开的屋里的时候。在这里,不像在别的地方,写作的愿望与力量都是我自己的。外面生活的刺激,在碧绿的波浪中卷到我心里,和这波浪一起卷来的光、香、声,都把我的想象力鼓动成为故事的写作。

　　每一天的下午,都有它们自己特殊的魅力。太阳的强光,那沉默,那寂静,鸟的鸣声,特别是乌鸦的叫噪,以及愉快的安静的闲暇——这一切通同一气地把我整个地带走。

　　就是这样的中午,似乎会使人写出《一千零一夜》那样的故事——在大马士革,布哈拉,或是撒玛尔汗,和它们的沙漠上的车路,一串一串的骆驼!漫游的骑手,清澈的泉水,从茸茸的枣椰树荫里涌了出来;它们的数不清的玫瑰,夜莺的歌声,士拉茨的酒;它们的张着鲜艳的天篷的狭窄的市街,人们穿着宽大的长袍,裹着彩色的头巾,卖着枣子、壳果和瓜;它们的宫殿,熏得喷香,窗边的蒙着梵锦的长床和枕垫,摆设得十分华丽;它们的邹碧蒂亚,或是阿米娜,或是索菲亚,穿着文绣鲜明的衣服,宽大的裤子,绣金的鞋子,一根长长的水烟袋,在她脚边袅袅地卷着青烟,锦衣华服的太监们守在她们的旁边——这个神秘遥远的地方,一切可能和不可能的人类的行为和愿望,欢笑和哀泣的故事。

赴代革帕提阿途中

一八九四年九月二十日

　　大树都立在洪水里，树身完全淹没了，枝叶俯伏在水面上。船只都系在杜果和榕树下面，人们在船背后洗着澡。到处都看到农舍立在流水上，院落都浸在水里。

　　当我的船从田里庄稼上面沙沙地穿行的时候，不时地走过大水以前的池塘，池塘周围的莲花还看得出来，潜水鸟也在里面捕鱼。

　　洪水穿进一切可到的地方。我从来没有看见陆地溃退到这个地步。陆地再多退一点，洪水就要涌进农舍里，里面的居民就得搭起席棚来住。母牛就要死掉，如果它们总是站在没膝深的水里。所有的蛇都从洞穴里涌了出来，他们和无数的无家的爬虫和昆虫，必须和人类成为密友，在他屋顶的茅草里避难。

　　蔬菜都在水里烂坏了，各种的垃圾到处漂浮，四肢枯瘦脾脏胀大的赤裸的孩子，到处在溅泼着水，久经忧患的耐心的主妇们，穿着精湿的衣服在风中雨中蹒跚地掖起裙子做着日常的工作。在这一切的上面，一层棺衣似的蚊群，在污毒的空气里飞翔——这情景真不能使人愉快。

　　感冒和发烧和风湿每家都有，患疟疾的孩子整天在哭——没有什么能够拯救他们。人们怎能居住在这样不可爱，不健康，肮脏、荒凉的环境里呢？事实上是我们习惯于垂手忍受一场自然的灾害，统治者的压迫，我们经典的压力，对于它们，我们一声不响地忍受，同时它们却永远把我们折磨下去。

赴波利亚途中

一八九四年九月二十二日

当人家提醒我说，只有三十二个秋天在我的生命中来了又去的时候，我感到奇怪；因为我的记忆似乎退回到不可记忆的年华的朦胧之中；当我的内心世界泛滥着像无云的秋晨一样的光明的时候，我觉得我正坐在一座魔宫的窗前，出神地注视着被充满着一切"过去"的暗香的柔风所抚慰的，一个遥远记忆的场面。

歌德在临终的时候，要"光更亮些"。如果我在那时候还有愿望的话，那就是同时也要"空间更大些"；因为我非常喜爱光明和空间。许多人看不起孟加拉，因为它只是一片平原，但是正是为此，我对它的风景格外迷恋。它的无遮无碍的天空，像一只紫晶的酒杯似的，斟满了降临的暮色和夜晚的宁静，直到杯沿；宁静的中午的金裙，也毫无障碍地伸展开来，把它整个地盖住。

在哪里还有像这样的一个可以使人游目骋怀的地方呢？

加尔各答

一八九四年十月五日

明天是杜尔伽大祭节。在我到 S. 家去的路上，我注意到差不多每一所大房子里都在造着神像，使我想到在节日的几天中，老年人和青年人都变成孩子了。

我们细想起来，一切娱乐的筹备，其实和玩着玩具一样，本身是没有什么目的的。从表面上看也许像是浪费，但是在整个国家引起这样的感情的波浪，这能算是无益的吗？连那世故到最枯干的人也被这汹涌弥漫的情绪所感动，从自我中心的兴趣中跑出来了。

这样，一年一度有一段时间，一切的心都处在易于涌发爱恋和同情的柔怜的心情之中。迎神送神的歌曲，情人的相会，节日的笛管的调子，明净的天空，和秋光的熔金般的颜色，都是这首伟大的欢歌的一部分。

单纯的快乐是儿童的快乐。他们有这种用任一件或每一件细小的东西，来创造自己的兴趣世界的力量，连那最难看的玩偶，也因着他们的想象而变得美丽，因着他们的生命而活了起来。在长大以后还能够保留享乐的天才的人，真是一个理想家。对于他，事物不仅是眼睛看得见，耳朵听得见的，而且也是心感得到的，它们的狭窄或不完全，都消失在他自己所填补上的喜乐的音乐里了。

每一个人不能都希望做一个理想家，但是全体人民在这样的一个节期中，能最接近于这种极乐的境界。这时候，我们平日当作玩具的东西，就失去它的局限性，而被理想的光辉所美化了。

波浦

一八九四年十月十九日

我们只在虚线画成的轮廓上认识人,这就是说,在我们的认识中,还有许多必须由我们自己尽量去填满的空隙。这样,连那些我们很熟识的人,大部分也是我们自己的想象造成的。有的时候这条线是这样的破缺不全,连重要的点子都没有了,一部分的图画一直是黑黑的模糊一片。如果我们最好的朋友,只不过是穿在想象的线上的一个轮廓的破片,那么我们真正地认识什么人了吗?或者除了用同样的支离破碎的方式以外,什么人又认识了我们呢?但是,也许就是这些洞孔,可以让彼此的想象进入,做成了亲密的友谊;否则每个人都安居在他的不可侵犯的个性里,除了里面的"居住者"之外,没有人能够去接近的。

对于我们自己,同样地,我们只能零碎地认识到,我们必须凭着这些零碎的材料,来模塑我们自传里的主人公——也必须请求我们想象的帮忙。无疑地,上天有意地省略去某些部分,让我们在创造自己的时候,可以自己帮一帮忙。

一八九四年十月三十一日

第一场北风今天开始颤抖地刮着。看去就像有税吏到余甘树林里来过一样——一切东西都失常了,叹息着,颤抖着,畏缩着。中午阳光的疲倦的冷淡,和它的在杧果树梢的浓荫中的、单调的鸽子的鸣唤,仿佛以临别的痛苦来笼罩这困倦的值日。

我桌上时钟的嘀嗒声,和松鼠在我屋里跳进跳出的啪达啪达的脚声,和其他一切的正午的声音协调着。

我觉得很好玩,看着这些柔软的、黑灰色条纹的毛茸茸的松鼠,和它们灌木似的尾巴,它们的念珠似的闪烁的眼睛,它们温柔而忙碌的老练的动作。一切可吃的东西,必须收放在屋角的纱橱里,陡备这些贪婪的动物。因此它们在压抑不住的渴望中吸嗅着,来到碗橱周围闻来闻去的,想找个窟窿钻进去。如果有些谷粒或是面包的碎片掉在外面,它们就准能找到,而且用两只前爪捧着,使大劲地啃,一面把这东西转来转去地来适合它们的嘴。我只要有一点响动,它们立刻把尾巴撅到背上,飞快地跑走,可是跑到半道又停下了,坐在门口的垫子上,用后爪挠着耳朵,然后又跑回来。

这种微小的声音整天地继续着——咬啮的牙齿声,跳走的脚声,和架上瓷器的叮当的响声。

西来达

一八九四年十二月七日

每逢我在月下沙岸散步，S.总来谈些事务。

昨晚他来了；谈完了话，静默临到我上面的时候，我发觉那永在的万有，在夜色中站在我面前。一个人的琐碎的杂谈，足够使万有的弥漫一切的显示，变得模糊了。

杂谈的话语刚告了终结，星辰在宁静中降临了，把我的心斟到满溢，我在一个角落上找到了座位，和那些聚集的百万光球坐在一起，开着关于存在的伟大的神秘会谈。

在晚上我必须早些出去，好让我的心去吸收外界的宁静，否则 S.就来向我拉杂地问到牛奶对我是否适合，或是我看完了那每年的契约没有。

我们是多么奇怪地安放在"永恒"与"刹那"之间啊！任何关于口腹的暗示，在心思居住在精神世界的时候，都显得无望地不调和——但灵魂和胃口已经同居了那么久了。月光照到的地方，是我在地上的产业，但是月亮告诉我，说我的经理人是个幻象，而我的经理人告诉我，说月光是完全空虚的。可怜的我呢，就在这两者之间挤扁了。

一八九五年二月二十三日

当我想给《实践》杂志写稿的时候，我简直是心不在焉，我举目观望每一条走过的船只，而且凝注着渡船的来往。这时在岸上靠近我的船的地方，有一群水牛在把它们宽大的鼻子伸进牧草里去，用舌头把草卷起送进嘴里，然后咀嚼起来！使劲地喷出一阵阵满足的热气，一面用尾巴赶着背上的苍蝇。

忽然间一个赤裸的瘦弱的娃娃，出现在场面上，做出无数的声音，又用一根棍子捅着耐心的牲畜中之一，而它只偶然地对这小家伙瞥视一下，一路还抽空揪着吃着一簇一簇的叶子和青草，这个不动声色的畜生，悠闲地走了几步，那个小鬼头就仿佛觉得他的牧人的责任已经尽到了。

我猜不透这个牧童心里的秘密。不论什么时候，一只乳牛或是水牛选好了自己喜爱的地方，舒服地在吃着草，我不懂为什么定要搅扰它，就像这牧童现在那样非赶它走开不可，直到它挪到别的地方。我推测那是人类在战胜他所驯服的大力气的牲畜的主人公光荣感。无论如何，我喜欢看水牛在青草丛中掩映。

但是我开头想说的不是这个。我想告诉你，近来任何一件小事，都会分散我对于《实践》杂志的责任心。在我的上一封信①里告诉你的那些土蜂，它们为着无结果的追求，应和着无意义的嗡嗡调子，孜孜不倦地在我头上旋绕。

它们每天早上九十点钟的光景就来了，突然疾飞到我的饭桌上，又急转到书桌下，碰撞着有色的玻璃窗，然后在我头上绕一两圈，就嗤嗤地飞走了。

我很容易把它们当作冤魂不散的鬼，变成黄蜂一再地回来，在过路的时候对我作一次问候的拜访。但我并没有这样想。我确信它们是真的土蜂，在梵文有时叫作吸蜜者，更罕见的就是叫作双须类。

一八九五年二月十六日

在我们生活下去的时候，我们必须时时刻刻脚踏实地走。但在概括起来的时候，这却是十分细小的事情，两个钟头的集中思索，就可

---

① 此信未选入本集。

以把握一切。

在三十年的紧张生活之后，雪莱只能供给两卷的自传材料，而里面有相当的一部分，还让道登的杂谈给占去了。我的三十年的生活，是连一卷也填不满的。

为了这小小的生命，我们是多么小题大做啊！只要想想有多大的土地、买卖和商务只为供给它的粮食，全世界上每一个人占了多大的空间，虽然一张椅子就容得下他的全身！而等到这一切都做好做完之后，只剩下两个钟头思索的材料，和几页的文章！

我的懒散的这一天，在我的几页上占了多少个无足轻重的断片呢！但是这宁静的一天，在平静的水边的荒凉岸上，不会在我永恒的过去与将来的卷轴上，多少地留下一点鲜明的金迹吗？

一八九五年二月二十八日

今天我得到一封不具名的信，是这样开始的：

让自己全心全意地俯伏在另一个人的脚前，是一件最真诚的礼物。

写信的人从来没有见过我，只从我的作品中认识了我，他又接着说：

无论是多么少或是多么远，太阳①的崇拜者也会得到一部分的阳光。你是世界的诗人，但是对于我，你似乎是我一个人的诗人。

还有一些同样情调的话。

人是那样地切望把他的爱寄托在一个对象上，这样他最后就和他自己的"理想"爱恋上了。但是我们怎么就该认为思想就不像事实那么真实呢？我们永远不能确实知道我们通过感官所得到的真理，对于思想后面的本质，也就是心的创造来说，为什么我们就有更大的疑问呢？

---

① 作者的名字，罗宾，是"太阳"的意思。

母亲在孩子身上实现了伟大的"思想",这是每个孩子身上都有的,但那不可言说的"思想",对于任何其他的人,并没有显露出来。难道我们可以说那把母亲自己以生命和灵魂牵引出来的东西是虚幻的,而不能把我们同样地牵引出来的东西,却是真正的真实吗?

每一个人都值得承受爱情的无限财富——他的灵魂的美是没有边际的……但是我谈的太宽泛了。我所要表达的是,一方面,我没有权利接受我的崇拜者贡献给我的心;这就是说,对我来讲,一个看透了我的日常的外表的人,是绝不会有这些美好的情感的。但是在另一方面,我是配受一切甚至于更高的崇拜。

赴帕卜那途中

一八九五年七月九日

我正滑穿过弯曲的小伊茶玛提,这条雨季的小小的河流。它两岸的一排排的村舍,它的麻地和蔗田,它的小小的一块一块的芦苇地,它的碧绿的浴场的斜坡,它像被人所喜爱而常常背诵的几行诗句。人们不能熟记像巴特马那样的大河,但是这条曲折的小小的伊茶玛提,它的音节的流动,是被雨的韵律所调节的。我正在慢慢地写我自己的诗……

这是黄昏时候,天空被云雾遮盖了,雷声怒吼,野树丛向着吹过的狂风波浪似的低首。竹林深处,墨一样地沉黑。苍白的微光像传报噩耗的使者,在河水上闪烁着。

我在阴暗中伏案作书,我愿意低声说出低调的亲密的话语,来和这黄昏的半阴影的画面,取得一致的情调。但正是这种的愿望,把一切的效果都毁坏了。愿望不是自己得到了满足,就是一点也得不到。所以准备打一场严酷的仗,比准备说一段随便的、没有条理的话,简单得多。

西来达

一八九五年八月十四日

关于工作的一个主要之点,就是,为了工作的缘故,个人必须将私人的苦乐看轻;真的,要尽可能地忽视它们。我想起了在沙乍浦发生的一件事。有一天早晨,我的仆人来晚了,对于他的迟到我感到十分愤怒。他走来站在我面前照例地问了安,用微带哽咽的声音解释说,他的八岁的女儿昨天夜里死去了。以后,他拿起掸子来,开始收拾我的屋子。

当我们察看工作的园地,我们看到有的人在经商,有的人在耕地,有的人在挑担,而在这下面,死亡、忧伤、损失,在一个看不见的潜流中每天地涌流——它们的隐秘没有受到干扰。如果有一天这些情感压制不住地奔腾到水面来,那么一切工作都要立刻停顿。个人的忧伤在下边流着,上面是一条坚硬的石轨,责任的火车载着人类的担负隆隆地走过,除了指定的车站以外,不为任何人停车。这工作的残酷性,也许,就是人的最严肃的安慰。

库施提亚

一八九五年十月五日

只从表面的经文传来的宗教,永远不会变成我们自己的;我们和它的唯一联结是习惯上的。把宗教吸收到内心里,是一个人的伟大的终身事业。它必须在痛苦中诞生;必须在他生命的血液中生活;然后,不管它是否给他带来了幸福,人的旅程将在圆满的喜乐中终结。

我们很少体会到我们是多么虚伪,我们听别人嘴里说着,我们也跟着不停地说,同时我们的"真理"的庙宇,却总在我们心里,一天一天地,一块砖一块砖地,不停地砌了起来。我们不能了解这永远建造的神秘,当我们在流逝的时光中,把苦乐分起来看;就像把一句话分成一个字一个字地来读,就变成不可了解的了。

我们一旦发现了这个在我们心中进行着的创造计划的一致性,我们就体会到我们和永远扩展的万有的关系。我们体会到我们也在被创造的过程之中,和在轨道上旋转的天星一样——我们的愿望,我们的痛苦,都在整体里面找到它们恰当的地位。

我们也许不能确知有什么事情在发生;我们甚至于不能正确了解一粒尘土。但是当我们感到在我们里面的生命之流,是和外界万有的生命合一的时候,那么我们一切的快乐和痛苦,看去都是穿在一根喜乐的长线上。这些事实:我存在,我运动,我生长,它们和世上一切都联系在一起,使它们显得无边地广大,事实是,连一粒最小的原子中,也不能没有我们的一份。

我的灵魂,同这个美丽的秋晨,同这个浩阔的光辉,是一种密切的亲属关系;这一切色彩、芳香、音乐不过是我们秘密的神交的外表的表现。这种经常的神交，不管体会到与否，都使我的心思永远在运动着；在我的内心和外界的沟通里，我得到了这种的宗教，多也罢少也罢，看我能力之所及；在这种思想的光照之下，在我能把它们变成自己的宗教以前，我必须先考验一切的经典。

西来达

一八九五年十二月十二日

有一天夜里,我正在读着一本英国的文学批评,里面充满了对于诗歌、艺术和美等等一切的各种各样的争论。当我费力地读完这些矫揉造作的讨论之后,我的困乏的脑力,似乎走入一个充满了嘲弄的鬼脸的空幻的地区。

夜已经很深了,我砰的一声合上书,把它丢到桌上,然后我吹灭了灯想上床睡觉,我刚一吹灭灯,月光带着惊奇的激动,穿过洞开的窗户,立刻扑进我的屋里来。

那盏小灯曾经冷冷地在讥笑我,像那个靡非斯特匪勒司[①]:这个极小的讥笑,把这从全世界的深厚的爱中发出的,无穷的音乐之光给遮住了。说真的,我在那本空洞啰唆的书里找些什么呢?这才真正是那件东西,充满着天空,在外面一直静静地等待着!

如果我不去开窗就上床睡觉,因而错过了这个幻象,它也会依旧等在那里,也不对那讥笑的小灯提出任何抗议。甚至于即使我终身对它是视而不见——让那盏小灯胜利到底——直到我最后一次摸着黑爬上床去——即使在那时候,月亮也仍会在那里甜柔地微笑着,平静地、谦逊地和它从亘古以来一样地在等着我。

[①] 歌德所作《浮士德》剧中的魔鬼。

图书在版编目（CIP）数据

生活的回忆：泰戈尔散文选 /(印) 泰戈尔著；冰心等译. -- 南昌：江西教育出版社，2016.8
（世界名著名译文库 / 柳鸣九主编）
ISBN 978-7-5392-8916-8

Ⅰ. ①生… Ⅱ. ①泰… ②冰… Ⅲ. ①散文集—印度—现代 Ⅳ. ①I351.65

中国版本图书馆 CIP 数据核字(2016)第 184907 号

生活的回忆：泰戈尔散文选
SHENGHUO DE HUIYI : TAIGE'ER SANWENXUAN
[印度] 泰戈尔/著　冰心等/译　柳鸣九/主编

江西教育出版社出版

（南昌市抚河北路 291 号　邮编：330008）
各地新华书店经销
三河市华润印刷有限公司印刷
690 毫米×960 毫米　16 开本　33 印张　字数 438 千字
2016 年 11 月第 1 版　2016 年 11 月第 1 次印刷
ISBN 978-7-5392-8916-8
定价：65.00 元

赣教版图书如有印装质量问题，请向我社调换　电话：0791-86710427
投稿邮箱：JXJYCBS@163.com　　电话：0791-86705643
网址：http://www.jxeph.com

赣版权登字-02-2016-503
· 版权所有　侵权必究 ·